Henry James
The Ambassadors

使 节

[美]

亨利·詹姆斯

—

著

袁德成

敖凡

曾令富

—

译

天地出版社 | TIANDI PRESS

图书在版编目（CIP）数据

使节／（美）亨利·詹姆斯著；袁德成，敖凡，曾令富译.—成都：天地出版社，2018.7
　　ISBN 978-7-5455-3738-3

　　Ⅰ.①使… Ⅱ.①亨… ②袁… ③敖… ④曾… Ⅲ.①长篇小说—美国—现代 Ⅳ.①I712.45

中国版本图书馆CIP数据核字（2018）第040899号

使节
SHI JIE

出 品 人	杨　政
著　　者	［美］亨利·詹姆斯
译　　者	袁德成　敖　凡　曾令富
责任编辑	刘　倩
封面设计	mirrosen.com
电脑制作	胡凤翼
责任印制	葛红梅

出版发行	天地出版社
	（成都市槐树街2号　邮政编码：610014）
网　　址	http://www.tiandiph.com
	http://www.天地出版社.com
电子邮箱	tiandicbs@vip.163.com
经　　销	新华文轩出版传媒股份有限公司

印　　刷	北京市十月印刷有限公司
版　　次	2018年7月第1版
印　　次	2018年7月第1次印刷
成品尺寸	142mm×210mm　1/32
印　　张	17.25
字　　数	371千字
定　　价	68.00元
书　　号	ISBN 978-7-5455-3738-3

大师风格

父亲是著名的神学家老亨利·詹姆斯（Henry James，Sr.），兄弟是著名的心理学家和哲学家威廉·詹姆斯（William James），那么，小亨利·詹姆斯（Henry James，Jr.）当一个著名作家似乎应该是顺理成章了。就我的知识和记忆所及，大概只有德国的曼（Mann）家族可以同詹姆斯家族在这方面相匹敌。

如果我们要在美国作家里找出几个非常"欧洲化"的作家来，小詹姆斯首当其冲。他的"欧化"到了如此程度，以至于第 26 届美国总统西奥多·罗斯福要把他描述成一个"miserable little snob"——"可怜的势利小人"。不过，比起那个最终皈依了英国国教的美国诗人 T.S. 艾略特来，詹姆斯的欧洲情结可以说是出自天然。老詹姆斯为了要让他的儿子在理性成熟之前接受一种"世界公民"的概念，经常把正处于长身体时期的小詹姆斯带到欧洲居住，并请了家庭老师在自己的家中对他进行教育。耳濡目染巴黎或其他欧洲城市的文化风雨，詹姆斯生成了一种对所谓"老世界"的顽固情愫。1875年，这个已经开始写作的富有美国人决定在巴黎住下来。第二年，他终于定居伦敦，为往后岁月里那些试图在这个城市寻找艺术灵感和成功的美国人树立了早期榜样（想一想艾迪丝·华顿、斯泰因夫人、庞德和艾略特）。

当然，詹姆斯的榜样不仅仅是在巴黎或伦敦定居。

在巴黎，詹姆斯结识了屠格涅夫，一个和他一样的旅居者，也结识了法国的两位大师——福楼拜和左拉。后面两位法国人，在写作风格上有重要的相似之处。福楼拜在他的名作《包法利夫人》里进行了一项实验，在小说展开的过程中，他尽量把作品的叙述者（这通常是作者）隐藏到读者不容易察觉的地方。与那种浪漫主义的叙述不同，在福楼拜的小说里没有全知全能的作者指手画脚地发议论，也没有叙述者纵横捭阖地抒发感情。左拉的作品与福楼拜非常相像，自然主义在他那里意味着风格上的尽量客观，意味着小说叙述者的隐退幕后。

詹姆斯是否受到了这两个法国同行的影响？

在谈论美国文学的发展时，许多评论家和史学家的观点是一致的：詹姆斯是美国现代主义文学的开山祖师。在 19 世纪，当浪漫主义时尚在美国依然强盛的时候，詹姆斯以他独特的风格和写作手段，为美国文学开拓了一片新边疆。

这个新的边疆是否和福楼拜有关？或者同其他人有关？

让我们来看《使节》。

《使节》是詹姆斯晚期创作的一个高峰。这部出版于 1903 年的小说调用了詹姆斯一贯喜爱的动机。一个年轻的美国男人，到了巴黎之后就"乐不思美"。他母亲派了一个"使节"前往巴黎，想让他劝说这个迷途的羔羊回到美国，因为在美国的麻省有一大笔家庭财产等他去继承和管理。"使节"到了巴黎之后，才发现这位年轻人在巴黎的生活已经对他造成了致命的影响：

欧洲的文化和情调已经深入他的骨髓，要劝他迷途知返几乎不再可能。更有甚者，他发现他自己也在巴黎的迷人氛围中不能自拔。年轻人的母亲不罢休，又相继派了另外几个"使节"到巴黎，但他们都无法改变年轻人已经浸润了欧洲文化的心。最后，这位"使节"还是无法割舍他与美国的关联，离开了欧洲。不过，他却劝那个在巴黎不愿回国的年轻人，要好好地享受巴黎丰富的人生。

我说《使节》调用了詹姆斯所喜爱的小说动机，是指这部小说像詹姆斯的其他一些重要作品一样，专注于美国与欧洲生活的差异。在詹姆斯看来，美国生活就像在新泽西海岸上那些炫耀的富人大宅一样，在向过往船只表达自己的财富堆积量的同时，又悬置在不着边际的所谓"走捷径"的半空中。与此不同的是巴黎的生活，在可爱的"老世界"里，艺术成为人的日常行为的指导，个人生活在并不疯狂地追逐金钱的悠闲环境里显得丰满。在这里，生活的层次多变是一种完美的象征，没有什么神秘的金钱"捷径"可以帮助人一步登天。老世界的步伐相对缓慢，给了人细致咀嚼生活汁液的可能。

当然，这个动机仅仅是小说的起因，詹姆斯的伟大在于他对这个动机的不断演绎和发展。

《使节》中的一个重要情节，是从美国前来巴黎的斯特瑞塞先生，在劝说沉湎于欧洲生活的查德的过程中，逐渐发现自己的游说对象有一个贵族情人——德·维奥内夫人。年轻的查德之所以迷恋巴黎，在很大程度上就是因为他维系在维奥内夫人身上那无法解脱的感情。充满魅力的维奥内夫人在小说中几乎成了完美欧洲文化的隐喻：美丽而庄重，高雅而热情，对艺术充满发自内心的爱。斯特瑞塞在和这位夫人的接触中，也逐渐发现她的魅力······只不过，这魅力对斯特瑞塞来说，是一种有别于性别和肉体欲望的超凡脱俗的光彩。

在小说的第十六章，有一个精彩的场景。

斯特瑞塞感到自己有些疲惫，便独自一人来到巴黎圣母院，想在那里获得一些精神上的休憩和宁静。在这座宏伟的哥特式建筑里游荡时，他发现了一个孤独的妇女，一动不动独自坐在一间小礼拜堂中。他曾经多次在同一地点见到她：

她是坐在神龛正前方不远的地方，这是他从来没有做过的，而且他很容易看得出来，她已将周围的一切都忘记了，这是他想做却从来没有做到过的。她不是流亡的外国人，她不显得藏头露尾；她是个幸运的人，熟悉这个地方，了解这里的一切；对她这样的人来讲，这样的事情都有一定的成规、一定的意义。她使他想起了——因为十有八九，他对眼前景物的印象都会唤醒他的想象——某个古老的故事中神情专注、坚强高贵的女主人公，他也许是在某个地方听到或者读到过那故事，假如他富于戏剧性的想象的话，也许甚至能写出这样的故事。她是在这样不受侵害的静坐沉思中恢复勇气，清醒头脑。她是背朝他坐着的，但是他的想象只允许她是个年轻漂亮的女人。她头部的姿势，即使在这暗淡肃穆的光线下，也显示出她的自信，暗示着她深信自己既没有表里不一之处，也没有什么可害怕的，更不担心会受到侵犯。

在准备离开教堂时，斯特瑞塞吃惊地发现，这个神秘的美人竟然就是他在查德那里见过的德·维奥内夫人。在他们两人相互发现对方，并友好致意之后，斯特瑞塞进一步仔细地观察了他新认识的朋友：

她穿着一套色调庄重的衣裙，在黑颜色下面偶尔隐隐透出一点暗淡的深红。她整齐的头发精心梳理成十分朴素的样式。连她戴着灰色手套的双手，当她坐在那里，将它们搁在身前时，也给人一种安静的感觉。在斯特瑞塞眼里，她好像是在她自家敞开的门前轻松而愉快地对他表示欢迎，身后伸展开去的是她宽广而神秘的领地。拥有着如此多的人是可以有极高的教养的，我们的朋友这时算是真正有所领悟，她继承了什么样的遗产。

斯特瑞塞先生在这场意外的相遇中得到了相当的满足，我的意思是说他得到了审美的满足。然后他马上邀请德·维奥内与他共进午餐。在塞纳河左岸明媚的阳光下，他们开始了一次愉快的长谈。

先说德·维奥内夫人的形象。如果我们单从现实的局面来阅读詹姆斯对这个巴黎女人的外形描写，那的确没有什么值得大惊小怪的：厚厚的面纱，深红近黑的外套，精心梳理过但又十分朴素的发式，灰色的手套。但必须注意作者所使用的相关意象：她坐的地方离神龛很近，忘记了周围的一切，而这都是来自美国的斯特瑞塞无法做到的，她熟悉这里的一切，她的背影让人想起"古老故事中神情专注、坚强高贵的女主人公"；在巴黎圣母院前，"她好像是在她自家敞开的门前轻松而愉快地对他表示欢迎，身后伸展开去的是她宽广而神秘的领地"。我尤其喜欢"像是在她自家敞开的门前轻松而愉快地对他表示欢迎"，巴黎圣母院的博大与辉煌在这一个比喻句子中同德·维奥内的外部形态相融合，一下厚重了起来。

再看斯特瑞塞发现这个可爱女人的过程。他先是在小礼拜堂里看到了背影，从她头部的姿势想象她是一个年轻漂亮的女人。在离开教堂时，他突然看清了，这个他多次遇见的"古老故事中神情专注、坚强高贵的女主人公"，居然是查德的朋友——是自己身边的一个熟人。然后他又以巴黎圣母院为背景审视了她，看到她那双给人以安静之感的手戴着的是灰色手套。在这个背景之上斯特瑞塞领悟到"她继承了什么样的遗产"——她的财富就是她同巴黎圣母院所象征的一切。这个过程清晰而自然，毫无做作。与此同时，它又隐含詹姆斯精心安排的复杂寓意。我们发现，美国人斯特瑞塞发现德·维奥内的过程，也正是他发现巴黎的过程：他先看到背影，然后他想象着"古老"故事，紧接着他发现原来自己同这个神秘的女人有关联，最后他把她放到伟大的艺术作品的门槛上，在特定的背景映照下理解了她的魅力的根源。在整部《使节》中，斯特瑞塞在欧洲的文化历险也正是依照了这样的模式来展开。说到底，美国人和欧洲原本是相识，但在大多数时候他们对欧洲只是充满想象，他们没有从一个更宏大的背景上来理解欧洲的宁静、高贵和美丽。

现在让我们进入斯特瑞塞的心理和意识。细心而有教养的读者会发现，我们在这个场景里看到的一切，从本质上讲是詹姆斯看到的一切。然而，詹姆斯没有直接站出来向我们描述。我们是通过斯特瑞塞的心理状态，通过他的意识之镜来观察巴黎圣母院和德·维奥内夫人的。呈现在我们面前的巴黎圣母院也好，巴黎美人也好，都是斯特瑞塞的意识和心理的映像。在此处有关斯特瑞塞的文字中，詹姆斯提到了维克多·雨果。斯特瑞塞在巴黎的一家书店里，买了一套雨果的书。雨果该如何展现巴黎圣母院？下面是我从他的名著《巴黎圣母院》第三卷第一节中摘录的文字：

> 谁把那些冷冷的白色玻璃，代替了那些放在大门的菊形窗和东边半圆窗上的穹窿之间，曾经使得我们的祖先们一进去就移不开眼睛的、深色的玻璃？十六世纪的低级的唱诗人，看见我们的汪达尔大主教涂抹在教堂里漂亮的黄色灰粉，又将怎样说？……假若我们不在那些无数的野蛮迹象上停留，就一直走上了这个大教堂——人们把那倾斜在十字窗交点上的漂亮小钟楼弄得怎么样了？这座小钟楼并不比它旁边的圣礼教堂（也是被毁坏了的）的阁楼更脆弱或更结实些，它在天空下比塔楼更凸出，尖峭，美观，庄严。

在这段文字里，雨果的立场十分明确，他把叙述者（他自己）摆放在巴黎圣母院和读者之间，用他的口吻和风格，向读者展示这座大教堂的美和意义。那些一个接一个的追问，显然不可能是驼背好人加西莫多或者是吉卜赛美人爱斯梅拉尔达发出。我们在不断的阅读过程中，感觉到自己正同这个激情澎湃的大师直接对话。

然而当我们看见斯特瑞塞游走于大教堂之中，当我们得知他与那个巴黎美人相互认出对方时，詹姆斯却一直隐匿在文字背后。他使用了"他的想象""在斯特瑞塞眼里""我们的朋友算是真正领悟"等一系列状态引语，以求在读者和场景之间将斯特瑞塞凸现出来。他的意识和心理的波动、跳跃、回溯，无一不影响读者对这个场景的接受。甚至，斯特瑞塞突然想到的雨果的著作，也在这里起到了微妙的滤镜作用：它让读者在观察德·维奥内夫人和她的建筑背景时，不得不考虑一下那位浪漫主义大师的存在。

我曾经有过一种奇怪的想法：为什么詹姆斯的小说没有受到他兄弟的哲学和心理学观念的影响？如果詹姆斯要想创造一种崭新而别致的小说技巧的话，他的兄弟所获得的研究成果无疑是最有利的捷径。那个哲学家和心理学家发明的"意识流（stream of consciousness）"一词，泽被了许多现代主义大师，却单单没有在他弟弟的作品里流动起来。换句话说，"意识流"成了20世纪现代主义文学最耀眼的帽子之一，小说家詹姆斯却没有沾上它哪怕一丁点儿光彩。

从《使节》中的这段文字来看，我的那种想法显然过于机械了。小詹姆斯的写作技法，在很大程度上与他哥哥的理论有隐含的相通之处。威廉·詹姆斯在谈论意识的本质时，的确使用过"意识流"这样的术语，但是，他更多的是在强调一个人在一个特定的时刻的意识状态，这个状态的突出特点，就是它包含了从非理性到理性，从无意识到有意识，从无逻辑到有逻辑，从猜测到回忆的一切内容。这些内容以连贯的方式混淆在一起，呈现出无比的丰富性。

小詹姆斯在描写斯特瑞塞先生的那段经历时，显然注意到了他意识的这种丰富性。斯特瑞塞发现德·维奥内夫人的过程，被他的猜想、回忆、推测、联想以及对雨果的追述等等所充塞。我们通过他来观察德·维奥内夫人，结果是既看到了观察对象，又看到了观察者的意识状态（如果愿意的话，我们也可以把这个状态叫作"意识之流"）。事实上，整部《使节》都是在这样的设想基础上构成的。人物与人物之间的接触和这些接触在意识状态中的映像，成了詹姆斯探讨和展现的中心。所谓美国文化与欧洲文化之间的差异与碰撞，也正是在意识的整个范围之中展开。斯特瑞塞和查德迷醉于层次多变的欧洲生活，说到底是因为它投射到意识领域时所具有的丰富性，是因为这种丰富性与美国意识中"走捷径"的简单逻辑大相径庭。

所以，当我们同意詹姆斯是美国现代主义文学先驱的说法时，我们完全有理由把他的写作风格和技巧与他兄弟的"意识流"概念，与其后风行一时的"意识流小说"联结到一起。全知全能的作者退隐叙述的幕后，让自己的"代理"在作品中承担向读者讲述的任务，让他们的意识成为相互区别又相互联系的"视点"，正是詹姆斯所追求的目标。这也是许多现代主义小说，包括"意识流小说"所追求的目标。当然，《使节》与那些"意识流小说"（我想到了《到灯塔去》《尤利西斯》《喧哗与骚动》）的区别也显而易见：詹姆斯并没有像后来的作家那样，用非逻辑的方式来展现意识。他毕竟是上一个世纪的作家，乔伊斯或福克纳式的偏激在他是不可想象的。

最后让我们来看语言。任何风格都是刻意追求的结果。所谓风格的大师，总是在操纵自己语言的时候有一套成熟的策略。以自己原生态的语言写作的人，可以给人清新的感觉，却无法被称为风格大师。

再以我们上面所举的那一段文字为例。在写到斯特瑞塞从背后观察小礼拜堂中的德·维奥内夫人时，詹姆斯用了一个在他来说非常典型的句子：

她使他想起了——因为十有八九，他对眼前景物的印象都会唤醒他的想象——某个古老的故事中神情专注、坚强高贵的女主人公，他也许是在某个地方听到或者读到过那故事，假如他富于戏剧性的想象的话，也许甚至能写出这样的故事。

如果《使节》的翻译者不考虑中国读者的汉语阅读习惯的话，他们可能会将后面的句子照着原有的句式结构全盘转译过来，而不省略那段"在与世隔绝的沉思里重塑她的勇气，重塑她的清纯"：

She reminded our friend——since it was the way of nine tenths of his current impressions to act as recalls of things imagined——of some fine firm concentrated heroine of an old story, something he had heard, read, something that, had he had a hand for drama, he might himself have written, renewing her courage, renewing her clearness, in splendidly-protected meditation.

在这段文字中，"她使他想起了……"和"某个古老故事……"有一个完整的结构。换一个人，也许会在这里用一个句号作结。但是詹姆斯并没有这样做，他依然使用逗号，并在逗号之后以一个他惯于运用的定语从句来反复雕刻那个"古老故事"中的"女主人公"。在这里，最有趣的句子是位于破折号中间的那一句"他对眼前景物的印象都会唤醒他的想象"。英文的原文中，"current impressions to act as recalls of things imagined"一句相当晦涩，如果要生硬地直译过来，大致就是"当前印象都如同对所想象的事情的回忆一样"。詹姆斯处心积虑地把"当前印象"（current impressions）、"回忆"（recalls）和"想象的"（imagined）紧密地压在一起，糅合成一种不清晰的词面肌理，以此来暗示斯特瑞塞此时此地的意识状态的两个层面：第一个层面与"唤醒"过去的回忆相连，第二个层面与启发现在的猜想相连。换句话说，詹姆斯试图用这个句子暗示，此时斯特瑞塞的"当前印象"与他的"回忆"和"想象"连成了一片。

这一句和后面的句子之间没有句号隔离，句子和句子之间便没有了长的停顿乃至结束，使得这个奇妙的句子同后面的描述在阅读中一气贯通。于是，"古老故事"中的"女主人公"，或者说昏暗的小礼拜堂中的德·维奥内夫人在斯特瑞塞意识中的映像，便因为这种贯通作用而显得有些含混不清起来。除此而外，詹姆斯还在后面的定语中插入"假如"（had he had）、"也许甚至"（might himself have written）一连两个虚拟性修饰，再加上"与世隔绝的沉思"（splendidly-protected meditation），更进一步模糊了斯特瑞塞的当前印象与回忆和想象之间的界限。在句子向前延伸的过程里，我们无法确定，在此时此地，斯特瑞塞眼里的那个完美的女人的背景，有多少出自他对真实场景的真实观察，又有多少出自他的想象——不管是由故事"唤醒"的想象还是由"戏剧性"的创作冲动激发的想象，甚至他自己"与世隔绝的沉思"所导致的想象。

从这个精雕细刻的句子引申出来，我们可以看到，斯特瑞塞对查德，对德·维奥内夫人，对巴黎圣母院，对巴黎甚至欧洲的发现与认识，也正是一个非常相似的含混不清的过程。斯特瑞塞在巴黎的文化历险，正是一个充满了回忆、想象和沉思的意识之旅。这个句子的构造，如此精妙地形成了整部《使节》的构造的隐喻，以至于我们不得不叹服，大师就是大师。詹姆斯对这部小说整体的把握如同他对语言细节的把握一样，充分体现了伟大作家的共有本色：自信、圆熟、优雅和殚精竭虑。

在结束我的这篇文章之前，我想再简略地谈一谈《使节》的翻译。事实上，从翻译成中文的作品里来探讨和领略詹姆斯的风格，多少有些隔靴搔痒的感觉，尽管如此，我还是必须说，目前的这个翻译文本是一个非常出色的尝试。作为詹姆斯这部晚年精品的第一次中文翻译，这个译本的态度是严谨的，质量是经得起考验的，翻译者在顾及中文读者的阅读习惯的前提下，尽量保持了原有英文句子的结构方式。从上面的那段引文我们可以看到这一特点。当然，所谓尽量只可能是尽量：如果完全仿造了原有句式，恐怕就不会有人能够读懂詹姆斯了。中文和英文的完全对等在翻译中是无法达到的，所以那些或多或少的转换、迫不得已的省略和倒装也就不可避免。

更进一步讲，文学翻译自身就有一个天然缺陷：在一种文字向另一种文字的翻译过程中，文化的不可翻译性总是翻译者（也包括了随后的阅读者）随时要面对的坚实阻碍，语言所隐含的文化的丰富性，总会在翻译之中被迫丧失。所以，当我们在阅读《使节》的中文翻译文本过程中遇上这些阻碍时，我们不妨放松一点，我们不妨把这个阅读的过程也看作一次有趣的文化历险。我们不妨把自己想象成中国的斯特瑞塞先生，在巴黎圣母院昏暗的环境中去努力阅读那个巴黎美女的背影，在这种阅读里，任何属于自己的回忆、想象，任何属于自己的"与世隔绝的沉思"都是理所当然的。不仅如此，也许正是因为有了这些回忆、想象和沉思，我们的阅读才显露出让人惊讶的美丽来。

易　丹[*]

写于成都

---

*易丹，四川大学中文系教授。1981年，四川大学中文系汉语言文学专业毕业，获文学学士学位。1984年，美国密歇根州立大学英文系英美文学专业毕业，获文学硕士学位。1984年底回国在四川大学中文系任教。出版有《从存在到毁灭——对二十世纪西方文论的反思》《断裂的世纪——论西方现代文学精神》等专著多部。

自　序

　　阐明《使节》的主题，是一件再容易不过的事情。此书最初分12期连载在《北美评论》（1903）上，并于同年出版单行本。为了方便读者，整个情况在第五卷第二章[1]中便以尽量简略的语言及时地加以交代，这样做犹如在中流插入或沉下什么东西，既显得有点生硬，又引人瞩目，几乎要影响到小说的流畅性了。与这部小说类似的作品还从来没有像这样，其灵感来自微小的暗示，而这么一点点暗示的种子又落入土中，发芽生长，变得枝繁叶茂，然而它依然能作为一个独立的微粒，隐藏在庞大的整体之中。简言之，这部小说发端于兰伯特·斯特瑞塞出于压抑不住的感情冲动，对小彼尔汉姆说的那一番话。那是在一个星期天的下午，在格洛瑞阿尼的花园里，当时他真心诚意地想开导他的年轻朋友，苦口婆心地让他明白那是一种危机，从未有过的一小时悠闲时光却被他的危机感占据，而且还像我们所希望的那样，他力图用尽可能简洁的语言来阐明这一点，而整个故事正是围绕着这一点展开。他说的那一番话包含了《使节》的精髓。在此之前，他手握一枝怒放的鲜花，此时他依然如此，有点过分殷勤地将它展示在我们的眼前。"你可要

---

1 即本书第十一章。——编者注

尽情享受人生，如果不这样就是大错特错。重要的不在于如何享受人生，只要享受人生便行。如果你从未享受过人生，那么你这一辈子还有什么意义？我现在已经太老了，明白这一切已为时过晚。一旦失去便不可弥补，你千万不要犯这样的错误。好在我们还有自由的幻象，你可千万不要像今天的我这样，连一点关于这幻象的记忆都没有了。在该享受人生的时候，我却因为过于愚蠢或者过于聪明，错过了大好时光。我现在要以亲身经历，告诫人们不要犯类似的错误。你干什么都行，就是不要犯这种错误，因为这确实是一种错误。享受人生吧，一定要享受人生！"以上就是斯特瑞塞这番话的中心意思，他所喜欢的并且准备与之交友的那位年轻人对此有颇深的印象。"错误"一词在他的话中一再出现，由于这出自他的亲身经历，更加重了告诫的分量。他因此而失去的东西太多，尽管就气质而论，他在人生中本可以扮演一个更好的角色。现在他大梦初醒，方才觉得形势逼人，面临一个尖锐的问题：还来得及补救吗？也即是说，是否还有时间弥补他的个性所受到的伤害或者人格受到的侮辱？他完全可以说自己愚蠢地受到当众侮辱，而且在一定程度上还是由于自己的笨拙造成的。这一切还来得及补救吗？不管怎样，他现在总算明白了这个道理，这就是这个问题的答案。因此，除开这一切所包含的宝贵的道德教谕外，我的故事以及将要展开的情节旨在展现逐渐领悟这个道理的过程。

整个故事和它的胚芽竟是如此相似，这是前所未有的事情。如同以往一样，这一切都是我亲耳听到的，而且我还准备把那些偶然听到的如实地搬到纸上。一位朋友曾以十分欣赏的口气，把一位知名人士对他讲过的话讲给我听。这位先生比我的朋友要年长得多，他当时的心境与斯特瑞塞说那一番忧郁的话时的心境相似。他说这些话时恰逢其时，那是在巴黎的一家艺术馆的迷人的古老的花园里，时间是夏天的一个星期天的下午，当时许多非常有趣的人均在场。我所听到的并记录下来的材料成为我的"标记"的上部分，我当时就认为它们能为我所用，事实上它们构成了主要的素材。其余就是他们简述的地点、时间以及初具轮廓的场景。这些因素组合在一起，给予我进一步的支持，使我拥有了我称之为绝对标记的东西。它中流砥柱般地屹立在那儿，激流在它周围旋转，就像为固定电缆而用力打入河床的标桩。这个暗示的作用超过了所有其他的暗示，这都是巴黎那个古老的花园所赐。因为在这个暗示中蕴含着若干无价之宝。因此当然有必要打开封条，逐个清点、整理并估价。然而由于某种原因，在这个暗示的辉耀之下，这一类场景令我感兴趣的所有因素都一一显现出来。在我的记忆之中，像这样包含着丰富意蕴并能激起我强烈兴趣的场合，还从来没有过。因为我认为，各种主题的价值是有区别的，尽管事实上我们在处理某个价值十分难以确定的主题时，只要我们以严肃的态度对待它，我们就往往会陷入狂热与偏见之中，认为它的价值和长处是无可挑剔的。毫无疑问，由此而产生的结果是，即使是在至善之中（一个人的荣誉观只与此有关），也有一种属于善的理想美，由这种美激励而产生的行动会使艺术家的信心达到极致。因此我确信，一部作品的主题可以说是会闪闪发光的，而《使节》的主题则从头到尾都闪烁着这种光辉。我坦然承认，我认为在我所有的作品当中，它是最上乘、最"完美"之作。这一评价如有任何失实之处，都会使我这种极端的自鸣得意，成为天下人的笑柄。

　　因此，在回想这方面的情况的时候，我没有发现自己在任何时刻失去主观控制，也没有因为脚下有可疑的陷阱而感到惊恐；我没有因为采用的计划而感到后悔，也没有因此而丧失信心并感到命运弄人。正如我曾谈到过的那样，如果说《鸽翼》的主题因为其面目隐而不现而使我时感苦恼——尽管我可以不带偏见地承认，它有时也会突然冲着你做一个表情丰富的鬼脸——我在做这一件不同的事时，却抱着绝对的信心，在处理问题时一直思路明晰。它具有明确的主题，而且有与我的想法配套的一整套创作素材，这一切展现在我面前有如万里晴空。（我可以提一下，这两部作品创作的先后顺序与出版的先后顺序恰恰相反，先写出来的作品却晚于后写出来的作品出版。）甚至当我感到作品中的男主人公的年龄对于我是一个沉重的负担时，我依然认为我的假设无懈可击；虽然德·维奥内夫人与查德·纽瑟姆的差距甚大，使人觉得他俩的关系显得勉强，甚至很可能被人指斥为令人震惊，可是我仍然抱着从容的态度。我觉得这部作品的素材翔实可靠，在创作的过程中既没有遇到什么阻力，也没有误入歧途的感觉。不管我把它转到哪个方向，它都发出同样的金色光芒。我因为有一位如此成熟的男主人公而感到欢欣鼓舞，他给予我希望，使我有更多的东西可供思考，因为我认为，只有拥有丰富而深厚的主题和人物性格，生活的描述者才有可能深入地进行思考。我可怜的朋友当然应当具有深厚的人物性格，或者毋宁说他非常自然而且丰富地拥有这种性格，这也意味着他具有丰富的想象力，而且他的自我感觉也总是这样，同时也表明他不会因此而受到损害。要"创造"出一个富于想象力的人物，可以说有着无穷无尽的机会，因为在如此情况下还找不到"深入思考"的机会，那么在哪个地方才能找到这样的机会？这个人物形象已经如此丰满，因此在塑造他这种类型的人物的时候，我的想象力没有必要占据主导地位，也没有必要由我根据想象来安排他的行动，因为出于种种其他原因，这样做是不合适的。如此难得的奢侈，也即是说，在全面掌握某种人的情况或某个人一生经历的基础上，研究这个具有极高天赋的人物的机会，无疑还得留待他日，留待我准备为它付出辛劳的那一天。在这之前，它将一如既往，高高悬在空中，可望而不可即。与此同时，类似事例可以充当替代品，我因此只是在较小的规模上处理类似的事例，并聊以自慰。

我得尽快补充说明一点：尽管较小规模的研究可以弥补一些不足，然而手头处理的事例却应该享有需要全面研究的大题材的优越地位。与此有着最直接关系的是这样一个问题，即如何进一步叙写那个星期天下午在某个巴黎花园中的场景问题，这个问题合乎逻辑地包含在我们那位绅士大发议论的冲动之中。或者换言之，如果这不是严格的逻辑引申的结果，也应该合乎理想而且迷人地隐含其中。（我之所以说"合乎理想"，是因为几乎没有必要提及这一点，即是说为了使其获得最充分的展开和表达，在起始阶段，我不得不切断在我心中朦胧出现的故事与实际报道者可能做的事情之间连接的线索。他依然是各种事件中的幸运者；他的现实存在极其明确，因此排除了其他的任何可能性；他那挺有意思的职能在于把一个越来越奇特、越来越活动的影子投射到艺术家的广阔视界上，该视界就像为放映儿童幻灯图片而悬挂的白布一样，老是悬挂在那里。）任何说故事的人与表演木偶戏的人所享有的特权，都难于与还未完全制订好创作计划的作家相比，因为他只凭借刚刚开始着手的一点点事实，或者用个比喻来说，只凭借嗅到的那么一点点气味，就来寻找尚未发现的玄妙的内容，这样做再使人高兴不过。或者换言之，没有其他困难游戏能像这种游戏一样具有如此悬念和刺激性。即使是那种牵着警犬追捕躲藏的奴隶的古老游戏，在"刺激性"上也无法与它相比。因为剧作家总是按照他本人的天才的规律行事，他不仅仅相信按照正确规律设想出来的可能的正确结局，他所想的要比这个更多。他不可避免地会认为，只要有一点点适当的暗示，场景就必须十分"紧凑"（不管故事的话题是什么）。经过充满渴望的挖掘，我才得到适当的暗示，它不可避免地将会成为一个故事的中心，那么这将会是一个怎样的故事呢？与这类问题俱来的魅力便部分地体现在这个方面，也即是说，该"故事"具有真正的预示性。正如我所说的那样，从这个阶段起，它便具有真实存在的可靠性。因此，尽管它或多或少还处于不太清晰的隐而不现的状态，就本质而言，它已经开始存在。因此，问题丝毫不在于应当怎样理解它，而在于高高兴兴地尽力找到应该动手的地方。

那种我们认为是艺术的东西，包含若干有益身心的奇妙成分，而真实也必定寓于其中。艺术与我们所见到的生活有关，它必须首先充分奉献这种原材料。换言之，它在人生的花园里采撷它的原材料，而在其他地方生长的原材料则是陈腐的，不能食用的。可是此事刚刚解决，就又得考虑加工过程。只有那些人类最低等的仆人，那些因为毫无"个性"而被不名誉地赶走的人，才会以暧昧不清的道德上的借口，或者任何其他借口，胆怯地溜开，放弃这个加工过程。这加工过程也就是表达过程，也是极有价值的名副其实的压榨过程，它与单纯地碰到好运气几乎没有关系，完全是两码事。发现的喜悦在此阶段早已过去，正如太太们在商店里找到了与大块料子"相匹配"的零头料子一样，总的说来，我所认为这种对主题的全面追寻到此阶段已经完成。主题找到了，倘若此刻的问题将转移到应该如何处理这个主题这方面，那么这个领域极其宽阔，在其中可以充分施展才能。正如我认为的那样，正是这种炮制的过程，造就了这种效果强烈的合剂。另一方面，其中有的方面又一点儿也不像带着号角和猎犬去狩猎。这是一种需要始终坐着做的工作，其中包括各种各样的计算，因此领取付给主会计师的最高薪酬也理所当然。不过，这并不等于说主会计师没有福气，而是说艺术家的幸福，或者说他的精神上的平衡状态，确实较少地存在于他能偷偷地进入的那些更使人感到高兴的纠葛之中，而是较多地存在于他能成功地置身局外之时。在撒下种子时，他冒着庄稼有可能长得过密的危险：为此他又必须像审查分类账的先生们那样，在核实数目时必须保持头脑清醒。作为这一切的结果，为了使素材变得更加有意义，我在这儿选择了叙述我"追寻"兰伯特·斯特瑞塞的过程，以及描写如何捕捉我的朋友的轶事投射出来的影子，或者报道那次成功后所发生的种种事情。可是我最好还是往各个方向都看一看，因为我一再想到，如果一个人只是一味讲故事，那么他那个盛他那些想象出来的或可以想象得出的冒险故事的袋子就只倒空了一半。因此这取决于如何理解那些含糊不清的内容。有一种故事是关于故事主人公的故事，除此之外，由于情节的内在原因，还存在着一种关于故事本身的故事。我不好意思地承认这一点，但是假如一个人是戏剧家，他就是一个戏剧家，后一种故事情节错综复杂，有时使我倾向于认为它是二者之间较为客观的一种。

在这个美妙的突破的时刻，拥有如此令人高兴且对他说来意义重大的素材，他的哲学思想就会行动起来，为了那想象中的人物，他就会依照逻辑规律，或用朴实的喜剧的行话来说，"被带到"意识到的窘迫的处境当中。走到这一步是十分可能的，而且得经过精心思考才行。他来自何方？他来的目的是什么？他在这个使人进退两难的地方[1]干什么（如同只有我们盎格鲁撒克逊人才说的那样，或者说我们注定不得不借助外来语表达的那样）？要使人信服地回答上述问题，如同坐在证人席上接受原告辩护律师询问时回答问题一样，换言之，要想令人满意地解释清楚斯特瑞塞和他的"奇特的语调"，那么我就得充分掌握整个故事的结构。与此同时，某种或然性的原则决定了有关他所在位置的线索。他绝不可能毫无理由地一味使用他那奇特的语调。他必定处于某种意识到的窘境之中，或者处于被人误解的位置上，才使得他的语调带有反讽的意味。假如听说者以前从未注意过他的"语调"，那么在听他说话时就不会辨认出这是他处于窘迫地位时说话的声音。我们这位老兄当时在巴黎的花园中便已经毫无疑问地形成一个人物，这是值得赞美的，也赢得了不可轻视的一分。下面需要关注的，就是他的身份的确定。一个人只可能依照盖然性行事，但这也有其好处，因为最普遍的盖然性即是本质上的必然性。从一开始，确定了我们朋友的国籍，这就使得他那比较狭隘的地方观念中存在着一种普遍的盖然性。在这方面，只要我们在透镜下观察一个钟

---

1 原文为 galère，系法文，意思是"困难之地"。

头，便会发现他的秘密。我们那位情绪不高的可尊敬的人物可能来自新英格兰中心地区，只要紧紧跟踪这一事件，一连串的秘密就会暴露在光天化日之下。它们需要经过筛选和分类，但我不会逐一复述整个过程的细节。它们明白无误地全摆在那儿，问题只是如何顺利地选择。"处境"怎么样是绝对没有问题的，可是为什么他一出场，就变成了"窘境"呢？这些推理的步骤既迅速义分明。我对所有的事者做出解释，然而"所有的事"在此刻已变为充满希望的东西。这是由于他已经到达巴黎，又怀着这么一种心境，由于难以逆料的新事物的冲击和新观念的灌输，他的心境每时每刻都在发生变化。他来时带着他的观点，这观点有如盛装在一个清洁的小玻璃药瓶中的绿色透明液体，当这液体一旦倒入敞开的实用杯子之中，与另一种气体起作用，便已经开始由绿色变成红色，或者变成另外什么颜色，而且，谁知道呢，还可能正在变成紫色、黑色或黄色。面对如此剧烈的变化所导致的极端狂热的情景，尽管他可能会说一些相反的话，他还是一下子怔住了，吃惊地凝视这些变化，这是十分自然的事。戏剧场面显然就会出自这些狂热的活动和极端的发展。我马上就会看出，如果这些发展极其有力而又按照逻辑规律进行下去的话，我的"故事"就将会毫无瑕疵。当然，对于说故事的人而言，难以抗拒的决定因素和无可估量的优势在于他对故事本身怀有浓厚的兴趣。这永远是明显的，具有压倒性优势的，也是最重要和最宝贵的东西（除此之外我还没有见过与之相似的东西）。至于说是什么东西造就了它，尽管这东西具有巨大的冲击力，但与故事本身所固有的力量相比，还是要逊色得多，尽管如此，使人感到欢欣的是，它仿佛已呈现在光亮之中，仿佛已经完全明白自己是怎么一回事。可是我们很容易发现，它有时会说假话，表面上冠冕堂皇，实际上却厚颜无耻。且让我们假定它老是脸皮厚，可这种特点却是与优美、效果和诱惑力等混杂在一起的。要知道，最重要的是，"故事"是被艺术宠坏了的孩子，当娇惯的孩子不"调皮捣蛋"时，我们总会感到失望，这是因为我们溺爱他到了关心他所有的性格特点的地步。事实上，大致的情况就是这样，甚至当我们以为已经同他签订好了妥协的条约而感到窃喜的时候也是如此。

上述的一切，只不过是为了说明，我想为我的故事的发展步骤提供一个及时而且能起作用的保证，一种脱离逻辑但依然可能存在的气氛，假如我太愚鲁，抓不住故事的线索的话。尽管如此，随着故事变得越来越错综复杂，在确定可怜的斯特瑞塞的使命和理解他的立场时，我却觉得自己的头脑从来没有如此清醒过。这些东西似乎凭借自身的重力和形状而造成的干净利落的行动，继续不断地汇聚在一起，甚至当评论者搔头观看它们时也依然如此。评论者现在已经很容易看出，它们总是在他面前遥遥领先。当事情已完结时，他事实上仍然落后一大段，在后面气喘吁吁、慌里慌张地尽力追赶。对于我们这位人间的赶夜路者来说（他之所以赶夜路，是因为他长久以来力图避免成为一个人，然而现在他终于不得不面对自己的厄运），这窘境显然要使他置身于那没有边界的动物园的大门口，在那儿有一种人人赞同的道德标准，这种标准一接触到生动的事实就会土崩瓦解。这应当是对这些标准所做的最开明的评价。当然还应当谈一谈斯特瑞塞的情况，不管把他放在哪里，我们的目的都是为了客观地评价他或者感受他的思想和情感。但是我得承认，他并不是那种传奇中的人物，他会为我而活动。他是一个现实中的人物，这个基调在我们第一次见到他时就已经定下，这个调子也是具有区别性的调子，正如在紧张的气氛之中，他所扮演的戏剧也是具有区别性的戏剧一样。我们已经看出，是他那天赐的想象力帮助他区别种种事物。正如我曾经透露过的那样，这个因素有助于我深入探讨他的精神活动和道德标准。可是与此同时，也就是在这里，一个阴影一瞬间掠过这个场景。

在少数人当中存在着一种可怕的旧的传统观念，或者说是人间喜剧中的一种陈词滥调，认为人们的道德准则在巴黎已化为乌有，没有什么准则是人们经常遵守的。每年数以万计的具有虚伪和玩世色彩的人到巴黎游览，只是为了看看那很有可能发生的大灾难。他们还说我来迟了，可不要失去这个作乐的机会。一言以蔽之，那儿的交际是世界上最无意义、最庸俗无聊的。可是我认为，既然这种庸俗是被公之于世的，我也就用不着裹足不前。在这个最具魅力的大城市的影响之下，斯特瑞塞经历了一场精神革命，他坚决不和那些据称是因为"受诱惑"而导致的愚蠢行为发生任何关系。他将被推向前去，或者更准确地说，猛然推到他终生耽于思索的积习上去。这种友好的考验将通过曲折的通道，通过巴黎所特有的极其丰富的变幻的光影，把他的内心表现出来，而周围的场景则不过是小小的陪衬而已，只作为比乌勒特的哲学中梦想到的更多的事物的象征而存在。另外，一个陪衬的场景也可能为我们的表演起着同样好的作用，假如斯特瑞塞将在这儿执行他的使命，并且他的危机也在这儿等候着他。这个可能的场景有很大的好处，它可以使我省掉准备的功夫。假如把查德·纽瑟姆那颇令人感兴趣的错综复杂的关系安排在其他地方，也并非不可能，只不过会使人感到十分担心，并可能产生耽误时间的困难。一句话，为斯特瑞塞安排的舞台，只可能是查德最幸运地选择的舞台。正如他们所说的那样，这位年轻人已被周围的一切弄得神魂颠倒。由于思想的变化，他发现最"有意思"的地方，是他那位真挚的朋友经过分析之后替他找到的。在这个地方，他的分析能力也因此得到了充分的发挥。

《使节》一书的"安排工作"十分顺利。从 1903 年开始，它逐月在《北美评论》上连载，而我长期以来就一直欢迎对创作才能的令人愉快的挑战，这个挑战可以表现为作家得主动采取周期性的断断续续的写作方式（把它称为一条小的创作规律也未尝不可）。我已经下定决心，决定有规律地利用并享受这些相当猛烈的颠簸，并相信自己已经找到一条通往它的幸运之路。可是我很快就想到，只要一经充分的考虑，整体的妥当性就成了主要问题，与这个问题相比，所有关于形式和压力的问题都变得次要了。这个主要问题即只使用一个中心，而且使它始终处于我们的男主人公的活动范围之内。问题在于这位先生的内心深处的冒险活动如此丰富多彩，因此，即使把他的内心生活毫无间断、毫不歪曲地从头到尾投射出来，对他说来，更重要的是对我们说来，其中还很有可能有一部分未被充分表现的价值。尽管如此，我可以明确地表示，只要能设计出一种特别经济的完美方案，还是有可能做到这一点。数目不小的其他人物将分布在场景各处，他们之中每个人都有其个人目的，有其需要对付的处境，有其不可忽视的连贯性。总之一句话，他们都得同我的主题建立关系，并发展这一关系。但是只有斯特瑞塞对这些事物的认识才有可能帮助我表现这些人物。我将依赖他通过探索而获得的对他们的认识来认识他们，因为他这些探索会在他那些极有意思的活动中凸现。而且我认为，倘若我严格遵守我刚才谈到的那些条例，那么产生的效果将是我极力"想得到的"，而且比我遵循所有其他惯例时所得到的还要多。它将使我获得广泛的统一性，而这广泛的统一性又肯定能使我的作品增色不少，为了达到这个目的，头脑聪明的讲故事的人在任何时候，为了他本人的利益，都情愿牺牲其他利益。我指的当然是紧张性这个优点，有许多显然的途径使我获得这种紧张性，也有许多显然的途径使人失去这种紧张性——正如我们看到的那样，在我们周围，一些人无可奈何地、悲哀地失去了它。另一方面，并非因为它是一种十分值得赞赏的优点，而是因为没有用来衡量它的严格的或绝对的尺度。因此，在它完全不为人知晓的地方，可能听见有人对它欢呼，而在那些人们怀着感激的心情朝它呼唤的地方，它却可能遭到忽视。不管怎样我不能断定，这一大堆如此排列的困难可能引起的巨大的乐趣，当爱好虚构的作者的明智的判断力并不亚于其偏好时，会不会成为他的最具有决定性的因素。无论如何，那条具有魅力的原则始终在那儿，使人趣味常新。我们记得，就本质而言，这原则使人变得贪婪，无所顾忌，毫不留情，任何廉价的或容易得到的养料都不会使他感到满足。他喜欢昂贵的牺牲品，一闻到困难的气味就感到欢欣，甚至就像闻到英国人的鲜血的气味，高兴不已而狂呼"唬、唬、唬"的食人魔鬼一样。

不管怎样，我这位绅士的工作最终就这样明确而迅速地安排好了——他庄严地接受使命，被委派到欧洲来"拯救"查德，后来才发现这位不听从他的劝告，而且在开始时使他感到颇为困惑的年轻人并未堕落，因此一个全新的问题就令人惊奇地出现在他们的面前。对付这个问题得用新的方法，也需要作家充分运用他的创作才能并使用比较高级的写作技巧。我一次又一次，一部又一部地翻阅书本，可是我却没有发现有哪一种创作方法，能像我所说的那种越仔细核实，效果就越佳的"讲求"一致性的方法那样有趣。

既然魅力永不减色，那么情况总会是这样，一步一步地循着原路往回走，就会使昔日的幻象重现。过去的意图将会重新开花，尽管路上还铺着凋落的花朵。这就是我所说的互换位置的冒险的魅力——使人万分激动的命运的起伏，写作中出现的问题的复杂详情，都按照这么一种令人赞叹的客观方式表现出来，并成为处于争议之中的问题，使作者的心始终悬着。举个例子来说，在描写整个事件的过程中，作者的意图在于使远在马萨诸塞州窥测意向的纽瑟姆夫人间接施加影响力，同时又要让读者强烈地感觉到她的存在。应该让读者感到，她仿佛直接呈现在眼前，其效果有如画家亲手画的绝妙的肖像画。我认为，这样强烈的艺术信念的体现，只要明确无误地出现在那儿，就会再次产生一种真实感，而且某种特殊的成功导致的相对不清晰并不会影响这种真实感。头脑中的想法难以避免地要变成行动并产生作用，这种事情在书中发生了大约五十次，尽管我如此梦想的时候并不多。即使如此，我因为意识到能用五十种方法来写作而产生的愉快并没有受到损害。仅仅看到这一类想法付诸实现，就使我感到魅力无穷，仅仅是那些所采取的绝妙的手法（倘若成功的话，便是表现和描写人物的条件和可能性的真正的开拓），照这个样子，便足以使人感到振奋。仅仅这样的事情就是一种标准，可以用它来检验经过所有努力并在掩饰之下估量的成功的可能性。尽管如此，还是需要考虑为了特殊的重要形式而做出类似的"明智"的牺牲！一部作品应当有其结构，因为只有结构才是实在的美。可是，情况始终是这样，作家难以避免地也会认识到，能懂得或不能懂得这种实在美的读者的数量毕竟少得可怜，而那些廉价的或者简明易懂的，却比比皆是。为了把实在的美体现在简明易懂或者比较普通的轻松读物之中，得流一身大汗，得付出代价！一旦作品写成并分期连载，可怜的探索者就会因为没有做到这点而感到害臊，脸一直红到耳根。但是既然优点只可能是整部作品的优点，那么仅仅是为了蒙混过关或者出于一时的原因而在路边设置陷阱，这种做法应该通通取消。生活中所有世故的东西，都可能成为一种威胁，斯特瑞塞的所有主观"决定"，就可以说是这样一个例子。

假如我同时使他成为故事的主人公和历史学家，并赋予他"第一人称"这种具有浪漫色彩的特权，那么当他大量地享受这种特权时，他就会不可避免地堕入浪漫传奇小说的黑暗深渊，而且其他许多古怪的东西也就会从后门偷运进来。简言之，在长篇作品中，第一人称注定会使作品的结构变得松弛，而这种松弛向来与我无缘，尤其是在写这部小说的时候，这一点略微提一下就行了。从很早的时候起，所有的考虑都要顾及这个标准，也就是说要考虑到这样一个问题，即是说在始终扣紧中心人物，始终以他为范例的同时，如何使我的小说的形式具有吸引力。他来了（来到了切斯特），他有一个可怕的目的，即想使他的创造者"一直不停"地讲述有关他的事情。在这苛严的使命面前，最镇定的创造者也会却步，而我却远远不是那种最镇定的人。我十分忐忑不安地想，在"讲述故事"这方面，我不仅被剥夺了讲或者不讲的选择的权利，而且还被剥夺了委托别人讲的权利。除了用暗示的方式，我不可能叫别人相互之间议论他的事。谢天谢地，我还可以使用戏剧的手段，可以通过与小说的途径截然相反的途径，十分完美地达到统一的效果。除非他们首先是他的人（首先不是他，而是他们中的某个人），我与其他人一点儿也没有关系。尽管如此，感谢上帝的恩惠，我同他依然保持着一定的关系，只不过仿佛我一出现，情况就会变糟。倘若我只采用暗示的手段，并在重要的时刻出现，那么就可以使其他人相互议论他。这样的话，我就至少可以叫他把必须讲的任何事情讲给他们听。出于相同的原因（这又是一个使人十分愉快的东西），这也可以使人看清楚这种方式可以为我和为他效劳的程度，和使用"自传体"方式创作的极其方便的情况，以及这二者之间的深刻差别。或许有人会问，倘若作家如此紧扣他笔下的主人公，那么他为什么不应该就"创作方法"发表一番评论，为什么不应该用缰绳套住他的脖子并让缰绳自由摆动，就像《吉尔·布拉斯》或者《大卫·科波菲尔》的情况那样？因为这会使他具有主体和客体的双重特权，这样便至少可以一下子把所有问题全部解决。我认为，这个问题的答案应该是这样：只有当作家不准备在一些重要问题上加以区别的时候，他才会做出这样的投降。

在此意义上使用的"第一人称"，是由作者直接对我们——他的读者们说话，他之所以不得不考虑到这些读者们，顶多是由于他遵循我们英国的传统，多少会想到作品会遭到评论的问题，不过他这种考虑并不认真，而且模模糊糊，缺乏对读者的尊敬。另一方面，斯特瑞塞与《使节》一样，被关在笼子里供养着。他不得不始终注意礼节，其严格和有益的程度超过了我们那种毫不掩饰和轻狂的哈欠对他的提醒。总而言之，他处于展览的状态之中，这种状态不允许那种像流体一样的随意自我暴露。我认为我首先想到应该是给他配备一两个可以信赖的朋友，尽量避免在事后做大量的解释，并克服插入大量的仅起描述环境作用的文字的习惯。在文字排列得十分紧密的巴尔扎克的作品的书页上，这一类情况屡见不鲜，它使不耐烦的现代读者深感遗憾，它好像专门是为了败坏我们那总的说来实际上并不太好的胃口。不管怎样，"回转去补救"这一口号号召我们去做更多的事情，这不仅仅是因为当代读者们有这样的要求，而且还因为不管怎样，他们都不会接受要求他们理解或从置身局外的角度来评价的呼吁。对于已完成的作品的美，当代的编辑们似乎特别麻木不仁。不管这两个原因有多么重要，斯特瑞塞的朋友韦马希却并不主要出于这些理由，才在小说开始时一下子紧紧抓住玛丽亚·戈斯特利，甚至没有为这种做法找借口。说什么就本质而言，她也是斯特瑞塞的朋友，还不如说她也是读者的朋友，因为由于小说布局的结果，读者也非常需要一位朋友。从小说的开头到结束，她也以这种身份行事，而且只以这种身份行事，其热忱堪称楷模。她以参与者的身份对小说的明晰性做出了直接贡献。她最终还是脱下了她的面具，也即是说她沉浸于其中的那套不折不扣的戏剧手法。众所周知，戏剧家的艺术一半在于运用这些手法（如果我们不明白这一点，那也并非是我们身边那些比比皆是的证据的过错）。我的意思是说，戏剧家往往竭力掩盖他依赖这些手法这一事实。在整部小说中，韦马希同我的主题并没有多大的关系，相比之下，他的重要性更多地体现在我对主题的处理上。在这些方面，有着有趣的证据，即是说作家只需把他的主题当作戏剧题材来处理，这样的话，需要有多少戈斯特利，就可以热情洋溢地将她创造出来。

在这方面，《使节》与在它之前不久出版的《鸽翼》完全一样，因为它们的素材均是完全作为戏剧题材来处理的。因此，借这次给此书出版写序言的机会，我必须着重强调其场景一致性这一特点。它以世界上最奇特的方式掩盖了这一优点，因为我们在翻阅这本书时，基本上看不到什么场景描写。然而，正如我们面前的这部作品结构所显示的那样，它轮廓分明地分为两个部分，一部分是为场景做准备（往往有准备得过分的倾向）的篇章，另一部分则成为场景的组成部分，起着证明这些准备工作的重要性，并使之臻于完美的作用。我认为，可以明确地说，书中所有不是场景的部分均是可以分开的准备阶段，是画面的融合和合成阶段（当然，我并不是指那些完全的和起作用的场景，我是把所有的材料，按照合乎逻辑的顺序，即开头、转折和结尾来处理的）。我认为，从最初的阶段起，作为《使节》的形式和写作方法，这些交替使用的方法就显而易见地出现在书中。因此，再次讲一下，像戈斯特利小姐这种起中介作用的人物，是事先用高薪聘请来的，可是她却得围着围巾，带着嗅盐，顶着穿堂风在那里等着。她的作用马上就会表现出来，而且我还以为，当她在伦敦同斯特瑞塞共进晚餐并同他一道去看戏时，她作为中介作用这种手法已被很好地证明是有用的。由于运用了这个手法，我们在对付叙写斯特瑞塞的"过去"这一不太好处理的问题时，才有可能以描绘场景的方法，而且只用这种方法加以处理，这样处理比用其他任何方法都更使人感到愉快。我们已经尽力（或者至少可以说我们希望如此）把某些不可缺少的事实交待得清清楚楚，栩栩如生。我们已经看见我们两三位朋友十分方便而且颇有成果地在"行动"。且不说我们已开始发现关系不那么亲密的另外一些人也进入了行动之中，尽管目前还有些模糊，尚有待我们进一步着墨添彩。让我在这里中明一下我的第一个论点吧：上面谈到的场景包括乌勒特的整个情况，以及那些复杂的势力，是它们促使我作品中的主人公来到这儿，那个提炼出他的价值和精华的元气充沛的人在此处等待着他，这个场景是正常的，完整的，是真正绝妙的标准场景；它内涵丰富，无所不包，因此绝不会转瞬而逝，其功能十分明确，有如时钟内敲铃的那个小锤子，表达了那个时间的所有内容。

这种"手法"处于从属地位，应该尽可能巧妙地使它隐而不现，以至于达到这样的程度，即是说要特别留意玛丽亚·戈斯特利的缝合处或者吻合处，把表面上的连接痕迹弄平滑，竭力不要使"缝合"的痕迹暴露出来。这种写作方法无疑将会在某种程度上使作品达到一个绝妙的构想所设计的那种庄严的境界。作为结果，我们会重新看到痴迷的艺术家有着许许多多难以胜数，但依然清澈而令他陶醉的源泉。当作家的创作过程一开始自由发展时，这些泉水便会发出叮咚的声响，这些丰富的源泉给那些容易受到感染的读者和批评家提供了不知多少我们永远也不会轻视的"娱乐"啊！在这里举一个例子来说明这一点，只需提一下那些既"有创造性"且又涉及关键的重要问题，诸如怎样、在什么地方和为什么要使得戈斯特利小姐那种虚假的关系，在天衣无缝的伪装之下，显得就像真的关系一样，这些问题都饶有趣味，并且使人感到艺术的极大的魅力。此书的最后一个"场景"堪称保持形式的一致而采取的权宜之计的最佳范例，其作用并不在于提供或增补任何东西，而在于尽可能生动地表现其他一些场景，而这些场景则是已经预先确定好的。既然所有的艺术都是表现，而且应该是生动的表现，那么作家就可以在这里找到一扇通往令人赏心悦目的虚构关系的大门。这些的确是创作方法所能达到的精致优雅和令人心醉神迷的效果，当身处其中时，或者更确切地说，当处于任何令人陶醉的表演的影响之下时，一个人必须保持清醒的头脑，不至于迷失方向。为了培养恰当地欣赏它们的能力并使那种感觉起作用，就必须在作品中表面上模糊不清的地方发现一种魅力，这种模糊不清是由于笔触不同而造成的，也是由于意识的模糊造成的，这是无可奈何的事。如果运用想象力为我的作品的主人公构想一种关系，这种关系与我的题材毫无关系，但却与我表现这个题材的方式有着千丝万缕的关系，如果在很近的距离之内言简意赅地处理这种关系，仿佛它是一种极其重要的本质关系，而且在这样做时不弄糟任何事情，那么就像人们常说的那样，这种做法就将成为显然受欢迎的事情了。不过我得赶快承认，这仅仅是那个与之相关且具有一般性的问题的一个组成部分而已，这个问题就是如何既要表达得恰如其分，又要使人对这种表达方式感到好奇。

在如此强调场景描写在创作中的重要性之后，我认为应该补充说明一点：我发现对另一种显然同样令人感兴趣的做法的考虑几乎挡住了对作品作反复推敲这种做法的路，或者换句话说，我并不是没有留意到，尽管非场景描写部分与场景描写部分既有联系又有区别，但是只要处理得当，前者的绝妙和魅力就自然会显露出来并产生其效果。在总的令人愉快的问题上，即是说在涉及表现方法的可能的多样性，以及如何有效地使用变化和对比的表现手法等问题上，上述论点具有无限的启发意义。在这个时候，为了批评的自由，人们会探讨那引人注目的不可避免的偏离（偏离原先十分喜欢的想象）问题，也即是说，只要稍微背离正确的创作方法，都肯定会给甚至是最成熟的计划带来负面作用，情况就是如此，即使作家经过反复考虑，最后成品也总会无处不带有这样的特殊痕迹。《使节》将会充分地说明我的这种想法。在结束这篇序言时，我一定要加上这些含义不同的话：在注意到我刚才提及的其他关系时，例如在描写我这部小说的主人公初次见到查德·纽瑟姆的情况时，所涉及的篇章即是场景描写的最好的例证，即使如此，只要主观意图能够得以贯彻，那么我对表现效果的注意还是没有丝毫的松懈。如果想要仔细全面地报道在某个场合"发生"了什么样的事情，那就不可避免地要或多或少地描写一下场景。可是在我谈到的例子中，由于有了表达思想的工具，对表现的好奇和对表现的恰如其分的追求是遵循完全不同的规律实现的。这个例子的内在含义在本质上只是表明，出于对查德整个形象和对其表现的考虑，允许的背离表现在对他的直接描写的减少上，这可以说是一种损害，但却使它获得了符合比例的好处。简言之，其结果使得作者不得不在若干重要之处重新考虑他与他之间的关系的合理安排问题。不管怎样，具有批评眼光的人可以看出，这部小说动人地充满着这些隐而不现或者已经得以补救的损失，这些难以觉察的矫正，这些力求补救的一贯努力。书中涉及玛米·波科克的篇章使她能给整个情节提供预先安排好了的，而且我认为是充分感觉到的帮助。通过以不可思议的方式进行的旁敲侧击或者走捷径的直接描写，通过迄今为止我们还没有尝试过的视角，我们看到她如何独自一人，拿不定主意，在旅馆交谊室中度过的那一个小时，我们还和她一起全神贯注地研究与她有关的那些事情的意义，在那个阳光灿烂的温暖的巴黎的下午，站在阳台上眺望图勒利花园——这些都是表现手法的优越之处的突出例子。之所以要坚持在这儿或那儿使用这种手法，是因为同场景描写相比，它能取得对立和更新的效果，具有很大的魅力，我可以顺便说一下，由于使用了这种对立的手法，这部小说具有一种紧张性，因此也就大大地增强了它的戏剧性，尽管后者被认为是所有紧张性的总和，或者说一点也用不着担心将两者并列在一起。事实上，我有意识地对自己不加以节制，我之所以要这样冒险，是出于对涉及的教谕的考虑，也就是说，我们面前的这部作品并没有彻底解决它所提出的有趣的问题，而小说在正确的引导之下，依然是一种最具有独立性、最灵活、最令人感到惊奇的文学形式。

目录

第一章

　　斯特瑞塞一到达旅馆，便首先打听有无他朋友的消息。当他得知韦马希要晚上才能抵达旅馆时，他并没有感到怎样的不安。问事处的人递给他一封电报，那是韦马希发来的，并付了回电费，上面说要求预定一个房间，"只要安静就行"。他们预先商定在切斯特而不是在利物浦见面，现在看来此协议依然有效。出于某种考虑，斯特瑞塞没有坚持要韦马希到码头来接他，他们见面的时间也因此推迟了数小时。同样的原因也使他觉得等待不会使自己感到失望，不管怎么样，他们至少可以共进晚餐。而且即使他不考虑自己，仅仅为韦马希着想，他也不必心存忧虑，因为他们在此之后有的是见面的时间。我刚才提到的安排是这个刚登岸的人出自本能考虑的结果，因为他敏锐地感觉到，尽管与老友久别重逢是一件令人愉快的事，但当轮船靠岸时，首先看到的就是老友的脸，而不是欧洲的其他景物，毕竟会令人感到扫兴。斯特瑞塞的若干担心之一就是害怕老友的形象会过多地出现在欧洲的景物之中。

　　由于上述的巧妙安排，自昨日下午开始，他的最新体验就给他带来了阔别已久的自由自在的感觉。这儿环境完全不同，再加上他心中毫无挂牵，他因此感到这次访问将会很顺利，而且这并非期望过高。他在船上很随便地就交了一些朋友（如果"随便"一词能用来形容他的话），但这些人多数一上码头，就汇入涌向伦敦的滚滚人流之中。也有人约他去旅店聚会，甚至还有人愿意充当导游，带他观赏利物浦的景物，但他都一一婉拒了。他既不同任何人约会，也不同任何人发展友谊关系。有些人认为同他相识是一件幸事，他的感觉却完全不同。他一副遗世独立的样子，离群索居，悄然隐遁，下午和晚上的时光都用于观赏周围那些饶有趣味的事物。在默西河畔度过的下午和傍晚使他有机会领略到有限而纯粹的欧洲的风光。想到韦马希很可能已经到了切斯特，他不禁感到有点不安。要是他告诉对方自己这么早就来了，那么他将很难掩饰自己已不急于同他见面的事实。他就像一个人发现口袋中的钱比平常多，于是便洋洋得意，在把钱花出去之前还要把它叮叮当当地耍弄一番。他不准备明确地告诉韦马希自己到达的时间；他一方面急于见到他，另一方面又想推迟见面的时间。这些在他身上显示出来的最初征兆都使人感到他与他的使命之间的关系绝非单纯。我们最好一开始就加以说明，可怜的斯特瑞塞被一种奇特的双重意识所累。他能在狂热时感到超脱，在缺乏兴趣时却充满好奇。

玻璃隔板后的那位姑娘从柜台的那一面递给他一张印有他朋友名字的粉红色便笺，并准确地念出他朋友的名字。随后他转过身来，发现大厅中一位女士正瞧着他，她似乎突然留意到他。她并不十分年轻而且也说不上格外漂亮，然而却五官端正。他觉得最近曾见过她。他俩对视了一会儿，他这才想起，在昨天住过的那家旅馆里，也是在大厅中，他看到她和一些曾和他同船旅行的人交谈了一会儿。他俩其实并未交谈一句话，他也不明白她脸上究竟有什么特殊的地方，以至于第二次见面马上就能认出她来。她显然也认出了他，这使人愈加感到神秘。她却对他说道，因为偶然听到他在询问，因此便想不揣冒昧地问一下，他打听的是否就是康涅狄格州米洛斯的韦马希先生——美国律师韦马希先生。

"哦，是的。"他回答道，"我那大名鼎鼎的朋友。他从莫尔文来，准备在此地同我见面。我认为他已经来了，可是他还得晚些时候才来。我很高兴没有让他在这里老等。你认识他吗？"斯特瑞塞说到这里停了下来。

讲完之后，他才意识到自己话说得太多。她回答时的语气，以及她那此时变得更富有深意的原本变幻不定的表情都似乎说明了这一点。"我曾在米洛斯见过他，很久以前我在那儿住过一段时间。我的一些朋友也是他的朋友，我去过他家。我不能肯定他是否还认得我，"斯特瑞塞刚认识的人这样说道，"可是见到他我会很高兴。也许，我将……我将在这里待一段时间。"她停了下来，我们的朋友斯特瑞塞则在思忖她讲的那番话，好像他俩谈了许多似的。他俩甚至还因此微微一笑。斯特瑞塞随后说见韦马希先生并不难，这使得那位女士觉得自己提出的要求过多。她似乎并不想掩饰自己的想法。"哦，"她说，"他根本无所谓！"她接着又说她相信斯特瑞塞认识芒斯特夫妇，在利物浦时他曾看到她和一对夫妇一起，那就是芒斯特夫妇。

然而他和芒斯特夫妇的关系并不深，因此在这个话题上没有什么可以多谈的。他俩的谈话就像一张刚铺好的餐桌，她提及的熟人关系不仅没有使餐桌上多一道菜，反而少了一道菜，同时又没有其他什么菜可以上。尽管如此，他俩还是坐在那儿，并没有离桌而去，其结果使他们在并未完成初步的交谈的情况下，就似乎变得熟悉了。他俩在大厅中溜达了一会儿，她告诉他这家旅馆的好处在于有一个花园。此时他发现自己陷入了奇怪的自相矛盾之中：他避免与船上的人过多地接触，而且尽力想法不使韦马希感到不快，可现在却突然放弃了回避与谨慎。他没有到自己的房间去，却和这位不邀自来的庇护者先去看那花园。十分钟之后，他又答应在盥洗之后，再与她在花园中见面。他想看看这座城市，他俩将一块儿出去逛逛。她似乎完全处于主导地位，对他就像对一位客人那样。她对当地的情况很熟，因此俨然像是女主人。斯特瑞塞同情地瞧了瞧玻璃隔板后的那位姑娘，仿佛她的地位已经被人取而代之。

一刻钟以后他下楼来，他的女主人怀着好感瞧着他。她看到的是一个中等个子的男人，年纪不过中年（五十五岁），身材瘦削，显得不太结实。他的面容最引人注目之处是那张毫无血色的棕色脸膛、浓重而下垂的典型的美式胡须、未见稀疏但已花白的头发，以及平直而精致的隆起的鼻梁——上面架着一副眼镜。从鼻孔到下巴，顺着髭须的曲线，有一道不同寻常的深而长的刻痕，那是时光之笔留下的痕迹，给这张优雅的脸画上了一个完美的句号。细心的观察者会注意到这一切给斯特瑞塞的女友留下了深刻的印象。她在花园里等着他。她戴着一双非常轻软而富有弹性的手套，看来为这次约会精心地打扮过。他穿越一小块平整的草地，在英国淡淡的阳光中朝她走来，他的衣着不那么讲究，看来在这样的场合，他应以她为表率。这位女士外表质朴而典雅，仪态端庄而大方，这立刻给她的同伴留下了深刻印象。他感到这是一种从未见过也难以分析的风度。他还没有走到她跟前，便在草地上停了下来，佯装在他的外套的口袋中摸一样忘记携带的东西。实际上他这样只是为了争取一些时间。斯特瑞塞有一种从未有过的奇怪感觉，他感到当前的自己与过去的自己完全脱节，而且他的真实的自我感觉只是产生于此时此地。其实这种感觉始于楼上，当他站在那个遮住了窗户，因而使室内变得更暗的穿衣镜面前时。他仔细地打量着自己，很长时间他都没有这样做了。他觉得对自己的样子不满意，随后又自我安慰地想关键在于怎样想法补救。他准备到伦敦去，因此帽子和领带再等一下买也不迟。扑面而来的是他这位见多识广、博采众长的朋友的风度，这种风度难以分析，就像是在一场玩得很漂亮的游戏中朝他掷来的球，而他也同样干净利落地接住了它。就像他俩开始交谈时那样毫无虚饰，毫不转弯抹角，他可以把对她的印象归纳如下："她显得优雅得多！"如果他没有接着说"比谁显得更优雅"，那是因为他十分清楚为什么要这样比较的原因。

　　像她这样的女同胞他可以说是司空见惯，她是百分之百的美国女人，因而一点也不神秘，使人感兴趣的是她与忧郁的韦马希的关系。尽管如此，她可以使人欣赏到一种更为优雅的风度。他在外套的口袋中摸东西时停下脚步，为的是鼓起勇气，以便好好地打量她一下，正如她打量他一样。他觉得她显得过于年轻，不过一个过着悠闲生活的三十五岁的女人外表依然如此年轻是可能的。她同他一样，样子很有特色而且面容苍白。旁观者只要瞧一瞧他俩，就可以看出他俩十分相似，这一点他当然不会知道。他俩都有一张瘦骨嶙峋的淡棕色的脸，脸上都有很深的皱纹，长着一只不合比例的鼻子。他俩都戴着眼镜，头发或多或少变得灰白。正因为如此，旁观者会以为他俩是兄妹。即便如此，两者仍有一点区别：妹妹深感与哥哥阔别已久，而哥哥却惊异于与妹妹的相逢。斯特瑞塞的朋友的眼睛的确没有流露出惊讶的表情，她只是在那儿抚平她的手套，以便他有时间打量她。她的眼睛上下打量他，一下子就把他看了个清清楚楚，处理这种素材对它们说来已是轻车熟路。这双眼睛的拥有者是一位有着丰富经验的女士，她见多识广，博采众长，善于将其他人分成若干种类并分门别类存放，其技术之娴熟有如排字工人拆版时将铅字重归原处。她尤其精于此道，而斯特瑞塞却恰恰相反。他俩在这方面的差别如此之大，要是他早明白这一点，他很可能不会与她较量。然而尽管他对此有所觉察，却并没有怎样在意。他感到悚然，过后却愉快地屈服于对方的意志之下。他很清楚她知道些什么，他也知道她懂得的事情比他多。尽管一般说来，承认自己不如女人对他说来并非易事，此刻他却愉快地这样做了，而且感到如释重负。在他那副永远戴着的眼镜后面，他那双眼睛显得如此平静，以至于即使没有它们，他的面貌也毫不受影响，因为其表情及反应主要来自于颜面、纹理及轮廓。一会儿之后，他走到他的向导跟前。他感到在这短短的交往之中，她对他的了解远比他对她的了解多。她甚至能洞悉那些他从未告诉她而且也许永远也不会告诉她的隐私。他完全明白自己将不少的隐私透露给对方，然而在严格意义上讲，这些称不上真正的隐私，而她所洞悉的，却恰恰是那些真正的隐私。

他俩将再次穿过旅馆大厅到街上去，此刻她提出一个问题："你查询过我的名字没有？"

他停下来，笑着说："你查询过我的名字没有？"

"哦，我查询过，你刚一离开我，我就到服务台问你的名字。你也去问问我的名字，这样不更好些？"

他感到十分惊奇。"去问你是谁？在那位坐在高处的姑娘亲眼看到我们如何互相认识之后？"

觉察到他戏谑的话语中所包含的警觉意味她不禁笑了起来。"那么你就更应该去问了，是不是？倘若你担心我的名誉会受影响（因为别人看见我同一位绅士在一块儿走，而那位绅士却不知道我姓甚名谁），那你就放心好了，因为我毫不在乎。这是我的名片，"她接着说道，"我还有些事需要告诉服务台的人，在我离开的这段时间，你可以仔细瞧瞧这张名片。"

她从皮包中取出一张名片，递给他，然后就走开了。在她回来之前，他也从包里取出一张名片，准备同她交换。他看到名片上只简单地印着"玛丽亚·戈斯特利"，此外在一个角上还印着一个门牌号码、一条街名，可能是巴黎的某条街，唯一可以使人这样猜测的是它看起来像是外国街名，此外并无其他佐证。他把她的名片放进背心口袋里，同时握着自己的名片。他靠着门柱，偶然想到旅馆前那广阔的视野，禁不住微微一笑。他一点也不了解这位玛丽亚·戈斯特利，但他却把她的名片很好地收藏起来，这实在有点滑稽。然而他心里明白，他会把这小小的纪念卡妥善地收藏起来。他看着周围，却什么也没有看见，心里想着自己这样做到底意味着什么，并诘问自己这是否说得上不忠实。他在匆忙之中这样做了，事前并未经过深思熟虑，要是别人看见了，其脸上的表情完全可以想见。要是他"做错"了，那么他为什么不干脆一走了之。这位可怜的家伙实际上早已想过这一点，甚至在与韦马希见面之前。他自认为有一个限度，但在不到36小时的时间内，这个限度就已经被超越。玛丽亚·戈斯特利走回来，快活而紧张地说了声"那么现在……"，并带头往外走。此时他才深深地体会到，在作风甚至道德上，他越过界限有多远。他走在她身边，一只胳臂上搭着外衣，另一只挟着一把伞，食指和拇指则僵硬地挟着他的名片。他感到相比之下，这才是他对周围事物真正认识的开端。他眼前的同伴给予他的欧洲印象，与他在利物浦认识的"欧洲"不同，也与头天晚上看到的那些既可爱又可怕、予人以深刻印象的街道不同。他们一同走了一会儿，他发觉她斜着瞧了他几眼，于是便心想这是否意味着自己应戴上手套。他感到有些好笑，她给他提了一个颇具挑战性的问题，这几乎使他停下脚步。"你这么喜欢这张名片，真叫人感动，可是你为什么不把它收起来？要是你携带起来不方便的话，我乐意把名片收回。要知道印这些名片我花了不少钱！"

这时他方才明白，她误认为他手中那张名片是她给他的名片，而他手持名片走路的方式则使她想到一边去了。到底她想了些什么，他却无从知晓。于是他便像奉还一样把名片递给她，她一接过它，便觉察到区别。

她瞧着它，停下脚步，并向他道歉。"我喜欢你的名字。"她说道。

"哦，"他回答道，"你从前不可能听到我的名字。"但他有理由相信，她也许听人说过他的名字。

"是吗？"她又把名片看了一遍，就像从来没有见过它似的。"路易斯·兰伯特·斯特瑞塞先生。"她念那名字时的口气很随便，就像是在念一位陌生人的名字。可是她又说她喜欢这个名字，"尤其是路易斯·兰伯特，与巴尔扎克的一部小说同名。"

"哦，我知道！"斯特瑞塞说。

"可是那小说写得太糟了。"

"这一点我也知道，"斯特瑞塞微笑着说，接着他又说了句表面上似乎与此无关的话，"我是马萨诸塞州乌勒特市人。"

听到这话，她不由得笑了起来，也许她觉得这简直是风马牛不相及，也许因为别的什么原因。巴尔扎克曾经描写过许多城市，就是没有描写过马萨诸塞州的乌勒特市。"你告诉我这个，"她回答道，"似乎是为了使别人一下子就知道最坏的消息。"

"哦，"他说道，"我想你已经看出来了。我觉得我的外表、口音以及那儿的人常说的'举止'都透露出了这一点。这在我身上太明显了，你只要一见到我，就立即会看出来。"

"你是不是指那最坏的消息？"

"我是那个地方的人。不管怎样，你已经知道了这一点，今后若有什么事情发生，你就不会怪我对你不开诚布公。"

"我明白了。"玛丽亚·戈斯特利小姐看来对他所说的真的感兴趣，"那么你认为会有什么事情发生？"

尽管斯特瑞塞毫不腼腆（他还很少像这样），他的眼睛还是游移着，并不直视对方。他在谈话时经常有这样的举动，但并不影响他侃侃而谈。"我担心你会发现我这人没出息。"他们这样一边谈，一边走。她对他说，在她的同胞当中，她最喜欢的恰恰是那些最"没出息"的人。在他们边谈边走的过程中，还发生了若干令人愉快的小事，这些事尽管无关紧要，但对他说来却很重要，并使整个气氛显得很愉快和谐。尽管如此，与将来许多事情密切相关的只是这场谈话本身，因此我们不可能分散地描述许多事情。事实上，其中有两三件事如不描述，我们将来也许会感到遗憾。在这业已扩展的小城边上有一道腰带般的城墙，它早已残缺不全，但剩余部分仍保存完好。一道有如腰带的弯弯曲曲的城墙被扩展的小城分割成若干片段，但仍被热爱文化的人们保存完好。它像一条窄带，逶迤于城楼之间，这些城楼因多年无战事，显得完好如初。它时而有间断之处，有时是一段拆除的城墙，有时是一个缺口。它时升时降，时起时伏，时而有奇特的转弯，时而有异乎寻常的衔接。从城墙往下望，可以看见朴素的街道和三角墙屋顶，还可以看到教堂的塔楼和临水的田野，以及那拥挤不堪的英国城市和井然有序的英国乡村。斯特瑞塞看着这一切，心中充溢着难以言表的喜悦。与这深深的喜悦共存的是一些深深刻在他心中的印象。很久以前，他才二十五岁的时候，就曾经在城墙上漫步观光。上次的经历不仅没有使这次游览减色，反而使他感到更饶有兴味，过去的经验也成为堪与他人共享的赏心乐事。和他共享这乐趣的应该是韦马希，此刻他因此觉得欠了他朋友什么似的。他一再看表，当他第五次这样做时，戈斯特利小姐打断了他。

"你在做你认为不应该做的事情吗？"

这句话击中了要害，以至于他的脸色变得绯红，笑声也变得尴尬。"难道我这么不喜欢做这事吗？"

"我认为你喜欢的程度还不够，你本来应该更喜欢这样做。"

"我明白了，"他若有所思，并且同意她的说法，"你应该多多包涵。"

"不存在包涵的问题！这与我根本无关，只与你有关。你的失败有着共同性。"

"嗨，你说对了，"他笑着说，"这是乌勒特人的失败，那确实是有共同性。"

"我的意思是说你不会享受。"戈斯特利小姐解释道。

"你说的完全正确。乌勒特人不敢肯定他应当享受。如果他认为应该的话，他就会享受。"斯特瑞塞继续说，"可是没有任何人教他如何享受，真是可怜啊。我却不同，我有人教我。"

他俩停下脚步，沐浴在午后的阳光中。在溜达的过程中他俩经常驻足，为的是更好地欣赏周围的景物。此时斯特瑞塞背靠着古老的石壁凹处的较高的那一边，面朝着教堂的塔楼。他俩此时所处的位置极佳，对面那红褐色的高大建筑群，历历在目，它呈方形，有着尖顶和卷叶浮雕等，首批归雁正环绕着它飞翔。他很久没有看到这样的建筑物了，这历经整修的教堂使他觉得赏心悦目。戈斯特利小姐一直在他身旁，神色庄重，一副无事不知无事不晓的样子，实际上她也有理由这样。她同意他的说法："你确实有人教。"她又补充道："要是你让我来教你就好了。"

"哦，我可有点怕你！"他高高兴兴地说。

她那锐利而令人愉快的目光穿过她的眼镜，又穿过他的眼镜，在他身上盯了一会儿。"哦，不，你不怕我！谢天谢地，你一点儿也不怕我！假如你怕我，我们不会这么快就聚在一起，"她怡然自得地说，"你信任我。"

"我也这样想，可是这正是我害怕的原因。如果我不信任你，倒也罢了，可我才二十分钟，就完全落入你手中。我敢说，"斯特瑞塞接着说，"你干这事是驾轻就熟，可对我说来这太新鲜了，太不一般了。"

她十分亲切地注视着他，"这只不过表明你已经了解我，这倒是相当美妙而稀罕。你懂得我是怎样的一个人。"听到这话，他善意地摇头表示反对，表示他并不了解她。她接着又解释道："如果你继续接触下去，你就会明白我是什么样的人。我的命运具有多重性，我完全屈服于它。我是一个一般的'欧洲'导游，你知不知道？我等客人来，给他们当向导。我把他们接上车，然后又把他们送下车。我是高级的'女旅游服务员'，充当陪伴的角色。正如我告诉你的那样，我带领客人到处游逛。我从来没有主动要求扮演这种角色，这是我的命运，一个人得接受自己的命运。在如此邪恶的世界里，要是我说我无所不知，那是十分可怕的，但我相信我的确什么都知道。我知道所有的店铺，也知道所有商品的价格，我还知道更坏的事情。我背负着民族意识的沉重包袱，或者换句话说，背负着民族本身。我肩上的民族不是由一个个男女组成，又是由什么组成？我这样做不是为了谋取任何利益，这你是知道的。我不像有些人那样，为钱才干这个。"

斯特瑞塞只能十分惊讶地静静地听着，考虑何时插话为好。"尽管你对客人们如此之好，很难说你这样做是出于爱心，"他停了一会儿，"我应该怎样酬谢你？"

她停顿了一会儿，不知说什么好，最后答道："用不着酬谢。"并叫他继续游览。

他们往前走，过了一会儿，尽管他还在想她刚才说的那番话，他又把表掏了出来。他的动作是机械的、无意识的，在她那不同凡响的机敏和愤世嫉俗的态度面前，他显得有点不自在。他瞧着表，却什么也没有看见。随后他听见他的同伴说了些什么，他仍然没有回答。"你真的怕我？"她又问道。

他觉得自己在苦笑。"现在你明白我为什么害怕你了。"

"因为我有这么多线索？这都要归功于你！"她接着又说，"我刚才就是这样对你讲的，你却认为这样不对。"

他再次靠在城楼的墙壁上，像是准备继续听下去。"那就帮我一把，不要再让我这样下去！"

听到他的呼吁，她因为高兴而流露出欣喜之色，但她似乎把这看成是一个是否马上行动的问题，因此显然在考虑怎么办。"不再等他了？不再和他见面？"

"哦，不，我不是那个意思，"可怜的斯特瑞塞说道，样子很严肃，"我得等他，我很想见到他，但是得在不害怕的时候。刚才你的确说到点子上了，这是个带普遍性的问题，可是在某些时候这个问题特别严重。我现在就是这样。我老是在想别的事情，而不是眼前的事情。这样念念不忘别的事情是很可怕的，比如说此刻我想的就不是你，而是其他事情。"

她认真地听他讲，样子很可爱。"哦，你可不能这样！"

"我不得不承认我有这个毛病，请帮助我改掉它。"

她继续思索着，"你是不是在下命令？要我接受这项任务？你能不能完完全全听我的吩咐？"

可怜的斯特瑞塞长叹一声说道："要是我能这样就好了！问题就出在这里，我做不到，永远也做不到。"

她并没有气馁。"可是你至少有这个意愿，难道不是这样的吗？"

"哦，简直是糟透了！"

"嗨，只要你愿意试一试！"就像她所说的那样，他当场就接受了任务。"相信我吧！"她大声说道。在返回的路途中，他挽着她的手臂，就像一位长者对他所依靠的年轻人献殷勤时那样。在靠近旅馆时，如果他把手又缩了回来，那是因为他俩又谈了许多，他感到他俩的年龄差距或者说经验上的差距，因为自由的交流而缩小。总而言之，当走到离旅馆大门不远的地方时，他俩还分得很开。他们离开时，那位姑娘尚坐在玻璃隔板后面，此时她站在门口向外张望，像是在等他们回来。她身旁站着的那个人也显然同样在期盼他们回来。一见到这个人，斯特瑞塞马上就做出了我们一再提到的那种反应性动作，亦即停下了脚步。他没有开口，却让戈斯特利小姐大声喊了一声"韦马希先生"，在他听来，她的叫声有点虚张声势。

根据门口那些人等待的情形，他一望便知，假如不是由于她在身旁的话，本来应该由自己来招呼对方。他还在远处已经觉察到这点，韦马希先生已经流露出不高兴的神色。

第二章

当天晚上，他向他的朋友承认，他对她几乎一无所知。他们三人一起在餐桌上用膳，尔后又一同散步，走到城里，观赏月下的教堂。经过这些接触，再加上她那些频繁的提示和询问，韦马希依稀回忆起一些往事，但他这个米洛斯的居民怎么也想不起这个戈斯特利小姐，尽管他承认自己认识芒斯特夫妇。她还问了韦马希先生两三个问题，这些问题均涉及后者圈子中的一些人。根据斯特瑞塞的观察，与自己先前的感受相同，韦马希对这些其实一无所知，唯一的知情人是这位奇特的女人。使他觉得有趣的是，他发现他的朋友与她的交情很有限。这一点毫无疑义，而且显然韦马希也明白这一点。这使他愈加感到他和她已经相当熟悉，而且在短时期内会变得更加熟悉。他还当场断定，不管韦马希与她熟识到什么程度，他从她那里也得不到多少好处。

他们三人在大厅中停留了五分钟，交谈了几句，然后两位男士到花园里去，戈斯特利小姐则独自走了。斯特瑞塞同他的朋友一起到预定的房间去。他仔细地考察这个房间，半小时之后，他又以同样审慎的态度离开他的朋友。他一离开朋友，便直接走回自己的房间，但很快就觉得待在房间里气闷。在这儿他开始感觉到他们会面的后果。以前觉得足够大的地方，现在却显得小了。他曾怀着自己羞于承认的内疚的心情等待这次会面，同时也希望这种心情能因为见面而缓解。奇怪的是见面之后他却更加兴奋不安，而这种难以名状的兴奋使他再次走下楼来，漫无目的地徘徊了几分钟。他再次走到花园，往休息室中一望，看见戈斯特利小姐正在那儿写信，便退了出来。他走来走去，心情烦乱，最后还是决定在傍晚结束之前和他的朋友做一次更深入的交谈。

同他的朋友在楼上谈了一个小时之后，斯特瑞塞方才决定休息，此时时间已经很晚，他的心情并不平静。对斯特瑞塞来说，晚餐以及随后的月下漫步有如一个带有浪漫色彩的梦，只是由于身上的衣服太薄，不胜寒意，才略微冲淡了这诗意的色彩。在那位韦马希称之为"时髦"的朋友离开之后，他发觉他不愿意上床，于是便有了这次夜半长谈。韦马希最爱说的话是"我了解我自己"，知道只有把自己弄得筋疲力尽之后方能入睡，否则他就只有整夜徘徊。今夜他拉住斯特瑞塞与他促膝谈心，实际上也是为了达到使自己感到疲乏的目的。斯特瑞塞观察着正在进行疲乏锻炼的韦马希。他身穿长裤和衬衣，坐在沙发边上，长腿伸直，佝偻着背。一会儿抚摸肘部，一会儿又抚摸髭须，时间长得令人简直难以置信。他给他的客人的印象是自己使自己感到不舒服，这种不舒服感是韦马希的主调，斯特瑞塞在旅馆门口第一眼看到他时得到的正是这个印象。这种不舒服感还有一定的传染性，它既有点不合逻辑，又没有什么道理。斯特瑞塞感到除非自己或韦马希本人对此见惯不经、抱无所谓的态度，不然他自己已经习惯了的且为环境所确认的舒适感就会受到威胁。韦马希第一次同斯特瑞塞到后者为他预定的房间里去时，他默不作声地环视周围，后来叹了一口气。在他的同伴耳中，这声叹息如果不是代表对房间的不满意，也至少代表对生活缺乏信心。它给斯特瑞塞留下了极深的印象，以后每次在观察身边的事物时都要想到它。他试图从这些事物中理解"欧洲"，然而迄今为止，他都未能理解它。他和周围的一切不能达到和谐一致，并在三个月之后几乎放弃了这种希望。

他此刻背靠着沙发，眼睛映着煤气灯的光，他的头漂亮而硕大，脸膛宽大，多皱而没有血色。总的说来，他生就一副不凡的面相，上半部是伟大政治家的额头，浓密而蓬松的头发，暗黑色的眼珠，这一切都使人想起十六世纪初那些民族伟人的雕像和胸像，尽管这一代人评价人物的标准已经和过去时代的人迥然不同。他具有以往那些在"议会大厅"中培养出来的美国政治家的气质。斯特瑞塞过去之所以认为他有潜质，将来会有辉煌的前途，正是基于这一点。后来广为流传的说法是他的脸的下半部使这希望落了空，因为这部分显得软弱，又有点歪斜，这也是他蓄起胡子的原因，尽管不知道这个秘密的人总认为他蓄起胡子难看。他甩动一头长发，他双眼炯炯有神，他的听众或观众都会被这双眼睛的魅力征服。他不戴眼镜，目光咄咄逼人，瞧起人来既令人生畏，又使人感到鼓舞，就像一位选民瞧着他选举的人那样。他会见你时的态度仿佛你是在得到他的允许后方才进入房间的敲门者。斯特瑞塞这次和他久别重逢，不由得从新的角度来审视他，而且感到他从未这么客观地评价他的朋友。对于韦马希来说，他的头过于硕大，眼睛过于锐利，在这午夜时分，在这煤气灯照得通亮的切斯特的寝室里，在斯特瑞塞看来，这表明他在米洛斯过的是一种弦绷得很紧的生活，而这种生活本来可以使得韦马希变得随意，只要他愿意松弛一下，就可以松弛一下。可惜他坐在床边，一直保持着难以持久的姿势，一点也没有放松的迹象。这使他的同伴回忆起他坐在火车车厢里那身体前倾、令人感到不安的姿势。可怜的韦马希就是以这样的姿势很不舒服地坐着火车旅遍欧洲的。

他俩一向工作繁忙，职业压力颇大，再加上他俩对生活都很投入，因此他们以前在国内时从未像今天这样，能整天聚在一起。这种突如其来的而且几乎令人不知所措的闲暇，他俩若干年都未享受过了。在某种程度上，这也是斯特瑞塞感到他的朋友的特征尤其明显的原因。那些忘却已久的事情又重新浮现在眼前，而那些永远不能忘记的，就像情绪激烈的一家子，气冲冲地挤成一团，坐在门口等待。房间又窄又长，坐在床边的人那穿着拖鞋的脚伸得老长。来访者每次从椅子上跳起来，在房间里来回踱步时，都必须跨过这双脚。他俩在可谈与不可谈的事情上分别打上了标记，此标记在后者身上尤其明显，就像粉笔敲在黑板上的印记。韦马希三十岁结婚，和他的妻子已分居十五年，在煤气灯明亮的光辉照耀下，朋友俩心存默契，也即是说斯特瑞塞不得提起有关韦马希妻子的事。他知道夫妇俩依然分居，她住在旅馆里，在欧洲旅行，涂脂抹粉，写信骂她的丈夫，这些信韦马希每封必读。斯特瑞塞十分尊重他的同伴生活中的这隐秘的一面。这是一个神秘的领域，其内情韦马希本人从未谈到过。斯特瑞塞向来总是尽量客观地评价他的朋友，然而他却十分欣赏他朋友那高贵的缄默，甚至在经过反复思考后，认定韦马希是他的众多的朋友中的成功者，其原因就在于他的缄默。韦马希的确是一个成功者，尽管由于工作过劳，他妻子的那些信，以及他不喜欢欧洲等因素，他显得精神疲惫，要是斯特瑞塞本人具有这样缄默的美德，他的事业就不会像现在一样没有名堂。离开韦马希夫人那样的女人固然不是一件难事，然而面对情感的背弃而抱处之泰然的态度就是值得赞美的事了，更何况这位丈夫不仅三缄其口，而且还收入颇丰。斯特瑞塞最艳羡他的朋友的，就是这些。他知道自己也有不愿为外人道的事，需要保持沉默，但是这属于另一码事，况且他曾有过的最高收入并不足以使他傲视他人。

"我不明白你到此地来干什么了，你看样子好像并不疲倦。"韦马希终于发言了，他说的是欧洲。

"得啦，"斯特瑞塞尽可能和他意见一致，"我想在开始我的欧洲之旅后，我还不觉得厌倦。可是在动身之前，我确实是累惨了。"

韦马希抬起他那双忧郁的眼睛。"你差不多和平常一样吧？"

他提的这个问题并不表示他的怀疑，而是似乎包含了一个恳求，希望对方不折不扣地讲实话。在我们的朋友听来，这不啻米洛斯的声音。在内心深处，他向来认为米洛斯的声音和乌勒特的声音迥然不同，尽管他从来没有敢说出口。他感到只有前者才真正属于传统。过去因为某种原因，这声音时常使他陷入暂时的困惑之中，此时因为另一种原因，他突然又再度陷入困惑之中。不能小视的是这种困惑使得他含糊其辞。"你这样说对一个想方设法来见你的人恐怕不公平吧。"

韦马希漠然地盯着盥洗架，默不作声，这个米洛斯的化身似乎以这样的态度来接受来自乌勒特的出乎意料的恭维。斯特瑞塞又一次感到自己代表了乌勒特。"我的意思是说，"他的朋友接着又说，"你的脸色看起来不像过去那样难看，比我上次看到你的时候要好得多。"可是韦马希的视线并没有停留在他所说的那张脸上，这似乎出自礼貌的本能。而且当他盯着脸盆和罐子的时候，他所说的话的分量似乎要重一些。他接着又说："你现在要胖些了。"

"我想怕是长胖了些，"斯特瑞塞笑着说，"一个人能吃就能长胖，我不仅能吃，而且还撑着肚子吃。我在船起航时累得要死。"他的话音带着一种奇特的高兴。

他的同伴回答道："我在到达时累得要死。我到处寻找一个合适的休息地方，结果弄得筋疲力尽。斯特瑞塞，我现在终于能在此地对你说这些话了，真是一大快事，但我不知道我是否是一直等到今天才说，因为我在火车上已经对别人谈过这些了。事实上，诸如此类的国家并不是我所喜欢的那一类国家。我在这儿见到的任何一个国家都不适合我。我并不是说这地方不美丽，或者名胜古迹太少，问题是我在哪儿都觉得格格不入。我认为这是我难以长胖的原因之一。别人却以为我会发福，可是至今我毫无迹象。"说到这里，他显得愈加恳切，"嗨，我想回家了。"

他的双眼直视着斯特瑞塞的眼睛，有些人在谈论自己的事情时爱盯着对方的眼睛，韦马希就是这样的人。这使得他的朋友也能面对面地瞧着他，从而马上在他的心中产生极佳的印象。"对于一个特意来见你的人，你这番话太温馨了。"

听到这话，韦马希的表情起了微妙的变化，显得神情凝重。"你特意到这儿来，是不是？"

"总的说来，是这样的。"

"根据你写信的方式，我猜到背后还有其他原因。"

斯特瑞塞嗫嚅道："在我想同你见面的愿望的后面还有其他原因？"

"你之所以筋疲力尽是因为其他原因。"

因为心中有顾虑，斯特瑞塞微笑得不那么灿烂，他摇摇头说："所有的原因都包含在其中了！"

"有没有什么使你特别感到烦恼的原因？"

我们的朋友终于愿意交底了。"是的，有一个。我这次来与某件事有着密切的关系。"

韦马希等了一会儿，说道："是不是因为过多地牵涉隐私而不愿意提及？"

"不，对你来说，不存在隐私问题。只是此事有点复杂。"

"得啦，"韦马希稍等片刻又说，"我在这个地方可能会变成傻子，不过迄今为止，我还没有变糊涂。"

"哦，我会毫无保留地告诉你，只不过不在今晚。"

韦马希的姿势愈显僵硬，他把双肘抱得更紧。"为什么今晚不告诉我，要知道我可能睡不着。"

"因为我睡得着，我亲爱的朋友。"

"那么你还烦恼什么？"

"就因为这个，因为我能一气睡上八小时。"

斯特瑞塞又指出，韦马希之所以长不胖，是因为他不愿意睡觉。听他的朋友这样说，韦马希表示愿意接受朋友的意见，准备上床睡觉。斯特瑞塞则稍带强制性地帮助韦马希就寝，他调低灯光的亮度，把毯子给韦马希盖好，感到自己在两人关系中的分量又有所增加。韦马希就像住院的病人那样盖得严严实实，一直盖到下巴，黑压压的一大团，整个形象显得简单得不自然。斯特瑞塞满怀怜悯地照料着他的朋友，心中颇为受用。后者从被子下问道："她真的是在追求你吗？是不是就是因为这个原因？"

斯特瑞塞为朋友考虑问题的思路而感到不安，然而他却试图利用韦马希的问题的暧昧性。"你是不是问我出来的原因？"

"你感到烦恼的原因，或者其他什么原因。大家都认为她追你追得很紧。"

斯特瑞塞一贯说老实话。"哦，我想你认为我是在名副其实地躲避纽瑟姆夫人？"

"嗯，我不知道你在干啥。斯特瑞塞，你是一个有吸引力的男子，"韦马希说，"你自己明白，楼下那位女士对你怎么样，"他随意地说，语气半含讥讽，半带焦急，"除非是你在追求她。纽瑟姆夫人也在这边吗？"提到这位夫人时，他似乎流露出一种可笑的畏惧感。

这使得他朋友偷偷地微笑了一下，"哦，没有，谢天谢地，她正待在家里，平安无事。她本来想来，可是最后还是没有来。我代表她来这儿，而且是为她办事而来的，你的猜测没错。你由此可知其中的关系错综复杂。"

韦马希还是只能看到表面上的东西，"包括我刚才提到的那个特殊关系？"

斯特瑞塞在室中又踱了一圈，他拉了一下同伴的毯子，最后走到门口。他觉得自己像是一个护士，在把病人的所有事情安排停当后，才获得了休息的权利。"其中牵涉的事情太多，一时无从谈起。可是你别担心，我会一五一十全告诉你的。你可能会像我一样，觉得漫无头绪。只要我们在一起，我就会随时请教你，并且十分重视你对这些问题的看法。"

韦马希并没有直截了当地接受他朋友的赞扬。"你的意思是说你不相信我们会在一起？"

"我只是看到了这种危险性，"斯特瑞塞长者似的说道，"因为听见你闹着要回去，所以我觉得你很可能会犯错误。"

韦马希一声不吭地听着，就像一个遭到指责的大孩子。"你要我做什么？"

斯特瑞塞问过戈斯特利小姐同样的问题，他不知道自己当时的语调是否一模一样。可是他至少能做出更为明确的答复："我要你马上和我一块儿到伦敦去。"

"哦，我已经去过伦敦了！"韦马希轻轻地叹息着说，"斯特瑞塞，我到那儿去将会成为无用之人。"

斯特瑞塞兴致颇高地说："我想你会对我有用。"

"那么我就必须去？"

"哦，你将不仅去伦敦。"

"唉，"韦马希叹息道，"你想怎么样，就怎么样。不过在你带我启程之前，你得告诉我……"

我们的朋友既感到有趣，又觉得后悔，他不知道当日下午自己面临同样挑战时，是否也这样任人摆布。他又一次被感情的洪流带走，以至于一时没有跟上韦马希的思路。"告诉你什么？"

"嗨，告诉我你已经知道的那些事情。"

斯特瑞塞踌躇了。"这些事我就是不想告诉你，我也不可能这样做。"

韦马希神情忧郁地注视着他。"你说你这次专程为她而来，这是什么意思？"

"为纽瑟姆夫人？你说的没错，当然是啰。"

"那么你为什么又说也为了我？"

斯特瑞塞变得不耐烦了，他用力拉了拉门闩。"再简单不过。是为了你们俩。"

韦马希长叹一声，转过身去。"得啦，我可不会嫁给你。"

"如果要说这样，你们俩都不会！"来访者笑一笑，然后离去。

第三章

他曾经告诉戈斯特利小姐，他与韦马希很可能坐下午的火车走。第二天早晨，他得知这位女士已经决定坐较早班次的车离开。斯特瑞塞走进咖啡室时，她已经吃完早餐。由于韦马希尚未露面，他便抓紧时机对她重提他俩已达成的谅解，并告诉她，她有点过于谨慎。在她引起别人兴趣的时刻，她当然不会隐退。他遇上她时，她正从窗边小桌旁起身，桌上放着一张小报。他对她说，这使他想起潘登尼斯少校在俱乐部里用早餐的情景。对此恭维，她由衷地表示感谢。他一再挽留她，好像没有她，什么事情也办不成，这显然是由于头天晚上发生的那些事情起了作用。不管怎样，她必须在离开之前，教会他以欧洲人的方式订早餐，她还必须特别费心地教他如何替韦马希订早餐。后者刚才透过房门，尽力高声委托他朋友完成订牛排和橘子的光荣任务，该任务由动作麻利且头脑机敏的戈斯特利小姐代为完成。她曾经帮助侨居欧洲的美国人改掉一些习惯，与这些习惯比较起来，早晨吃牛排只能算是小问题。她有如此光荣的回忆，当然不可能在半路打退堂鼓，不过在经过思索之后，她还是坦率地承认，在处理诸如此类的事情时，完全可以采取迥然不同的方式。"有时也得按照他们的想法行事，你知道。"

在准备早餐期间，他俩一同走到花园中去等候，斯特瑞塞发现她比以前更加诱人。"喂，你看怎么办？"

"使他们陷入错综复杂中，或者按照我们的观点，在简单的关系之中，那么事情就会自己了结。他们会回去的。"

"你要他们回去！"斯特瑞塞快活地说道。

"我总是要他们回去，而且尽快地把他们送回去。"

"哦，我明白了，你带他们到利物浦去。"

"当海上起风暴时，任何港口都是避风的好地方。除了其他职能之外，我还帮别人办理回国的事务。我要使人们回到那饱受创痛的土地上居住，否则它会变成什么样子？我要劝阻其他人，叫他们不要留在这里。"

收拾得井井有条的英国花园，早晨清新的空气，这一切都使斯特瑞塞感到赏心悦目。他踩在湿润而致密的细沙之上，欣赏脚下沙砾发出的沙沙声，他也喜欢瞧那些平整而深厚的草地，那些弯弯曲曲的小径。"其他人？"

"其他国家，其他人，是这样。我要鼓励自己的人。"

斯特瑞塞感到迷惑不解。"叫他们不要来？可是你为什么还要'接待'他们呢？要知道这样做不像是在阻止他们。"

"哦，要他们不来，可能实际上办不到。我打的算盘是叫他们速来速归。我接待他们，是为了使他们在这儿待的时间尽可能的短。尽管我不阻止他们，我却自有办法叫他们打道回府。这是我的小秘诀。如果你想弄清楚的话，"玛丽亚·戈斯特利说，"这是我内心深处的秘密，我的最崇高的使命，也是我最大的用处。表面上看来，我好像只是在消磨时间，在附和别人的意见，然而我早已成竹在胸，而且偷偷地按计划行事。我不可能把我的计划对你和盘托出，但实际上它完全行得通。我把筋疲力尽的你送回去，你就会一直待在那边。凡是经过我的手的……"

"就不会再在这里出现了？"她越往后说，他就越能体会她的意思。"我并不想知道你的秘诀。正如我昨天对你暗示的那样，我已经充分领会了你的深不可测。弄得筋疲力尽！"他重复她说过的话。"如果你准备如此巧妙地把我送回去，我得谢谢你预先警告我。"

他俩愉快地相视一笑，感到彼此间的交情更加牢固。"你说这办法巧妙？其实它既简单，又乏味，不过，你倒是个特例。"

"哦，特例——不过是软弱罢了！"她还软弱到推迟行期、同意陪两位绅士旅行的程度，但愿她能单独坐一个车厢，以显示她的独立性。尽管有这样的安排，午饭之后，她还是独自先走了。他们同她约定，将在伦敦和她同游一天。他俩又继续待了一晚上。那天早晨她和斯特瑞塞无所不谈，后来他回忆当时的情况，感到那一席话充满预示和他称之为崩溃的先兆。其中谈到的一件事是，尽管她一生中每时每刻都按照安排"到达"某地，但是为了他的缘故，她还是可以失信于他人。她进一步解释说，无论走到什么地方，她都有需要重新恢复的关系，或者需要修补的友情。她还会发现处于潜伏状态的欲望，当她走近时它就扑将出来。但给它一块饼干就可以安抚它一会儿。她早晨别出心裁地为他安排早餐，从而使他吃到了以前不曾吃到的东西。她把这视为光荣，而且认定韦马希会更欣赏她的尝试。她后来对斯特瑞塞夸口说，她使他的朋友吃得有如潘登尼斯少校在麦加塞瑞俱乐部时一样好，可是他还身在福中不知福。她使他像绅士一样地吃午餐，她又强调，这与以后她所能使他做的那些事相比，又算不上什么了。她使他再次到街上去溜达（对斯特瑞塞来说，那天这一类的经验委实太多了），她还运用她的手段，使他在城墙上或连拱廊里交谈时，感到自己充分地阐述了自己的观点。

他们三人溜达、游览和闲谈，或者说至少有两个人在这样做。倘若仔细分析，就会发现他们的同伴其实话说得很少。斯特瑞塞感到在这沉默中充满抱怨，不过他依然只从表面上看，把它视为愉快的宁静的表征。他不愿提出过多的要求，因为那会造成僵局；他也不愿缄默，因为这将意味着放弃。韦马希则一直保持一种态度暧昧的沉默，仿佛他有所觉察，又似乎浑然无知。有时在某些地方，例如在极其幽暗的有着低檐的长廊之中，在相向而立的奇特的山形墙之间，以及其他十分引人注目的地方，其他人会发现他在全神贯注地瞧一个没有多大意思的东西，有时甚至不知道他在瞧什么东西，仿佛他在休息养神。当此之际，他一旦与斯特瑞塞对视，就会露出负疚的表情，回避对方的眼光，并显出退缩的态度。我们的朋友不但没能叫他看那些应该看的东西——怕的是这会招致他的全盘否定，而且反而觉得应该叫他看那些不该看的东西，因为如果一旦他持反对意见，他将反对得正确。有时他感到不好意思承认这种闲逛的优哉游哉的愉快，有时他又觉得，在第三者听来，自己身旁那位女士的交谈，一定颇似伯切尔先生在普里姆罗斯博士的壁炉边听到的那位伦敦来客的荒谬言论。一些微不足道的小事吸引了他的注意力并引起了他极大的兴趣，他不由得反复申辩，并解释说它们使他想到了从前生活的艰辛。同时他也意识到，与韦马希相比，自己所经历的艰辛算不了什么。为了使自己显得庄重，他一再声明，他这样做是为了发扬光大以前的美德。不管他做什么，他以前的美德依然存在，而且它好像正透过街上的橱窗在瞧着他，这些商店与乌勒特的商店不同，后者总是使他知道自己该买些什么东西。它以最古怪、最莫名其妙的方式使他感到迷惑不解，它采取的最果敢的行动的结果是使他需要更多的东西。在欧洲的最初几次漫步，实际上是使人感到有点恐怖的预示，它表明这次旅行的结局会是怎样。在历时若干年之后，在生命的黄昏，他回到这里，难道只是为了感受这些？不管怎样，在同韦马希参观橱窗时，他感到十分愉快。后者注意的焦点只集中在实用工艺上，倘若不是这样，斯特瑞塞会更愉快些。韦马希神情严肃，无动于衷地注视着橱窗玻璃后面那些铁匠和鞍匠的制品，斯特瑞塞则炫耀他同出售印花信笺和漂亮领带的商人们的良好关系。斯特瑞塞一再出现在缝纫店里，并且毫不感到羞耻，然而他的同胞却十分蔑视裁缝。这使得戈斯特利小姐乘机支持韦马希，反对斯特瑞塞。这位神情疲惫的律师的确懂得穿衣之道，然而正是由于他在这方面过分讲究，才造成了一些不好的后果。斯特瑞塞不知道他此时到底认为戈斯特利小姐不太时髦，还是兰伯特·斯特瑞塞要更时髦一些。而且他还很可能会认为，戈斯特利小姐和斯特瑞塞两人发表的有关过路人的形象、脸型和气质的评论，显示了他们企图模仿"上流人士"谈话方式的倾向。

他正在发生的变化是否是已发生的变化的继续？一位时髦的女子把他引进社交界，而他的老朋友却被抛在岸上，在一旁观看潮流的力量。在这位时髦女子带他参观伯灵顿商场之前，她最多只允许斯特瑞塞买一双手套，其他物品如领带等则不许问津。对于一个敏感的听者，这些指令听起来犹如对合理指责的挑战。戈斯特利小姐是这样一种女人，她不需要眨眼睛就可以安排好到伯灵顿商场的访问。对于敏感的听者，对一双手套精确的判断可能意味着斯特瑞塞反对某事，然而这种理解未免过于牵强附会。他明白他们的同伴把新交的女友视为穿裙子的耶稣教士，或者天主教发展教徒的代表。韦马希把天主教看作仇敌，认为天主教徒都是长着凸眼、党羽遍地的妖魔。天主教会也是一个社团，其中的人形形色色，满口黑话。它就同切斯特的罗斯街一样，是封建主义的代表，或者一言以蔽之，欧洲的代表。

在他们回去吃午饭之前发生了一件发人深省的事。韦马希一直表情冷淡、默不作声，时间长达一刻钟之久。斯特瑞塞不知道他为什么会这样。与此同时，他的同伴们靠着街边的旧栏杆，看着弯曲而拥挤的街道。三分钟后，他因为某种原因似乎再也受不了了。"他以为我们矫揉造作，他以为我们老于世故，他以为我们老奸巨猾，他把我们想成是怪物。"斯特瑞塞这样思忖道。不过才一两天的时间，我们的朋友就已经习惯把两个人看作一个人，这样做固然方便，但也足以令外人感到不可思议。这种推测与韦马希虎着脸，直冲对面街道的行动，似乎有直接的关系。他这个动作来得突然，令人吃惊，他的伙伴们刚开始时还以为他看见了一位熟人，于是跑过去打招呼。可是他们随即看到的却是他进入一个敞开的店门，消失在一家珠宝店的珠光宝气的门面后面。他这样做似乎是在表示不满，几乎使得另外两个人脸上露出惊惧之色。戈斯特利小姐则粲然一笑："他怎么啦？"

"嗨，"斯特瑞塞说，"他受不了啦。"

"他受不了什么？"

"这儿所有的一切，整个欧洲。"

"可是珠宝商能帮他什么忙？"

从他们所在的位置，斯特瑞塞一眼望去，似乎在林林总总陈列的表和悬挂得密密麻麻的小装饰品之间，看出了什么门道。"你待会儿就会明白了。"

"哦，要是他买点什么的话，那一定是十分糟糕的东西，不过这只是我的担心而已。"

斯特瑞塞往好的方面想。"他什么都可能买。"

"那么我们应不应该跟着他？"

"千万不要这样，况且我们也不可能跟着他。我们已被他弄得失去行动的能力。我们只能互相交换惊惧的眼光，或者当众发料。这事我们已经充分'认识'了，你知道。他在为自由而奋斗。"

她有些纳闷，随后莞尔一笑。"啊，多么高昂的代价！我还以为只需要付少许代价就行了呢。"

"不，你不能这样说，"斯特瑞塞接着又说，显然觉得有趣，"你给他提供的那种自由是极其昂贵的。"然后好像是在替自己辩解似的，"我难道不是在以自己的方式尝试吗？正是这样的。"

"在这里，和我在一起，你是不是这个意思？"

"是的，还有像我这样与你交谈。我认识你才数小时，而认识他已经一辈子。因此，我和你这样随随便便地谈论他，如果说不上是什么好事，"这想法使他稍微停顿一会儿，"也可以说是相当卑鄙的事。"

"应该说是一件好事！"戈斯特利小姐总结道，她接着又说，"你该听听我是怎样和韦马希先生谈到你的。"

斯特瑞塞想了想。"谈到我？哦，这可是两码事。要是韦马希本人谈到我，并且毫不留情地分析我，这才算打了一个平手。不过他决不会这样做，"他十分清楚这一点，"他决不会毫不留情地分析我。"他的语气具有权威性，使她不得不信服。"他在你的面前绝不会提起我。"

她听他讲，她客观地评价他所说的话，可是一会儿之后，她那机敏的头脑和那尖酸刻薄的个性又占了上风，她回答道："当然他不会。你以为任何人都有能力知人论事，并做无情分析吗？世界上像你我这样的人并不多。这只不过因为他太愚蠢罢了。"

这评论不仅在她朋友的心中引起疑问，而且还导致抗议，因为斯特瑞塞毕竟是韦马希多年互相信任的朋友。"韦马希愚蠢？"

"与你相比，的确如此。"

斯特瑞塞依然瞧着珠宝店的铺面，他过了一会儿才回答："他属于成功人士，我永远不及他。"

"你的意思是他赚了不少钱？"

"我相信他赚了不少钱，"斯特瑞塞说，"我呢，我的背累得都有点驼了，却没有赚到什么钱。我才是不折不扣的失败者。"

一时间他担心她会问自己是不是一个穷光蛋，幸喜她没有问，因为他的确不知道，一旦知道这个令人不愉快的真相，她会做出什么反应。她只是肯定他的说法。"谢天谢地，你是一个失败者——这正是我器重你的原因！当今之世，除此之外，一切都是令人讨厌的。看看你周围那些人，看看那些成功人士。说真的，你愿意成为这种人吗？还有，"她继续说，"你看着我。"

他们相视片刻。"我明白了，"斯特瑞塞说道，"你也是一个出世之人。"

"你在我身上发现超凡卓绝的品质，只是我无用的表现。"她叹了一口气，又说，"你要知道我青年时代怀着什么样的梦想！现实使我们走到一起来了。我们是被生活击败的落魄兄弟。"

他尽力对她亲切地微笑，却又摇了摇头。"可是这并没有改变你很昂贵这一事实。你已经花掉了我的……"

他戛然而止。

"花掉你的什么东西？"

"我的过去，一下子就全部花掉了。可是这不打紧，"他笑着说，"我可以付出我的最后一个便士。"

令人遗憾的是此时她的注意力已集中到他们的同伴身上，因为韦马希已经走出店铺，正朝他们走来。"我希望他没有付出最后一枚便士。我相信他人极好，对你也很好。"

"哦，不是的，并不是这样。"

"那就是对我好咯？"

"也不是。"韦马希此刻已经走得很近，他的朋友能清楚地看到他脸上的表情，尽管他似乎并没有特别注意到任何事情。

"那么就是为他自己？"

"不为任何人，也不是为了任何东西，是为自由。"

"自由与这有什么关系？"

斯特瑞塞没有直接回答："是为了像你我这样好，但又有所不同。"

她有时间观察他们的同伴的脸，做这种事她向来得心应手，她观察得一清二楚。"不同，是的，但要好得多！"

韦马希不仅性情忧郁，而且秉性严肃，带一点儿傲气。他什么也没有告诉他们，也没有解释他离开的原因，尽管他们知道他一定买了什么特别的东西，但他们不知道究竟是什么。他只是神情庄严地注视着山形墙的顶部。"这是神圣的愤怒。"斯特瑞塞有时间进一步加以说明。后来为了方便起见，他俩就把他那周期性的发作称为神圣的愤怒。斯特瑞塞最终承认这神圣的愤怒使他变得比他俩强。可是此时戈斯特利小姐却认为他并不想比斯特瑞塞强。

第四章

斯特瑞塞和那位来自米洛斯的流亡者有时看到的神圣的愤怒的确具有周期性。可是我们的朋友此时正忙于为许多事物取名字。他在伦敦下榻的第三个晚上，便为许多事物取了名字，在他的回忆之中，这还是前所未有的事情。那天晚上他与戈斯特利小姐一同在某个剧院出现，他只是微微表示好奇，就被送到了那个剧院，可以说不费吹灰之力。她熟悉那剧院，也熟悉那场戏，三天以来她不正是这样无所不知、无所不晓、洋洋自得？对于她的同伴而言，这天晚上的表演虽然时间不长，却可以说得上乐趣无穷，尽管他的导游的兴趣也许没有这样浓厚。韦马希没有看演出，他说在斯特瑞塞来之前，他已经看了不少戏剧。在他的朋友进一步询问之后，他说他看过两场戏和一场马戏，足见他所言不虚。与其问他看过什么戏，还不如问他没有看过哪些戏，因为他总要对看过的戏加以品评。然而斯特瑞塞问他们的导游，如果对后者一无所知，又怎么能理解前者？

戈斯特利小姐在他的旅馆同他共进晚餐，他俩面对面坐在一张小桌旁，桌上点着蜡烛，上面罩着玫瑰色的灯罩。这玫瑰色的灯罩，这小小的桌子，连同这位女士身上发出来的幽香（他以前曾经闻到这样的幽香吗？）共同组成了他很少体验的销魂境界。他在波士顿的时候，曾多次单独陪同纽瑟姆夫人看戏，甚至同她一起去看歌剧，可是他俩却从未一起面对面吃饭，也没有这粉红色的灯光和淡淡的甜蜜的幽香作为欢会的序曲。回顾过去，此刻他不免微微感到遗憾，并且一再追问自己，为什么那时没有这种情调。他还注意到，他的女伴的外观亦有其独特之处。她穿的是那种"低开式"服装，即两肩和前胸间开得很低，这与纽瑟姆夫人的衣服样式大相径庭。她还在颈项上系了一条宽阔的红丝带，前面缀着一枚古雅的宝石（他自鸣得意地认定那确实是一件古董）。纽瑟姆夫人穿的衣服从来都不是"低开式"的，而且她也从不在颈项上围一条宽阔的红丝带。即使她也这样穿着，可不可能达到这样令他心醉神迷的效果？

要不是由于他此刻陷入了难以控制的感情之中，他如此这般地细细地分析戈斯特利小姐那条缀有饰物的丝带的做法就会显得荒唐可笑了。在他的眼中，他的女伴的那条丝带使其他所有的一切（她的微笑，她头部的姿态，她的面容，她的双唇，她的牙齿，她的双眼，她的头发等）增辉。这难道不足以说明他的感情已经失去控制？一个以工作为己任的男人与红丝带有何相关？他决不会暴露自己的感情，告诉戈斯特利小姐他多么喜欢她那条丝带。他这样喜欢这条红丝带，这不仅暴露了他的轻浮愚蠢，而且简直出乎自己的预料。他还以此为出发点，思前虑后，胡思乱想。突然之间他想到，纽瑟姆夫人戴项链的方式颇有外国风味，在许多方面居然与戈斯特利小姐相同。在看歌剧的时候，纽瑟姆夫人常穿着一件黑色丝质衣服

（很漂亮，他知道它很漂亮）。他还记得她还以褶带作为饰物，可是它产生的效果却并不那么罗曼蒂克。他曾告诉褶带的佩戴者（这是他对她说的最"无所顾忌"的话），她穿着绉领和其他东西，样子活像伊丽莎白女皇。后来他认为，由于他献殷勤而且对方又予以接受，他也就愈来愈爱称赞对方的衣饰。他此刻坐在那里，脑子里漫无边际地跑马。他认为这种做法的后果是使人觉得多少有点可叹。他的感觉就是如此，然而在这种情况下，感到可叹应该说是不错的了。不管怎样，这种感觉的确存在。此刻这感觉强烈地向他袭来，因为他想到，乌特勒的其他像他这种岁数的男子，是不会把纽瑟姆夫人——这种不比自己小多少的女人比作伊丽莎白女皇的。

此刻各种思绪在他脑海中涌起，作者只能撷其一二加以描述。例如他想到戈斯特利小姐，觉得她多少有点像玛丽·斯图尔特。兰伯特·斯特瑞塞耽于幻想，他经常因为这样的对照而自鸣得意。他又想到他以前从未（的确从来没有）在进剧院前同一位女士在公开场合吃饭。对于斯特瑞塞来说，这种公开性的确是不一般的事情。它对他的影响正如私密性对一位具有不同经验的男子的影响。他结婚时年龄颇小，那是许多年以前的事，因此丧失了带女孩子们参观波士顿博物馆的天然良机。甚至在他有意看淡人生的中年之后，在他遭受两次家丧之痛（他的妻子先去世，十年之后他的儿子又去世）之后，他也未曾带任何人到任何地方去。尤其是他还想到，尽管警号已响，警示灯已闪亮，他想得更多的是他身边的这些人，而不是促使他来此地的使命。是她，他的朋友，以更直接的方式首先引起他的注意。她不注意地一语道破："哦，是的，那些人是典型！"在获得这个印象之后，无论当他静静地观看这四幕剧时，或者是在幕间休息交谈时，他都加以充分利用。在这个晚上，他置身于一个有着各种类型人物的世界，他感到台上的人与台下的人已混为一体，他们的形体相貌均可互换。

他觉得这场戏和他邻座裸露的手肘一同深入他的心中。这位邻座是一个个子高大、祖胸露臂、模样漂亮的红发女子，她正同侧边的一位绅士交谈。斯特瑞塞间或能听到她发出的一些双音节词，他有一种奇怪的感觉，不知她议论的究竟为何物。遵循同一规律，他也认识了舞台灯下那富有生命的英国生活。他有时感到迷惑不解，弄不清楚到底演员真实些，还是观众真实些。这样的质疑每次都以更深的感触和体会而告终。不管他怎样看待自己的工作，他打交道的对象都是各种"人物类型"。他身边的那些人与乌勒特的那些类型迥然不同，因为他觉得乌勒特人只分为男女两类，即使有些个体差异，也只有两类。这儿的人则不一样，除了个性及性别的差异外，他们还打上来自外界的深深的印记。他观察这些印记，宛如观察放在桌上的玻璃匣子中的一枚枚勋章，铜质的金质的各不相同。舞台上碰巧有个身穿黄衣的坏女人。受她的驱使，一位老是身穿晚礼服的天性愉快但意志薄弱的英俊青年做出种种可怕的坏事。总的说来，斯特瑞塞并不怕这黄衣女人，但他却发觉自己对那位受害者怀着同情感，这使他微微感到不安。他提醒自己，他此次来，对查德·纽瑟姆可不能太仁慈，或者说压根儿就不能仁慈。查德也老是会穿晚礼服吗？他多少希望他如此，因为这会使那青年人更听话一些。他还想是否可以用他的武器来同他战斗，因此他也该穿上晚礼服（这想法几乎使他大吃一惊）。至少对他来说，舞台上的那位年轻人要比查德容易对付得多。

他以为戈斯特利小姐真的听到了什么。经过反复询问之后，她说有些事情到底是亲耳听到的，还是纯属主观臆测，连她自己也搞不清楚，当时的情况就是如此。"我也许有猜想查德先生的情况的自由吧。他是一位年轻人，乌勒特那边对他寄托了很高的希望，然而他却落入了一位坏女人的手中，因此他家人派你到这儿来救他。你受命将他与那坏女人分开。你能否肯定那女人很坏？"

他的动作表示他很吃惊。"当然我们这样认为。难道你不认为是这样？"

"哦，我不知道。一个人不可能事先知道，是不是？他只可能根据事实来判断。你的情况我刚知道一点点，实际上还是一无所知，所以我对你的事极感兴趣，很希望能听你讲讲。如果你认为自己的看法是对的，那就行了。我的意思是如果你觉得自己有把握断定，这样下去不行。"

"他不能再过这样的生活？当然不能。"

"哦，但是我对他的生活并不了解，你还没有告诉我有关他的生活的情况呢。她也许很迷人。"

"迷人？"斯特瑞塞注视着前方。"她是街上那种下贱、唯利是图的女人。"

"我明白了。他呢？"

"查德？他是一个可怜的孩子。"

"他是哪种类型、哪种性格的人？"她趁斯特瑞塞暂时沉默时继续问道。

"他生性固执。"他似乎还想说什么，但又抑制住自己。

她最不希望他这样。"你喜欢他吗？"

他这次回答得很干脆："不喜欢。我怎么可能喜欢他？"

"是不是因为他成了你的包袱？"

"我在想他的母亲，"斯特瑞塞过了一会儿说，"他使她本来十分美好的生活变得黯淡无光。"他神情严肃地说，"他母亲为他忧愁得要死。"

"哦，这当然太糟糕了。"她停顿了一下，像是要强调她所说的是千真万确的事实，可是末了她却改变了调子，"她的生活很不错吧？"

"相当不错。"

对方的语气是如此肯定，戈斯特利小姐再次停顿了一下，以便理解他的意思。"他只有她吗？我不是指那位巴黎的坏女人，"她迅速补充说道，"你要知道我无论如何也不会容忍他有一个以上的女人。他家里只有他母亲吗？"

"他还有一个姐姐，已经结婚了，他妈妈和姐姐都是挺出色的女人。"

"你的意思是她们都很漂亮？"

这个突如其来的问题使他感到不知所措，但他很快就镇定下来。"纽瑟姆夫人长得很漂亮，不过她毕竟已经不是年轻姑娘，而是有着 28 岁的儿子和 30 岁女儿的母亲了。她结婚结得很早。"

"在她那个岁数还算得上挺不错的吧？"戈斯特利小姐问道。

在这种一再逼问面前，斯特瑞塞似乎有些不安。"我并没有说她挺不错，"他接着又说，"然而实际上我已经表达了这个意思。她的确挺不错，但我不是说她的容貌，"他解释道，"尽管她无疑很漂亮。我指的是其他方面。"他好像正瞧着这些方面，并准备列举若干，可是后来又改变了主意，换了一个话题，"人们对波科克太太的看法可能会不同。"

"波科克，这是不是她女儿的姓？"

"是她女儿的姓。"斯特瑞塞坦然承认道。

"你的意思是人们对她是否美丽这一点可能会有不同看法？"

"包括她的各个方面。"

"你倾慕她？"

他瞧了他女友一眼，以表示他听了此话后的反应。"我也许有些怕她？"

"哦，"戈斯特利小姐说道，"根据你所说的，我已经知道她是什么样的人了！你可以说我的结论未免下得太快、太早，可是我已经向你表明，我的确知道她是什么样的人，"她接着说道，"那一家子就只有这位年轻人和那两位女士吗？"

"是的，他的父亲已于十年前去世。他没有兄弟，也没有其他姊妹，"斯特瑞塞说，"她俩为了他什么事都愿意干。"

"你为了她俩什么事情都愿意干吗？"

他再次试图搪塞过关，她提的问题也许有点过于尖锐，使他的神经受不了。"哦，我不知道！"

"不管怎样，你愿意做这件事，她俩'什么事都愿意干'就表现在她们叫你做这件事上。"

"哦，她们可来不了，两个人都来不了。她俩都是大忙人，纽瑟姆夫人的应酬尤其多。而且她很容易激动不安，身体一点儿都不好。"

"你的意思是说她是一位病弱的美国女人吗？"

他仔细地加以甄别。"她最讨厌别人这样叫她，可是她愿意承认自己是其一，"他笑着说，"如果这是成为其二的唯一办法的话。"

"为了成为一位病弱的女人，因而承认自己是美国人？"

"不，"斯特瑞塞说，"恰恰相反，应该倒过来说。总而言之，她体质羸弱，敏感而容易紧张。她干什么都认真得不得了。"

玛丽亚可了解这一切！"因此她再也不能做其他的事了？当然她不能咯。你在对谁说这些话？神经容易紧张？我这辈子不也是在终日紧张忙碌，为他人作嫁衣裳吗？而且我还认为你也如此。"

斯特瑞塞没有计较她说的这句话。"哦，我也在紧张忙碌！"

"好啦，"她明确地回答道，"从现在起我们就必须联合起来，全力以赴对付它。"她继续往下讲，"他们有钱吗？"

她那充沛的精力吸引了他的注意力，因此一时间他没有注意到她的问话。"纽瑟姆夫人不像你那样勇于与人接触。如果她到这儿来，那是因为她想亲眼见见那个人。"斯特瑞塞进一步解释道。

"那个女人？哦，这就是有勇气的表现。"

"不，是心血来潮，这完全是另外一码事，"他讨好地说道，"勇气只有你才有！"

她摇摇头，"你这样说是言过其实，只是为了掩饰我缺乏高昂的激情的事实。我既缺乏勇气，又没有高昂的激情，我有的只是对生活的心灰意懒和冷淡。我明白你的意思，"戈斯特利小姐接着说，"你是说要是你的朋友来此地，她就会到处游览，然而简单一点说，如果到处游览的话，她可又受不了。"

她的化繁为简的手法使斯特瑞塞觉得挺有趣，可是他还是认可了她的说法，"她事事都受不了。"

"那么像你承担的这种任务……"

"她更受不了？是的，她简直受不了。不过只要我受得了……"

"她的条件无关紧要？当然不重要。我们可以考虑她的条件，并把它看成是理所当然。可是我认为，这条件是驱使你行动的力量。"

"哦，它的确是驱使我行动的力量！"斯特瑞塞笑着说。

"得啦，既然你的条件驱使你行动，别的一切都没有必要了，"她再次发问，"纽瑟姆夫人有钱吗？"

这一次他听见了。"哦，多得不得了，可是问题也就出在这上面。公司里有巨额资产，查德可以自由动用。如果他振作起来，离开这里回家，他就能分得大笔财产。"

她全神贯注地听他讲。"我希望你也能分到一大笔。"

斯特瑞塞没有表态，他只是说："他毫无疑问将能得到一大笔财产。他正处于十字路口，现在正是他回来干一番事业的时候，再晚一点回来就不行了。"

"他们家办企业吗？"

"是的，办的是一家大型企业，蒸蒸日上，生意好得不得了。"

"是一家大型商场？"

"嗯，是一家大工厂，大规模的工业生产。那家公司属于制造业，像这样的企业必须妥善经营，方才可能成为垄断企业。他们生产的是一种小型产品，好像比其他人都做得好。纽瑟姆先生在他们那一行中是一个颇有头脑的人，"斯特瑞塞解释道，"他善于革新，并把新方法有效地用于生产之中。他在世的时候，当地的工业发展极其迅速。"

"那地方自成一体了吗？"

"那里有许多建筑物，差不多算得上一个小小的工业区了，可是最重要的还是那产品。"

"那是什么产品？"

斯特瑞塞四下瞧瞧，好像有点不愿意说，此时他看见台上的幕布即将升起，便趁势说道："等幕落时再告诉你吧。"可是等到幕落之后，他又说再等一会儿，等到他们离开剧院以后才告诉她。她隔一会儿又重新谈到这个话题，这使得他的心思没有怎么放在舞台上。他一再找借口缄口不言，她因此怀疑他提到的那产品不是个好东西。她解释道她的意思是指那产品或许属于那一类登不得大雅之堂或者荒唐可笑的东西。在这一点上，斯特瑞塞要她完全放心。"难以启齿？哦，不是的，我们经常谈到它。我们对它了如指掌，而且谈起来毫无忌讳。它只不过是一个微不足道而且有点可笑的家用物件，它说不上——我该怎么说呢？它说不上珍贵，更谈不上名贵，可是在这个地方，我们身边的每样东西都这样富丽堂皇……"他没有再说下去。

"不太协调？"

"令人遗憾的是简直说得上低俗。"

"肯定不会比这些更低俗吧。"看到他也像她刚才那样迷惑不解，她似乎有些不高兴地说道，"我是指我们周围这些东西。你觉得它们怎么样？"

"嗨，相比之下，它们要高尚得多。"

"你是指这座可怕的伦敦剧院？如果你想知道我的意思的话，我可以告诉你，它真令人受不了。"

"哦，"斯特瑞塞笑着说，"那么我就不想知道。"

他俩沉默了一会儿，但她对乌勒特产品之谜仍然抱有浓厚的兴趣，因此再次打破沉默："你说它'有点可笑'？是晾衣服的夹子，是重碳酸钾，还是鞋油？"

他转过身来。"不是，你说的那些连边也没有沾上。我认为你猜不着。"

"那么我怎么能判断它是否是低俗的呢？"

"我向你说明之后，你自然就能判断。"然后他劝她耐心一点。这里我们可以坦率地告诉读者，他后来根本不准备向她说明，他事实上从未向她说明。更奇怪的是，出于她自身某种难以解释的原因，她也不再深加探究，她追根问底的态度变成了佯装不知，而且因为她佯装不知，她可以随便发挥自己的想象，从而获得大有益处的自由。她可以把那不知名的产品想成是某种不宜提到的东西，她可以把这看作是一大坏消息。斯特瑞塞在她随后说的话中感到了这一点。

"或许因为你称之为工业的那东西太糟糕，太令人不堪忍受，查德先生才不愿意回去？他是否知道它肮脏？他是否不愿意同流合污？"

"哦，"斯特瑞塞笑着说，"觉得它肮脏？好像不是这么回事吧。他很高兴拿从中赚来的钱，他的一切都建立在金钱之上。他对此深为感激，我是指他母亲给他的生活补贴。她当然可以停止给他补贴，然而即使这样，不幸的是，他也拥有独立的生活来源——他的外祖父遗留给他的钱。"

"你刚才谈到的那些因素难道不会使他变得更挑剔吗？难道他不会对其生活来源，也即是说那些不同的收入来源持挑剔的态度吗？"戈斯特利小姐问道。

斯特瑞塞对此丝毫也没有不高兴。"他外祖父的财产，包括他的那一份在内，来得并不特别正当。"

"是怎样来的呢？"

斯特瑞塞停顿了一下。"嗯，来自不诚实的手法。"

"是在商务活动时搞阴谋诡计？他是一个老骗子？"

斯特瑞塞故意加重语气："我可不愿意评论他的人格，或者谈论他的发家史。"

"我的老天爷，真是完了！那么你能不能谈一谈那已经去世的纽瑟姆先生？"

"你要我谈些什么？"

"他像不像那位外祖父？"

"不像。他并不是他的儿子，他与他完全不同。"

戈斯特利小姐接过话头，"他为人要好一些？"

她的朋友稍微停顿一下，"不。"

对于他的踌躇她虽然未加评论，但她的态度却十分明显。"谢谢你，"她继续说道，"现在你明白那孩子为什么不打算回家了吧？他是在洗刷耻辱。"

"他的耻辱？什么样的耻辱？"

"什么样的耻辱？ Comment done？[1] 就是那耻辱。"

"可是那'耻辱'是在什么地方，什么时候产生的呢？"斯特瑞塞问道，"今天那耻辱又在什么地方？我刚才讲到的那几个人……他们的所作所为与其他人并无不同。这事早已过去，况且这不过是一个如何理解的问题。"

她表明了她对他的观点的看法。"纽瑟姆夫人对此理解吗？"

"哦，我可不能代替她说话。"

"她置身于其中，而且正如你说的那样，从中得到了好处，她还能做到一尘不染吗？"

"哦，我不能对她妄加评论！"斯特瑞塞说道。

"我还以为你能够在我面前评论她呢。你不信任我。"戈斯特利小姐

---

1 法文，叫我怎样说呢？

过后说道。

这话收到了效果。"嗨，她花钱做善事，她一辈子都致力于施恩行善……"

"这是一种赎罪的方式吧？我的老天爷，"他还来不及开口，她接着又说道，"我简直把她看得一清二楚，这都是你的功劳！"

"你如果看清了她，那就行了。"斯特瑞塞试图避开这个话题。

她好像真的看到了她。"我感觉到了这一点。尽管有如此这般的事情，她人的确长得很漂亮。"

这话至少使他活跃起来。"你所谓的'如此这般的事情'是什么意思？"

"得啦，我是在说你。"说完之后，她马上转到另一个话题上，"你说公司需要人照管，难道纽瑟姆夫人不照管公司的事务吗？"

"在可能的范围内她都要照管。她是个非常能干的人，可那不是她分内的事，况且她的负担已经很重，她有许多许多事情要操心。"

"你也是这样？"

"哦，是的，可以这样说，我也有许多需要操心的事。"

"我明白了，"戈斯特利小姐改变了说法，"我的意思是说，你也参与照管公司的事务吗？"

"哦，不，公司的事情与我沾不上边。"

"只是其他的一些事情？"

"嗯，是的，某些事情。"

"比如说？"

斯特瑞塞恭敬有礼地考虑了一下。"嗯，比如说《评论》。"

"《评论》？你办了一份杂志？"

"是的。乌勒特有一份《评论》杂志，纽瑟姆夫人为它慷慨解囊，而我则当编辑，奉献我的绵薄之力。杂志的封面上印有我的名字，"斯特瑞塞接着说，"你好像从来没有听说过这杂志，我真是失望极了，伤心极了。"

对这愤愤不平，她暂时置之不理。"这是哪一类的评论刊物？"

此刻他已完全恢复了平静。"呃，绿颜色的。"

"你是不是指它的政治色彩，或者像这儿的人常说的，意识形态的色彩？"

"不是的。我是指的封面的色彩，那是一种最可爱的色调。"

"纽瑟姆夫人的名字也在上面？"

他停顿了一下。"哦，至于说这个，你得自行判断，看她是否抛头露面。整个事情都由她在幕后操纵，但她办事周到，处事谨慎……"

戈斯特利小姐显然明白这些，"对此我毫不怀疑，她理当如此，我并不想低估她，她一定是一个相当能干的人。"

"是的，她的确相当能干。"

"一个乌勒特的能人——真是棒极了！想到乌勒特的能人就叫人高兴。你和她过从甚密，你一定也是这样的人。"

"哦，不，"斯特瑞塞说，"事情可不是这样。"

但她打断他的话："你用不着告诉我事情是怎样的！你想法抹掉自

己，这是当然的事实。"

"把我的名字印在封面上？"他显然不同意她的说法。

"可是你这样做并不是为了你自己。"

"对不起，我正是为了自己才这样做，为了自己我不得不这样做。只有这样，我才能在雄心壮志的废墟与失望和失败的垃圾堆中，勉强拼凑一个见得人的自我。"

听他说这话，她瞧了他一眼，似有千言万语想说，但她最后淡淡地说了一句："她喜欢看见你的名字印在那上面．在你们两位能人之中，你更能干。"她接着往下说，"因为你并不认为自己是能人，而她却自以为是能人。尽管如此，她认为你是一位能人。不管怎样，你是她能抓住的最勇敢的人。"她大加渲染，大肆发挥。"我这样说并不是为了挑拨你们的关系，可是要是有一天，她抓到了一个更能干的人……"斯特瑞塞把头往后一仰，像是在暗自欣赏她的直言无忌和措辞的巧妙。此时她越说越起劲，"因此你应该尽量接近她。"

她戛然而止，他发问道："接近她？"

"在你还没有失去机会的时候。"

他俩对视了一下。"你说'接近'是什么意思？"

"还有我说的'机会'，那又是什么意思？我会向你解释清楚，只要你肯把那些没有告诉我的事情全都告诉我。那是不是她的最主要的爱好？"她敏捷地追问道。

"你是说《评论》杂志？"他好像不知如何描述那杂志才好，末了只是笼统地说了一下："那是她对理想的事业的贡献。"

"我明白了。你们正在从事轰轰烈烈的事业。"

"我们正在做不受欢迎的事，或者说只要我们有勇气，我们就敢做这种不受欢迎的事。"

"你们的勇气有多大？"

"嗯，她的勇气极大，我要差得多。我没有她那种信念，我的信心四分之三都来自她，而且正如我告诉你的那样，所有的钱都由她提供。"斯特瑞塞说道。

听他这样说，一时间戈斯特利小姐眼前出现了黄金的初象，她似乎听见了金光灿灿的钱币大量涌来的叮当声。"我希望你能大有收获……"

"我从来就没有过什么大的收获！"他立即回答道。

她稍待一会儿。"有人爱还不算大有收获吗？"

"哦，像我们这样的人是没有人爱的，我们甚至没有人恨，只是没有人理会而已，这样倒也自在。"

她又停顿了一会儿，"你不相信我！"她再次重复道。

"我不是已经撩起了最后一道面纱，并把牢房中的一切秘密都告诉了你？这不是信任是什么？"

他们的眼光再次相遇，但她马上不耐烦地把视线移开。

"你不愿意出卖她？哦，我倒高兴你这样！"说完之后，他还来不及分辩，她又接着说了下去，"她真是个道德上的完人。"

他欣然接受这种说法。"对，你说的完全对。"

但他的朋友却把话题引到风马牛不相及的方面去了，"她的发式怎样？"

他不禁大笑。"漂亮极了！"

"哦，这等于什么也没有说。不过这无关紧要，因为我已经知道了。她的发型非常雅致，简直无懈可击，头发极其浓密，而且没有一丝白发。"

她描述得如此真实，不禁使他面红耳赤，同时也使他感到十分惊讶。"你真是魔鬼的化身。"

"我还可能是其他什么东西？我就是那个抓住你的魔鬼。但是你可不要担心，因为对于我们这个年纪的人来说，除了魔鬼，任何事物都无趣而不真实，甚至就连魔鬼也并不会令人感到愉快。"她又接着往下说，"你帮助她赎罪，可你自己又没有罪，这真是有点困难。"

"没有罪的是她，"斯特瑞塞回答道，"我可是罪孽深重。"

"哦，"戈斯特利小姐讽刺地笑道，"你把她描绘得有多好！难道你抢劫了那孤儿寡母？"

"我作孽太多。"斯特瑞塞说道。

"你坑害了谁？你作了什么孽？"

"我作孽一直到现在。"

"谢谢你！"此时一位绅士从他们的膝和前座靠背之间走过去，他没有看刚才的表演，此刻他正回到自己的座位上去等候剧终，他的出现打断了两人的谈话，可是戈斯特利小姐仍然抓紧时间，在沉默之前简明扼要地表达了她对这场谈话的看法："我看得出来你心中有诡计！"这个总结性发言使他俩在剧终时依然停留在那儿，并让其他人在他们面前走过，仿佛他俩还有许多话要说，而且发现等待挺有趣。他们站在剧院休息室里，看见雨从夜空中落下。戈斯特利小姐告诉她的朋友不必送她回家。他只需把她送上一辆四轮马车就行，她可以独自回去。她很喜欢这样，在尽情欢乐之后，独自一人乘着四轮马车，穿过伦敦的雨夜，在归家的途中回味刚才发生的一切。她坦诚地告诉她的朋友，这是她使自己心神镇定下来的最佳时刻。由于天气原因，他们不能马上出去，再加上门口的人争相要马车，他俩只好坐在走廊后面的长沙发上避雨。此时斯特瑞塞的女伴又海阔天空地谈了起来，她的这种谈话方式使斯特瑞塞的想象力得以发挥。"你在巴黎的那位年轻朋友喜欢你吗？"

在他们的谈话间断之后，这个问题几乎使他吃了一惊。"哦，我希望他不喜欢我。他凭什么应该喜欢我？"

"他凭什么又不应该喜欢你？"戈斯特利小姐问道。"你来此地寻找他与他是否喜欢你之间并无任何关系。"

"你在这个问题上看到的方面比我多。"他随即回答道。

"当然我还看到你也在其中。"

"那么你对我了解更深！"

"比你对你自己的了解更深？这完全有可能。一个人有权这样，"她解释道，"我考虑的是周围环境对他可能产生的影响。"

"哦，他周围的环境……"斯特瑞塞真的感到此刻他对这个问题的认识要比三小时之前深。

"你的意思是他周围的环境会那么糟糕吗？"

"嗨，这正是我推论的起点。"

"不错，可是你的起点未免太低。他的信说了些什么？"

"什么也没有说。实际上他根本不理睬我们，或者说不打搅我们。他根本不写信。"

"我明白了，"她接着说，"以他目前的处境而论，可能发生两种完全不同的情况。一种情况是他会变得越来越堕落，另一种情况是他会愈来愈有修养。"

"有修养？"斯特瑞塞眼睛瞪得大大的，这简直是奇谈怪论。

"哦，"她平静地说，"有修养可以表现为各种各样的方式。"

他看了她一眼，不禁哈哈大笑。"你本人就很有修养！"

她继续用平静的语调说："作为一种标志，这也许是最糟糕的了。"

他考虑了一下她说的话，又变得严肃起来。

"不回母亲的信难道是有修养的表现？"

她似乎犹豫了一下，然而还是把话说了出来。"哦，我认为那是最有修养的表现。"

"得啦，"斯特瑞塞说，"我却认为它标志着一种最坏的事，也即是说他认为他可以随便把我打发。"

听到这话，她似乎感到很惊奇。"你怎么知道他会这样想？"

"哦，我有百分之百的把握，我打心底里知道这一点。"

"知道他会这样做？"

"感到他相信自己能这样做。不过这两者可能导致同样的后果！"斯特瑞塞笑了起来。

可是她却不同意这种说法。"对你说来，不同的情况不可能导致同样的结果。"她似乎十分清楚自己在讲些什么，并且不停顿地往下说："你说他一旦幡然悔悟，他就会回家操持家业？"

"的确是这样。他将回来担任一个特殊职务，一个任何健全的年轻人都求之不得的职务。三年前这个职务的重要性尚不明显，然而随着企业的发展，这个职务的重要性日益凸显，并等着他回来担任。他父亲在遗嘱中规定了若干条件，这使得查德有可能担任这个职务，并得到许多的好处。他母亲顶着强大的压力，尽可能长久地为他保留了这个职务。由于担任这个职务的人薪俸高，分享公司相当大一部分所得。一言以蔽之，我到这里来的目的就是为了使他不错过这个机会。"

她仔细思忖他说的那些话。"这样说来，你到这里来的目的就仅仅是为了帮他一个大忙。"

可怜的斯特瑞塞挺愿意这样认为。"哦，如果你愿意这样想，就算是这样吧。"

"就像他们所说的那样，如果你能成功，他就会获得……"

"获得许多好处。"斯特瑞塞对此了如指掌。

"你当然是指大量的金钱咯。"

"嗯，不仅仅如此，我还想在其他方面给他带来好处，比如说别人的尊敬、舒适的生活以及稳如泰山的地位等。我觉得他需要保护，我的意思是需要在有人保护的情况下生活。"

"哦，说的对，"她的思想紧张了起来，"在有人保护的情况下生活。你把他弄回去的真正目的是为了使他婚配。"

"嗨，这可差不离。"

"当然，"她说，"这只不过是基本的道理而已。但具体说来他将同谁结婚？"

他听后微笑一下，看样子有所领悟。"你把一切都暴露出来了！"

一瞬间他俩四目对视。"你把一切都掩藏起来！"

他接受这个恭维，并告诉她："与玛米·波科克结婚。"

她露出诧异之色，随后又变得一本正经，仿佛试图使古怪的事情变得能够接受。"他的侄女？"

"他们属于什么亲戚关系你得自己去推算。她是他姐夫的妹妹，亦即吉姆太太的小姑。"

这话似乎使戈斯特利小姐变得更想寻根究底。"吉姆太太究竟是谁？"

"查德的姐姐，她的闺名是萨拉·纽瑟姆。她后来嫁给了吉姆·波科克。我告诉你这事没有？"

"哦，是的。"她简短地回答道，他的确告诉过她一些。随后她又大声问道："那个吉姆·波科克又是谁？"

"他是萨拉的丈夫。那是我们在乌勒特区别人的唯一方法。"他脾气很好地解释道。

"当萨拉的丈夫是不是很光荣的事？"

他思忖了一下。"我想没有比这更光荣的了，不过将来那位当查德太太的人得除外。"

"那么他们如何把你同其他人分辨开来？"

"他们并不这样做，除非如同我告诉你的那样，通过绿封面。"

他们的视线再次相遇，她凝目注视他片刻。"不论是绿封面，还是其他封面，都不能提高你在我心中的地位。你真是工于心计啊！"由于她大体上已了解真实情况，所以她便原谅了他。"玛米是个好 parti [1] 吗？"

"哦，那个既漂亮又聪明的女孩，她是世界上最好的妻子。"

戈斯特利小姐把全部注意力集中在这可怜的女孩上。"我知道他们是什么样的人，一定很有钱吧？"

"也许不是很有钱，可是既然其他条件都还不错，我们也就不把金钱看得太重，你知道，"斯特瑞塞补充说道，"一般而论，在美国，人们主要看重的是漂亮的女孩本身，而不是金钱。"

"是的，"她表示赞同，"可是我知道你有想得到然而却没有得到的东西。你欣赏她吗？"

他告诉她这个问题可以从若干方面来理解，但过后把它当成一个幽默的玩笑。"我难道没有明白地向你表示，只要是漂亮女孩，我都欣赏？"

此时她对他的问题已产生了极大的兴趣，以至于情不自禁地紧紧追问下去："我认为在乌勒特，你们要求他们——叫我怎样说才好呢？——完

---

1 法文，妻子，伴侣。

美无缺，我的意思是说你们那些配得上漂亮女孩的小伙子。"

"我过去也这样认为，"斯特瑞塞承认道，"你触及一个有趣的事实，即是说乌勒特同样也能顺应时代潮流，那儿的风气也变得愈来愈开明。一切都在变化，我认为当前的情况正表明了一个时代的变迁。我们希望他们完美无缺，可是我们实际上只能做到因人制宜。时代潮流和开明的风气使得他们之中越来越多的人涌到巴黎……"

"你得把那些来这儿的人带回去。他们到这儿来，其实是一件好事。"她又一次概括性地谈到这个问题，然而她想了一会儿才说："可怜的查德！"

"啊，"斯特瑞塞兴高采烈地说，"玛米将会救他！"

她眼睛瞧着一边，依然深浸在她的思想之中。她不耐烦地说下去，仿佛他没有懂得她的意思。"你将会救他。你才是他的救星。"

"哦，不过得有玛米的帮助才行，"他说，"除非你的意思是在你的帮助下，我可以取得更大的成效。"

这终于使得她再次凝视他。"你可以取得更大的成效，因为你比我们所有人合在一起更强。"

"我想我只是在与你相识后才变得更强！"斯特瑞塞勇敢地回答道。

剧院里人已逐渐走空，最后一批观众正安静地离去。他俩随着人流走到门口，看到一位服务员，斯特瑞塞便叫他替戈斯特利小姐叫马车。这使得他俩又有几分钟在一起的时间，她显然不愿意浪费掉这一段光阴。"你已经告诉我，假如你成功了，查德先生会得到什么样的好处。可是你却没有告诉我，你会得到什么好处。"

"哦，我可得不到任何好处。"斯特瑞塞否认这种说法。

她觉得这回答过分简单。"你的意思是你已经叫他们'预付'了？也就是说你已经预先得到报酬？"

"哦，请不要提报酬的问题！"他如同呻吟般地说。

他说话的语调引起了她的注意，由于那服务员仍未回来，她又有了一个机会，因此便换了一种方式提问："如果事情办不成，你又会有什么样的损失？"

他仍然不愿意谈这个问题。"什么损失也不会有！"他大声说道。

此时服务员回来了，他俩一起往前走去，他乘机撇下话题。他俩沿街走了数步，在街灯的灯光中他把她扶进一辆四轮马车，在关车门之前，她问他服务员是否也为他叫了一辆马车，他回答道："你不要我同你一起走？"

"绝对不行。"

"那么我就步行好了。"

"在雨中步行？"

"我喜欢雨，"斯特瑞塞说，"晚安！"

她没有立即回应，他的手一直拉着车门，一会儿之后，她重提已经提过的问题作为回应："你会有什么样的损失？"

他觉得此时他对这个问题的感觉大不一样，为什么会这样他也说不出个所以然。这次他只能以另一种方式答复："损失大极了。"

"我也这样认为，因此你必须成功。我愿为你效劳。"

“哦，亲爱的小姐！”他亲切地说道。

“我愿为你效劳，直到生命的最后一天！”玛丽亚·戈斯特利说道，“再见。”

第五章

　　到达巴黎之后的第二天早晨，斯特瑞塞便到位于斯柯莱布街的银行去，他的信用证书就是寄往这家银行的，陪同他去的是两天前与他一道从伦敦来此地的韦马希。尽管他们在到达之日的翌晨便匆忙赶往斯柯莱布街，但斯特瑞塞并未收到他希望收到的那些信件，甚至连一封也没有。他并未期望会在伦敦收到信，但他认为会在巴黎收到若干封。满心失望的他走回迈榭比大街，懊丧之余心想这作为开始也未尝不可。他逗留在街边，前后观看这条著名的外国街道，心想这倒可以使自己振作起来，乘此机会开始办事。他准备立即着手办事，整天都想着自己马上就要开始办事。从早到晚，他什么也没有做，只是一再问自己，要是自己没有这么幸运，也即是说要是没有这么多事需要办，他又将怎样办。然而他是在不同的情况之下，和不同的人接触时提出这个问题的。他有一个美妙的理论，即是说他做的任何事情都与他手头要办的那桩重要事情有关，假如他有所顾虑的话，那么所有做过的事都将是白做。正是在这个理论的支撑下，他才一天东跑西跑。他也的确有所顾虑，即是说他认为在收到信前不宜采取具体行动，当然这个理论却使他打消了顾虑。他认为把一天的时间用来休息并非浪费（他只是在切斯特和伦敦才休息过了），而且正如他经常私下对人说的那样，既然目前有巴黎可供他欣赏，他就应该把最初这几个小时全部用于观赏这座城市上。他对巴黎越熟悉，就越觉得它伟大，像巴黎这样的城市，也不可能不使人产生这种感觉。他终日徜徉在这座城市之中，完全忘掉了自己，直至夜晚降临。他晚上赴剧院看剧，看完剧后又沿着灯火通明、人头攒动的迈榭比大街走回旅馆，一路上细细体会巴黎的辉煌。这次陪他看剧的是韦马希。他俩从杂技剧场步行到红咖啡店，并挤进十分拥挤的街边小食店吃东西。此时夜已深，或者毋宁说已届清晨，因为午夜的钟声已经响过。四周夜色温馨，人声嘈杂。在与他的朋友谈论了一会儿之后，韦马希变得随和多了，这对他来说是十分难能可贵的事。他俩啜饮着淡淡的啤酒，消磨了半个小时，给人的总的印象是他已同他那固执的自我达成了最大的妥协。这可以从他那庄严的沉默中看出，他那固执的自我在街边小食店耀眼的灯光中隐约闪现。两位朋友时常陷入沉默之中，甚至当他们到达歌剧院广场时也依然如此。这沉默透露了对这次晚上出游的批判态度。

　　这天早晨他收到了信，这些信显然与斯特瑞塞同时抵达伦敦，后来转到这里来时却耗费了若干时日。他压抑着冲动，没有在银行接待室里拆开这些信。那热闹的接待室使他想到乌勒特的邮局，对他来说它们有如跨越大西洋的桥梁的两端，他把信塞进他那件宽大的灰大衣的口袋里，心中充满欢欣之感。韦马希昨天和今天都收到来信，他并没有丝毫显示他准备抑制自己拆信的冲动。不管怎样，他都不愿意别人看见自己匆忙结束对斯柯莱布街的访问。斯特瑞塞昨天就曾让他独自一人待在那儿。他想阅读这些信件，按照他朋友的计算，他一口气读了几个小时。他强调指出，这个银行是一个绝佳的观察哨。他还认为，他那可恨的厄运表现在自己被蒙在鼓里，因此不知道事情的真相。在他眼中，欧洲有如一架复杂的机器，其功能在于使处于封闭之中的美国人得不到那些不可缺少的知识。因此，只有在这些偶尔可以遇到的援救站中，才可以呼吸到大洋西边吹来的空气，这儿的生活也才勉强能够忍受。斯特瑞塞又开始步行，这是因为他口袋中已经装上了使他心安之物。尽管他十分希望收到这些信件，但是一旦看清袋中大多数信件上的那些地址姓名之后，他却明显地变得益发不安。这种不安在此刻攫住了他，他明白只要找到最合适的地点，他就应当坐下来阅读那些最重要的通信者的函件。在接下来的一小时中，他不经意地瞧着沿街商店的橱窗，似乎想在其中找到这样一个地点。他沿着洒满阳光的和平街往前走，经过图勒利宫遗址和塞纳河，不止一次心血来潮，在码头的书摊面前驻足。他也曾在图勒利宫的花园中徘徊，观赏巴黎的街景。巴黎美丽的春光令他流连忘返。巴黎的清晨有如美妙的乐曲，无论是在柔和的微风中，还是在微雨的气息中，或者是在闪烁的阳光中，都可以感到它的存在。那些背着皮带扣得紧紧的长方形盒子、头上没有戴帽的少女们，那些在温暖的矮墙边晒太阳的节俭的老人们，那些穿着蓝色长袍、戴着铜徽章的卑微的清道夫，那些规行矩步的教士，以及那些穿着红军裤、打着白色绑腿的士兵们都无一不透露出春的消息。空气中弥漫着艺术的气息，使人感到大自然活像一个头戴白帽的厨师。图勒利宫已经灰飞烟灭，斯特瑞塞还记得它原来的样子。他凝视着那难以修复的遗址，心中顿时涌起沧桑之感。在巴黎，这种抚今追昔的情感常常使人觉得神经受不了。他大致能辨认出各个地方具有代表性的景物，并据此依次游览这些景点。一群闪光的白色雕像映入他的眼帘。他本来可以在雕像的基座旁坐下，背靠着铺着草垫的椅子读那些信。可是出于某种原因，他继续往前漫步，走到河的对岸，沿着塞纳街往前走，一直走到卢森堡公园。

他在卢森堡公园中停下脚步，在这里他终于找到安全处所。他坐在一张租金极其低廉的椅子上，望着面前阳光中的种种东西，平台、小路、林间夹道、喷泉、绿桶中栽的小树，头戴白帽的娇小的妇女，尖声尖气地叫着玩游戏的女孩，如此等等，构成一幅美妙的画图。他在那儿坐了一个小时，心中充溢着种种印象。从他下轮船算起至今不过一个星期，可是他心中储存的事情之多，远远超过短短几天的经验所能提供的。在此期间，他曾多次告诫自己，而今天早晨的告诫尤其严厉。他采取的是从未有过的提问的形式，问自己为什么有这样不同寻常的逃避感，问自己到底在干些什么。在他读完信之后，他的这种感觉愈加强烈，他回答这个问题的愿望也因而愈加迫切。其中四封信是纽瑟姆夫人寄来的，每封信都写得很长。她抓紧时间，紧紧跟随着他旅行的步伐，并告诉他可以推算出她的来信的频率，可以达到一周数次。他甚至可以相信，每袋邮件中可能不止一封信。假如昨天他因为读她的信而感到不快，那么今天他就有机会化忧为喜。他慢慢地一封接一封地读这些信。他把其他的信放回口袋里，只是把这四封信长时间地放在膝上，陷入沉思之中，似乎想长久体味这些信给他带来的感受，或者至少弄清楚它们所包含的意蕴。他的朋友的信写得很漂亮，她的语调更多的是通过其文体而非其声音透露出来。他觉得只有在这么遥远的距离之外，他才能充分理解信透露的信息。一方面他充分地感受到其中的差异，另一方面他又认识到其联系之密切。这差异是由于他身在欧洲造成的，而它也促成了他对现实的逃避。他感到这差异极其巨大，这比他原来所想象的要大得多。他后来坐在那里，感到自己异常自由，同时又觉得这种感觉有些奇怪，因此陷入沉思之中。他感到自己有责任弄清楚自己的情况，并透彻认识事情的前因后果。事实上，当他逐步推敲每个步骤并把所有的步骤连在一起时，它们构成了完整无缺的整体。说真的，他从来没有期望自己会获得第二次青春，他只是想弄清楚过去的岁月以及所有发生的其他的事情是如何使自己变成今天这个样子的。他必须弄清楚这一切方才心安。

这一切都应归于纽瑟姆夫人的好意，她叫他只关心与他的任务相关的事，其他的事都一概不用操心。她坚持认为他应当彻底地休息一段时间，并一手操办一切，使他能享有充分的自由。斯特瑞塞此刻还没有想清楚她这样做有什么好处，他心中出现的是自己的形象：可怜的兰伯特·斯特瑞塞经过一天的时间，被海浪冲到洒满阳光的沙滩上；可怜的兰伯特·斯特瑞塞十分感激，因为他有了喘息的时间，一边喘息一边将身子挺直。他现在身在此地，各个方面都无懈可击，不会遭到别人的诽谤。可是要是此刻他看见纽瑟姆夫人朝他走来，他一定会本能地跳起来并走开。在此之后他会转过身来，勇敢地朝着她走去，但他首先得使自己振作起来。

她在信中对他讲述了大量有关家乡的新闻，并向他表明，在他走后，她把一切都安排得井井有条。她详尽告诉他，谁在他走后替补他的空缺，接替他的工作，因此一切都不会受到影响。她的话音充满他周围的空间，可是在他听来，却好似是空洞无物的说教。他试图证明自己这种感觉的正确性，并成功地做到了这一点，他因之而感到十分快乐，尽管表面上看来他仍然显得十分严肃。他之所以这样认为，是因为他不可避免地认识到，两个星期之前，如果说有人极其疲倦，那么斯特瑞塞就是这么一个人。而且正因为他心神困倦，他那家乡的朋友才对他体贴入微并做了如此安排。此时他觉得只要自己能充分掌握实际情况，他就可以根据这些情况确定自己的航向。他迫切需要的是一个能使问题简单化的办法，而最方便的办法则莫过于将过去做一个了结。如果这样做时，他在他的生命之杯中发现青春的残渣，那只是他的计划表面的瑕疵。他现在显然筋疲力尽，他正好利用这一点来达到他的目的。如果他的计划能再持续一些时间，他就能完成所有希望完成的事情。

他所需要的一切可浓缩为一种美好，亦即普通然而却难以企及的随遇而安的能力。他认为自己在生命的华年曾一味沉溺于向往那些不可能实现的事情，但后来事实证明生活完全是另外一回事，这种旷日持久的痛苦也最终有望获得解脱。他完全明白，一旦自己接受命定失败的观念，他最不匮乏的将是种种理论和回忆。哦，如果他准备算出总和，那么没有一张石板能容得下这些数目！如同他认为的那样，事实上他一事无成。他把所有的关系都弄得一团糟，从事过半打职业但最终什么也没有搞成，这使他的现在十分空虚，但他的过去却显得充实。尽管没有什么成就，他的担子却不轻，路程也并不短。此时他眼前似乎出现了身后的图画：一条长而曲折的路，他孤独的身影投在灰色的路上。这是社会中的人所感到的一种可怕然而又令人欣慰的孤独，是一种在生活中自我选择的孤独。尽管他身边不乏交往的人，然而真正能进入他生活的却只有那么三四个。韦马希就是其中的一位，他感到这是创纪录的。纽瑟姆夫人是另外一位，最近有迹象显示戈斯特利小姐可能成为第三位。在这三者的后面则是青年时代的他的模糊的身影，那时的他心中存在着两个比他更模糊的形象——他早年失去的年轻的妻子，以及他糊里糊涂失掉的年龄尚幼的儿子。他曾一再告诉自己，在那些日子里，假如他不一味地想念妻子以至于几乎丧失理智，他那不太聪明的儿子也就不会在学校里染上急性白喉而死亡，他也就不会失去那小男孩。他最感痛苦的是那孩子很可能并非天生鲁钝，他之所以不太聪明，是因为家里人对他疏于照料，没有重视他，而这都是由于其父亲并非故意的自私造成的。毫无疑问，这一直是他心中的隐痛，尽管随着时间的推移已逐渐淡忘，但深深的创痕依然没有消失。每次看到成长之中的英俊少年，他就不由得想到自己那失去的机会，并深感痛苦，不敢再往下想。他后来经常反躬自问，世界上还有没有人像他这样，损失如此惨痛，付出如此大的代价然而所获却如此之少？在昨天，而不是在其他日子，他的脑海中再次响起这个问题，这绝不是没有原因的。为了纽瑟姆夫人的缘故，他把自己的名字印在绿色封面上，这使得那些多少不太熟悉乌勒特的人不免问起他是谁，他也因此必须很滑稽地向别人解释，他是兰伯特·斯特瑞塞，因为那是他印在封面上的名字。可是要是他是一位有名人物的话，情况就会相反，也即是说他的名字之所以会出现在封面上，是因为他是兰伯特·斯特瑞塞。他愿意为纽瑟姆夫人做任何事情，即使比这更滑稽可笑的事他也愿意干。这表明他在五十五岁的年纪，唯一可以炫耀的仅仅是这种乐天知命的人生态度。

他认为自己很少有什么可以对世人炫耀的。他缺乏那种充分利用自己努力成果的本领。如果他曾一而再再而三地努力（只有他自己才知道他做了多少次努力），那么他努力的结果似乎只是在表明，如果不充分利用努力的成果，则将一事无成。过去的一切像鬼影一样又缠绕着他，那些过去的辛劳、梦幻和厌恶，以往那些升降沉浮、狂热和消极，那些信仰破灭的时刻以及充满怀疑的时刻，所有这些经验多半可以看作是换来教训的冒险尝试。他曾一再回想起（频率之高令他本人也感到惊异）自己做过的，然后在另一次旅行之后却从未履行的承诺。今天回想起来令他感慨最深的莫过于当时所立的誓言。当时南北战争刚结束不久，他刚结婚，尽管经历了这场战争，但仍感自己过于年轻。他当时与一位比他更年轻的女人到欧洲旅游，这誓言就是他轻率地与这位女人共同立的。这次出游是一次勇敢然而鲁莽的行为，因为他们把准备留来维持生活的钱用作旅游之资。可是当时他们认为这是一次令人百般满意的旅行，尤其因为他个人认为，这是一次与更先进的文化接触的机会，而且像他们在乌勒特时所说的那样，必将取得巨大的收获。在归航中他认为此行收获甚丰，他还相信自己能保持并扩大已经取得的成果，并因此制订了一个详尽而天真的计划，如多读书多理解，隔几年再重来一次，等等。这些计划后来都落了空，没有帮他取得什么更宝贵的成果。他因此把那一小撮种子完全置诸脑后，这原本不足为怪。可是他此刻在巴黎不过 48 小时，这些多年来埋在黑暗角落里的珍贵种子竟然再度发芽。昨日的经历实质上是重新感受那早已忘却的沸腾而丰富多彩的生活。斯特瑞塞因此产生了许多短暂的联想，例如他突然想到卢浮宫的画廊，透过明净的玻璃如饥似渴地注视那柠檬色的书卷，那金贵的颜色有如树上的果子那样鲜艳。

　　有时候他会问自己，既然他基本上保留不住任何东西，那么他的命运是否只是成为别人的备用品。至于为什么而备用，他不愿意也不敢妄加揣测。它使他徘徊、猜想、欢笑、叹息，使他前进、后退，因为冒进的冲动而多少感到羞愧，又因为试图等待而感到畏惧。他回忆起 60 年代返回美国时的情景，当时他满脑子的柠檬色的书卷，同时在衣箱里也装了一打这样的书，那是他特意为妻子挑选的。那时候没有什么东西能像这些书，表明他对学习高雅文化具有深刻的信心。那十几本书仍然放在家里，变得陈旧污损，也从来没有再行装订。它们以前代表的那种锐意求新的精神如今安在？它们现在只能代表高雅殿堂大门上那病黄色的油漆。他从前曾经梦想营造一座这样的殿堂，然而实际上他却并没有继续造下去。在斯特瑞塞目前的最高理想中，上述错误起着象征的作用，它象征着他长期的辛苦劳作，他对闲暇的需求，以及他对金钱、机遇和绝对尊严的渴望。要想使青年时代的誓言从记忆中重新苏醒过来，他得等到这最后的事件发生之后，这正足以说明他内心的负担有多重。如果还需要什么证据来证明这一点，那就是他已经不再衡量自己的贫乏，这一点他看得十分清楚。回顾过去，他发现自己贫乏的区域既无边界且又十分广泛，犹如海岸边刚开发的居留地旁边那未经探测的腹地。在这 48 小时之中，他不准自己买一本书，他的内心因此而感到安慰。他既不买书，也不做其他任何事情，在见到查德之前，他决不会采取任何行动。他在想象中瞧着那些有着柠檬色封面的书卷，知道它们的确对自己有影响，从而承认即使在那些荒废了的岁月里，它们依然存在于他的下意识之中。由于出版宗旨所限，在国内发行的那些绿色封面的杂志不刊登与文学有关的文章，而只集中刊登经济、政治、伦理学方面的文章。杂志的封面是套了彩的，摸起来十分舒服，但给人以华而不实的印象，这是纽瑟姆夫人拒不采纳斯特瑞塞的意见、一意孤行的结果。站在巴黎阳光灿烂的大街上，他觉得自己对这儿缺乏了解，不知道会发生什么事，心中不止一次涌起惴惴不安之感，这种感觉由来已久，要不然他就不会平白无故地去担心那么多事情了。他没有能赶上许多"运动"，这些运动连同其乐趣难道已成了明日黄花？错过了一些重大事件，在整个过程中也有若干间断之处。他本来可能会看到它在金色的尘埃中消失。如果说剧院还没有散场，那么至少他的座位已被捷足先登的人占去。昨天晚上他有一种不安的感觉，因为他觉得如果要上剧院，就应该同查德一起去，或者也可以说，为查德而去，尽管他认为在某种意义上那剧院很不错，而且他以为陪可怜的韦马希去是还他的情。

这使他想到带查德去看这出戏是否合适的问题，他又突然想到由于自己对他负有特别的责任，因此在他选择娱乐方式这一问题上应掌握好分寸。实际上他在杂技剧院（他认为那是比较安全的场所）时就已经想到这一点了，也即是说他认为如果同他的年轻朋友一道去看戏，那将使他的拯救工作带上古怪的色彩，尽管与查德在个人舞台上演出的戏剧相比，剧院中上演那出戏要更合乎社会的道德规范。他到这儿来，是为了维护社会的道德规范，而不是为了独自观看呆凝的表演；他到这儿来的目的更不是为了同堕落的年轻人一同观看这种表演，因而使自己权威扫地。可是难道为了这权威的缘故，他就不得不放弃所有的娱乐活动吗？放弃娱乐活动就会使自己在查德的眼中显得更光辉吗？可怜的斯特瑞塞向来就有世事弄人之感，在这个小问题面前他尤其有这种感触，因此简直不知道怎样办才好。他的窘境会不会使他显得可笑？他应不应该在自己或者在那个可怜的小伙子面前假装相信，接触有些东西会使那小伙子变得更坏？另一方面，从事某些活动可能会使他变得更好的假定不也是站不住脚的吗？他最大的不安来自他眼前的担心，亦即只要自己在巴黎稍微从众，他就会失去权威。在这个清晨，这个巨大而灿烂的奢侈淫逸之都展现在他的面前，就像一个巨大的光怪陆离的发光体，一块璀璨而坚硬的宝石，它的各个部分难以区分，其差异也难以识别。它忽而光辉闪烁，忽而浑然一体，有时好像一切均浮在表面，一会儿之后又变得幽深。毫无疑问，查德喜欢这个地方。可是如果他斯特瑞塞也变得过于喜欢这地方，那么重任在身的他该怎么办？问题的关键当然在于如何理解"过于"一词，这也是解决这问题的一线光明。当我们的朋友在进行我所描述的长时间的思考时，他已在相当程度上得出了结论。我们应该充分认识到，他是一个不愿意错过任何思考良机的人。比如说一个人喜欢上了巴黎，但又不至于过于喜欢它，这可能吗？幸运的是他从未在纽瑟姆夫人面前保证，他决不会爱上巴黎。此时他认识到，这样的承诺会束缚他的手脚。卢森堡公园此刻显得无可争议的可爱，这固然是由于其内在魅力的缘故，但也与他没有做这样的承诺有关。当他直面这个问题时，他所做的唯一承诺是按照情理做他可能做的事。

一会儿之后，他终于发觉自己思绪联翩，一直在联想的潮流上飘游，于是感到颇为不安。关于拉丁区的一些陈旧的观念也对他有影响，他因而想到这个流言甚广的不良地区。像小说和现实中众多的年轻人一样，查德就是在这个地区开始他的生活的。他现在已毫不隐瞒他的住址，按照斯特瑞塞的推断，他的"家"应当安在迈榭比大街。也许由于他现在是旧地重游，我们的朋友在坚持原则的同时，对那些司空见惯和沿袭已久的风气也持宽容的态度，而不至于烦恼不安。如果看到这位年轻人同某个特别出格的人一起招摇过市，他一点也不觉得那是一件危险的事。身处这样的气氛之中，他可以感受到早期的那种自然情韵，尽管如此，他还是十分希望能与人商量。他深切地感到，数日来那个小孩的浪漫特权，几乎使他感到艳羡。忧郁的缪勒同弗兰西尼、缪塞和拉尔多夫一道，在家中与那些破旧的书为伍，是书架上未曾装订的十多车纸皮书之一。五年之前，在欧洲居留长达半年之后，查德写信回来说他决定既省钱，又要学到真本事。根据他们在乌勒特所得到的混乱消息，斯特瑞塞满怀同情地在想象中伴随他搬家，走过那些桥然后又爬上圣·日内维山。查德在信上讲得很明白，在这个地区可以学到最纯正的法语以及其他东西，而花费却最少。不仅如此，在这里还可以遇到各种各样的聪明人，以及出于某种目的而居住在此地的同胞，这些人形成了非常令人愉快的团体。这些聪明的家伙以及友善的同胞主要是青年画家、雕塑家、建筑师和学医的学生。查德还颇有见识地评论说，即便自己的水平和他们相比还有差距，但和他们相处获益甚多。相形之下，同歌剧院一带的美国酒吧和银行中的"可怕的粗人们"（斯特瑞塞还记得这个颇具启发意义的区分法）接触就毫无意义了。在后来的一封信中（那时查德偶尔还要给家里写一封信），他谈到某个伟大艺术家的一群辛勤工作的门生，他们欢迎他加入他们之中。每晚他都在他们那里吃饭，几乎化入其中。他们还一再提醒他，千万不要忽视"在他之中"也有同他们一样的潜能。有段时期他似乎也确实表现出了某种潜能，至少他在信中说再隔一两个月，他就可能进入某画室正式学画。纽瑟姆夫人把这视为上天的恩典，尽管这只是小小的恩典，但已是令她感激不尽。他们都认为这是上帝赐福，他们那浪迹天涯的孩子也许良心发现，倦于闲荡，终于有了改变生活的雄心。由于其表现肯定还谈不上出色，当时完全听命于那两位女士的斯特瑞塞对她们的意见表示了有节制的赞同，如今回忆起当时的情况，他觉得简直可以说得上热烈支持。

然而接踵而来的却是大幕低垂。这位身为儿子兼兄长的年轻人并没有长期在圣·日内维山上用功读书，他只是偶尔提到这个地名，然而却很奏效，这与他所提到的纯正的法语一样，都是他那尚未十分成熟的障眼法。这些华而不实的表演当然不能使他们长久地感到满意。另一方面，它们却为查德争取到时间，使他的恶习在无人看管约束的情况下有机会变得根深蒂固，一些新的弊病也积习难改。斯特瑞塞认为，在移居之初，查德还比较纯洁，因为在刚开始的时候，并没有发生什么特别糟的事情，因此也就没有必要为查德受到的影响而深感遗憾。根据他的推测，查德曾在三个月当中试图有所作为。他的确尝试过，尽管不十分尽力，但在短时期内却也信心十足。他天性中的弱点比任何经证实的坏事强，其典型的例了是他在一系列特殊的影响下而导致的狂热的举动。这些影响虽说是来自缪塞和弗兰西尼，然而却不是真正的缪塞和弗兰西尼，而是被人夸张和庸俗化了的、变得过分激进的缪塞和弗兰西尼。根据他偶尔在信中谈到的情景，可以推测到他当时和一个又一个的狂热的小人物厮混在一起。斯特瑞塞曾经在什么地方读到过一条拉丁格言，该格言的内容是描述一位旅行者在西班牙看到时钟走时的情况。"它们皆可使人受伤，最末者则使人毙命"——她们都使查德道德败坏，而最后一位则使他无可救药。最后一位占有时间最长，也就是说她占有了查德并窒息了他那尚未泯灭的道德心。然而决定第二次移居的却不是她，而是某个在她之前的人。完全可以推测，那个提供昂贵的费用，叫他再次回来，再次故态萌发，并以所谓的最纯正的法语换来某种最坏的德行的人也正是她。

他终于定下心来准备回旅馆，自感这一次散步颇有所获。他离开椅子，在邻近的地方又散了一会儿步。这一天早晨的结局对于他来说意味着行动的开始。他希望自己罪该万死。当他站在欧第翁剧院的古老的拱门下，徘徊于那些陈列在露天之中的迷人的古典文学和通俗文学书籍之间时，这种感觉尤为强烈。他有如面临长长的架子，上面摆满色香味各异的诱人的美食。他觉得自己在一种接一种地享受廉价饮料，就像坐在人行道旁天棚下令人愉快的咖啡馆中时的情况一样。他侧着身子走过，瞧着那些桌子，手一直背在后面。他到这儿来不是为了浸淫于其中，他到这儿来是为了改造自己。他不是为了自己的利益而来，换句话说不是直接为此而来。他到这儿来是希望能听到那不知现在在何方的青春之神的羽翼的声音，这些羽翼现在不再扑动，它们垂在那些已离开人间的人们的胸膛上，然而当那些头上留着长发、帽子耷拉着的闲散人士翻动书页时，他们依然能听得到一两声扑翼声。这些年轻人属于性格激烈一族，他们具有激进的倾向，眼光敏锐，对种族的差异有着深刻的认识。他们时常切开未开边的毛边书，有时也站在关闭的门旁偷听。他在想象中描绘四五年前查德在这里摸索的样子。他想来想去，觉得只可能有一个查德，那就是俗不可耐，因而不配拥有他那些特权的查德。在这里既年轻又快乐，这肯定是一种特权。斯特瑞塞所了解的他的最大长处是他曾经拥有这样一个梦想。

可是半个小时之后，他需要处理的事情是在迈榭比大街上某幢房子的三楼上解决，这才是确切无疑的。他也知道三楼房间的窗户与外面的阳台相通，这或许是他在大街对面徘徊了五分钟之久的原因。对于若干问题他已下定决心，其中之一涉及他处理事情的手段，亦即快刀斩乱麻的方法。他此刻一边看表，一边思忖，心中暗喜他这一决定丝毫也没有动摇。6个月之前，他曾宣布自己要来此地。他在信中告诉查德，如果某天他出现在他面前，那么请查德至少不要吃惊。查德因此写了一封语气十分平淡的回信，信上只有寥寥数语，对他表示一般化的欢迎。斯特瑞塞读信后十分不悦，他想查德很可能把他的誓言误解为一种暗示，即要求查德尽地主之谊。因此，作为他认为最合适的纠偏补弊的方法，他此后闭口不谈此事。他还请求纽瑟姆夫人也不要再提起他要去的事，因为如果他要办事，就将按他自己的方法办事，而且他明确地知道他该怎样办。对他而言，这位夫人的若干美德之一就是他可以绝对相信她的诺言。在他认识的女人当中，甚至包括那些乌勒特女人，她是唯一不会撒谎的女人，对这一点他有绝对的信心。她的亲生女儿萨拉·波科克也是一位具有社会理想的人，但在有些方面却与她迥然不同。萨拉固然崇尚善与美，但在人际关系的处理上却从来不回避耍手腕，他曾经多次看到她明显在这样干。他已从纽瑟姆夫人那里得到保证，她将不惜任何代价，放弃自己的主张，在处理查德这件事情上，完全让他放手干。因此，他此刻望着那互相连通的漂亮阳台，心中油然升起一种安全感。倘若此事办不好，那么至少不会是他的过错。他此刻在洒满令人愉快的阳光的大街边稍事停留，心中是否想到这些?

众多的思绪涌上他的心头，其中之一是他不久便知道自己到底是功夫不深还是精明透顶。另外他还想到上面提到的阳台可不是可以随便放弃的便利条件。可怜的斯特瑞塞这时才意识到，不管你在巴黎的什么地方停步，当你还来不及制止它时，你的想象就已经开始做出反应了。这种永远不停的反应使停步必须付出代价，其导致的后果多种多样，使人感到无所适从。譬如在此刻，他怎么可能会喜欢上查德居住的那幢房子? 那房子宽敞高大，线条简洁，对建筑颇有研究的他一见就知道修得挺不错。我们的朋友感到几分尴尬，因为这房子的质量如此之好，一下子给他极深的印象，就像他可能会描述的那样——向他"扑面而来"。三月的阳光正照着三楼的窗口，要是有人偶然从那儿往下一望，看见他在那儿，岂不是一个良好的开端？然而他终究还是打消了这个念头。一会儿之后，他发现那使他感到"扑面而来"的高质量建筑物，其美感来自匀称和均衡，来自局部与局部以及空间与空间之间和谐的关系，再加上精心设计的装饰，以及那漂亮的冷灰色，被城市生活渲染得富有浮动感的石头，这一切使这建筑物显得格外突出，并使他感到出乎意料地面临一种挑战。他发现了这些，感受到这一切，但这对他又有何益？与此同时，他曾希望得到的机会，即被阳台上的人及时看见的机会，却已成为事实。两三扇窗户迎着带有紫罗兰香气的微风洞开，在斯特瑞塞下决心果断地跨过街之前，一位青年男子走了出来并四下张望。他点燃了一支香烟，把火柴棍往阳台下一扔，随后便靠在栏杆上，一边吸烟一边观看楼下的情况。他的出现使得斯特瑞塞停留在原地不动，而且他不久就发现自己也已被人注意。那位青年男子开始瞧斯特瑞塞，这实际上是因为他感到斯特瑞塞在瞧他。

到此为止此事挺有趣，然而这乐趣却因为这位年轻人并不是查德而大打折扣。开始时斯特瑞塞感到挺纳闷，他想也许查德的样子变了，后来才看出变化不可能有这么大。这位年轻人身材瘦削，样子机敏，风度宜人，绝非效仿者所能做到。斯特瑞塞认为，查德多少已经学会了一些巴黎人的派头，但他相信查德还没有达到炉火纯青、叫人看不出来的地步。他感到他已做了足够多的修正。那位在阳台上的青年绅士应该是查德的朋友，这也算得上是一项修正。阳台上那位绅士挺年轻，的确非常年轻。他显然太年轻，因此不可能会对正在观察他的那位中年人感兴趣，他也不会去关心这位中年人发觉自己被人瞧时会怎样想。这是青年人的作风，在阳台上流连不去也是青年人的做法。此刻斯特瑞塞觉得除了他要办的事外，一切都散发着青春的气息。查德作为青年人这一特点顿时凸现。这事一下子也变得不一般化。这个阳台，这房屋不同凡响的正面，突然使斯特瑞塞产生一种崇高感。它们使整个事情显得很实际，并使他很高兴地感到他有把握办好这个层次上的事情。那个年轻人自然在看他，他也望着那年轻人。他的思绪很快就转到一边，心想住在那高高的隐秘处可算是最时髦的享受。这个居所也为他开放，他现在只以一种眼光看它，即把它看成是在这个充满情调的大都会中与他有一些关系的唯一的安乐窝。戈斯特利小姐在她的安乐窝，她曾经告诉过他，而且这安乐窝也无疑在等待着他这位客人。但是戈斯特利小姐尚未归来，她可能要等几天才能到达此地。减轻他无枝可栖的感觉的唯一办法是把念头转到和平街侧边小街那家公认的二流小旅馆，她为他的钱袋着想因而在这旅馆为他预定了房间。他的印象是那家旅馆室内很冷，有一个玻璃屋顶的院子和溜滑的楼梯。由于同样的原因，韦马希也在这家旅馆露面，尽管有时他本来该待在银行里。在他走之前，他感到只有韦马希，那个不仅没有变弱反而变得更强的韦马希，才能取代那位阳台上的年轻人。可是当他移动脚步时，他却想逃避这种可能性。他终于走过街去，穿过通向院子的大门，像是故意要把韦马希留在外面似的。尽管如此，他会把这一切都告诉他。

第六章

当天晚上在旅馆与韦马希共进晚餐时，斯特瑞塞把一切都告诉了他。他心中明白，假如他不愿意因此而牺牲一个少有的机会，他本来大可不必这样做，而且这场谈话的契机正是由于他对他的同伴提及这牺牲。他也可以把这番表白称之为坦白，以表明他对对话者有着充分的信任。他坦诚地告诉韦马希，他被对方的魅力征服，尽管如此，他还是没有答应在那儿吃晚餐。他考虑半天才做出这样的决定，因为要是他在那儿吃饭的话，韦马希就不可能同他共进晚餐。他也没有把客人带到这儿来吃饭，对此他也有所顾虑。

喝完汤后，韦马希似乎对斯特瑞塞所说的这些顾虑颇感兴趣，斯特瑞塞并没有料到自己会给别人造成如此印象，对此他颇不习惯。这位客人是个年轻人，他是在那天下午才认识他的，当时他正在找另外一个人。要是他没有认识这位新朋友，他这番寻找可以说是一无所获。"哦，"斯特瑞塞说，"我有许多事情要告诉你！"他说话的方式起着暗示韦马希的作用，要他凑凑趣，使叙述这些事情变成一件赏心乐事。他等鱼端上桌，喝了点酒，抹抹长髭须，靠着椅背坐着。他看着从他们身边走过去的两位英国女士，要不是因为她们没有理睬他，他差点就要开口招呼她们了。因此他只好趁鱼端上来时改口大声说道："法朗索瓦，谢谢了！"眼前的一切均完美无缺，所有的一切都令人惬意，只是不知道韦马希会作何反应。在淡黄色的小饭厅内，洋溢着融洽的气氛。满面微笑的法朗索瓦以舞蹈动作走来走去，既是侍者，又是兄弟。肩膀耸得老高的女管事总是搓那双抬起的双手，像是对某种没有说出来的看法表示完全赞同。总而言之，对斯特瑞塞来说，这个巴黎之夜的魅力体现在汤的味道中，在浓醇的酒香中，在那摸起来很舒服的粗织纹的餐巾中，在咀嚼厚皮面包时发出的咔嚓声中。这一切与他的坦诚相告配合得天衣无缝，他所做的坦白是他已经同意第二天十二点整和那年轻人在外面用午餐（假如韦马希当时在那儿，且对此不反对的话，这本来并非什么大不了的事儿）。他不知道具体在何处吃午餐，这件事的微妙之处就在于他记得那位新朋友只是说："等一会儿再说，反正我会带你上某家餐厅。"看样子他只愿意让斯特瑞塞知道这么多。斯特瑞塞坐在他此时的伙伴面前，忽然产生了一种想要添油加醋的冲动。过去在对别人讲述事情时，他也受到过这个不好的冲动的吸引。假如韦马希认为这些是坏事，那么他至少有理由感到不高兴，正因为如此，斯特瑞塞把它们说得更坏。可是他此刻的确弄不清楚到底是怎么一回事。

查德已经离开迈榭比大街，他根本就不在巴黎。斯特瑞塞是从看门人那里得知这些情况的，然而他仍然上了楼。他是在一种邪恶的好奇心的支配下上楼的，这是唯一可能的解释。看门人告诉他，四楼的那位房客的朋友目前住在那屋子里。这更使斯特瑞塞有借口趁查德不知情时，在他屋内做进一步的调查。"我知道他的朋友在替他看屋，或者照他的说法，使那屋子保持温暖。查德本人好像到南方去了。他一个月前去了戛纳，现在快要回来了，可还得等几天。我本来可能会在这里等上整整一个礼拜，也可能得到这个重要消息后会马上离开。可是我并没有离开，相反我留了下来。我留下来，在这里闲荡，无所事事，把这里瞧了个遍。总而言之，我又瞧又闻（我不知该怎么形容才好）。这只不过是小事一桩。好像真的有什么好闻的东西。"

根据韦马希脸上的表情，他的注意力显然不在他朋友身上，而是在某个遥远的地方。当后者发现他居然还能跟上自己说的话时，不免感到有点诧异。"你是说某种气味吧？什么样的气味？"

"一种怪迷人的香味，但具体是什么我却不知道。"

韦马希似有所悟地哼了一下："他是不是和一个女人同居？"

"我不知道。"

韦马希稍待片刻，想听对方说下去，然后他又开口说道："他把她也带走了吗？"

"他会不会把她带回来？"斯特瑞塞也发问了，但他以与以前相同的方式作结，"我不知道。"

他以这样的方式作结，再加上他再次往后一靠，接着又喝了一口列奥维尔红酒，抹了抹髭须，又夸奖了法朗索瓦一句，这似乎使得他的同伴微感不快："那么你究竟知道些什么？"

"嗨，"斯特瑞塞几乎是兴高采烈地说，"我想我什么也不知道！"他的情绪高涨说明了一个事实，即此刻他所处的状况与他在伦敦剧场同戈斯特利小姐谈论此事时的状况相仿。这种状况有扩大的趋势，这种趋势无疑多少体现在他的进一步的答复中，供韦马希体会、感受。"这些就是我在那个年轻人那里了解到的所有东西。"

"可是我记得你说过你什么也没有打听到。"

"的确什么也不知道，除了一点，即我知道我什么也不知道。"

"这对你有何好处？"

斯特瑞塞说："这正是我要请你帮我弄清楚的一点。我是指一切的一切。在那儿我感觉到这一点。它时常使我有明显的感觉。而且那个年轻人——查德的朋友，等于完全告诉了我。"

"等于完全告诉你？你什么也不明白？"韦马希那样子就像看着一位实际上把一切都告诉了他的人。"他的年纪有多大？"

"嗯，我猜还不到三十。"

"可是你却得听他那一套？"

"哦，我在很多事情上都听他的，因为正如我告诉你的那样，我已经接受了他吃午餐的邀请。"

"你要去吃那混账午餐？"

"如果你愿意去，他也愿意请你。我把你的情况告诉了他。他把他的名片给了我，"斯特瑞塞接着说，"他的名字相当滑稽，叫作约翰·里托·彼尔汉姆。他说由于他个子小，所以有里托·彼尔汉姆的双姓，即小彼尔汉姆的意思。"

"哦，"韦马希对这些琐细的小事当然不感兴趣，"他在那儿干什么？"

"按照他的说法，他只是一个小小的艺术家。我觉得他形容得十分贴切，不过他仍然处于学艺阶段。你知道，这是一所伟大的艺术学校，他到这儿来待了若干年。他是查德的好朋友，现在住在查德的家中，因为那屋子太舒服了。他还是一个讨人喜欢而且有点古怪的家伙，"斯特瑞塞补充了一句，"尽管他不是波士顿人。"

韦马希看样子已经相当不喜欢他。"他是哪个地方的人？"

斯特瑞塞思忖了一下。"这我也不知道。不过按照他的说法，他因为不是波士顿人而'名声不好'！"

韦马希枯燥无味地做道德说教："得啦，也不是所有的波士顿人名声都好。"他又接着说，"他什么地方古怪？"

"也许就古怪在这一点上！"斯特瑞塞又说，"他的一切都显得古怪。你见到他时就明白了。"

"我可不愿意见到他，"韦马希不耐烦地说道，"他为什么不回国？"

斯特瑞塞踌躇了一下，然后说道："呃，因为他喜欢这儿。"

韦马希显然忍受不了这一点。"他应该感到羞耻。既然你也这样想，你为什么还要把他拖进来？"

斯特瑞塞过了一会儿才回答："或许我也这样想，尽管我并没有完全承认这一点。我一点把握也没有，这也是我想弄清楚的事情。我喜欢他，你能不能喜欢上某个人？"他站起来，"我倒希望你能批判我，把我批判得体无完肤。"

韦马希开始吃第二道菜，可是这菜却不是刚才端到那两位英国女士桌上的那道菜。他注意到了这一点，心思不免转到一边去了，但不久又转了回来。"他们住的地方不错吧？"

"哦，那地方相当好，到处都是漂亮而有价值的东西。我还从来没有见过这么好的地方。"斯特瑞塞的思绪回到那地方，"对一个小小的艺术家来说……"他简直不知道怎样表达才好。

他的朋友似乎有自己的想法，此时追问道："怎么样？"

"一辈子不可能有更好的生活条件了。此外，他还替他们管家。"

"因此他在替你那两个宝贝当看门人？"韦马希问道，"这就是最好的生活条件？"斯特瑞塞默然不语，似乎若有所思，韦马希便继续说道："他知不知道她是什么货色？"

"我不知道。我没有问过他，我也不可能问他，你也不会问他，还有我也不想这样做，你也同样不想这样做，"斯特瑞塞解释道，"你不可能在这里调查什么。"

"那么你来这儿干什么？"

"嗯，我准备完全靠自己的力量把事情弄清楚，用不着别人帮忙。"斯特瑞塞笑了起来，"你不是那些人中的一员！你知道的我也知道。"

他说的最后那句话使得韦马希再次盯住了他，这表示后者对这句话表示怀疑，因此他觉得自己的观点还站不住脚。韦马希随即说："嗨，斯特瑞塞，别再搞这一套！"听了这话，斯特瑞塞这种感觉尤其强烈。

我们的朋友疑惑不解地微笑着说道："你是指我的语调？"

"不是，让你的语调滚蛋吧，我是指你到处打听。把你手中的事扔掉吧，让他们都自作自受。你被别人利用了，做那些不适合你做的事，没有人会用细齿梳子梳马毛。"

"难道我成了一把细齿梳子？"斯特瑞塞笑道，"我还从来没有这样叫过自己。"

"不管怎样，你就是这样一把梳子。你已经不再年轻，可是你的齿还没有掉。"

他认同他朋友的幽默。"你可要小心一点，谨防我梳到你的身上！韦马希，你会喜欢我国内那些朋友的，你真的会特别喜欢她们。而且我还知道，"这一点有点偏离话题，但他仍然特别强调这点，"我知道她们也会喜欢你！"

"哦，不要把这些包袱扔给我！"韦马希呻吟般地说道。

斯特瑞塞双手插在口袋里，仍然是一副不想走的样子。"正如我说的那样，非把查德弄回去不可。"

"为什么非这样不可？这是不是你的主意？"

"是的。"斯特瑞塞答道。

"因为如果你把他弄回去，你也就把纽瑟姆夫人弄到手了？"

斯特瑞塞没有回避这个问题："是的。"

"如果你不能把他弄回去，你也就不能把她弄到手？"

这问题可有点残酷无情，可是他依然毫不退缩。"我想这对我们彼此之间的理解可能会有点影响。对于生意来说，查德确实十分重要，或者换言之，只要他愿意的话，他轻而易举地就会变得十分重要。"

"而且对于他母亲的丈夫来说，生意才是至关重要的东西？"

"嗯，我未来的妻子想要的，自然也是我想要的。如果有我们自己的人参与其中，那当然更好。"

"换句话说，如果有你们自己的人参与其中，"韦马希说，"从你个人的角度来看，你将会娶到更多的钱。按照你对我讲的情况，她已经够富有了，假如生意按照你制定的方针发展下去，变得兴旺发达的话，她会变得更富有。"

"我并没有制定什么方针，"斯特瑞塞马上答道，"纽瑟姆先生十分懂行，他在十年前就制定好了方针。"

韦马希摇了摇头，似乎表示这可算不了什么。"不管怎样，你狂热地希望生意变得兴旺发达。"

他的朋友沉默了一会儿，然后说："我想像我这样，甘冒受他人影响的危险，以至于违反纽瑟姆夫人本人的意愿，是很难说得上狂热的。"

对于这种说法，韦马希做了长久而苛严的考虑。"我明白了。你害怕自己会被别人收买，可是尽管如此，"他补充说道，"你依然是一个假仁假义的人。"

"哦，可不能这样说！"斯特瑞塞随即抗议道。

"你要求我保护你——这使你变得挺有趣，可是在这之后你又不愿接受我的保护。你不是说你愿意被我批判得体无完肤……"

"哦，可没有这样容易！"斯特瑞塞说道，"难道你还不明白，正如我告诉你的那样，我的利益究竟在什么地方？我不会被收买，这就是我的利益所在。假如我被收买了，那么我怎么可能同她结婚？假如我无功而返，我就会失去同她结婚的机会；假如我失去了这个机会，我也就失去了一切，将变成一事无成的人。"

听他说了这番话，韦马希毫不容情地说："假如你完蛋了，你的处境将会如何与我有什么关系？"

他俩对视一会儿。"非常感谢，"斯特瑞塞终于开口说道，"可是难道你不会认为她对这事的看法……"

"会使我感到满意？不会的。"

这又使得他俩你瞧着我，我瞧着你，最终还是斯特瑞塞又笑了起来。"你这样对她可太不公平。你真的应当好好了解她。晚安。"

第二天他同彼尔汉姆先生共进早餐，出乎意料的是，韦马希居然也大驾光临。他在最后五分钟时宣布他愿意和他一起去，正如做其他事情时那样，这使他的朋友感到十分惊奇。他们一同前往，迈步走向迈榭比大街，心情轻松闲适，这样的心境对于他们来说倒是少有的。他俩感受到巴黎巨大的魅力，正如每天成千上万的人所感受的那样。他们漫步街头，对周围的一切赞叹不已，觉得自己已消融于大都市之中。斯特瑞塞已经有若干年没有像现在这样感到时间如此充裕，就像一袋可以随时取用的金币。他明白在同彼尔汉姆先生办完这桩小事之后，他将有若干任意支配的时间。拯救查德的工作还不至于迫在眉睫。半个小时之后，他悠闲地坐在查德的餐桌旁，一侧坐着彼尔汉姆先生，另一侧坐着彼尔汉姆先生的朋友，对面坐的则是高大的韦马希。窗外阳光灿烂，巴黎的市声穿过窗户（昨天他曾在下面好奇地望着这窗户），轻柔而模糊地飘了进来，这声音在斯特瑞塞的耳中是那样甜蜜，此时他最强烈的感觉很快就产生了结果，快得使他无暇品尝，他还明确地感觉到他的命运将发生急剧的变化。昨天他站在街上时，尚不了解任何人和任何事，可是他此时不正是在追踪所有的人和所有的事情吗？

　　"他在搞些什么名堂，在搞些什么名堂？"他脑子中一直在想着这个针对小彼尔汉姆的问题。然而与此同时，在他能够弄清楚之前，所有的人和所有的事看起来都很好，正如他的男主人以及坐在他左边的那位女士所显现的那样。那位坐在左边的女士，那位被迅速而巧妙地邀请来"会见"（这是她自己的措辞）斯特瑞塞先生和韦马希先生的女士相当不同寻常，很大程度上由于她的缘故，我们的朋友才不断问自己，这是否在本质上是一个挂满诱饵并镀了金的陷阱。称它为诱饵是恰当的，因为早餐精美得无与伦比，周围的东西似乎不可避免地需要镀上金，因为巴拉斯小姐（这是这位小姐的芳名）那双凸出的巴黎型眼睛已透过有着长玳瑁柄的眼镜打量着他们。巴拉斯小姐身材苗条，胴体成熟，亭亭玉立，笑容满面，装束高雅，对人亲切，毫不隐讳自己不同的观点，这一切使他想起上一世纪的某幅画中的某个聪明人物的头像，只是头发上没有扑粉而已。为什么自己会产生这种联想，他却不得而知。他也难以当场解释为什么巴拉斯小姐会成为"陷阱"的主要因素，但他确信今后他会了解其原因，而且将了解得十分透彻，他还强烈地感到自己确有了解它的必要。他还想弄清楚自己对两位新朋友的看法究竟如何。那位年轻人——查德的密友兼代理人，在安排这一次会面时采用了十分巧妙的方法，这一点他原来简直没有想到。其中尤以巴拉斯小姐惹人注目，她身边的一切都显然是特意安排的。使他觉得有趣的是他感到自己面临新的度量方法，另外的标准，不同的关系尺度。他俩显然天性快活，对事物的看法与他和韦马希迥然不同，他从来没有想到，自己竟然可能和韦马希一致，几乎如出一辙。

韦马希挺不错，至少巴拉斯小姐曾私下这样告诉他。"哦，你的朋友是一个典型人物，一位旧式的高贵的美国人，应该怎样说才恰当呢？希伯来的预言家，以西结或者耶利米。当我还是一个小姑娘的时候，我家住在蒙塔利街，常有这样的人来看我父亲，而且他们通常都是美国驻图勒利宫或者是其他宫的外交使节。从那时起，我许多年都没有见到这样的人物了。一见到他们，我那颗可怜的冰冷而衰老的心一下子就会变得温暖起来。这种人好极了，只要条件合适，他们就会获得极大的成功。"斯特瑞塞没有忘记问她什么是合适的条件，尽管他十分需要调整心态，以适应他们的策略变化。"哦，艺术家聚集的地区，以及诸如此类的地区，例如你所知道的此地。"他正准备顺着她的话头问道："此地？难道这儿是艺术家的聚居地？"可是她已经挥了挥玳瑁柄并潇洒地说了声："带他过来见我。"并以此打断了他的提问。他马上知道他不可能带他去见她，因为他感到当时的气氛凝重而紧张，这多半是由于可怜的韦马希所持的看法及态度所致。与他的同伴相比，他在陷阱中陷得更深，可与他的同伴不同的是，他却没有尽可能地适应这个环境，这正是他满脸严肃的原因。他对于巴拉斯小姐的不检行为颇感不快，而她对此却一无所知。我们的两位朋友原来以为彼尔汉姆先生会带他们去一两个好去处，如巴黎的风光照中常显示的那一类美丽而民风淳厚的地点。如果这样的话，他们就有正当的理由坚持自己付账。韦马希最终提出的唯一条件是不要别人替他付账。然而随着事态的发展，他却发现别人处处都愿意替他付账，这使得斯特瑞塞暗想，他一定已经在心中盘算如何知恩图报了。坐在他对面的斯特瑞塞明白他在想些什么：当他们一同走回头天晚上他曾一再提及的小客厅时，斯特瑞塞明白他在想什么；当他们走出屋子，走到那个只有怪物才不会认为是绝佳的回味场所的阳台上时，斯特瑞塞尤其明白他在想些什么。对于巴拉斯小姐来说，连吸若干支优质香烟更加深了她对上述事情的体会，这些香烟是查德留下的美妙物品之一。斯特瑞塞也几乎同样纵情地疯狂地吸着香烟，他反正是一不做二不休，知道自己放纵自己。他过去很少这样做，这在这位女士的不检点行为中只占很小一部分，而这些不检点行为的总和韦马希是很容易算出来的。韦马希以前也是瘾君子，而且吸烟量挺大，可是他现在已经戒了烟，在这个有的人持无所谓态度，而另外一些人却认为了不得的玩意儿面前，他的话也就有了分量。斯特瑞塞以前从不吸烟，他觉得自己以前之所以能在朋友面前炫耀，是有其原因的，现在他才逐渐明白，其原因在于从来没有一位女士陪他吸过烟。

　　这位女士的在场使整个事情变得奇怪而放纵，而且也许因为她在场，吸烟才变成她的放纵行为中最微不足道者。倘若斯特瑞塞能够确切地知道她在每个关键时刻谈话的意思（尤其是在同彼尔汉姆谈话时），他也许也会去琢磨其他部分的意义，而且会觉得这些话刺耳，并知道韦马希亦有同感。然而事实上他经常如坠云里雾中，只能听得懂大意，有好几次又猜测又推敲，最后连自己也不相信。他感到纳闷，不知道这些话是什么意思，有时候他们提到一些事情，他却认为这些事情几乎不可能被谈到。因此，他的猜测多以"哦，不，不是那个意思"结束。后来，他逐渐明白，这变成了他使自己振作起来的一个条件，也成了自己在全过程中迈开的第一步。当他分析情况时，他认识到最关键的因素全在于查德的处境不正常，而那些人则玩世不恭地聚集在他的周围，因为他们把他的处境视为理所当然，所以与查德有关的一切事情在乌勒特也被视为理所当然，他也因此在纽瑟姆夫人面前保持绝对的沉默。这是由于事情变得太坏，因而难以启齿的缘故，也是深刻理解其坏的程度的明证。因此，可怜的斯特瑞塞认识到，邪恶的根源最终可以追溯至他眼前这个场景。他十分清楚其可怕的必要性，但他也认识到，这是对脱离常轨的生活的强有力的纠正。

那种脱离常轨的生活对彼尔汉姆和巴拉斯小姐的影响却显得难以觉察和十分微妙。他毫不讳言他们与它的关系是间接的，因为如果不是这样的话，那种低级下流的东西就会极其明显地暴露出来。尽管如此，这种间接性却与带着感激的心情享用查德的东西这种做法惊人地调和在一起。他们反复提到他，提到他的名字和良好的性格，斯特瑞塞最为不解的是他们每次提到他时都要唱他的赞歌。他们赞美他的慷慨，夸奖他的趣味，而且斯特瑞塞觉得，当他们这样做时，他们仿佛一味沉溺于其中。我们的朋友最感为难的是当他同他们一块随波逐流时，他总会感到韦马希巍然屹立在他的面前。然而有一点是肯定的，他明白自己必须下定决心。他必须与查德接触，必须等候他，同他打交道，控制住他，然而同时却要保持客观地认识事物的能力。他必须使他到自己这里来，而不是自己到他那儿去。假如他因出于权宜之计而继续宽恕别人，那么他至少必须明白他为什么要宽恕。对于这种微妙而难测的事件，彼尔汉姆与巴拉斯小姐都不能帮助他更清楚地认识，事情于是也就只好这样了。

第七章

　　周末戈斯特利小姐一回来，便通知了他。他马上到她那儿去看她，此时他方才再度有了纠偏补弊的依据。当他跨过位于马鲍孚区的那楼中狭窄的门槛时，这个依据就再次幸运地呈现在他的面前。在这屋子中，她用她在多次旅游的过程中凭一时的兴趣搜集到的东西，布置了一个安乐窝。他马上就意识到，在这里而且只能在这里，他才能找到他第一次登上查德家的楼梯时所预想的福。他本来会因为发现自己如此深地"陷入"这个地方而感到害怕，要不是因为他的朋友也在场，并帮助他衡量自己胃口的大小。他一看见她的房间，就觉得它不大而且挤得满满的，那些收藏品使得它显得有点幽暗，但仍搭配合理，相得益彰。不管他往什么地方看，他都能看到一支旧象牙或者一幅旧锦缎，他也不知道该坐在什么地方才好，生怕自己坐错了地方。他突然觉得这个房间的主人的生活要比查德或巴拉斯小姐的生活丰富得多。尽管他最近眼界有所扩大，见的"东西"比以往多，但眼前这一切仍使他增长了不少见识。眼睛的欲望和生活的骄傲构成了它们的圣庙。它是神坛里最隐蔽的角落，如同海盗的巢穴一般黑暗，在黑暗中闪耀着金光，在幽暗中闪烁着紫色的光雾。光线穿过低矮的窗户，透过薄细的窗纱，洒在那些珍贵的藏品上。他对它们一无所知，只知道它们是些珍品。它们嘲笑着他的无知，如同一朵带着轻狂在他的鼻下舞动的花。然而在仔细观察女主人之后，他方才明白什么是自己最关心的。他们俩所在的圈子充满生活的情趣，他们之间的每一个问题都只可能产生在这里，而不可能产生在其他任何地方。他们一开始交谈，问题就接踵而至，而他则带着微笑快捷地回答道："嗨，他们抓住了我！"他俩第一次在这儿的谈话的内容多半是这句话内容的延伸。见到她他感到异乎寻常地高兴，并坦诚地对她表白，说一个人也许有许多年都会身在福中不知福，然而当他一旦终于明白这福祉，三天之后他就会发现自己永远需要它，永远也离不开它。她就是目前已变成他的切身需要的福，最好的明证则是没有她他就将不知道该怎么办。

"你这话是什么意思？"她毫不惊奇地问道，同时纠正他的说法，仿佛他说错了她的某件收藏品的年代似的。她还使他更深切地感到她在那迷宫里是如何悠闲自得的，而他仅仅才初次涉足其中。"你以波科克全家的名义为我做了些什么事情？"

"嗨，做了一件大错特错的事情，我同那个疯狂的彼尔汉姆交上了朋友。"

"哦，像你办这一类事，发生这样的事是必然的，也是从一开始就可能发生的。"说完之后，她才像提到一桩小事似的问起小彼尔汉姆究竟是谁。当她了解到他是查德的朋友，现在因查德外出而住在查德家里，好像代理查德处理一切事情时，她才表现出更大的兴趣。"我见见他怎么样？只需一次，你知道。"她补充说道。

"哦，见得越多越好。他挺风趣，他与众不同。"

"他没有使你感到十分吃惊？"戈斯特利小姐问道。

"从来没有！我们一点也没有感到吃惊，我想这主要是因为我对他的情况还只是一知半解，但是我们的生存方式并没有因此而受到影响。你一定要同我一道吃饭，见见他，然后你就会明白。"斯特瑞塞接着说。

"你请客？"

"是的，我请客，这就是我的意思。"

她感到纳闷，十分体贴地问道："你可得花不少钱！"

"唉，不，花不了多少钱。要知道这是对他们，拖延一下不要紧。"

她又陷入思索之中，然后笑了起来。"你居然认为你花钱不多！可是这事我可不会参与，至少不会让别人看见我参与。"

一瞬间他的表情似乎显示她使他感到失望。"那么你不会见他们了？"仿佛她出乎意料地变得谨慎起来。

她犹豫了一下。"首先告诉我，他们是谁？"

"第一位要见的是小彼尔汉姆，"他暂时没提巴拉斯小姐，"然后是查德，等他回来后，你必须见见他。"

"那么他什么时候回来？"

"等彼尔汉姆有时间给他写信，告诉他我的情况，并从他那里收到回信之后。彼尔汉姆在汇报中将会把情况说得很好，"他接着说，"说的对查德很有利，这样他就不会为要回来而担心，因此，我尤其需要你为我造声势。"

"哦，你可以替你自己造声势，"她说得相当轻松，"你现在就干得不错，用不着我开口。"

"嗨，可是我还没有提出任何不同的见解呢。"斯特瑞塞说。

她想了一下，说："你可曾遇到任何你可以发表不同观点的事情？"

尽管他十分不情愿，还是把真实情况毫无保留地告诉了她："我至今还没有发现一件这样的事情。"

"有没有人和他在一起？"

"你是指我到这里来追踪的那一类人？"斯特瑞塞思忖了一会儿，"我怎么可能知道？而且这又与我何干？"

"嗬，嗬！"她纵声大笑。看到他的笑话居然在她身上产生如此效果，他不胜惊讶。他此刻也意识到自己在说笑话。她却看到了其他一些事情，尽管她马上就秘而不宣。"你什么也没有发现？"

他一五一十地盘算了一下。"嗯，他有一套很漂亮的屋子。"

"哦，"她迅速回答道，"在巴黎这不能说明任何问题，或者说这不能否定某个假设。那些人，也就是与你的使命有关的那些人很可能为他张罗这样一套屋子。"

"说的对极了。我和韦马希大饱眼福的地方正是他们的杰作。"

"哦，倘若你在这儿不尽情地观赏那些杰作，"她答道，"你就很可能会被饿死。"她一边说一边朝着他微笑，"你以后会遇到更糟的情况。"

"哦，我会遇到各种各样的情况。可是按照我们的假设，它们将会很好的。"

"的确如此！"戈斯特利小姐说，"你知道，你并非对情况一无所知，它们事实上的确很好。"

能够最终获得比较明确的认识看来对事情大有裨益，而且还能激起回忆的浪花。"我们那位年轻朋友确实承认我们最感兴趣的正是他们。"

"这是他使用的表达方法吗？"

斯特瑞塞仔细地回忆，"不，不完全是这样。"

"他使用的表达方法比这生动，还是没有这样生动？"

他弯着腰，透过眼镜瞧着小架子上那一堆东西。听见这句话，他直起身来。"他只是略微提了一下，但由于我当时十分注意，所以给我留下了深刻的印象。彼尔汉姆的原话是：'你知道，尽管查德如此糟糕……'"

"'糟糕''你知道'？哦！"戈斯特利小姐仔细考虑着这些话。她似乎感到满足。"得啦，你还要怎样？"

他又一次瞧着一两件小古玩，可是他什么都不懂。"总之他们想使我措手不及。"

她大感惊讶。"那又怎样？"

"正如我所说的那样，温文尔雅的态度，他们可以用这个武器把你击昏，就像使用其他武器一样。"

"哦，"她答道，"你会醒过来的。我必须见见这些人，我是指彼尔汉姆先生和纽瑟姆先生，当然首先见彼尔汉姆先生。一次见一个人，一次只见一个人，这就行了。但必须面对面，每次半小时。"她随即又问道："查德先生现在在戛纳干什么？正人君子是不会带——带你说的那一类女人到戛纳去的。"

"是这样的吗？"斯特瑞塞问道，显然对她所关注的那种正派人颇感兴趣。

"不，他们会去其他地方，而不会去戛纳。戛纳是个与众不同的地方。戛纳要比别的地方好些。戛纳是最好的城市。我的意思是你一旦认识那儿的人，就会变成所有人的熟人。如果他真的是去那儿，那就不同了。他一定是独自去的，她不可能陪他去。"

斯特瑞塞软弱地承认道："我一点也不知道。"她所说的似乎颇有道理，但过了一会儿，他还是使她产生了更直接的印象。同小彼尔汉姆的会见十分容易地安排在卢浮宫画廊中。他和他的同游者站在提香的一幅名作面前（那是一幅十分杰出的肖像画，画上那位年轻人戴着形状古怪的手套，长着一双蓝灰色的眼睛），此时他转过身来，看见这次约会的第三位正从打了蜡的金碧辉煌的走廊的那一端走来，心中有一种实在的感觉。还是在切斯特，他就曾同戈斯特利小姐商定，在卢浮宫度过一个上午。小彼尔汉姆也曾单独提出过同样的建议，而且他俩已经一起游览过卢森堡博物馆。合并这些计划并非难事，他感到只要同小彼尔汉姆在一起，一切矛盾都好解决。

"哦，他不错，他也是我们这种人！"在交谈了几句之后，戈斯特利小姐寻到一个机会对她的同伴低声说道。看着他俩一会儿走，一会儿停，才说了几句话彼此就谈得很投机，斯特瑞塞完全明白她的意思，他把这视为自己的工作开展得得心应手的另一个标志。他认为这个能力是他不久之前才获得的，因而深感庆幸。甚至就是在前一天，他也不明白她的意思。他只能猜测，她的意思是只要他们聚在一起，就成了热情的美国人。他努力使自己适应一个新的观念，即美国人能够像小彼尔汉姆那样热情。这个年轻人是他的第一个标本，这个标本曾使他感到十分困惑不解，现在他却看到了光明。小彼尔汉姆惊人的平静在开始时对他影响甚深，出于谨慎，他不可避免地，开始觉得那正是蛇的诱惑，或者说欧洲腐化堕落的表现。可是戈斯特利小姐却迅速做出反应，说那只不过是他们熟悉的旧东西的一种特殊形式而已，于是他马上转变观点，认为它是合理的。他希望自己在喜欢这个标本的同时又能保持平静的心态，这个愿望倒是完全得到了满足。过去使他感到大惑不解的正是这位小小艺术家的派头，比其他人都更彻头彻尾美国化的派头，而此时斯特瑞塞却可以怡然自得地观赏这种新的派头。

正如斯特瑞塞从一开始就发现的那样，这位谦和的年轻人以毫无偏见的眼光观察周围的世界。我们这位朋友所缺少的是那种人们常有的职业偏见。小彼尔汉姆有职业，但这是不为人承认的职业。可是他既不因此而感到惊慌，也并不感到悔恨，因此他总是给人以泰然自若的印象。他到巴黎来学习绘画，或者换言之，来探究其中的奥秘。然而假如世界上有什么对他来说是致命的东西的话，那东西就是学习。他的知识日渐丰富，可是他的创造力却越来越枯竭。斯特瑞塞从他那里得知，当他在查德的屋中见到他时，除了那点聪明才智和根深蒂固的巴黎习气外，他已经一无所有。谈到的这些事，他都十分熟悉，如数家珍。显而易见，它们对他来说仍是有用的装备。在游览卢浮宫的那一段时间里，斯特瑞塞颇感兴趣地倾听这些事，他觉得它们成为周围气氛的不可分割的一部分，它们也使宫名更增添了魅力，使那个地方更加辉煌壮丽，使大师们更富于色彩。不论这位年轻人带他们去什么地方，这些事始终伴随着他们。在访问卢浮宫的第二天，他们去了另一个地方，也是如此。他邀他的同伴们同他一起过河，让他们观看他居住的那个贫穷的地区。他住的那个地方的确非常穷，但在斯特瑞塞看来，那地区却使他显得很有个性。那傲岸而独立的个性使斯特瑞塞感到挺新鲜，他觉得他拥有一种奇特而动人的尊严。他住在一条胡同的尽头，胡同与一条不长的铺着鹅卵石的古老的街道相连，这条街又与一条新修的平坦的长街相通。不过这胡同、这街，都呈现出一副破败相。他把他们带进一间四壁空空的寒冷的工作室，在他不在家的这段时间内，他把它借给他的一位同道。这位同道又是一位聪明透顶的美国同胞，他曾经打电报通知他，"无论如何"得准备茶点招待他们。这茶点，这第二位聪明透顶的同胞，这远离尘嚣且随遇而安的生活方式，以及耳中听到的种种笑话和争论，眼中见到的精妙的绘画和三四张椅子，加上无处不在的艺术趣味和信心，而其他的一切几乎均是付之阙如的状态，如此等等使这次访问具有无穷的魅力，也使我们的主人公为之倾倒。

他喜欢这些聪明的同胞（不久之后又来了两三位），他喜欢那些精妙的绘画和自由的品评，包括旁征博引、热烈的赞赏和苛严的批评等，这些使他像他们所说的那样端坐凝听。他尤其喜欢他在那些人中间看到的安贫乐道的生活态度，以及具有侠义之风的相互支持和帮助。他认为这些头脑聪明的同胞为人正直，在这方面甚至超过了乌勒特人。他们红发长腿，他们古怪而有趣，亲切而滑稽。他们使那个地方回响着美国的本土方言，他从来不知道这种语言还可用来明晰地表达当代艺术。他们弹奏着竖琴，演奏出美妙的音乐。他们的生活具有一种颇值得赞美的天真和单纯。他不时看看玛丽亚·戈斯特利，看她如何感受到这一点。然而她在这一个小时内，一如她在前一天一样，表现出来的只是如何同这些小伙子们打交道。对每一个人，对每一件事，她都以一位老巴黎的娴熟手法加以应付。她极有风度地参加了小彼尔汉姆上的第二堂课，高度地赞赏那些美妙的画作，对茶道发表了颇有见地的评论，对那些椅子腿的结实程度表示信任，轻而易举地回忆起那些过去的人物，那些有名有姓的、编了号码的或者漫画化的人物，他们有的功成名就，有的一败涂地，有的杳无音讯。头天下午在同他们分别之前，她告诉斯特瑞塞，既然她将获得新的认识，她将在考察新的证据之后再加以判断。

　　一两天之后，就有了新的证据。玛丽亚写信告诉他，说有人已经把法兰西喜剧院的一个包厢借给她第二天晚上用。斯特瑞塞觉得，诸如此类的事情她处理起来总是毫不费力。他还认为，她提前偿付的方式总能得到回报。这种在较大范围内活跃的交易方式，这种彼此的价值交换对于他来说是难以办到的。他知道她看法国戏时必须坐包厢，要不然她就不看，正如她在看英国戏时必坐正厅的前排座位一样。因此他已经决定这次不惜任何代价请她坐包厢。可是在这方面她和小彼尔汉姆颇有相通之处。在一些重大问题上，她像他一样具有先见之明。她总是走在他的前面，只是给他一个机会看将来如何结清这一笔账。他此刻尽力想把账目搞清楚一点，因此便做了如下安排：如果他接受她的邀请，那么她就必须先同他吃饭。这种安排的结果使得他和韦马希第二天八点钟就站在圆柱门廊前等她。她并没有和他一起吃饭。他俩之间的关系的特点在于她可以使他在莫名其妙的情况下同意她的拒绝。她可以始终使他感到，她做出的新的安排是再温柔不过的。例如，根据此项原则，为了使他同小彼尔汉姆关系更加融洽，她建议他给那个年轻人提供一个他们的包厢座位。斯特瑞塞为此寄了一张蓝色便条到迈榭比大街，但是直到他们走进剧院的大门时，他仍未收到任何回音。在他们舒舒服服地坐在剧院里，消磨了一些时光之后，他依然坚持认为，他们的朋友对这里的情况很了解，因此会在他认为合适的时间走进剧院。他暂时的缺席对戈斯特利小姐来说似乎是一件恰到好处的事。斯特瑞塞一直等待着，直到今晚。他想从她那里得到反馈，想了解她所获得的印象和得出的结论。她只准备见小彼尔汉姆一次，可是现在她已经见了他两面，却尚未发表一个字的评论。

与此同时，韦马希坐在他的对面，他们的女主人夹坐在中间。戈斯特利小姐自诩青年导师，她向她的学生们介绍一部文学名著。这部名著幸而无懈可击，那些学生们倒也憨厚。她认为自己是过来人，因此她的任务只是为他们指点迷津。过了一会儿，她提到那位依然没有露面的朋友，她显然认为他不会来了。"倘若不是他没有收到你的信，就是你没有收到他的信，"她说，"他有事耽误了，要是这样的话，你知道，他是不会为坐包厢看戏之类的事写信的。"根据她脸上的表情，可以看出她说的那位写信人可能是韦马希，为此韦马希满脸严肃和不愉快。她随后所说似乎针对这个而来："他遗世独立，你知道，他是他们之中的佼佼者。"

"是哪些人之中的佼佼者，小姐？"

"一系列人——男孩、女孩，或者有时实际上是些老头和老太婆，是我们国家的希望。他们一年又一年从这里经过，可没有一个人是我特别希望留住的。我希望能留住小彼尔汉姆，你希不希望？他真正合乎规范，"她继续对韦马希说道，"他太令人愉快了！但愿他不要把一切弄糟！可是他们总会这样，他们老是把一切弄糟。"

斯特瑞塞过了一会儿说："我想韦马希不明白彼尔汉姆可以弄糟什么东西。"

"如果那样的话，就不可能成为一个好美国人，"韦马希简洁明快地回答道，"因为我不认为这位年轻人在这方面会有多少造化。"

"唉，"戈斯特利小姐叹息道，"好美国人的名称易得也易失。首先，怎样才算是一个好美国人？其次，这样不同寻常的匆忙有何必要？从来还没有一件如此紧迫的事竟会这样含含糊糊。这的确是一件至少先要有食谱，然后才能烹饪的例子。此外，这些可怜的小家伙们有足够的时间！"她接着说，"我经常见到的，是乐天的态度和信仰状态的被破坏，以及（我该怎样说呢？）美感的破坏。你对他的看法没错，"她此时对斯特瑞塞说，"小彼尔汉姆具有这些特点，因此相当迷人，我们必须保全小彼尔汉姆。"

随后她又对韦马希说："其他人都十分渴望能干出一番事业，他们也的确干得不错，这方面有许多例子。在他们取得成就后，他们就与以前迥然不同了，那魅力或多或少总要消失。而在他身上，我想这事不会发生。他不会做任何可怕的事。我们可以继续欣赏他的本来面目。不，他很美。他什么都明白，他一点也不觉得羞愧。他具有常人所希望拥有的一切勇气，只要想想他可能做成些什么事。因为担心会发生意外的事情，真应该始终关注他。此时此刻他什么事不可能做出来？我曾经失望过，那些可怜的家伙从来就没有真正安全过，除非你老盯着他们。你不可能完全信任他们，这使你感到不安，我想这是我十分想念他的原因。"

她以欢乐的笑声结束她这番添油加醋、大肆发挥的话。斯特瑞塞从她脸上可以看出她十分高兴，但他此时却希望她不要去打扰可怜的韦马希。他或多或少明白她的意见，但这并不是她不对韦马希佯装她不懂的理由。他或许有点怯懦，但是为了不破坏欢乐愉快的气氛，他只好不让韦马希知道他是多么的机智。她看出了这一点，泄漏了他的秘密，而且在说到他或那件事之前，会泄漏更多的秘密。那么他该怎么办呢？他瞧着包厢那边的朋友，他们视线相遇。在沉默无语中他们交流着信息，那是奇特而难以明言的某种东西，它与当时的情况有关，但最好不要触及。这样交流的结果使得斯特瑞塞做出突然的反应，也是对自己姑息纵容的态度的不耐烦和厌恶。这样下去他会怎样？这是沉思默想的时刻，往往比激烈的动作更能解决问题。沉默的唯一例外是斯特瑞塞"哦，该死"这低声的喊叫，他最终还是破釜沉舟。在沉思时，这些船有可能只是贝壳，可是当他随即对戈斯特利小姐说话时，至少显示了他准备动手沉船。"那么这是不是一个阴谋？"

"你的意思是指这两个年轻人共谋？呃，我不打算冒充预言家，"她随即回答道，"但是我是一个有头脑的女人，我敢说他今晚会为你工作。我不知道他会怎样帮你，但我深信他会这样做。"末了她看着他，她的表情似乎表明，尽管她说得不多，他应当完全明白。"这是我个人的看法，他对你十分了解，不可能不这样做。"

"不可能今晚不为我工作？"斯特瑞塞颇为惊讶，"那么我希望他不要做得太糟糕。"

"他们已经抓住你了。"她的话中预示着某种不祥。

"你的意思是说他……"

"他们已经抓住你了。"她只是重新说了一遍。尽管她拒绝承认自己有未卜先知的能力，可是此刻他却觉得她活像发布神谕的女祭司。她双眼发亮。"你现在必须面对现实。"

他当场马上面对现实。"他们做了安排……"

"整个计划的每一步他们都做了安排。他每天都收到来自戛纳的简短的电报。"

听到这话，斯特瑞塞不禁睁大双眼。"你知道这件事？"

"我不仅仅知道，还亲眼看到。在我见到他之前，我不知道我会看到怎样的情况。可是当我一见到他，我就不再猜想了，再见一次之后我就感到确切无疑了。我把他看穿了。他在演戏，他依然按照他每天接到的指示做戏。"

"这样说来查德是总指挥？"

"哦，不，不是总指挥。我们也参与了这件事。你和我，还有'欧洲'。"

"欧洲，是的。"斯特瑞塞若有所思。

"亲爱的老巴黎，"她似乎在解释，可是还不止这些，她思路一转，冒险说道，"还有亲爱的韦马希，另外，你也有一份。"

他表情严肃地坐在那里，问道："我有一份什么，小姐？"

"嗨，在我们的朋友那奇妙的思想意识的形成过程中，你也出了一份力。你以你的方式帮助他流浪到目前这个地步。"

"他目前到底在哪儿？"

她笑着继续问道："斯特瑞塞，你目前究竟在什么地方？"

他似乎一边想，一边马上说出来："好像已经落入查德手中了。"他又想到另一件事。"这一切是不是都通过彼尔汉姆来完成的？你知道，他可能会想这个法，查德只要想到一个办法……"

"那么会怎么样？"她满脑子都被这个意象占领。

"我该怎么说呢？查德非常令人生畏吗？"

"哦，你想有多可怕就有多可怕。可是刚才你提到的那个办法并不是他的最出色的办法，他会想出更好的办法。他不会完全通过小彼尔汉姆来实现他的目的。"

这似乎使得希望顿时破灭。"那么还能通过谁呢？"

"我们只有走着瞧！"可是她却一边说话一边转身，斯特瑞塞也跟着转身，因为此时剧院的服务员在走廊里把包厢的门咔嗒一声打开，一位他俩不认识的绅士快步走了进来。门在他身后关上了，尽管他俩脸上的表情都表明他走错了地方，他却依然气宇轩昂，充满自信。大幕再次升起，全场静寂无声。斯特瑞塞默默地询问着来者，而这位身份不明的来者也不出声地招呼对方，很快地挥挥手并微笑了一下。他谨慎地用手势表示他愿意等待，愿意站在旁边。这些举动以及他脸上的表情突然使戈斯特利小姐若有所悟。她把它们同斯特瑞塞刚才的问题的答案联系起来。正如她此时转身对她的朋友暗示的那样，这个身体健壮的陌生人就是那个问题的答案。她直截了当地向他介绍这位不速之客。"嗨，通过这位先生！"那位先生也同时做了相同的解释，斯特瑞塞听他说出一个非常短的姓名。斯特瑞塞惊奇地喃喃重复这个姓名，随后才发现戈斯特利小姐说的比她知道的还多。他俩面前站的正是查德本人。

我们的朋友后来一再回忆当时的情景，他回忆他同在一起时的情况，他们有三四天都一直聚在一起。在头半个小时里发生的事有如弹奏的最强音，以至于后来发生的一切都显得不那么重要。他在一瞬间就完全确定这个年轻人的身份，这种感觉是他一生中少有的。他以前还从未有过这种千头万绪的感觉，而且这感觉尽管模糊而且纷繁复杂，却持续了很长时间。它与那彬彬有礼的沉默同时发生，并似乎因此而得到保护和加强。他们不能交谈，因为怕打扰下面包厢里的观众。这使斯特瑞塞想到（他老爱想这一类的事情），这是高度文明中时常会发生的事情，是对礼仪的让步，也是经常遭遇到的不同寻常的情况，只有等待才能解脱。对于那些国王、王后、喜剧演员以及其他诸如此类的人来说，解脱不可能很快到来。尽管你不是他们之中的一员，但你通过那种有巨大压力的生活，多少可以体会到他们的感觉。斯特瑞塞紧靠着查德坐在那里，观看那时间颇长且十分紧张的一幕戏，觉得自己真正承受着巨大的压力。眼前发生的事情占据了他全部心思，且在半个小时之内控制了他全部感觉。他不可能做任何表示而不至于引起麻烦，这也可以算是他的运气。假如他有所表示，他就会表现出某种激情，即困惑的激情。可是他从一开头就告诫自己，不论发生任何事情，也决不能表现出这样的激情。对他来说，身旁突然坐下一个人是完全出乎意料的，以至于他那灵活的想象力在这方面没有用武之地。他曾考虑过所有可能发生的偶然情况，但就是没有想到查德可能会在不可能出现的情况下出现，因此他此刻只好以勉强的笑容和令人感到不舒服的脸红来面对这一事实。

他问自己，在他以某种方式做出承诺之前，他是否可能感到他的心已安于这新的前景，并习惯于这不平凡的真理，可是这真理委实太不平凡了。难道还有比个性彻底分裂更不平凡的事吗？你可以同一个人打交道，但你不可能把他当成另外一个人并与之打交道。而且在这种情况下，很难知道对方对你的看法，因此也很难获得自我安慰。他不可能绝对不知道，因为你不可能绝对不让他知道。这是人们现在常说的典型例子，一个难以超越的变形的例子，而唯一的希望在于总的规律，亦即典型的事例常常由外力控制。也许他，斯特瑞塞本人，是唯一明白这个道理的人。甚至戈斯特利小姐，尽管她很有办法，也不明白这一层，难道不是这样的吗？他还认为那怒视着查德的韦马希比其他任何人都要愚昧无知。他重新认识他老友对社会常规的无视，并意识到从他那里得到的帮助将极其有限。他在某些事情上了解得比戈斯特利小姐更透彻，但他不能肯定自己是否能因此而得到一些补偿。如此说来，他身处的境况也是一种事例，他此时为之兴奋，也极感兴趣，因为他已经预见到将来告诉她这一切时，将会多么有意思。在这半个小时里，他没有从她那里得到任何帮助，而且说老实话，他之所以陷入窘境，与她避免和他对视有很大的关系。

在开头几分钟内他就低声地介绍了查德，在不熟悉的人面前她也从来不做出一本正经的样子。然而在开始时她除了舞台什么也不看，而且她还不时以欣赏为借口，邀请韦马希一同观看，后者的参与能力从来没有遇到如此考验。斯特瑞塞认为她有意不理查德和他，以便达到让他和查德随意交往的目的，然而正因为这个原因，韦马希觉得自己受到很大的压力。对于那个年轻人来说，他俩的交往仅限于友好的目光和类似于微笑但远非露齿一笑的表情。思想异常活跃的斯特瑞塞不由得担心自己的举动是否像傻瓜。他觉得自己肯定表现得像个傻瓜，要不然自己怎么会有这样的感觉。最糟的是他意识到这种烦恼不安的感觉正是一个表征。"如果我不喜欢我给这个家伙留下的印象，"他思忖道，"那么我到此地来将收效不大，不如在开始之前趁早收手。"这个明智的考虑显然没有影响他很敏感这一事实。他对一切都很敏感，但对那些对他有用的东西却不敏感。

后来在晚上难以成眠的时刻，他想到他本来可以在一两分钟后便邀请查德到大厅里去。他不但没有提出这样的建议，而且根本没有想到。他不肯离开包厢，就像一个不愿意错过一分钟观剧时间的小学生，尽管他当时一点儿也没有留意台上的表演。在大幕落下之后，他压根儿说不出刚才演了些什么。他也因此在当时并没有承认耐心的查德由于他的尴尬而益发变得谦恭有礼。难道他当时十分愚蠢，竟然全然不知道这个年轻人在容忍什么吗？这个年轻人为人谦逊厚道，他至少知道该在什么时候充分利用他的机会，一个人总应该知道自己应量力而行。如果我们企图写下我们的朋友在不眠之夜所想到的一切，那么我们就会把笔写秃。不过我们可用一两件事来证明他的记忆是如何清晰。他记得两件荒唐事，如果他当时失去理智，那么主要与这两件事有关。他这一辈子从未看见一个年轻人会在晚上十点钟走进包厢。假如有人事前问起他，那么他也难以说出这样做的种种不同方法。尽管如此，有一点他十分清楚，即是说查德自有其妙法，完全可以想象，这表明他精于此道，也是他学习的结果。

已经产生的结果甚为丰富。他自然而然地当场教导韦马希，使他明白即使处理这样一件小事，也有种种不同的方法。他还对他讲了其他类似的事情。他只是摇了一两下头，他的老朋友就觉察到他最大的变化是浓黑的头发里已夹杂着绺绺灰白，这对他那个年龄段的人来说是不同寻常的。奇妙的是，这个新特点对他倒很适合，不仅使他的仪态显得更沉稳，而且使他变得更文雅，这大大地弥补了以前的不足。斯特瑞塞觉得自己必须承认，要想根据目前的情况，确切地指出过去缺少什么，实在是不容易的事。例如，一位诚实的批评家在过去可能会认为，儿子像妈妈要好一些，可是他现在压根儿就不会这样想。这种想法实际上毫无根据，儿子实际上也并不像他的妈妈。在面容和风度这两个方面，查德比其他任何年轻人更不像他那位在新英格兰的妈妈。这一点固然显而易见，可是斯特瑞塞仍然陷入那种他经常感到的心理混乱之中，这个时候他实际上失去了判断力。

随着时间的流逝，他一再感到应该迅速地与乌勒特联系，而且只有电报才称得上迅速，然而实际上这只是他力图避免错误，把事情安排妥当的结果。在需要的时候，没有人能做出更好的解释，也没有人能像他这样凭良心记叙或报告。每当解释的阴云聚集在一起时，他就感到心情沉重紧张，其原因就在于良心的负担。他的最高天赋就是使他生命的天空中没有解释的阴云，不管他对思想的明晰性有无任何高见，他认为对其他人解释清楚任何事情实际上是办不到的事。这样做是徒劳无益的，而且总的说来是在浪费生命。人与人之间的关系要么建立在彼此完全理解的基础上，要么形成于他们不在乎这种理解的时候，而且后者比前者好。假如他们彼此不理解，而且又挺在乎这个事实，那么他们从此刻起就会活得很累。而这种累人的生活方式却可以使人得以解脱，并使地上不生幻象的野草。这种幻象的野草生长得极其迅速，只有大西洋的海底电缆可以同它赛跑。这电缆每天向他证明哪些东西不是乌勒特所主张的，他在此刻不能完全肯定，是否由于意识到明天（或者毋宁说当晚）的危机，因而应该决定发一个简讯。"终于见到了他，可是我的天呀！"诸如此类的权宜之计似乎唾手可得，它近在咫尺，似乎使他们有所准备，但是准备干什么？假如他想把它说得简明扼要，他可以在电报纸上写上四个字："很老——灰发。"在他们沉默的半个小时之内，他一再回忆起查德外貌的这一特点，仿佛他没有能够表达的都包含在其中。他充其量能说的只是："如果他想使我感到年轻……"然而这句话所表达的意思已经足够，也即是说，假如斯特瑞塞感到年轻，那是因为查德感到年老之故。一位岁数很大而且头发灰白的罪人并非这阴谋的一部分。

戏演完之后，他俩走进歌剧院街的一家咖啡馆，关于查德生活中那段欢乐时光的话题，也只是在此时才被迅速提起。戈斯特利小姐不失时机地做了圆满的安排，她十分清楚他俩需要什么——马上走到某个地方去谈话。斯特瑞塞甚至感到她知道他要说些什么。然而她知并没有声称她知道这些事情，她声称知道的是另外一件事，即韦马希希望能单独护送她回家。在灯光通明的房间里，查德很随便地挑了一张桌子，并和斯特瑞塞面对面坐下。斯特瑞塞此时觉得她在听他俩谈话。她仿佛在一英里之外，坐在他熟悉的小公寓房内，正在全神贯注地听他讲。他还发现自己很喜欢这个想法。出于同样的理由，他也希望纽瑟姆夫人能够听到他的谈话。他认为此刻最重要的事情是不要再耽误一个小时，甚至一分一秒也不能耽误，而且应该勇猛奋进。他预料到巴黎的那一套生活方式会使这孩子发生变化，因此自己得当机立断，不失时机，甚至发动夜袭。根据戈斯特利小姐提供的情况，他充分认识到查德的机敏，因此更不敢稍有懈怠，假如别人把他当成乳臭未干的小子来对待，他在受到如此对待之前，至少必须打击对方一下。他的双臂在出拳之后可能会被缚住，但是留在记录上的岁数应当是五十岁。在离开剧院之前，他已开始认识到这一点的重要性。这使他感到十分不安，促使他抓紧时机。他甚至在步行途中就已感到迫不及待，几乎要有失礼貌地在街上就提出这个问题。正如他后来指责自己的那样，他发现自己正匆匆往前赶，仿佛失去这个机会后就不可能再有。直到后来他坐在紫色的沙发椅上，面对着按惯例放在桌上的啤酒杯，说出那些话之后，他方才觉得他不会失去现在。

第八章

　　"我到这里来的唯一目的是使你摆脱周围的一切，并把你带回家。因此你最好马上考虑一下这事并表示同意！"戏散场后，斯特瑞塞在与查德面谈时几乎一口气说出了这些话，这使得他自己在刚开始时感到相当不安。这是因为查德当时的神情显得十分优雅宁静，仿佛他面对的是一个刚跑完一英里尘土飞扬的路程的信使。在他说完那些话后，斯特瑞塞觉得自己确实有几分像那信使，他甚至不敢肯定自己额头上有没有汗水。他这种感觉应归因于那年轻人，因为当他处于紧张状态之中时，他一直用那样的眼光看着他。那双眼睛不仅表现出带有亲切意味的羞涩，而且还反映出他慌乱失措。这使得我们的朋友不由得顿生恐惧，担心查德会因为可怜他而什么也不说。这种恐惧与其他任何恐惧一样，颇令人感到不愉快。简直奇怪透顶，因为突然之间，所有事情都使人感到不快。然而这并非放任自流的理由，斯特瑞塞随即大踏步前进，仿佛在乘胜走来。"假如你要战斗到底，我当然就成了一个多管闲事的人；我之所以这样做，是因为在你穿开裆裤的时候起我就认识你，照顾你。是的，是开裆裤，我记得这些，真算得上多管闲事。我还记得对于你的年纪来说（我所说的是你那早已逝去的童年时光），你的双腿相当肥壮。我们希望你能够摆脱，你母亲尤其心系于此，但她除此之外还有其他相当充分的理由。我并没有怂恿她，我用不着提醒你她并不需要别人替她出主意。这些理由对我来说也是客观存在的。你应当把我当成你和你母亲的朋友。这些理由并非我凭空捏造，也不是首先由我想出来的。但我理解它们，也能把它们解释清楚，我的意思是能使你充分认识它们的正确性，这也是我来此地的原因。你最好马上就明白最糟的情况。这是一个马上决断并马上回家的问题。我这个人可能对自己估计过高，因为我想我可以用蜜糖把药丸包裹起来。不管怎样，我对此事极感兴趣。尽管你已经变了，我还是要告诉你，见到你之后我对此事更加关注。你现在岁数要大些了，我真不知道该怎样说，比以前要大得多了，但我却觉得你现在倒挺容易对付。"

"你认为我比以前有所长进？"斯特瑞塞后来记得查德此时这样发问道。

他还记得，正如那些乌勒特人常说的那样，仿佛上天给了他灵感，他回答得相当机敏："我一点儿也不知道。"后来有一段时间他还因此颇感得意。他当时确实认为自己颇为强硬。他本来想承认查德在外观上有所改进，这些话也仅限于他的外观，但他还是抑制了妥协的冲动，毫不掩饰自己对对方持有保留意见。就因为这个原因，不仅他的道德感，而且还有他的审美感都受到影响。毫无疑问，查德的英俊超过了他愿意承认的程度，难道又是那该死的灰发在捣鬼？然而这与斯特瑞塞说的完全一致。他们并不准备阻止他朝正确的方向发展，只要他不要像以前那样放荡不羁，他们就认为达到了目的。有迹象显示他在这方面变本加厉。斯特瑞塞并没有完全明白自己说了些什么，他只知道自己手中紧握着线索，并不时把它拉得更紧。他一口气不停顿地讲了数分钟，这对他掌握线索有帮助。一个月以来，他经常考虑在这个时候应该讲些什么，结果他却根本没有讲他想到的那些话，他说的是完全不同的另外一些话。

尽管如此，他已经把旗帜插在窗户上：这便是他所做的。有那么一两分钟，他觉得自己在猛力挥动这面旗帜，它在他的同伴的鼻子面前哗哗作响。这使他产生了一种做戏的感觉，仿佛由于知道那一类的事在做过之后不能更改，他感到短暂的安慰，而这安慰有其特殊原因。在戈斯特利小姐的包厢中，经过直接理解，先是惊异，而后认识，这原因才突然发生作用，并从那个时刻起一直波及他意识的每一次颤动。其结果是必须对付一个根本不认识而且全新的事物。这个新事物就是查德已经面目一新。总的情况就是如此。斯特瑞塞从来没有见过此种事情，也许这是巴黎的特色。假如你亲眼看到事情的全过程，你或许能逐渐理解事情的结果，可是客观情况却是他面对的是业已完成的工作。他曾猜想他会受到有如九柱戏中的狗般的接待，不过这猜想只是基于过去的看法。他原来还考虑到应该按照哪种思路说话，以及说话时的语调，等等，然而这些可能性现在已消失得无影无踪。他面前这位年轻人的想法如何、感觉如何以及他会发表什么样的评论，等等，这一切均是未知数。斯特瑞塞因此感到不安，不过查德很快就消除了他的不安。这消除工作所需的时间异乎寻常地短，而且一旦这种不安消除之后，他的同伴的外貌和风度就一点也不含负面的因素了。"这样说来，你同我母亲的婚约已成为本地人所说的 fait accompli [1]？"这是具有决定性的关键的一笔。

在他考虑如何作答时，斯特瑞塞感到这已经足够了。但他同时也感到，如果他老是拖着不回答，将会不合适。"是的，"他说道，面带高兴之色，"这取决于我提出的问题是否能获得圆满解决。你可以因此明白我在你们家中所处的地位。还有，"他补充说道，"我一直认为你能估计到这一点。"

"哦，我早已估计到了这一点，你所说的一切使我明白了你想做的那些事，我的意思是指你想做些事来庆祝这件如此（他们是怎样形容它的呢？）——哦，如此喜庆的事。我知道你自然而然地认为，把我成功地带回家，并以此作为献给我母亲的结婚礼物，是最好的庆祝方式。事实上，你想燃起一堆大火，"他笑着说，"并把我扔在火堆上。谢谢你了！谢谢你！"他再次笑了起来。

他显得从容自在，斯特瑞塞此时方才看出，尽管他流露出一丝腼腆，但这对他毫无损害，他从一开始就表现出应付自如的姿态，那一丝腼腆只是他品位高的表现。风度优雅的人亦可略显腼腆，这实际上是他们手中的一张王牌。他说话时身体微微前倾，手肘靠在桌上，他那张难以看透的脸因此离他的批评者更近。这个批评者觉得这张脸颇为迷人，因为他觉得，至少在仔细观察之下，这张成熟的脸庞已与原来在乌勒特时的那张脸大相

---

1 法文，既成事实。

径庭。斯特瑞塞允许自己自由想象，他把这张脸看成是阅历丰富的脸，饱经沧桑的脸，这想法多少给他带来一些安慰。旧面目或许有时隐约闪现，但不太清楚，而且马上消失。查德高大强壮，肤色黝黑，而以前的查德举止粗鲁。是不是由于他现在举止文雅，因而一切都变了？很可能如此，因为在尝调味汁和搓手时，他都显得颇文雅。其效果是总体性的，它改变了他的外貌，使他脸上的线条显得更洗练。它使他的眼睛变得明净，使脸上的血色不褪，使他那好看的大颗大颗的牙齿显得更光滑（这牙齿是他脸上的主要装饰品）；同时它赋予他形式和外表，差不多说得上是设计。它使他的声音变得更沉稳，塑造了他的口音，鼓励他多微笑，少使用其他表达方式。他以前曾大量使用其他动作，然而表达的效果却很差。而现在他却可以在几乎不使用动作的情况下表达任何他想表达的东西。总而言之，他在以前好像是一团内容丰富然而却没有一定形状的东西，在放进坚固的铸模之后，变成一件十分成功的产品。这个现象（斯特瑞塞一直把它看成是一个现象，一个十分突出的例子）相当显著，简直可以用手指头去触摸。末了，他将手伸过桌子，放在查德的手臂上。"如果你现在就在这儿答应我，并以你的名誉担保，保证与过去决裂，那么将来不仅你我，而且所有的人都会很好过。许多日子以来，我一直在郑重其事但十分焦虑地等你，你可以缓解这种压力，让我休息休息，让我在离开你时为你祝福并睡个安稳觉。"

听他这样说，查德再次往后一靠，双手插在口袋里，在椅子上安稳地坐下来。他采取这样的姿势，尽管其微笑有些焦急不安，却显得益发诚恳。斯特瑞塞似乎看出他确实有些紧张，并把这视为一个好兆头。唯一的征兆是他不止一次脱掉又带上他那顶宽边松紧帽。此刻他又想再次脱掉帽子，但只是将它往后移了一下，于是便歪戴在那少年白的头上。这一招使得他俩的轻声会谈带上点亲切的调子，尽管这亲密来得太迟。也确实由于这些小事帮忙，斯特瑞塞得以了解到其他一些事情，他是通过一些细微且难以与其他东西区分的细节来确定自己观察的正确性的，但他的观察却十分准确。正像斯特瑞塞所想的那样，在这段时间里，查德的确真相毕露。我们的朋友忽然明白这些可能意味着什么。一瞬间他看出这位年轻人是女人们钟情的对象。他一方面觉得这种尊严，这种相对的严肃性有点使人感到滑稽，另一方面他又不由得产生几分敬意。这位歪戴着帽子并直视着他的交谈者显然很有经验，这经验来自这个人本身的力量，来自他那事实上确实存在的质与量，而并非装腔作势的结果。女人们所青睐的男人大抵如此，女人们借以出名的男人也属此类。斯特瑞塞感到这是千真万确的真理，这种想法持续了三十秒钟，而且随即得到证实。"你以为这种情况可不可能？"查德问道，"我的意思是说，尽管某人十分佩服你的口才，他还是想问你一些问题。"

"哦，是的，没问题。我可以回答任何问题。我想我甚至可以告诉你一些你极感兴趣，但又因为不太了解，所以不会问起的事情。只要你愿意，我们谈多少天都行。可是我现在想上床睡觉了。"斯特瑞塞就此结束谈话。

"真的吗？"

查德的语气十分惊愕，斯特瑞塞觉得挺好笑。"难道你还不相信？难道你没有让我受这么多罪？"

那位年轻人似乎在认真考虑。"我没有让你受什么罪。"

"你的意思是不是说将来我还得受许多罪？"斯特瑞塞大笑，"因此我更应该有所准备。"仿佛为了证实他此时的想法似的，他已经站了起来。

在他从他们那张桌子旁边走过时，依然坐着的查德伸手挡住了他。"哦，我们可以相处得很好！"

他说话的语气使斯特瑞塞感到十分满意。说话者抬头瞧着他时，那脸上的表情也非常友善诚恳。不足之处在于这语气和表情并未充分显示它们是经验的结果。是的，查德在用经验对付他，如果说他没有采取粗鲁的反对姿态的话，运用经验当然也是反抗的手法之一，但它毕竟不是粗鲁的行为，而是与粗鲁相反的做法，这样就要好得多。斯特瑞塞认为，他如此这般地做这一番推理，表明自己确实已老练了许多。他随后老练地在客人的手臂上拍了一下并站了起来。此时客人也感到某些问题已经解决了。他至少已经使查德相信问题能够得到解决，这难道还不算解决了一些问题吗？斯特瑞塞发现自己把查德的话（即"我们可以相处得很好"这句话）当作自己可以上床睡觉的充分理由。可是在此之后，他并没有马上去睡觉，因为当他们走进温馨而明净的夜色之中后，周围的静谧反倒使他睡意顿消。街上人影稀疏，市声低落，灯光明亮，他们默然地向斯特瑞塞所住的旅馆走去。"当然，"查德突然说道，"当然，妈妈向你谈起我的事，是很自然的事。你根据她的话办事，也是理所当然的事。不过你还是没有完全照她的意思办。"

他停下脚步，以便他的朋友能猜测出他想说些什么，而这也使得斯特瑞塞能同时说出自己想说的话。"哦，我们从来不准备详细地谈论这个问题，况且也没有这个必要。我们很想念你，这就足够了。"

他俩走过街角的高高的灯柱。尽管查德听斯特瑞塞说起家人对他的想念时似乎显得很感动，他还是奇怪地执拗地说道："我的意思是说你们一直有所猜测。"

"猜测些什么？"

"呃，一些可怕的事。"

此话使斯特瑞塞深深一愣，可怕的事与眼前这个强壮而有风度的形象挂不上钩，至少表面上如此。但是他必须说老实话："是的，应该说我们曾经猜测过。但是要是我们没有猜错的话，我们这样做又有什么坏处？"

查德仰面望着街灯，在这种时候，他总是以他那不同寻常的方式，有意表现自己的风度。在这种时刻，他尽量表现自己，表现自己那完美的个人特质。他那有血有肉的个性以及蓬勃的青春朝气实际上只是自我表现之链中的一环。这似乎是一种不正常状态，因为尽管他知道这样做不太对，他还是情不自禁地老是想这些东西的好处。斯特瑞塞则认为，这是他的自尊心被扭曲的表现，是某种潜在的，具有预兆性的而且或许值得艳羡的东西的体现，除此之外，还可能是什么？斯特瑞塞循着这个思路想下去，一瞬间，他想到一个名称，并因此自问自己是否在同一个冥顽不灵的青年异教徒打交道。这个名称是他忽然之间想到的，他暗自觉得它蛮好听，因此立刻把它用了起来。异教徒，是的，就是这么一回事，难道不是这样的吗？按道理应该叫查德异教徒。事实上他是一名异教徒。这个想法提供了一条线索，它使前景变得光明。在这意念的一闪中，斯特瑞塞看到在这个关键时刻，乌勒特最需要的或许正是异教徒。他们需要一名异教徒，一名好异教徒，他会在那儿找到一个空位置。在想象之中，斯特瑞塞甚至看到了自己陪同这位耸人视听的人物在那儿亮相时的情况。只是当那位年轻人把脸从街灯那儿转过来时，他才略微感到不安，因为他担心自己的想法会被对方猜破。"嗯，我毫不怀疑你的猜测离事实真相挺近，"查德说，"正如你所说，细节无关宏旨。总的说来，我的行为不太检点，但我已经回心转意，我现在不像以前那么坏。"他两一边说，一边继续朝斯特瑞塞住的那家旅馆走去。

"你的意思是不是说，"当他们快要走到门口时，斯特瑞塞问道，"你现在没有和任何女人同居？"

"这又有什么相干？"

"嗨，这是整个问题的关键。"

"我回家这个问题？"查德显然感到惊讶，"哦，根本没有多大相干！难道你认为当我想走时，有人会有能力……"

"阻止你，"斯特瑞塞马上接住话头，"不让你按你自己的意志办事，是不是？我们认为，迄今为止，有那么一个人，或者有许多人力图阻拦你，使你不想走。假如你成了别人的掌中之物，这样的事就会发生。"他继续往下说，"你不愿意回答我的问题。可是要是你不是别人的掌中之物，那就好，那就没有什么能阻碍你返家了。"

查德仔细地思考着这些话。"我不愿回答你的问题？"他的话音里没有不快的意思。"这些问题往往包含夸大的因素。我不太明白你所谓成为女人的'掌中之物'的意思。这太含糊了。一个人处于这种情况时，也不一定就会如此，反之亦然。还有我们也不能泄漏别人的隐私，"他好像是在诚恳地解释，"我还从来没有陷得像现在这样深，而且对于任何真正美好的东西，我从来都不感到担心。"这句话中隐含的东西使斯特瑞塞感到纳闷，这也使得他有时间继续讲下去。他似乎想到了一个更有意思的话题，便突然说道："你知不知道我多么喜爱巴黎？"

结果使得斯特瑞塞感到十分吃惊。"哦，假如你认为重要的只是这个……"现在轮到他表示不快了。

查德真诚的微笑化解了他的不快。"难道这还不够吗？"

斯特瑞塞踌躇了一下，还是说了出来："对你母亲说来不够！"这话听起来有点古怪，其结果使得查德不禁笑了起来。斯特瑞塞也忍俊不禁，尽管他的笑声很短促。"请容许我们保留自己的看法。不过假如你真的如此自由，如此强大，那么你就不可宽恕。我明天早晨就写信，"他补充说道，语气颇为坚决，"我将在信中说我已经抓到你了。"

这似乎激起查德新的兴趣。"你写信的频率如何？"

"哦，我老是在写信。"

"信一定写得很长吧？"

斯特瑞塞变得有些不耐烦，"我希望别人不要认为它太长。"

"哦，我敢肯定不是这样的。你也经常收到回信吗？"

斯特瑞塞再次停顿了一下。"我该收到多少封信就收到多少封信。"

"妈妈的信都写得很漂亮。"查德说道。

斯特瑞塞站在关着的大门前，定睛注视他一会儿。"小伙子，比你写得漂亮！不过我们的看法无关紧要，只要你没有真正陷入感情纠葛之中。"他补充说道。

查德的自尊心似乎有点受到刺激。"我从来没有那样，这一点我得坚持。我向来按照自己的意愿办事，"说到这里他停了一下，"现在依然如此。"

"那么你现在待在这儿干什么？如果你能够离开此地，是什么东西绊住了你？"斯特瑞塞发问道。

这话使得查德瞪了他一眼并反问道："你是不是认为男人只会被女人绊住？"在静寂的大街中，他那充满惊讶的话音十分响亮，斯特瑞塞不禁畏缩，后来他暗自庆幸他们是用颇为安全的英语交谈。这位年轻人问道："那些在乌勒特的人也这样想吗？"这问题提得十分诚恳，以至于斯特瑞塞感到脸红，因为他感到自己也有责任。看来他很不聪明地甚至是错误地表达了乌勒特人的想法，但在他还来不及改正之前，查德又对他发话了："我必须说你们的内心有点阴暗。"

不幸的是，这句话与斯特瑞塞在迈榭比大街上那愉快的气氛中产生的想法不谋而合，也使他颇为尴尬。假如发出指责的人是他自己，而且指责的对象是可怜的纽瑟姆夫人，那么倒是没有什么害处的。可是现在的指责者是查德，而且他指责得挺有道理，因而使斯特瑞塞觉得不安。他们的内心并不阴暗，但是他们未免过于傲慢，这可以反过来使他们的根基动摇。不管怎样，查德把他的来访者讽刺了一顿，甚至也讽刺了他那可尊敬的母亲一顿。他手腕一转，把绳圈抛得远远的，就把沉浸于自大之中的乌勒特整个地套了起来。毫无疑问，乌勒特人坚持认为他行为不检。此刻他站在静寂如睡的街道上，用他那表示相反意见的动作，把那些认为他行为不检的人的指责，统统顶了回去。斯特瑞塞认为，这样做的不良后果在于，那些从查德身上抖落的指责现在落在了自己身上。一分钟之前，他还在想这孩子是不是一个异教徒，而此时他却在想，出于某种偶然原因，他是否可能是个正人君子。他当时完全没有意识到一个人不可能将这两者合二为一。当时的气氛也没有包含任何反对二者合二为一的因素，恰恰相反，一切都使这种看法显得合情合理，而且也使斯特瑞塞更有把握应付那些十分棘手的问题，尽管也许只是用一个问题来取代另一个问题。是不是正因为他学会了谦谦君子的风度，因此他才如此迷惑人，才使人几乎不可能同他直截了当地交谈？可是究竟通过什么线索，方才能够了解到问题的根本原因？斯特瑞塞却没有找到线索，而这些线索的线索也包含在缺乏的线索之中。他总的感觉是他不得不再次体味无知是怎么一回事。对于自己无知的种种提示，他已经感到习惯，尤其是那些来自他自己唇边的提示。他可以接受这些提示，因为首先它们是带有私人性质的，其次实际上它们对他大有裨益。他不知道什么是坏的，而且由于别人不知道他竟是如此浅薄，他完全能忍受这种状况。但是如果在这么重要的问题上他居然不知道什么是好的，而且至少查德现在也知道了这一点，那么由于某种缘故，斯特瑞塞就有一种秘密被公开的感觉。事实上，这位年轻人使他长久地处于亮相的状态，使他感到浑身冰冷，直到他认为合适的时候，用一句话把斯特瑞塞慷慨地包裹起来。说老实话，查德这一手干得很漂亮，但他这种做法无异于用一个简单的想法来对付整个问题。"哦，我很好！"斯特瑞塞一直到上床时都在考虑这句话的意思，并感到颇为困惑。

第九章

查德在此之后的行为也使人觉得他所说的是真实情况。对他母亲派来的特使，他显得殷勤备至。尽管如此，这位特使与其他人的关系并未因此而淡化。斯特瑞塞握着笔，坐在自己的房间里给纽瑟姆夫人写信的次数有所减少，但每封信的内容却比以前丰富。由于他得把一些时间花在同玛丽亚·戈斯特利小姐的交往上，所以他写信间断的次数较多。他与戈斯特利小姐打交道的方式有所不同，但就诚挚和投入的程度而言，两者不相上下。他完全可以说，他真的感到有好些事需要讲，对于他目前所处的奇特的双重关系，他有了更深的认识，并且更不在乎。他曾详细地对纽瑟姆夫人讲过他那挺有用处的朋友，但他开始一再想象查德为其母亲重新拿起那久已不用的笔给他母亲写信的样子，并且觉得查德的报道可能会更翔实。他明白查德要是在信中谈到有关他的事，那么斯特瑞塞和戈斯特利小姐必然是特别重要的角色。查德的报告与他的报告的最大差异很可能在于前者会夸大他与戈斯特利小姐的交往中的轻率因素。为了避免这样的事情发生，他坦诚地向这个年轻人讲明他和戈斯特利小姐之间的有趣关系的实质，并如实地一一罗列事实。他把这些事实称为"整个故事"，口气听起来既恳切，又令人愉快。他还觉得如果自己能够一直做到一本正经，那么他把这种关系说成是有趣的也未尝不可。他甚至还夸张地描述他第一次与这位妙不可言的女士见面时那毫不拘束的情景，并因此而沾沾自喜。他毫不隐晦地讲明他俩初次相识时的荒唐情形——几乎是在大街上建立的友谊关系。他的最大的灵感是把仗打到敌人的本土去这一想法，他还因为敌人的无知而颇感惊异。

他从来就认为这是最高级的战争艺术，因此就更有理由采取这种方式作战，尤其因为他的记忆中还没有使用这种方式作战的记录。据说每个人都认识戈斯特利小姐，为什么查德竟然不认识她？要想不认识她是很困难而且不可能的事。斯特瑞塞不禁问查德，为什么他认为理所当然的事，查德却不这样认为，并要求查德提出相反的依据。他说这番话的语调颇为有效，因为查德似乎承认听到过她的大名，但不幸的是无缘结交。查德同时还强调，自己那些所谓的社会关系并不像斯特瑞塞想象的那样广泛，包括日益增多的美国同胞。查德暗示他越来越倾向于另外一种择友原则，即很少与那些生活在"聚居地"的人来往。当前他的兴趣肯定不在这里。查德认为他的兴趣很广，斯特瑞塞经观察后也得出相同的结论。他不知道这兴趣到底有多广，但愿他不要知道得太快！因为查德喜欢的东西委实太多，他感到颇不理解。查德首先喜欢的是他未来的继父，这倒是斯特瑞塞未曾料到的，因为他原先想得最多的是如何对付查德对自己的仇恨。他未曾料到这个小伙子的实际态度竟会比他所想象的更麻烦，因为这使他不能断定查德到底有多么讨厌他，以便确定是否已经做出足够的努力。斯特瑞塞认为这是了解自己是否做得彻底的唯一办法。如果查德认为他的态度是不真诚的，仅仅是他争取时间的手段，那么毫不声张地结束所有事情就是最好的办法。

十天以来，斯特瑞塞反复和查德恳谈，告诉他所有他想知道的事，使他掌握所有的事实和数字，这样下来的结果大概就是如此。查德从来没有打断对方，插上一分钟的话，他的举止、表情和说话的方式都表明他内心沉重，甚至有点忧郁，尽管如此，他基本上还说得上无拘无束，自由自在。他没有承认他同意对方的要求，可是却提出了若干相当聪明的问题，有时令对方猝不及防地暴露出自己的无知。通过这些手段，查德表明家乡人对他潜在能力的估计并不过高，并且说明他正力图过一种光明正大的生活。他一边描述这种生活图景，一边来回走动，并在停下来时友好地握住斯特瑞塞的手臂。他反复观看它，从左边看看，又从右边看看，并带有品评意味地点一点头。他以品评的姿态抽着香烟，与他的同伴评论这一部分或那一部分。斯特瑞塞有时很需要缓一口气，于是便重复他曾经说过的话。不容忽视的是查德有他的一套，问题关键在于他到底要干什么。他那一套使得斯特瑞塞觉得再也不好问涉及鄙俗的问题，但这并不重要，因为除了他提出的问题之外，所有其他问题都已搁置不议。查德说他完全自由，这回答已经足够，而且并不滑稽的是这自由之身竟然行动困难。他那改变的状况、他那可爱的家、他那些美丽的东西、他那随意的谈吐、他对斯特瑞塞永不满足的兴趣，或者一言以蔽之，对他的奉迎，所有这些事实如果不表明他的自由，又表明了什么？他使他的客人感到，在这些优美的形式之下隐藏着他的牺牲，这也是那位客人暗自感到狼狈的主要原因。在这段时间里，斯特瑞塞一再痛切地感到有必要修改自己的计划，他清楚地意识到，自己正把悔恨的目光投向那影响力的化身，那明确的对手。那对手曾以她的方式使他大感失望。他在纽瑟姆夫人的鼓励下，曾根据她的具体存在这一他喜欢的理论行事。他私下曾有两次明确表示，他希望她能走出来并找到他。

他还没有能使乌勒特人接受这一事实，即像这样的经历，这样放荡不羁的年轻人的生活，在某方面也还自有其道理。眼前这个例子表明，善于社交的人可以避免引起非议，但他至少得准备好一篇声明，以应付可能对他发起的尖锐指责。这指责在那边干燥而稀薄的空气中震响，其清晰的程度有如报纸专栏上那引人注目的标题，在他写信时似乎传入他耳中。"他说他没有女人！"他可以听见纽瑟姆夫人对波科克夫人这样说道。他也可以看到，在波科克夫人的身上集中了杂志读者们的反应。他也可以看到，这位年纪较轻的女士满脸认真，一副全神贯注的样子，并听到她那充满怀疑、并犹豫了一下才说出来的"那么在那边到底发生了什么事"，他还听到那母亲明确的决定："当然可以有种种安排，就像什么事也没有发生一样。"在把信交出去后，斯特瑞塞把整个情况考虑了一遍。在想象的情景之中，他把目光集中在那女人身上。他深信波科克夫人将借此机会再次强调她的看法，即斯特瑞塞先生在本质上是一位毫无能力的人。在他还未启程之前，他就觉得她在盯着他，她脸上的表情明摆着她不相信他能寻到那女人。她充其量只有一点儿相信他具有寻找女人的本事，难道不是这样的吗？她甚至可能认为不是他找到她母亲，而是她母亲找的他。波科克夫人以批评的眼光来看待她母亲个人做出的判断。她认为整个事件表明，是她的母亲找到的这个男人。这个男人之所以拥有没有人敢于挑战的地位，总的说来应归功于纽瑟姆夫人，因为她的新颖的观点乌勒特人不会不接受。但是斯特瑞塞深知波科克夫人是如何迫不及待地想阐明她对他的计划的看法。简单说来，她的意思就是，只要让她自由行动，她不久就能找到那个女人。

在把戈斯特利小姐介绍给查德之后，他感到她怀有过多的戒心，简直有点不自然。他还感到从一开始起，他就不能从她那里搞到他需要的东西，至于说他在这个特殊时刻需要些什么，他却说不出个所以然。就像她常说的那样，他只能 tout bêtement[1] 问她："你喜不喜欢他？"而这并不能搞清楚或解决任何问题。他实际上一点也没有必要大量搜集有利于这个年轻人的证据，这得归功于他的感觉。他一次又一次敲她的门，使她知道有关查德的最新消息，尽管这些消息也许不十分有趣，但根本说来还算得上奇迹。他整个人彻底改变了，这个变化如此显著，以至于聪明的观察家觉得它来得太突然，难以置信。"这是一个阴谋，"他宣称，"其中包含许多隐而不现的东西。"他浮想联翩。"这是一个骗局。"他说。

他的奇想看来很合她口味。"那么到底是谁搞的骗局？"

---

1 法文，十分愚蠢地。

"我认为对此负责的应是支配人的命运。我的意思是说，在这些自然力的控制下，人是无能为力的。我所有的只是可怜的自己，以及微不足道的人的本领。仰赖那些离奇玄妙的力量，是有违游戏规则的，必须用全部精力对付它，追踪它。难道你竟然不明白？"他表情怪怪的，好像是在自我表白，"一个人当然希望享受如此稀有的东西。就把它称为生命吧，"他一边思索，一边说话，"称它为令人吃惊的可怜的亲爱的老生命吧。什么东西也不能改变这个事实，即它可以使所有的人惊呆，或者至少能使人目不转睛地瞧着它。该死！这就是一个人看到的，或者一个人能够看到的。"

他的议题从来不会使人觉得索然无味。"你写给那边的信就谈的是这些事吗？"

他冲口而出："哦，是的！"

她又停顿了一会儿，此时他又在地毯上走了一个来回。"如果你不小心，你就会把她也弄来。"

"哦，可是我说过查德会回去的。"

"可是他愿不愿意呢？"戈斯特利小姐问道。

她说这话时的特殊语调使他停了下来并长时间地注视她。"我之所以十分耐心并想方设法使你同他见面，不正是为了使你能回答这个问题吗？我今天到这里来，不正是为了听听你的意见吗？你觉得他愿不愿意回去？"

"不，他不愿意，"她终于发话，"他并不自由。"

她说话的态度吸引了他。"那么你一直都知道？"

"除了我亲眼见到的外我一无所知。我感到纳闷的是，"她不耐烦地说，"你居然没有看出个门道。同他一起在那儿就已经足够了。"

"在包厢里，是不是？"他不解地问道。

"嗯，肯定能知道。"

"肯定能知道什么？"

听他这样说，她从椅子上站了起来，因为他的短视而表现出从未有过的沮丧。她甚至因此而稍微停顿了一下，随后以略带怜悯的口气说道："猜呀！"

他感到了这一丝怜悯，并因此而变得面红耳赤。在他俩等对方开口那段时间，他仍产生了分歧。"你同他只待了一个小时，就了解他这么多，是不是？真是好极了。我还不至于傻到连你也不了解，或者在某种程度上对他毫不了解的地步。他是按照他的意愿来行事的，在这一点上我们毫无争议。他最喜欢的是什么，对此我们也同样意见一致，可是我现在谈的却不是，"他合情合理地解释道，"不是他现在还在来往的那位坏女人。我谈的是目前情况下，那个可能会保持中立立场，而且十分重要的人。"

"你这是在说我！"戈斯特利小姐说道。她又迅速地阐明了她的观点："我以为我认为，或者她们在乌勒特认为，坏女人就应该是这样。"她动了肝火。"与表面现象相反，坏女人看起来坏，实质上却可能不坏，这是我们得承认的奇迹。像这样的女人不是奇迹又是什么？"

他认真思考她的话。"因为这女人就是事实本身？"

"一个女人。这一类或那一类女人。反正二者必居其一。"

"可是最低限度你指的是好女人。"

"好女人？"她笑了起来，双臂举得老高。"我该说她是极其优秀的女人。"

"那么他为什么又要否认这一点呢？"

戈斯特利小姐想了一下。"因为她太好了，因而难以使人承认。你难道没有看出，"她继续说道，"可以通过她来认识他吗？"

斯特瑞塞显然越来越明白这一点，不过这也使他明白了其他一些事情。"可是我们不正是需要通过他来认识她吗？"

"嗯，可以的。你看见的是他的方式，如果他不太坦率，你得原谅他。在巴黎，像这样欠别人的情是为大家默认的。"

斯特瑞塞可以理解，可是这仍然有点……

"即使那女人是好女人？"

她又笑道："是的，甚至当男人也是好男人时也是如此！在处理这一类事情时，"她解释道，神情变得严肃起来，"要谨慎一点，以免暴露过多。在这里最忌讳的是突然显示不自然的善良。"

斯特瑞塞说道："你现在在说那些不好的人。"

"你这样区分不同的人，我挺高兴，"她说，"但是你是否因此希望我向你提出我能提出的最明智的建议？不要根据她本人的情况来认识、判断她，你根本不该这样做。你只能从查德的角度来认识、判断她。"

他至少还有勇气接受他同伴的推理方式。"因为那样的话，我就会喜欢她？"在他的想象中，他似乎觉得自己已经这样了，尽管他也马上看出这与他的希望完全不一致。"可是难道这就是我到此地来的目的吗？"

她只得承认这的确不是他到这儿来的目的。可是还有其他一些事情。"不要有所决定。这事牵涉的事情很多。你还没完全了解他。"

斯特瑞塞也认识到这一点，然而另一方面，他那敏锐的认识能力使他嗅到了危险的气息。"你说的对。不过要是我越了解他，我就越觉得他好，那又该怎么办？"

她也有所悟。"这完全可能。可是他不承认她的存在，并不完全出于对她的考虑。这里面有个问题，"她把它挑明，"他想使她消失。"

斯特瑞塞感到十分诧异。"使她'消失'？"

"嗨，我的意思是其中有一场斗争，而且他隐瞒了其中的一部分。不要慌，这是避免让你将来会为之后悔的唯一办法。以后你就会明白了。他真的想甩掉她。"

斯特瑞塞此时几乎明白了这一切，并且有亲身经历的感觉。"她帮了他那么多忙，他还想这样干？"

戈斯特利小姐瞧了他一眼，然后粲然一笑。"他不像你想的那样好！"

他一直忘不了这些话，这些具有警告性质的话将来对他大有裨益。尽管他想从这些话中得到帮助，可是每次与查德见面之后，他的想法都落了空。他问自己到底是什么力量使自己遭到挫败，难道这不是那一再出现的感觉，即查德的确如他想象的那样好？他觉得自从自己认为查德并不那样坏之后，他就只可能那样好。一连好几天，每当他与查德见面时，在这种思想的直接影响下，会感到脑子里只有这唯一的想法。我们的朋友认为，是两三件我们还未曾说到的事情造成了这样的结果。韦马希本人这次也被卷入漩涡，这个漩涡暂时地，但却完全地吞没了他。斯特瑞塞觉得自己像个正在下沉的人，撞到他有如撞到一个水下的物体。他们被卷入无底深渊，查德的所作所为造成了这无底深渊。斯特瑞塞感到他们好像在深水里迎面撞过，就像沉默的鱼一样圆睁着毫无个性的眼睛。给他俩提供机会的是韦马希。斯特瑞塞感到他的体内显然有不安的感觉，他记得小时候读书的时候，每当家里的人到学校来看表演时，就有类似的不好意思的感觉。在陌生人面前他可以表演，但在家里人面前却不行。相比之下，韦马希可以算是家里人。他仿佛听见他说："开始表演！"然后便可以好好地听一下家里人的认真的评论。他已经开始表演了，而且在尽心尽力地表演。查德此时已经非常了解他要些什么。在他毫不隐瞒地说出一切之后，他的同游者还能指望他会大发其火么？说来说去，可怜的韦马希想说的是——"我曾经给你讲过，你将失去你那不朽的灵魂！"同样显而易见的是，斯特瑞塞也有棘手的事需要处理，而且既然他们必须寻根究底，那么他观察查德就没有什么不好，正如查德观察他也说不上不好一样。他寻根究底是出于职责，如果说他这样做比韦马希坏，那么到底坏在哪儿？因为他不需要停止抵抗和拒绝，也不需要以这种方式同敌人谈判。

在巴黎闲逛，去观看什么景物或寻访什么胜地，是不可避免而且顺理成章的事。客人们到温馨的家里拜访，在四楼的房间里作妙语连珠的长谈，直到夜深。屋子里飘着烟草的烟雾和美妙的音乐声，夹杂着若干种语言的说话声，这一切与早晨和下午的聚会在实质上并无区别。斯特瑞塞背靠着椅子，抽着烟，不得不承认即使是在最活跃的时候，这种聚会也一点不像吵闹的场面。这些聚会以讨论居多，有生以来，斯特瑞塞从未听到人们对如此多的论题发表如此丰富的见解。乌勒特人也发表自己的见解，但它们大都集中在三四个话题上。在乌勒特，人们把不同的见解加以比较，尽管见解不多，无疑也十分深刻，但人们说出这些看法时却显得很平静，甚至可以说得上羞于发表自己的见解。然而迈榭比大街上的人却坚信自己的看法，而且一直勇于发表这些看法。他们似乎经常故意别出心裁，发表自己独特的见解，以避免使讨论变得和气一团，毫无滋味。乌勒特人从来不这样，尽管斯特瑞塞记得自己也曾情不自禁地这样做过，然而他当时却不太明白自己为什么要这样做。现在他明白了，他只是想促使这些讨论朝深层次发展。

　　这些都只不过是一些间或产生的回忆，总的说来，要是他感到精神紧张，那必然是因为他想要和别人激烈交锋。当他问自己是否可能会同别人发生争吵时，他几乎处于希望能挑起事端的状态。要是仅仅为了缓解紧张情绪而挑起事端，那未免过于荒唐。当初有人邀请他去吃一顿饭时，他显得踌躇不决，有点拿架子，这种表现已经相当荒唐可笑，不管怎样，查德到底是个什么样的家伙？斯特瑞塞有机会去寻根究底，但他得小心谨慎地去做，或者说几天之前，他曾仔细考虑过自己在开始时那些生硬的做法。然而一旦发现自己被别人注意，他便把回忆收了起来，一如处理一件违禁的物品。纽瑟姆夫人在信中也谈到它，有时候她的话使他不禁大呼她说得太过火。他当然马上就变得面红耳赤，然而这并不是因为事情的原因，而是因为解释的方式。他很快认识到，她无论如何都不可能很快地学会像他那样不温不火地处理问题。如果她想要事情处理得十分恰当，她就得考虑大西洋、邮政总局以及地球那过于弯曲的弧线等因素。

一天，查德在迈榭比大街请为数不多的几个人喝茶，其中包括那个并非默默无闻的巴拉斯小姐。斯特瑞塞出来时碰见那位他在给纽瑟姆夫人的信中称之为小小艺术家的熟人，并同他一道前往。他有充分的理由把这个人称为另一半，因为根据他细致的观察，此人是查德生活中唯一的密友。这天下午，小彼尔汉姆与斯特瑞塞并不同路，但他还是慨然与他同行。不幸的是，天开始下起雨来，他们只好匆匆走进一家咖啡店避雨，并坐下来交谈，这也算得上他为人忠厚的表现。同查德一起时，他还从来没有像刚过去的一小时那样忙碌。他和巴拉斯小姐交谈了一阵，后者责怪他没有去看她。最绝的是他还想到一个好办法，使韦马希紧张的神经得以放松。韦马希同那位小姐言谈甚欢，看来他很快就懂得如何讨她欢心。斯特瑞塞看到这种情况，觉得十分有趣，便放手让他去取乐。即使不问她，那位小姐的用意也十分明显。她是想帮他应付这个极大的累赘，而且尽管那是不可能的事，她还是想给她的朋友造成那么一个印象，即她和韦马希之间可能发展某种关系，他的神圣的愤怒也因此会有所减少。那位小姐的用意不是这个，又是什么？这种关系只起着装饰作用，斯特瑞塞觉得它形成于裙子的荷叶边和羽饰之间，形成于深蓝色围垫的双座马车之中，并随着马车飞驰而去。他从来没有飞驰而去，至少没有坐在双人马车里，或者坐在穿号衣的马车夫后面。他曾同戈斯特利小姐一同乘坐出租马车，也有几次与波科克夫人一起乘坐无盖双轮马车，他还同纽瑟姆夫人同乘四座马车，有时到山里去时，则同乘平板马车。然而他朋友真正的奇遇却超越了他个人的经验。他此刻很快就向他的同伴表明，他身为总督察，刚才这奇特的经历使自己深感经验不足。

"他到底在玩什么游戏？"他随即表明，他指的不是那位在全神贯注地玩多米诺骨牌的胖绅士，他刚把视线转移到他身上，他指的是一个钟头以前那位主人家。此时他坐在铺着天鹅绒的凳子上，完全不管自己过去说过的话，随心所欲地评论这位主人家，几乎到了有欠考虑的程度。"他在什么地方才会原形毕露？"

处于沉思之中的小彼尔汉姆用一种父亲般的亲切目光瞧着他。"你不喜欢这个地方吗？"

斯特瑞塞笑出声来，因为他觉得这语调实在滑稽。他说道："那又有什么相干？唯一能使我感到喜欢的是我觉得我在促使他走。"他竭力表明他只是希望能够弄明白。"这个家伙诚实吗？"

他的同伴脸上挂着一丝淡淡的微笑，看来明白他的意思。"你指的是谁？"

此时双方都没有说话，像是在进行无声的交流。"他真的自由吗？"斯特瑞塞纳闷地问道，"那么他又是怎样安排他的生活的呢？"

"你说的那个家伙就是查德，对不对？"小彼尔汉姆问道。

斯特瑞塞此时抱着越来越大的希望想道："我们应当一次解决一个问题。"可是他说的却与想的一致。"是不是有那样一个女人？我的意思是说一个真的令他生畏，而且能随心所欲地支配他的女人？"

彼尔汉姆随即答道："你以前从未问过我这个问题，你真是太好了。"

"哦，我简直不称职。"

斯特瑞塞脱口说出这句话，小彼尔汉姆听后变得更加审慎。"像查德这样的人太少见！"他的话颇有启发意义，他又补充说道，"他的变化太大。"

"你也看出来了？"

"他的进步？哦，是的，我想每个人都看得出来。不过我不敢肯定，"小彼尔汉姆说，"我不喜欢他从前那个样子。"

"这样说来他真的面目一新了？"

"嗯，"小彼尔汉姆过了一会儿回答道，"我不敢说他天性就有这么善良，这么好。这就像你喜欢的一部旧书的新版本，在经过修订和增补之后，变得更加适合今天的情况，然而不再完全是你过去熟悉和热爱的那个东西。"他接着说，"尽管如此，无论如何，我并不认为他在玩游戏，就像你所说的那样。我相信他真的想回去干一番事业。他有这个能力，而且他将因此取得更大的进步，进一步扩展他的心胸。"小彼尔汉姆继续说，"他将不会是那令人愉快的且经常翻阅的旧书。当然我这个人糟透了。假如这世界上的东西全是我喜欢的，恐怕这个世界就会变成一个荒诞的世界。我敢说我应该回家去经商，可是我宁愿死也不愿这样。我下定决心不干对我说来是轻而易举的事。我也十分清楚我为什么会这样，而且可以在任何人面前为自己有力地辩护。"他最后说道，"尽管如此，我向你保证我没有说过一句反对他回去的话，我是指对查德。我觉得这是他的最佳选择。你看得出来他并不快活。"

"我看得出来？"斯特瑞塞瞅了他一眼。"我向来以为我看见的是相反的情况——一个达到平衡并保持平衡的绝佳的范例。"

"哦，这只是表面现象。"

"嗨，你瞧，"斯特瑞塞大声说道，"这正是我想要弄清楚的。你刚才谈到你那熟悉的但已变得难以辨认的书。喂，那么谁是编者？"

小彼尔汉姆沉默地瞅着前方，过了一会儿才说："他应该结婚。结了婚就好了。他也想结婚。"

"想同她结婚？"

小彼尔汉姆稍待片刻，斯特瑞塞凭感觉知道他了解情况，但不知道他会说些什么。"他希望能够自由。你知道，扮演这么好的角色，他不太习惯。"这位年轻人解释得清清楚楚。

斯特瑞塞踌躇了一下。"那么根据你说的，我可不可以认为他是个好人？"

他的同伴也像他一样停顿了一下，但在答话时却颇为干脆，尽管声音不高。"可以。"

"那么为什么他又感到不自由？他对我发誓说他自由，可是同时又不以任何方式证明这一点，当然话又说回来，他对我的确很好。他那样子实在和不自由没有什么两样。我刚才之所以向你提这个问题，是因为我觉得他待人接物的方式颇为奇特。他好像并未做出任何让步，他的目的是想把我留在这儿，并给我树立一个坏榜样。"

半个小时就这样过去了，斯特瑞塞付了账，侍者此时正在数找补的零钱。我们的朋友把找的钱的一部分给了他，在大声表示感谢之后，侍者退去。"你给得太多了。"小彼尔汉姆友善地说。

"哦，我总是给得太多！"斯特瑞塞无可奈何地叹息道。他好像急于想结束对自己的思考，便继续说道："你还没有回答我的问题呢。他为什么不自由？"

仿佛认为同侍者的交流是一个信号似的，小彼尔汉姆站了起来，并侧着身从桌子和长沙发椅之间走过去。一分钟之后，他们已经离开了那个地方，那位心满意足的侍者站在打开的房门边伺候。斯特瑞塞把他同伴的动作理解为一种暗示，即一旦他们走到无人处他便可以回答自己的问题。他们在外面走了几步并转过一个街角，斯特瑞塞再次提问："如果他人好，为什么他不自由？"

小彼尔汉姆瞧着他。"因为这是纯洁的恋情。"

这句话有效地解决了问题，并使得斯特瑞塞能暂时过上几天好日子。然而必须说明的是，由于他有摇动生命给予他的经验之酒的酒瓶的积习，因此像以往一样，他不久就尝到了从瓶底泛起来的酒渣的味道。换言之，他已经通过想象体会到小彼尔汉姆所谈的话的意思，并因此在下次与玛丽亚·戈斯特利见面时有了充分的谈话之资。由于某个新的情况，他决定很快同她见面，他感到必须把这情况告诉她，一天也不能耽误。"昨晚我告诉查德，"他立即开口说道，"我必须告诉那边的人我们动身返家的确切日期，至少得让她们知道我动身的日期。如果他不给我一个确定的答复，那么我就会有失职责，我的处境也就会变得不妙。我把这些都告诉了他，你猜他怎样回答我？"这一次戈斯特利小姐说她不知道，因此他又说："嗨，他说他有两位特殊的朋友，两位女士，是两母女。她们出去了一段时间，即将返回巴黎。他希望我能见到她俩，同她们认识并喜欢上她们。他要求我，在他有机会同她们再见一面之前，不要把我同他的事弄到非解决不可的地步。"斯特瑞塞接着又自问自答："他是不是想用这种方法溜走？这就是我们到达此地之前他必须到南方去见的人。她们是他最好的朋友，她们也比其他任何人更关心他。同他的友谊仅次于他同她们的友谊，因此他认为他有一千种理由让我们愉快地见面。他直到现在才提起这个问题，这是因为她们何时回来还难以确定，事实上现在看来有点不大可能。然而他明确地表示，她们很想同我交朋友，因此将尽力克服一切困难。这话不知道你相信不？"

"她们渴望见到你？"戈斯特利小姐问道。

"是的，"斯特瑞塞说道，"当然啰，她们怀着纯洁的爱慕之情。"在同小彼尔汉姆交谈的次日他就去看她，他已经把这事告诉了她，而且他俩还在一起探讨这新发现的意义。她帮助他弄清楚整个事情的来龙去脉，而这一点小彼尔汉姆并未详加说明。斯特瑞塞十分意外地获悉，查德有一位心爱的人，但他并未进一步询问有关她的情况。斯特瑞塞对此有一种难以摆脱的顾虑，因为他觉得这是一个十分敏感的问题。他根据自尊原则，尽量不让查德说出她的名字，并希望借此表明查德的纯洁恋情与他没有什么相干。从一开始起，他就不愿意过多地考虑查德的尊严，但这并不等于在该照顾他的尊严时丝毫不加以理会。他经常在想，他要做到何种程度才不会被查德认为是出于他一己的私利。所以他认为只要有可能，就应该尽量不表现出自己是在干预。当然同时也不剥夺他感到惊讶的权利，只不过他得在把这惊讶理出个头绪之后才能告诉别人。经过这个过程以后，他告诉戈斯特利小姐，尽管她也许会像他一样，在开始时感到十分惊讶，但只要略加思索，她就会同意他的意见，认为他所叙述的事情与真实情况并没有什么两样。一切迹象表明，查德最大的变化莫过于纯洁的恋情。他俩一直在探索解开那变化之谜的"暗码"（就像法国人常说的那样），小彼尔汉姆的直言相告尽管来得很晚，但还是管用。事实上在略微停顿之后，她告诉斯特瑞塞，她越想就越觉得它管用。但她这番话的分量并不足以使他在分手前不对她的诚意产生怀疑。难道她真的认为这恋情是洁白无瑕的吗？他再次对她提出这个问题，以便确切地知道她的看法。

可是开始时她只是觉得有趣而已。"你说有两个？要是这爱慕之情是针对两个人的，我认为几乎可以肯定是纯洁的。"

斯特瑞塞接受这个观点，但他也有他的看法。"或许他正处于不知道更爱母亲还是更爱女儿的阶段？"

她考虑了一下，说道："在他那个年龄，他肯定更喜欢女儿。"

"很有可能。可是我们对她的情况一无所知！"斯特瑞塞说道，"她也许岁数足够大。"

"足够大到做什么？"

"嗨，同查德结婚呀！你知道，这或许是她们所希望的。假如查德也希望如此，小彼尔汉姆也这样想，而且甚至我们在不得已的时候也只好迁就，只要她不阻止他归国，那么事情还可以谈得上顺利。"

每一次这样讨论问题时，斯特瑞塞都觉得自己说的每一句话都像是落在一个深井里。他得等上一会儿才能听见微弱的溅水声。"如果纽瑟姆先生准备同这位年轻小姐结婚，他为什么没有办手续？为什么他没有同你谈他的婚事？这真叫我弄不懂。如果他想同她结婚，而且又与她们的关系很好，他为什么又说他'自由'呢？"

斯特瑞塞也同样感到纳闷。"也许那女孩子不喜欢他。"

"那么他为什么又要对你谈到她们？"

斯特瑞塞的脑子里边也在想这个问题，他回答道："也许他同她母亲的关系很好。"

"与同女儿的关系相比？"

"嗯，如果她竭力劝女儿嫁给他，还有什么能使他更喜欢这位母亲？只是，"斯特瑞塞大声说道，"为什么女儿不同意嫁给他？"

"哦，"戈斯特利小姐说，"也许并不是每个人都像你那样器重他。"

"你的意思是不是说，并不是每个人都像我那样认为他是一位'合格'的年轻人？我难道会落到这般田地？"他表情严肃地说出自己的想法，极力想弄明白。"可是，"他接着又说，"他母亲最大的愿望就是希望他能结婚，如果成家能帮助他立业的话。结婚必定对他的事业有帮助，难道不是这样吗？"他把话说到底，"她们肯定希望他发家致富。任何与他结婚的姑娘都会对他的事业感兴趣，都会鼓励他不要错失良机。如果他失去机会，至少对她也没有什么好处。"

戈斯特利小姐改变了话题。"的确如此，你的推理完全正确！但在另一方面，这里面也包括亲爱的老乌勒特的因素。"

"哦，是的，"他沉思地说道，"这里面包括亲爱的老乌勒特的因素。"

她稍待片刻。"这位小姐可能觉得她受不了这些。她也许会觉得这样代价太高，她也可能会反复斟酌。"

在讨论这些事时，斯特瑞塞总是安静不下来，他不知不觉又转了一圈。"这都取决于她是谁，她得证明自己有能力应付亲爱的老乌勒特，而玛米恰恰就有这方面的长处。"

"玛米？"

他听出了她的语调，便在她面前停了下来。他明白这并不表明她不知道说什么才好，而只是短暂的极端的窘迫的表现。尽管如此，他还是大声说道："你肯定没有忘记玛米吧？"

"没有，我没有忘记玛米，"她微笑了，"毫无疑问，玛米的优点简直说不完。玛米这女孩子我挺瞧得起！"她直率地说道。

斯特瑞塞又踱了一会儿步。"她真的可爱极了，你知道。她比这儿的所有姑娘都要漂亮得多。"

"我的想法正是基于此。"她也像她的朋友那样沉思了一会儿，"我真想指导指导她。"

显然他觉得这想法挺有意思，但最终还是表示反对："哦，当你处于这种狂热之中时，最好别去找她！我非常需要你，你可不能离开我。"

可是她仍然坚持她的观点。"我希望她们把她送到我这儿来！"

"如果她们知道你，她们当然会这样做。"他回答道。

"她们不知道我吗？根据你所说的，我想你向她们谈起过我，是吧？"

他又在她面前停了下来，但随即又走动起来。"就像你说的那样，在我办完事之后，她们就会把她送来的。"随后他表达了他最想表达的看法，"这似乎是在此刻揭穿他的把戏。他想把我留在这里，这就是他干这一切的目的。"

戈斯特利小姐咬了咬嘴唇。"你看得十分清楚。"

"恐怕我看得没有你那么清楚。"他又继续说，"你是不是在假装糊涂？"

"嗯，什么？"她在他缄默时追问他。

"嗨，她们之间一定有很深的瓜葛，从一开始到现在，甚至在我到此地之前。"

过了一会儿她才回答："那么她们是谁？问题竟然会这么严重。"

"也许问题并不严重，可能还挺轻松呢。不过不管怎样，说得上不同寻常，哦，"斯特瑞塞不得不承认道，"我一点儿也不知道是怎么一回事。在小彼尔汉姆把情况告诉我们之后，我觉得有些事就不必再追问下去了，比如说她们的名字。"

"哦，"她回答道，"如果你以为你可以撒手不管……"

　　她的笑声一瞬间使他变得忧郁起来。"我并不认为我会撒手不管。我只是想我得喘息五分钟。我敢说我充其量只能继续进行而已。"他俩对视了一下，一会儿之后他的情绪转好了。"尽管如此，我对她们的姓名还是丝毫不感兴趣。"

　　"对她们的国籍，是美国人、法国人、英国人，还是波兰人，也一点没有兴趣？"

　　"我对她们的国籍没有一丁点儿兴趣，"他微笑着说，"假如她们是波兰人，那也不错。"

　　"太好了。你看你的确介意。"这个转变使她变得高兴。

　　他有所保留地同意这句话。"假如她们是波兰人的话，我想我会介意的。"他想了一下，"也许这会叫人高兴的。"

　　"那么就让我们希望事情会是这样的吧。"但是在说完这句话之后，她又进一步考虑这个问题。"如果女儿的年龄合适，那么母亲的年龄当然就不行了。我是指对纯洁的恋情而言。如果女儿的岁数是二十（她不可能更小），那么母亲至少有四十岁。因此当母亲的只有出局，因为她对他来说年龄未免太大了。"

　　斯特瑞塞又停了下来，想了一下，然后提出反对意见。"你这样想吗？你以为会有对他来说太老的女人吗？我有八十岁，但我还年轻得很。"他接着又说，"也许那姑娘还不到二十。也许她只有十岁，可是却十分可爱，因此查德很喜欢同她交往。也许她才五岁。也许那位母亲才二十五岁，是一位挺迷人的年轻寡妇。"

戈斯特利小姐觉得他的猜想挺有意思。"那么她是一位寡妇了？"

"我一点也不知道！"尽管这又是一句意义晦涩的话，他们彼此还是交换了一下眼光，这是他们迄今时间最长的一次对视。接着需要做的事便是解释，事实也果然如此。"我只是把我感觉到的告诉了你，我觉得他有某种原因。"

戈斯特利小姐发挥她的想象力。"也许她不是一个寡妇。"

斯特瑞塞似乎对这种说法不以为然，但他仍然接受了。"这样说来，这就是这种感情（如果是针对她的话）之所以纯洁的原因。"

可是看来她并没有理解他的意思。"既然她是自由之身，那么她何必保持那种纯洁的关系呢？要知道她又不受任何条件的限制。"

他听她这样说，不禁笑了起来。"哦，我并不是说纯洁到那种程度。难道你认为只有在她不自由时，才能用纯洁这个词吗？"

"哦，那是另外一回事。"一时间他什么也没有说，她马上接着说下去，"不管怎样，我敢说你对纽瑟姆先生的小计划的看法是正确的。他一直在试你，并把你的情况告诉那些朋友。"

斯特瑞塞同时在仔细思考。"那么他的坦诚的性格到哪里去了？"

"嗯，正如我们所说的那样，他在挣扎，在想法挣脱，在力求表现自己。你知道，我们应该支持他的坦诚的那一面。但他已经明白你会这样做。"戈斯特利小姐这样说。

"这样做？为了什么？"

"嗨，为她们，为 ces dames [1]。他一直在观察你，研究你，而且喜欢上你，他认为她们也会喜欢你的。亲爱的先生，这是对你最大的尊敬，因为我相信她们是很挑剔的。你来这儿寻求成功。嗨，"她高兴地说道，"你已经成功了！"

他耐心地听她讲，然后突然转身走开。她的房间里有许多可供他观赏的好东西，这对他倒挺方便。他仔细地观看两三样东西，然而不久之后他说的话却与它们毫无关系，"你不相信！"

"不相信什么？"

"不相信他们之间感情的性质，不相信这种感情是纯洁的。"

可是她为自己辩护。"我并没有装出对此事有所了解的样子。什么都是可能的。我们得走着瞧。"

"瞧？"他呻吟般地回答道，"难道我们还没有瞧够吗？"

"我还没有哩。"她微笑着说道。

"那么你认为小彼尔汉姆在撒谎？"

"你得把它弄个水落石出。"

他脸色几乎变白。"还要进一步调查？"

他颓然往沙发上一坐，她站在他身旁，最后说道："你来此地不就是为了把一切弄清楚吗？"

---

1 法文，那些女士。

第十章

第二周的星期天是一个晴朗的日子。查德·纽瑟姆在这之前就已经通知他的朋友他有所安排。他曾说过要带他去见伟大的格洛瑞阿尼——这位先生每个星期天下午都在家,在那儿多半不会像在其他地方那样遇到一些枯燥的人。由于某种偶然原因,该计划未能马上付诸实施,现在倒可以在更愉快的情况下以偿夙愿。查德谈到这位著名的雕塑家有一座别具一格的古老的花园,值此春光明媚、天朗气清之际,这花园更是迷人。他还提到其他一些事情,这使得斯特瑞塞确实感到某种不同寻常的事将会发生。对这些介绍和应酬他现在还得抱无所谓的态度,他觉得不管这些年轻人带他去看什么,至少他也是在展示自己。不过他希望查德在做这些事的时候不要过于像一个导游。经过反复观察,他已经看透查德那些把戏、那些计划以及那些老谋深算的外交手腕。他感到他是在通过我们的朋友暗地里称为 panem et circenses [1] 的手段,来逃避他们交往的实质性的问题。斯特瑞

---

1 拉丁文,面包和马戏,即"吃喝玩乐"的意思。

塞老是被鲜花包围，因而有点透不过气来的感觉，尽管有时他几乎感到愤慨，认定这是他那讨厌的禁欲气质在作怪，是对一切美的东西均感怀疑的结果。既然他的反应如此强烈，因此他时时告诫自己，只有革除这个积习，才能认识事物的真实面目。

他事先知道德·维奥内夫人及其女儿很可能会露面，因为查德再次提到他那两位将从南方来的朋友时透露了这一消息。在同戈斯特利小姐谈论她们之后，斯特瑞塞更坚定他不应打探她们的情况的想法。根据他同查德交谈时的情况判断，查德对某些情况避而不谈，斯特瑞塞认为自己也应持相应的回避态度。他觉得她们受到一种他不知应当怎样描述才好的礼遇。不管怎样，他已处于这个位置上，得面见这两位女士。他很清楚使她们感到见到的是一位体面的绅士是他的责任。查德之所以十分注意效果，是因为她们非常美丽、聪明和善良，或者是因为有着其中某一个优点吗？他是否想按照乌勒特人的说法，大力将她们推出，推到这位不甚挑剔但仍有其标准的批评家面前，以她们那难以衡量的价值使他感到吃惊？这位批评家充其量只会问一下这两位女士是否法国人，而且这个问题仅仅是她们的姓名的读音而导致的必然结果。查德的回答是"既是也不是"。他还立即补充说明她们的英语完美无瑕，因此斯特瑞塞若想找借口不同她们来往，他恐怕一个也找不到。由于到了此地后他的心境迅速地发生了变化，所以事实上他感到毫无找借口的必要。倘若他要找什么借口，那都是为了其他人，对于他们那种随心所欲、自由自在的生活方式，他十分欣赏。和他一样到此地来旅居的人逐渐增多，这些人自由自在、热情奔放、性格各异，他们同当地优美的环境融为一体。

这个地方给人的印象极好——一个造型简洁、偏处一隅的小亭，室内拼花地板擦得通亮，白色精锻的护墙板和淡淡的描金，亭内装饰清雅别致不俗。这个地方位于巴黎的旧郊区圣·日耳曼区的中心地带，在一群带花园的古老的华宅的边上。它远离街道，要走到这里，必须经过一条长长的过道和一个安静的院子，对于没有心理准备的人来说，见到这地方有如见到出土的宝物，令人惊讶。它也使他认识到这个难以衡量的城市的博大，他平常所见的那些界标和界限，似乎都被一支奇妙的画笔一扫而光。花园很大，是一个备受人珍爱的遗迹，已有十来个人进入园中，查德的主人不久就在这里会见了他们。园中高树上群鸟齐集，在温煦的春光中鸣啭歌唱。高高的界墙外耸立着庄严的公馆，它是私人权利的象征，代表着古今递嬗和对外部变化无动于衷的永存的秩序。春光如此和煦，参加这个小小集会的人都走到了院中，然而在这种情况下，身处室外使人犹如置身华丽的会议厅中。斯特瑞塞觉得自己是在一个大修道院中，一个他不知为什么而著名的修道院。这个培养年轻教士的地方，四处散布着阴影，处处可见直巷和礼拜堂的钟楼，在一个角落中聚集着大量的建筑物。他觉得空气中飘浮着姓名，窗边出没着幽灵。他处处可以见到标记和遗物，觉得自己被过去包围，以至于难以迅速辨认这些来自往昔的信息。

在同这位著名雕塑家见面时，各种印象更是纷至沓来，几乎使他难以招架。查德把格洛瑞阿尼介绍给他。这位雕塑家举止十分从容自信，他长着一张疲惫然而漂亮的脸，就像一封展开的用外文写的信。他那闪烁着天才光芒的眼睛，他那讲话时颇有风度的嘴唇，他那漫长的创作生涯，他所获得的众多的荣誉和奖赏，还有他在会见客人时那长时间的注视和表示欢迎的寥寥数语，都使斯特瑞塞感到对方是一个伟大的天才艺术家。斯特瑞塞曾在卢森堡的博物馆以及更令人景仰的亿万富翁们居住的纽约观赏过他的作品。他知道他早期在其故乡罗马创业，后来移居巴黎，并以其灿烂的光辉在群星中大放光芒。所有这一切都使得客人觉得他被光辉、传奇和荣誉笼罩，因而对他敬仰不已。斯特瑞塞还从来没有像这样密切地接触这些东西，他感到自己在这幸运的时刻敞开了心扉，并让自己很少感到的温煦的阳光射入颇为灰暗的内心。他后来一再追忆那张就像奖章一样的意大利脸庞，上面的每一根线条都体现了艺术家的气质，时光只是在上面增添了色调，使人们对它更加敬仰。他还特别记得这位雕塑家的双眼：当他们面对面地站在那里做简短的寒暄时，它们闪烁着穿透人心的光辉，像是在传达超凡脱俗的心灵的讯息。这注视尽管是无意识的、随意的，也许还有点心不在焉，但他却不能很快忘却。他想到这双眼睛，觉得自己还从来没有像这样，内心的最深处都受到了探测。事实上他一再回味这景象，在闲适的时光老是想着它。但他从不向任何人谈起，因为他十分清楚，倘若他提到这些，别人就会认为他是在胡言乱语。那双眼睛是不是那最特殊的照明灯，那无与伦比的、至高无上的美的火炬，永远照耀着那神奇的世界？或者它是由某个经过生活百炼成钢的人以其无坚不摧的锐气挖掘而成的深井？世界上没有比这更奇怪的事，也没有什么人比这位艺术家更令人吃惊。斯特瑞塞觉得自己简直像在接受考验，同时也有一种责任感。格洛瑞阿尼的迷人的微笑透露出他对人性的深刻认识（哦，那后面可怕的生活），这微笑照耀着他，像是在考验他的素质。

与此同时，在随意地介绍了斯特瑞塞之后，查德更随意地转身走开，并招呼其他在场的人。聪明的查德对他的无名的同胞很随便，对那位伟大的艺术家也同样随便，他也以同样的态度对待其他人。这对斯特瑞塞又是一个新的启示，使他懂得如何处理人与人之间的关系，并使他有更多的东西可供欣赏。他喜欢格洛瑞阿尼，但从此之后不会再见到他，这一点他毫不怀疑。与他俩都很密切的查德就是他与格洛瑞阿尼联系的纽带，并暗示着某种可能性。哦，要是一切都是另外一回事，那该有多好！斯特瑞塞意识到不管怎样，他已经结识了名人，而且他也清楚地知道自己一点也不愿以此而自夸。斯特瑞塞到这里来赴会并不是仅仅为了欣赏阿贝尔·纽瑟姆的儿子的形象，但它却很可能在观察者的心中占据绝对的中心地位。格洛瑞阿尼想起了什么，说了一声失陪，便走到查德那边去同他说话。斯特瑞塞则独自待在那儿想了许多事情。其中之一便是他是否通过考试的问题。这位艺术家离开了他，是不是因为觉得他不行？他真的觉得今天的表现比平时好。他是否表现得恰到好处，也即是说既为对方的魅力所倾倒，又使对方多少明白自己已感到了对方的探测？他突然看见小彼尔汉姆从花园那边向他走来。当他俩的眼光接触时，他忽发奇想，认为小彼尔汉姆已经猜到了他在想什么。倘若此时他要对他讲他最想说的话，那便是："我考试过关了没有？因为我知道我在这儿的考试必须过关。"小彼尔汉姆就会叫他放心，并告诉他不要过于担心，并以他本人在场作为根据，叫他安心。

事实上，斯特瑞塞看到，小彼尔汉姆的举止与格洛瑞阿尼和查德一样从容自在。他自己也许过一会儿就不会感到害怕了，可以了解那些面目极其陌生的人的观点了。这些人属于迥然不同的类型，与乌勒特人完全不同。他们是些什么样的人？三三两两地在花园中散步。与男士们相比，那些女士更不像乌勒特人。在他的年轻朋友招呼他之后，他提出的就是这个问题。

"哦，他们是些各不相同的人，总会有那么些艺术家，对于他们的同行们来说，他们极有成就，难以模仿。还有种种不同的头面人物，如大使、内阁部长、银行家、将军之类，甚至还可能有犹太人。特别值得一提的是还总会有些极其美艳的女人，当然不会太多，有时是些女演员、女艺术家、伟大的逢场作戏者——但只是在她们不是怪物的时候，其中不乏一些见过世面、人情练达的老手。你可以想象他在这些方面的经历，我相信简直有点难以置信。她们绝对不会让他溜掉，绝对不肯松手，但他能弹压住她们，没有人知道他用的什么手段，那是极其漂亮的温柔的手法。来这儿的人从来不很多，但非常好，实在是最佳选择。使人感到无趣的人在这儿找不到几个。从来都是这样，他自有其秘诀。简直太不同寻常了。他对每个人都一样。他从不问什么问题。"

"哦，是这样的吗？"斯特瑞塞笑着问道。

彼尔汉姆坦诚地答道："要不然我怎么会在这里？"

"哦，根据你所说的情况来看，你是最佳选择之一。"

这位年轻人看了一下周围的情况。"今天似乎相当不错。"

斯特瑞塞也跟着四下张望。"这些都是些见过世面、人情练达的女人吗？"

小彼尔汉姆显示他的能力。"是的，都是些相当老练的女人。"

斯特瑞塞对这一类女人挺感兴趣，他爱用神秘和浪漫的眼光来观察和欣赏她们。"有没有波兰人？"

他的同伴想了一下。"我想我能看出一个葡萄牙人，还有一些肯定是土耳其人。"

斯特瑞塞力求做到不偏颇，他猜想："这些女人看起来显得和谐一致。"

"哦，走近了之后每个人的特点就凸显了！"斯特瑞塞明白走近的坏处，他仍很欣赏那种和谐一致。"得啦，"小彼尔汉姆接着说，"你知道，即使是最坏，也仍然不错。倘若你喜欢这样，有如此感觉，那就表明你根本就不是门外汉。"他又很漂亮地补充了一句，"你总是一下子就懂得一切。"

斯特瑞塞听了很高兴，但还是觉得有点过分，因此他无可奈何地喃喃道："听我讲，可不要给我设圈套！"

"嗨，"他的同伴回答道，"他对我们极好。"

"你是说对我们美国人？"

"哦，不，他一点也不知道这个情况。这就是在这个地方的好处，你听不到任何人谈论政治。我们不议论这些。我是说不对各种各样的可怜的年轻人谈。然而这个地方仍然具有如此魅力。就像是空气中有什么东西掩盖了我们贫乏的知识。它使我们全都回到了上一个世纪。"

斯特瑞塞觉得颇为有趣，说："我担心它会使我们往前走，哦，走得太远！"

"进入下一个世纪，是不是？"小彼尔汉姆问道，"你这样担心，是不是因为你是属于之前那个世纪的缘故？"

"你是说上一个世纪之前的那个世纪？谢谢你了！"斯特瑞塞笑了起来，"假如我向你打听某几位女士的情况，这并不意味着我希望能取悦于她们，因为我简直是一个罗可可式的标本。"

"恰恰相反，她们崇拜罗可可式的人物，我们这儿的人都崇拜这种人。这儿的一切，包括亭子和花园等都是极好的陪衬，还有什么比这更好的背景？这儿有许多人都搜集这种艺术品，"小彼尔汉姆一边微笑，一边环顾四周，"你尽管放心好了！"

他这番话使得斯特瑞塞再度陷入沉思。有些人的脸他几乎一点也看不明白。它们究竟是可爱，还是仅仅是陌生？他可能不会去谈论政治，但是他怀疑其中有一两个波兰人。因此他便向他的朋友提出一个问题，这问题自从他见到小彼尔汉姆后便一直在他的脑海中盘旋。"德·维奥内夫人和她的女儿到此地没有？"

"我还没有见到她们，但是戈斯特利小姐已经来了。她正在亭子里观赏那些陈列品。看得出来她是一个收藏家。"小彼尔汉姆补充道，看来他不想得罪人。

"哦，是的，她是一个收藏家。我也知道她要来。德·维奥内夫人也是收藏家吗？"斯特瑞塞继续说道。

"她相当可以，我想算得上名家了吧。"这位年轻人在说话时与他的朋友对视了一下。"我昨天晚上见到查德，他告诉我她们已经回来了，昨天刚到。直到最后他才知道她们回来了。"小彼尔汉姆接着又说，"如果她们在这儿，那么这是她们回来后第一次露面。"

斯特瑞塞迅速地把这些想了一下。"查德昨天晚上告诉别人的？可是他在同我一道来这儿的路上却没有对我提起。"

"你问过他没有？"

斯特瑞塞倒是没有冤枉他："没有。"

"好啦，"小彼尔汉姆说，"要是你不想知道某件事，把这事告诉你，让你知道，可挺不容易，你就是这样的人。"他接着又带着褒奖的口吻说，"但是当你想知道时，我得承认挺容易，而且还挺令人愉快哩。"

斯特瑞塞瞧着他，看来他很欣赏他的机智。"这就是你对这两位女士的事闭口不谈的原因吗？"

小彼尔汉姆品着他这话的深层含义。"我并没有闭口不谈。我那天同你谈过她们的事，就是在查德的茶会之后，我们坐在一起谈话的那一天。"

斯特瑞塞以一种迂回的方式谈论这个问题。"这样说来她们就是那纯洁的爱慕的对象了？"

"我只能告诉你她们在别人的眼里就是如此。难道这还不够吗？我们当中最聪明的人也只能看到表面现象，难道不是这样的吗？"这位年轻人令人愉快地强调说，"我恳请你注意表面现象。"

斯特瑞塞环顾四周，他所看到的那一张张脸使他更进一步地理解他朋友的话。"这样好吗？"

"好极了！"

斯特瑞塞停顿了一下。"丈夫已去世了吗？"

"啊，没有，还活着。"

"哦！"斯特瑞塞说。过后因为他的同伴在笑，他又说："那么这又怎么能说得上好呢？"

"你自己可以看得出来，每个人都能看出来。"

"查德爱上了女儿？"

"这就是我的意思。"

斯特瑞塞感到纳闷。"那么又有什么困难可言？"

"嗨，你我的想法不是要好得多吗？"

"哦，我的！"斯特瑞塞的语调有点奇怪，随后像是在转缓，"你的意思是她们不愿听到乌勒特？"

小彼尔汉姆微笑了。"这不正是你必须弄清楚的事情吗？"

斯特瑞塞刚才看见巴拉斯小姐孤孤单单地在那儿走来走去，他以前还从未看见一位女士在聚会时会这样。此时她听到小彼尔汉姆说的最后那句话，便加入了他们的谈话。她刚走近能听到他们的对话的范围时，便开口谈话，她还透过长柄眼镜，看见了所有她感兴趣的东西。"可怜的斯特瑞塞先生，你管的事情未免太多了！"她又高兴地说道，"可是你可不能说我没有尽力帮助你。我已经把韦马希先生安顿好了。我让他和戈斯特利小姐一起待在屋子里。"

小彼尔汉姆大声说:"斯特瑞塞真会叫女士们帮他办事!他正准备再拉一个夫,你难道没有看出来吗?这一回是德·维奥内夫人。"

"德·维奥内夫人?哦,哦,哦!"巴拉斯小姐的叫喊声越来越高。我们的朋友感到话中有话。是不是由于他凡事都过于严肃,因此成为别人开玩笑的对象?不管怎样,他挺羡慕巴拉斯小姐玩世不恭的本领。她就像一只长着美丽的羽毛四处啄食的小鸟,一会儿叽叽喳喳地表示不满,一会儿又很快地辨认出什么东西,飞快地冲过去。她站在生活面前,有如站在装满商品的橱窗前,你可以听见她在选择和评论商品时,她那玳瑁眼镜柄敲击玻璃的声音。"我们肯定需要弄清楚,但是我感到高兴的是我不必做这工作。一个人无疑应当这样开始,但是要是突然又发觉必须放弃,那不是叫人受不了,太恼火了吗?你们这些人感觉不到这些,真是太棒,简直可以说是无动于衷,真可以从你们那儿找到好多东西。"

"得啦,"小彼尔汉姆并不支持这种说法,"我们到底取得了什么成就?我们观察你们并提出报告。即使我们真的提出报告,也算不上做了什么了不起的事情。"

"嗨,你,彼尔汉姆先生,"她似乎在不耐烦地敲着玻璃回答,"你简直毫无价值!你到这儿来是为了感化野蛮人,我明白这一点,我记得你,可是你却让野蛮人感化了。"

"还没有呢!"这位年轻人悲哀地承认道,"他们并没有完成这件事。这些吃人生番只是把我吃掉了。如果你愿意使用感化这个词,当然也可以，可是他们把我转化成了食物。我现在已经成了一堆基督徒的白骨。"

"对了，你说到点子上了！"巴拉斯小姐再次对斯特瑞塞发出呼吁，"不要因此而丧失了信心。你很快就会累得筋疲力尽，但同时你也会得到应有的享受。Il faut en avoir [1]. 在你坚持奋斗的时候，我总想看到你。而且我将告诉你谁将坚持到底。"

"韦马希？"他已经明白了她的意思。

她觉察到他话中的惊诧，便笑了起来。"他甚至连戈斯特利小姐都要抵抗，不理解其他人的人真是妙极了。"

斯特瑞塞承认道："他的确是一个妙人。他不肯把这事告诉我，只是说有一个约会，可是谈的时候又苦着一张脸，活像他要上绞刑架，后来他却和你一块儿在这儿偷偷地露面。你把这说成是'坚持到底'？"

"哦，我希望他能坚持到底！"巴拉斯小姐说，"但是他最多只能容忍我。他不明白，一点儿也不明白。他这人很讨人喜欢。他是个妙人。"她重复道。

"一个米开朗琪罗式的人物！"小彼尔汉姆说出了她未说完的话。"他是一个成功者。把画在天花板上的摩西移到了地板上。那雕像是个令人生畏的庞然大物，但是却多少可以移动。"

"当然咯，"她回答道，"如果你要说移动的话，他坐在马车里时，那副模样可真不错。他坐在我身边的那个角落里，看起来真有趣。他看起来

---

1 法文，有必要得到一些享受。

像某个人，某个 en exil [1] 外国的著名人物。因为这个缘故，人们猜测同我一道的是谁，真是太有意思了。我带他逛巴黎，逛所有的地方，但他毫不动容。他说像我们在书中读到的那位印第安酋长，当他到华盛顿去面见国父时，他站在那儿，全身裹在毛毡里，毫无表情。根据他对所有事情的态度来判断，我就像是国父。"她觉得这种比较是神来之笔，因此感到颇为高兴，这也挺适合她的性格。她宣称她将会这样称呼自己。"他坐在我房间的角落里，瞧着我的客人们，那模样活像想闹点什么事情。他们都感到纳闷，不知他想闹什么事。"巴拉斯再次坚持强调，"但他这人真妙，他从来不惹是生非。"

听她这样讲，她的两位朋友明白了他是什么样的人。他俩目光相遇，心领神会。小彼尔汉姆觉得挺有意思，而斯特瑞塞却感到有点悲伤。斯特瑞塞之所以感到悲伤，是因为他觉得那形象实在是太光辉了，假如那披着毛毡，站在大理石大厅中，对国父视若无睹的人是自己，那么将一点也不像那庄严的土著人。可是同时他说道："你们这儿的人视觉太发达了，因此过于看重视觉，有时候真使人觉得你们除此之外别无其他感觉。"

小彼尔汉姆静静地观察着花园中那些老于世故的女士们，他解释道："除了巴拉斯小姐外，这些人都没有道德感。"他这样说，既是为了迎合斯特瑞塞，又是为了讨好巴拉斯小姐。

斯特瑞塞不知他在讲些什么，因此几乎是急切地问她："你有道德

---

1 法文，处于流亡之中的。

感吗？"

"哦，说不上十分强烈，"她觉得他的语调挺好笑，"彼尔汉姆先生真好。但是我想我还是有资格称自己为一个有道德感的人。是的，是这样。你认为我有许多荒唐事吗？"她又透过她那玳瑁柄眼镜朝他注视了一会儿，"你们都是一些妙人。我会使你们大失所望。我坚持认为自己的品行不错。可是我承认，"她继续说道，"我认识一些古怪的家伙。我不知道为什么我竟会认识他们，我并非有意认识他们，看来这是我的命运，好像他们总要找到我。真是妙极了。"她接着又神情庄重地说道，"而且我敢说，这儿所有的人都过于注重外表。可是又有什么办法？我们互相观察，可是按照巴黎人的观点，这样见到的只是与真相相似的东西而已。巴黎人给我们的启示就是如此。这是巴黎人错误的观点，那亲爱的老观点！"

"亲爱的老巴黎！"小彼尔汉姆附和道。

"每一样东西、每个人都暴露无遗。"巴拉斯小姐继续说道。

"暴露出它们的真实面目？"斯特瑞塞问道。

"哦，我喜欢让你们波士顿人说'真实'！可是有时，是的。"

"那么亲爱的老巴黎！"斯特瑞塞叹息道，他俩对视了一会儿，随后他又问道："德·维奥内夫人也会这样吗？我是说她也会暴露出她的真实面目吗？"

她旋即回答："她十分动人。她完美无瑕。"

"那么为什么刚才你听到她的名字时连声说'哦，哦，哦'呢？"

她马上想起刚才的情景。"嗨，只是因为她太棒了！"

"啊，她也是这样？"斯特瑞塞几乎呻吟般地说。

然而与此同时，巴拉斯小姐找到了解决问题的办法。"你为什么不向能回答这个问题的人直接提问呢？"

"不要这样，"小彼尔汉姆说，"不要提出任何问题。耐心等待并自己做出判断，这样要有意思得多。他过来带你去见她了。"

第十一章

此时斯特瑞塞看到查德又在跟前，以后那些事情发生得很快而且颇为荒谬，因此他几乎记不清了。那一瞬间对他极其重要，重要得令他感到难以解释。过后他老是在想，当他同查德一起走开时，他的脸色到底是变白还是泛红。他唯一感到有把握的是他并没有说什么不得体的话，而且正如巴拉斯小姐所感到的那样，查德比以前任何时候都表现得要好。这是他发生明显变化的场合之一，然而为何会这样，斯特瑞塞却不太明白。斯特瑞塞回忆起他们第一次见面那个晚上的情景。他当时觉得他懂得该怎样走进包厢。而他现在得到的印象则是他懂得该怎样介绍别人。这使斯特瑞塞的地位或者说他的自我定位受到影响，使我们这位可怜的朋友感到不安和被动，觉得自己被转交给他人，或者像他可能会说的那样，被人当作礼物送给他人。当他们走到房子跟前时，一位姑娘独自出现在台阶上，像是要走上前来。她和查德交谈了一会儿，斯特瑞塞随即明白她是很殷勤地在那儿迎接他们。查德离开的时候她尚在屋内，但后来她出来迎接他们，不久之后便和他们在花园中相会。开始时，面对如此青春佳丽，斯特瑞塞感到有点不安，然而随即而来的印象却使他多少感到安慰，因为他感觉到，这个姑娘并不是那种可以随便胡来的女人。一经接触，他就知道她不是这种人。在查德把他介绍给她之后，她同他谈了一会儿，发现她举止大方而亲切。她说起英语来毫不费劲，但他听起来感到与其他人讲的英语都不同，看样子她并没有装模作样。在同她一起待了几分钟之后，他发现她的一切都显得很自然。她的语言优美、正确而奇特，像是在警告别人，不要把她当成波兰人。但他似乎看出，只有真正有危险的时候，才有这种警告出现。

后来他感觉到更多的警告，然而他也感觉到其他的东西。她身着黑衣，在他看来，那衣服轻软而透光。她皮肤白皙，身材也极其苗条，但她的脸却是圆圆的，双眼分得很开，而且显得有点古怪。她的微笑淡淡的，显得很自然；她戴的帽子很朴素；他听到她那漂亮的袖子里传来的叮当声，并注意到她佩戴的金饰比其他女士多。在同她见面时，查德显得十分随便而轻松。在这种场合，斯特瑞塞也希望自己能像查德一样自在和愉快。"你们终于见面了，你们俩将会十分投合，vous allez voir [1]；祝你们成为好朋友。"他说完后便走开，看来他还是多少有点认真，他之所以走开是因为他想知道"让娜"在哪里，对于这个问题她母亲的回答是她刚才已把她交给戈斯特利小姐，因此她们还在屋子里。"嗨，你知道，"这个年轻人说，"他一定得见她。"当斯特瑞塞竖起耳朵听他说话的时候，他仿佛已经开始找她去了，因此便把其他两个人留在一起。斯特瑞塞感到纳闷，他

---

1 法文，你们将会看到。

心想戈斯特利小姐也许已经卷入其中，觉得自己忽视了其中一个环节。但他转念又想这样也好，因为他等一会儿可以据此同她讨论有关德·维奥内夫人的事。

实际上此时证据缺乏，也许正因为如此，才使得他的期望值大为降低。她好像并不十分有钱，但在他的单纯的想象中，他曾以为她很有钱。尽管如此，此时便判定她是穷人还为时过早。他俩离开那座房子，他看到前面有一张长椅，便提议在那儿坐下。"我听说过很多有关你的情况。"她一边走一边说，然而他的回答却使她突然停步。"呃，关于你，德·维奥内夫人的情况，我却知之甚少。"他认为能明确表达自己意思的就只有这么一句话。因为他很清楚，他应用直率坦白的态度，来完成剩余的那部分任务，而且他也有理由这样做。不管怎样，他没有探听查德的隐私、干涉他应有的自由的意思。然而也就是在此刻，当德·维奥内夫人停下脚步的时候，他感到光是坦率还不行，还必须采取审慎的态度。其实她只需对他微微一笑，便可以使他检讨自己的做法，看是否恰当，要是他突然感到她故意对他表示亲切，那就说明他的做法可能有问题。他们静立片刻时，彼此之间进行了如此交流。在此之后，他记不清楚还发生了什么事情。他只清楚地记得，在难以逆料和不可想象的情况下，他变成了讨论的题材。在涉及她的一些事情上，她为他解释说明，这就使她具有他无可企及的优势。

"戈斯特利小姐没有为我说一句好话吗？"她问道。

他最先想到的是他竟会以如此方式与那位女士拉扯在一起。他不知道查德究竟是怎样解释他们之间的关系的。不管怎样，某种他无法寻根究底的事显然已经发生了。"我甚至还不知道她认识你。"

"嗯，现在她会把一切都告诉你。我很高兴你们是朋友。"

在他们坐下来之后，斯特瑞塞最关心的事是戈斯特利小姐会告诉他什么样的"一切"。另一件事则发生在五分钟之后，他觉得她与纽瑟姆夫人和波科克夫人并无多大区别，至少表面上如此。她比头一位夫人要年轻得多，但又不像另外一位那样年轻。但是由于她自身的某种原因（倘若这原因真的存在的话），他不可能同她在乌勒特见面，可是究竟是什么原因呢？她与他在长凳上的谈话，与可能发生在乌勒特的游园会上的一场谈话又有什么不同？倘若说老实话，只不过没有那样精彩而已。她告诉他，据她所知，他能来此地纽瑟姆先生非常高兴。然而这样的话乌勒特的女士们也能讲。难道查德心中也怀有忠于故土的情感吗？难道因为这情感的缘故，使他一见家乡的人，便怀念故乡的空气和泥土？既然如此，那么又何必对这"老于世故的女人"感到不安呢？纽瑟姆夫人在很大程度上也是这一类女人。小彼尔汉姆曾言之凿凿地说过，这种女人只要一近观，就会暴露出本来面目。然而他正是在比较近的距离之内，才发现德·维奥内夫人的普通人的一面。她的确暴露出本来面目，使他感到欣慰的是，她显示的是一个平凡女性的本色，此中或许有某种动机，然而即使是在乌勒特，这样的动机也是常有的事。倘若她向他表明她愿意喜欢他（该动机完全可能驱使她这样做），那么要是她更明确地显示她是外国人，他就会感到更加兴奋。啊，她既不是土耳其人，又不是波兰人！对于纽瑟姆夫人和波科克夫人来说，这未免太平淡无奇了。这时又有一位女士和两位绅士走到长凳前，因此此事暂时搁下不提。

这几位样子不俗的陌生人随即对德·维奥内夫人说话。她站起来同他们谈话；斯特瑞塞发现这位由男士们陪伴的女士样子成熟老练，人长得并不漂亮，但表情端庄淑雅，颇有吸引力。德·维奥内夫人叫她"公爵夫人"，并用法语同她交谈，她则称德·维奥内夫人"我的大美人"。这些细节颇有意思，引起斯特瑞塞浓厚的兴趣。德·维奥内夫人并没有把他介绍给她，他感到这种做法与乌勒特的规矩不同，也与乌勒特的人情不同。尽管如此，那位在斯特瑞塞眼中举止自若而且颇有风度的公爵夫人却并没有停止向他注视。她的确在看他，像是很想同他认识。"哦，是的，亲爱的，不要紧，这是我，你这个脸上长着有趣的皱纹和给人印象极深（最漂亮还是最丑的？）的鼻子的人又是谁？"她仿佛把一捧散开的馨香扑鼻的鲜花向他扔来。他这样一想，便以为德·维奥内夫人已经感到了双方之间存在的吸引力，因此决定不做介绍。一位绅士成功地挤到我们的朋友的同伴的身旁。这位绅士身材粗壮，头戴一顶有着漂亮弯边的帽子，外套上的扣子扣得十分整齐。他的法语迅速地变成流利的英语，斯特瑞塞突然想到他也可能是一名大使。他的目的显然是想独享同德·维奥内夫人交谈的愉快，而且他在一分钟内便达到了目的，也就是说三言两语便把她带走，这样的手段极具外交手腕。看着这四个人转身离开，斯特瑞塞只好自叹弗如。

他又坐在长凳上，眼睛追随着那几个人，心中又一次想起查德的那些奇怪的朋友们。他独自坐了五分钟，想了很多很多的事情。刚才有过被一个迷人的女人遗弃的感觉，此时这感觉已被其他印象冲淡，事实上已经消失殆尽，而他也变得无所谓。他还从来没有像现在这样逆来顺受，倘若没有人搭理他，他也毫不在乎。他采取这样的态度，犹如置身于一个浩荡的游行队伍中，刚才他受到的无礼待遇仅仅是一个次要的事件而已。此时小彼尔汉姆在他面前重新出现，打断了他的沉思默想，他感到在此期间一定还发生了不少的事情。小彼尔汉姆在他面前站了一会儿，意味深长地说了声"怎么样"，斯特瑞塞一时不知该怎样应对，觉得自己被难倒了。他的回答是一声"哼"，以表示他丝毫也没有被难倒。实际情况也的确如此。当这位年轻人在他身边坐下时，他传达的意思是，即使是在最坏的情况下，他被人掀翻在地，也只是被翻到上面，翻到与他有亲和关系的崇高元素中去，他可以在其间浮游若干时间，这是不成问题的事。一会儿之后，他循着这个思路说话了，但这并不意味着他摔落到地上。"你敢肯定她的丈夫仍然活着？"

"哦，是的。"

"啊，那么……"

"怎么？"

斯特瑞塞毕竟得想一想。"嗯，我为他们感到遗憾。"然而这句话在当时产生的效果至多不过如此。他叫他那年轻的朋友放心，说他感到心满意足。他们待在那儿就已经很不错，不必再四处走动。他不需要介绍，因为已经介绍得够多了。他已经大开眼界。他很喜欢格洛瑞阿尼，此人确如巴拉斯小姐所说，是一位极其出色的人物。他已经知道半打左右名流，诸如艺术家、批评家和伟大的戏剧家等（后者很容易辨认），可是谢谢了，他实在不愿和他们之中任何人交谈。他感到无话可说，而且这样倒也很好，原因在于一切都太晚了，小彼尔汉姆对他十分恭敬，力求找到一种最方便的安慰办法，因此顺便说了一句："晚总比没有好。"可是他却针锋相对地回答："宁早勿晚。"在这之后，斯特瑞塞的话匣子打开了，他滔滔不绝地讲下去，他要一吐为快。他知道心中的不快如水库中的水一样已经满溢，只需他同伴轻轻一触，那水就会往外流淌。有些东西如果要来，就必须顺应时机而来。如果不能顺应时机，那就会错过时机，永远也不会来。他对此深有体会，因此便滔滔不绝地讲起来。

"不管怎样，对你说这些话永远也不会太晚，而且我认为你没有失掉机会的危险。在这个地方，所有的人都强烈地要求自由并注意到时光的飞逝。不管怎样，不要忘记托天之福。你还年轻，你应该因此而感到高兴，并且不辜负青春时光。你可要尽情享受人生，如果不这样便是大错特错。重要的不在于如何享受人生，只要享受人生就行。如果你从未享受过人生，那么你这一辈子还有什么意义？这个地方以及查德和在查德那里见到的人给予人的印象尽管有点平淡无奇，但总的说来对我还是有所启迪，并深入我的内心之中。我现在明白了，我以前没有尽情生活。但现在我已经太老了，明白这一切已为时过晚。哦，至少我确实明白了，其程度超过你所认为的或我所能表达的，一切都太晚了。就像是火车在站上老等我，而我却傻头傻脑地并不知道它在那儿。现在我才听到若干英里之外传来的逐渐消失的汽笛声。一旦失去便不可弥补，你可千万不要犯这样的错误。这事儿，我指的是生活，对我来说不可能有所不同。它至多只是一个锡制的模子，或者凹凸有致，具有装饰的花纹，或者平滑简朴，把一个人的思想犹如毫无自主能力的果冻一般地装进去。其结果就像大厨师们说的那样，使人的思想依样"成形"，并或多或少地受到模子的禁锢。总而言之，一个人只能按照他固有的方式生活。好在一个人还有自由的幻象，你可千万不要像今天的我这样，连幻象的记忆都没有了。在该享受人生的时候，我却因为过于愚蠢或者过于聪明，错过了大好时光。我真不知道是什么原因。当然，目前我正在对这个错误进行反省，但一般说来，反省之后所说的话总得打些折扣。然而这并不会影响你生逢其时这一看法。不管什么时候，只要一个人能有幸把握机遇，那么这个时机就是最好的时机。你有很多的时间，这是再好不过的事。你这么年轻幸福，真令人羡慕得要死。千万不要愚蠢地错过机会。当然我并不认为你是一个傻瓜，要不然我也不会说这些分量如此重的话。只要不犯类似我这样的错误，你想干什么就干什么。因为这的确是一个错误。享受人生吧！"斯特瑞塞上面这番话说得很慢，语气很友善，有时停顿，有时一气呵成。小彼尔汉姆注意地倾听，样子变得越来越严肃。其结果是这个年轻人变得过于严肃，以至于有违说话人试图造成无拘无束的欢乐气氛的初衷。他注意到自己这番话的后果，随后把一只手放在听者的膝上，仿佛想以一个恰当的笑语作结："现在我要不眨眼地瞧着你了。"

"哦，可是我不知道到了你这个年龄时，我会不会希望与你有大的区别！"

"啊，做好准备，到那时要比我更有趣一点。"斯特瑞塞说。

小彼尔汉姆继续沉思，末了却笑了起来。"嗨，对我来说你挺有趣。"

"就像你说的那样，肯定是 impayable[1]。但是对我自己来说，又怎么样呢？"斯特瑞塞一边说一边起来，此时他的注意力转移到花园中。他看到他们的主人正与一位女士会面，这位女士就是刚才和德·维奥内夫人一起离开他的那位女士。她很快就离开她的朋友们，在等候急于向她趋近的格洛瑞阿尼时她说了些什么，但斯特瑞塞并没有听清，只是她那机智有趣的表情给了他一点暗示。他相信她敏捷锐利，同时也觉得她此次是棋逢对手。他明显地感到公爵夫人那隐而不现的傲慢，因此他很高兴地看到那位大艺术家有着能与之匹敌的气质。他们这一对是不是属于那"伟大的世界"？他当时处于观察者的地位，由于这种关系，他本人是否也是其中的一员？假如果真如此，那么这世界在本质上有点像老虎，它越过草地，挟着来自丛林的迷人的风，向他跃来。这些古怪的激动的情绪，这些联想的结果，很快就趋于成熟，并反映在他随即对小彼尔汉姆说的话中，"如果要说这个的话，我知道我希望像哪一位！"

小彼尔汉姆追随着他的眼光，似乎有所悟，亦感到有点惊奇："格洛瑞阿尼？"

事实上斯特瑞塞已经犹豫了，但这并非是他的同伴那含有深刻批评和保留成分的疑问所引起的。他在此刻已臻完善的图画中看到另外一些事和人，因而另一种印象取代了原来的印象。一位身穿白衣、头戴软羽饰

---

1 法文，挺逗人笑的。

白帽的年轻姑娘突然映入他的眼帘，而且正朝他们走来。更显而易见的是她身旁的那位英俊青年正是查德·纽瑟姆，最显而易见的莫过于她肯定是德·维奥内小姐。她的确美丽非凡，属于那种聪明、温柔、羞怯天性的类型。此时查德经过仔细筹划，把她推到他的朋友面前，以取得最佳效果。最显而易见的的确是某种比这更重要的东西，在这个东西的出现之下，所有的含糊不清的东西全都消失。就像弹簧咔嚓一响，使他一下子见到真相。此刻他和查德的眼光相遇，感到其中自有深意。彼尔汉姆所提的问题的答案也就可以在这真相之中找到。"哦，查德！"——他希望自己能够想象的正是这少有的年轻人。那纯洁的恋情将在他面前展现，那纯洁的恋情将请求他的祝福。让娜·德·维奥内，这个千娇百媚的女孩，这个风度优雅、情感热烈的人儿，就将是祝福的目标。查德把她直接带到他的面前。哦，是的，此刻的查德堪称乌勒特的光荣，他甚至比格洛瑞阿尼还要优秀。他摘取了这朵鲜花，把它插在水中过夜、保鲜，当他终于举起它并让他观赏时，他确实充分感受到其效果。斯特瑞塞之所以在开始时感到这是精心筹划的结果，原因就在于此。他还进一步明白，自己注视那少女的目光，对于那位年轻人来说，无异于成功的标志。一位年轻人像他那样炫耀正值妙龄的少女，难道可以说毫无道理？况且他此刻毫不隐瞒他的理由。她所属的类型充分地说明了这一点——他们不愿意，也不可能让她到乌勒特去。可怜的乌勒特，它会失去什么？尽管还有勇敢的查德，但它又可能得到什么！勇敢的查德刚刚做了漂亮的介绍："这是我那位善良的小朋友，她了解你的一切，而且还要给你传递一个信息。"他转过身去，对那女孩说："亲爱的，这位是世界上最好的人，他有能力帮我们一个大忙，你可要像我那样喜欢他、尊敬他。"

她站在那儿，脸色绯红，有点敬畏的样子，那副模样着实逗人爱，一点也不像她的母亲。她们母女俩唯一的相似之处是她俩都显得年轻，事实上这也是斯特瑞塞印象最深的一点。他感到惊异、困惑，思绪不由得回到刚才与他交谈的那位女人身上。这是一个启示，他据此可以明白她是一个颇为有趣的人。她身材苗条、朝气蓬勃、长相漂亮，但是还没有达到完美的程度。因此，如果真要相信她的美好，就得想象她达到她母亲那种成熟的程度，并加以比较。好啦，且听她莺声燕语般地说道："妈妈希望我在我们走之前告诉你，她十分希望你能尽快地来看我们。她有重要的事情要对你讲。"

"她感到十分抱歉，"查德帮她解释道，"她觉得你这个人挺有趣，但她却因为某件事情不得不打断你的谈话。"

"哦，不要紧！"斯特瑞塞喃喃地说道，他那亲切的目光在他俩身上移来移去，同时他也想起许多事情。

"我想亲自问问你，"让娜接着说道，她两手合抱，像是在背祈祷文，"我想亲自问问你，看你是否肯定能来。"

"让我来办这件事，亲爱的，交给我办好了！"听她这样说，查德体贴地承担起这个任务。斯特瑞塞则几乎屏住了呼吸。这个女孩子实在是太温柔，而他对她也实在缺乏了解，因此他感到与她直接打交道不太适合。人们只能像看画一样地瞧着她，不能动手。但是他同查德却打了一个平手，他可以对付查德。这个年轻人在各个方面都表现出令人愉快的自信的态度。他的同伴从他的语调中可以听出全部故事，他说话的口气似乎已表明他们是一家人。因此斯特瑞塞更快地猜出德·维奥内夫人这样迫不及待的原因。同他见面以后，她发现他容易对付。她企图同他谈妥，务必要他为这两个年轻人找到一个办法，也即是一个不以其女儿移居为条件的办法。在想象之中，他已经看到自己在同这位女士讨论查德的伴侣定居乌勒特的好处。难道这位年轻人现在竟然把这件事委托给她办？难道他母亲的特使竟然不得不同他的一个"女友"讨价还价？这两位男子因为这个问题而彼此对视了好一阵子。查德以炫耀这种关系为荣，是毫无疑问的。这也是三分钟以前他把她介绍给他时，他之所以会那么志得意满的原因，也是斯特瑞塞第一眼看到他那副模样时，感到如此惊诧的原因。总而言之，当他终于发现查德在同他玩花样时，他就感到自己十分羡慕他，这一点他曾对小彼尔汉姆谈过。整个表演只延续了三四分钟，表演者不久便解释说德·维奥内夫人马上得离开，因此让娜也只能待一会儿。不过他们不久就会重聚，在这段时间里，斯特瑞塞可以待在那儿好好玩一会儿。"我过一会儿再来接你。"他像带她来时那样把她带走，而留在斯特瑞塞耳中的，则是低低的一声"先生，再见"，这甜蜜的外国口音是他以前从未听到过的。他看着他俩肩并着肩走开，再次感到她的伴侣同她的关系是何等的密切。他俩消失在人丛中，显然是进了屋子。斯特瑞塞于是转过身来，想对小彼尔汉姆谈一些他认为是绝对正确的想法，可是小彼尔汉姆人已经不在，而这也使得斯特瑞塞颇有感触。

第十二章

事实上这一次查德并没有遵守他将再来的诺言，但是戈斯特利小姐不久以后却亲自来解释他为什么没有来。他临时因为某种原因必须与这两位女士一同离开，因此一再嘱咐她出来关照他们的朋友。她也确实做到了这一点。当她在斯特瑞塞身边坐下的时候，他觉得她的态度简直好得无可挑剔。他独自在长凳上坐了一会儿，更深切感到因为小彼尔汉姆离去而无人倾吐胸臆毕竟是一件憾事，可是这个后来的谈话者却是个更佳的倾诉对象。她刚刚走到他身边时，他就大声对她说道："就是那个女孩。"尽管她没有马上直接回答，他还是感觉到这事对她的影响。她默不作声，若有所思，仿佛真实情况暴露在他俩的面前，有如洪水一样地涌来，因此不可能用杯子来量似的。在他同这两位女士见面之后，她便觉得自己应该从一开始就把她们的情况全告诉他，难道不是这样的吗？倘若他细心一点，把她们的名字事先告诉她，那么这事就可以轻而易举地解决。这是一个极好的例子，说明他独自在那儿猜测了许多，但同时却忘了应该细心一点，把事情做到家，她因此感到颇为有趣。她和这个女孩子的母亲是老同学，是多年未见的朋友，因为这个偶然的机会得以重聚。戈斯特利小姐暗示，她再也不必暗中摸索，因此感到如释重负。她不习惯于暗中摸索，而且他也很可能明白这一点。一般说来，她总是直截了当地去追寻线索，现在她已经把握了线索，因此至少不必再费神去猜想。"她来看我的目的是为了见你，"斯特瑞塞的对话者接着又说，"可是我并不需要知道这个才明白我在哪儿。"

尽管不需要费神猜想，斯特瑞塞此时依然如坠云里雾中。"你的意思是说，你知道她在哪儿？"

她踌躇了一下。"我的意思是，如果她来看我，我就不会在家，因为在大吃一惊之后，我已经平静下来。"

斯特瑞塞尽量做出泰然自若的样子。"你把你们重逢称为一件令人十分吃惊的事？"

她露出不耐烦的神色，这在她是少有的。"这是一件令人吃惊的事，一件令人激动的事。不要去咬文嚼字。她的事我不管了。"

可怜的斯特瑞塞脸拉得老长。"她令人受不了……"

"与我记忆中的相比，目前的她更迷人。"

"那么问题出在什么地方？"

她不得不考虑一下该如何措辞，"得啦，我这人令人受不了。这事令人受不了。一切都令人受不了。"

他对她注视片刻。"我明白你说话的依据是什么。一切都是可能的。"他俩对视了好一会儿，后来他又说，"是不是因为那个漂亮女孩的缘故？"由于她依然不吭声，斯特瑞塞随后又说，"为什么你不打算见她？"

她随即直截了当地回答："因为我不愿意多管闲事。"

听她这样说，他不由得轻轻叹了一口气。"你现在要抛弃我了。"

"不，我只是准备不再管她的事。她想要我帮她对付你。我决不会这样做。"

"你只愿意帮我对付她？那么……"因为要喝茶的缘故，原先在屋外的大多数人都进了屋子，花园中几乎只剩下他们两人。园中的阴影还拖得很长，在这个高尚住宅区安家的鸟儿们发出薄暮时分的鸣叫，它们的叫声也来自周围那些古老的修道院和公馆，来自花园中那些高高的大树。我们这两位朋友似乎是在等待全部魔力出现。斯特瑞塞仍然保留着当时的印象：他仿佛觉得某种东西把他俩"钉在那儿"，使他们的感觉更加强烈。然而当天晚上他就扪心自问，到底发生了什么事情？他终于明白，对于一个首次被引入这个"大世界"——由大使和公爵夫人们组成的世界的绅士来说，这个世界所有的一切也并非那样丰富多彩。正如我们知道的那样，对于一个像斯特瑞塞这样的人来说，过去的经历与现在的冒险可能会完全不成比例，这对于他已经不是什么新鲜事。因此，尽管同戈斯特利小姐坐在一块儿，听她讲有关德·维奥内夫人的事并非什么了不得的大事，但是这段时光，这番景象，这眼前的一切，最近发生的一切，将来可能发生的事，以及这次谈话本身，凡此等等无一不在心中引起反响，使这次会晤具有更深的历史意味。

追本溯源，这的确是一段历史。二十三年以前，让娜的母亲在日内瓦同玛丽亚·戈斯特利一起读书，而且是很好的朋友。后来虽然见面时间不多，但间或也能相聚。二十三年后的今天她俩都有些岁数了。德·维奥内夫人毕业之后便结了婚，目前她的岁数可能已超过三十八岁。这样她就应该比查德大十岁，尽管斯特瑞塞可能会认为他看起来比她大十岁。一个将做岳母的人的年龄至少应该有这么大。要不是因为某种不可思议和违反常理的原因，使得她的外貌与她扮演的岳母角色完全不相符合，她应该是世界上最有魅力的岳母。在玛丽亚的记忆之中，她扮演任何角色都很迷人。而且坦率地讲，尽管目前她扮演的这个角色显然不太成功，她依然光彩照人。这一次算不上对她的考验（真正的考验是在什么时候发生的呢），因为德·维奥内先生是个粗鲁的人，她同他已分居多年，这才算是可怕的情况。戈斯特利小姐的印象却是，即使她有意想要表现她的和蔼可亲，至多也只能做到这个程度。她和蔼到别人无可挑剔的程度。幸好她丈夫并非这样。他是一个极其令人讨厌的人，这就愈加衬托出她的所有优点。

对于斯特瑞塞来说，许多事情都是历史。德·维奥内夫人是位女伯爵。在戈斯特利小姐毫不留情的揭露之下，他印象中的德·维奥内伯爵是一位颇有名望的绅士，一位外表文雅，然而实际上却十分粗鲁的无赖，看来他是某种莫名其妙的环境的产物。他的同伴如此坦率地描述的那位迷人的姑娘，则是被她的母亲一手包办嫁出去的，这位母亲也是一位颇有特色的人物，心中充满自私的、见不得人的动机；这对夫妇出于种种考虑，根本不想离婚。"Ces gens-là [1] 既不会离婚，也不会移居国外或公开放弃自

---

1 法文，那些人。

己的国籍，因为他们认为这样做是亵渎神圣，是粗鄙低下。"因此他们是一些颇为特别的人。对于斯特瑞塞这种想象力多少还说得上丰富的人来说，这一切真是太不同寻常了。这位在日内瓦一所学校读书的姑娘，是一位不太合群、有趣而且对人十分依恋的少女，那时的她既敏感，脾气又火爆，有时会做出一些鲁莽的事，但总会得到人们的原谅。她父亲是法国人，母亲是英国人，母亲很年轻就成了寡妇，后来再次嫁给一个外国人。她母亲的婚姻显然没有给她树立一个良好的榜样。她母亲家这边的人都家境甚好，但却有着种种怪癖，以至于玛丽亚在回想他们的行为时感到不可理解。不管怎样，玛丽亚认为她母亲私心甚重，天性倾向于冒险，而且还是一个毫无良心的人，一心一意想尽快把女儿这个包袱去掉。在她的印象之中，那位父亲是个颇有名望的法国人，与其母大不相同。她清楚地记得他十分钟爱女儿，还给她留下一笔遗产，然而不幸的是这使她后来成为别人猎取的对象，在学校里她就表现出聪明才智，她读书不多，却聪明透顶。能讲法语、英语、德语、意大利语，就像一个小犹太人似的（哦，她实际上并不是），她可以掌握任何一种语言，尽管不能获得奖品奖状。当学校演戏时，她总可以背诵台词，临时扮演某个角色。她的同学鱼龙混杂，来自各地，弄不清楚各自的种族家系，因此往往各自吹嘘自己的家庭如何如何。

毫无疑问，目前很难判定她是法国人还是英国人。戈斯特利小姐认为，对于那些认识她的人来说，她属于那种不需要你多加解释的方便类型，因为她心灵的门户极多，有如圣彼得教堂里那一排可使用多种语言的忏悔室。你可以用罗马尼亚语向她忏悔，因为甚至罗马尼亚人也可能会犯罪。因此……可是此时对斯特瑞塞讲述这一切的那位小姐却用一笑掩盖了她的用意。这一笑也许还掩盖了他对这幅图画的厌恶感。当他的朋友继续往下讲时，他曾想弄清楚罗马尼亚人会犯什么样的罪。不管怎样，她接着又说，她在瑞士的某个湖边遇到这个初婚不久的少妇。在那几年中，她的婚姻生活似乎还过得去。当时的她很可爱，逗人喜欢，反应灵敏，情绪饱满。她因为见到戈斯特利而感到十分欣喜，同她谈了好些过去的趣事。后来又过了许久，她在一个乡下火车站再次见到了她。她同她交谈了五分钟，发现她依然可爱如故，不同的是妩媚的情调有所改变，而且显得有点神秘。通过谈话，她才知道她的生活已完全改变。戈斯特利小姐清楚地知道发生了什么事情，其本质是怎么一回事，但她同时也抱有美好的幻想，认为她是一块无瑕的白璧。她当然心机很深，但她并不坏。倘若她是坏人，斯特瑞塞必然看得出来。但是显而易见，她再也不是日内瓦学校中那位天性纯真的姑娘，她已是另外一个人，她是一个被婚姻生活改造了的小人物（像外国女人那样，与美国女人迥然不同），而且她的情况显然已不可改变。他们夫妇俩最多只可能依法分居。她一直住在巴黎，养育女儿，走她自己的路，但是这路走得并非一帆风顺，特别因为是在巴黎，但是玛丽·德·维奥内还是勇往直前。她肯定有朋友，而且还是很好的朋友。不管怎样，她就是这样，这真令人感到有趣。她同查德交朋友并不能证明她没有朋友，事实证明，他新交的朋友是何等的好。"那天晚上我在法兰西剧院就看出来了，"戈斯特利小姐说，"还不到三分钟就看出来了。我看到是她，或者是某个像她的人。"她又补充说，"你也看出来了。"

"哦，没有，没有看到任何与她相像的人！"斯特瑞塞笑着说，"你的意思是不是说，她对他的影响极大？"

戈斯特利小姐站了起来，是该他们离开的时候了。"她为她的女儿训导他。"

就像平常那样，在这种坦诚的交谈气氛中，他俩的双眼透过镜片对视良久。随后斯特瑞塞再次纵览这个地方。庭院里只剩他们俩了。"在这个时候她是否有急事要办？"

"嗨，她当然不愿意浪费一小时的光阴。可是一个好母亲，一个法国好母亲正该如此。你应当记住这一点，作为母亲，她是法国人，而法国女性在这方面有其特殊造诣。正因为她不能如她希望的那样开始得很早，所以她对别人的帮助十分感激。"

当他俩缓步迈向那屋子时，斯特瑞塞仔细考虑她这番话。"这样说来，她指望能通过我把这办成？"

"是的，她指望你能帮她。哦，"戈斯特利小姐又说，"当然她得首先想法说动你。"

"哎呀，"她的朋友回答道，"她已经抓住了查德这个毛头小子！"

"是的，不过有的女人对各种年龄的男人都合适。这些女人真是不得了。"

她边说边笑，然而这句话却使她的同伴停了下来。"你的意思是不是说她想捉弄我？"

"嗯，只要有机会，我不知道她会把你怎样。"

"你说的机会是什么意思？"斯特瑞塞问道，"是不是指我去拜访她？"

"哦，你当然该去拜访她，"戈斯特利小姐有点想把话题引开，"你不能不这样做。倘若她是另外一种类型的女人，你也得去拜访她，因为这是你到这儿来的目的。"

情况可能是这样，但斯特瑞塞还是要加以区别。"我到这儿来不是为了拜访这种类型的女人。"

她意味深长地瞧了他一眼。"因为她没有你想象的那样坏，你就感到失望了吗？"

他把这个问题略微想了一下，便做了十分坦率的回答："是的，如果她比我们预想的还要坏，那么这事就要好办些，因为处理起来要简单些。"

"也许如此，"她承认道，"但是这样不是要更令人愉快些？"

"哦，你知道，"他迅速回答道，"我到这儿来并不是为了图快活。你不是曾经为此指责过我吗？"

"你说的完全对。因此我想重申以前说过的话。你应该顺势而为。还有，"戈斯特利小姐补充说，"我不会为自己感到担心。"

"为你自己……"

"担心你去看她。我相信她不会在你的面前说我的长短。事实上也没有什么可以让她说的。"

斯特瑞塞感到十分惊异，他以前根本没有想到这些。随后他大声说道："嗨，你们这些女人呀！"

她听出了这句话的弦外之音，脸不禁一下红了。"是的，我们就是这样。我们深不可测。"她最后笑了起来，"但是我要冒险试一试她。"

他尽力使自己振作起来。"那么我也要试一下！"可是当他俩走进房子时，他却补充说第二天早晨他要做的第一件事情是见查德。

此事在次日轻而易举地就办到了，因为这个年轻人在他还未下楼之前，就在旅馆里出现了。斯特瑞塞的习惯是在旅馆的餐厅喝咖啡，正当他下楼去餐厅时，查德建议他们到某个更清静的地方去。他本人还未用早膳，因此他们可以到某处共进早餐。走了几步拐了一个弯，他们便进入迈榭比大街。为了不显眼，他们坐在20个人当中。斯特瑞塞看得出来，他这样做是怕遇到韦马希。这是查德第一次如此回避这位先生，斯特瑞塞暗自思忖是什么意思。他不久就觉察到这位年轻人今天比任何时候都要严肃，这使他发现他俩至今各自视为严肃的事的差异，也使他感到有些吃惊。使他感到满足的是，随着他的重要性提高，事情的真相（倘若这就是事情的真相的话）也就逐渐暴露出来。事情很快就发展到如此地步——查德一大早就赶来，便告诉斯特瑞塞昨天下午他给人的印象极好。在斯特瑞塞答应再次会见她之前，德·维奥内夫人得不到安宁。此话是当他们隔着大理石面的桌子对坐时说的，他们的杯中浮着热牛奶的泡沫，空中仍响着牛奶溅泼的声音，查德的脸上挂着从容殷勤的微笑。他脸上的表情不由得使斯特瑞塞心生怀疑，并提出质疑："你瞧这个问题……"然而也仅此而已，他只是再次说了一句："你瞧这个问题……"查德以其机敏应付这个问题。与此同时，斯特瑞塞又回忆起第一次见到他时获得的印象，他觉得他是一个年轻而快乐的异教徒，英俊而坚强，但又行为古怪，放纵不检。他曾在街灯下打量他，试图看透他那神秘的内心。在对视良久之后，这位年轻的异教徒充分地理解了他。斯特瑞塞用不着把话说完，也就是说出："我想知道我的位置何在。"但是他还是把话说了出来，并且在没有得到答复之前，又补充了一句，"你同那位姑娘订婚了吗？这是不是你的快乐的事？"

查德态度很好地摇了摇头，这是他表示不用着急的方式之一。"这不是我的秘密，尽管我可能会有秘密，但我没有这方面的秘密。我们没有订婚，这是没有的事。"

"那么问题又出在什么地方呢？"

"你的意思是不是为什么我还不开始对你讲？"查德开始喝咖啡，在面包圈上抹黄油，看来他正准备解释。"只要有可能把你留在此地，就没有任何东西能阻止我朝这个方向努力，因为这对我有好处，这是太明显不过的事情。"对于这一点，斯特瑞塞也有许多话想说，但是推敲查德的语调，也是颇为有趣的事。他从来没有像现在这样老谋深算，斯特瑞塞在同周围人打交道的过程中，已学会了如何在复杂的关系中解脱自己。查德的话越说越漂亮："Voyons[1]！我的想法很简单，也就是说你应当让德·维奥内夫人认识你，或者说你应当同意认识她。我可以告诉你，她既聪明又漂亮，我一直非常信任她。我只希望她能同你谈一谈。你刚才问我问题

---

1 法文，你瞧。

出在什么地方，我想她会对你解释清楚。她就是我的问题之所在，真该死，如果你想把事情弄个水落石出的话，"他又以极好的风度赶快补充道，"从某种意义上讲，你可以自己把事情弄清楚。作为朋友，她真是再好不过，真有她的！我的意思是说，她对我太好了，以至于我在离开之前不得不……"这是他第一次表现出迟疑不决。

"不得不怎么样？"

"嗯，不得不安排好那些该死的牺牲自己的先决条件。"

"这样说来，你认为这将是一种牺牲？"

"这将是我有生以来遭受的最大损失。我欠她的太多了。"

查德的话讲得的确漂亮，他的恳求也十分坦率而有趣。此时的斯特瑞塞确实感到十分兴奋。查德欠德·维奥内夫人太多？这不一下子就解开了整个谜团了吗？他的改造是她的功劳，因此她可以给他送账单，索要改造费。这难道不就是谜底吗？斯特瑞塞坐在那儿，一边嚼烤面包，一边搅动着第二杯牛奶，同时猜到了谜底。查德那张令人愉快的诚恳的脸不仅帮助他猜到了谜底，而且还解决了其他一些问题。他还从来没有像此刻这样愿意相信他表里如一。突然之间变得真相大白的究竟是什么？那就是每一个人的性格，或者说在某种程度上不包括他在内的每个人的性格。斯特瑞塞感到，他的性格在此刻受到他所猜疑或相信过的坏东西的污染。查德受惠于人的结果使他能给其他人以好处，这个女人这种做法的本质以及这位年轻人的优良品格使她不受任何流言蜚语的困扰。这一切都来得迅速，去得突然，给人以鲜明的印象。斯特瑞塞在中间插了一句："你能否对我保证，如果我听德·维奥内夫人的，你就得听我的？"

查德紧紧握住他朋友的手。"先生，我保证。"

在他那愉快的表情中隐藏着某种令人感到窘迫的东西，斯特瑞塞在其压力下感到不安，于是想站起来透透气。他挥手叫侍者过来表示要付账，这事花了一些时间。他把钱放在桌上，并装着在计算该找补的零钱的样子，同时感受查德的高兴劲儿，他的青春，他的所作所为，他的异教徒精神，他的幸福感，他的自信，他的浪漫，如此等等，不管是什么，显然已获得胜利。不过这并没有什么不好。一瞬间，我们的朋友感到这一切就像一层面纱一样把他罩住，隔着这层面纱他听见对方问他可不可以在五点钟左右带他过去。所谓"过去"是指过河去，德·维奥内夫人就住在河那边，五点钟是指当天下午五点。他俩终于离开那个地方，他是在出去之后才回答的。他在街上点燃一支香烟，这又使他多获得一些时间，但是他很清楚再拖下去已无益。

"她准备把我怎样？"他随后问道。

查德毫不迟疑地回答："你怕她吗？"

"哦，怕得很。难道你还没有看出来？"

"这样的话，"查德说，"除了使你喜欢上她外，她不会做更坏的事。"

"我怕的就是这个。"

"那么这对我就太不公平了。"

斯特瑞塞踌躇了一下。"对你母亲说来却挺公平。"

"哦，"查德说，"你怕我母亲吗？"

"嗯，可能还更甚于怕那位女士。那位女士反对你在本国的利益吗？"斯特瑞塞继续说。

"当然不是直接反对，但她十分看重我在此地的利益。"

"她所谓的'此地'的利益是些什么东西？"

"嗨，良好的关系！"

"同她本人的？"

"对，同她本人的。"

"那么使得你俩关系这么好的原因到底是什么？"

"什么？如果你依照我的恳求去看她，你就会弄清楚这一点。"

斯特瑞塞瞧着他，脸色有点苍白，这当然不是因为他知道还有些事情需要"弄清楚"而引起的。"我想知道的是这种关系到底有多好。"

"哦，好得很。"

斯特瑞塞再次动摇了，然而只是一瞬间而已。一切都很好，但他现在已经什么样的险都敢冒了。"对不起，不过我必须像开始时对你说的那样，弄清楚自己的位置。她坏不坏？"

"坏不坏？"查德重说了一遍，但并没有感到震惊。"你的意思是不是说……"

"当关系良好的时候，她坏不坏？"斯特瑞塞觉得自己有点傻，他甚至觉得自己在笑自己居然会说出这样的话。他说了些什么？他不再盯着对方，他此时在环顾四周。可是他心中有话，只是不知该怎么说才好。他想到两三种方式，其中一种尤其显得拙劣，即便是他打消所有顾虑，也感到难以开口。但他终于还是找到一种方式。"她的生活方式无懈可击吗？"

当他想到这种方式时，就立刻感到这未免显得过于得意，过于正经。因此，当查德并没有计较这些时，他心中益发充满感激。这位年轻人直截了当地回答，其结果使两人之间的关系更趋融洽。"绝对无懈可击。Allez donc voir [1]！"

在他们的随意交谈中，他那最后一句简直是命令，因此斯特瑞塞毫无表示同意或不同意的余地。在分手之前，他俩商定他将在四点三刻来接他。

---

1 法文，你可亲自去看看。

第十三章

他俩在德·维奥内夫人的客厅中坐了还不到十分钟，时间就已经快到五点半了。查德看了看表，随后又瞧了瞧女主人，并殷勤快活地说道："我还有个约会。我知道你不会抱怨我把他留在你这里。你会觉得他挺有趣。至于说他，"他又对斯特瑞塞说，"如果仍感到有些紧张不安，我敢向你担保，她一点也不危险。"

他离开了，任随他们去对付眼前的处境，不管这保证使得他俩感到尴尬还是不尴尬。

斯特瑞塞在开始时不能断定德·维奥内夫人是否已摆脱窘境。使他感到惊奇的是，他自己已摆脱窘境，但是此时他已认为自己脸皮挺厚。他的女主人住在位于伯利西路的一座老房子的二楼上，两位客人得走过一个古老而清洁的院子才能到达那儿。院子宽敞向阳，我们的朋友充分地感到这房子的私密性，间或宁静，他那永不安宁的感官判定这房子具有昔日高尚而简朴的建筑风格。他一直在寻求古老的巴黎，那有时强烈地感受到的，有时又怀着怅惘的心情怀念的巴黎就在这里。它体现在那长年擦得发亮的打蜡的宽大楼梯中，体现在灰白色的客厅的精致的嵌花板壁中，体现在那些圆形浮雕、装饰线条、镜子和大片的空壁之中。他第一眼看见她时是在一大堆物品之中，这些东西虽然数量众多，但格调不低，而且都是些传家之宝。女主人与查德大谈其他人的事，根本没有谈到他，那些人他压根儿不认识，而他们说话的口吻却仿佛他认识他们似的。他把眼睛转向其他方向，这才看清楚了整个房间的背景，那些第一帝国时期的光荣与富贵，拿破仑时代的光辉，以及变得有点黯淡的伟大的传奇故事。这些东西依然附在那些执政官的座椅上，体现在具有神话色彩的铜饰物和斯芬克斯的头像上，体现在褪色的带条纹的缎面上。

他猜想这座房子在拿破仑时代之前就已经存在了，在这里多少可以听到昔日巴黎的回声。法国大革命之后的年代，那个在他模糊的印象中属于夏多布里昂、斯泰尔夫人以及青年拉马丁的时代，也留下了痕迹。它体现在那些竖琴、水壶和火炬上，也体现在形形色色的小摆设、装饰品和纪念品上。在他的记忆之中，他还从来没有像此刻这样，透过铜镜的珍品橱的玻璃门，审视那些与其他东西杂乱地放在一起的纪念品，那些私人收藏的十分雅致的纪念品，诸如古老的小肖像画、奖章、图画、书籍（那是些书脊上烫着金字，有着皮封面的粉红色和绿色的书）等等。他那温柔的目光注视它们。这些东西使德·维奥内夫人的屋子既不同于戈斯特利小姐那类似陈列便宜货的小小博物馆的家，也与查德那温馨的住宅大异其趣。他看得出来，这屋子里的东西是多年积累的结果，尽管这些收藏品的数目有时会减少。它们有别于那些按照当代人的趣味、方式或出于当代人的好奇心而搜集的物品。查德与戈斯特利小姐四方搜求、购买，买到之后又筛选、比较、交换。而他面前这位女主人却在遗传的影响下（他确信这是来自她父系的遗传），采取了一种漂亮的被动的手法，即是说只是接受并静静地收下。她有时候并非如此安静，那是因为她被别人的困境深深打动了，因而会不露声色地做一些善事。有时出于需要，她和她的先人可能会卖掉一些东西，但斯特瑞塞认为他们不会卖掉东西，去买所谓"更好的"新东西。他们不可能区别不出好东西和坏东西。他只可能想象出（他的想象不明晰而且混乱）他们由于生活所迫，或出于道义的原因而不得不做出牺牲的情景，例如在移居异国或放逐他乡时。看来这一切此时并不存在，因为她的生活显得十分高雅而舒适，而且还看得出来她有若干别出心裁的爱好。他估计这些强烈的偏嗜与她那力求脱俗和标新立异的气质有关。这一切造成的效果他无法当场用语言来形容，他只是觉得可以把这称为高雅的风韵，尽管其中夹杂着一丝孤芳自赏的味道，然而仍不失为一种独具个人特色、仪态万千的风韵。这高雅的风韵是一堵奇异的墙，他在冒险的途中撞到了上面，碰破了鼻子。他此刻十分清楚，这情调充塞着所有的通道，当他穿过院子时，它在他头上盘旋，当他登上楼梯时，它悬挂在楼梯桩上；在古老的门铃的响声中也可以听见它。在这里人们尽量节约电力，查德在门口拉动的是很旧却很干净的绳子。总而言之，它使他感受到了一种特殊的氛围，一种令人神清气爽的氛围。一刻钟之后，他敢断定玻璃匣子中放的是古时候将校们的宝剑和肩章，是曾经挂在早已停止跳动的胸前的勋章和绶带；是赐给大臣和使节们的鼻烟壶，以及有作者亲笔签名现已成为经典著作的作品。他最基本的感觉是她一点儿也不像其他的女人,这是非常罕见的。他从昨天起就产生了这种感觉,经过回想之后,这感觉就变得更加强烈,尤其是在早晨与查德谈话之后。这儿的一切都显得别具一格,尤其是这座古老的房子和那些古雅的东西。他的椅子旁有一张小桌子,上面放着两三本书,但是它们并没有那种柠檬黄的封面。从抵达巴黎的那天起,他的目光就在这种封面上流连,两周之后他已完全醉心于有这种装帧的书籍。客厅的另一边也放着一张桌子,他看见上面有一本大名鼎鼎的《双友评论》,他很熟悉这杂志的外观。尽管它在纽瑟姆夫人的客厅中挺招人眼目,然而在此地却算不上时髦的标志。他马上就估计到这是查德亲手安排的结果,后来事实证明他的估计没错。查德出于个人利益的考虑,利用他的"影响力",叫人把她的裁纸刀夹在《评论》中,倘若纽瑟姆夫人知道了这一情况,她会作何感想?不管怎样,这种受了影响的安排,其作用还不仅仅如此。

她坐在炉火旁,坐在一张有坐垫和花边的小椅子上。那椅子是室中极稀少的现代东西之一。她背靠着椅子,握着的双手放在膝上,全身纹丝不动,唯有那张阅世甚深但依然显得年轻的脸呈现出细微而迅速的变化。在颇具传统风格的低矮的大理石壁炉架下,炉火逐渐变成银灰色的灰烬。远处一扇窗户开着,透过它可以窥见户外那温暖和宁馨的天气,间或还可以听见庭院中传来模糊的声响,那是对面马车棚中的马儿们在踢蹄,这声音听起来亲切愉快,使人恍如置身乡间。坐在斯特瑞塞面前的德·维奥内夫人一点也没有改变其姿势。"我想你并没有把你正在做的事当成一回事,"

她说，"尽管如此，我还是要煞有介事地对待你，处理这件事。"

"你的意思是不是说，"斯特瑞塞马上回答道，"你没有把它当成一回事？你应该清楚，不管你怎样对待我，结果都完全一样。"

"得啦，"她说，看来她很勇敢而且理性地面对这一威胁，"唯一重要的是你能和我友好相处。"

"嗨，可惜我不会！"他立即回答道。

这使她再次闭口，但她振作起来，尽量高兴地说下去："你能否同意和我暂时保持良好关系，就当你做得到这一点？"

他看得出来她已决定委曲求全，同时他产生了一种不同寻常的感觉，仿佛她站在低处，正抬起那双美的眼睛恳求地望着他，他觉得他本人好像站在窗边，而她则站在街上。他让她在那儿站了一会儿，感到没有什么可说的。一瞬间，他觉得十分悲哀，好像有一股冷风扑面而来。"我所能做的，"末了他说，"只是听你讲，就像我对查德保证过的那样，是不是？"

"唉，"她迅速回答道，"可是我想问你的，并不是纽瑟姆先生心中所想的那些。"他看得出来，此时的她好像敢于冒任何风险。"这是我的想法，而且完全不同。"

事实上斯特瑞塞听了这话后颇感不安，但同时也感到十分兴奋，因为他的猜想得到了证实。"嗯，"他挺客气地说，"我刚才也在想你有你自己的想法。"

她仿佛仍然在仰望着他，不过已变得沉静得多。"我也知道你这样想，这样我就更有把握了。由此可见，"她接着说，"我们俩能相处得很好。"

"哦，可是我觉得我根本不可能答应你的请求。我对此不了解，我怎么能答应呢？"

"你完全没有必要了解。你只要记住就行了。只要你觉得我相信你就成，而这算不了什么大不了的事。"她莞尔一笑，"这只是一般的礼貌而已。"

斯特瑞塞长时间没有说话，他俩又面对面地坐着，彼此都感到有几分尴尬，情况正如同那位可怜的太太向他表白真心之前那样。斯特瑞塞此刻觉得她挺可怜，显然她遇到了麻烦，她乞求他的帮助只能表明这麻烦还不小。可是他爱莫能助，因为这不是他的错。他什么事也没有做，然而她只用了举手之劳，便使他们的相遇变成了一种关系。严格说来，促成这种关系的因素不仅包括内因，还包括外因。所谓外因就是围绕他们的那种气氛，那宽敞、清凉而雅致的房间，室外的一切以及院子中传来的声响，第一帝国时代的家具，珍品橱中的纪念品，以及其他远离现实的东西；近在身边的东西则包括她膝上那双紧紧握住的手，以及她定睛注视时脸上那毫无矫饰的表情。"你在我身上寄托的希望当然比你表达的要大得多。"

"哦，我所表达的已经够多了！"她听后笑着说。

他发觉此时自己简直想对她说，她正如巴拉斯小姐形容的那样，实在是妙极了。然而他还是控制住自己，改口说道："你应当告诉我，查德是怎样想的？"

"他的想法和所有男人的想法一样，也就是说，把一切责任都推给女人。"

"女人？"斯特瑞塞缓缓重复道。

"他喜欢的女人。而且他推卸责任的程度正好与他喜欢她的程度成正比。"

斯特瑞塞明白她的意思，然而他突然问道："你喜欢查德到了什么样的程度？"

"我喜欢他到爱屋及乌的程度，包括你在内的他所有的朋友我都喜欢。"但她很快就转移话题，"我一直如履薄冰，仿佛我们的成败完全取决于你对我的看法，"她又继续巧妙地说道，"我甚至现在还在鼓足勇气希望你不至于认为我是一个令人受不了的女人。"

"不管怎样，"他随即说道，"我对你的印象显然不是如此。"

她对此表示同意。"嗯，既然你并未否定你将像我所请求的那样，稍微关照一下我……"

"你就准备下结论了？真是好极了。可是我并不了解他们，"斯特瑞塞接着说，"我觉得你的要求远远超过了你的需要。我将要做的对你来说到底可能有多少坏处？而对我自己来说又到底会有什么好处？我能够使用的手段已经用尽了。你的恳求实在是来得太迟了。我已经做了我可能做的事，该说的话我都说完了。"

"好，幸好如此！"德·维奥内夫人笑道，"纽瑟姆夫人可没有想到你只能做这么一点点事情。"她又以另一种语调补充道。

他略微踌躇一下，接着又说道："对啦，她现在该这样想了。"

"你的意思是……"她也说到一半就停下来。

"我的意思是什么？"

她依然不肯直说。"如果我触及这方面，请原谅我。不过假如我想说一些平常不说的话，我想我还是可以说吧，是不是？此外，我们也应该知道这方面的情况。"

"知道什么？"他追问道，仿佛她在旁敲侧击之后依然不肯把话说清楚。

她终于鼓足勇气把话说出口："她已经对你感到失望了吗？"

后来当他回想起自己当时如何简单而平静地回答了这个问题时，他不禁感到惊讶："还没有。"听起来他好像是感到失望，因为他原来以为她的问题会更加出格。可是他又继续说道："是不是查德曾经对你这样说过？"

显而易见，她对他的态度感到颇为满意。"如果你的意思是我们曾经谈到过这一点，那是肯定的。可是这与我想见你的愿望一点也没有关系。"

"想判断一下我是属于哪一类男人，也就是说女人们……"

"说的完全对，"她大声说道，"你这棒极了的先生！我的确在判断，我一直在判断。一个女人不能不这样。你是安全的，你没有理由会感到不安全，如果你能相信我的话，你就会快活得多。"

斯特瑞塞沉默了一会儿，随后他发现自己说话的腔调带有玩世不恭的味道，他不知道自己为什么会这样。"我尽力使自己相信这一点，"他大声说，"可是令人惊奇的是你已经知道了！"

哦，她倒能够回答这个问题。"你应该记得，在我还没有见到你之前，我就通过纽瑟姆先生对你多少有些了解了。他认为你是个坚强有力的人物。"

"嗯，我能承受任何压力！"我们的朋友很快插嘴说道。听他这样说，她颇有深意地嫣然一笑，其结果使他明白了她是如何理解他这句话的。他明白这句话泄露了他的底细，但是事实上他的所作所为无一不在泄露他的底细，难道不是这样的吗？有时他认为自己在牵着她的鼻子走，在强迫她屈从于自己的意志，这样想倒是令人愉快的。可是他现在这样做无异于使她明白自己已承认了他们之间的关系。他们之间的关系尽管还不深，但它未来的走向如何，不是将完全取决于她吗？没有什么东西能阻止她使这种关系变得愉快，他肯定也不能。他从心底里感到她在那儿，在他的面前，离他很近。她在他的脑子里留下了极其鲜明生动的印象，他觉得她属于那种他曾经经常听说，经常读到并想到但却从未遇到过的稀有的女人之一。只要一遇到她，一见到她的面容，一听到她的声音，只要有她这个人在场，这种相识就会发展成友谊关系。他发觉纽瑟姆夫人并非这一类女人，她在场时的影响要慢慢才能发挥出来。此刻面对着德·维奥内夫人，他深感自己对戈斯特利小姐的原始印象未免太简单化了。她肯定是一个迅速成长的例子，然而世界是这么大，每天都会学到新的东西。不管怎样，甚至是在更陌生的人中间，也存在着种种关系。"当然，对于查德那种大师般的手法，我正合适，"他迅速补充说道，"他利用起我来并没有什么困难。"

　　她扬起眉毛，似乎是在帮那个年轻人否认他有任何对不起他人的动机。"你应该明白，假如你有任何损失，那么他将会多么悲伤。他相信你能使他母亲保持耐心。"斯特瑞塞纳闷地看着她，"我明白了，这就是你真正需要我做的。可是我该怎样做呢？也许你会告诉我该怎么办。"

　　"把真实情况告诉她就行了。"

　　"你所谓的真实情况是什么意思？"

　　"嗯，你所见到的包括我们在内的所有情况，这事由你来定。"

　　"非常感谢，"斯特瑞塞的笑声中带着一丝讽刺的意味，"我喜欢你这种让别人自己来决定的方式。"

　　但她依然温和有礼地坚持她的想法，她这样做并不坏。"做到百分之百地坦白，所有事情全告诉她。"

　　"所有事情？"他奇怪地回应了一句。

　　"把真实情况毫不掩饰地告诉她。"德·维奥内夫人再次恳求道。

　　"可是到底什么是毫不掩饰的真实情况？我现在竭力想弄清楚的就是它。"

　　她四下瞧瞧，过了一会儿，她又瞧着他。"把我们的情况一五一十地全告诉她。"

　　与此同时，斯特瑞塞瞪大眼睛瞧着她。"你和你女儿的情况？"

　　"是的，小让娜和我。告诉她，"她微微有些颤抖，"你喜欢我们。"

　　"这样做对我有什么好处？"他马上又改口说，"或者不如说，这样做对你有什么好处？"

她的样子显得益发严肃。"你真的认为这样做毫无好处？"

斯特瑞塞辩解道："她派我到这里来，可不是为了让我'喜欢'上你们。"

"嗨，"她楚楚动人地辩解道，"她派你来是为了弄清事情真相。"

他随即承认她的话多少有些道理。"但是在我没有了解情况之前，我怎么可能弄清楚事实真相？"他随后鼓起勇气问道，"你是否希望他能娶你的女儿？"

她马上落落大方地摇摇头。"不，我没有那个意思。"

"他也没有这个意思吗？"

她再次摇头，然而此时她脸上焕发出一种异样的光彩。"他太喜欢她了。"

斯特瑞塞感到纳闷。"因此不愿意考虑带她回美国这个问题，你是不是这个意思？"

"我的意思是他太喜欢她了，因此他希望自己能真正对她好，除了好好待她而外，不愿意做任何伤害她的事情。我们处处关照她，因此你也应该帮助我们。你得再见她一面。"

斯特瑞塞觉得尴尬。"我非常高兴能再见她一面，她是那么美丽动人。"

德·维奥内夫人一听他这样说，便以做母亲的迫不及待的心情马上发问，后来他想到这一点，觉得她做得优雅得体。"我那宝贝女儿的确讨你喜欢？"他随即热情地大声回答一声："啊。"她又说："她真是完美无瑕，她是我生活中的欢乐。"

"嗨，我毫不怀疑这一点，只要能接近她，进一步地了解她，她也会成为我生活中的欢乐。"

"那么你就告诉纽瑟姆夫人这些！"德·维奥内夫人说。

他再次感到不解。"这样做对你有什么好处？"由于她好像不能马上作答，他便又提了一个问题，"你的女儿爱我们的朋友？"

"嗯，"她颇为吃惊地回答道，"我希望你能弄明白这一点。"

他也惊讶地说："我？一个陌生人？"

"哦，你很快就不是陌生人了。我敢担保，你以后见到她时不会觉得自己是个陌生人。"

他仍然觉得这种想法不可理喻。"我觉得这是不争的事实，如果她母亲都不能……"

"嗨，今天的年轻姑娘和她们的母亲！"她又前言不搭后语地插了进来。然而她又马上改口，说了一句较为切题的话："告诉她我一直对他很好。你认为是不是这样？"

这句话在他身上产生了他当时难以估计的强烈效果。他觉得自己十分感动。"哦，如果这都是你……"

"嗯，也许不会是我，"她插嘴道，"但在很大程度上是。真的是这样。"他难以忘记她当时说话的语调。

"那就好极了。"他朝着她微笑，但觉得有些勉强，她脸上的表情也使他有如此感觉。后来她站了起来。"嗯，你想是不是这样……"

　　"我应该救你？"他因此找到了对付她的办法，而且在某种程度上也是摆脱她的办法。他听到自己说出这句有点过分的话，而这最终使他决定逃离对方。"假如我有办法，我会救你的。"

第十四章

十天之后的一个傍晚，在查德那温馨的家里，他终于找到了让娜·德·维奥内那暧昧的态度的原因。他同这位年轻小姐及其母亲，还有其他人共进晚餐。应查德的请求，他到小客厅中同她交谈。那个年轻人请他帮一个忙。"我想了解一下你对她的看法。这对你也是一个极好的机会，"他说，"因为你可以弄清楚她是哪一类的 jeune fille [1]。对于你这种以观察社会风习为乐的人来说，这样的机会不可错过。不管你将来会带什么东西回家，你可以把这印象带回去，并可以和那儿的许多东西相比较。"

斯特瑞塞十分清楚查德要他比较什么。尽管他完全同意这样做，但他深感自己被别人利用了，他经常有这样的感觉，然而却说不出口。他至今依然不明白这到底是什么原因，可他经常感觉到自己是在为他人作嫁衣裳。他仅仅知道受惠于他的人对这种服务深感满意。他也实在不可能使这种服务不令人满意，或者令人不堪忍受。他也不知道怎样才能摆脱这种

---

1 法文，年轻姑娘。

状况，他找不到合适的借口，除非当情况发生转变时，他可以以厌恶为借口。他每天都在寻求这种可能，但每一天都会有诱人的新转机。这种可能性在此时远较抵达欧洲时更为遥远。他感到如果这种可能性竟然能变成现实，那么结果必然会导致自己言行前后不符，其效果也许会很差。他十分清楚，只有当他扪心自问，自己为纽瑟姆夫人做了些什么时，他才离这种可能性比较近。当他想使自己相信一切都还不错时，他就不由得惊异地回想起他们之间的通信依然频繁。他们的问题日趋复杂，通信也就随之变得频繁，这难道不是十分自然的吗？

不管怎样，他现在经常因此而感到安慰，他一再回想昨天写的那封信，不由得问道："喂，除此之外我还能做些什么？除了把一切都告诉她外，我还能做些什么？"为了使自己相信自己已经把一切都告诉了她，他经常在想还有什么特别的事没告诉她。偶尔他会在深夜想起一件事，但经过反复思考后，却发觉这事并不重要。每当发生了什么新的情况，或者某件事情再次发生时，他总是马上提笔，似乎担心如果不这样做就会失去什么东西。他也经常对自己说："尽管我心烦，但她现在已经知道了。"一般说来，他不需要将过去的事再扯出来曝光或加以解释，这对他是一个很大的安慰。他也不需要在这么晚的时候才出示过去没有出示过的东西，或者是任何掩饰过的东西。她如今已经知道了，今晚当他想到查德同这两位女士的关系以及他同她们的关系时，他对自己这样讲。换言之，就在当天晚上，在乌勒特的纽瑟姆夫人也知道他认识了德·维奥内夫人，并知道他很尽责地去看她，发现她十分具有吸引力，等等。此外也许还有很多事可以告诉她。不过她还会进一步地了解，他还恪尽职守，没有再次去看那位夫人。而且当查德代表这位伯爵夫人（斯特瑞塞心中一直认为她是一位伯爵夫人）请求他确定一个日子同她吃饭时，他毫不含糊地回答："十分感谢，但是这不可能。"他请这位年轻人替他婉言谢绝，并认为他能理解自己的立场。他没有向纽瑟姆夫人报告自己曾答应"救"德·维奥内夫人。不过在他的记忆之中，他也并未保证将频繁出入那位夫人的家。查德是如何理解这些的，只能从他的行为来推断，做到这一点倒也不难。当他明白时，他的举止总显得随便，当他不太明白时，只要有可能，他的举止显得更随便。他已经回答说他将把这事处理好，并且已经开始这样做了，因为他说假如他的老朋友对任何其他的场合有顾虑的话，他愿意以目前这种方式取代其他的方式。

"哦，我不是外国女孩子，我主要还是英国人。"让娜·德·维奥内这样对他说道。当时他刚走进小客厅，格洛瑞阿尼夫人起身为他让座，他便有些不自在地坐在那位小姐的身旁。格洛瑞阿尼夫人身穿镶着白色花边的黑色天鹅绒外衣，头发上撒着香粉，显得仪态庄重。她一见到斯特瑞塞，便操着口音难懂的英语，表示她的殷勤，并起身为他让座，在招呼他之后，她还告诉他，她记得在一两周之前曾见过他一面。随后他充分地利用自己年龄的优势，对那位小姐说他感到很害怕，因为他发觉自己得陪一个外国女孩子聊天。他并不是怕所有的女孩子，他在美国女孩子面前向来很勇敢。因此她不得不自卫到底："哦，可是我也和美国人差不多。妈妈希望我这样，我的意思是像美国人，因为她希望我能够有许多的自由。她十分清楚这样会有什么样的好处。"

他觉得她长得挺美，就像一幅嵌在椭圆画框中的淡淡的彩笔画。他已经把她想象成挂在长长的画廊中的一幅不惹眼的画像，或者是一位古代小公主的画像，人们只知道她死得很年轻，其余的一概不知道。小让娜当然不会华年早谢，可是人们还是不能对她有任何冒犯。不管怎样，像他这样准备过问她与一位青年男子的关系，就是对她的冒犯，这是他不愿意做的。从她那里去调查一位青年男子的事，简直令人讨厌，因为这与调查一位有"追求者"的女仆是两码事，她根本不属于这一类人。那些青年人，唉，那些青年人，这是他们的事，或者也可能是她的事。她忐忑不安，十分兴奋，她眼中闪着光芒，两颊绯红，因为她正在赴宴，可能遇到种种奇遇。而令她更为兴奋的是，她见到了一位她认为年龄极大的老者，他戴着眼镜，满脸皱纹，长着灰白的长胡须。斯特瑞塞觉得她讲的英语极为动听，他以前从未听过说得这么悦耳的英语，数分钟以前，他觉得她的法语也说得漂亮极了。他甚至若有所失地想，这么美妙的竖琴声，是否真正进入了人们的心灵。不知不觉之间，他的思想游离，走神走得很远，后来才发觉自己和这女孩默默无语地坐在一块儿。此时他才感到她没有刚才那么紧张了，要随便一些了。她信任他、喜欢他，她当时对他讲的那些事后来他再忆及。她终于进入等待的境界之中，并没有发现激流，也不觉得寒冷，只是感到舒适、温暖和安全。同她交谈十分钟后，他已获得了完整的印象，其间自然有所取舍。按照她对自由的理解，她应该算是自由的，这当然也部分由于她要向他显示，她与她认识的那些年轻人不同，她是具有理想的。她认为自己与众不同，但他最感兴趣的还是她吸收的那些思想。他很快就觉察到那只是一些伟大的小东西而已，而且不管她的天性如何，她所受的教养（他绞尽脑汁，终于想到了这个词）是绝好的。他认识她的时间如此之短，因此不可能了解她的性格，然而她的教养却给他留下了很深的印象。其他女孩子在这方面从来没有给他留下如此深的印象。她的教养当然是她母亲给的，但她的母亲同时还给了她许多其他的东西，从而使她的这个特点不至于十分突出。在前两次见面时，斯特瑞塞觉得这位不同凡响的女人未能提供像今晚这样好的东西。小让娜是一个例子，一个极佳的受到良好教育的例子。他还觉得，这位十分有趣的伯爵夫人也是一个极佳的例子，但到底是哪一类例子他却说不出来。

"我们这位年轻小伙子的趣味很高雅。"在仔细观赏房门边的那张小画后，格洛瑞阿尼转过身来对他这样说。这位大名人刚刚走进来，显然是来找德·维奥内小姐。当斯特瑞塞从她身旁站起来后，他却突然被那幅画吸引住了，并停在那儿注视良久。那是一幅风景画，体积并不大，但正如我们的朋友愉快地猜到的那样，这幅画属法兰西画派，而且是一幅佳作。画框大得与画布不成比例，而且他从来没有见到任何人像格洛瑞阿尼那样瞧一样东西。当他仔细观看查德收藏的这幅画时，那位先生的鼻子几乎碰到画布，而且他的头还迅速地上下左右地移动，这位艺术家接着就说了那句话，他殷勤地微笑着，擦擦夹鼻镜，往四面再瞧了一瞧。斯特瑞塞觉得他以他出场的方式和那特殊的一瞥，向其他在场的人表示了敬意，并且一劳永逸地解决了许多问题。斯特瑞塞还从未像此刻这样明显地感到，以前这些问题一直纠缠着他，而且在没有那位先生的情况下也总能得到解决。他认为格洛瑞阿尼的微笑是典型的意大利式的，而且十分微妙，难以捉摸。在吃晚餐时，他们没有坐在一起，斯特瑞塞觉得这微笑成了一种不明确的招呼方式，但是上次使他感到十分激动的那些特点却消失了，他们之间那种带有彼此不理解的性质的关系也随之结束。他此刻深刻地感觉到他们之间存在着巨大的差异，而这位举世闻名的雕塑家则好像是正隔着一片广大的水面对他发出信号，看着他那同情的表情，斯特瑞塞却感到了空虚。他仿佛在空中搭起一座迷人的献殷勤的彩桥，斯特瑞塞却不敢走上去，因为担心它承受不起自己的体重。这个想象中的桥只存在一瞬间便突然消失了，它来得很晚，但却使斯特瑞塞感到自在得多。那模糊的画面已经消失，伴随着其他人说话的声音消失。他转过身来，看见格洛瑞阿尼坐在沙发上同让娜聊天。与此同时，他的耳边又响起那熟悉、亲切却又意义暧昧的"哦，哦，哦"，两个星期之前，他曾问过巴拉斯小姐，但无功而返。这位外貌漂亮、性格与众不同的女士有一种特殊的气质，他觉得古老的东西和现代的东西在她身上并存，她有复述别人对她讲过的笑话的习惯。这些笑话往往是古老的，但她却能加以处理，推陈出新。他此时感到她的善意讥讽是针对他的，这使他感到不安。他没有其他办法，只好问她韦马希的情况怎样。她告诉他韦马希此时正在另一个房间里与德·维奥内夫人交谈，于是他以为发现了某种线索。他仔细考虑这条线索的意义，随后为了取悦巴拉斯小姐，便问她："她也感受到了他的魅力？"

"不，一点也没有，"巴拉斯小姐立即回答道，"她认为他不怎么样，她觉得烦了，她不会帮你照应他。"

"哦，"斯特瑞塞笑道，"她并非万能的人。"

"当然不是，尽管她挺棒。况且他对她也不感兴趣。她不愿意从我手中把他接过去。她还有许多其他需要做的事，即使她有这个能力，她也不愿意这样做，"巴拉斯小姐说道，"我还从来没有看到她使别人感到失望。今晚她的表现特别出色，在此情况下她做出这样的反应，也就不足为怪了。不管怎样，我会把他照顾好的。Je suis tranquille [1]。"

斯特瑞塞懂得了她这些话的意思，但他仍然在循着那条线索探索。"你觉得她今晚的表现特别出色？"

"没错。我从来没有见过她这样。你难道没有这样的感觉？嗨，她这样做全是为了你呀！"

他依照考虑老老实实地问道："为了我？"

"哦，哦，哦！"巴拉斯小姐大声说道，她仍然坚持她的相反意见。

"嗯，"他同意她的说法，"她今天确实不像平常，她显得挺高兴。"

"她挺高兴！"巴拉斯小姐笑了。"她的肩膀挺漂亮，不过里面可并没有什么不同寻常的东西。"

"是的，"斯特瑞塞说，"这一点毫无疑问。但是问题并不出在她的肩膀上。"

他的同伴吸了两三口烟，显得十分高兴，觉得这一切都那么滑稽，

---

1 法文，我毫不介意。

她像是认为他俩的谈话十分有趣。"是的，这与她的肩膀无关。"

"那么与什么有关呢？"斯特瑞塞连忙问道。

"嗨，与她本人有关，与她的情绪，她的魅力有关。"

"她当然有魅力，可是我们现在谈的是不同之处。"

"嗯，"巴拉斯小姐解释道，"正如我们常说的那样，她这个人聪明透顶。这就是根本的不同之处。她多才多艺，抵得上五十个女人。"

"但在每个时期只是一个女人。"斯特瑞塞仔细加以区分。

"也许是吧，但是在每十个时期……"

"哦，我们不要再谈这个了，"斯特瑞塞说，接着他又转移了话题，"你能回答我一个简单的问题吗？她会不会离婚？"

巴拉斯小姐透过玳瑁柄眼镜望着他，"她为什么要离婚？"

他用动作表示这并非他想要得到的答案，但他还是正面回答了她的问题。"同查德结婚。"

"她为什么要同查德结婚？"

"因为我认为她很喜欢他。她为他做了些了不起的事。"

"得啦。那么她还能为他做些什么？"巴拉斯小姐十分聪明地说，"同一个男人或女人结婚并不是什么了不起的事，任何男女都可能这样做。了不起的是他俩没有结婚而感情却能达到结婚的程度。"

斯特瑞塞考虑了一下她的观点。"你的意思是不是说，如果他们把这种关系保持下去，那将十分美好？"

他不管说什么都会引得她发笑。"是的，十分美好。"

尽管如此，他依然坚持自己的观点。"那是因为这是一种不涉及私利的感情，是不是？"

她此时突然不想再谈这个问题。"是的，就是这样。不过她绝对不会离婚，"她又补充道，"还有如果你听到有人谈起她丈夫，你可不要完全相信他们的话。"

"难道他不是一个混账家伙吗？"斯特瑞塞问道。

"哦，是的，但是挺讨人喜欢的。"

"你认识他吗？"

"我见过他。他挺 bien aimable [1]。"

"他对每个人都好，除了他太太以外？"

"就我所知，他对她也不错。他对每个女人都很好。不管怎样，"她又迅速改变了话题，"我希望你能因为我照顾韦马希先生而感激我。"

"哦，十分感激。"但是斯特瑞塞并没有顺从她的意思。"不管怎样，"他坦率地说，"这是一种纯洁的爱慕之情。"

"我的还是他的？"她笑着说，"嗨，不要把这事弄得平淡无味。"

"我是说我们那位朋友以及我们刚才谈到的那位女士。"因为他对让娜印象很好，所以决定话说到这里为止，他接着又说，"那是一种纯洁的感情，我见到了全过程。"

他这番话来得突然，她感到颇为奇怪，随后她又瞥了格洛瑞阿尼一

---

1 法文，和蔼可亲。

眼，以为他就是那位没有指名道姓的人，但是不久她就明白了。斯特瑞塞一下子就看出她的错误，并考虑她之所以犯错误的原因。他明白这位雕塑家爱慕德·维奥内夫人，但他不知道这爱慕之情是否也属于那种纯洁的感情。他的确是在一种奇异气氛中和在不稳定的地面上移动。他牢牢地盯着巴拉斯小姐，一会儿之后她继续说道："纽瑟姆先生的感觉很好？当然，她挺不错！"她又高兴地重新提起她朋友的问题，"我和那公牛老是坐在一起，居然还没有累死，我敢说你会感到十分惊奇。我不讨厌他，我能忍受，我们关系还不错。我很怪，我就是这样的人。我经常无法解释，有些人据说很有趣、挺出色，还很什么的，但我却厌烦得要死。另外有些人别人看来一无可取，我却认为可取的地方颇多。"她随后抽了一会儿烟，又说道，"他能打动人心，你知道。"

"知道？"斯特瑞塞重复了一句，"我的确不知道，你信不信？我们一定会把你感动得流泪。"

"哦，可是我说的不是你！"她笑了起来。

"那么你就应当把我也算在内，因为最坏的情况是你不能帮助我，这就会引起其他女人的同情。"

她高兴地坚持道："嗨，可是我确实在帮助你呀！"

他再次严厉地注视她，一会儿之后，他说："你没有帮助我！"

那系在长链子上的玳瑁柄眼镜哗啦一声掉了下来。"我帮助你照料那头坐着的公牛。这已经够意思了。"

"哦，至于说那个，是的。"可是斯特瑞塞又踌躇了一下，"你意思是说他谈到过我吗？"

"因此我得为你辩护？不，从来没有。"

斯特瑞塞沉思了一会儿。"我明白了，这事不那么简单。"

"那是他唯一的缺点，"她答道，"那天晚上同他在一起，事情的确不简单。他一直保持沉默，只是间或打破长时间的沉默。他偶尔说的一两句则是表达他本人的观感。别人可能会害怕听这些话，而这些话简直会要我的命。"她又吸了一口烟，有点自鸣得意的样子，为她所获得的东西而感到满意。"可是从来不谈到你。我们避免谈到你，我们都是些挺不错的人。不过我得告诉你他做了些什么，"她接着又说，"他想方设法要送礼物给我。"

"送礼物。"可怜的斯特瑞塞重复道，因为自己没有送礼心中感到十分过意不去。

"怎么啦，你知道，"她解释道，"他坐在马车上样子真神气。我经常要他在店门口等我几个小时，他也喜欢等。有他在车上，我从店里出来后远远地就知道车子在什么地方。有时我也和他一同到店里去。那我就要费很大的力气，才能让他不给我买东西。"

"他想'招待'你？"斯特瑞塞简直没有想到自己会说出这样的话。他感到十分钦佩。"哦，你比我传统得多。是的。"他沉思着说，"这是神圣的情感。"

"神圣的情感，你说的完全对！"巴拉斯小姐头一次听到这个说法，她拍了一下戴着手饰的双手，表示她明白了这话的意义。"现在我明白了他为什么从不讲陈词滥调。可是我始终不要他给我买礼物，而且要是你能看见他给我挑选的那些东西！我替他省下了数以百计的金钱。我只收下鲜花。"

"鲜花？"斯特瑞塞又重复道。他不禁难过地想，此时同她交谈的人可曾送了几朵鲜花？

"这些花没有其他的意思，"她接着又说，"随便他送多少。他送给我的都是些好花，他知道所有的最有名的花店，他自己找到的，他这个人可太棒了！"

"他从来没有告诉我这些事情，"她的朋友笑道，"他有他自己的生活。"然而斯特瑞塞又想到，对于自己来说，这不可能做到的。

韦马希没有韦马希太太需要考虑，但是兰伯特·斯特瑞塞的内心深处却始终有个纽瑟姆夫人。他的朋友恪守传统，这是他感到高兴的。但他有他自己的想法，并用语言将这想法表达出来："这愤怒何等强烈！这是反抗。"

她同意他的说法，但有所保留。"我也这样认为。但是他反对的是什么？"

"嗯，他认为我有我自己的生活。可是我却没有！"

"你没有？"她表示怀疑，她的笑声证明了这一点。"哦，哦，哦！"

"没有，不是我自己的生活。我似乎只是为别人而生活。"

"哦，为别人？也同别人一起生活！比如说，此时你是同……"

"喂，同谁？"在她话还没有说完时他就插问道。

他的语调使她踌躇，甚至如他所想的那样，使她改了口。"比如说同戈斯特利小姐。你为她做了些什么？"

这真的使他感到纳闷。"什么也没有做！"

第十五章

　　此时德·维奥内夫人已经走了进来，离他们很近。巴拉斯小姐不好再说下去，便透过长柄玳瑁眼镜，从头到脚把她打量了一番。从她刚出场起，斯特瑞塞就看出她是特地为这次聚会盛装打扮。与上两次相比，这一次更加深了他在游园会上得到的印象，也加深了他对阅历丰富的女人的生活方式的了解。她双肩和双臂都裸露着，肤色白皙美丽。据他猜想，衣服料子是由丝和黑绉纱混纺而成，其色调为银灰色，给人以温暖华贵之感。她戴着一个由硕大而古雅的绿宝石组成的石项圈，这绿色在她的衣服、刺绣缎子以及略显华贵的衣料中也若隐若现。她的头部极美，像是快乐的幻想的产物，使人想起古代宝贵的纪念章或者文艺复兴时代银币上的人物像。她身材苗条，动作轻盈，容光焕发，喜气洋洋。她的表情和决断都造成一种特殊效果，诗人们会认为她一半是神话中的人物，一半是常人。他可把她比作在朝霞中现身的女神，或者在夏日的海浪中展露上身的海中仙女。他认为这个阅历丰富的女人已发展到臻于完美的境地，使他想到剧中的埃及女王克娄·奥巴特拉。她多姿多彩，变幻无穷。她以她自己的神秘法则显现她的各种面貌，各种性格，她在白天黑夜的表现各有不同。此外，她还是一个极有天赋的女人。有时她可能显得十分平凡，然而第二天却会大放光彩。他觉得今晚的德·维奥内夫人的确光艳照人，但他又觉得方式未免有点粗糙，这多半是由于她以其天赋灵感处理一切，因此使他感到有点突然。在吃饭时他曾经两次同查德长时间地相互注视，然而这种交流方式只是再次导致原来就存在的意义含混，而与恳求和警告毫无关系。这种相互注视所表达的意思似乎是："你瞧我陷入了如此困境之中。"可是斯特瑞塞不明白的恰恰就是对方处于什么样的困境。不过此时他也许应该明白了。

"能不能请你帮个忙，去把纽瑟姆换下来，他正在同格洛瑞阿尼夫人谈话。如果斯特瑞塞先生允许的话，我这会儿想同他谈几句话，我想问他一个问题。我们的主人应当同其他女士交谈一下，我等一会儿就会回来解除我的负担。"她向巴拉斯小姐提出这样的建议，好像她突然意识到某种特殊的责任。斯特瑞塞听后感到吃惊，仿佛说话人泄露了家庭秘密。巴拉斯小姐看到了斯特瑞塞吃惊的神态，但她也同他一样一言不发。一会儿之后，与他们同赴晚会的朋友同他们客气地告别，这时他心中又涌起若干思绪。"玛丽亚为什么走得如此突然？"这是德·维奥内夫人提出的问题。

"恐怕我没有其他原因可以告诉你，唯一的原因很简单，是她在一封短信中告诉我的：她在南方的一位朋友病了，而且病情突然加重，她得去看看。"

"哦，她给你写过信？"

"她离开之后就没有给我写过信，"斯特瑞塞解释道，"我只是在她走之前收到她一封短信。我在拜访你之后的第二天去看她，可是她已经走了。管房子的人告诉我，她说如果我来找她，就告诉我她给我写了信的。我一回家就收到了那封信。"

德·维奥内夫人颇有兴趣地听着，两眼望着斯特瑞塞的脸，随后微带忧郁地摇了摇她那精心梳妆的头。"她可没有写信给我，我曾经去看过她，"她又说道，"差不多是在见到你之后。我在格洛瑞阿尼家中见到她时，曾经对她说过我肯定会去看她。当时她并没有告诉我她将离开家。我站在她家门口，觉得可以理解。我知道她有许多朋友，也知道她这次是去看她那位生病的朋友，但我还是觉得，她离开家是为了避开我。她不想再同我见面。唉，"她继续以动人的温和态度说，"我以前喜欢她，欣赏她的为人，其程度超过对其他任何人，这她也知道。也许这正是她离开的原因，我敢说我不会永远失去她。"

斯特瑞塞依然沉默不语。正如他此刻所想的那样，他十分害怕自己会被夹在两个女人当中，然而事实上这样的格局已经形成。此外他清楚地意识到在这些暗示及诉说后面另有深意。他如果认真考虑这些因素，那么就会与他现在力求简单化的决心产生矛盾。尽管如此，他认为她表现出来的温情和感伤是真诚的。她接着又说："只要她快乐，我就十分高兴。"他听后一言不发，因为他觉得这话表面上很动听，但未免有点尖酸刻薄。言下之意他就是戈斯特利小姐快乐的源泉。一瞬间，他产生了批驳这种说法的冲动。他很想问一问："那么你觉得我们之间存在着什么样的关系？"

他过后很高兴自己并没有这样说。他宁愿别人把他看成是有点带傻气的人，也不愿被人当成大笨蛋。他想到女人们，尤其是那些各方面水平都很高的女人们，想到她们彼此会怎样看待对方，不由得悚然一惊。不管他到这里来的目的是什么，他绝不是为此而来的。因此，对于德·维奥内夫人所说的那些话，他毫无反应。尽管他躲避她已有好几天，而且把他们再次见面的责任全推在她头上，她却没有表现出丝毫不快的意思。"现在谈谈让娜，怎么样？"她笑着说道，依然像刚进来时那样高高兴兴。他立刻觉得这才是她的真正目的。他的话说得越少，她就说得越多。"你看得出来她有意思吗？我的意思是对纽瑟姆先生有意思？"

斯特瑞塞几乎觉得不快，但他不是迅速回答："我怎么看得出来这种事情？"

他依然十分和气。"哦，可是这些都是些美丽的小事情，世界上任何事情你都看得出来，你可不要隐瞒啊！你同她谈过没有？"她问道。

"是的，谈过，但没有谈查德的事。至少可以说谈得不多。"

"哦，你不需要多谈！"她很有把握地说。然而她马上又改变话题，"我希望你还记得那天你答应我的事。"

"答应'救你'，就像你说的那样？"

"我还是这样说。你愿不愿意这样做呢？"她坚持说道，"你没有后悔吧？"

他想了一下。"没有。但是我一直在想我当时说的话是什么意思。"

她追问道："你一点也没有想过我是什么意思吗？"

"不，没有这个必要。只要我明白我自己谈的话的意思，就已经足够了。"

"现在你还不明白？"她问道。

他再次停顿了一下。"我想你应该让我自己来解决这个问题。"他说，"不过你愿意给我多长的时间？"

"我觉得问题倒在于你能给我多长的时间。"她说，"我们那位朋友不是老是把我的事讲给你听吗？"

"没有，"斯特瑞塞回答道，"他从来不在我面前提起你。"

"他从来不这样做？"

"从来没有。"

她考虑了一下。即便事情的真相令她感到不安，她还是掩饰得很成功。事实上不久她就镇静下来。"不会的，他不会这样做。但是你想让他告诉你吗？"

她强调得恰如其分，尽管他的眼光游移，此刻他却注视着她。"我明白你的意思。"

"你当然明白我的意思。"

她取得的胜利并不大，但她的语调可以感动铁石心肠。"我看是他欠你。"

"只要你能承认这点，就很不错了。"她说，不过她的自豪中依然带有几分谨慎。

他注意到了这一点，但仍然直说："我所见到的他，是你一手造就的。我不明白你是怎样做到这些的。"

"哦，那是另外一个问题！"她微笑了，"问题在于你认识了纽瑟姆先生，就等于认识了我，可是你居然拒绝同我见面，你的用意又何在呢？"

"我想，"他沉思着说道，眼睛仍然瞧着她，"我今晚不该见你。"

她举起握着的双手，然后又放下。"这没有关系。如果我相信你，你为什么又不能相信我呢？"她又以另一种语调问道，"为什么你又不能相信自己呢？"她没有给他时间回答。"哦，我会对你好的！不管怎样我很高兴你已经见到了我的女儿。"

"我也很高兴，"他说，"但是帮不了你什么忙。"

"帮不了忙？"德·维奥内夫人瞪大了眼睛，"她可是光明天使。"

"原因就在这个地方。不要去打扰她了。不要去寻根究底。我的意思是说，"他解释道，"不要去追究刚才你对我提到的那个东西，即是说她的感觉如何。"

他的同伴感到纳闷。"真的不应该去追问？"

"嗯，因为我希望你看在我的份儿上，不要这样做。她是我见到的最可爱的姑娘。因此千万不要伤害她。你不知道，你不想知道。此外，你也不可能知道。"

这是突如其来的呼吁，她在考虑是否接受它。"看在你的份儿上？"

"嗯，既然你问我。"

"任何事情，任何与你相关的事，"她笑着说，"我都不想知道，我会永远如此。谢谢你。"她转身离开时特别温柔地补充了一句。她的话音在他耳畔回响，使他产生了绊了一跤并摔倒在地的感觉。就在同她商讨关于他的独立性的问题时，他受某种观念的驱使，觉得自己陷入矛盾之中，十分笨拙，难以自拔。她当场很机敏地感到有机可乘，用一个词，一根小小的金针，钉住他那明显感觉到的意图，他不仅没有使自己摆脱，反而更紧地束缚自己。他紧张地考虑着当时的情况，此时另一双眼睛进入他的视线。他觉得刚才自己内心的感受在这双眼睛中反映出来。与此同时，他辨认出这是小彼尔汉姆的眼睛，他走过来显然是为了同他交谈。在当时的情况下，小彼尔汉姆是他可以敞开心扉的人。一会儿之后，他俩坐在室中的一个角落里，而同时格洛瑞阿尼与让娜正坐在与他们斜对的那个角落里交谈。在开始时他俩什么也没有说，只是友善地瞧着让娜，随后斯特瑞塞说道："我实在难以理解，一个稍微有点血气的小伙子，比如说像你这样的年轻人，怎么会在这样可爱的小姐面前无动于衷。小彼尔汉姆，你为什么还不动手？"他还记得上次在那位雕塑家的花园里聚会时，自己坐在长凳上说那一番话时的语调。当时他只略微透露了自己的想法，这次他要对这位值得劝告的年轻人直言忠告，以弥补上次的不足。"总该有某种原因吧。"

"什么原因？"

"在这儿流连不去的原因。"

"向德·维奥内小姐求婚？"

"嗨，"斯特瑞塞问道，"你难道还可能找到更好的求婚对象？她是我一生中见到的最甜蜜的小东西。"

"她的确美妙无比。我的意思是她是货真价实的姑娘。我认为这朵粉红色的蓓蕾尚处于含苞欲放的阶段，它在等待时机，准备朝着伟大的太阳开放。不幸的是我只是一根只值一文钱的小蜡烛。在这个领域内，一个可怜的小画家能有什么机会？"

"哦，你已经够格了。"斯特瑞塞脱口说道。

"我肯定够格。我们俩都够格。我认为我们的一切都够格。但是她太好了。问题就在这个地方。他们连看都不看我一眼。"

斯特瑞塞靠着长椅，仍然对这位年轻姑娘十分神往，此时她也正瞧着他，他觉得她脸上挂着淡淡的微笑。斯特瑞塞对此十分欣赏，仿佛蛰伏已久的情感终于苏醒过来。尽管此时有新的东西供他感受思考，他还是回过头来推敲他同伴说的话，"你提到的'他们'是谁？是不是她和她的母亲？"

"她和她的母亲，还有她的父亲，不管他是什么样的混账东西，他也决不愿失去她所代表的机会。除此之外，还有查德。"

斯特瑞塞有一会儿没有说话。"哦，可是他对她不感兴趣，我的意思是说，看起来不是我说的那种兴趣。他并不爱她。"

"是的，但是除了她母亲而外，他是她最好的朋友。他很喜欢她。他对于她的前途自有其想法。"

"嗨，真是有点奇怪！"斯特瑞塞随后十分感叹地说。

"确实十分奇怪。然而妙处也就在这个地方。"小彼尔汉姆继续说，"那天你如此好心地规劝我，鼓励我，当时你心中不是也有这种美妙的感觉吗？你不是劝我趁机会尚在的时候，去体验一切可能的事吗？我至今还记得你当时谈话的语调。而且要真正地体验，因为这是你所表达的唯一的意思。你使我获益匪浅。我将尽力去做。"

"我也会这样！"一会儿之后斯特瑞塞说道，然而随即他提出一个毫不相关的问题，"查德怎么竟会卷入这个漩涡之中？"

"哈，哈，哈！"小彼尔汉姆往后一仰，靠在椅垫上。

这使得我们的朋友想到巴拉斯小姐，他再次感到自己在充满隐晦的暗示的迷宫中摸索。可是他依然紧紧抓住他的线索。"当然我明白，不过总的情况变化之大，使我时常感到吃惊。在安排这位小女伯爵的未来的时候，查德的意见居然有如此大的分量。不，"他宣称道，"还需要更多的时间！"他接着又说，"你还说像你我这样的人根本不可能参与竞争。奇怪的是查德他没有参与竞争。目前的情况不允许他这样做，可是在另外一种情况下，只要他愿意，他就能得到她。"

"是的，那只是因为他有钱，而且他将来还可能比现在更有钱。她们心目中只有名望和财产。"

"嗯，"斯特瑞塞说，"他这样下去是不会有多少钱的，他得自己动手挣钱。"

小彼尔汉姆问道："你把这些讲给德·维奥内夫人听了吗？"

"没有，我并没有告诉她太多事情。当然，"斯特瑞塞接着说，"只要他愿意，他可以做出牺牲。"

小彼尔汉姆停顿了一下。"哦，他对牺牲不感兴趣，或者说他可能认为自己已经做出了足够大的牺牲。"

"嗯，这也算是品格高尚的表现。"他的同伴果断地说道。

"这也正是我的意思。"这个年轻人过了一会儿说道。

斯特瑞塞沉默片刻。"我自己想出来了，"他继续说道，"在过去的半个小时里，我算真正了解了这些话的意义。总而言之我终于明白了。你最初对我说的时候，我并不明白。查德当初对我说的时候，我也并不理解。"

"哦，"小彼尔汉姆说，"我想当时你并不信任我。"

"我信任你，也信任查德。如果不是这样，那就太讨厌、太无礼，也太乖张了。你欺骗我对你又有什么好处呢？"

那位年轻人犹豫了一下。"我会有什么好处？"

"是的，查德可能会得到某种好处，可是你呢？"

"哈，哈，哈！"小彼尔汉姆笑了起来。

他再次大笑，这笑声像一个难解的谜，使得我们的朋友感到有点冒火。然而正如我们看到的那样，他明白自己所处的位置，他不会为任何事情而动摇，因此更坚定了留在这个位置上的决心。"倘若我没有自己的观察，我就会弄不清到底是怎么一回事。她是一个极其聪明而精明强干的女人，更重要的她还具有超乎常人的魅力，这种魅力今晚所有人都感受到了。并不是所有的聪明能干的女人都具有这种魅力，事实上具有这种魅力的女人很少。"斯特瑞塞似乎并未专门针对小彼尔汉姆而发，他继续说道，"你瞧，我懂得同这种女人的亲密关系，或者说这种高尚而美好的友谊是怎么一回事。不管怎样，这不可能是一种庸俗或者粗鄙的关系，问题的关键就在于此。"

"是的，问题的关键就在于此，"小彼尔汉姆说道，"那不可能是庸俗或者粗鄙的关系。上帝保佑我们，的确不是这样的关系，说实话，那是我一辈子见到的最美好、最超凡脱俗的关系。"

斯特瑞塞坐在他身旁，也靠着椅子。他看了他一眼，暂时没有说话，而他却未曾留意，只是凝视着前方。一会儿之后，斯特瑞塞说道："当然，这种关系给他带来的好处，那种奇妙的变化，是我所不理解的，我也不愿意不懂装懂。我的认识仅限于我所见到的一切。我对他的了解也仅限于此。"

"他的情况就是这样，"小彼尔汉姆附和着说，"她的情况也的确如此。尽管我和他们接触时间较长，而且来往也比较密切，但我还是不太了解情况。可是同你一样，"他又说，"虽然不太了解，我还是对他们十分赞赏，而且深感欣慰。你知道，我已经观察了三年，尤其是最近这一年。在此之前，我觉得他并不像你想的那样坏……"

"哦，我现在什么都不想了！"斯特瑞塞不耐烦地插嘴说道，"除了那种我认为有必要想的事情，即是说当初为什么她会喜欢上他……"

"他一定有点什么名堂？哦，是的，他的确有点名堂，而且我敢说比他在家里时表现得多得多，"这位年轻人颇为公允地评论道，"但是你应该知道，她一定有机可乘，她也就趁机而入。她找到机会并抓住了机会。这一点给我印象颇深，因为干得太漂亮了。不过，"他这样结束他的话，"当然是他先爱上了她。"

"这十分自然。"斯特瑞塞说。

"我的意思是说，他们最初是在某个地方，我想是在一个美国人的家里认识的。当时她在无意之中给他留下了印象，后来随着时间的推移，由于种种机会，他也给她留下了印象。在此之后她就和他一样糟。"

斯特瑞塞含糊地问道："一样'糟'？"

"也就是说，她开始关心他，而且这种感情很深。她独自处在她那可怕的地位，一经开始这种关系之后，她发现这种关系有利可图。这的确是一种利害关系，而且这种关系一直对她非常有利。因此她依然对他关心，而且事实上，"小彼尔汉姆若有所思地说，"她对他更加关心了。"

斯特瑞塞认为此事与他无关，这种观点并没有因为他理解小彼尔汉姆这番话的方式而受到影响。"你的意思是说，她关心他的程度超过他关心她？"听到这话，他的同伴转过头来望着他，一瞬间，他俩的视线相遇了。"她超过他？"他又问了一遍。

小彼尔汉姆久未出声。"你将永远不会告诉其他任何人吗？"

斯特瑞塞想了一下。"我还能告诉谁？"

"嗯，我以为你经常报告……"

"向家里的人报告？"斯特瑞塞明白他的意思，"得啦，我才不会向她们说这些。"

那位年轻人终于把眼光转向其他地方。"那么我告诉你，她现在关心他的程度超过他关心她。"

"哦！"斯特瑞塞奇怪地叫了起来。

他的同伴马上有所反应。"你难道没有这样的印象吗？你之所以要抓住他，就是这个原因。"

"哦，可是我并没有抓住他！"

"哦，听我说！"可是小彼尔汉姆并没有说什么。

"不管怎样，这一切与我毫无关系，"斯特瑞塞解释道，"我的意思是说，除了想要抓住他以外，一切都与我无关。"他似乎觉得应该再补充一句，"可是事实上是她救了他。"

小彼尔汉姆只是等待着。"我还认为那是你要做的事呢。"

可是斯特瑞塞已经做好了回答的准备。"在谈论他的为人、他的品德、他的性格和生活时，我是把他和她联系在一起的。我所谈到的他，是一个可以与之打交道、交谈并一起生活的人，也就是说，我是把他当作一个社会动物来谈的。"

"你也想把他当作社会动物吗？"

"是的，因此可以说她为我们拯救了他。"

"因此你认为看在你的份儿上，我们应该救她！"这位年轻人说道。

"哦，看在我们大家的份儿上！"斯特瑞塞不禁笑了起来。这使他回过头来谈他非常希望谈的问题。"尽管他们的处境很艰难，他们还是没有逃避。他们并不自由，至少她不是自由之身，但是他们还是珍惜可能得到的东西。那是友谊，一种美好的友谊。它使他们变得如此坚强。他们觉得自己没有什么不对的地方，他们相互支持。毫无疑问，正如你暗示的那样，她对此感受尤为深刻。"

小彼尔汉姆仿佛在回想他暗示了些什么。"她觉得他们无懈可击？"

"嗯，她觉得她自己毫无过错，她的力量也来源于此。她支持他，她支撑着整个局面。具有这种能力的人真是了不得。她太棒了，正如巴拉斯小姐说的那样，棒极了。他也很不错，可是他是个男人，有时会反抗，会认为这样做不划算。她仅仅给予他巨大的精神鼓舞，要把这解释清楚挺不容易，因此我把它称为特殊处境。如果没有特殊处境存在的话，这就是其中之一种。"斯特瑞塞抬起头来，仰望着天花板，似乎面对这种处境陷入沉思。

他的同伴全神贯注地听他讲。"你说得比我清楚得多。"

"哦，你知道此事与你无关。"

小彼尔汉姆思索了一下。"我还以为你刚才讲这事也与你无关。"

"嗯，德·维奥内夫人的事与我一点也不相干。可是正如我们刚才所谈的那样，我到这儿来不就是为了救他吗？"

"是的，把他带走。"

"带走他，以达到拯救他的目的。说服他，使他主动认识到自己最好还是担起家业的担子，并立即着手做这方面的事。"

"嗯，"小彼尔汉姆过了一会儿说，"你已经说服了他。他确实认为这是最好的选择。他前两天又对我这样说。"

"因此你便认为他关心她的程度不如她关心他？"

"他不如她？是的，这是原因之一。可是其他一些事也使我产生同样的想法。"小彼尔汉姆继续推论道，"在这种情况下，男人在感情上不可能陷得像女人那样深。要使他沉溺情海之中，需要不同的条件。你认为是不是这样？"他总结性地说道，"查德自有他的前途。"

"你是说他在生意上的前途？"

"不，恰恰相反，是另一种前途，是你如此正确称之为他俩的处境的前途。德·维奥内先生可能会永远活下去。"

"因此他俩就结不成婚？"

这位年轻人稍微停顿了一下。"他们对今后有把握的就是不可能结婚。一个女人，一个特殊的女人，可以受得了这种精神痛苦，可是一个男人能不能做到这一点？"他提出疑问。

斯特瑞塞回答得很迅速，仿佛他已经思考过这一点。"要做到这一点，就必须具备极高的道德水准。我们认为查德恰恰具有这样的品德。至于说到这方面的问题，"他若有所思地说，"他回美国后，这种特殊的痛苦又怎么可能消失？会不会变得更加痛苦？"

"眼不见，心不烦！"他的同伴笑道。然后他又兴致勃勃地说道："难道距离不能减轻痛苦吗？"斯特瑞塞还来不及回答，他接着又总结性地说："你知道，问题在于查德应该结婚！"

斯特瑞塞似乎想了一下他说的话。"要说痛苦的话，我的痛苦是不会减轻的。"他这样说道。过后他站起来，问道："他应该和谁结婚？"

小彼尔汉姆慢慢站起来。"嗯，和某个他可以与之结婚的人，某个极好的女孩子。"

他们并肩站着，斯特瑞塞的眼睛又转向让娜。"你是指她吗？"

他的朋友突然做了一个鬼脸。"在他和她母亲恋爱之后？不是的。"

"可是你不是认为他不爱她的母亲吗？"

他的朋友再次停顿了一下。"嗯，他可是一点也没有爱上让娜呀。"

"我也这样想，他怎么可能爱上别的女人？"斯特瑞塞说道。

"哦，我承认这一点。可是你知道，在这个地方，严格说来，结婚不一定要有爱情。"小彼尔汉姆友善地指出。

"至于说痛苦，和那样的女人在一起，会有什么痛苦？"仿佛为了把问题深入下去，斯特瑞塞根本不听对方的话，自顾自地往下讲，"难道她可能为了另外一个男人，而把这样好的人抛弃吗？"他似乎十分强调这一点。小彼尔汉姆望着他。"当双方都愿意为对方做出牺牲时，就不会觉得有什么损失了。"过后他又以自己意识到的宽宏大量的语气说，"让他们一起面对将来的事情吧！"

小彼尔汉姆直直地望着他。"你的意思是说，说来说去他还是不应该回去？"

"我的意思是说，如果他抛弃她的话……"

"那又怎样？"

"嗨，他就应该为自己感到羞耻。"但是斯特瑞塞说话的语气像是在开玩笑。

第十六章

　　斯特瑞塞已经不是头一次独自一人坐在昏暗空旷的大教堂里了——只要情况许可，他便来到教堂，让自己的精神在它的庇护下得到松弛，这在他更不是头一次。巴黎圣母院他同韦马希一道来过，同戈斯特利小姐一道来过，还同查德·纽瑟姆一道来过。即使有人一道，他也感到这去处可以十分有效地让他忘却他的问题和烦恼，所以，当被新的烦恼所困扰的时候，他便自然而然地去重访旧地，虽然这无疑是权宜之计，但至少可以给他莫大的轻松。他十分明白这轻松只是暂时的，但短暂的美好时光——如果他能够称这些短暂的逗留是美好时光的话——对一个现在在自己眼里已经是体面全失、朝不保夕的人来说，还是有价值的。既已熟悉了道路，最近他便不止一次地独自到那里去——独自悄悄地去，在不引人注目的时候出发，回去也不向朋友们提起。

　　说到朋友，他最重要的朋友仍然不在巴黎，而且居然杳无音讯，已经过去足足三个星期，戈斯特利小姐却还没有回来。她曾经从芒通给他来过一封信，说他一定认为她十分言行不一——或许甚至一时还认为她简直毫无信用，但她请求他耐心些，要他不要急于下判断，她要他相信她的生活中也有为难之处——他都想象不到有多难。此外，她离开前已经做好安排，以便她回来后不至于见不到他的面。还有，假如她没有用信件来打扰他的话，坦率地讲，那是因为她知道他还有另外的重要事情要应付。而他这一方面，在两个星期里去了两封信，以表明她可以信赖他的宽宏大量。但每次他都提醒自己当纽瑟姆太太需要避开微妙的问题的时候，纽瑟姆太太是如何写信的。他只字不提自己的问题，他在信中谈韦马希，谈巴拉斯小姐，谈小彼尔汉姆和河对岸的那一群——他又和他们喝过一次茶。出于方便的考虑，他在提到查德和德·维奥内夫人以及让娜的时候十分小心。他承认说自己在继续和他们来往，他毫无疑问成了查德的常客，不容否认，那位年轻人同他们之间的关系非常亲密，但他有他的理由不急于告诉戈斯特利小姐他最近几天的印象，那样做便会过多地对她暴露他自己——现在他要小心提防的正是他自己。

这不大不小的内心斗争或许可以说是由现在将他带到巴黎圣母院来的同一种心理引起的，一切听之任之，让事情自己去证明自己，至少让它们有时间自生自灭。他意识到自己到这个地方来并没有什么目的，除非他这时不想到别的地方去也可以算是目的。在这里他有一种安全感，一种单纯的感觉，每次他求助于它时，他都自嘲地将它视为向懦弱的又一次私下让步。在这座高大的教堂里虽然看不见供他膜拜的神龛，听不见对他灵魂的召唤，但他在这里却可以感觉到一种几近圣洁的宁静。在这里他有一种在别的地方得不到的感觉，即自己不过是一个疲惫不堪的平常人，一个赢得了一天休息权利的人。他的确疲惫不堪，然而他却并不是个平常人——这便是他的遗憾，他的麻烦所在。但他却能够将自己的烦恼丢在门外，仿佛它不过如同他丢在门口那失明的老乞丐罐子里的那枚铜币一般。他缓缓地从昏暗的教堂中间走过，坐在华丽的唱诗班席里，又在东面那些小礼拜堂前逗留，让那庞大的建筑渐渐地对自己发挥它的魔力。他就像是一个被博物馆迷住了的学生——在人生的下午置身于异国城镇，他真希望自己可以是个那样的人物。但不管怎么说，对他的情况而言，眼前这种形式的牺牲和那另外一种有着相同的效果：它足以使他明白为什么当置身于那神圣的殿堂里时，那真正的流浪汉会暂时忘记外面的世界。也许那便是懦弱——逃避现实，回避问题，不敢在光天化日之下面对它们。但是他自己的这些短暂而无用的逃避行动不会伤害任何人——除开他自己。对在那大教堂里遇见的有些人，他产生了一种模糊的好奇和好感，他用观察那些神秘而焦虑不安的人的办法来打发时光，他想象他们是逃避法律的惩罚的人。是的，法律——正义存在于外面光天化日之下，正如邪恶存在于光天化日之下一样。而在这里面，在这长长的过道里，在众多祭坛的灯光下，两者都同样不存在。

总之，在迈榭比大街那次有德·维奥内夫人和她的女儿出席的宴会之后大约十来天的一个上午，他不由自主地在一次会面中扮演了一个角色，这大大刺激了他的想象。在他这些访问中，他养成了一个习惯：他会时不时地从一个不会冒犯对方的距离之外观察一位来教堂的人，他会注意到那人动作的一些特征，忏悔的模样，俯伏的姿态，得到解脱的轻松。这是他那模糊的同情的表现方式，自然，他只能满足于这样的表现。但他的反应还从来没有像这天这样明显过。一位妇女突然勾起了他的联想。他在教堂中漫步经过小礼拜堂当中的一个，过了一会儿，他又经过同一个地方。这中间，他两三次看见她如同雕像一般静静地坐在里面的阴影处，不禁对她留意起来。她并没有俯伏着身体，她甚至没有低着头，但她固定不变的姿势显得十分奇特。他从旁边经过，在附近停留，而她都竟然许久不动一动，显然是完全沉浸在那使她到这里来的原因里了——不管那原因是什么。她只管坐着凝视前方，就如他常常做的那样，但她是坐在神龛正前方不远的地方，这是他从来没有做过的。而且他很容易看得出来，她已将周围的一切都忘记了，这是他想做却从来没有做到过的，她不是流亡的外国人，她不显得藏头露尾；她是个幸运的人，熟悉这个地方，了解这里的一切，对她这样的人来讲，这样的事情都有一定的成规、一定的意义。她使他想起了——因为十有八九，他对眼前景物的印象都会唤醒他的想象——某个古老的故事中神情专注、坚强高贵的女主人公，他也许是在某个地方听到或者读到过那故事，假如他富于戏剧性的想象的话，也许甚至能写出这样的故事；她是在这样不受侵害的静坐沉思中恢复勇气、清醒头脑。她是背朝他坐着的，但是他的想象只允许她是个年轻漂亮的女人。她头部的姿势，即使在这暗淡肃穆的光线下，也显示出她的自信，暗示着她深信自己既没有表里不一之处，也没有什么可害怕的，更不担心会受到侵犯。但是，这样的一个女人，假如不是来祷告上苍，那她为什么到这里来呢？我们必须承认斯特瑞塞对这类事情的理解总是混乱的，他怀疑她之所以有这样的态度是不是因为她享受着某种特殊的恩惠,某种特别的"宽恕"。他只是模糊地知道在这样的地方宽恕可能是什么意思,然而当他缓缓环视四周,他不难想象这宽恕会怎样大大增加人们参加宗教仪式的热情。总之,仅仅是看见一个不相干的背影便引起了他这一大堆想象。但当他就要离开教堂的时候,却又更深深地吃了一惊。

他当时正坐在过道一半处的一个座位上,又沉浸在博物馆的感觉中,仰着头,目光向着空中,试图描绘出一幅过去的图画——不,应当说他只是在按照维克多·雨果的小说发挥着想象。几天前,既然决定了多少要放纵自己一番,他去买了整整 70 卷雨果的作品,而且价钱便宜得出奇。那书商告诉他说,单那红皮加烫金便要值这么多钱。当他的目光透过那总也不离他双眼的镜片在那哥特式建筑的阴影中游移时,他肯定显得相当愉快,但他最终想到的却是这 70 卷的一大堆如何能够塞得进那已经拥挤不堪的书架。他是不是得将这 70 卷红皮烫金的书籍作为他此行最大的收获来向乌勒特展示呢?他想着这种可能性,直到他无意间注意到有人已经不知在什么时候走过来,停在了他面前。他转过脸,看见一位夫人站在那里,似乎是要向他打招呼,接着他便跳了起来,因为他确切地认出她原来是德·维奥内夫人。显然她是在经过他身旁走向门口去的时候认出了他的。她迅速而轻松地止住了他的疑惑,以她特有的巧妙将它挡了回去。令他疑惑的是他刚才看见的那位妇女便是她。她便是他在昏暗的小礼拜堂里看见的那个人,她决然猜不到她已经引起了他多大的注意,但幸而他很快便醒悟到他并不需要告诉她这个。说到底,并没有谁受到了伤害,而她则大大方方地用一句"你也到这儿来？"消释了一切惊奇和尴尬。她觉得见到他是一件令人十分愉快的意外。

"我常常来，"她说，"我喜欢这个地方。不过话说回来，凡是教堂我都爱去。教堂里那些老女人都认得我。说真的，我自己已经都变成他们当中的一员了。不管怎么说，我看我将来的结局就是那样。"见她向四周看，想找椅子，他连忙拖过一把来。她在他身边坐下，一面又说："噢，我多么高兴你也喜欢——"

他承认他的确喜欢，虽然她终于没有说"喜欢"什么。同时，他还感到她的含蓄的高明之处，她这样说表明她毫不怀疑他对美的鉴赏力。他还意识到自己的这种鉴赏力今天正受到多么慷慨的款待，因为她为今早这一趟特别的出行专门作了一番雅致的打扮——他断定她是步行来的，这从她比平时稍厚的面纱的样式可以看得出来——其实她只是稍加修饰，但效果却非常好。她穿着一套色调庄重的衣裙，在黑颜色下面偶尔隐隐透出一点暗淡的深红。她整齐的头发精心梳理成十分朴素的样式。连她戴着灰色手套的双手，当她坐在那里，将它们搁在身前时，也给人一种安静的感觉。在斯特瑞塞眼里，她好像是在她自家敞开的门前轻松而愉快地对他表示欢迎，身后伸展开去的是她宽广而神秘的领地。拥有着如此多的人是可以有极高的教养的，我们的朋友这时算是真正有所领悟，她继承了什么样的遗产。她在他的心目中有多么完美，她远远不会想象得到。他又一次得到一点小小的安慰，她虽敏锐，他对她的印象却只会是他的秘密。说起秘密，而让他又一次感到狐疑不安的，就是她也许察觉到了他面色的改变，只是没有表露出来，虽然在另一方面，他尽管面色极度失常，却仍然能应对自如。这样过了有十分钟，他的不安便慢慢消失了。

事实上，这短暂的瞬间已经深深地染上了一层特别的色彩，因为他发现他这位同伴正是那在祭坛跳动的光线下以她特别的姿态令他瞩目的同一个人，而这个发现激起了他特别的兴趣。从他上次看见她和查德在一起后私下形成的对他们两人关系的看法出发，她的这种姿态再容易理解不过，它使他对自己已经得到的结论更加坚信不疑。他本来已经决定要坚持这个结论，但做到这点从来没有像现在这样容易过。假如关系中的一方能以她这样的姿态出现，那这关系必定无可指责。可是，假如他们的关系无可指责，那她为什么常到教堂来呢？——他可以相信自己没有看错这个女人。如果这样，她决不会公然到教堂里炫耀自己的厚颜无耻。她常上教堂是为了不断地得到帮助，得到力量，得到内心的安宁——她是为了不断地从至高无上的源泉——如果可以这样理解的话——获得支持。他们小声轻松地谈论着这雄伟的建筑，不时抬头观看一番，他们谈它的历史，它的美——德·维奥内夫人说，她更多的是从外面瞻仰时才领略到它的美。"如果你乐意，我们现在出去就可以再绕着它走一走，"她说，"我并不急着回去，而且，和你一起好好观赏一番，也会是一件愉快的事。"他已经对她讲了关于那位伟大的小说家和他的伟大的小说的事，讲了这些如何影响了他对一切的想象，还对她提到他买的那足足 70 卷烫金书，说这样铺张的采购是多么不成比例。

"不成比例？和什么？"

"和我在别的事情上的放任。"然而就在他说这话的时候，他已经感觉到此刻自己正如何放任自己。他已经做出决定，他急于要到外面去，他要说的话是应当在外面去说的，他怕如果耽误太久，他会让机会溜走。可是她并不着急，她让他们的谈话拖延下去，好像她希望从他们的会见中得到些什么。这正好印证了他对她刚才的样子、对她的秘密的一种解释。当她对雨果的话题做出响应——他会用那个字眼来形容它的——的时候，她的声音由于周围的庄严气氛的感染而变得低而又轻，好像使她的话都带上了在外面不会有的意义。帮助、力量、宁静、至高无上的源泉——这些她还没有找到足够多，还没有多到使他对她表现出信心这一点让她觉得无足轻重。在长久的坚持中，每一点力量都是有用的。如果她觉得他是个可以紧紧抓住的稳固支撑，他是不会把自己从她手里挣脱开去的。人在困境中会抓住离得最近的东西，或许他终究不比那更加抽象的源泉来得更遥远。他做出的决定便是关于这一点的，他决定要给她一个表示，他要向她表示——尽管这是她自己的事——他理解，他要让她知道——尽管这是她自己的事——只要她愿意，她随时可以抓紧他。既然她将他当作一个稳固的支撑——尽管他自己有时觉得摇摇欲坠——他也要尽全力当好支撑。

结果，半小时以后，虽然还不到午餐时间，两人便一起坐在了左岸一家令人惬意的餐馆里——两个人都明白，这是个熟知巴黎的人必来的地方，他们或者是景仰它的名气，或者由于怀旧，从城市的另一边老远地赶来，就像朝觐圣地。斯特瑞塞已经来过三次——第一次是和戈斯特利小姐一起，然后是和查德，再后是和查德、韦马希，还有小彼尔汉姆，是他做的主人。现在，当得知德·维奥内夫人还是第一次到这里来，他感到一种发自内心的快乐。适才他们在教堂外的河边漫步的时候，他为了要把自己暗中的决定付诸实施，便对她说："呃，你有时间同我一起到什么地方去吃午餐吗？比如，不知你知不知道，在那一边有一个地方，步行就很容易到。"——然后他提到那个地方的名字。听他说完，她突然停下了，好像是要马上热烈地响应，又像是很难回答。她听着他的提议，就像它太好了，好得她难以相信这是真的。她的同伴可能还从来没有像此刻这样意外地感到自豪过——他居然能给这样一位拥有世上一切的同伴提供一个新的、难得的享受，无论如何，这都是一次奇特的绝妙经历。她听说过那个诱人的地方，但对他的下一个问题，她反问说他凭什么会认为她到过那里。他想他可能是以为查德或许带她去过，这个她很快猜到了，而他则觉得颇有些狼狈。

"啊，我可以告诉你，"她笑笑说，"我不同他一起公开四处活动。我从来没有过这样的机会——在别的情形下也没有——而这种机会正是像我这样的穴居人求之不得的。"他能想到这点真是太好了——虽然，坦白地说，如果他问她有没有时间的话，她一分钟时间也没有。不过那没有什么两样——她宁愿把别的都抛开不管。所有的义务都在等待着她：家庭的、作为母亲的、社会的，但这不是一般的情况。她的事情会弄得一团糟，但是当一个人准备为之付出代价的时候，难道她就没有权利偶尔让人们去议论一下吗？最后，他们两人便愉快地以这种一团糟作为昂贵代价，挑了一个朝着繁忙的码头和挤满的驳船、闪闪发亮的塞纳河的窗户，面对面地坐在了靠窗的小桌两边。在以后的一小时里，斯特瑞塞将要觉得在放任自己、闭眼跳水这方面，今天他恐怕要沉没到底了。他将会感觉到许多东西，其中最突出的将是他发现自从他在伦敦那家剧院外和戈斯特利小姐一同进餐那晚以来——当时那顿在粉红蜡烛之间享用的晚餐引起了他许许多多的问题——自己已经走过了多远。当时他曾特别留心这些问题的答案，将它们仔细记在心里。可是现在，他却好像已经远远地超越了它们，要么就是远远地跌落到了下面——而且他不知道二者中究竟是哪一个。总之，他想不出一种解释，可以使他现在的情形显得与理智而不是与崩溃或者玩世不恭更加接近。他怎么能指望别人，指望任何人认为他是理智的，如果眼前的他仅仅因为敞开的窗外那明亮、洁净、有条不紊的河畔景色便以为自己有足够的理由？——仅仅因为坐在对面的德·维奥内夫人，面对洁白的桌布和摆在上面的番茄煎蛋和浅黄色的夏布利酒，那欣喜的样子？她几乎像孩子般地笑着，为这天的一切感谢着他，她灰色的眼睛不时离开他们的谈话，移向外面已经透着初夏气息的温暖春光，然后又回到谈话中来，停在他的面孔和他们的平常问题上。

那天他们谈到许多问题——他们从一件事转到下一件事，谈到的话题比我们的朋友能够自由想象的还多得多。他以前曾经有过的那种感觉，那种不止一次出现过的感觉，那种事情正在失去控制的感觉，从来没有像现在这样鲜明过。他甚至能够精确地指出事情开始变化的时间。他确切地知道变化是在那一天的晚上，在查德的晚餐之后发生的。他完全明白它的发生是在他开始介入这位夫人和她女儿之间的事情的时候，是在他允许自己

244

参加与那一双母女密切相关的讨论,在她巧妙地用一句意味深长的"谢谢你"使谈话立即在对她有利的情形下结束的时候。这以后他大约又抵抗了十来天,但事情还是继续朝脱离控制的方向发展。事实上他之所以抵抗,正是因为它在迅速地脱离控制。当他在教堂里认出她的时候,一个想法便迅速控制了他:既然帮助她的不单是她的巧妙,而且还有命运本身,那么抵抗注定是徒劳无益的。假如一切的偶然事件都有利于她——而且一切都显得不可抗拒——那么他只能认输。所以当时他便在内心决定了要向她提议一起吃午餐。他这个提议的成功,事实上不就像通常失去控制时注定会有的结局——一次结结实实的碰壁么?这碰壁便是他们在教堂外面的散步,是他们的午餐、煎蛋卷、夏布利酒,是这个地方,窗外的景色,是他们的谈话,还有这一切给他带来的快乐——姑且不提——这是最妙的部分——她的快乐。所有这些,使他的认输显得并不坏,至少,它让人看到抵抗是多么愚蠢。在他们两人的谈话声和碰杯声中,在窗外传来的城市的喧嚣声和河水拍打堤岸的声音中,他似乎听见了古老的谚语:一不做,二不休,一点不错。与其饿死,不如战死——正该如此。

"玛丽亚还没有回来么?"——那是她问他的头一个问题。尽管他知道她对她的离开有特别的理解,他还是爽爽快快地做了回答。于是她又问他是不是非常想念她。由于种种原因,他其实并不能肯定,但他还是回答说"非常想"。而她那一方面则显得好像她不过是要证实一下。"有麻烦的男人必须有一个女人,"她说,"或者这样,或者那样,她总是会出现的。"

"你为什么说我是有麻烦的男人?"

"噢，那是因为你给了我那样的印象。"她一面享用她的午餐，一面轻轻地说，好像唯恐刺伤他。"难道你没有麻烦么？"

他觉得自己被问得脸红了，并且为这个恨起自己来——恨自己愚蠢的表现，居然显得像是被刺伤的样子。他可以被查德的女人刺伤！就在出来的时候，他还对她完全不在乎呢——他竟然就已经走到这一步了么？但不管怎样，他的沉默反而使她的猜想有了一种奇怪的真实性。而事实上令他不安的，不恰恰是他担心自己会给她造成他最不希望的印象么？"我还没有遇到麻烦，"他终于笑着说，"现在我还没有麻烦。"

"哦，而我呢，总是有麻烦。不过那个你已经知道得够多了。"她在没有吃东西的时候便把两肘靠在桌上，那姿势很优美。纽瑟姆太太从不会做那样的姿势，但对一位 femme du monde [1] 来说，它就像呼吸一样自然。"真的，我'现在'就有麻烦。"

"在查德家吃晚餐的那个夜里，"少顷，他说道，"你问了我一个问题。当时我没有回答，而你十分耐心，直到现在也没有再追问过。"

她立即做出了反应。"我当然明白你指的是什么。我当时问你，你说——是在那一天你来看我的时候，在你就要离开之前——你会救我，是什么意思。而那时——我指在我们的朋友那里——你的回答是你自己也还需要等一等，才能明白自己是什么意思。"

"是的，我请你给我时间，"斯特瑞塞说，"可是现在听你说，我的话

---

1 法文，上流社会的妇女。

却显得很滑稽。"

"噢！"她小声说，同时显出缓和的神色。可是接着她又有了新的想法。"假如它的确显得很滑稽，你为什么却还不承认你有麻烦？"

"退一万步讲，"他回答说，"即使我有麻烦，那也不会是我怕人笑话我的滑稽。那个我不怕。"

"那你怕的是什么？"

"什么也不怕——我说现在。"说着仰身靠在椅背上。

"我喜欢你的'现在'！"她隔着桌子朝他笑。

"现在我充分意识到我已经把你耽误得够久了。不过，不管怎么说，我现在知道我那样说是什么意思了。老实说，在查德的晚餐那天我已经知道了。"

"那你为什么不告诉我呢？"

"因为那样做会很难。其实那时我已经为你做了一点儿事了——从我去看你那天说的话的意义上讲。不过我那时还不能肯定它究竟有多重要，所以不告诉你。"

她急切地问："那你现在知道了？"

"是的，我现在知道事实上我已经为你做了——在你问我那个问题的时候——所有当时我所能做的。我觉得，"他继续道，"它的作用比我当时预想的还会大。在我去看了你以后，"他解释道，"我立即给纽瑟姆太太写信告诉了她关于你的事，现在我随时都可能收到她的回信。我想，结果会是什么样，等收到她的信就知道了。"

她显出非常优雅的耐心。"我明白了——你是说，你替我说话会有什么后果。"她等待着，好像是不愿意催促他。

他立即继续说下去，以此表示对她的体贴的感谢。"你知道，问题在于我应当怎样去救你。我现在的办法是让她知道我认为你值得我去救。"

"我明白了——明白了。"她急迫的心情现在表露出来。

"我怎样才能感谢你呢？"然而他不能告诉她，她紧跟着又问，"你自己真的那样想？"

起初他不说话，只把刚上来的一道菜往她的盘子里放，接着说："后来我又给她写了信——我让她很明白我怎么想。我告诉她所有关于你的事。"

"多谢多谢。'所有''关于'我的事，"她说，"噢。"

"所有我认为你为他做的事。"

"噢，你还可以加上所有我认为的！"她又笑起来，似乎是在很高兴地表示赞同，一面拿起刀叉。"可是你不能肯定她看了会怎样想。"

"不能，我不打算假装我能。"

"明白了。"她停顿一下，"我希望你能给我讲讲她的事。"

"哦，"斯特瑞塞的笑容多少有些僵硬，"你只需要知道她的确是个非常出色的人就够了。"

德·维奥内夫人露出疑惑的神色，"那就是我需要知道的？"

斯特瑞塞并不回答她的问题。"查德没有对你谈起过她么？"

"谈他的母亲？当然，谈得不少——谈得很多，但那不是你的观点。"

"他不会，"我们的朋友说，"说她什么坏话吧。"

"一点也不。和你一样，他向我保证说她的确十分出色。但不知为什么，好像正是因为她的确非常出色，十分出色，我们的事情才更加不那么简单。我丝毫没有，"她继续说，"说她坏话的意思，但是我当然会觉得她不可能喜欢听人说她欠我的人情的。任何女人都不会喜欢欠别的女人这种人情。"

这个命题斯特瑞塞没有办法反驳。"可是我还有什么别的办法来告诉她我的感觉呢？关于你我能说得最多的就是这个了。"

"那么你是说她会对我好吗？"

"我正等着看呢。但是我不怀疑她会的，"他补充说，"假如她能在友好的环境下看见你。"

她似乎觉得这个主意不坏。"噢，那么，那个难道不可以安排么？她不会出来么？假如你对她说，她会不来么？你是不是已经说过？"她的声音似乎有一丝颤动。

"噢，不，"—— 他一刻也不迟疑，"那不可能。更大得多的可能是——为了让她知道你的事——既然你肯定不可能去——首先我回去。"

这话使她立即严肃起来。"那你是不是在考虑要回去呢？"

"噢，当然，随时都在考虑。"

"不要走——你不要走！"她叫道，"你只有这一个办法。"

"一个办法，什么办法？"

"当然是不让他垮掉呀，你来不是要使他垮掉的吧。"

"那要看，"斯特瑞塞停顿一下，才说，"你说的垮掉是指的什么，对不对？"

"噢，你很清楚我指的是什么！"

他的沉默似乎又一次或多或少成了默认。"你连问也不问一下，就断定这么多。"

"不错——但是我并不对人做不好的断定。你完全能理解你到这里来其实根本不是为了做你现在要做的事。"

"哦，那其实很简单，"斯特瑞塞心平气和地解释道，"我只在做一件事——把我们的请求转达给他。我只是用眼前唯一可能的办法向他转达——以个人的方式施加压力。我亲爱的夫人，"他十分冷静地继续道，"我的工作，你看，已经完成了，我没有什么真正的理由哪怕再多停留一天。查德已经知道了我们的意思，而且表示要认真考虑，剩下的事要由他来决定了。我已经在这里得到了休息，找到了我的一份乐趣，现在我感到精力充沛、精神饱满。用乌勒特的话来说，我度过了一段美好的时光。而这当中，最美好的莫过于和你的这次会面了——在这美妙的环境中，还要多谢你肯赏光。我有一种成功的感觉。我得到的正是我想要的。查德不急于离开，正是要等我得到所有这些好处。据我所知，一旦我准备动身，那他也一样。"

她摇摇头。她的智慧要来得更细密、更深入。"你还不准备走。如果你已经准备好要走，那你为什么还要给纽瑟姆太太写你对我谈到的那样的信呢？"

斯特瑞塞思忖片刻。"在收到她回信以前，我不会走的。你对她过分担心了。"他补充说。

他的话使两个人久久地对视着，双方都没有退缩。"我并不认为你真正相信你自己说的话——你并不真正相信，我其实没有理由担心她。"

"她这个人有时可以相当大方。"斯特瑞塞说。

"那样的话，她可以对我有一点信任，别的我再不要什么了。不管怎样，请她承认我所做的。"

"啊，你不应当忘记，"我们的朋友回答，"没有亲眼看见以前，她不会承认什么。让查德回去，给她看看你都做到了什么。让他到那边去对她讲，也可以说是为你说话。"

她忖度着他的这个提议。"你可以用名誉担保，一旦她把他招回去了，她不会想尽办法要他结婚么？"

这个问题使她的伙伴又向窗外看了一会儿，然后，他才迟疑不决地开口说话："等她亲眼看见他是什么样——"

但她并不等他说完。"正是当她看见他是什么样的时候，她才最想要让他结婚。"

斯特瑞塞要对她的意见表示适当的尊重，所以正好沉默片刻，吃他的午餐。"我怀疑事情会不会是那样，那是不容易办到的。"

"如果他留在那儿，就会很容易——他会为了钱而留下来。好像会有很多的钱，多得要命。"

"除非他结婚，"斯特瑞塞说，"否则不会有什么真正对你有害的事。"

她轻轻地不自然地笑笑。"如果不谈什么真正对他有害的事的话。"

但她的朋友的目光似乎在说，这个他也想到了。"有一个问题自然迟早也会出现，那就是你自己可以给他什么样的未来。"

她上身后仰靠着椅背，但两眼却直视着他。"让它出现好了！"

"问题是，最终要看查德本人会从中得到什么。他不愿意结婚这一点可以说明会有什么结果。"

"假如他果真不愿意的话——是的，"她同意他的说法，"但是对我来说，问题是你会得到什么。"

"噢，我什么也得不到。这和我没有关系。"

"对不起，恰恰是在这点和你最有关系，你插手了这件事，你已经推脱不掉了。我想，你之所以要救我并不是出于对我的兴趣，而是出于对我们的朋友的兴趣。但不管怎样，两者实际上是不可能分开的。你不能够丢下我不管，"她结束道，"因为你不能够丢下他不管。"

她这种轻柔的语调和尖锐的言辞在他听来有一种新鲜的魅力。最让他深深地被打动的是她是如此认真。她丝毫没有张牙舞爪的神色，但他得到的印象却是他从来还没有见过有谁能这样有力地传达自己的情绪。老天在上，纽瑟姆太太也可以做出认真的样子，但那根本不能和这个相比。他把这一切都深深印在脑海里，一个细节也没有漏过。"不，"他小声说，"我不能够丢下他。"

她美丽的面容似乎变得明朗起来。"那么，你要一直帮助他？"

"我会的。"

听了这话，她推开椅子，很快地站起身来。"谢谢！"她说着，一面隔着桌子向他伸出手来。一如在查德家的那次晚餐之后一样，这句极其普通的话从她口中出来，便被赋予了非常特别的意义。她在那一次钉进去的那颗金钉又被钉得更牢实了。而与此同时，他想，他自己却仅仅做了那次他决定要做的事。就事情的实质来说，他只不过是牢牢地站在了他上次站的同一个地方。

第十七章

三天后，他收到从美国来的一个消息。那是叠起来粘好的一小片蓝颜色的纸，它没有经他的银行家转交，而是由一个穿制服的小男孩送来，在门房的指点下，交到当时正在小院子里散步的他手里的。那已是傍晚时分，但正是白昼很长的季节，也是巴黎的气息最无孔不入的季节。大街上飘着鲜花的芬芳，他的鼻孔里总是停留着紫罗兰的香气。他喜欢听这大城市的各种声响，它们引起他的遐想。他想象振荡在空气中的各种声响似乎都专为他而来，因为它们不在别的地方，却在这些暖和的夏日渐近黄昏的时候一齐向他涌来，充满着生活的韵味，简直如同一出无比大的戏剧：远处传来的含混的低吟，近处沥青路面上一声清晰的滴答声，什么地方什么人的一声呼唤，一声应答，犹如演员说台词一般抑扬顿挫。像往常一样，他那晚要同韦马希一起在家进晚餐——他们这样做已经有一段时间，因为既方便，又省钱。现在他就是在随意走动着等他的朋友下来。

他便在小院子里读他的电报。打开电报，他便在原地一动不动地站了许久，后来又花了足足五分钟将它再看一遍，最后他才将它捏成一团，仿佛要抛到一边，但终于没有——直到又转了一个圈子，再跌到一张小桌旁的椅子里，他仍然将电报握在手里。他将这一小片纸紧紧握在拳头中间，又抱紧双臂，将它更深地埋藏起来，便在这种姿势中两眼直视前方陷入了沉思，他甚至没有看见韦马希来到跟前。事实上，后者见他这副模样，只注意地看了他一眼，便立即折回到阅览室里，仿佛他看见的景象使他必须那样做似的。但那位米洛斯来的朝圣者并不觉得他不可以在那藏身之地的透明玻璃掩护下观察这边的情形。斯特瑞塞最后又将他收到的那东西拿出来小心地展开放在桌上，又仔细读了一遍。它就在那儿躺着，直到他终于抬起头来看到了正从里面观察他的韦马希。两个人的目光相遇了——有片刻功夫，两个人都没有动。但是斯特瑞塞随即站了起来，一面更加小心翼翼地将电报折好放到上衣口袋里。

几分钟后，这两个朋友一起坐到了餐桌旁，但斯特瑞塞并不曾提电报的事。直到他们在小院子里喝完咖啡，最后分手，两人中谁也没有说一个字。而且我们的朋友还感觉到这一天两人说的话甚至比平时更少，就像双方都在等对方说什么。韦马希本来就时常有一种好像是坐在自家帐篷门前的架势，所以在经过了这么多星期以后，沉默本来就已经成了他们的音乐会的一个音符。在斯特瑞塞的感觉中，这个音符最近变得比先前更突出了。而今晚，他觉得比任何别的时候拖得都长。但当他的伙伴最后问他今晚是不是有什么事时，将门关上的却是他自己，"没有什么特别的事。"他回答说。

然而第二天一早他就有机会作更符合实际情况的回答。整个晚上那件事情都打发不开。晚餐后头几个小时，他关在房间里试图写一封长信。为了这个目的，他吃罢饭便匆匆和韦马希分了手，让他自己去打发时光，连两人惯常的寒暄也顾不得了。但最终他还是没有写好信，重又下楼来走到街上，也不问他的朋友在哪里。他漫无目的地在外面走了很久，直到凌晨一点才回到旅店，借着门房为他留在外面搁板上的一小段蜡烛头的飘忽的亮光上楼回到房间。关上房门，他拿起那一叠没有写完的信，看也不看便撕成了碎片。之后他一头倒下——仿佛多多少少归功于那一撕——便安心地入睡，而且一觉便大大地睡过了头。于是乎，也许是九点，也许十点，当一根手杖头的敲击声在他的门上响起的时候，他的模样还不太宜于会客。但听见查德·纽瑟姆响亮的胸音，他很快就给来客开了门。头天晚上那张险些过早地遭到不测，因而愈加宝贵的蓝色纸片现在正躺在窗台上，它已经被重新展平，而且用他的表压住，以免被风刮走。查德进得门来，习惯地用他漫不经心却十分锐利的目光四下一扫，立即便发现了它，而且他又允许自己仔细地盯了一眼。然后，他将目光转向房间的主人："这么说，它终于来了？"

斯特瑞塞正在别领结的手停了下来，"这么说，你知道？你也有一份？"

"不，我什么也没有。我只是知道我看见了什么。我看见了那东西，我会猜，唔，"他又说，"这简直巧得像一出剧，因为我今早刚好过来——我本来昨天就会来的，但办不到——来同你一道。"

"同我一道？"斯特瑞塞这时又对着镜子了。

"回去，终于可以回去了，像我答应过的那样。我已经准备好了，事实上我这个月就已经准备好了，我只是在等你——那完全是应该的。但现在你好多了，你很安全——我看得出来，你得到了所有应得的好处。今天早上你的气色好极了。"

面对镜子的斯特瑞塞刚好整理完他的外表，这时又把镜子里的形象审视一番。他果真显得特别健康么？也许在查德乐观的目光下多少是如此，但他自己在过去十多个小时里的感觉简直糟糕透了。不过这评价终究只会更坚定他的决心，查德无意中证明了他的决定是对的。显然——既然他看上去气色很好——他的状况比他自己想象的要好。不过当他转过身来面对着他的朋友的时候，那一位的气色又使他对自己状况的估计降低了那么一点点——虽然，要不是他事先知道容光焕发的外表从来都是查德的专利的话，情形肯定还会糟得多。他就站在那里，在清晨的时光中，显得心情愉快、精神焕发——他身体结实，肤发光润，情绪饱满；他举止轻松自如，散发着清新的气息，显露出莫测高深的神色；他面色红润而健康，浓密的头发闪着银色的光泽，在棕色皮肤衬托下更显得血色充沛的嘴唇无论在什么场合总是能吐出得体的词句。他从来没有显得像今天这样出色过，倒仿佛是他为了将自己交出来，特意准备了一番似的。现在这鲜明而多少有些陌生的形象便是他将呈现给乌勒特的样子。我们的朋友又把他打量一遍——他总在看他，却总是觉得有些地方看不透，即使是此刻，他的形象也仿佛是从一些别的东西后面透过来一般，如同隔着一团雾。"我收到一份电报，"斯特瑞塞说，"是你母亲发来的。"

"果真么，我亲爱的朋友？希望她还好！"

斯特瑞塞稍顿一顿，说："不——不怎么好。我很抱歉不得不对你讲。"

"噢，"查德说，"我一定是预感到了。那么，我们更应该马上动身。"

这时斯特瑞塞已将帽子、手套、手杖拿在手里，但查德却在沙发上坐了下来，以示他要在这里表明他的意见。他的眼光一直没有离开过他同伴的东西，似乎他在估计将它们打包要用多少时间。甚至还可以说，他似乎想表示愿意派他的佣人来帮忙。"你说'马上，'"斯特瑞塞问，"是什么意思？"

"哦，我是说坐下星期的船走。这个季节开的船都很空，很容易订到铺位的。"

斯特瑞塞戴好表后，那份电报便一直拿在手里，这时他将电报递给查德，但后者却有些不自然地避开，不去接它。"谢谢，我还是不看吧。你和母亲的通信是你们之间的事。我没有意见，无论是什么我都赞成。"听了这话，斯特瑞塞一面看着他的眼睛，一面慢慢将那纸片叠好放到口袋里。他还没有来得及说话，查德便转换了话题。"戈斯特利小姐回来了吗？"

斯特瑞塞却并不回答他的问题。"我看，你母亲并不是身体有病，一般地说，今年春天她的身体比平时还好些。但是她很担心，十分着急，看来最近几天她是忍耐不住了。我们两个，你和我，叫她失去了耐心。"

"噢，那和你没有关系！"查德十分慷慨地表示反对。

"对不起——那和我有关系。"斯特瑞塞语气平和而忧郁，但却十分肯定。他的目光越过同伴的头顶，注视着远处。"那和我尤其有关系。"

"那就更加有必要马上动身了。Marchons，marchons[1]！"那年轻人快活地哼起《马赛曲》。可是主人却不受感染，而只继续站着，注视着远处。他于是又重复刚才的问题："戈斯特利小姐回来了么？"

"是的，两天前就回来了。"

"那么你见着她了？"

"不——我今天要见她。"但是斯特瑞塞这时不想谈戈斯特利小姐，"你母亲给我发来了最后通牒。如果我不能带你回去，我就得离开你。无论如何，我自己得回去。"

"可是你现在可以带我回去！"查德从沙发上向他保证说。

斯特瑞塞停顿片刻。"我不明白你的意思。一个多月前，你那么急着要让德·维奥内夫人替你说话，那是为什么？"

"为什么？"查德想了想，但是他从来不需要想很久。"因为我知道她会做得很好呀。那样才能让你保持安静，也是为你好。再说，"他轻松地解释道，"让你和她交个朋友，我想让你知道她的想法——你已经看到那对你多么有好处。"

"可是，"斯特瑞塞说，"不管怎么说，她那样替你说话——只要我给了她说话的机会——只是让我感到她是多么想留住你。如果你对那个并不

---

1 法文，前进，前进。

看重，那我就不明白你为什么想让我听听她的意见。"

"噢，我的朋友，"查德叫道，"我非常看重！你怎么会怀疑——"

"我产生了怀疑，是因为今早你到我这里来说要马上动身。"

查德木然地看着他，片刻，才笑笑说："难道你不是一直在等我说这话吗？"

斯特瑞塞犹豫着，又在原地转了一个圈。"我想，一个月来，我首先是在等我衣袋里这个消息。"

"你是说，你害怕会有这样的消息？"

"呃——我一直是在以我的方式行事。我想你刚才说要动身的话，"他继续说，"恐怕不光是因为你觉得我在期待什么。否则的话，你不会安排我和——"但他停了下来，同时站住。

查德这时站起身来，"她不希望我走跟这没有关系！那只是因为她害怕——害怕我到了那边会被留住，不能脱身。可是她的担心是多余的。"

斯特瑞塞察觉到他的同伴再次注视他的眼睛。"你对她厌倦了？"

作为回答，查德摇摇头，慢慢地露出一个他迄今为止看到过的最古怪的微笑。"永远不会。"

它立即给善于想象的斯特瑞塞留下一个深深的、十分柔和的印象，以至于他都无法将它从眼前抹去。

"永远不会。"查德又特意清清楚楚地重复一遍。

这使得他的同伴又踱出几步。"这么说，你是不害怕。"

"不害怕走？"

斯特瑞塞又站住。"不害怕留下。"

那聪明的年轻人现出惊奇的表情。"现在你又要我'留下'？"

"假如我不立刻动身回去，波科克们就会立刻动身到这里来。那就是我为什么说，"斯特瑞塞说，"你母亲发了最后通牒。"

查德表现出更浓厚的兴趣，但一点不惊慌。"她把萨拉和吉姆动员起来了？"

斯特瑞塞帮他说下去。"唔，当然还有玛米。那就是她动员起来的人。"

这个查德也想到了——他笑出声来。"玛米，来迷住我？"

"噢，"斯特瑞塞说，"她可是非常迷人噢。"

"这个你已经不止一次地告诉过我了。我很想见到她。"

他说这话时那种轻松愉快的神色，尤其是那种自然的样子，再一次让他的同伴清楚地看到他的态度多么从容，他的地位多么令人羡慕。"那么你尽管见她好了。你还可以认为，"斯特瑞塞继续说，"你让你的姐姐到这里来看你，真是帮了她一个大忙。你使她有机会在巴黎待上几个月；如果我没有记错的话，从她结婚以后就没有到这里来过。她肯定乐意找个机会来一趟。"

查德听他说着，但他却有自己的见解。"机会过去几年里她都有，但是她从来没有利用过。"

"你是指你？"过了片刻，斯特瑞塞才问。

"不错——我这个孤独的海外游子。那么你指的是谁？"查德说。

"哦，我指的是我，我就是她的理由。换句话说——因为这归根到底是一回事——我是你母亲的理由。"

"那么，为什么，"查德问，"母亲自己不来？"

他的朋友长久地注视着他，"你想要她来么？"见他不说话，又说，"你完全可以给她拍电报去。"

查德还在思索。"假如我拍电报，她会来么？"

"很可能。你可以试试，就会知道的。"

"那你为什么不试试？"查德停一下，问。

"因为我不想那样。"

查德想一想。"不想在这里见到她？"

斯特瑞塞并不退缩，他的语气反而更激烈了。"不要和我装糊涂，年轻人！"

"噢——我明白你的意思。你当然会表现得无可挑剔，但你并不希望见到她。那么，我不会对你玩那个把戏的。"

"不，"斯特瑞塞声明，"我不会说你玩把戏的。你完全有权利那样做，假如你做了，那也完全是光明正大的。"他换一种口气，又补充说，"而且，你还会让她见一位十分有趣的人，那就是德·维奥内夫人。"

他们继续看着彼此的眼睛，但查德的目光友好而坦然，丝毫没有畏缩的意味。他终于站起来，说了一句让斯特瑞塞大感意外的话："她不会理解她的，不过那也没有什么两样。德·维奥内夫人希望会见她。她会对她很好，她认为她可以办到。"

听了这话，斯特瑞塞想了想，但终于还是转过身去。"她不能！"

"你肯定？"查德问。

"你要高兴的话，可以试试看！"

斯特瑞塞平静地说完这话，便提议到户外去，但那位年轻人仍然不动。"你回了电报没有？"

"没有。我什么都还没有做。"

"你在等见到我以后？"

"不，不是那个。"

"你只是在等——"说到这里，查德嘴角带着笑，"见到戈斯特利小姐？"

"不——甚至也不是戈斯特利小姐。我不是在等和任何人见面，我只是还没有做出决定——在完全不受打扰的情况下；而且，既然这些我都应当告诉你，我很快就会做出决定了。所以，请你对我耐心一些。不要忘记，"他继续说，"那正是当初你所要求于我的。你看，我是满足了你的要求的，而且结果你也看到了。和我一道再住一段时间吧。"

查德的表情变得严肃起来。"再住多久？"

"呃——到时候我会让你知道的。你知道，是好是坏，我都不可能永远住下去。让波科克们来吧。"斯特瑞塞重复道。

"因为那会给你时间？"

"不错——会给我时间。"

查德没有马上说话，似乎他还是不太明白。少顷，他说："你不想回到母亲那里去？"

"现在不。我还不打算走。"

"你觉得，"查德用他那特有的声调问，"这里的生活让你迷恋？"

"这里的生活非常吸引人。"斯特瑞塞毫不掩饰，"你花了这么大力气帮我感觉到这点，所以这对你应该不是什么新鲜事。"

"不，当然不是，我很高兴。可是，亲爱的朋友，"查德的声调有些特别，"这一切会给你带来什么呢？"

这个问题如此奇特地显出谈话双方地位和关系的转变，以至于查德话一说完，他自己便先笑起来，斯特瑞塞于是跟着笑起来。"我就可以说我的信念是不可动摇的——它是经过考验的。不过，话说回来，"他忍不住又加上一句，"假如在我到这里的头一个月你就愿意跟我走的话——"

"那么？"查德收起笑容。

"那么，现在我们已经在大洋的对岸了。"

"噢，那么，你也就不会享受到这些快活！"

"我会享受到一个月，假如你想知道的话，"斯特瑞塞继续说，"我现在已经享受得足够多，够我这辈子享用的。"

查德似乎觉得这十分新鲜有趣，但似乎还是似懂非懂，斯特瑞塞对"快活"的这种理解一开始就让他不大明白。"如果我留下你——"

"留下我？"轮到斯特瑞塞不明白了。

"只一两个月——我去一趟就回来。德·维奥内夫人，"查德的嘴角又挂上了笑容，"在这段时间里可以照顾你。"

"你一个人回去，让我留在这里？"两人的目光又一次相对，然后，斯特瑞塞说，"你怎么想得出来！"

"可是我想见见母亲，"查德回答说，"你知道我有很长时间没有见过她了。"

"的确不短了，那就是当初我为什么急着要你动身的原因呀。你难道还没有让我们明白你没有她也能过得快活吗？"

"噢，但是，"查德的镇定令人钦佩，"我现在不同了。"

话里甚至还带着几分轻松和得意，让斯特瑞塞不禁又笑起来。"假如你比现在要糟，我倒还知道该拿你怎么办。那样的话，我会找人堵上你的嘴，绑上你的手和脚，任凭你挣扎反抗，将你扛上船就是。你究竟，"斯特瑞塞问，"有多想见到你母亲？"

"有多想？"查德似乎一时不知道答案。

"是的，你有多想？"

"噢，像你使我感到的那么想。只要能见到她，我什么都不在乎。而且，你使我非常明白，"查德继续说，"她有多么想见到我。"

斯特瑞塞思考片刻。"如果那果真是你的理由，你可以乘出港的第一艘法国船，明天就走。不消说，你本来就有绝对的自由。你既然已经待不下去，要这么匆忙地走，我只能接受这个事实。"

"那么我立刻就走，"查德说，"如果你留下的话。"

"我留到下一班船——那时我就来和你会合。"

"你把这个叫作，"查德问，"我要匆忙地走，而你接受这个事实？"

"一点不错——我只能这么讲。所以，你如果想我留下来，唯一的办法就是，"斯特瑞塞解释说，"你自己也留下来。"

查德领会到了。"特别是，是我出卖了你，对不对？"

"出卖了我？"斯特瑞塞尽量显得只是在随声附和。

"很明白么，如果她派波科克们来，那就是说她不信任你；如果她不信任你，那就是说——唔，你是知道的。"

斯特瑞塞略为思忖，明白自己确是知道的，于是依这种情形说话，"所以你该看到你欠我什么。"

"如果我看到了，我该怎么报答？"

"不要抛下我。和我在一起。"

"噢，老天！"

两人下楼的时候，查德将一只手用力拍在他肩上，算是对他的保证。他们一起慢慢下了楼，在旅店的院子里又谈了一会儿话，便分手了。查德·纽瑟姆离开了旅店，留下斯特瑞塞独自在那里四下张望，好像是在找韦马希，可是韦马希好像还没有下来，所以我们的朋友最后没有见着他便出去了。

第十八章

那天下午四点时，他仍然没有见着他，但仿佛作为弥补，他正和戈斯特利小姐谈论他。斯特瑞塞一直没有回旅馆去，而是在街上闲逛，想着他的心事，时而心神不宁，时而又被眼前的景象吸引——直到他在马尔伯夫区受到款待，算是事件的高潮。"我确信韦马希一直在'不通报'我的情形下，"——戈斯特利小姐向他问起了事情的来由——"在同乌勒特通消息。结果是，昨天晚上，我接到了最强硬的指示要我回去。"

"你是说，你收到了要你回去的信？"

"不——是封电报，现在还在我口袋里：'速乘首班船返回。'"

斯特瑞塞的女主人几乎让人看破她差一点就变了脸色。幸好她及时恢复了外表的镇静。也许正因为这样，她才模棱两可地说："那么你要——？"

"也许你正该得到这样的报复，谁让你丢下我不管呢。"

她摇摇头，好像是说这个不值一提。"我的离开事实上帮了你的忙——我只消看一看你就可以知道。我是有意那样做的，而且我做对了。你已经不

是从前的你了。而且，"她笑着说，"我最好也不要在那里，你自己可以
应付。"

"噢，可是今天我却觉得，"他很乐意地宣布，"我仍然离不开你。"

她重新仔细打量着他。"好吧，我答应不再丢下你，但是我只会跟在
你后头。你已经开步走了，你可以独自走下去，即使有些摇摆也罢。"

他理解，并且表示同意。"是的——我想我可以摇摆着走下去。但正
是这个让韦马希看得担惊受怕。他再也忍受不了了——他看不下去了，那
不过是他原始感情的爆发。他想要我停下来，他一定是给乌勒特写了信，
说我就要被毁掉了。"

"唔，不错！"她小声说，"但这只是你的假设。"

"这是我猜到的——它很好地解释了发生的事情。"

"就是说，他不承认？——或者你还没有问他？"

"我还没有找到时间，"斯特瑞塞说，"我是昨天晚上才想出来的，我
把过去的各种迹象思考了一遍。那以后我还没有和他见过面。"

她有些好奇。"因为你太恶心？你怕不能克制自己？"

他把眼镜在鼻梁上架好。"我看上去像是七窍生烟的样子吗？"

"你看上去冷静极了！"

"没有什么，"他继续说下去，"值得生气的。相反，他这样还帮了我
一个忙。"

她立刻猜到了。"使事情来一个爆发？"

"你领会得多快！"他几乎是呻吟着说，"无论如何，如果我问起他，

韦马希绝对不会否认，也不会辩解。他是出于内心的信念，完全是心安理得，是经过许多不眠之夜才决定的。他会承认事情是他一手做的，还会认为他做得很成功。我和他之间的任何讨论只会使我们重新接近起来——只会在隔绝我们两人的暗流上架起一座桥。那样，他的行为的结果就会是在我们之间造成了一个共同话题。"

她一时沉默无语。"你多宽宏大量！你总是那么胸怀坦荡。"

他也沉默片刻，然后打起精神，老老实实地向她坦白："一点不错，刚才我的确很宽宏大量，我简直可以称得上胸怀坦荡了。如果我大光其火，我也不会觉得惊奇的。"

"那么对我讲呀！"她急切地催促道。见他不说话，只用眼看着她，她又换一种容易一些的方式，"韦马希先生究竟可能做了什么？"

"他只是写了一封信，一封信就足够了。他对他们说，我需要人照看。"

"那你是不是需要呢？"她很有兴趣。

"非常需要。而且我会得到的。"

"你的意思是，你哪儿也不去？"

"我哪儿也不去。"

"你已经发了电报了？"

"不——我让查德发了。"

"说你不打算回去？"

"说他不打算。今早我们正面谈了一次，我说服了他。我还没有下楼，他就进来了，他来告诉我他已经准备好了——我是说，准备好回去。我们谈了十分钟，然后他走了，去告诉他们他不回去。"

戈斯特利小姐用心地听着。"就是说，你拦住了他？"

斯特瑞塞重新在椅子上坐好。"我拦住了他，我是说，暂时把他留下了。那就是，"他打一个比方来告诉她，"我目前的位置。"

"噢，我明白了，明白了。可是纽瑟姆先生的位置又在哪儿呢？他已经准备好，"她问，"要回去？"

"完全准备好了。"

"他当真——而且相信你也一样？"

"完全当真，我想，所以他见我伸出来拉他回去的手突然改变方向，要将他拖在这里，觉得非常惊奇。"

这个情况值得戈斯特利小姐考虑一下。"他认为你的改变很突然？"

"呃，"斯特瑞塞说，"我对他的想法完全没有把握。我对和他有关的任何事情都没有把握，我只知道我和他接触得越多，便越觉得他不像我原先想的那样。他让人看不透，所以我才在等。"

她想想，"但是你究竟等什么呢？"

"等那边回他的电报。"

"他的电报都说了什么？"

"我不知道，"斯特瑞塞答道，"他和我分手的时候，我们说好他可以按他喜欢的去说。我只是对他说：'我想留下来，而这样做的唯一办法是你也留下来。'他好像对我想留下这点有兴趣，所以按那个想法去行事了。"

戈斯特利小姐将他说的想一遍。"这么说来，他自己也不想走。"

"他是半心半意。我是说，他一半也想走。我原先对他的劝说也起了作用。不过，"斯特瑞塞继续道，"他不会走的。至少在我在这里的时候他不会。"

"可是你不能，"他的同伴提醒他，"永远在这里待下去。我倒是希望你能那样。"

"当然不能。不过，我还是想再观察他一段时间。他一点不像我原先想象的情形，他完全是另一种情形。正是这样，他才让我有兴趣。"我们的朋友慢慢地、清晰地说，倒像是在对他自己解释，"我还不想放弃他。"

戈斯特利小姐一心想帮他理清思绪，但是她必须小心翼翼地。"放弃，你是指，——呃，——给他的母亲？"

"哦，我现在并没有想他的母亲。我是在想我被派到这边来对他讲的那个计划。我一见到他，就尽我所能将它当成美好的前景对他描绘了一番。可是那计划可以说是在完全不了解这么长的时间里他都发生了什么事的情况下制订出来的，完全没有考虑到我一到这里便开始源源不断地从他那里得到的那些印象——我敢说那些印象还远远没有到尽头。"

戈斯特利小姐的微笑里带着最温和的批评。"所以你的意思是——多少是——出于好奇而留在这里？"

"你喜欢怎么说都可以。我不在乎别人怎么说——"

"只要你留下来，当然不用在乎。不管怎么说，我管它叫作最大的乐趣，"玛丽亚·戈斯特利宣布，"看你怎么解开这道问题也会是我一生中最刺激的事情之一。一点儿不错，你可以独自一人走下去！"

她的夸奖并没有让他高兴起来。"等波科克们来，我就不会是独自一人了。"

她的眉毛扬起来。"波科克们要来？"

"我是说，查德一发去电报，他们就会来——而且一刻也不会耽搁。他们就会马上上船。萨拉会来充当她母亲的代言人——那比起我来就会大不一样了。"

戈斯特利小姐的表情严肃了一些。"她会来带他回去？"

"很可能——我们很快就会知道。不管怎样，她也一定得有个机会，而且她一定会尽力的。"

"可是你希望那样么？"

"当然，"斯特瑞塞说，"我希望那样，我希望公平。"

但这时她有些跟不上了。"如果事情移交给波科克们了，你为什么还要留下呢？"

"不过是为了把事情做得公平——当然，多少也为了看到他们也做得公平。"斯特瑞塞今天格外不厌其烦。"我到这里就发现自己面对着新的事实——而且感到它们不能用老的理由去解决，需要有新的理由——要像事实本身一样新。这个我们在乌勒特的朋友们——查德的和我的——已经尽可能早地被明白地告知了。如果拿得出任何新理由，波科克太太会将它们拿出来的。她会将它们全都带来。那会是，"他忧郁地笑笑，"你说的'乐趣'的一部分。"

现在她已经完全进入了主流，和他肩并肩地游着。"玛米——照你刚才说来——是他们最大的王牌。"然后，见他沉默着若有所思，实际上是承认了，又加重语气说，"我想，我替她难过。"

"我想我也是！"——斯特瑞塞跳起来，来回走动着，她用眼睛跟随着他。"可这是没有办法的事。"

"你是指她到这里来这件事？"

他又转一个圈，才向她解释他指的是什么。"要使她不来，唯一的办法是我回去——我相信如果我在场，我可以制止这件事。可是困难是，如果我回去——"

"明白了，明白了。"她反应极快，"纽瑟姆先生也会回去，而那个，"她笑出声来，"是不允许的。"

斯特瑞塞没有笑，他只平静地，甚至可以说温和地看着她，似乎要说他不怕被人嘲笑。"奇怪，是不是？"

两个人就共同关心的事情谈了这许久，也没有涉及另一个名字——但现在两人短暂的沉默使双方都想到了那个名字。斯特瑞塞的问题足以说明在他的女主人离开这段时间那个名字在他心目中增加了多少分量，正因为这样，她那方面一个简单的表示就会让他觉得是个响亮的回答。但片刻之后她的回答甚至更加响亮，她说："纽瑟姆先生会不会把他姐姐介绍给——？"

"介绍给德·维奥内夫人？"斯特瑞塞终于把那个名字说出来，"要是他不，我才会大大地惊奇呢。"

　　她凝神注视，仿佛那场面就在眼前。"你是说，你已经想到了那种可能，而且已经有了准备？"

　　"我已经想到了，已经有准备。"

　　她的思想现在转到眼前的客人身上来。"Bon[1]！你的确了不起！"

　　"哦，"他顿了顿，才有些无精打采地开口，但仍旧站在她面前——"哦，我只希望，在所有这些乏味的日子里，我可以哪怕有一次够得上那个字眼。"

　　两天后，他从查德那儿听说乌勒特方面对他们那份决定命运的电报有了回音，回答是给查德的，内容是萨拉、吉姆，还有玛米立即就动身来法国。在这期间他自己也发了电报回去，他是在拜访戈斯特利小姐以后发的电报。同以往常常发生的一样，和她谈话以后，他头脑清醒多了，也有了主张。他给纽瑟姆太太的回电是这样的："我意宜再住一月；如再来人，最好。"他还说他会写信，但信他当然本来就一直在写。十分奇怪，写信仍然能使他感到轻松，使他比任何别的时候都更觉得自己是在做什么。他甚至常常想，自己是不是在这段精神紧张的时间里学会了一种空洞的把戏，一种漂亮的自欺欺人的手腕。凭他继续源源不断地通过美国邮局寄回去的那些文字，谁能说他比不上一个夸夸其谈的记者，一个掌握了从字眼里榨出意思来的了不起的新学问的大师？难道仅仅为了表示友善？他不是在像与时间赛跑一般写作？——因为他已经养成习惯，不耐烦将自己写好

---

1 法文，好极了。

的东西读一遍。在写信这点上他仍然做得到大方慷慨，但那充其量只能算是黑夜里吹口哨。而且十分明显，他那被黑夜包围的感觉是越来越强烈了——所以他的口哨还需要吹得再响些，活泼些。所以在发了电报以后他就起劲地、长长地吹，在得到查德转告的消息以后他更是一吹再吹，有两个星期，他都靠这个办法给自己壮胆。他无法预料萨拉·波科克见到他以后会说什么，尽管他脑子里当然也有一些乱七八糟的猜想。但是她会没有办法说——任何人在任何场合都不会有办法说——他将她的母亲忘记了。在这之前他写信也许更随便，但从来没有写得比这更多，而对乌勒特他则坦率地解释说，他是想多少填补一下萨拉离开所造成的空虚。

　　黑夜的变浓和我所说的他更加卖力地吹口哨，是伴随着这样一个事实发生的：他现在几乎得不到任何消息了。在这之前他就已经觉察到信不如先前到得勤了，而现在的趋势更不容置疑，纽瑟姆太太的信必然有一天不会再来。他已经有许多天没有收到一个字。他不需要任何证据——尽管以后他会得到很多——来告诉他，在得到促使她发那封电报的那个提醒以后，她不会提笔给他写信了。在萨拉见到他，报告对他的评价以前，她不会再写了。这很奇怪，虽说它大约也并不比乌勒特眼里他自己的行为显得更奇怪，不管怎样，这件事意义重大，而尤其不可思议的是，暂时的沉寂却反而使他朋友的性格举止在他的心目中变得更鲜明了。他觉得他从来没有像在这段沉默的时间里那样强烈地感到过她的存在：她的沉默是神圣的，是一种更纯净、更透明的载体，将她的个性显示得更清晰。他曾经与她同行同坐，一同驾车外出，面对面一同进餐——他大约决不会用"终生难得"之类以外的字眼去形容那种待遇的。如果说他从来没有见过她如此沉默，那么他也从来没有如此强烈地、几乎是赤裸裸地感受过她的人格：清澈，用寻常人的话说，"冷酷"，然而深沉、执着、高雅、敏感、高贵。在目前这种情形下，他对她的这些特质的印象反而愈加鲜明，几乎令他摆脱不掉。虽然这样的状况可以使他脉搏加快，使他的生活更富于刺激性，但他也时常为了松弛紧张的神经而设法将这些印象忘记。他明白，自己居然身在巴黎——想想看，偏偏在巴黎——却觉得乌勒特那位夫人的阴影比一切幽灵都更加难以摆脱，这恐怕要算天下最不可思议的奇遇了。这种事也只可能发生在兰伯特·斯特瑞塞身上。

他回到玛丽亚·戈斯特利那里，就是为寻求改变而去的。可是这法子却难得奏效，因为这些日子里他总在她面前谈纽瑟姆太太，而从前他是并不这样的。直到不久前为止，他在那一点上都十分谨慎，遵守着一条原则。但现在他的顾忌全都可以抛开了，因为他可以认为各种关系已经改变了。不，关系并没有真正改变，他对自己说，因为，如果说纽瑟姆太太已不再信任他这一点已经是不容怀疑，那么，也还没有任何东西表明他不能重新赢得她的信任。他现在的想法是他要不遗余力地做到那一点。事实上，假如他目前对玛丽亚讲一些以前他从不曾对她讲过的关于她的事的话，那很大程度上是因为这样做可以使自己不忘记得到这样一位女士敬重是一件多么值得夸耀的事。十分奇怪的是，他和玛丽亚的关系也和先前不大一样了。这个变化——它并没有引起多大的不安——在两人重新开始会面时便被提到了。那是在她当时对他说的话里提到的，而他也没有否认。他可以独自走下去了，这句话道出了一个重要的变化；接下来两人的谈话，进一步证实了这个变化，而剩下的事便由他在关于纽瑟姆太太这件事上的信心来完成了。现在，他朝着她的桶沿伸出他小小的干渴的杯子的日子已经显得那么遥远。现在他已经很难碰一碰她的桶沿了，别的源泉已经在为他涌流，她现在的位置只不过是他的若干个源头之一，而在她面对这改变了的现实的那份坦然当中，他感到一种莫名的甜蜜，一种感伤的温柔，不由为之心动。

这变化向他显示出了时光的消逝，或者至少可以说显示出了转瞬之间他已经经历了多少事情。想到这些，他不由生出几分满足，几分嘲讽，几分遗憾。仿佛仅仅在昨天，他还坐在她脚旁，紧紧拉着她的衣角，张着嘴等她喂食。现在改变了的是这幅图画的比例，而比例，他颇有哲学意味地想，正是一切感知和思想的先决条件。仿佛——她那中楼上的安乐窝给他当了有用的台阶，而另一方面，她交游广泛，总有形形色色的友情和交际要应付，有这样那样的事情要照料，它们占据了她绝大部分时间和精力，而这一切她又极少向他透露——她心甘情愿而且十分高明而自然地退到了一个次要的地位。这种高明永远伴随着，从一开始就超出了他的估计，它将他保持在一定的距离之外，在她的"店铺"——这是她对她众多的交往的称呼——之外，使他们两人之间的贸易尽可能静悄悄地进行，像是一件纯粹在家里——因为家是店铺的对立面——的事，仿佛她再没有第二个主顾。最初，她在他眼里几乎就是一位女神。他还记得那时他早上醒来眼前出现的第一个形象多半就是她的"台阶"。但是现在她在大多数时候只成了那生机勃勃的整体中的一部分——当然，她也始终是他永远应该感谢的人。他永远不可能指望得到比她所给予他的更多的友谊。她将他装扮起来，介绍给别的人，而至少到目前为止他看不出她会对他有什么要求。她只是对他的事情表现出关心。她提问、倾听，她热心地帮他推测事情的发展。她反复地表达过这点：他已经超越了她许多，而她必须对失去他有所准备。她只有一个小小的机会。

常常，当她提起这事的时候，他就用同一种方式——因为他喜欢这方式——来回答。"我有伤心事的时候？"

"是的——那时候我也许就可以把你修补起来。"

"噢，如果我真正地碰了壁，如果真有那一天，那也就用不着修补了。"

"你总不至于是说那就会要了你的命吧。"

"不——比那更糟。那会让我变老了。"

"噢，那绝对不可能！你与众不同的地方就在于你就代表年轻。"然后她还总会加上一两句话，而且她说的时候已经不再半吞半吐，也不请他原谅她的坦白。而他听了也不再难为情，尽管这些话的确称得上毫不遮掩。她已经使他相信了它们，所以它们在两人之间已经成为事实的陈述，不再带有任何色彩。"那正是你的魅力所在！"

而他的回答也总是同样的。"不错，我是年轻——我的欧洲之行使我变年轻了。我开始觉得年轻，或者至少说开始得到它的好处，是在我在曼彻斯特见到你的时候。从那时起就一直是这样。我在应当享受到好处的时候却没有得到——换句话说，我并没有真正享受到青年人的乐趣。我眼前就正在享受到好处，那天我对查德说等一等的时候我也在享受到好处；等萨拉·波科克来的时候，我还会享受到。可是，这是一种许多人可能都不屑一顾的好处。坦率地说，除开你和我，我不知道还有谁能够理解我的体会。我不酗酒，我没有追逐女士，没有挥霍金钱，甚至也没有写诗。但是，我还是在找回早年的损失。我以我的方式得到我的小小乐趣，它比我一生中所遇到的任何别的事都更加使我快活，让他们说去吧——这是我对青春的承认和一点供奉。以我的情形，哪里能找回来就是哪里——不是这里就是那里，即便只是从旁人的生活，从他们的经历、感觉当中去体验也罢。查德就给了我这种体验，哪怕他有那么些灰白头发——它只能使他的青春显得更加坚实、安稳，更加经得起风雨；她也同样给了我这种体验，哪怕她年龄比他更大，女儿已经长大可以嫁人，而且又和丈夫分开，还有那么些不愉快的经历。我并不是说我的这一对朋友还正当青春年华，尽管他们也还相当年轻，那个完全不相干。重要的是，他们是属于我的。不错，他们就是我的青春，因为在青春应当属于我的时候我却什么也没有得到过。所以，我只是想说，所有这一切都会消失——在完成它的使命以前就消失——假如他们两个辜负我的期望的话。"

恰好在这里，她习惯地问道："你说的'使命'究竟是指什么？"

"哦，我指让我可以走到尽头。"

"到什么的尽头？"她总喜欢要他把话说完。

"到这场经历的尽头呀。"他要说的却只有这些了。

不过，如往常一样，她还有话说。"你难道不记得，在我们最初见面的那些日子里，我才是应当陪你走到尽头的人么？"

"怎么可能？我记得很亲切哪。"他总会这样回答，"你不过是在扮演你的角色，要我再说一遍罢了。"

"噢，不要显得我的角色不值一提似的。要知道，不管别的什么会令你失望——"

"而你永远、永远、永远都不会？"他替她把话说完，"对不起，你会的，你一定会、注定会的。你的条件——我的意思是说——不允许我为你做任何事情。"

"更不要说——我明白你的意思——我已经是个弱不禁风的老太婆了。我是老太婆，不过，还是有一件事——你可能做到的——我想我会考虑的。"

"那么，是什么呢？"

可是这个她始终不告诉他。"只有你真正碰壁了，你才会知道。既然那是不可能的，我不会泄漏我的秘密的。"——由于他自己这方面的原因，这个秘密斯特瑞塞也没有去追究。

这以后他谈话时都同意——因为这是最容易做的——他的确不可能碰壁，这样关于碰壁以后的事情的讨论就没有意义了。随着日子的推移，他对波科克们的到来更加重视。他私下甚至有几分惭愧，觉得自己对他们的期待当中有些什么不正确、不诚实的东西。他不该使自己相信萨拉的出现会使事情变得简单，使问题化解，他不该对他们可能做的事这么害怕，以至于要借助毫无用处的怒气来转移注意力，实际上是回避问题。他在家时对他们常会做什么事不是已经看得够多么？他丝毫没有理由感到害怕。他最清醒之处在于他意识到自己最想得到的是关于纽瑟姆太太目前的心理活动的消息——要比他现在能从她本人那里得来的更详细、更全面，同时他至少还清楚地意识到另一件事，即他希望对自己证明他不害怕面对自己的所作所为。如果他不可避免地要付出代价，那么他的的确确迫不及待地想知道这代价是多少，而且预备好一笔笔地去偿还。这偿还的第一笔，不多不少，便是要接待萨拉，而且，作为结果，他自己的状况究竟如何，他还可以比现在知道得清楚得多。

第十九章

　　那些天，斯特瑞塞独自随意打发时光。前一星期的事使得他和韦马希的关系很大程度上变得简单了。纽瑟姆太太召他回去这件事在两人之间再没有提起，只是我们的朋友有一次对他的朋友说到纽瑟姆太太的新使者们已经启航——以便给他机会承认他想象的暗中干预。可是韦马希什么也没有承认。这尽管使得斯特瑞塞的推想一半落了空，但后者却并不着恼，还觉得这和那可爱的朋友当初的冒失举动一样并非缺乏真诚。现在他对这位朋友宽容多了，不禁还欣喜地注意到他体重明显增加了。他觉得自己的假日是那么充实、自由，不禁对那些不自由的人们满怀慈悲。对像韦马希这样受到束缚的灵魂，他本能的反应是小心翼翼地不要将它惊醒，免得它为那业已不可挽回的损失而痛苦。他十分明白，这一切简直可笑。所谓的区别不过是半斤和八两的区别，他的所谓解放纯粹属于相对的性质，就如擦脚垫和刮鞋器一样差不了多少。尽管如此，这对眼前的风波总归还是有好处，而且那位米洛斯来的朝圣者此时的自我感觉比任何时候都好。

　　斯特瑞塞觉得，自从他听说波科克们将要到来以后，他内心不单有胜利的感觉，还有一种怜悯的感觉油然而生。正由于这一点，韦马希看他的目光里才没有咄咄逼人的意味，而多少有些节制和分寸。他当时的目光相当严厉，好像是刻意要表现出对老朋友——他的五十五岁的老朋友——的轻浮竟然要这样暴露在世人面前这件事感到遗憾，但他并没有明显地露出自以为是的样子，而是让同伴自己去决定错在哪里。最近一段时间，他一直是这样一种态度。分歧不被提起，两人的关系于是变得拘谨而敷衍。斯特瑞塞认出了那一本正经、心事重重的神色，以至于一次巴拉斯小姐开玩笑地说她要在她的客厅里专门留出一个角落来。他的神情仿佛就像他知道旁人猜到了他背地的举动，又像他在叹息没有机会辩白自己的动机。不过，剥夺表白的机会正该是对他的一个小小的惩罚。对斯特瑞塞来讲，他有那么一点点不舒服，这没有什么不合适。如果去质问、责怪，或者去谴责他不该干涉别人的事情，或者用任何别的方式向他挑战，他会用他的逻辑证明他这么做是多么光明正大、问心无愧。对他的行为公开表示不满，结果是会给他一个发言的机会，让他捶着桌子表明自己一贯正确。斯特瑞塞自己现时的心情，不正是不愿意听那捶打的声音吗？他不正是怕面对示威时的那种不快的感觉吗？然而无论如何，两人不和还有一个迹象，那便是看得出韦马希有意不露出关心的样子。在朋友遭受的打击中扮演了一次上帝的角色，他现在似乎想给他一点补偿，所以他对他的行动有意做出视而不见的样子，不再表现出参与的意思，一双大手无所事事地合着，一只大脚心神不定地晃荡着，俨然一副心不在焉的模样。

这一来，斯特瑞塞反而没有了拘束。自从到巴黎以后，他还从来没有像这般来去自由过。初夏的画笔抹过，周围的一切，除开近在眼前的以外，似乎都带上一种朦胧的调子，一种漫漫无际温暖芬芳的氛围似乎使一切变得轻飘飘的，似乎特别的融洽和谐；欢乐的回报似乎突然都变得近在咫尺，而痛苦的清算似乎都隐退到了遥远的天际。查德又离开了巴黎，自从远来的客人们看见他以来，这还是第一次。他没有说出详细的理由，只有些尴尬地解释说这是不得不去的。这是他生活中类似情形中的一次，可以证明这位青年人的交游广泛。斯特瑞塞对他离开的关心，也只由于它成了这样一种证明。它赋予这年轻人的形象更丰富的层次，而这一点令他感到宽慰。还令他感到宽慰的是，查德的"钟摆"，自从上次突然向乌勒特急摆被他亲手拉住以后，又往回摆动了。他喜欢这样的想法，即假如他在一瞬间制止了钟的摆动的话，那是为了使它在随后，也就是现在的运动中摆得更有生气。他自己也做了一件以前从没有做过的事，他好几次整天出外游玩——他和戈斯特利小姐一起去了几次，和小彼尔汉姆去了几次还都不算在内——他去了一次沙特尔，在大教堂前沉浸在美的感受之中；他还去了一次枫丹白露，在那儿尽情想象自己正在前往意大利的路上；他去了一次鲁昂，而且还带了一只手提袋，在那里过了夜。

在一个下午，他还完成了一次和上面完全不同的访问。那天，他仿佛无意地来到对岸一座古老而且高贵的建筑前，穿过入口处高大的拱门，走近看门人的小屋，说要见德·维奥内夫人。在那以前，他已经不止一次在似乎是随意的漫步中，感到它只有一步之遥，对这件事跃跃欲试了。只不过，奇特的是，在他那天早上去了巴黎圣母院以后，他的立场的一贯性，以他所设想、所希望的那种方式，又恢复了。在那之后，他认为，这一段瓜葛完全不是他的所作所为引来的。他紧紧抓住自己立场的支撑点，而这恰恰在于这关系对他个人并无利害可言。一旦他主动去追求他的巴黎之行中这段令人心动的关系，从那一刻起，他的立场立刻遭到削弱，因为那样一来，他就在受利害驱使了。只是在几天前，他才给自己的这种一贯性决定了一个界限：他决定，他的一贯性只维持到萨拉来到为止。随着她的到来，他理应获得自由行动的权利，这再合逻辑不过。假如别人定要干涉他的事情，那他除非是十足的傻瓜才应当继续谨小慎微。假如别人都不能信任他，那他至少可以放任一些。假如别人试图要限制他的自由，那他就取得了试试利用现有的地位究竟可能得到些什么喜欢的东西的权利。当然，按严密的逻辑，他或许应当等波科克们有所表露以后才开始他的尝试——他本来是决意要按严密的逻辑行事的。

然而，那个下午，他突然感到一种恐惧，这恐惧改变了一切。他猛然意识到，自己对自己没有把握。这不是针对和德·维奥内夫人再多接触一两个小时会对他敏感的神经产生什么影响而言——他担心的是，他怕的是，和萨拉·波科克一起——他已经有若干个晚上睡眠不佳，甚至从梦中惊醒，都和那位女士有关——只消待一小时，她便会对他产生不知什么样的影响。萨拉在他眼里比真人高大许多，而且随着她离得越来越近，而变得愈加高大。他的想象一旦开始运动，便不能遏制，他想象她用那样的眼神看他，就像已经听到她的责难，已经在她的指责下愧疚莫名，两颊发烧，已经答应悔过自新，立即无条件投降。他好像已经看到自己在萨拉监督下被送回乌勒特，就像少年罪犯被送到惩戒所一般。乌勒特，当然，并不当真是个惩戒所，但他事先就知道萨拉是在旅店里的客厅会面的。所以他的危险在于，至少在他处于这种惶惶不安的心情时看来，按刚才的推想，他会做出某种让步，而这让步会意味着他和现实世界的突然脱离，因此，他如果再迟疑下去，便有可能完全失去机会。这种可能性德·维奥内夫人已经对他描述得极其真切生动。总之一句话，这就是他为什么不再等待下去的原因。他突然意识到他必须赶在萨拉到来前行动。所以，当从看门的太太那里得知他想见的那位夫人不在巴黎时，他大失所望。她去了乡下，而且要在那里待几天。这本来是一桩极其平常的巧合，可是它在可怜的斯特瑞塞身上产生的效果却是令他完全失去了信心。他一下子觉得仿佛再也见不到她了，仿佛这都是因为他对她不够好，才给自己带来这样的结局。

斯特瑞塞放任自己的想象沉溺于阴暗的前景之中，可以说也有好处，因为，相形之下，从来自乌勒特的使者们踏上站台那一刻起，情形便显得有些好起来。他们是乘船从纽约直接到的勒阿弗尔，再从那里乘车到巴黎。由于海上顺利，他们提早登了岸，使查德·纽瑟姆没有时间实行到港口去迎接他们的计划。他收到他们宣布赓即登上最后一段旅程的电报时，才刚刚打算去乘坐前往勒阿弗尔的火车，于是他可做的，便只有在巴黎等候他们的到来了。为了那个目的，他急忙来斯特瑞塞的旅馆邀后者一同前往，甚至还用他惯常的轻松亲切的语气邀韦马希也一同前去，因为，当他的马车咔嗒咔嗒驶来的时候，那另一位先生正在斯特瑞塞视线以内，在那熟悉的院子里一本正经地踱步呢。韦马希已经从同伴那儿得到了消息，因为后者事前得到了查德派人送的字条，说波科克们就要到了。在被告知这消息的时候他朝同伴瞪起眼睛，虽不失惯常的庄严，但却让后者看出了犹疑。斯特瑞塞现在已经眼光老到，看神态就知道他拿不定主意该用什么调子。他唯一有几分把握的是饱满的调子，但在没有掌握充分的事实的情形下，那又谈何容易！波科克们目前还属于未知数，而他们实际上可以说是他招来的，所以就这一点而言，他已经无法回避。他想对这件事有一种理直气壮的感觉，但却一时只能找到一种模糊的感觉。"为接待他们我将需要你很多帮助。"我们的朋友这样对他说道，他十分清楚这句话，还有许多类似的话，在他表情严肃的同伴身上产生的效果。他特别指出韦马希会非常喜欢波科克夫人，他敢肯定他会的，他会在每一件事情上都和她意见一致，而反之，她对他也会一样，总之，巴拉斯小姐的鼻子这回要碰扁了。

就这样，在他们在院子里等查德的时候，斯特瑞塞用自己的快活情绪织成了一张网。他坐着，吸着烟，好让自己安静，一面看着那位同伴在他面前踱来踱去，像笼子里的狮子。查德·纽瑟姆到的时候，他一定对两个人的鲜明对照留下了深刻的印象。他后来回忆起这个场面，一定忘不了韦马希跟着他和斯特瑞塞走出旅店站在街边时脸上那种一半期待一半失落的表情。在马车上，两人的话题转到了他身上，斯特瑞塞对查德谈到近来令他不安的种种事情。几天前，他就对查德提到过他确信那位朋友在波科克们的到来这件事上所扮演的角色，他的话激起了那年轻人极大的兴趣。而且斯特瑞塞看得出这事的影响还不止于此。就是说，他知道查德对于韦马希刚刚在其中扮演了一个决定性角色的那张关系的网是什么想法，而这想法刚刚得到了加深——这件事情和那青年人对他家人的看法被联系起来了。两人谈到他们这位朋友现在可以看成来自乌勒特的控制他们的企图的一部分，而斯特瑞塞立刻想到，半小时后，在萨拉·波科克眼里，他该是多么明显地正如韦马希可能对她描绘的那样，是属于查德那"一边"的。他近来是在随心所欲地行事，这一点是不容否认的，这也许可以说是绝望，也许可以说是信心。他应当以自己新近获得的鲜明的面孔去迎接那些新来的人。

他对查德重复了刚才在院子里对韦马希说过的话：他姐姐必定会和韦马希十分合得来，两个人一经接触，必定，会结成同盟。他们两人必定会变得亲密无间——斯特瑞塞想起刚到此地不久后和韦马希的一次谈话，那时就已经注意到他的这位朋友在许多方面和纽瑟姆太太多么相像，两人就说过几乎同样的话。"有一天他问起你母亲，我对他说，如果他有机会见到她，她肯定会引起他特别的好感。这和我们现在的结论是一致的，即波科克夫人肯定会欢迎他上她的船，因为那不是别的，正是你母亲的船。"

"不过，"查德说，"母亲要胜过萨拉五十倍呢！"

"是一千倍。但是，不管怎样，一会儿你见到她的时候，你见到的是你母亲的代表。我也一样，我觉得自己就像是一个离任大使在迎接新任大使。"说完这话，斯特瑞塞又觉得自己无意间在纽瑟姆太太的儿子面前贬低了她。刚才查德的争辩也表明了这点。最近他对旁边这位青年人的心思和脾性有些摸不透，他只注意到他遇事极少忧愁的时候。现在，在新的事变面前，他重又以新的兴趣注意起他来。查德完全是照两星期前答应他的那样去做的。他一句话不问，便同意了他留下来的请求。现在他非常愉快而且友好地等待着，然而在这愉快和友好背后，也有一种捉摸不透的成分。他在巴黎养成的那种有教养的态度里本来带着一丝冷漠，现在这冷漠似乎增加了。他显得既不过分兴奋也不过分低沉，他给人随和、敏锐、清醒的印象。他没有表现出匆忙、急躁或是焦虑，至多只是比平时显得更平静一些。此时此刻同查德一同坐在马车里，他比平时更清楚地意识到，查德或许可以做别的事，或许可以有别样的生活，但那都不可能使他有今天这样的表现。他所经历的一切才使他成了今天这个样子，这是一件不容易的事情，他付出了时光，经受了折磨，更重要的，付出了代价。无论这一切的结果是什么，这结果今天就要呈现给萨拉了，而他，斯特瑞塞，十分高兴在那一刻到来的时候能够在场。可是她能不能察觉到、感受到这结果呢？如果察觉到了，她会不会喜欢它呢？斯特瑞塞摸摸下巴，思索着如果她向他问起——她肯定会问的——他该用什么词汇来对她形容这结果。不，她应当自己对这些事情做出决定。既然她那么想看，那就让她自己看见它，再喜欢它。她是带着对自己能力的骄傲来的，可是斯特瑞塞内心的一个声音却告诉他，她几乎什么也不会真正看见。

他即刻就知道，查德也敏锐地猜到了这一点，因为就在这时，后者突然不经意地说："他们只是些孩子。他们只是在做游戏！"他悟到这话的意味，觉得心宽一些。这就是说，在他这位同伴看来，他并没有放弃纽瑟姆太太。这就使我们的朋友接下来可以问他是不是觉得应当让波科克夫人见见德·维奥内夫人。而查德对这个问题的明白态度更是让斯特瑞塞始料不及："难道那不正是她来的目的么——看我都交了些什么朋友？"

"不错，恐怕是的。"斯特瑞塞不在意地答道。

是查德的迅速反应使他觉察到自己的失言："恐怕？为什么说恐怕呢？"

"呃——因为我觉得一定程度上我有责任。我想，波科克夫人的好奇心是我的话引起的。我想从一开始你就该知道，我在信里是无话不说的。关于德·维奥内夫人我当然也说了那么一点。"

查德颇有风度地表示他当然了解："不错，但你说的是好话。"

"关于一位女士，从来没有这么好过，然而恰巧是因为我的这种语气——"

"才使她来了？也许是这样。但是，"查德说，"我不觉得在这点上你有什么不对，德·维奥内夫人也一样。你难道到现在还不知道她多么喜欢你吗？"

"噢！"斯特瑞塞呻吟道，"可是我都对她做了些什么！"

"你替她做得够多的。"

查德的老成使他自愧不如。此刻他更迫切地想看到萨拉·波科克在没有充分精神准备的情形下——尽管他给过他们一些提醒——面对这种现象——他对它还没有合适的名称——她该是什么表情。"我所做的就是这个！"

"可是这并没有什么不好，"查德轻松地说，"她高兴别人喜欢她。"

这话使斯特瑞塞思索了片刻。"你是说她敢肯定波科克夫人会——？"

"不，我在说你。她很高兴你喜欢她。可以说，这样很有好处，"查德笑道，"不过，她也不担心萨拉。在她那方面，她做了充分的准备。"

"她会尽量谅解萨拉？"

"不单谅解，她会做一切努力。她会欢迎她，亲切地接待她。她是严阵以待，"他又笑笑，"只等她来。"

斯特瑞塞用心听着这番话。接着，仿佛是巴拉斯小姐忽然从什么地方在插话："她真了不起！"

"完全正确。你简直不知道她有多么了不起。"

斯特瑞塞在这句话里品出一种占据了一样美好的东西的感觉，几乎像是一样好东西的主人不知不觉流露出的那种骄傲。但他无暇追捕这一闪即逝的印象，这般的友好大方的话里面明明还另有一种东西。这里面有着新的鼓励和邀请，而它在几分钟以后就有了结果。"那么，我该更多地同她见面。我该尽可能多地同她见面——如果你不反对的话。到目前为止我还没有那么做。"

"那只能怪你自己，"查德的声音里并没有责怪的意味，"我一直设法让你们熟悉，而她，我亲爱的朋友，我还没有看见她对什么人有这么美妙过。可是你有你的奇怪念头。"

"不错，我的确有过。"斯特瑞塞小声说。这些念头曾经占据他的头脑，但它们现在已经不能支配他了。他无法明白这变化的全过程，但一切都是因波科克夫人而起，而波科克夫人则可能是因纽瑟姆太太的缘故，但那一点还有待证实。总而言之，现在控制他念头的就是他曾经多么愚蠢，竟然错过了宝贵的机会。他本来完全可以有多得多的机会同她见面，可是他把那些好日子都白白浪费了。他不能继续浪费时光，这个决心几乎是到了狂热的程度，现在当他坐在查德旁边朝车站驶去的时候，他甚至生出一种古怪的念头，认为正是萨拉的来临才使得他的机会加速到来。她此行在别的方面会有什么结果现在还不得而知，但是有一方面会有什么结果却是显而易见的，那就是她的到来会大大地推动两个热切的人走到一起。只要听听查德这时的话就知道他的感觉不错，因为那一位正在说，不消说，他们两人——他本人和那另一位热切的人——都指望着他的鼓舞和帮助。听他说话，似乎他们两个觉得最好的办法就是要让波科克们尽量快活，斯特瑞塞觉得简直不可思议。不，如果德·维奥内夫人想出那个，如果她想出要让波科克们尽可能快活，那德·维奥内夫人就太不简单。假如能成功，那真是个美妙无比的计划，而成败的关键在于萨拉能不能被"收买"。不幸斯特瑞塞自己的先例对决定这点没有多大帮助。他和萨拉迥然不同，这再明显不过。他自己的能被收买只能说明他的不同，而且，他的情况已经被事实证明。凡事只要和兰伯特·斯特瑞塞有关，他总喜欢知道最坏的情形，而这件事情现在的情形似乎是他不光能被收买，而且已经被收买了。唯一剩下的困难是他不能准确地说出究竟是被什么收买的。事情就像是他出卖了自己，却并没有收到现钱。然而那正是他总是遇到的情形，他注定有那样的遭遇。他一面脑子里转着这些念头，一面提醒查德不要忘记一个事实，即不论萨拉对新东西多么有兴趣，她此来可是有明确坚定的重要目的。"你明白，她不是来受人摆布的。我们都尽可以快活忘情，那对你我本来就再容易不过，但她来不是为了让人弄得忘乎所以。她来的目的很简单——就是要带你回去。"

"那也没什么，我可以跟她回去，"查德平静地说，"我想那样你是可以接受的。"见斯特瑞塞没有回答，他又问，"或者你是不是认为见到她以后我就会不想回去了？"可是他的朋友还是不回答，所以他就继续说下去，"不管怎样，我打算让他们在这里过得比任何时候都快活。"

这时斯特瑞塞说话了："果然如此！假如你真想回去——"

"假如我真想回去……"查德让他继续说下去。

"那么，你就不会费心地让我们这么快活。你不会操心我们会不会快活。"

无论多么惊人的想法都不能穿透查德那不动声色的神色，"哦，是这样。可是我不可能不那样做呀！那是起码的礼貌。"

"是的，你怎么可能连起码的礼貌都没有呢。"斯特瑞塞深深地叹了一口气。此刻他仿佛觉得这就是他自己荒唐使命的结局。

这话使查德沉默了片刻。但在接近车站的时候，他又说话了："你打算把她介绍给戈斯特利小姐吗？"

这一次斯特瑞塞立即就答话了："不。"

"你不是说过他们知道她吗？"

"我说过，我想，你母亲知道她。"

"难道她不会告诉萨拉？"

"那正是我想知道的。"

"假如她的确……"

"你是想问，假如那样，我会不会让她们见面？"

"是的，"查德用他一贯的友好态度迅速答道，"让她看到这只是一般的关系。"

斯特瑞塞迟疑片刻，才说："我想我不太在意她认为这种关系一般还是不一般。"

"即使那代表母亲的想法，你也不在意？"

"你母亲怎么想？"问话里带着一丝迷惑。

这时他们已经到了车站，这个问题也许马上就有人能帮忙解答。"我的朋友，那不正是我们两个将要寻找的答案么？"

第二十章

半小时后斯特瑞塞离开了车站，不过是和另一位同伴一道。查德带着萨拉和玛米，还有他们的女佣和行李，轻轻松松上了回旅店的路。看他四人乘的马车离开后，斯特瑞塞才和吉姆上了一辆马车。斯特瑞塞生出了一种新的异样感觉，他的情绪也变好了一些。依他的感觉，这将对他近来所作所为做出裁决的两女一男到达时的情形并不像他曾担心的那样，当然，他原来也并不担心立即就会出现什么激烈的场面。他告诉自己说，他所看到的不过都是些必定会发生的事，尽管如此，他的神经还是不觉松弛下来。尤其奇怪的是，这效果居然会归功于他看见、听见那些多年看惯的面孔和听惯的声音，但不管怎样，现在他知道了在这之前他是多么焦躁不安。现在这种松一口气的感觉就充分表明了这点。而且，这变化是在眨眼之间，伴随着他看见萨拉最初一瞬间的印象发生的：她从车窗里向他们微笑，他们从月台上热情地问候她，她带着微笑下到站台，经过六月在这迷人国度的一番旅行，她显得精神焕发，那只是个小小的信号，不过已经足够。她会宽容大度，不会随便猜疑；她准备好大大方方地玩 ——这在她和查德拥抱完毕，转身问候她一家的宝宝朋友时，便更明显了。

这么说来，斯特瑞塞仍旧是她全家的好朋友，这个无论如何是他希望接受的一种事态。而他的反应甚至表明他是多么希望继续充当那个角色。他所了解的萨拉从来都是落落大方的，他极少见过她有胆怯或者干巴巴的时候。她的笑容，虽不灿烂，却也热烈，随时都会出现在那薄薄的嘴唇上。那颇长的下巴，放到另一张脸上，多半就成了强悍好斗的标志，却给她增添了几分热情和教养。那清脆的嗓音老远就可以听见，那亲切鼓励的态度对周围所有的人都一样。这一切他本来再熟悉不过，但是今天在他眼里却几乎像是属于某个刚刚才认识的人。看见她的第一刻，他最生动的印象是她多么像她的母亲，火车进站时两人目光相遇的那一瞬他差一点就把她认成纽瑟姆太太。但是那印象只延续了片刻——纽瑟姆太太要更加有风韵，萨拉已经显出发胖的迹象，而她母亲尽管年岁已大，身材却还像少女。再说，母亲的下巴也不像女儿的那么长，还有她的笑容，噢！那笑容若有若无，远比女儿的来得含蓄！斯特瑞塞看见过纽瑟姆太太的含蓄，他实实在在见过她的沉默，但他从没有见过她有令人不快的时候。说到波科克夫人，她可以令人不快，斯特瑞塞是见识过的，虽然他也知道她总是容易接近的。她的容易接近也十分显而易见，没有什么比她对吉姆多么容易接近更加使人印象深刻的了。

总之，在火车进站时她从车窗往外看的那一刻，映入斯特瑞塞眼底的是那轮廓分明的额头——不知为什么，她的朋友们总是把它和眉头混为一谈；那长长的眼睛——在那一瞬，它们莫名其妙地使他想到了韦马希，那亮得出奇的黑发，和她母亲一般的样式，一样的帽子，一样地避免一切极端——在乌勒特人们总称它是"他们自己的"样式。尽管和她母亲相似的印象只延续了很短的一瞬，在她踏上月台时便消失了，但这一瞬已足以使他充分领受那松弛的感觉，或者可以说那好处。那远在家中的妇人，他与她联系着的那位妇人，出现在他眼前，但仅仅只是在短短的一瞬间里，刚好足以使他领会如果他们彼此不得不承认"裂痕"存在的话，那结局将多么令人难受，还应该说，多么令人难堪。他独自沉思时已经体会到这严重的结局，但随着萨拉的到来，这结局在短短的几秒里显现出空前的可畏，不，应当说它证明了这是完全不可想象的。于是，当他面对那友好熟悉的面孔时，他旧日的忠诚即刻重新点燃。他刚刚探到了深渊的底部，想到自己险些失去的东西，他不禁倒吸一口气。

现在，当那几位来客在车站作大约十五分钟逗留的时候，他可以在他们周围殷勤地忙碌，仿佛他们传给他一个明白的信息，就是他什么也不曾失去。他不会让萨拉当晚在给母亲的信里说他有哪怕一丝变化，给了她哪怕一丝陌生的感觉。在过去一个月里，好多时候他都觉得自己变了，成了一个陌生人，但这是他一个人的事，至少，他明白这不是谁的事。无论如何，它不应当是萨拉凭她自己的观察可以发现的事。即便她这次来比平时更加有心观察，如果他除了友好还是友好，那她也不会发现什么。他相信自己从头到尾完全可以做到纯粹的友好，即便这只是出于他无法找到另一种姿态也罢。他甚至对自己也说不明白什么姿态可以表现他的变化和陌生，那是一种内心深处的改变，玛丽亚·戈斯特利捕捉到过它的影子，可是，即便他想办到，他也无法把它掏出来给波科克夫人看呀！他就是怀着这种心情在他们周围忙碌着，而且，由于他们中那位姑娘，玛米，在这短暂的时间内已经让他看到她是位当之无愧的漂亮姑娘，他的心情又添上了几分轻松。这以前当他为种种烦躁所困扰的时候，他曾经隐约怀疑过玛米是不是真有乌勒特宣布的那般美好。现在重新看到她本人，他被乌勒特彻底折服了，而且不禁打开了想象的闸门。有足足五分钟时间，由玛米代表着的乌勒特似乎都占着上风。在这一点上乌勒特必定是抱着同样的信念，它必定是满怀信心地推举她出来，十分自豪地将她展示给世人，毫不犹豫地相信她的成功；它不会想象有任何要求她不能满足，有任何问题她不能解答。

斯特瑞塞不用费什么力气就使自己愉快地告诉自己说，事情本该如此。假定一个地方的全体居民可以由一位二十二岁的女子作为理想的代表，那么玛米十分完美地扮演了这个角色。她仿佛对它早已习惯，从外表到谈吐到衣着都符合人物身份。他问自己在巴黎有时过分强烈的聚光灯下她会不会显得有些过分注重那几方面，但紧接着又觉得自己不免苛求，毕竟这女子的脑子还很空，她还很单纯；不能要求她的头脑能够提供许多，而要尽可能多地给她装东西进去。她高挑个头，十分活泼，也许肤色略有些白，但那愉快亲切的态度和容光焕发的模样仍然让人感到她青春的气息。她或许可以说在代表乌勒特"接待"周围的一切，她的神态、声调、举止，她的蓝眼睛、洁白的好看的牙齿、小小的鼻子——太小的鼻子——这一切里有某种东西，使人想象着立即将她放置在那华灯四射、场面热烈的房间中的两面大窗户之间，在那房间里人们被"引见"的一幕。各色各样的人们是前来祝贺的，斯特瑞塞的想象完成了这幅画面。玛米像一位快活的新娘，一位刚刚举行过婚礼、还没有离开教堂的新娘。她已经不再是少女，但她不过才刚刚迈过婚姻的门槛，她还处在那节日般的舞台气氛中，但愿这状况还会为她持续下去！

斯特瑞塞替查德感到高兴。而这后一位正全心全意关心着他刚到的朋友们，还唯恐照料不及，让他的佣人也来帮忙。两位女士都十分漂亮。玛米无论在什么时候、什么地方，都会惹来艳羡的目光。假如他带她到各处去访问的话，她会像他蜜月中的年轻新娘。当然，那是他自己的事，也许还可以说也是她自己的事，但无论如何，模样漂亮并不是她的错。斯特瑞塞记起了在格洛瑞阿尼的花园里看见他和让娜·德·维奥内并肩走来的情形，那情景曾经勾起他的想象，当然，那画面上又叠印了许多别的印象，变得淡了。此刻，这回忆是他耳畔响起的唯一不和谐音。他曾经常常情不自禁地想，查德和让娜难道不在受着某种无焰之火的煎熬么？那女孩深深坠入情网不是不可能的事。现在，关于这可能性的念头——尽管斯特瑞塞非常不愿意去想这种可能，尽管他认为它会使本来复杂的局面变得更加复杂，尽管玛米具有那难以形容的气质，至少他的想象赋予她那种气质，赋予她以价值、力量和目的，使她成为一个对立面的象征——尽管有这种种情形，但关于这可能性的念头还是像遇风的火种般燃烧起来。其实小让娜完全与此事无关，她怎么可能与此有关呢？可是，自从波科克小姐扭动着腰肢跨上月台，整理好她头上帽子的阔边和肩上镀金摩洛哥小皮包的带子那一刻起，那女孩就不再无关，而成了对立面。

待到斯特瑞塞与吉姆并肩在马车上坐定，他感到各种感官的印象已将他团团包围，大声提醒他与这些相处多年的人分别已有多长时间了。现在他们来到巴黎，就仿佛他回到美国去见他们一样。吉姆迅速而滑稽的反应使他不由看到多年前自己初到巴黎的影子。不管别的人怎么样，眼前他们几个人之间发生的事至少对吉姆来说是合口味的。他毫不遮掩地风趣地表明这事对他意味着什么，在斯特瑞塞面前显得十分开心。他贪婪地欣赏着两旁的街道，冲口说道："告诉你，老兄，这可很对我的胃口，恐怕当初对你……"一会儿，他又煞有介事地碰碰斯特瑞塞，拍拍他的膝盖说："啊哈，你！不虚此行啊！"话中充满弦外之音。斯特瑞塞听出了他话音里的敬佩，但他心思不在此，没有回答。他此刻在问自己的，是萨拉·波科克在有了这番观察的机会以后，对她弟弟——那位青年人在车站分手时曾向他投来意味深长的一瞥——是什么评价。不管她的评价是什么，至少查德对他姐姐、他姐姐的丈夫，以及这后者的妹妹的评价，他是有机会分享的，这个他从查德的目光中感觉到了。同时，他也意识到，自己在那一瞬交换给对方的，也是一种含糊不清的目光。不过他们有的是时间来交换印象，现在一切都取决于查德产生的效果。在这一点上，不管是萨拉还是玛米在车站都没有任何表示，尽管他们两人那时已经有了足够的时间。本来，作为补偿，我们的朋友是指望吉姆和他单独在一起便会透露点什么的。

奇怪得很，他会和查德有那片刻的无声的交流，而且这短暂的默默沟通关乎他的家人，却就在他们眼皮底下进行。更有讽刺意味的是，它还可以说对他们不利——这件事又一次强烈地向他证明他已经迈出了多少步。然而，迈出的步子尽管多，这最后一步花的时间却只在转瞬之间。他不止一次自问，自己是不是也像查德那样起了变化。不过，发生在那青年身上的是明显的改进，而关于他自己，他却说不出那一点点转变该用什么来形容，当初他应该先把这个弄明白才是。至于他和查德这一刻的偷偷交流，并不比那年轻人在三位新来者面前那种快活的样子更值得惊奇。斯特瑞塞当时就觉得喜欢他这点，他还没有这么喜欢过他。看他的那种表现，他当时的感觉就仿佛是在看一件完美的艺术品。他甚至还在心里问，他们是否真有资格享受到它，是否懂得欣赏，知道它的价值，他甚至想，假如，他们在车站等候行李的时候，萨拉拉着他的衣袖，把他领到一旁，对他说："你是对的，母亲和我以前并不明白你的意思。现在我们明白了。查德真了不起！我们还想要什么呢？如果这就是这儿发生的事……"然后他们就会相互拥抱，从此携起手来——假如真发生那样的事，那大约也算不得什么奇迹。

可是，萨拉故作高深，观察和领悟能力却又平常，她什么也不会注意到。那样，他们在多大程度上会携起手来呢？斯特瑞塞明白这是自己操之过急，并且把它归结到自己的紧张上，他们不可能在一刻钟里面什么都看到、都谈到。还有，他一定是把查德的表现看得太重要了。然而，尽管如此，当他和吉姆·波科克一起在马车里坐了五分钟，而后者还是什么也没有说——就是说，什么斯特瑞塞希望听到的都没有说，尽管别的他说了许多——的时候，他猛然惊醒，他们要不是太愚蠢，就是有意装聋作哑。前者的可能性更大，这就是故作高深的不足之处。是的，他们会做出聪明的样子。他们会最大限度地利用他们所看见的，但他们却会视而不见。他们不会看到的，他们根本不会明白。如果他们竟然愚蠢到连这一点都不明白，那么他们来又有什么用？或者，莫非是他自己处在虚幻夸张的感觉的影响下么？莫非在查德的变化和改进这个问题上，是他自己产生了幻觉，远离了事实么？难道他是生活在一个虚幻的世界中，一个专为迎合他的口味生成的世界，难道他感觉到的不安——特别是现在面对吉姆的沉默的时候——只不过是虚幻受到真实威胁时发出的警报？难道波科克们此行的使命，就是要将这真实提供给他？难道他们来就是要让那建立在观察——即是说，他的观察——上面的世界土崩瓦解，还给查德一个他在脚踏实地的人们面前的真实面目？一句话，难道他们此行是要用他们的清醒来证明斯特瑞塞的谵妄和可笑么？

他想了一想这种可能性，但只一刻便将它忘记了。如果它存在的话，那么，同他一样谵妄可笑的还有玛丽亚·戈斯特利、小彼尔汉姆、德·维奥内夫人、小让娜，当然还有兰伯特·斯特瑞塞本人，而且，尤其是还有查德·纽瑟姆。那样的话，难道不应当说，与其加入清醒的萨拉和吉姆一群，还不如加入谵妄可笑的这一群，才会更加接近现实么？事实上，吉姆还不应当计算在内，这点他很快就决定了。吉姆并不在乎，吉姆来既不是为查德，也不是为他。这些严肃的问题吉姆都让萨拉去决定，事实上吉姆几乎一切都让萨拉去决定，他自己好尽量利用这娱乐的好时机。他不能和萨拉比，这倒不是因为他在性格和意志方面欠缺，而是因为她和他同属于一个更加充分发展的类型，更加熟谙世事。吉姆坦率而且平静地对坐在身旁的斯特瑞塞承认，他觉得他自己的这一类远远落在他妻子那一类后面，比他妹妹就可能落后得更远。他很清楚，她们的类型受到尊重和赞扬，而一个乌勒特的知名实业家所能企求的，社交也罢，实业也罢，顶多便是凑凑热闹而已。

他给我们的朋友的印象是为后者标明他所走过的路的又一个记号。这是个奇特的印象，这尤其因为它在如此短的时间内便形成了。斯特瑞塞觉得他在二十分钟里就得到了这个印象。他觉得，至少可以说它只在很小的程度上算得上是那实业家在乌勒特度过的岁月的结果。波科克是自然地、自愿地置身局外，虽然不完全是自觉地如此。这和他的自然和好情绪不相干，和他是乌勒特的知名实业家也不相干。命运注定他是个百分之百的平常人，有关他的一切对他来说很清楚都是如此。他好像是在说，对任何乌勒特的知名实业家来说，局外人的位置本来就是平常又平常的事。对此他并没有说得更多，而斯特瑞塞那方面，就吉姆而言，也不想问得更多。不过，斯特瑞塞的想象又习惯地开动起来，他问自己，这个现象是不是和结婚有关？假如十年前他结了婚，他自己在这方面的情形会不会也和波科克一样？假如他几个月以后结婚，他的情形将来会不会也变成这样？他会不会感觉对纽瑟姆太太来说，他是局外人，就如吉姆隐约地知觉他对吉姆夫人是局外人那样？

在这一方面，他还是比较安心的，他毕竟和波科克不一样，他更有力地强调了自己的存在，也更加受尊敬。但尽管如此，此时此刻他更清楚地看到大洋那一边的社会，萨拉、玛米，当然还有更显赫的纽瑟姆太太都是其中的成员——那社会从本质上说是个女人的社会，可怜的吉姆并不被包括在其中。至于他本人，兰伯特·斯特瑞塞，暂时多少还算是其中的一员，这对一个男人已经是一件不寻常的事了。他总是被一个怪念头缠绕着，即如果他结婚，这婚姻的代价就将是他在那社会里的位置。但不管他怎么胡思乱想，眼前的吉姆并没有被排除在外的感受。眼下他正对这次新鲜的旅行应接不暇呢。他是个胖胖的小个子，总是一副滑稽的样子，泛黄的皮肤，几乎没有什么特征，要不是他总是喜欢穿浅灰色的衣服，戴白色的帽子，总是叼着一支巨大的雪茄，总喜欢讲个小故事，他根本就不会引起什么注意。他让人觉得他总在为别人付出，尽管他并没有显出可怜的模样。也许造成这印象的主要原因，恰好是他不属于哪一类。他就是用这种方式，而不是用自己的疲劳或消瘦在为别人付出。当然，还用他的小幽默，他对情境和人际关系有良好的感觉，因为这些都是他熟悉的。

现在他高兴地咯咯笑着让马车滚过欢乐的街道，他宣称这次旅行十足是天上掉下来的好事。他迫不及待地说，他可是什么都要尝试一番。他不太明白萨拉来是为什么，不过他来是要快活一番的。斯特瑞塞听凭他说个不停，一面想，不知萨拉要她弟弟回去，是不是希望他也变成她丈夫的样子。他丝毫不怀疑他们全体都将受到要让他们彻彻底底地快活一番的款待。当吉姆提议他们应当在街上再绕一个圈子再到旅店去的时候，斯特瑞塞欣然同意。吉姆的理由是，他们既没有什么累赘，也没有什么责任，他的东西全在另一辆马车上。而且，反正他不是来对付查德的，那是萨拉的事。他知道按萨拉的脾气，她多半当场就会对他发难，所以他们晚去一会儿，给她留一点时间，这没有什么不好。斯特瑞塞这一方面也想给她些时间，所以他就陪着这位同伴让马车在林荫大道上慢跑，一边竭力想从他那里掏出一点点可以帮助他预见自己的这场灾难的东西来。很快他就发现吉姆·波科克不发表意见，不操心，总在外围兜圈子，把那个问题留给两位女士去讨论，他只是小心翼翼地偶尔说一两句俏皮话。现在他又脱口说道："见鬼，要是我，我也会——"

"你是说，要是你是查德，也不会……"

"也不会扔掉这里的这些，回去管什么广告！"可怜的吉姆，他手臂抱在胸前，短小的腿伸在马车外面，尽情享受着巴黎的阳光，两眼从这边看到那边，又从那边看到这边。"怎么，连我也想到这边来生活！我现在就想开始生活！我和你的感觉是一样的。你真了不起，老朋友！我明白，不该过来缠住查德。我并不想来给他添麻烦，我不希望那样。不管怎么说，是因为你们的缘故我才到这里来的，我很感激。你们两个真不错。"

斯特瑞塞暂时还不打算对他的有些话做出反应。"你难道不觉得把广告牢牢控制住是件十分重要的事吗？论能力，查德肯定是合适的人选。"

"他在哪儿得到的这能力？在这儿吗？"吉姆问。

"他不是在这儿得到它的，但重要的是他没有在这儿失去它。他天生对生意有才能，他有一颗出色的头脑。那是他的天赋，一点不假，"斯特瑞塞解释说，"在那方面他是他父亲出色的儿子，也是他母亲的——因为她也十分出色。他还有别的爱好和天赋，但是纽瑟姆太太和你太太在这方面是对的，他确实有生意才能，他非常出色。"

"我想他的确是的，"吉姆轻松地叹一口气，"可是，假如你对他这么有信心，你为什么把这件事拖了这么久？难道你不知道我们都在为你着急？"

问题并不是认真提的，但斯特瑞塞明白，他还是必须做出抉择。"因为，你看，我很喜欢这里，我喜欢巴黎。我实在太喜欢它了。"

"可怜的家伙！"吉姆快活地叹息说。

"可是还不能下结论，"斯特瑞塞继续道，"事情远比从乌勒特看起来复杂。"

"噢！即便从乌勒特看，它已经够糟糕的了。"吉姆说。

"即使有我写的那些信，仍然那样？"

吉姆考虑片刻，"不正是你的那些信使纽瑟姆太太派我们来的吗？有你的那些信，然后又不见查德的人？"

这话使斯特瑞塞也陷入片刻的沉思。"我明白了。她是必定会采取措施的。这么说来，你太太这次来是要行动的了？"

"一点不错，"吉姆承认道，"不过，萨拉每次外出总是要行动的，"他补充说，"除非她不出来。而且这次她是代表她母亲，分量当然又不同。"说完，他又全身心去享受巴黎的美去了，"不管怎么样，在乌勒特可见不到这些！"

斯特瑞塞继续着他的思考："我得承认，你们几个今天给我的印象是温和和理智。你们没有现出爪子来。我刚才在波科克夫人身上一点没有看到那种迹象。她没有一点凶恶的样子，"他继续道，"我这个傻瓜还紧张得很，我以为她会很凶。"

"你难道对她还不够了解么？"波科克问，"你不知道，她和她母亲一样，从来不露声色么？她们两个都不会露出很凶的样子，好让你靠得更近些。她们是反穿皮衣——光面在外。你知道她们是怎样的吗？"吉姆一面说一面环顾四周，斯特瑞塞觉得他只有一半心思在谈话上，"你知道她们是怎样的吗？她们不达目的，决不罢休哩！"

"不错，"斯特瑞塞连忙附和，"她们绝不会罢休的。"

"她们不乱扑乱咬，不摇晃笼子，"吉姆对自己的这个比喻很满意，"她们吃食的时候是最安静的时候。可是她们总能达到目的。"

"她们的确是这样，"斯特瑞塞干笑一声，这说明他刚才说自己紧张并非言过其实。他不喜欢和波科克这样认真地谈论纽瑟姆夫人，他本来可以半开玩笑地和他谈。可是，有些东西他想知道，这是由于她最近的沉默，还由于他现在比任何别的时候都更强烈地感到，他从一开始就告诉了她这么多，却从她那儿知道得这么少。仿佛他的同伴古怪的比喻里包含着的事实现在突然被他看到了：她吃食的时候的确很安静，她，还有萨拉一道，饱餐着他源源不断的书信，他的那些生动的、令人愉快的、倾注着他的天才甚至还有文采的信，而所有这个过程中她的回答却少得可怜。而这时的吉姆，一旦脱离有切肤之痛的丈夫的角色，便重又恢复了惯常的局外人的态度。

　　"但是现在查德比她占先一步。如果他不好好利用这一点……"他对未来妹夫可能中的计谋略微叹息了一番。"他可是很好地用了它来对付你，不是么？"说完话题一转，问起杂耍剧场——用浓重的美国口音发出那个名字——有什么新鲜玩意儿来。他们于是谈起那个题目。斯特瑞塞承认他对那场所略知一二，这话不免又引出波科克一番像儿歌般不痛不痒、又像他胳膊肘一捣般意味深长的议论来。之后，两个人便在轻松的话题中走完了最后一段路。直到最后，斯特瑞塞也没有等来吉姆的任何表示，表明他觉得查德和以前不同了。他不明白自己为什么会对对方在这个问题上的沉默感到这么失望。这变化是他的立足点——如果说他有个立足点的话，而如果他们全都什么变化也看不见，那就等于证明他白白浪费了时间。他耐心地等到最后一刻，直到旅店已经看得见了，而波科克却一味兴致勃勃，再就是对他表示嫉妒，或者插科打诨，弄得他几乎都要不喜欢他，觉得他平庸得难以忍受。如果他们全都什么也看不见！——斯特瑞塞忽然明白，他是在让吉姆告诉他纽瑟姆太太会看不见什么。既然这位同伴这么平庸，他还是不喜欢同他谈论那位夫人。可是，就在马车将要停下的那一刻，他自己的声音突然告诉他他是多么迫不及待地想知道乌勒特的真实意见。

　　"纽瑟姆太太一点儿没有放松么？"

　　"放松？"吉姆机械地重复说，好像他对长时间以来发生的一切居然毫无知觉似的。

　　"我是说，希望总是不能实现，一次次失望，一次比一次更强烈，她一定不好受呀。"

"哦，你是问她是不是筋疲力尽了？"他的形容词是早就准备好的，"不错，她是的，萨拉也一样。但是这种时候也就是她们最活跃的时候。"

"那么说，萨拉也筋疲力尽了？"斯特瑞塞低声说。

"她们筋疲力尽的时候也就是她们可以不睡觉的时候。"

"那么说，纽瑟姆太太现在不睡觉了？"

"她整夜不睡，老兄——是为了你！"吉姆不怀好意地大笑着说，一边使劲推了他一把，让斯特瑞塞觉得问题没有那么严重。不过他总算是得到他想要的了。他当时就觉得这就是乌勒特的真实意见了。"所以，你可不要回去！"吉姆又说，一边下了车。他的朋友全然没有看见他付了一份过分慷慨的车费，因为他仍旧坐在车上，陷入了沉思。他想知道，这最后一句话是否也代表着乌勒特的真实意见。

第二十一章

　　第二天上午，当侍者为他推开波科克夫人客厅的门的时候，里面传出的一个悦耳的声音使他在门前犹疑了。德·维奥内夫人已经亮相了！她的登台使剧情的发展加快了，他觉得这是靠他自己的力量办不到的，而同时他的悬念也增加了。前一天夜晚他是和他的全体老朋友们一起度过的，然而，说到他们此来对他的命运的影响，直到现在，他仍然觉得自己的感觉只能用"茫然"来形容。奇怪的是，此刻在这里意外地遇见她，他忽然觉得她也构成了他命运的一部分，这是以前不曾发生过的。他觉得她一定是单独和萨拉在一起，而且觉得这件事里有一种他无力左右的东西直接和他的命运有关。可是他听见她只是在说一些轻松的无关要旨的话，她作为查德的好朋友特意前来说的话："完全没有什么，我会很高兴效劳的。"

　　他进门来看见里面的人，立即明白她正受到怎样的接待，他从起身迎接他的萨拉脸上激动的表情中便一目了然了。他还看见两位女士并不是像他想象的那样单独在一起，他完全不用去猜离门最远的那个窗前的高大背影是谁。韦马希，这位仁兄他今早起来还没有见过，只知道他在他之前离开了旅店。昨晚波科克夫人一到便开始招待，虽然随便却气氛友好，而他经查德转达那女士的盛情邀请，也到了场。今天他居然也像德·维奥内夫人一样占了他的先。现在，他两手插在衣袋里，正以一种过分明显的超然神情注视着窗外的鲁第雷沃里路，仿佛根本没有注意到斯特瑞塞的到来。而后者从屋子里的空气中便能感觉到——韦马希表现自己的能力让人惊奇——他仿佛根本就没有听见我们刚才记录下来的德·维奥内夫人对女主人说的话。他虽然眼神古板，却也处世老练，所以他才听凭波科克夫人一人去应付这困难局面。他可以待到那位客人离开，很明白，他可以等，这几个月来他不是一直在等吗？她应当明白他可以充当她的后备军。不过，我们还看不出萨拉怎样才能利用这帮助，因为她这时暂时还仅仅限于红着脸有礼貌地应付客人，尽管她也显得活泼机敏。她不得不比预料的更早就和对手打交道，但她首先关心的是要表明突然袭击对她不会奏效。斯特瑞塞进来的时候，她恰好正在作这种表述："您真是太好了，不过，我也不是一个人在这里呀！有我的兄弟，还有所有这些美国朋友们。而且，您知道，我也到过巴黎，我了解巴黎。"萨拉·波科克的调子令斯特瑞塞感到一丝寒意。

"可是，这儿的一切都总是在变，是个很费精神的地方呢！在这儿一个女人，一个出于善意的人，总是可以帮助另一个女人的，"德·维奥内夫人不让她有喘息的机会，"我肯定您了解这地方，可是，我们两个了解的可能会很不相同。"看得出来，她也不想犯错误，不过，她的担心完全是另外一种性质，而且掩藏得更好。看见斯特瑞塞进来，她微笑着，用比波科克夫人更亲切的态度和他打招呼，然后，她并没有离开她的位置，便向他伸出手来。他很快便十分奇特地意识到——一点不错——她是要毁了他。她神态轻松亲切，但她不可避免要对他这样，她的模样典雅高贵，单是这模样就会使萨拉在他的摇摆不定中看出许多意思来。她怎么能知道她正多么严重地伤害着他？她只想表现得朴素、谦虚，并且显示她的魅力，但这恰好使他显得像是站在她那一面。他觉得她的衣着、打扮都表明她有意赢得对方好感；她一早登门访问的态度也十分得体；她乐意推荐好裁缝和买东西的好去处；她很高兴全心全意为查德的家人效劳。斯特瑞塞注意到桌上放着她的名片，上面赫然印着小冠冕和"伯爵夫人"的法文字样，他想象着萨拉内心会有一番什么样的活动。他敢肯定她还从来没有同一位"伯爵夫人"坐在一起过，而这便是他给她准备的一位伯爵夫人。她横渡大洋就是为的要来看她一看，然而他从德·维奥内夫人目光里读到，这好奇心并没有得到十分的满足，她现在还不得不需要他的帮助。在他眼里她很像那天早上在巴黎圣母院的样子，他甚至注意到连她雅致的衣着都有几分相似的意味。她的打扮似乎在表示——或许这表示稍嫌早，而且稍嫌含蓄——她说的给波科克夫人推荐店铺是什么意思。那位女士看她的样子让他更深地感到他们两人的先见之明让戈斯特利小姐免除了什么样的考验。他想象着要不是因为那及时的谨慎，他这时会怎样将玛丽亚引进来当作榜样和向导介绍给女主人，不禁暗自战栗。但与此同时，他似乎又瞥见些许萨拉的打算，并因此稍许觉得安心。她"了解巴黎"，德·维奥内夫人用一种轻松的语气接下她的话题。"这么说来，您有那方面的气质，您和您的家人是一致的。我必须承认您的兄弟已经非常美妙地成了我们中的一员，虽然他在巴黎长时间的生活在这方面也起了一些作用。"她转过脸来用惯于在不知不觉中转换题目的女士的那种口吻请斯特瑞塞给她作证。他不是也曾对纽瑟姆先生在这里如同在家里一般留下了深刻印象吗？他不是也曾因那位先生对巴黎生活的谙熟而得益吗？

斯特瑞塞感到她这么快就露面奏出这个音符，至少应该说是勇敢的。然而他又问自己，她不露面便罢，她一露面，又有可能奏出什么别的音符呢？她只能立足于显而易见的事情来和波科克夫人交手；而就查德的情形而言，最明显的莫过于他为自己营造了一个新环境。除非她躲藏起来，否则她就只可能作为他那新环境的一部分，作为他在这里安定的状态的图解——作为这种状态的证明出现。而这一切她非常明白，这个在她当着众人的面拉他上她的船那一刻，在她迷人的目光里是那么清楚，以至那眼神引起他一阵不安，使他事后责备自己的胆怯。"噢！请不要用这么迷人的目光看我！这会使我们显得很亲近。可是，我们之间能有什么呢？我一直对你小心提防，只和你见过几次面！"他再一次看到了总是捉弄着他的奇怪命运。他在波科克夫人和韦马希眼里一定显得是卷入了某种关系，而事实是他什么关系也没有卷入，事情只要关系到他，就总这样。此刻他们二人正想着他什么都做了——他们只可能这样想——而这都是因为她对他用了那样的调子，而实际上他所做的只是拼命抓住岸边，不使哪怕一个脚趾头浸在洪水里。不过我们也许还可以补充说，这一次，他的畏惧并没有燃烧起来，它只向上窜了一窜，便缩回去，彻底熄灭了。在萨拉明亮目光的注视下，他只要对那另一位客人做出响应，便是上了她的船。在她的拜访继续下去的过程中，他感觉到自己一步一步地做了帮助驾驶那冒险小舟的各种动作。它在他脚下摇晃颠簸，但他还是坐到了自己的位置上。他操起桨，而且，既然人家都认为他在帮忙划船，便索性划起来。

"那样的话，我们能有机会见面，就更令人高兴了。"德·维奥内夫人又接着波科克夫人说她了解巴黎的话头说。她紧接着又补充说，有斯特瑞塞先生随时帮忙，她不会再需要她的帮助。"据我所知，还没有人像他那样在这么短的时间里便了解了巴黎，而且喜欢上了它。有他，还有您兄弟和您一起，您还需要谁当向导呢？斯特瑞塞先生会告诉您，"她笑了笑，"关键是要放松。"

"噢，我并没有怎么放松，"斯特瑞塞答道，仿佛他有义务向波科克夫人暗示这些巴黎人说话不可信，"我只是不想给人一个不能放松的印象。我用了许多时间，但我给人的印象肯定是待在原地不动。"他把目光投向萨拉，心想她可能会察觉他的注视。接着，他可以说是在德·维奥内夫人保护下第一次说出了自己的意见："事实是，我一直在做的，仅仅是我这次来要做的事。"

然而这不过是马上又给了德·维奥内夫人一个目标。"你重新熟悉了你的朋友，你重新认识了他。"那轻松的神态，帮忙的语气，倒好像他们是一路，决意共同进退似的。

仿佛这话和他有关，韦马希这时从窗前转过身来。"不错，伯爵夫人，他和我重新熟悉了起来，他还了解了关于我的一些事情，虽然我不知道他对所了解到的是否喜欢。得让斯特瑞塞自己来评判这是不是让他觉得他做对了。"

"噢，他到这里来完全不是为您呀，"她轻快地说，"你是为他来的吗，斯特瑞塞？我也完全不是指的您，我指的是纽瑟姆先生，他才是我们常常想着的人，波科克夫人来也是要重新和他接上关系。这对你们两位都是一件多么愉快的事！"德·维奥内夫人盯住萨拉，大胆地说。

波科克夫人的应战也十分得体，但斯特瑞塞很快看到，她不允许任何旁人来评论她的行动或者是打算。她不要谁的保护，也不要帮忙，因为那些只不过是阵地不巩固的代名词。她要用她想用的方式表明她想表明的意思，她以一种干巴巴的语气和明亮的眼神表明了这点，这使他想起乌勒特晴朗的冬日的早晨。"我并不缺少和我的兄弟见面的机会。我们在家里需要费脑筋的事情多得很，有许多重要的事要料理，也有各种各样的机会。再说我们那里也不是什么穷乡僻壤，"萨拉尖锐地说道，"我们做每一件事情都有足够的理由。"简单地说，她绝对不会承认她此来的目的。她又用息事宁人的高姿态说："我来是因为——嗯，是因为我们是要来的。"

"那么再好不过。"德·维奥内夫人不对任何人地轻声说。五分钟后，他们都站起身来，她要告辞了。他们又站着不失友好地说了几句话，只是韦马希随时摆出一副要迈着他那一本正经小心翼翼的步子回到打开的窗前看街景的样子。这间四处装饰着红色锦缎和镀金饰件、陈设着镜子和时钟、富丽堂皇的房间朝向南面，百叶窗挡住了夏日的阳光，但从缝隙里看得见旅店俯瞰着的图勒利花园和花园南面的景物以及从这里向远处伸展开去的巴黎，凉爽、朦胧、诱人，栏杆镀金尖头的闪光，沙砾地面的咯咯声，马蹄的嗒嗒声，清脆的马鞭声，都使人想到马戏团的游行。"我想我可能会有机会到我兄弟那儿去，"波科克夫人说，"我相信那一定会令我很愉快。"话好像是对斯特瑞塞说的，但一张神采飞扬的脸却朝向德·维奥内夫人。在她这样面对着她的时候，有一瞬间，我们的朋友觉得她还会说："我得感激您邀请我上那儿去呢。"他觉得，有五秒钟，这句话都随时会说出来，他都清晰地听见了它，仿佛它真的被说出来了，但很快他就明白它没有被说出口——来自德·维奥内夫人的一瞥告诉他她也感觉到那话几乎要被说出来了，但很幸运它没有被以任何值得注意的方式表达出来。她于是可以只对说出来的那一部分做出反应。

"迈榭比大街可以作为我们的中间地带，那将是我与您再见面的最好方式。"

"噢，我会来看您的——您这么好。"波科克夫人直视着入侵者的眼睛。这时萨拉面颊上的红晕已经褪成两小团深红色，但仍然十分醒目。她昂着头，让斯特瑞塞觉得这时候两个人当中扮演伯爵夫人的反而是她。然而他也很明白，她的确会对她的来访者以礼相报的，她在再向乌勒特报告之前，最起码一定会要到那一点可报告的内容。

"我非常想让您见见我的小女儿，"德·维奥内夫人继续说，"我本会带她一起来的，但我想先得到您的允许。我原以为我会见到波科克小姐，我从纽瑟姆先生那里听说她和您在一起。我十分希望我的孩子能认识她。如果我能有幸见到她，如果您不反对，我想冒昧地求她待让娜好些。斯特瑞塞先生会告诉您，"——她十分出色地继续下去，"我那可怜的女儿温柔善良，可有些孤独。他们两个，他和她，是很好的朋友，我想他对她的印象不坏。至于让娜那方面，他获得了完全的成功，就如我所知道的他在这儿总是成功的那样。"她像是在请求他准许她说这些话——应当说她——轻柔地、愉快地、轻松地、亲密地——更像是早已获得了准许，像是他的准许是不成问题的。而他则更明白了现在如果不配合就等于是十分可鄙地出卖了她。不错，他是和她一起的，即使在目前这种不公开、半保险的方式下也是和那些不和她一起的人对立着的。他意识到自己已经多么密切地和她在一起，这有些不可思议、莫名其妙，却又令人兴奋、让人振作。这几乎有些像他是在那里等她给他机会更深地卷入，好向她表现他会如何迎接这挑战。接着在她把她的告别继续延长那么一会儿的时候发生的事就刚好造成了这效果。"您看，既然他的成功是一件他自己绝对不会提起的事，我在这件事上说话就不妨大胆一些。而且，你知道，我真是好心肠，"她转向他说，"考虑到我从你在我身上的成功里几乎没有得到什么好处，什么时候才能见到你？我在家等啊，等啊，等得人都憔悴了。波科克夫人，最起码您要让我能见一见这位十分难得见到的先生，单是这个就算帮了大忙了。"

"如果剥夺了照您说来似乎是这么自然地属于您的东西，我当然会十分抱歉的。斯特瑞塞先生和我是很久的朋友了，但我不会为了和他在一起而同任何人吵架的。"

"可是，亲爱的萨拉，"他用随便的语气插话说，"你这话让我觉得你忽略了一个重要的事实，即在多大程度上——因为你也是属于我的——我是自然地属于你的。如果能看见你为我而同人争吵，"他笑笑说，"我会更喜欢的。"

这话使她突然顿住不说话了，他立刻想，可能她对自己这种未经许可的亲近的态度没有精神准备，因此由于惊愕而语塞了。他并没有想伤害她，刚才那倒霉的话突然冲口而出，是由于如果他不愿意因德·维奥内夫人而害怕的话，那他也不愿意因她而害怕。自然，在家里的时候他从来没有用"萨拉"以外的任何名字称呼过她，虽然他或许也没有公然称她"亲爱的"，但那是因为迄今为止他还没有像今天这样完完全全掉进陷阱里。但有个声音在责备他说现在已为时太晚——除非也许可以说还为时太早，无论如何，此举不会使波科克夫人对他满意的。"噢，斯特瑞塞先生！"她小声含糊然却锋利地说，面颊上两团红色显得更红了。他明白此刻这就是她所能说的全部了。但这时德·维奥内夫人已经来替他解围，韦马希也重新向他们靠拢，好像要继续参加谈话。然而那位夫人的解围却有一种值得怀疑的性质，因为它表明不管他怎么不承认和她有多少关系，不管她自己如何抱怨没有机会见到他，她却十分恶毒地证明他们之间已经谈论过多少话题。

"真正的事实是，你为了可爱的玛丽亚而牺牲了我，好硬的心肠。她容不得你生活中再有别的人。您知道，"她向波科克夫人询问道，"关于可爱的玛丽亚的事吗？最糟糕的是，戈斯特利小姐是个非常出色的女人呢。"

"她当然知道，"斯特瑞塞替她回答，"波科克夫人知道关于戈斯特利小姐的事。萨拉，你母亲一定告诉过你；你母亲什么都知道，"他固执地说下去，"而且我友好地承认，"他鼓起勇气故作轻松地继续说道，"她的确非常非常出色。"

"噢！'喜欢'来过问这事的可不是我，亲爱的斯特瑞塞先生！"萨拉·波科克马上反驳说，"再说，我丝毫不认为我从什么人那里——母亲也好，别的人也好——得到过一点关于您说的是谁的暗示。"

"噢，他不会让您见她的，"德·维奥内夫人同情地插话说，"他从来不让我见见她，尽管我们还是老朋友，我是说我和玛丽亚。他把她留给了自己最好的时间，他几乎把她独吞了，只给我们其余的人一点儿残羹剩饭。"

"伯爵夫人，我便得到了一些您说的残羹剩饭。"韦马希郑重地说，一面用他严肃的目光罩住她，使得她不等他说完，赶忙抢上来。

"Comment donc [1]，您是说，他让您分享她？"她表现出被弄糊涂的滑稽样子。"当心些，别分得太多，这位女士会让您应付不了的。"

然而他只顾郑重其事地继续说下去："我可以写信告诉你关于这位女士的事，波科克夫人，如果你想知道的话。我见过她好几次，他们认识的时候我实际上在场。以后我一直注意着她，但我不认为她会对任何人不利。"

"不利？"德·维奥内夫人一点也不放松，"怎么会呢？她是聪明可爱的女人里最聪明最可爱的一个！"

---

1 法文，阁下注意。

"啊，伯爵夫人，您比她一点不差。"韦马希寸步不让，"不过，她毫无疑问是一位十分出色的女士。她对欧洲很熟悉。最重要的是，她毫无疑问的确爱着斯特瑞塞。"

"噢，可是我们全都一样呀——我们全都爱斯特瑞塞，这条优点不算！"那位女宾客笑着继续说下去。斯特瑞塞觉察到自己对她的煞有介事惊诧不已，虽然她表情丰富的美丽眼睛让他相信事后她会解释的。

然而她这种调子的第一个效果——他用一个忧伤讽刺的眼神告诉了她这一点——只能是让他觉得一个女人如果当众对一个男人说这样的话，那她肯定是把他看成 90 岁的老头了。他知道在她提到玛丽亚·戈斯特利的时候，自己很不合时宜地红了脸。萨拉·波科克的在场——在那种情形下——使他不可避免会这样，而且因为他极不愿意表露出什么，反而脸益发红了。他觉得这一下是当众表演了，他难堪地，几乎是痛苦地把红着的脸转向韦马希，奇怪的是，后者的眼神却像有很多话要说。就在这微妙的一瞬间，两个人完成了一次深深的交流，那是某种建立在他们多年关系之上的东西。他感觉到了隐藏在所有那些奇怪问题后面的一种忠诚。严肃的韦马希有个干瘪的玩笑要登台，众人免不得要洗耳恭听。"啊，如果您还要谈谈巴拉斯小姐的话，那我也有过机会呢！"他仿佛看到它生硬地对他点头，承认泄露了他的秘密，但又赶快补充说那完全是为了挽救他。他用一本正经的笑容将它直送过来，直到它几乎像是说出声了："为了救你，老伙计，为了从你自己手里救你。"但不知为什么恰好是这交流使他在自己眼里更加显得像是迷失了方向。它的另一个作用是头一次使他看到在他这位同伴和萨拉所代表的利益之间的确已经存在一个基础。现在已不容怀疑，韦马希的确背着他和纽瑟姆太太有关系——这一切现在都表现在他的表情里。"不错，你感觉到了我的干预。"——他简直就像是在大声告诉他。"但那仅仅是因为我决意要从这该死的旧世界手里得到这个，在它使你破碎掉以后，我要把碎片拾起来。"一句话，可以说斯特瑞塞在片刻之间不光直接从他那里得到了这信息，而且明白了就这个问题而言，刚才那一瞬便使迷雾散开了。我们的朋友懂得了这一点，并且接受它。他觉得，换成别的情境，他们不会谈起这事的。它就到此为止了，这会作为他的理解和宽宏的一个标记。那么，今早十点，韦马希便开始在同严峻的萨拉——宽宏的然而严峻的萨拉——一起来挽救他。好吧，可怜的一本正经的好心肠的家伙，看他能不能够。这一大堆印象涌进斯特瑞塞的脑子，产生的结果是，在他那方面，他还是不是绝对必须暴露的便绝不暴露。按照暴露越少越好的原则，他很快——比我们方才将他脑子里的画面匆忙看一遍快得多——对波科克夫人说："他们爱怎么说都可以。除了对我，戈斯特利小姐对任何人都不存在，一点影子都没有。我只把她留给我自己。"

"那么，我要多谢您告诉我，"萨拉看也不看他，她一刻也没有被这话里的区别弄得迷失方向，这从德·维奥内夫人的眼光可以看得出来，"但我希望我不会太想念她。"

德·维奥内夫人立刻反击。"您知道，也许您不免这样想，但这完全不是因为他为她感到难为情。您可以说她的确非常漂亮。"

"的确！非常漂亮！"斯特瑞塞笑起来，对这强加给他的奇怪角色觉得惊奇。

事情就随着德·维奥内夫人的每一个动作照这样继续下去。"噢，我但愿你能把我也多少留给你自己。你能指定一个日子、一个钟点吗？最好能快一些。什么时候你最方便，我那时就待在家里。你看，我不能说得更好些了。"

斯特瑞塞沉吟一下，而韦马希和波科克夫人的样子都像是注意地听着。"我不久前的确去看你来着。就在上周，查德不在城里的时候。"

"是的，而我刚好也不在。你真会选时间。不过下次不要再等到我外出的时候才来，波科克夫人在这儿的时候，我不会离开的。"她宣布说。

"那个不会给您太长时间的约束，"萨拉又恢复了她和蔼的态度，"我只会在巴黎待很短一段时间。我还计划到别的国家去，我见到了一些非常迷人的朋友。"她的嗓音似乎在把玩那个描绘这几位人物的词儿。

"啊，那么，"她的客人热情地回答，"就更有理由了。比方，明天？或者后天？"她又回头对斯特瑞塞说，"星期二再好不过。"

"那么星期二，我很乐意。"

"五点半？或者六点？"

真是荒唐。但波科克夫人和韦马希显得像是在等他回答。这几乎像事先安排好的演出，一个由他的这些朋友们和他自己表演的叫作"欧洲"的节目。好吧，演出只能继续下去。"五点三刻如何？"

"那就五点三刻。"德·维奥内夫人终于必须告别了，然而她又让这告别使演出再持续了一会儿。"我的确希望能见到波科克小姐的。我还有机会见到她吗？"

　　萨拉犹豫片刻，然而毫不示弱。"她会和我一道来回访您的。现在她同波科克先生和我兄弟一道出去了。"

　　"原来这样。纽瑟姆先生一定可以带他们看许多东西。他对我谈了许多关于她的事。我最大的愿望就是让我的女儿有机会和她交个朋友。我总是替她注意着这样的机会。我今天没有让她来，只是因为我想事先得到您同意。"这话说完，这位富有魅力的夫人进而提出了更大胆的要求，"您能不能也确定一个最近的时间，好让我们知道我们不会失掉您？"这回轮到斯特瑞塞等着看了，因为萨拉毕竟同样得表演。这时他忽然由此想到，这是她到巴黎的第一个早上，而她却一人待在旅店，让其他人随查德出去——这事又使他分了一会儿神，噢，她全力以赴忙正事呢，她一人待在旅店，那就是说昨晚他们达成默契，韦马希今早可以单独来见她。真是个不错的开场——作为到巴黎的第一个早上，真是不错，换一个时间地点，或许会很有趣的。但那边德·维奥内夫人的真诚简直令人感动。"您也许会觉得我太冒昧，但我多么希望我的让娜能结识一位真正可爱的美国女孩。您看，我全靠您发慈悲了。"

　　她的表情使斯特瑞塞感到这番话背后有一种他以前没有领教过的深沉——她说这些话的方式几乎让他感到害怕，使他隐约猜想到背后的原因。如果说他有时间来表示一点对她这请求的同情的话，那是因为萨拉竟没有及时作答。"为了支持您的请求，亲爱的夫人，我要说，玛米小姐的确是位顶可爱的女孩，她是迷人女孩中的迷人女孩。"

甚至连韦马希也有时间发言，尽管他要说的更多："是的，伯爵夫人，美国的女孩，您的国家至少必须允许我们告诉你们，他们是我们可以炫耀的。可是她全部的美只有那些懂得如何欣赏她的人才能领略。"

"那么，"德·维奥内夫人微笑着说，"那正是我想做的。我肯定她可以教给我们许多东西。"

妙不可言。同样妙不可言的是，斯特瑞塞发现由于它的影响，他自己朝另一个方向采取了行动："也许是那样。但是你也不必贬低自己的女儿，好像她并非完美无缺似的，至少我不会听的，德·维奥内小姐，"他郑重其事地向波科克夫人解释说，"的确称得上完美无缺。德·维奥内小姐的确是非常美丽。"

这或许说得有点过分做作，但是萨拉仅仅给他一个明亮的眼神，"噢？"

韦马希那方面显然承认有关这个问题的事实应当得到更多一点的注意。他微微转向萨拉："让娜小姐外表确实不错——当然，是纯粹法国式的。"

这话让斯特瑞塞和德·维奥内夫人都不由笑出声来。与此同时，他在萨拉投向那说话的人的一瞥里捕捉到一个模糊然而明白无误的"你也……"使得那一位立即将目光移向她的头顶上方。与此同时，德·维奥内夫人却自顾以她的方式说她要说的话："我能够把我可怜的孩子作为一个出色的漂亮人儿展示给你们便好了！那样我的事情便简单了。她当然是个好孩子，可是她当然也是不同的。现在的问题是——以现在事情进展的样子——她是不是太不同了，我指的是，她和每个人都认为你们美好的国家所有的那种美妙的类型是不是太不一样。另一方面，当然，纽瑟姆先生对这个是非常清楚的，而他作为我们的好朋友——他真是个好心肠的好人——尽了一切力量来帮助我那可爱的害羞的小女儿，我是说，使我们不至于太无知。好吧，"这时波科克夫人已经含糊地小声表示——尽管态度还有些不自然——她可以和她照管的那位青年女子谈谈这个问题，所以她就结束说，"好吧，我们——我的孩子和我——会坐在家里等啊，等啊，等你们来。"但是她最后的话是对斯特瑞塞说的，"请你谈起我们的时候，务必……"

"务必好生挑选我的话，使之务必有个下文，对吗？放心，这事情一定会有下文的！我非常有兴趣！"他宣布说。然后，作为这话的证明，他便和她一同下去，上她的马车去了。

第二十二章

"困难的是,"几天后,斯特瑞塞对德·维奥内夫人说,"我可以让他们惊奇,却不能使他们哪怕露出一点迹象,表明今天的查德再不是三年来他们一直隔着大洋对他瞪眼睛的那个查德。他们一点都不显露。他们是有意这样,你知道——你们所说的偏执、深沉的游戏——这真是不简单。"

这事在他眼里如此不简单,以至于当他想着这一点时,我们的朋友竟在女主人面前站了起来。这是在不到十分钟里发生的,而且,为了减轻内心的焦虑,他还开始像在玛丽亚面前一样,在她面前踱起步子来。他分秒不差前来赴约,显得急不可耐,虽然事实上他不知道自己是有太多的事要告诉她还是根本没有什么要告诉她。在发生那件事以后的一段时间里,他得到了许多的印象——还有一点要说明的是,他已经毫不隐瞒地,简直可以说公开地把那件事看成他们共同的事了。如果说德·维奥内夫人在萨拉眼皮底下拉他上了她的船,那么现在已经没有任何疑问,他是待在船上了,而且在过去许多个小时里他意识中最清楚的就是那船的运动。此刻他们就一同在船上,这在以前是不曾发生的,而他也还不曾说过哪怕是一句最温和的话来表示不安或者抗议，像他在旅店里差一点说出来的那样。他没有对她讲她使他处于尴尬的处境，因为他有另外的话对她讲，因为这处境很快就变得让他觉得不可避免，不光不可避免，而且令他兴奋、回味无穷。他到来后给她的第一个警告是，虽然盖子揭开了，事情的结局却远不如他预想的那般清楚。她就用溺爱的口吻说他未免太着急了点，安慰他说如果她懂得应当有耐心，当然他也应该懂得。他觉得和她在一起，她的语调，她的一切都帮他使自己耐心一点，这或许也可以证明她对他的影响，他和她谈话的时候已经放松下来。等他对她解释完为什么他得到许多印象却反而变得迷惑不解，他已经觉得好像两个人在一起亲密地谈了足有几小时了。那些印象让他迷惑是因为萨拉——萨拉实在深沉，她以前还不曾有机会在他面前表现出这般的深沉。他还没有说这部分是因为假如可以把萨拉比作一口井，那么这井是直接同她的母亲相通着，而既然有深不可测的纽瑟姆太太，萨拉的深沉也就在预料之中。但他并不是没有一点儿无可奈何的担心，像萨拉和她母亲这样密切地彼此交流，有的时候他觉得简直就是在同那位母亲直接打交道。而萨拉也必定会察觉这一点，那样一来，她就更加有了折磨他的手段。一旦她知道他可以被折磨——

"可是你为什么可能那样？"他的伙伴对他使用了这个字眼感到吃惊。

"因为我生来就是这样的——我样样事情都会想到。"

"啊，绝对不可以那样，"她笑着说，"人只需想尽可能少的事。"

"那样的话，"他说，"人就必须学会选择。但是我的意思只是说——

因为我的表达方式很强烈——她有机会观察我。对我这一方面，事情的结果还不得而知，她可以看我焦躁不安的样子。但这也不要紧，"他继续说，"我可以忍受。总会结束的。"

他受苦的景象使她显出感动的样子，他觉得她是真诚的，"我不知道男人对女人能不能比你对我这样更好。"

对她好的确是他想做的，然而，就在那迷人的眼睛看着他的时候，他却依然能够诚实而风趣地坦白说："你知道，我刚才说结果还不得而知，"他笑笑，"也指我自己。"

"自然是的——也指你自己！"他的形象比刚才变矮小了一点，但她看他的目光却更柔和了。

"但我本来不打算对你说这些，"他继续说，"这只是我自己的一点小事。我刚才只是向你说明波科克太太的有利地位。"不，不，尽管他感到一种莫名的诱惑，尽管他的确觉得前景未卜，乃至踱一踱步子都让他觉得轻松些，但他还是不打算同她谈纽瑟姆太太，他不想借她来缓解萨拉故意不提那位女士给他造成的焦躁不安。她表明了她代表母亲——事情的不可思议正在于此——却丝毫不曾提起后者。她没有捎来口信，没有暗示过有什么问题，而对斯特瑞塞的询问也只敷衍了事。她设计了一种答问方式，显得他仿佛是个只需礼貌地打发一下的远房穷亲戚，反而使得他的问题都显得荒唐可笑了。加之他既不愿暴露自己最近消息的匮乏，便不宜多问，而她那方面明知如此，也不露声色。尽管如此，所有这些，他都不打算向德·维奥内夫人吐露一个字，无论还要踱多少步子。他没有说的话——还有她没有说的话，因为她也有她的高贵和尊严——在十分钟里他更真切地感到自己正以从前不曾有的亲近同她在一起——当然是为了拯救她。最后两人都显然意识到双方有话没有说，这使得他们之间生出了一种十分美好的感觉。他内心本想听听她对波科克太太的评价，但他不愿越过自己规定的正派得体的界限半步，甚至连她对她印象如何也几乎没有问。其实那问题的答案他不用为难她也知道，有几件事她不愿开口，其中一件便是她不明白，以萨拉所具有的条件，她居然缺少魅力。斯特瑞塞本有兴趣听她将那些条件讲评一番——她不容否认是有些条件的，本可以一件一件来赏析——但他连这一点乐趣也没有让自己得到。德·维奥内夫人今天在他身上产生的效果本身就是禀赋的出色运用的一个范例。一位她自己照他的印象通过如此不同的途径获得了魅力的夫人，怎么会认为萨拉具有魅力呢？从另一面说，萨拉自然也无须有魅力，但某种东西似乎告诉他说德·维奥内夫人却必须有的。这些不谈，重要的当然是查德如何看他姐姐，而这个问题自然又由有关萨拉对她兄弟的见解的问题引起。这个他们可以谈，而且，既然他们在许多别的问题上付出了代价，甚至可以不受拘束地谈。然而困难在于对这个问题他们可谈的只有猜想。过去一两天里他并没有比萨拉提供给他们更多的线索，德·维奥内夫人还说，从他姐姐来后，她就没有见到过他。

"这一两天让你觉得这么漫长？"

她老老实实地回答他："噢，我不会假装我不想他。有时我每天和他见面，那就是我和他的关系，随你怎么想吧！"她奇怪地笑笑——一种有时会跳动在她嘴角上，使他不止一次自问应当怎么去判断的笑。"但他完全是对的，"她又赶忙补充说，"我无论如何不愿意让他在这件事上有什么不对，我宁愿三个月见不到他的面。我恳求他对他们要非常的好，他自己也觉得完全应该那样。"

一个倏然闪现的念头使斯特瑞塞将目光移向一旁。她是多么奇特的单纯和神秘的混合！她有时和他对她最美好的推想完全吻合，而有时又将他的推想碰得粉碎。她有时说话就仿佛她全部处世之道就是纯真无邪，有时又仿佛连纯真无邪到她手里都变成了处世之道。"哦，他现在是全心全意供他们驱使，而且打算一直这样到底。对象近在眼前，他怎么能不想得到一个全面的印象？——他的印象，你知道，比你的或者我的都重要得多，不过他这才只沾湿了一点表皮，"斯特瑞塞从刚才的分神中恢复过来，说道，"他是打定主意要浸透的。我愿意说他是非常出色的。"

"啊，"她小声说，"你这话对谁说呢？"然后，又更小声地说，"他什么都不在话下。"

斯特瑞塞不仅仅赞成。"噢，他出色极了。我越来越喜欢，"他用认真的口吻说，"看到他和他们在一起。"然而就在这对话进行着的同时，他也愈发明显地感觉到两人之间这种奇特的调子。它将这青年置于两人面前，她的兴趣的结晶，她的天才的产物，它承认她对于这奇迹的功劳，赞叹这奇迹的稀罕；它于是使他几乎要开口，向她更详细地打听造就这奇迹的经过。他几乎忍不住要问，她是怎么办成这件事情的，从她所独享的近距离去看，这奇迹又是怎样的。然而时机稍纵即逝，话题已经转到更近的事情上，他不得不满足于对眼前的事态表示赞赏。"想想他多么值得信任，使人非常放心。"见她没有马上答话——仿佛她的信任还有某种保留——他又补充道："我是指他一定会在他们面前好好表现的。"

"是的，"她若有所思地说，"但假如他们闭眼不看呢？"

斯特瑞塞也思忖片刻。"啊，也许那并不要紧！"

"你是说因为他——不管他们做什么——可能本来就不会喜欢他们？"

"噢，'不管他们做什么'！——他们不会做多少事，尤其是假如萨拉没有比目前我们所看到的更多的表现的话。"

德·维奥内夫人想了一想。"可是，她有迷人的风度呀！"她这句评语还不至于让两人四目对视时保持不住正经的神色。虽然斯特瑞塞没有抗议，但他的感觉却像是自己把她的话只当玩笑。"她可以努力劝说他，可以对他很亲热，她可以对他施加言语所达不到的说服力。她可能抓住他，"她结束道，"像你我都不曾办到的那样。"

"是的，她可能，"斯特瑞塞这时才笑了，"但是他每天从早到晚都和吉姆在一起。他还在陪吉姆游玩呢。"

她显然还有疑虑。"那么，吉姆的情形呢？"

斯特瑞塞折回脚步，然后说："他没有对你说起过吉姆？这之前他没有给你'解决'过他？"他有些不明白，"他难道不对你说点什么吗？"

她踌躇片刻。"不，"两人再次用目光交流，"不像你那样。你可以说使我看见了他们，或者至少让我感觉到他们。而我也没有多问，"她补充道，"最近我不想去打扰他。"

"噢，那个么，我也一样。"他鼓励地说，这样，谈话至少暂时显得顺利一些——仿佛她回答了所有的问题。这又使他回到心里的另一个问题。他再次转身，然后马上又站住，满面笑容地说："知道吗，吉姆真是个人物！我想最后做成这事的会是吉姆。"

她有些不明白。"抓住他？"

"不——恰恰相反。抵消萨拉的影响。"他给她解释他对这件事情的想法，"吉姆是个十足的怀疑派。"

"噢，可爱的吉姆！"德·维奥内夫人露出一丝笑容。

"是的，一点不错，可爱的吉姆！他真可爱极了！他想要做的——愿上天宽恕他——是帮我们的忙！"

"你是说，"她急切地问，"帮助我？"

"当然，首先是查德和我。但是他把你也算上了，虽然他还没有怎么见过你。只是，如果你不介意的话，他把你想得很糟。"

"很糟？"她全都想知道。

"一个十足的坏女人。当然，是非常非常出色的那种。可怕可爱，不可抗拒。"

"噢，可爱的吉姆！我倒想和他认识。我必须那样做。"

"那自然。不过那样是否行得通呢？你可能，你知道，"斯特瑞塞小心地说，"会令他失望呢。"

她谦逊地面对这个现实。"我可以试试。那么说，我的坏处对于他正是我的好处咯？"

"你的坏处，和你的出色魅力，他认为这两样是分不开的。你知道，他以为查德和我首先是想寻欢作乐，他的想法十分简单明白。他无论如何不相信——以我的所作所为——我这次来不是为了在事情变得太晚以前也像查德那样快活一番。他本来不会认为我会这样，但是人们注意到乌勒特像我这样年纪的男人，特别是那些平时看来最不可能的人，往往会突然做出一些古怪的事情，在已经太晚的时候却莫名其妙地去追求一些不寻常的理想。据说在乌勒特生活一辈子往往就会对人造成这样的影响。我这是告诉你吉姆的观点，你可以做出自己的结论。而他的妻子和岳母，"斯特瑞塞继续解释下去，"出于名誉的原因，当然不能容忍这样的事情，不论它是太早也好，太晚也好。而这样吉姆就和他的家人站在了对立的立场上。再说，"他又说，"我也不认为他真想让查德回去。假如查德不回去……"

"他就更少牵制？"德·维奥内夫人立即便领会了。

"怎么说呢，查德比他强。"

"所以，他现在要暗中活动，让他保特安静？"

"不——他根本不会'活动'，也不会'暗中'做什么事情。他称得上是正人君子，内奸的角色他不会扮。不过他私下会觉得我们的口是心非很好玩，他还会从早到晚尽情享受他心目中的巴黎，至于别的，特别是对查德，他就是他。"

她想了一想。"就是说，是个警告？"

他简直想为她叫好。"你果然名不虚传！"接着，他向她解释他的意思，"他到来后的头一个小时里我陪他坐马车逛巴黎。你知道他——完全是无意之中——首先让我明白的是什么吗？那就是，这事的最终目的就是那样的——作为对他目前情况的一种改进，甚至可以说是作为一种补救，那就是他们觉得现在还不算太晚，还来得及把我们的朋友改造成那个样子。"见她听着这话，又显出担心的样子，好像在鼓起勇气面对这个现实，便不再往下说。"但那已经太晚了。这多亏你。"

这话又引来她一句习惯的含糊的"噢，'我'，原来是"。

他站在她面前，自己被自己的一番表现弄得兴奋异常，他忍不住想开开玩笑："一切都是比较而言。你这点聪明应当有呀！"

她只勉强应付一句："哦，你，谁能比得上你的聪明。"但她又想起另一件事，"波科克太太究竟会不会上我这里来呢？"

"哦，她会的。一旦我的朋友韦马希——现在应当说是她的朋友了——给她时间。"

她对这表现出兴趣。"他和她是这么好的朋友？"

"怎么，你在旅店没有看见一切？"

"噢，"她觉得有趣，"'一切'是不好随便说的。我不能肯定——我忘记了。我只顾去注意她了。"

"你当时表现得出色极了，"斯特瑞塞告诉她，"但是说'一切'也不是那么严重，事实上那也不多。话说回来，到目前为止，它还是一种很美好的关系。她想有一个属于她的男友。"

"她不是有你么？"

"从她看我的样子——或者从她看你的样子——你觉得是那样吗？"

斯特瑞塞很容易地挡过她的揶揄，"你知道，每个人必定都让她觉得有一个人。你有查德——查德有你。"

"哦，"她顺着推下去，"而你有玛丽亚。"

好吧，他权且承认。"我有玛丽亚，玛丽亚有我，等等。"

"可是吉姆先生——他有谁呢？"

"哦，他有——他有整个巴黎——或者可以说事情仿佛是那样。"

"可是对于韦马希先生——"她想起来了，"难道巴拉斯小姐不是比所有人都重要吗？"

他摇摇头。"巴拉斯小姐是个格调高雅的人。她的乐趣不会因为有波科克太太而减少的。相反，它还会增加——特别是，假如萨拉赢了，而她来观赏胜利的场面的话。"

"你对我们了解得真透彻！"德·维奥内夫人叹口气，坦率地承认道。

"不——依我看我了解的是我们。我了解萨拉——我对一些事情有把握，也许仅仅是因为这个原因。查德陪吉姆的时候，韦马希会带她四处去逛。我向你保证，我会为他们两个高兴。萨拉会得到她要求的——她可以有机会表示一下她对理想的向往，而韦马希也大致相同。巴黎的气氛就是这样，所以谁能够拒绝那样做？如果说萨拉想表明什么的话，那她最想表明的就是她不是到这里来做个狭隘女人的。我们至少会感觉到这个的。"

"噢，"她叹息道，"我们好像会'感觉'到许多呢！可是，照这样说法，那个女孩又怎么办呢？"

"你是说玛米——如果我们各人都有一个人的话，关于她，"斯特瑞塞说，"你可以信任查德。"

"你的意思是，他会对她不错？"

"他会将她奉若上宾，只要先给他一点时间把吉姆对付完了。他想要吉姆能给他的——还有吉姆不能给的——他全都要，虽然他实际上从我这里已经全部都得到了，还得到更多。但是他想要他自己的印象，而且他会得到的——而且会很强烈。只要他得到那个，玛米就不会受冷落的。"

"噢，玛米一定不能受冷落！"德·维奥内夫人恳切的语气让他觉得宽心。

但斯特瑞塞可以宽慰她。"不用担心。只要他用完吉姆，吉姆就归我了。那时你看吧。"

她好像已经看见了，但她仍然等着。片刻，她又问："她果真十分迷人吗？"

他说完话，已经站起身，拿起帽子和手套。"我不知道。我在注意着呢。你可以说，我在研究这个事例。我肯定我能告诉你的。"

她觉得好奇。"她算是个'事例'？"

"是的，我认为是。至少，我会知道是不是。"

"但你以前不认识她么？"

"认识的，"他笑笑，"不过在家里她不算什么'事例'。而现在她要算了。"他似乎在告诉自己，"她变成事例了。"

"在这么短的时间里？"

他想想，笑着说："不比我用的更短。"

"你也成了'事例'？"

"在非常非常短的时间里，在我到达的当天。"

她聪明的眼睛告诉他她在想什么。"可是，你到达的当天就遇见了玛丽亚。波科克小姐遇见了谁呢？"

他又停下想想，但终于说出来。"她遇见了查德，不是么？"

"当然是的，可是这不是第一次呀。他是她的老朋友。"见斯特瑞塞笑笑，慢慢地、意味深长地摇头，她又说，"你是说至少对她来说他是一个新人——她觉得他变了？"

"她觉得他变了。"

"她对他怎么看？"

斯特瑞塞承认他不知道。"怎么可能知道一个深沉的女孩怎么看一个深沉的青年男子？"

"每个人都这么深沉？连她也是？"

"我的印象是这样，比我想的深沉。但不用着急，我们两人一起，会弄明白的。你可以做出你自己的结论。"

德·维奥内夫人看来很想弄明白。"那么她会和她一起来，对吗？我是说，玛米会和波科克太太一起来吗？"

"一定会的，不谈别的，她的好奇便会使她来。不过，放心让查德去安排吧。"

"唉！"德·维奥内夫人叹息着转过脸去，露出疲倦的神色。"我还有多少事要让查德去安排！"

她的调子使他用同情的目光看着她，表明他对她疑虑的理解。但他还是决定退守对查德的信心。"还是相信他吧，彻底地相信他。"然而话才出口，他自己便觉得自己的声音听来十分奇怪和空洞，便干笑一声，但马上又停住。他更关切地帮她出主意，"他们来的时候，尽量多让让娜露面，让玛米好好看看她。"

她显得似乎已经看见两个女孩面对面的情形。"好让玛米恨她？"

他又摇头纠正她。"玛米不会的。你要相信他们。"

她认真地看着他，而后，好像这是她必然的归宿似的："我相信的人是你，但是，"她又说，"我在旅店说的话是认真的。我当时的确想，现在也想我的孩子……"

"你想——"看她迟疑着该如何表达她的意思，他恭敬地等着。

"我想让她尽可能帮助我。"

斯特瑞塞正视着她的眼睛，然后，他说了一句她也许没有料到的话："可怜的小鸭！"

而她的随声应答也同样让他没有料到。"可怜的小鸭！可是，"她说，"是她自己很想见见我们朋友的表妹的。"

"她那样想她？"

"是我们那样称呼那位年轻女士的。"

他又想了一想，然后笑着说："你女儿会对你有帮助的。"

他终于同她道别了，五分钟前他就想道别了。可是，她又起身送他，陪他走出房间，来到另一间房间，再来到另一间。她古老而高贵的住宅有一连三间相通的房间，其中前两间虽稍小，但都透出一种古色古香的高贵气派，它们成了前室的自然延续，使来拜访主人的人在经过它们进入第三间房间的路上留下深刻的印象。斯特瑞塞喜欢这两间房间，它们让他浮想联翩。现在，当他和她一起慢慢穿过它们时，他最初的印象又鲜明地回到脑海里。他又站住回头看去，两间狭长的房间宛如一条长长的通道，使他感到一种忧伤甜蜜的意味，他似乎又隐约看到了历史的影子，隐隐听到了那伟大帝国大炮的吼声。这当然多半是他的想象力的作用，但置身于打蜡的拼花地板、褪色的粉红和淡绿的绸缎、仿古的枝状烛台的包围中，他便不能忽视它的存在。它们可以很容易地使他神思恍惚。查德与女主人的奇特、新奇、富有诗意的——他该怎么形容它才恰当？——关系向他证明了它浪漫的一面。"他们应当看看这个，你知道，他们必须看看！"

"你说波科克一家？"她用不满意的眼光环视四周，她似乎看到了他看不到的缺点。

"玛米和萨拉——特别是玛米。"

"来看我这个破旧的地方？可是他们所有的……"

"噢，他们所有的！你刚才不是在说什么可以对你有帮助吗？"

"所以，"她不等他说完，"你觉得我这个破旧的家可能有用？噢，"她悲哀地小声说，"那我真正是山穷水尽了！"

"你知道我希望怎么样吗？我希望纽瑟姆太太自己能来看看。"

她瞧着他，不太明白。"这会有作用？"

她认真的调子使他一面继续四面环顾，一面笑笑。"也许会的。"

"可是你说你告诉过她——"

"关于你的一切？不错，我在她面前极力称赞你。可是，还有许多东西是语言无法形容的——只有身临其境，才能体会得到。"

"多谢你了。"她给他一个悲伤的迷人的笑。

"这些就在我的周围，"他只顾继续说下去，"纽瑟姆太太是个感受力很强的人。"

可是她好像总是归结到怀疑。"没有谁的感受力及得上你，不——没有任何人！"

"那样会对每个人都更糟糕一些。这很简单。"

这时他们已来到前室，仍然只有他们两人在一起，她还没有打铃叫仆人。四方形的前室很高，它也有一种庄重的引人遐想的气质，甚至在夏天也给人一丝凉意。地面有一些滑，墙壁上挂着几张旧版画，斯特瑞塞猜它们一定很贵重。他站在中央，像要走又不走，目光漫无目的地游荡着，而她则靠在门柱上，脸轻轻贴着石壁。"你本可以成为一个朋友的。"

"我？"他有些意外。

"由于你说的那些原因，你并不笨。"然后，仿佛这就给了她理由似的，她突然说，"我们要让让娜嫁人了。"

他当时就觉得那好像是一局游戏中的一步似的，而且，即使在那时，他就觉得让娜不该就那样嫁人。但是他马上表现出关心，尽管——他自己随即就注意到了——他犯了一个可笑的糊涂错误。"你们？你和——呃——不会是查德吧？"自然，"我们"的另一半应该是那女孩的父亲，可是他得要费一番力气才能想到那一点。但是且慢，接下来的事情不是说明德·维奥内伯爵归根到底并没有被包括在内吗？——既然她自己接下来说她的确是指的查德，而他在整个事情里是再好心不过。

"如果我一定得把什么都告诉你的话，是他使我们得到一个机会，而且就我目前所能看到的，这是我们做梦也难得到的好机会——即令德·维奥内先生会为女儿的婚事操心也罢！"这是她第一次对他谈起她丈夫，这使他立刻感到与她更加亲近。实际上这算不了什么——她的话里还有别的多得多的东西。但是，好像当他们这么随便地在那些古老冰凉的房间里一起站着，单这一点就足以表明她对他的信任到了什么程度。"可是，"她问，"这么说来，我们的朋友没有告诉你？"

"他什么都没有告诉我。"

"哦，事情本来也发生得相当匆忙——都是在很短的几天里发生的。而且，事情还没有发展到可以以任何形式公开的地步。我只是告诉你——绝对只你一个人。我想要你知道这点。"自从在这个大陆登岸第一小时以来便常有的那种越来越深地"陷入"的感觉又一次占有了他。然而，在她这样可爱地将他拉入的方式里却仍然有着一种高雅的冷酷。"德·维奥内伯爵反对也无济于事。他自己提了不下半打的提议，而且一个比一个荒唐，他即使活到一百岁也找不到这样的机会。而查德却完全不动声色便找到了它。"她信任的脸上微微泛着红光，继续说，"其实应该说是它自己送上门来——因为一切对他都是自己送上门，或者说他都有准备。你可能会觉得我们做这种事的方式有些奇怪，可是人到了我的年纪，"她笑笑，又说，"就必须知足。我们的年轻朋友家里的人看见了她——他的姊妹中的一个——我们对他们的情况都清楚——在某个地方看见她和我在一起。她对她的兄弟谈到她，使他发生了兴趣。然后我们——可怜的让娜，还有我自己——又在毫不知觉的情况下继续被人家观察，那时还是初冬。事情就这样继续了一段时间。我们的离开并没有使它就此完结，所以我们回来以后它又重新开始，而且好像一切都幸运得令人满意。我们那位年轻朋友遇见了查德，他请了一位朋友去见查德，对他说他对我们有浓厚的兴趣。纽瑟姆先生对这件事非常小心，他非常美妙地保守着秘密，直到一切都令他满意，才对我们提起。我们已经有好一段时间在忙这事。看起来像是个合适的安排，真正，真正是不能再好了。现在只剩下两三个问题还没有决定——全都取决于她父亲。但是这一次我想我们有把握。"

斯特瑞塞唯恐漏掉一个字，他察觉自己都听得有些出神了。"我衷心希望是这样，"片刻，他又大胆地问，"难道没有什么是取决于她的么？"

"噢，自然，一切都取决于她。可是她对这件事完全满意，她有绝对的自由选择权。说到他——我们的年轻朋友——他真是样样都好。我简直崇拜他。"

斯特瑞塞不想弄错。"你是说你未来的女婿？"

"未来的，假如我们把这件事促成的话。"

"那么，"斯特瑞塞用社交的口吻说，"我衷心希望你能成功。"他觉得没有别的什么好说，尽管她的这一番交心在他身上产生了十分奇特的效果。他隐约地感到一种莫名其妙的不安，好像他自己也被牵扯进了一桩深沉却又不十分明白的事情中。他并非不知道有时水会很深，但这般的深度他却的确没有料到。他有一种沉重的、荒唐的感觉，仿佛他要对现在从水底浮到水面上来的东西负责。这里面有种古老的、冷冰冰的东西，这就是他会称之为真正货色的东西。简单地说，女主人向他透露的消息对他是一个明显的震动，虽然他说不出为什么，而他的压迫感则是一个他觉得必须立即设法摆脱的沉重负担。要让他勉强觉得可以采取任何别的行动方式，这里面都还缺少很多环节。为了查德，他准备忍受内心的折磨，他甚至准备为德·维奥内夫人而那样做，可是他还不准备为了那小女孩而受折磨。所以，现在他既然说完了一句得体的话，就想告辞。可是她又用另一个问题拖住了他。

"我在你眼里是不是显得很糟糕？"

"糟糕？为什么？"甚至在说话的同时，他已经在心里把它叫作迄今为止自己最大的不诚实。

"我们的方式和你们的是这样不同。"

"我？"为什么不连这个也抵赖呢？"我没有任何方式。"

"那么，你必须接受我的，特别是因为它们非常出色。它们是建立在古老的智慧之上的。如果一切顺利的话，你还会看见、听见更多，而且，相信我，你都会喜欢的。不要担心，你会满意的。"她就这样向他谈论她内心深处的世界里——因为归根结底事情涉及那个世界——哪些他必须"接受"。她就这样可以以一种十分不寻常的方式说话，好像在这类事情上他是不是满意很重要似的。这简直有些不可思议，而且它使得整个事情具有了更重要的意义。在旅店里，当着萨拉和韦马希的面，他感到自己像是在她的船上。那么，现在他又在哪里？这个问题徘徊不去，直到她的另一个问题代替了它："你是不是认为他——既然他这么爱她——会做出轻率或者狠心的事情来？"

他不知道自己如何认为。"你是指你们的那个年轻人？"

"我指你们的那个，我指的是纽瑟姆先生。"这话犹如一束亮光一闪，使他在一瞬间看得更真切。当她继续说下去的时候，这闪光还触到了深处。"感谢上帝，他对她有着最真诚、最温柔的情意。"

这的确是更加深入了。"噢，我敢肯定是那样的。"

"你谈到信任他，"她又说，"现在你看到了我是如何信任他的。"

他迟疑片刻——是这样的。"噢——我明白了。"他觉得他的确是明白了。

"他无论如何不会伤害她的，也不会——假如她果真结婚的话——做出任何可能妨害她的幸福的事来。而且，他也决不会伤害我——至少他不会有意那样做。"

有了他这时对事情的领会，她的表情便告诉了他比她话中更多的东西。或许那里面多了些什么，或许他现在看得更分明，反正，她的全部故事——至少，他那时所认为是全部故事的那些——从那里向他伸出手来。还有她所说的查德采取的主动，产生了一种意义，就是它像一道光线、一条通道，突然地出现在他面前。他又一次想带着这些印象离开，而这一次终于容易一些，因为一个仆人听见大厅里有声音，便走了过来。当他打开门不带表情地等着的时候，斯特瑞塞把他感受到的一切都总结在一句话里："你知道，我不认为查德会告诉我任何东西。"

"哦，也许他暂时不会。"

"我也暂时不会同他谈起的。"

"你照你认为最好的方式办。你必须自己决定。"

她终于向他伸出手来。他握住她的手："有多少东西必须由我自己决定？"

"一切。"德·维奥内夫人说道。她这句话，还有她脸上优美的、半藏半露的、抑制的激情，便是他带走的主要印象。

第二十三章

就正面的交锋而言，萨拉可以说一直冷落着他。一个星期快过了，她始终一副彬彬有礼的模样，使他对她的社交本领刮目相看，让他只得叹息天下的女人全都会出人意料。唯一可以给他一点安慰的是他觉得这段时间她一定也让查德的好奇心得不到满足。虽然在他那方面，查德至少可以通过一系列旨在使她快活的活动——他使得这些活动出奇的多——来松弛自己的神经。而可怜的斯特瑞塞当着她的面却不能试一试哪怕一个活动。离开了她，他所能做的也仅限于走到玛丽亚那边去和她谈谈。不用说，这样的走动比平常少得多了。但有一次，在忙碌空洞而昂贵的一天之后，他的几位伙伴似乎有意放过了他，他在半小时的时间里得到了特别的补偿。那天上午他便和波科克们在一起，但下午他又到他们的住处，却发现他们全都分头行动了。如果戈斯特利小姐听说他们是如何分开的，她一定会觉得十分好笑。他再一次感到遗憾——同时又感到欣慰——她竟然完全不能参与其中，要知道最初是她领他进这个圈子的呀。不过，幸而她总是喜欢听他传播新闻。在她藏宝的洞窟里跳动着纯净公允的火苗，就像照亮拜占庭穹顶的灯盏。事情发展到这个关头，正是像她这样敏锐的洞察力可以通过近距离的观察发挥作用的时候。在不多不少三天里，他要向她报告的事态达到了一种平衡状态，他刚才到旅店又证实了这平衡状态。如果它能继续下去该多好！萨拉和韦马希一道出去了，玛米和查德一道出去了，吉姆一个人出去了。他和吉姆还约好晚些时候碰头，他好带他去看杂耍。斯特瑞塞用心学吉姆的样子说出那个词。

戈斯特利小姐兴致勃勃地听着。"那么，别的人今晚做什么？"

"哦，都安排好了。韦马希要带萨拉到比尼翁的饭店去。"

她还不满足。"然后他们又做什么呢？他们总不能直接就回旅店去呀。"

"不，他们不能直接回旅店去。至少萨拉不能。那是他们的秘密，但我想我猜得着。"见她等着，他便把话说完，"马戏团。"

她眍着眼睛看了他一会儿，才抑制不住地大笑起来。"再没有像这样的！"

"像我这样？"他一副不明白的样子。

"像你们——像我们全体：乌勒特，米洛斯，以及它们的出产！我们全都如此不可救药！——但愿我们永远如此！那么，"她继续道，"纽瑟姆先生陪波科克小姐去——？"

"一点不错，去法兰西剧院，去看你带我和韦马希去看过的，老少皆宜的剧目。"

"噢！那么，但愿查德先生得到和我一样多的乐趣！"可是她还非常善于联想，"你的那两位年轻人，他们总是像这样度过傍晚的时光么——单独在一起？"

"哦，他们虽说是年轻人，却是老朋友呢。"

"噢，是这样。那么他们是不是也到布雷邦饭店去——换换口味？"

"他们上哪儿吃东西也是个秘密。不过照我看他们一定是在一个非常安静的地方，在查德的家里。"

"她会一个人到他那里去？"

他们对视片刻。"他从小就认识她。而且，"斯特瑞塞一字一板地说道，"玛米非常出色，她很了不起。"

她不明白。"你意思是她想把这事做成？"

"你指抓住他？不，我看不会。"

"她不是很想要他？或者她对自己没有信心？"见他没有回答，她又说，"她发现她对他没有兴趣？"

"不，我认为她发现她有兴趣。但那正是我说她出色的原因，我是说假如她发现自己有兴趣的话，那她就很了不起。不过她究竟如何结束，我们会看见的。"他结束了自己的话。

"你好像把她如何开始给我描绘得很清楚，"戈斯特利小姐笑着说，"不过，她那位儿时的好友是不是在放任自己肆无忌惮地和她调情呢？"她又问。

"不，那倒也不是。查德也很不错。他们全都了不起，"他突然用一种奇怪的妒忌的声调说，"至少他们很快活。"

"快活？"她显得有些意外，因为他们各有自己的难处。

"照我看，我在他们中间是唯一不快活的人。"

她不赞成。"不要忘了你是个事事追求完美的人。"

他笑一阵自己的追求完美。稍停，他又继续解释他的印象："我是说他们在生活着，他们忙得不亦乐乎。可是我，我忙的日子已经过去了，我只是在等待。"

"可是，你难道不是在和我一起等待么？"她问道，好让他快活起来。

他用柔和的目光注视着她："不错——要不是那样的话！"

"而且你在帮助我等待，"她补充道，"不过，"她又说，"我有个真正的消息要告诉你，它可以帮助你等待。但首先我还要说一件事，萨拉真叫我开心。"

"我也一样。"他觉得有趣，叹一口气，"要不是那样的话！"

"噢！你从女人那里得到的比我见过的任何一个男人都要多。我们的确像是给了你营养，然而依我看，萨拉一定很了不起。"

"她的确是，"斯特瑞塞完全赞成，"很了不起！无论还要发生什么事，经过了这些难忘的日子，她都不算枉活一生。"

戈斯特利小姐顿了一顿，"你是说，她坠入情网了？"

"我是说她不知道自己是不是——而这恰好完全合她的需要。"

"啊哈，"她笑笑，"这种情形在女人身上的确是有过的。"

"不错——假如她想顺从的话。可是假如她想抗拒，我怀疑这是不是也一样有用。那是她追求完美的方式——我们各人都有自己的方式。那是她的浪漫史，而且我觉得它一般而言比我的强。她的这段经历发生在巴黎，"他解释说，"在这个浪漫之都，在这充满感染力的浪漫气氛中，而且这样突然，这样强烈，超出了她的预料。总之，她不得不正视一次真正的感情的爆发——而且样样具备，使它更有戏剧性。"

戈斯特利小姐紧紧跟上。"例如吉姆？"

"吉姆！吉姆大大地加强了这件事情的戏剧性。吉姆天生就富有戏剧性，再说还有韦马希太太。这是最富有戏剧性的一部分——它给这件事增加了色彩。他同她是彻底分了手的。"

"而她却不巧，没有同丈夫分手——这也给事情添加了色彩。"戈斯特利小姐完全理解，可是且慢——"他是不是也坠入情网了？"

斯特瑞塞久久地看着她，又朝房间四周看一遍，然后靠近一些。"你保证永远不告诉任何人，一辈子都不告诉么？"

"我保证，绝不告诉。"美妙极了。

"他认为萨拉的确是爱上他了。但，他不担心。"斯特瑞塞急忙补充道。

"不担心她受到影响？"

"不担心他自己。他喜欢她这样，但他知道她能抵抗下去。他也在帮助她，他在用他的善意帮她摆渡过去。"

玛丽亚带着滑稽的模样考虑着这个问题，"将她浸在香槟里？善意地同她脸对脸地一起进餐，在全巴黎都争先恐后地去寻欢作乐的时候，在这个——像人们常说的——寻欢作乐的殿堂里？"

"那正是关键所在，对两个人都是，"斯特瑞塞坚持他的看法——"而且一切是绝对纯洁无瑕。在巴黎这样的场所，在狂欢的时刻，在她面前摆上价值成百法郎的佳肴美酒，而两个人却几乎连刀叉都不去碰一下——这一切都是那位可爱的绅士特有的追求浪漫的方式，一种在金钱和情感两方面都十分大方的方式，这两样他都不缺少。还有饭后到马戏团看表演——这要便宜一些，但他也会想办法弄得它尽可能地多花钱——那同样是他追求完美的方式。那的确也会让他达到目的。他会帮她渡过这一切的，他们顶多谈论一下你和我，不会有再坏的话题了。"

"噢，我们大约够坏的，谢天谢地，"她笑笑说，"足够让他们不安！不过，不管怎么说，韦马希先生都是个卖弄风骚的角色。"说完她突然话题一转，"你好像还不知道让娜已经订婚了。她要和年轻的德·蒙布伦先生结婚，事情已经定下来了。"

他有些脸红，"这么说——假如你知道了的话——这件事情公开了？"

"我不是常常知道还没有公开的事情么？不过，"她说，"这事明天就会公开。可是我发现我过分轻易地断定你消息不灵通。你比我占了先，我没有像我期待的那样让你吃一惊。"

他惊叹她的洞察力。"什么都瞒不过你。我的确吃惊过，在我头一次听说的时候。"

"既然你知道，你为什么不一进来就告诉我？"

"因为她是把它当一件秘密告诉我的。"

戈斯特利小姐感到好奇。"德·维奥内夫人亲自告诉你的？"

"她只说这事有可能，没有说已经决定。她说这是查德正在促成的一件好事，所以我还在等着。"

"你不用再等下去了，"她回答说，"这事昨天传到我耳朵里——是偶然间传来的，但是告诉我的人是从那年轻人的家人那儿听到的——说这事已经决定了。我只告诉了你一个。"

"你觉得查德不会告诉我？"

她迟疑片刻，"呃，假如他没有的话——"

"他没有。而这件事情可以说是他一手办的。你看，事情就是这样。"

"事情就是这样。"玛丽亚直率地附和。

"那就是我吃了一惊的原因。我感到吃惊，"他解释说，"因为这样一来，把女儿安置了，这就意味着再没有别的了，只剩下他和那位母亲。"

"不错——但它使事情变得简单了。"

"它是使事情变简单了，"他完全同意，"可是这正是问题的所在。它代表他的关系里的一步。这个行动是他对纽瑟姆太太的示威的回答。"

"它暴露了最坏的情形？"玛丽亚问。

"不错。"

"可是，这最坏的情形就是他想要萨拉知道的？"

"他在乎的不是萨拉。"

这话让戈斯特利小姐扬起了眉毛，"你是说，她已经败下阵来了？"

斯特瑞塞将自己的思路重新整理一番，他已经将这件事情从头到尾反复想过许多遍，可是每一次它都显得更加复杂。"他想把最好的给他的好朋友看。我指他的感情。她要一点表示，于是他就想到了这个。就这样。"

"这是他对她妒忌的让步？"

他停下来。"是的——你不妨这样说。你不妨还把事情想象得离奇一些——那会使我的问题更加丰富多彩。"

"当然，让我们来把它想象得离奇一些——我非常赞成你的观点，我们希望我们的问题全都不是平淡无奇的。但是让我们也来把事情弄清楚。在他忙着这件事情的时候，或者在这之后，他会不会对让娜产生浓厚的兴趣——我指的是一个单身的年轻人可能有的那种兴趣？"

这个问题，斯特瑞塞已经解决了。"我想他有可能觉得假如他可以发生兴趣的话，那会非常美妙的。那样会更好。"

"比被德·维奥内夫人束缚住好？"

"是的——这样更好，强过对一个人有了感情，却永远不能企望和她结合——除非这种结合实际上是一场灾难——因而感到难过。而且他完全正确，"斯特瑞塞说，"假如他可以，那当然会更好。即使一件事情已经很好，十有八九总还有另一件事情本可以比它更好——或者我们不禁会想是不是会更好。但是他的问题总之是一场梦，他不允许自己产生那样的兴趣，他的确受与德·维奥内夫人的关系束缚。他们的关系太不一般，而且已经走得太远。他最近这样卖力地帮助让娜找个归宿正是要向德·维奥内夫人一劳永逸地表明他已经安心了。而另一方面，"他继续道，"我怀疑萨拉根本没有对他发起过正面进攻。"

他的同伴思考着。"可是难道他就不想让他的情形在她眼里显得好一些，哪怕仅仅是为了使他自己满意？"

"不，他会把这件事留给我，他会把一切都留给我。我'有点'觉得——"他一边想，一边说，"整个事情都会落到我头上。是的，一切都会落到我头上，一点不少。我会是被利用的对象！"他陷入了对这种前景的沉思。接着，他用戏剧般的语言说，"直到我流尽最后一滴血！"

可是玛丽亚立即干脆地抗议。"噢，请你务必给我留下一滴！我也会有用处的！"但她没有接着说下去，而是把话题转向了另一件事情，"波科克太太对她的兄弟，仅仅是一般性地依靠她的魅力？"

"好像是这样。"

"而她的魅力并没有产生影响？"

斯特瑞塞有另外的说法。"她唱的是'家'的调子——这是她能做到的最好的了。"

"对德·维奥内夫人最好么？"

"对家本身最好。这是自然的选择，也是正确的。"

"正确的，"玛丽亚问，"然而失败的？"

斯特瑞塞停顿片刻。"困难在于吉姆，吉姆就是家的调子。"

她不赞成。"噢，那肯定不是纽瑟姆太太的调子。"

他的回答是现成的。"那是纽瑟姆太太之所以需要他的那个家的调子——生意人的家。而吉姆叉开两条短腿正好站在那个帐篷门前。吉姆的确是，老实说，极端地不敢恭维。"

玛丽亚瞪大眼睛，"而你，可怜的人，今晚却要整晚陪着他？"

"噢，在我来说他没有什么！"斯特瑞塞笑着说，"任何人对我都是可以接受的。但不管怎样，萨拉本来不应该带他来。她不懂得他。"

他的朋友听了这话觉得好笑。"你的意思是，她不明白他有多糟糕？"

斯特瑞塞肯定地摇摇头。"她并不真正明白。"

她感到好奇。"那么纽瑟姆太太呢？"

他又肯定地摇头。"噢，既然你问我——也不。"

玛丽亚还不罢休。"她也不真正明白？"

"她一点也不明白。她对他评价相当高。"说完，他又立即补充道，"呃，他的确也不错，以他的方式，这要看你对他的要求如何而定。"

可是戈斯特利小姐可不愿意"看"什么而定——她不接受这个，她不接受他，无论在什么条件下。"他糟糕透顶，"她说，"那才合我的口味，而且事情会更加合我的口味，"她又富于想象地加上一句，"如果纽瑟姆太太对这个也不知道。"

斯特瑞塞反而要听她说出这点，但他马上补上另外一点，"让我来告诉你谁知道。"

"韦马希先生？不可能！"

"的确不可能。我并不总是想着韦马希先生呀，实际上我发现我现在从不想他。"然后，他像说出一件重大事情一般说出了那个人的名字，"玛米。"

"他自己的妹妹？"十分奇怪，她会想不到，"那有什么好处？"

"也许没有。可是——就像我们常说的——事情就是那样！"

第二十四章

　　两天又过去了。这天斯特瑞塞来到波科克太太的旅馆，被引进那位女士的客厅时，还以为那位替他通报后便退出去的侍者是弄错了。主人们不在房里，房间显得空空的，只有巴黎的房间会给人这种感觉：在某个晴朗的下午，那繁忙都市的喧嚣从外面隐约传来，在室内稀疏的摆设之间游荡，而夏天的气息却在某个冷清的花园里徘徊。我们的朋友犹疑地环视四面，从一个摆放着采购来的东西和其他物品的小桌上注意到萨拉有着——没有依靠他的帮助——最新一期的粉红色封面的《评论》；他还注意到玛米显然从查德那里得到一件礼物，一本弗罗芒坦的《历代艺术大师》，因为他在书的封面上写上了她的名字；他还看到一封厚厚的信，信封上面熟悉的笔体使他停了下来。这封由一位银行家转给波科克太太、在她外出时送来的信，此刻也成了一种证明。它还没有被打开这一事实只是突然赋予了它一种奇怪的魔力，使得那写信的人的影响力显得更加强大。它充分地表明纽瑟姆太太在将他禁闭的同时却在多么大方地写信给她的女儿——这封信毫无疑问是很长的，这件事给他的影响如此强烈，以至于他屏住呼吸，在原地一动不动站了足有几分钟。在他自己的旅馆、自己的房间里，他有几十封同样笔体的厚厚的信。此刻在这里重新看见那久违的字迹不由又实实在在地触动了他现在常常问自己的那个问题，即他是否已经不可挽回地被剥夺了资格。在这以前，她那有力的下垂笔画还不曾给过他这样明确的印象，但在眼前的危机中，它们不知为什么却代表着那写字的人不可违抗的意志。简单地说，他看着眼前萨拉的姓名和地址，仿佛他瞪眼盯着的是她母亲的面孔。随后他又将目光移开，仿佛那面孔拒绝放松表情。然而既然他的感觉是仿佛纽瑟姆太太更强烈地存在于这个房间里而不是相反，而且仿佛她也觉察到——鲜明而痛苦地觉察到——他的在场，他就觉得仿佛有个无声的命令要他不要走开，不要作声，要他留下接受惩罚。所以他便接受惩罚，没有离开——他悄然地无目的地在房间里四处走动着，等着萨拉回来。只要他等下去，她一定会回来的。现在他比任何时候都更清楚地感受到她让他受焦虑不安的折磨是多么成功。不容否认，她具有一种值得称道的——从乌勒特的立场而言——本能，懂得如何置他于被动的地位。他满可以说他不在乎——说她爱什么时候打破僵局便什么时候打破，要是她愿意，永远保持这局面也可以，说他没有什么需要向她坦白的。事实是，他日复一日地呼吸着的这令人窒息的空气，迫切地需要澄清，他时时渴望着加速这澄清的来临。他毫不怀疑，如果她能帮个忙，就在现在对他来个突然袭击，那么在冲突过去后就会出现某种澄清的场面。

他怀着这样的心情在房间里小心地兜了一阵圈子，突然又停了下来。房间的两个窗户都向阳台开着，这时他才瞥见一扇窗户的玻璃里有颜色的折光，而且立即认出那是妇人的衣裙。原来阳台上一直有人，只是那人刚好站在两个窗户中间他看不到的地方。而从街上传来的喧闹声又掩盖了他进门和在房里走动的声音。假如她是萨拉，那他马上就可以得到他想要的。只需一两步，他就能引她来解脱他无益的紧张。即使得不到别的，至少他也可以从打破僵局中得到一些快意。幸而旁边没有人看见——因为事关他的勇气——他即使在准备好了这么充足的理由以后，也仍旧保持着沉默。他当然是在等着波科克太太，等着听她对自己命运的宣示。但是在请她开口以前，他必须重新鼓起勇气——他现在在窗户的掩护之下，既不前进也不后退，便是为了这个目的。表面上他是在等萨拉更多地现身出来，他就好为她效劳，而她的确更多地现身出来了，只不过，非常幸运地，她最后被证明刚好是一位和萨拉相反的人。阳台上那人原来根本不是萨拉，在又一瞥之下，那姣好的背影微微变动了一下姿势，证明了她是美丽的光明的毫不知觉的玛米——玛米独自在家，玛米在以她自己天真无邪的方式打发时光，总之，玛米在受到不应有的冷落，然而玛米却显得饶有兴味，十分专注，惹人怜爱。她两手搭在栏杆上，正全神注意着下面街上的动静，让斯特瑞塞有机会从旁观察她，同时思考几件事情，而她却不会转过身来。

　　然而奇怪的却是，当他这样地观察、思考之后，他却并没有利用这有利的时机，而是退回到房间里面。他又在那里面踱了几分钟，似乎他需要考虑新的情况，似乎他原先关于萨拉的想法已经失去意义了，因为，坦白地讲，看见这女孩子沉浸在孤独之中，的确是有特殊的意义的。这里面有某种东西以以前不曾有过的方式深深触动了他，仿佛它悄悄地、然而却执着地向他倾诉，而且仿佛每次他停在阳台旁，看见她仍然毫无知觉时，它的声音都变得更加迫切。显然，她的伙伴们分头外出了。萨拉一定是同韦马希到什么地方去了，查德一定同吉姆一道走了。斯特瑞塞丝毫不去怀疑查德是不是和他的"好朋友"在一起。他宁愿向好的方向，设想他是在从事这样的活动。假如他不得不向某个人——例如向玛丽亚——提起的话，他可以用更高雅一些的字眼来形容它们。随即他又想到，在这样的天气把玛米一个人留在这上面，不管她多么会面对鲁第雷沃里路产生灵感，为自己想象一个美好的巴黎作为替代，都是不是高雅得过分了一些。无论如何，我们的朋友现在意识到——而且，仿佛随着他意识到这点，纽瑟姆太太那强烈而执着的意志也突然间如同气泡爆裂一般变成了稀薄的空气——其实他一直感觉到这位年轻女子身上有种奇特的捉摸不定的东西，现在他终于可以给它加上一种解释了。他以前至多只是觉得这摸不透的东西是种着迷的状态，哦，可爱的着迷——但现在，仿佛随着一根弹簧的触动，它才刚刚落到了位置上。它表明了他们之间有某种沟通的可能，只是因为耽搁和其他偶然的原因才没有实现——他们之间甚至有可能存在某种尚未得到承认的关系。

他们的老关系总是存在的，那是乌勒特的年月的结果。但是那种关系——这是最奇特的一点——和眼前室内的气氛毫无共同之处。作为孩子，作为待放的"花蕾"，尔后又作为渐开的花朵，玛米曾经无拘无束地为他开放过，那是在家乡那些几乎总是敞开着的门廊里。他对那时的她的记忆是她起先十分领先，后来十分落后——那时他曾一度在纽瑟姆太太的客厅里举办过英国文学的讲座（噢，想想纽瑟姆太太的和他自己的那些历程！），还有茶点，还要考试——而最后又再次遥遥领先。但是他记忆中同她并没有多少接触，因为在乌勒特的世界里，最鲜嫩的花蕾是不会和冬季最干瘪的苹果在同一个篮子里的。这孩子给他的最强烈的感受就是光阴多么不留情。他被她玩的铁环绊住脚不过就是昨天前天的事，而现在，他对不寻常的妇女的体验——这体验似乎是注定要不寻常地增长起来——在这个下午觉得他要做好准备，打起精神，来迎接她了。总之，她有许多话要对他讲，他做梦也不会想到一个引人瞩目的漂亮女子会有这么多话要对他讲。这一点的证明是，看得出来，十分清楚，她不能对任何别的人讲。她有些话不能对兄嫂讲，也不能对查德讲。他可以想象如果她还在乌勒特，出于对后者的年龄、地位、见地的极大尊重，她或许会告诉纽瑟姆太太。而且，这事情一定涉及他们全体。事实上，正是由于他们都十分关注，她才如此小心。所有这些在五分钟里在斯特瑞塞眼里都显得异常真切，将一个失却一切乐趣、唯有小心翼翼的可怜少女呈现在他面前。他一阵冲动，觉得对一位身在巴黎的漂亮女孩，这种处境实在不应该。在这印象之下，他于是用一种有意假装出的轻快步伐向她走过去，仿佛他才刚进房间里来。听到声音，她惊觉地转过身来。也许她刚才是在想着他，但此刻她表现出的却是轻微的失望。"噢，我还以为是彼尔汉姆先生来了！"

这话一时间使我们的朋友颇觉意外，使得他的内心活动一时间陷入混乱。但我们还可以补充说，他很快又恢复了他内心的秩序，而且，若干新鲜的想象的花朵还可以同时开放。小彼尔汉姆——既然她在等小彼尔汉姆，虽然这有些莫名其妙——看来是迟到了，这情形正好可供斯特瑞塞利用。两人在阳台上待了一会儿便一起回到房间里。在那用金色和深红色装饰得十分优雅的环境里，在别的人都不在场的情况下，斯特瑞塞度过了 40 分钟时间。这段时间即使他自己在当时看来，在那十分奇特的环境下，也远远算不得他最悠闲的时光。不错，既然那天他那样衷心地赞成玛丽亚关于离奇情境可以使色彩更丰富的言论，那么这里就有点儿东西——它可以说是在一次突发的洪水中漂到他面前来的——可以加进他的问题去，而且肯定没有使它变得更加简单。不消说，他要到后来细细回想的时候才会知道他当时的印象是由多少成分合成的，但当他和那位迷人的女孩在一起坐着的时候，他仍然感觉到了信心的明显增长。不管怎么说，她的确迷人。她的迷人并不因为她那显而易见的随便举止和滔滔不绝的言谈而减色。他明白，要不是他觉得她很迷人，他对她的印象便有可能要用"滑稽"之类的字眼来形容，但不管怎样，他还是认为她很迷人。是的，她是滑稽的、美妙的玛米，而她自己全然没有知觉。她待人亲切友好，她像个新娘——虽然从来不见新郎，至少他没有发现过。她容貌端正，体态丰满，待人随和而且十分健谈。她态度温柔甜蜜，亲切得几乎有些过火。如果可以作这样的区分的话，我们也许可以说她的衣着打扮不像少女，倒更像个老妇人——假如斯特瑞塞能够想象出一个爱打扮的老妇人的话。她那发型也同样过于复杂呆板，缺少一种漫不经心的青春气息。她带着鼓励的神色微微前倾的姿态里透出一种成熟妇人的韵味，而且在这种时候她还会把修剪得异常仔细的双手规规矩矩地放在身前。这一切造成了一种感觉，仿佛她总是在"接待"，重又让人觉得仿佛她总是站在两道窗户之间，在盛冰激凌的碟子的叮当声的包围之中，让人甚至可以想象来宾们被逐一通报的情景，那些布鲁克先生和斯鲁克先生们，成群结队，都是一路货色，而她全都乐意"接见"。

然而，假如所有这些便是她的滑稽之处，假如最滑稽的莫过于她那种美妙的善意和亲切——连这一长串形容词都使人将她想象成将近中年的乏味妇人——和她的嗓音之间的极不协调的对比，因为她的嗓音仍然相当单薄、自然，毫不做作，完全是一个十五岁少女的音色，那么，在十分钟过去以后，斯特瑞塞却从她身上感觉到了一种安静的尊严，它使得她身上的特质变得协调起来。如果说这种安静的尊严，这种在宽大的——宽大得过分的——衣裙帮助下造成的几乎超过慈母的形象——如果这就是她希望得到的效果的话，那么，她这种追求理想的方式还是可以让人喜爱的——一旦人找到了关系的话。而今天下午拜访她的这位客人的重要收获，正好是他刚刚找到了关系。它使得他度过的这短短的一小时挤满了各种混杂的印象，变得如此不寻常。他开始很快地发现，她——不错，也许有人会说，居然会是她！——是站在纽瑟姆太太最初的使者一边的，是和他一路的，这正是关系的标志。她是站在他的利益，而不是站在萨拉的利益一边的。过去这些日子里他在她那里觉察到、几乎可以触摸到的，正是这种关系的迹象。她终于到了巴黎，亲身处于事件中央，直接面对事件的英雄——斯特瑞塞当然指的是这个查德，而不可能指别的人——她最终加入了另一个阵营，而且是以她完全没有预料到的方式。在她心灵深处早就在悄悄地发生一些变化，而当她本人确切地知道自己内心已经发生了什么变化时，斯特瑞塞也已觉察到了这一场无声的戏。换句话说，当她明白了自己所处的位置时，他也看出来了。而现在他看得更加清楚，虽然关于他的尴尬处境两个人之间并没有交换一句直接的言语。在他和她一起坐着的时候，起初有一会儿，他还在想她会不会打破沉默问起他所做的最重要的事情。通向那个问题的门始终奇怪地半开着，以至于他准备着随时看到她——看到任何人——从那里闯进来。然而，自始至终，她态度友好亲切，谈吐机智，非常识趣地停留在门外。似乎她无论如何要表明她可以和他打交道，而不会被证明是——怎么说呢，是无足轻重的。

于是，他们谈论除查德而外的一切，两个人完全弄明白了玛米和萨拉、吉姆不同，她十分清楚他现在是怎么一回事。他们完全弄明白了她对他身上发生的变化了如指掌，而且她希望斯特瑞塞知道她会多么小心地保守秘密。他们极其自然地谈起乌勒特——仿佛他们还没有机会谈过。这谈话实际上的结果是使他们把这秘密保守得更严。慢慢地，斯特瑞塞觉得这一个小时带上了一种奇特的忧伤而甜蜜的意味。仿佛是由于他对自己早先有失公正的懊悔，现在他对玛米的态度以及他对她的重要性的看法都完全改变了。犹如一阵觉察不到的西风的吹拂，她唤醒了他对家的思念，使他重新产生了一种渴望。一时间他几乎真的竟觉得自己仿佛是与她一同被困在某处遥远而陌生的海岸，在不祥的沉寂笼罩之下，在触礁的船抛撒的奇特的落难人群之中。他们短短的会面就仿佛是在珊瑚礁上举行的野餐，两人面带忧伤的微笑交换着意味深长的眼神，来回传递、分享着抢救出来的一点点淡水。斯特瑞塞感觉尤其强烈的是他相信他的同伴真的十分清楚——如我们曾经暗示过的那样——她现在的确切位置。她的位置十分特别，只是关于它她决不会透露一个字，那无论如何是他应当自己去思考的事。而这也是他所希望的，不如此，他对这位女孩的兴趣不会完整。同样，不如此，她理应得到的赞赏也不会完美无缺——他确信他对她观察得越多，他对她的自尊也应当看得越多。她自己一切都看得很清楚——但她十分明白她不要什么，而正是这一点帮了她的忙。她不要的是什么呢？——暂时不知道答案，这使她这位老友失去了一份乐趣，因为，假如能瞥见哪怕一点，也一定会令他兴奋不已。她温和而有礼貌地将那答案掩藏起来，又仿佛作为补偿般地用其他的事情来安抚他，转移他的注意力。她谈她对德·维奥内夫人的印象——对那位夫人她曾经"听到过那么多"；她谈她对让娜的印象，她曾经"非常非常"地想见那位小姐一面。她亲切而轻松地谈起下午早些时候的经历，他听了却丝毫不感到轻松：她和萨拉就在那天下午，在为这样那样的事情而耽误了许多许多时间——主要是——永远是——为了买衣服，可惜衣服却不能永远不旧——之后，她们去拜访了柏利西路。

听了这些名字，斯特瑞塞不由微微有些脸红，他竟然不能首先提到它们——而他却又不能解释为什么听见它们会不自在。玛米使得它们听来很轻松，这是他不可能办到的，但她一定为此付出了比他无论如何要高的代价。她是在谈到查德的朋友时提到这些名字的，查德的特别的、高贵的、令人艳羡、令人嫉妒的朋友，她用极其优美自然的神态说出，尽管她以前听说过她们——她没有说是在哪里和如何听说的，这是她的一点个人色彩——她还是感到她们超出了她的想象。她对她们赞不绝口，她用的是乌勒特的方式——这使得乌勒特的方式在斯特瑞塞眼里又显得可爱起来。他还从来没有像当他神采飞扬的伙伴宣称柏利西路的两位女士中年长的那位的魅力不是言语可以形容，当她接着又断言年轻的那位绝对称得上完美无瑕简直就是个迷人的小妖精的时候那样，觉得乌勒特的方式有着这样丰富的内涵。她这样谈论让娜："她不应当有任何事——她现在这样就不多不少，恰到好处。只要稍微碰一碰，就会破坏了她的美，所以绝对不可以有人去碰她。"

"唔，可是在这里，在巴黎，"斯特瑞塞说，"小女孩们却偏偏有事。"说完，为了配合当时的玩笑气氛，又说，"难道你自己对这个还没有亲身感受？"

"小女孩会有事？噢，可我并不是小女孩呀。我是个又胖又粗又笨的大女孩。我不在乎，"她笑笑说，"不管有什么事。"

斯特瑞塞停顿片刻，心里在想自己该不该送给她一点愉快，告诉她他发现她比他想象得到的还要可爱——不过他并没有停顿很久，因为他又告诉自己，即使这个对她有什么意义，她也许自己已经看出来了。于是他大胆地问了另一个问题——但话才出口，他就意识到自己显得像是接着她刚才的话说的。"可是德·维奥内小姐就要结婚了呢——我想，这个你该听说了吧？"

他发现自己刚才的担心完全是多余的。"噢，当然，那位先生就在那里，德·蒙布伦先生，德·维奥内夫人把他介绍给我们来着。"

"他是不是很可爱？"

玛米红了脸，摆出她最得体的接待客人的神态，做出高深的样子，说："恋爱中的男人总是可爱的。"

斯特瑞塞不禁笑起来。"难道德·蒙布伦先生已经在恋爱中了——同你？"

"噢，没有必要那样——他同她要好得多，谢天谢地，我自己及时发现了这点。他完全为她神魂颠倒了——如果不是那样，连我也会替她不平的。她太可爱了。"

斯特瑞塞犹豫一下才说："就算她坠入情网，也照样可爱？"

她笑笑，使他觉得玛米不愧是美妙的玛米，她自有巧妙的回答："她并不知道自己是不是坠入情网了。"

这话让他又笑出声来。"可是你知道呀！"

她并不反对。"噢，不错，我什么都知道。"她坐在他面前，摩挲着自己光滑的手，竭力保持着姿势——只是两肘似乎稍稍向外伸得太远，这一瞬间斯特瑞塞的印象是，所有的人，事关他们自己的时候，似乎都很蠢。

"你是说你知道可怜的让娜不明白她自己是怎么了？"

两人的谈话中，这句话便算是离她有可能爱上了查德这个意思最近了，但对斯特瑞塞来说，这也就够了。他毫不怀疑，不管她是不是爱上查德，他都揭开了眼前这位女子性格中宽宏的一面，现在他只要证实这一点。三十岁的玛米可能有些胖，甚至可能显得太胖；但在眼前这样的时候，她总是那个会表现出公平和善意的人。"如果我再多和她见见面，我希望我会有这样的机会，我想，她会更喜欢我——她今天就显得喜欢我——会想要我告诉她的。"

"如果那样，你会告诉她吗？"

"肯定会的。我会对她讲，她的问题在于她过分地想要做得对。对她来讲，做得对的意思自然是，"玛米说，"要让人满意。"

"让她母亲满意，你是这意思吗？"

"首先是她母亲。"

斯特瑞塞等待着。"然后呢？"

"唔，然后么——纽瑟姆先生。"

提到这位先生的时候她居然这么平静，简直让他产生了一种崇高的感觉。"最后才是德·蒙布伦先生？"

"最后才是。"她始终保持着心平气和的神色。

斯特瑞塞想了一会儿。"所以，最终大家都会满意的？"

她终于迟疑不答，但只有短暂的一瞬。接着，她说了关于他们之间的问题的称得上最坦白的一句话。"我想我可以代表我自己。我会满意的。"

短短的一句话的确表达了丰富的意思，它清楚地叙说了她是如何和多么愿意帮助他。简单说，它将这消息无保留地交给他，任凭他随自己的意思去利用，以达到他自己的目的——与她毫无关系的目的——而她只是做一个耐心的、信任的旁观者。它将这一切传达得如此充分，他觉得自已接下来要用最后一点点坦白对她表示钦佩。表示钦佩几乎有责备她的嫌疑，但除此而外，没有别的方法可以让她明白他有多么明白了。他伸手道别，一面连声说："了不起，了不起，太了不起了！"说完，他离开了她，让她继续了不起地等小彼尔汉姆到来。

第二十五章

与玛米·波科克面谈之后三日的晚上，斯特瑞塞同小彼尔汉姆一起，坐在斯特瑞塞初次会见德·维奥内夫人和她的女儿时所坐的那张深软的长沙发上。他的姿势再次证实其有助于轻松愉快地交换看法。这个夜晚有着不同的特点。如果说客人来得更多的话，那么不可避免的是，表述的意见也更多。另一方面，尤为明显的是，谈话者们在谈论这样的事情时，总是局限在一个特定的圈子内。他们至少都知道今晚他们真正关心的话题是什么，而斯特瑞塞已经开始设法使他的同伴们紧紧扣住这个话题，查德的客人中只有少数参加了晚宴——不过十五或二十人，与当晚十一点所见的盈门宾客相比，实在是少数。然而人数和质量、灯光、香气、声音、殷勤款待及其所赢得的客气赞美——这一切从一开始就激起斯特瑞塞强烈的意识，使他感觉到他算得上是这一场合的核心成员，而这场合是他有生以来所参与的最富有节日气氛的场合。也许每年七月四日亲爱的母校举行毕业典礼时，他见过更多的人聚集在一起，然而他从来没有见过在这样大小的空间里竟然容纳了这么多人，也从未见过如此明显混杂的人群，好像他们都经过特意挑选一样。宾客人数众多，可也确实经过挑选。而使斯特瑞塞尤其感到稀奇古怪的是，并非因为他的过错，他却知道挑选宾客的原则这个秘密。他没有询问，而是掉头不管，但是查德却向他提出两个问题，从而为他了解这个秘密铺平了道路。他没有回答这些问题，只是说这些是年轻人自己的事。不过他看得很清楚，查德的方向已经确定。

查德曾经征求过意见，但只是为了暗示他知道该怎么办。他显然从来不曾像此时向他的姐姐介绍他的整个社交圈子这样有主见，这都体现在那位女士到达时他表达的情调的含义和精神中。他在火车站便采取了这样一种路线，这路线引导他不断向前，使他能把波科克一家引到他们必然会认为十分愉快的道路的终点，虽然他们很可能会感到有点眼花缭乱，感到提心吊胆和困惑不解。他使他们对此感到愉快至极，充实透顶，然而在斯特瑞塞看来，其结局却是，他们走完了全程，却没有发现这道路其实根本不通。它是一条美丽迷人的死胡同，不可能有任何出口，除非他们停止不前，否则只好在众目睽睽之下倒退回去——而这往往令人感到难堪。今晚他们一定会明白底细，这整个场景就代表这条死胡同的终点。因此事情能顺利进展，只要有一只手能给以妥当安排（这只牵线的手动作十分熟练，令这位年长者愈来愈惊叹不已）。他（年长者）感到肩负征途，但也自觉大功告成，因为所发生的一切证实了他自己在六周前提出的看法：他们应当等待，看看他们的朋友们究竟会说些什么。他决定让查德等待，决定让查德观望，因此他不打算计较办理此事的时间。由于两周时间已经过去，因而对萨拉所造成的情况（对此他并未表示反对）已变成这样：她使自己适应她的冒险，像适应有些过分听任喧闹和"快节奏"的狂欢晚会一样。如果说她的弟弟最不乐意接受批评，那可能是因为他把酒味调得太浓，往杯中倒得太满。他坦率应付亲戚在场这整个场面，好像这是一次消遣的机会。毫无疑问，他感到没有任何机会可干其他任何事情。他旁敲侧击，随意编造，且一直毫无拘束。在这几周里斯特瑞塞已经感到自己对巴黎有所认识，但他却以全新的感情，以向他的同事传授知识的形式，重新观察巴黎。

在进行观察时，不曾言说的万千思绪一齐涌入脑海之中，其中重复次数最多的一个念头是：萨拉很可能不知道她正漂往何方。处在她的位置上她当然指望查德优待她，然而她给我们的朋友留下的印象却是，每当她失去一次辨别明显的差别的机会时，她就会暗自变得更加固执一些。简而言之，这明显的差别是，她的弟弟当然必须优待她——可是她应当明白他不会这样，然而优待她并非头等重要——优待她并不中用，而且最终她有时会感到他们那位令人钦佩的母亲，虽然不在场，却在紧紧地盯住她的后背。斯特瑞塞根据自己的习惯，一边观察，一边思索，有时他确实为她感到不安——在这种时候，她使他感到不安，仿佛她坐在一辆失控的车子里，并且正在考虑可否跳下来。她要跳吗？她能跳吗？跳下来的地方安全吗？当她面色苍白，嘴唇紧闭，两眼露出紧张的神色时，这些问题便出现在他的脑海之中。但这又回到思考的要点上来了：最终她会调整过来吗？他相信，总的说来，她会往下跳，然而他在这个问题上翻来覆去地改变看法，表明了他焦虑不安的特点。他一直有某种信念——这信念将从今晚获得的印象中得到加强：如果她撩起裙子，紧闭双眼，跳离这奔跑的车辆，那么他立即就会明白。她将飞离她那难以控制的跑道，差不多直接朝他降落下来。毫无疑问，他将不得不支撑她全身的重量。在查德举行的这个令人眼花缭乱的晚会上，表明他将要遭遇这番经历的种种征兆一直不断增加。这样的前景令他紧张不安。部分出于这个原因，他把几乎所有的人都丢在其他那两个房间里不管，抛下他所认识的客人以及一大群引人注目的、口音各不相同的陌生男女，只渴望同小彼尔汉姆在一起安安静静地待上五分钟。他总是觉得小彼尔汉姆能给人以安慰，甚至给人以启发，而且确实把独特和重要的事情讲给他听。

从前（似乎已经是很久以前的事了），当他发现与一个比他年轻得多的人谈话时能从中学到如何使自己心安理得，便感到十分羞耻。然而如今他却习惯于此而变得麻木不仁了——无论是否因为这桩事实与其他可耻之事混杂在一起，已经使其模糊不清，无论是否因为他直接以小彼尔汉姆为榜样——这榜样便是满足于做个默默无闻、聪明敏锐的小彼尔汉姆。斯特瑞塞似乎看出这对他是可行的。一想到这么多年来他仍在寻求可行的办法，斯特瑞塞有时不免暗自露出惨淡的笑容。然而正如我们所说的那样，找到一个与他人略为隔开的小角落，对他两人来说都很合意。造成这个角落与他人略为隔开的情形是，沙龙里的音乐非常精彩，还有两三位歌手，因而静静地聆听真是一种特殊的享受。查德的晚会因为有他们参加而显得更加出色。估量他们对萨拉产生的影响真是太有趣了，事实上这兴趣强烈得几乎令人感到痛苦。此时她一定是坐在听众席的最前排，目不转睛，聚精会神地听着。她独自一人，犹如乐曲的主旋律：她身着耀眼的猩红色服装，斯特瑞塞见此惊诧不已，仿佛听见有人从天窗上掉下一样。在那丰盛的晚宴上他和她的目光一次也不曾相遇，因为他公开表明（也许还有一点胆怯），曾与查德一起做出安排：他应当与她坐在餐桌的同一边。然而此时他不必与小彼尔汉姆处于无比亲密的地步。除非他万无一失。"你坐在看得见她的位置上，她对这一切作何感想？我的意思是说，她接受这一切的条件是什么？"

"啊，根据我的判断，她接受这一切，以此证明他家的主张比以往任何时候都更合理。"

"那么她不喜欢他展现的东西？"

"恰恰相反，她很喜欢，而且对他干这类事情的能力感到很满意——很久以来她还不曾对任何事情感到如此满意。"

斯特瑞塞感到疑惑不解。"她要他把这一切都搬过去吗？"

"所有一切，不过有一件重要东西是例外。他'捡到'的每一样东西——以及他所知道的方法。她认为这样做没有任何困难。她将自己主持表演，而且坦率地承认，总体说来乌勒特在某些方面更适合这样的表演。不是说这表演在某些方面就不适合乌勒特。那儿的人们也同样不错。"

"像你和其他这些人一样不错吗？啊，也许如此。"斯特瑞塞说道，"不过无论如何，像这样的场合，问题不在于人们，而在于是什么使得人们可能参与。"

"你瞧，"他的朋友回答道，"我说对了吧。让我告诉你我的肤浅印象。波科克太太已经明白了，因此今晚上她坐在那儿。如果你看一眼她的脸色，那么你就会懂得我的意思。她已经接受这昂贵的音乐声。"

斯特瑞塞随随便便就相信了。"那么我将会听到她的消息。"

"我并不想吓唬你，不过我认为很可能是那样的。但是，"小彼尔汉姆继续说道，"如果我对你坚持下去有一丁点儿用处……"

"你才不是仅有一丁点儿用处！"斯特瑞塞表示赞赏地把一只手放在他身上说道，"仅有一点儿用处的人是不存在的。"为了表示他如何乐于听天由命，他轻轻拍了拍他同伴的膝头。"我必须独自接受命运的挑战，我将……啊，你会看得见的！不过，"他接着说，"你也会帮助我的。你曾经对我说过，"他进一步说道，"你认为查德应该结婚。我当时还不明白，现在我才知道你的意思是说他应当与波科克小姐结婚。你仍然认为他应该结婚吗？因为如果你认为他应该，"他继续说道，"那么我要你立即改变你的看法。你能这样做来帮助我吗？"

"认为他不应该结婚就是帮助你吗？"

"无论如何他都不能与玛米结婚。"

"那又与谁结婚呢？"

"呀，"斯特瑞塞回答道，"这我可没有必要说出来。不过我认为，在他可能的时候，就与德·维奥内夫人结婚。"

"啊！"小彼尔汉姆的话音有些刺耳。

"呀，正该如此！不过他完全没有必要结婚——反正我不必为此做准备。但是我对你这种情况感到有必要做准备。"

小彼尔汉姆被逗乐了。"有必要为我的婚事做准备？"

"是呀——在我给你添了这么多麻烦之后！"

这年轻人略加思索后问道："你给我添了那么多麻烦吗？"

"当然，"斯特瑞塞在听到这样的反问时回答说，"我也必须记住你给我添的麻烦。我们也许可以当作是互不亏欠吧，不过即使是这样，"他接着说道，"我仍然非常希望你同玛米·波科克结婚。"

小彼尔汉姆哈哈大笑起来。"可是那天晚上，就在这同一个地方，你却建议我与另外一个人结婚。"

"与德·维奥内小姐？"斯特瑞塞坦率地承认道，"我承认，那纯粹是空想。但这却是切合实际的策略。我想为你们两人做一件好事——真希望你们两人都好。你很快就会看出，一下子把你打发走后会省去我多少麻烦。你知道她喜欢你，你安慰她，她真好。"

小彼尔汉姆瞪着双眼，就像一个胃口很小的人瞪眼看着一盘堆得过满的食物。"我为什么安慰她呢？"

这句话使得他的朋友很不耐烦。"嗨，得啦，你难道不知道？"

"你用什么证明她喜欢我？"

"用以证明的事实是，我发现三天前她独自一人待在家里，整个下午都在盼望你来到她身边。她站在阳台上，想看见你的马车驶过来。真不知道你还想要什么。"

过了一会儿小彼尔汉姆才找到他还想要的东西。"但愿能知道你有什么能证明我喜欢她。"

"啊，如果我刚才说的还不能打动你的话，那么你真是一个铁石心肠的小魔王。此外，"斯特瑞塞听任想象力的驰骋，他又说道，"你让她等待，你故意这样做，看她是否对你有意，这就表明你对她倾心。"

他的同伴停顿了片刻，对他的机智和巧妙表示敬佩。"我并没有让她等待。我是准时到达的。无论如何我也不会让她等待。"这位年轻人体面地说道。

"那倒更好——原来是这样！"斯特瑞塞甚为欣喜，把他的手握得更紧。"而且即使你对不起她，"他继续说道，"我也会坚持要你立即回心转意。我很想办成此事，"斯特瑞塞说话时，话音中充满了真诚而又强烈的愿望，"我至少要办成此事。"

"打发我结婚——而我却身无分文？"

"好啦，我在世的日子不多了。我现在就在这儿对你许下诺言，我要把我所有的钱财都留给你。不过很不幸，我的钱不多，但全都归你所有。我想，波科克小姐还有些钱。"斯特瑞塞接着说，"我至少要给以一定程度的帮助——甚至赎罪。我一直在供奉异教神灵，现在我感到我应当设法把我对他们自己信仰的忠诚记录在案。从根本上来讲，我毕竟仍然忠实于我们自己的信仰。我仿佛觉得自己的双手沾满了邪恶的异教神坛和另一种信仰的鲜血。好啦……这事完结了。"然后他又进一步解释道，"我摆脱不掉这个想法，因为让她远离查德有助于清扫我的场地。"

听见此话，年轻人一下子跳转身来，于是两人面对面地看着对方，都感到很可笑。"你要我结婚，就是为了方便查德？"

"不，"斯特瑞塞辩解道，"他才不在乎你结婚还是不结婚呢。这只是为了方便我自己对查德的安排。"

"'只是'！"小彼尔汉姆以评论的口气说道，"谢谢你。不过我认为你对他并没有什么安排。"

"那么就叫作对我自己所做的安排吧——也许照你的说法，这也不存在。他现在的情况难道你还不明白？他的情况很简单，任何人都看得出来。玛米不要他，他也不要玛米，这一点在最近几天更加明朗化了。这事已成了一根线，我们可以绕成团并且收拾起来。"

然而小彼尔汉姆却仍然提出质疑："你可以去收拾——因为你似乎很想这样做，可我为什么要去收拾呢？"

可怜的斯特瑞塞想了一下，却不得不承认他的看法显得肤浅而且失败了。"严格说来，这毫无道理，那是我的事——我必须自己一个人去做。我只是非常需要加重分量。"

小彼尔汉姆感到迷惑不解。"你说的分量是什么东西？"

"我不得不吞下的东西。我要我的健康状况丝毫不变。"

他说话的语气表明他是为说话而说话，不过话音里却隐含着不易明白的真理。这种情形此时难免不对他那年轻的朋友产生影响。小彼尔汉姆朝他定睛注视了片刻，然后突然大笑起来，好像一切都变得十分明朗。这笑声似乎在说，如果他假装，或者力图，或者希望能喜爱玛米就会变得有用的话，那么他一定这样去做。"为了你，这世上的一切我都愿干！"

"对啦，"斯特瑞塞微笑道，"这世上的一切正是我所要的。我不知道还有什么事比这更使我为她感到高兴；当我发现她独自一人在那儿，我在她未察觉时走到她身边，并为她被冷落而万分伤感时，她立即高兴地提及下一个年轻人，从而把我那极不可靠的计划全盘推翻。不知怎的，这却是我所需要的消息——她留在家里等他。"

"那自然是查德要求下一个年轻人去看她，"小彼尔汉姆说道，"我很高兴你把我当作下一个年轻人。"

"我正是这样设想的——谢天谢地，这一切都是那么单纯而又自然。可是你知道查德了解……吗？"然后这位对话者似乎有些迷惑不解，"那么她后来的结局如何呢？"

听见此话后小彼尔汉姆瞪眼望着他，露出恍然大悟的神情，仿佛这番暗示比任何一句话都更深刻动人。"你自己知道吗？"

斯特瑞塞轻轻摇了摇头。"我了解不到。啊，尽管你会觉得奇怪，可有些事情我确实不知道。从她身上我仅仅感觉到，她把某种强烈而又十分深沉的东西完全隐藏在自己的心底。那就是说起初我认为，她把这一切全都隐藏在心底。然而在那里与她面对面时，我很快地就发觉她本来很愿意与人分享这秘密。我以为她可能会吐露秘密，但后来我却看出她只对我有一半的信赖。当她转过身来招呼我时（因为她那时在阳台上，并不知道我已经进来了），她的表情告诉我，她当时是在等待你，因而我的到来使她大失所望。这就使我开始产生了自己的看法，半小时之后我完全确信我的看法。后来所发生的事你是知道的。"他注视着他那年轻的朋友，然后觉得很有把握。"尽管你那样说，可你却是完全知道的。事情就是这样嘛。"

过了片刻小彼尔汉姆半转过身来。"我向你保证，她什么也没有对我讲。"

"她当然没有对你讲。你认为我相信她对你有意是为了什么？可是你每天都与她在一起，你随时都在看望她，你对她喜爱得很（我坚持这个看法），而且你从中获得了好处。你知道她所经历的一切，也知道她今晚参加了宴会——顺便说一句，这很可能会使她有了更多的体验。"

年轻人正面接受了这番连珠炮似的进攻，然后完全转过身来。"我根本没有说过她对我不好。可是她显得高傲。"

"这话倒是恰如其分。不过在这件事上她并不是太高傲。"

"正是她的高傲使她成为这个样子。"小彼尔汉姆继续说道，"查德实在是对她够好的了。对于一个有姑娘爱他的男子来说，此事令人为难。"

"不过她现在不爱了。"

小彼尔汉姆坐在那里，瞪眼望着前方，然后一下子站起身来，仿佛他朋友一再重复的话使他感到十分紧张。"不，她现在不爱了。这一点也不是查德的过错。"他接着说，"他确实不错。我的意思是，她本来是愿意的，但她是带着满脑子的想法来的。她在家时就有了这些想法。这些想法成为她随她的哥哥和嫂嫂一道来此的动机和支持力。她打算拯救查德。"

"啊，可怜的家伙，就像我一样？"斯特瑞塞也站起身来。

"是这样，她很不得意。不久她就清楚地看出，他已经获得拯救。这使她停止不前，使她大为颓丧。她已没有任何事情可做了。"

"甚至连爱他的可能性也没有了吗？"

"依照她最初对他的想法，她本来会更爱他的。"

斯特瑞塞有些迷惑不解。"当然一个人会自问少女有什么样的看法。这里所说的是一个有这种经历和这种地位的年轻男子。"

"毫无疑问，这位少女认为这些难以理解，认为它们几乎都是错误的。在她看来，错误的都是难以理解的。不管怎么说，最终看来查德是正直、善良，但不易对付的。然而她费尽心思和精力所做的准备，却是把他当成一个情况完全相反的人。"

斯特瑞塞思索后说道："然而她的观点不是将他改造好，并且能被改造好，被拯救出来吗？"

有片刻小彼尔汉姆纹丝不动，然后他轻轻摇了摇头，态度显得颇为温和地说："她来得太迟了，太迟了，难以创造奇迹。"

"是的，"他的同伴看得十分清楚，"不过，如果他最糟糕的情况是那样的话，那么对她来说不是仍然有利可图吗？"

"她并不想以那种方式'图'利。她不愿从另一个女人那里获得好处——她要自己创造奇迹。那就是她太迟了而不能获得的东西。"

斯特瑞塞觉得所有这些都颇有道理，但似乎还有一点不够恰当。"我想说的是，这你知道，她给人留下这样一个印象：在这些方面她要求甚高——你称之为难以讨好。"

小彼尔汉姆把头往后一仰，说道："当然如此，她在任何方面都难以讨好！我们的玛米们——真正的、正确的玛米们究竟是什么样的人呢？"

"我明白啦，我明白啦。"我们的朋友连声说道。他对他以含义丰富的推论结尾所表现出的智慧感到非常高兴。"玛米是真正的、正确的人物之一。"

"正是如此。"

"那么这样看来，"斯特瑞塞接着说道，"可怜的、讨厌的查德对她来说实在是太好了。"

"啊，做得太好毕竟是他原来的打算。然而正是她自己，而且就是她一人，使他成了这样。"

这话符合逻辑，但结尾不够圆满。"难道他还不符合她的要求，即使他最终……"

"脱离他受到的影响？"对这个问题小彼尔汉姆胸有成竹地做出了最尖锐的答复。"他显然已经被宠坏，无论标准是什么，他怎么能'符合要求'呢？"

对于这个问题斯特瑞塞只能做出被动、快乐的反应。"谢天谢地，你不是这样！你还能被她拯救。基于如此精彩、圆满的阐释，我现在要重提我刚才的论点：从你身上清楚地表现出她已经开始动手的迹象。"

当他那位年轻的朋友转过身去时，他最多只能对自己说：这番指责暂时没有再遭否认。小彼尔汉姆仅仅扇动了一下他那双柔软的耳朵，就像淋湿了身子的小猎狗一样，与此同时他重新返回了音乐厅。斯特瑞塞则恢复了近几天里最为舒适的感觉：他可以随便相信使他时时处于奔忙之中的任何事情。他这种有意识地时时出现的感觉在流动和起伏，他暂时耽于嘲讽，耽于幻想，又出于本能不断地撷取观察和思索的玫瑰，因为他感到这生长中的玫瑰的香气越来越浓，颜色越来越鲜艳，而他可以埋鼻狂嗅，纵情享受。最后这一种消遣被奉献在他面前时的表现形式是他随即获得的一种清晰的感觉——他看见小彼尔汉姆与漂亮聪明的巴拉斯小姐在房间门口相遇。巴拉斯小姐进来时，小彼尔汉姆正好出去。她显然问了他一个问题。他回答时转过身来，指着刚才与他交谈的人。这位快乐而善良的女士又问了一句，然后借助于她的眼镜（这眼镜就像她身上其他装饰品一样，似乎显得奇特而又古老）朝斯特瑞塞的方向走来，其动机立即引起后者的反响。在斯特瑞塞眼里，这位女士从来不曾像现在这样使人联想起那幅古老的法国画像，历史上有名的肖像画。他预先就知道她开口第一句会说什么，而且懂得她走近时说这话的必要。从未有过任何东西比他二人在目前这个场合下会面更加"美妙"。正如她在大多数地方那样，她要在那儿激起她对这种场合的质量的特殊感觉。这种感觉已经被他们周围的情境完全激发起来了，因此她便离开了那个房间，抛弃了音乐，退出了戏剧表演，简而言之，抛弃了舞台。这样她便能与斯特瑞塞一起在台后同立片刻，就像有名的占卜师那样，立于神龛之后，对另外那个人的眨眼示意做出回答。她坐在小彼尔汉姆刚才坐过的座位上，实际上回答了很多问题。他刚说完"你们所有的女士对我都特别好"（他希望说的话他说得一点也不愚蠢），她就立即开始了。

她转动眼镜的长手柄，以改变观察角度，立即发现周围空无一人，正是他们自由交谈的大好机会。"我们怎能不好呢？可这不正是你的困境？'我们女士们'啊，我们和蔼可亲，但你很可能会对我们感到厌烦！作为女士中的一员，你知道，我并不假装我很喜欢我们。可是至少今晚上戈斯特利小姐没有来打扰你，不是吗？"她说这话时又四下张望，仿佛玛丽亚·戈斯特利小姐可能会躲藏在周围。

"啊，是的，"斯特瑞塞说，"她只是坐在家里等我。"因为这句话引得他的同伴高兴地叫道"哈，哈，哈"，所以他只好解释说，他的意思是指坐在家里为他担心和祈祷。"我们认为总的说来，她今晚不来这儿更好。当然不管她来还是不来，她都会十分担心。"他强烈地感到他能引起女士们的同情，而她们可以随便认为他有这种感觉是出于谦逊或骄傲。"但是她相信我会走出困境。"

"啊，我也相信你会走出来！"巴拉斯小姐笑着说，表示不甘落后。"唯一的问题是从哪儿出来，对不对？"她高兴地接着说，"不过如果能从任何地方出来的话，那么很可能是很远的地方，是不是？为我们说句公道话，你知道，"她笑道，"我们确实都希望你从很远的地方走出来。是的，是的，"她以滑稽可笑的方式急促地重复道，"我们希望你从很远的地方走出来！"说完之后她很想知道为什么他认为玛丽亚不来更好。

"啊，"他回答说，"那实在是她自己的主意。我应当叫她来，可是她害怕负责。"

"难道这对她不是新鲜事么？"

"害怕？毫无疑问。不过她的神经已经紧张到极点。"

巴拉斯小姐朝他注视了片刻。"她成问题的东西太多了。"然后略微轻松地说道，"可幸的是，我的神经还支持得住。"

"我也幸运，"斯特瑞塞又回到这一点上来，"我的神经不那么坚强，我要求负责的欲望不那么强，因而不至于感觉不到这个场合的原则是'人越多越热闹'。如果我们这么热闹愉快，那是因为查德懂得很透彻。"

"惊人的透彻。"巴拉斯小姐说。

"好极了！"斯特瑞塞抢先说道。

"好极了！"她加强语气，表示赞同。于是两人面对面毫无拘束地放声大笑起来。然后她又补充道："可是我明白这个原则。如果谁不明白，谁就会不知所措。但是一旦掌握了这个原则……"

"就觉得它简单得如二乘以二！从他必须有所行动开始……"

"一群人是唯一重要的吗？"她打断他的话问道。"不，宁肯说是喧闹声，"她大笑道，"或者说没有任何东西是重要的。波科克太太是挤在人群内或者人群外随便你怎么说都行，反正她被挤得很紧，不能移动。她处于明显的孤立状态。"巴拉斯小姐借题发挥道。

斯特瑞塞接过话头，然而尽量注意说话公正。"不过在场的每一个人都被依次介绍给了她。"

"太好了——不过正因为如此却把她挤出去了。她被堵住，被活埋了！"

斯特瑞塞似乎朝这活埋人的景象看了片刻，但这景象只引起一声叹息。"啊，不过她没有死！仅仅这样是杀不死她的。"

他的同伴停顿了片刻，可能是为了表示怜悯。"不，我不认为她已经完蛋了，或者说今天一个晚上是不够的。"她仍然显得忧郁，好像感到同样的内疚。"只埋到了她的下巴。"然后又开玩笑道，"她还能呼吸。"

"她能呼吸！"他以同样的语气随声附和道，"你知道这整个晚上美妙的音乐、快乐的声音、我们狂欢的喧嚣以及你机智巧妙的言辞给我带来的真正感受是什么吗？"他接着说道，"在我看来，波科克太太的呼吸声压过别的一切声音。事实上我所听见的只是她的呼吸声。"

她碰响链子，引起他的注意。"咳……"她说话的声音非常温和。

"什么？"

"她下巴以上的部分仍然是自由的，"她沉吟道，"对她来说那也足够了。"

"对我也是足够了！"斯特瑞塞惨然大笑道。紧接着他问道："韦马希确实带她去见过你？"

"是呀——这是最糟糕不过的了。我无法帮你的忙，但是我尽了很大的努力。"

斯特瑞塞有些迷惑不解。"你是如何尽力的呢？"

"我没有提你。"

"我明白了。那倒更好一些。"

"那么最糟糕的会是什么呢？不管讲或不讲，"她轻声悲叹道，"我只好'贬损'。这不是为任何人，只是为了你。"

"这表明，"他宽宏大量地说，"问题不在于你，而在于别人。那是我的过错。"

她沉默了片刻。"不，那是韦马希先生的过错。他错在把她带来。"

"那么，"斯特瑞塞温和地说，"他为什么带她呢？"

"他不得不这样做。"

"啊，你是一件战利品，一件胜利纪念品？可是你既然'贬损'……"

"难道我没有贬损他吗？我确实也贬损过他。"巴拉斯小姐微笑道。"我尽量贬损他。可对于韦马希先生来说，那却不是致命的打击。就他与波科克太太的良好关系来说，那反而对他有利。"她见他似乎仍然有点迷惑不解，于是接着说，"那个赢得我的喜爱的男人，这一点难道你不明白？对她来说，把他从我手里夺过去更刺激。"

斯特瑞塞明白了，然而他前面似乎还摆着很多令他吃惊的东西。"那么她是'从'你那儿得到他的？"

她对他一时的糊涂感到好笑。"你想象得出我如何搏斗！她相信她获胜了。我以为这是她高兴的原因之一。"

"啊，她感到高兴！"斯特瑞塞略表怀疑地低声说道。

"是呀，她以为她没有受到任何阻碍，她今晚得到的只是赞美！她的衣服真漂亮。"

"漂亮得可以穿在身上进天堂？因为真正受到赞美之后，"斯特瑞塞接着说道，"就只有进天堂了。对于萨拉就只有明天了。"

"你的意思是，她将发现明天不会像天堂一样美好？"

"我的意思是，我觉得今晚对她来说好得令人难以置信。她今晚风头出尽，得意至极。这样的机会她不会再有了。我当然不会给她机会，充其量也只有查德能给她。"他继续说道，仿佛是为了他俩共同取乐，"他可能留了一手，但是我确信，如果他……"

"他本来不愿承担这麻烦事吗？我敢说他不愿。如果我可以大胆地说，那么我希望他再也不要承担任何麻烦事了。当然，"她又说道，"我现在不会假装不知道那是什么样的问题。"

"啊，很可能现在每个人都知道，"可怜的斯特瑞塞若有所思地承认道，"奇怪而又十分有趣的是，我竟然会有这样一种感觉：此时这儿每一个人都知道，并且正在观看和等待。"

"是呀，这不实在有趣吗？"巴拉斯小姐颇为热情地随声附和道。"我们这些在巴黎的人就是这样。"对发生的怪事她总是感到很高兴。"真是太妙了！不过你是知道的，"她严肃地说道，"这都取决于你。我不愿中伤你。我自然是指你刚才所说的我们都压在你的头上。我们把你看成是这一场戏的主角，都聚在一起来看你如何表演。"

斯特瑞塞对她注视了片刻，他的目光有点暗淡。"我想这大概就是这位主角躲在角落里的原因。他害怕充当英雄，因此不敢担任他的角色。"

"可是我们都认为他会扮演下去。因此，"巴拉斯小姐态度温和地接着说，"我们对你非常感兴趣。我们觉得你一定会不负众望。"她见他似乎仍然没有被激发出热情来，于是又说，"别让他那样做。"

"不让查德走？"

"对，抓住他不放。有了这一切，"她意指大众的赞扬，"他已经做得够多了。我们喜欢他在这儿，他富有魅力。"

"你们只要愿意的话，都能把问题简化，这真是太美了。"斯特瑞塞说道。

然而她回答道:"当你必须这样做时,你做起来就很容易了。"听见这话时他眉头一皱,仿佛听见了预言一般,于是沉默了一会儿。然而当她打算离开他,把他一人留在他们这番交谈所造成的清冷气氛中时,他却将她挽留下来,并且说道:"今晚根本没有主角露面的丝毫痕迹。主角躲躲闪闪、缩头缩尾,他感到惭愧。因此,你知道,我认为你们真正注意的是女主角。"

巴拉斯小姐考虑了一分钟后问道:"女主角?"

"女主角。我一点也不像主角那样对待她。唉,"他叹息道,"我表演得不好。"

她安慰他道:"你已尽力而为。"她又犹豫了片刻,然后说,"我认为她是满意的。"

然而他仍然感到懊悔。"我没有接近她,也没有朝她看一眼。"

"那么你失去的东西真多!"

他表示知道这一点。"她比以往更绝妙吗?"

"比以往更绝妙。与波科克先生在一起。"

斯特瑞塞感到有些迷惑不解。"德·维奥内夫人与吉姆?"

"德·维奥内夫人与吉姆。"巴拉斯小姐重复他的话。

"她与他一起干什么呢?"

"你必须问他!"

想到这情景他的脸上露出了笑容。"这样做将非常有趣。"然而他仍然感到迷惑。"可是她一定有什么念头。"

"当然她有，她有二十个念头。她的第一个念头是，"巴拉斯小姐说，"尽她的职责。她的职责就是帮助你。"

看来好像什么结果都没有出现，联系中断了，接头方法不明确，但突然之间好像他们就成了话题的中心内容。斯特瑞塞严肃地思考着，他想："是的，她所做的比我对她的帮助多得多！"仿佛美丽、高雅，如他所说他不愿接触的强烈而又做作的精神全都出现在他的面前了。"她真有勇气。"

"啊，她真有勇气！"巴拉斯小姐表示赞同。仿佛在那一瞬间他们都在对方的脸上看见了这勇气有多大。

然而实际上整个情况都一目了然。"她一定非常关心！"

"啊，是这样。她确实很关心。可是，"巴拉斯小姐表示体谅地补充道，"好像你曾经怀疑这一点，对不对？"

斯特瑞塞似乎突然希望他从来都没有怀疑过。"当然这是问题的全部要点。"

"是呀！"巴拉斯小姐微笑道。

"这正是一个人出来的原因，"斯特瑞塞接着说，"这正是一个人逗留这么久的原因。这也正是一个人回去的原因。"他没完没了地说道，"这正是，这正是——"

"这正是一切事情的原因！"她表示赞同，"这正是今晚上她像是只有二十岁的原因，无论从她的外貌和表现来看，无论从你的朋友吉姆的举动来看，这是她的另一个念头。目的是为了他，为了像年轻小姑娘一样无拘无束、妩媚迷人。"

斯特瑞塞态度冷淡地表示赞同。"为了他？为了查德？"

"为了查德，或多或少，自然，总是为了查德。但是今晚却特别为了波科克先生。"她见她的朋友仍然迷惑不解地圆瞪双眼，于是又说道："是的，真是一种勇敢的行为！这正是她具有的高度责任感。"在他们眼前，这十分明显。"当纽瑟姆先生被他的姐姐弄得手忙脚乱、不知所措时……"

斯特瑞塞接着话头往下说道："她夺走他姐姐的丈夫是微不足道的事吗？当然……微不足道。所以她夺走了他。"

"她夺走了他。"这正是巴拉斯小姐的意思。

"这一定很有趣。"

"啊，这一定有趣。"

然而这却使他们回到了原来的话题。"那么她一定很关心！"巴拉斯小姐对此的反应是发出一声含义无穷的感叹："啊！"可能表示对他花费这么多时间才习惯于此有些不耐烦。而她自己却早已习惯于此了。

第二十六章

就在这一周之内的一天早晨，当斯特瑞塞发觉这一切最终真的落到他头上时，他立即感到如释重负。这一天早晨他知道将会有事情发生——他是从韦马希到他面前时的举动猜测到的。当时他正在那个小餐厅里一边喝咖啡、吃面包，一边反复思考问题。最近斯特瑞塞常在那里心不在焉地独自用饭，即使是在6月底，他仿佛也感到一股寒意，感到空气像旧日一样地战栗。就在这种气氛中他的印象却一反常情地完全形成了。与此同时这地方也因为他一人独处而向他传出新的信息。此时他坐在那儿，不断地轻轻叹息，同时又茫然地倾倒咖啡瓶，想象着韦马希如何忙得不亦乐乎。根据一般标准，带领他的同伴不断前行，这是他真正成功的地方。他还记得起初几乎没有一个供人闲坐的场所他能哄他穿过而不停留，然而最终的结果却是，几乎没有一个这样的场所能阻止他匆忙前行。如斯特瑞塞所想象的那样生动有趣，他继续不断地匆忙前行，全是同萨拉一道，而且还制造了全部谜团——这谜团（无论是好是坏）包含着他自己的原则以及决定斯特瑞塞命运的原则。到头来可能情况只会是这样：他们联合起来拯救他，而且就韦马希所关心的而言，救助他必须成为行动的起点。关于这件事，斯特瑞塞无论如何也会感到高兴，因为他需要的救助并不少，而又如此难以得到，以至从某些角度来看，仿佛是潜藏在光线照射不到的地方。有时他严肃地思索，不知道韦马希是否会出于老交情以及可以想象得到的迁就，而为他规定较为有利的条件，有如他可能给自己规定的那样好。当然它们不会是相同的条件，不过它们有这样一个好处：他自己也许可以不用规定任何条件。

早晨他从来不会很晚才起床，但这天早晨他起来时发觉韦马希已经外出回来了。韦马希往幽暗的餐厅里探望了一眼后，便走了进来，其举止不像平常那样随便。透过通向院子那一边的玻璃窗，他已看清楚室内别无他人。此时他那漂亮的身影似乎充塞了整个房间。他穿着夏装，除了他那白色背心显得多余而且过分肥大之外，整套装束对于衬托他的表情颇为有利。他戴着一顶他的朋友在巴黎还不曾见过的草帽，他的衣服纽扣眼里插着一朵非常新鲜、美丽的玫瑰花。斯特瑞塞一眼就猜出了他早晨的经历，提早一小时就起床了，在细雨淋淋的早晨，巴黎夏季最美妙的时刻里，因浪漫经历而流动不安，一定是同波科克太太一道去花市逛了一趟。在对他的这番想象中，斯特瑞塞确实知道，这是一种容易引起嫉妒的快乐。当他站在那儿时，他们原来的位置似乎正好打了一个颠倒。由于命运突然更迭，此时乌勒特来客的情绪相当消沉。这位乌勒特来客感到纳闷，不知道当初他眼中的韦马希，是否像此时出现在他面前的韦马希那样精神抖擞，得意扬扬。他记得在切斯特时他的朋友就对他说过，韦马希的神态并不像他自己所说的那样疲惫，然而肯定没有任何人比韦马希更不在乎衰老的威胁。无论如何斯特瑞塞绝不像那伟大时代的南方农场主——这些人最生动的形象特征便是他们的黑褐色面孔和宽大的巴拿马草帽。这想法使他感到很有趣，他进一步猜想，在韦马希看来，南方农场主这类人是萨拉喜爱的对象。他相信，她的情趣与购买这种草帽的念头正好一致，与她纤细的手指赐赠那朵玫瑰花一点也不矛盾。好像事情发生得很奇怪，他突然想到他从来不曾闻鸟鸣而早起，同一位美丽迷人的女士一道逛花市。这位女士既不可能是戈斯特利小姐也不可能是德·维奥内夫人。实际上，他绝不可能一早起身去寻求艳遇。他突然想起这才是他的一般情况：他总是坐失良机，只因为他天性如此，而别人却能抓住时机，因为别人的天性与他的恰好相反，但是别人却显得有节制，而他却显得贪婪，别人赴宴大饱口福，而最终却由他来结账付款。他甚至会为他不大认识的人去上断头台。他觉得此时仿佛就像是站在断头台上一样，而且对此感到很高兴。他之所以这样，好像是因为他急于上断头台，他之所以这样，好像是因为韦马希如此得意扬扬。已经证明获得成功的是他为了健康和改换环境而做的旅行，这正是斯特瑞塞希望看到的，为此他仔细计划，竭尽全力。这一事实经他同伴的口而被吹得天花乱坠，其言辞中洋溢着令人感到温暖的仁爱之情，仿佛是积极锻炼所呼的暖气，而且略带急促、活跃的气息。

"一刻钟前我在波科克太太住的旅馆里同她分手。她要我告诉你，她有话要说，或者以为你可能有话要说。因此我问她为什么不直接来呢，而她却说她还没有来过我们这个地方。于是我便自作主张地对她说，你见到她一定会非常高兴。因此，你最好留在这儿等她到来。"

虽然根据韦马希的习惯这话说得有一点儿严肃，但是也相当客气。不过斯特瑞塞很快就感觉到，这语气轻松的话语中还包含着别的意思。它是理解已被承认的看法的第一条途径：它使他的脉搏跳动加快，它最终不过意味着如果他不知道他的处境，那么他只能责怪自己。他已经吃完早餐，便抛开此事，站起身来。有很多令人吃惊的事，但令人怀疑的事却只有一桩。"你也留在这儿吗？"韦马希的态度先前有些模糊。

然而在这个问题之后，他的态度并不显得模糊。斯特瑞塞的理解力也许从来不曾像此后五分钟里所表现出来的那样敏锐，看来他的朋友并不愿意帮助接待波科克太太。他知道她来访的情绪，但他与她来访的关系仅限于（可能如他所说的那样）他对此事略有促进。他认为，而且也让她知道，斯特瑞塞可能以为她也许早就应该来过这儿。不过无论如何事实证明她早就等着机会拜访。"我告诉她，"韦马希说，"如果早就实行拜访的计划，那才是真正的好主意。"

"但她为什么没有实行这个计划呢？她每天都与我见面，只要她提出什么时候来就行了。我一直在等啊等啊。"他说这话的声音非常清脆嘹亮，令人大为感动。

"是呀，我告诉她你在等待。而她也一直在等待呢。"他这话的奇特方式和语调表明，这是一个和蔼可亲、热情恳切、花言巧语的新韦马希，这个韦马希接受了一种与他所背叛的任何意识都不相同的意识，而且实际上是由这种意识不知不觉造成的。他只是没有时间仔细劝说而已，而斯特瑞塞过一会儿才会明白其原因。但是与此同时，我们的朋友想指出波科克太太采取的颇为宽宏大量的步骤，以便他反驳一个尖锐的问题。事实上，消除尖锐的问题是他自己的最高目的。他注视着他的老同道的眼睛，这双眼睛从来不曾以如此默默无言的方式，向他表达如此友好亲切的信赖和充满善意的忠告。他脸上流露出他们彼此都理解的每一种表情，这些表情分别出现，而且最后都完全消失了。"不管怎么说，"他补充道，"她就要来了。"

考虑到有很多事实必须吻合，斯特瑞塞迅速将它们在脑海中分类。他立即看出已经发生的事情，以及可能会发生的事情，而这一切十分有趣。也许正是这种观照的自由使他的情绪高涨起来。"她来干什么呢？来杀我吗？"

"她来是为了对你表示非常非常的友好，而我想要说的是，我非常希望你对她也同样友好。"

韦马希说此话时带有严肃告诫的口气。斯特瑞塞站在那儿，知道他必须采取欣然接受礼品的态度。这礼品就是亲爱的老同道韦马希自以为他已预见到的、因不能全部享有而略感心痛的机会，因此他像是把它放在小银餐盘上那样，熟练而灵巧但毫不炫耀地奉献给他，而他则要鞠躬、微笑、接受、使用并表示感谢，但没有人要求他卑躬屈膝而丧失尊严（这正是最好不过的一点）。难怪这老儿童容光焕发、得意扬扬。有片刻时间斯特瑞塞感到仿佛萨拉就在外边来回走动。难道她是在停车门廊边徘徊而让她的朋友这样轻率地为她开道吗？他将会见她并且容忍这一点，那么一切事情的结果都会是圆满的。与其说他懂得任何人的意思，倒不如说他根据这种表示得知纽瑟姆太太所采取的行动。一切消息都从萨拉传至韦马希，但却从萨拉的母亲传至萨拉，而且毫不间断地传到他那里。"有什么特殊情况出现而使她下定了决心吗？"过了一会儿后他问道，"她听见什么意外的消息从家里传来吗？"

听见这话后韦马希似乎更加严肃地注视着他。"意外？"他犹豫了片刻，然后却变得很坚定，"我们要离开巴黎。"

"离开？这出乎意料。"

韦马希表示了不同的看法。"并不是那么出乎意料。波科克太太来访的目的就是要向你作解释，事实上这并不出乎意料。"

斯特瑞塞一点也不知道他是否真有什么优势（任何可以算得上是优势的东西），不过此时他生平第一次高兴地感到他获得了优势。他不知道（这很有趣）他是否像那些傲慢无理的人那样有这种感觉。"我向你担保，我将乐于接受任何解释。我将乐于接待萨拉。"

刚才还显得忧郁的眼神在他同道的眼睛里暗淡下去了，但这种眼神渐渐消失的方式却给他留下了深刻印象。它里面混杂着另一种意识——可以说是被花朵掩埋住了。此时他实在为它感到惋惜——可怜的、亲切的、熟悉的、忧郁的眼神啊！某种简单、明白、沉重而又空虚的东西从那眼神里消失了——他借以熟知他朋友的某种东西不复存在了。没有偶尔发作的圣怒，韦马希将不会成为他的朋友，然而爆发圣怒的权利（这在斯特瑞塞看来是不可估量的珍贵）却似乎在某种程度上丧失在波科克太太的手里了。斯特瑞塞还记得，他们刚在这儿住下不久，就在这同一个地点，他恳切地、预兆不祥地突然叫道："放弃吧！"他记得如此清楚，以至感到他差一点儿就会同样叫出声来。韦马希玩得很愉快（这事实令他难堪），他当时在那儿享乐，在欧洲享乐，在他一点也不喜欢的环境的庇护下享乐。所有这一切都将他置于一种尴尬的境地，使他无任何出路可寻——至少根据庄重的举止要求来判断，他无任何出路可寻。几乎任何人（但可怜的斯特瑞塞除外）都会采取这样的方式：不承担任何责任，而只是竭力进行辩解。"我不直接去美国。波科克先生和他的太太以及玛米小姐打算在返回之前做一些旅行。最近几天我们谈起如何结伴同行。我们决定在一起会合，于下月底乘船回国。不过我们明天就要出发去瑞士。波科克太太想观看风景，她还有很多地方没有游览过。"

他很有勇气，毫无保留地和盘托出，让斯特瑞塞自己去找出它们之间的联系。"纽瑟姆太太给她女儿的电报是吩咐她立即歇手吗？"

听见这话后他略为庄重地回答道："我一点也不知道纽瑟姆太太的电报。"

他两人眼光相遇，都注视着对方。就在这几秒钟发生了一件与这短短的时间不相称的事情。斯特瑞塞注视着他的朋友。不相信他的回答是真话。而这之后发生了一件事情。是的，韦马希确实知道纽瑟姆太太的电报，否则他们为什么一道在比格伦饭店吃饭呢？斯特瑞塞几乎就意识到那餐饭是专门用来款待纽瑟姆太太的，因而觉得她一定知道此事，并且（如他想象的那样）对其严加保密，视为神圣。他依稀瞥见日常往来的电报、问题、答复、符号，并且清楚地预见到家里那位太太如此激动起来时会招致的花费。同样记忆犹新的是，他在对她的长期观察中发现的她为获得唱高调的某些技艺而付出的费用。显然她此时正在唱高调，而想象自己是一个独立表演者的韦马希，确实是一个过分卖力的伴唱者，正勉强提高他那优美的天然嗓音。关于他的差事的全部情况似乎向斯特瑞塞表明，她此时赞成并且熟悉他的情况，而且至此没有任何东西能阻止她给以特别的照顾。他问道："你不知道萨拉是否得到家里的指示，来打探我是否也要去瑞士？"

"我不知道她的任何私事，"韦马希尽可能果断地说道，"虽然我相信她的行动与我最尊崇的东西完全一致。"这话说得相当果断，但仍掩饰不住其虚假——因为言不由衷，要传达如此令人遗憾的内容。斯特瑞塞愈来愈感到他知道韦马希如此否认的一切，而他所受的小惩罚正是这样注定他撒第二个无关紧要的小谎。报复心最强的人能将别人置于什么样的尴尬境地呢？最终他从三个月前他肯定会被卡住而穿不过的通道里挤出去了。"波科克太太可能已做好准备回答你对她提出的任何问题。不过，"他接着说，"不过……"他结结巴巴地支吾道。

"不过什么？不要向她提太多的问题？"

韦马希显得颇为宽宏大量，然而伤害已经造成，他不禁脸红起来。"别做任何你会感到后悔的事。"

斯特瑞塞猜想他有什么话已到嘴边但没有说出口，然后却急转直下，直截了当，因而话音诚恳。他用的是哀求的语气，这在我们的朋友看来，立即产生了很大的影响，而且使他恢复了原貌。他们像第一天早晨在萨拉的客厅里那样心意相通，当时萨拉和德·维奥内夫人也在场，他们毕竟又意识到相互间的友好情谊。只是韦马希当时视为当然的反应此时却增加了十倍。这表现在他此时所说的话里："我当然不必对你说我希望你与我们同行。"然而在斯特瑞塞看来，他话中的含义和他的期望却表达得俗不可耐，令人悲哀。

斯特瑞塞一边拍了拍他的肩头，一边向他道谢，却避而不答他被邀请与波科克一家同行的问题。他表示很高兴又看见他如此英勇无畏、无拘无束地一往直前。事实上，他几乎可以说是当场就向他道别："在你动身前我自然还会见到你，同时我非常感谢你把告诉我的一切安排得如此周到。我将在那庭院里来回漫步——最近两个月以来，我们常在那可爱的小院里随着我们情绪的波动而徘徊，意气昂扬或萎靡不振，犹豫不决或勇猛向前。请你告诉她，我将在那儿焦躁不安但兴奋异常地等候，直到她到来。别担心把我和她留下，"他笑道，"我向你保证，我不会伤她的感情。我认为她也不会伤我的感情，我的处境早就使我不计较伤害了。而且那也不是你所担心的事——不过别作解释！我们的情况都很好，这表明我们冒险取得成功的程度有多大。我们以前的情况似乎并不好，但是从总体来看，我们很快就取得了进展，我希望你们在阿尔卑斯山玩得愉快。"

韦马希抬头望着他，仿佛是从山脚下向上仰望。"我不知道我是否真应该去。"

这是米洛斯自己的声音在倾诉他的良心，但却软弱无力，模糊不清！斯特瑞塞突然为他感到惭愧。他冒昧地说道："恰恰相反，你应当去，朝一切令人愉快的方向走去。这些时间都很宝贵，在我们这样的年纪很可能不复再来。不要到了明年冬天在米洛斯时才自叹没有勇气游览这地方。"见他的同道表情古怪地圆瞪两眼，他又说："别辜负波科克太太。"

"不辜负她？"

"你对她帮助很大。"

这句话韦马希听起来似乎觉得刺耳，它是真话，但说出来却不无讽刺意味。"那么我对她的帮助比你对她的大。"

"那正是你自己的机会和优势，同样，"斯特瑞塞说道，"我也的确以自己的方式做出了贡献。我知道我在干什么。"

韦马希一直戴着宽大的巴拿马草帽。由于此时他离门更近，在帽檐的遮掩下他最后投来的目光又变得暗淡起来而且含有警告的意味。"我也知道！听我说，斯特瑞塞。"

"我知道你要说什么，'放弃吧'？"

"放弃吧！"然而这话的语气没有往日那么强烈，它没有留下一点儿余音，便随着他离开房间而消逝了。

第二十七章

奇怪的是，大约一小时之后，斯特瑞塞发觉自己当着萨拉的面所做的头一件事情，便是滔滔不绝地谈论他们的朋友丧失了表面上看来十分显著的特点。他自然指的是庄重的举止——好像这可爱的人已将其牺牲以换取别的好处——这当然只能由他自己去衡量。这好处可能就是他的身体比他初来时健康得多。这都平淡无奇，颇令人高兴，但相当庸俗。如果要谈这一点，那么可幸的是，他的健康状况的改善确实比可以想见的让他花费了代价的任何行为举止重要得多。"亲爱的萨拉，"斯特瑞塞不揣冒昧地说道，"你一个人在最近三周里给他带来的益处，相当于他在其余所有时间里获得的益处。"

说他不揣冒昧，是因为在当时的情况下所涉及的那些事情颇有些"不可思议"，而且由于萨拉的态度，由于她出现后引起的场合明显的转变，而显得更加不可思议。事实上她的到来确实比其他任何事情都更不平常：她一到达那儿他就感到在场的气氛发生了变化——一旦他与她在那小客厅里（在那里他每周大部分时间与韦马希进行的讨论已渐渐不如当初那么活跃了）坐下来，他就觉得模糊不清的阴影已消失得无踪无影。她终于来了，这是一件大事，一件了不起的大事。这一事实自动呈现在他的面前，尽管他自己已经颇为清楚地看见它。他一丝不苟地履行了他向韦马希许下的诺言——在庭院里漫步，等待她的到来。在漫步中他获得了启示，有如看清了明灯照耀下的整个场景。她已经决定采取这个步骤，以便留给他思索和疑惑的余地，以便能对她的母亲说，她已经为他铺平了道路。这疑虑便是，他是否会认为她没有铺平道路，以及这番告诫有可能出自韦马希所持的超然态度。无论如何韦马希已经倾其全力——他指出消除他们的朋友的怨言是十分重要的。她很公正地对待这个请求。正是为了给自己树立一个崇高的理想，她才庄重地坐在那儿。她纹丝不动，可是头脑里却在进行着周密的思考。此时她伸直手臂，紧握阳伞的长手柄，好像在地上插了一根旗杆，挂起了她的旗子。她小心翼翼，避免流露出紧张的情绪，她咄咄逼人但又泰然自若，只是静静地等待他开口。一旦他看出她来此并无任何建议，一旦他看出她所关心的是说明她来接受什么样的东西，疑虑便消失得无踪无影了。她是来接受他的顺从，而且韦马希会明白地告诉他她并不指望别的东西。在这合适的阶段他仿佛看见五十样东西，还有她的主人，但他见得最多的一样东西便是他们那位焦急不安的朋友还没有获得要求掌握他的主动权。然而韦马希已经提出要求：她见到他时，他的态度应当温和。在她到达之前，当他在庭院里徘徊时，他反复考虑表现温和态度的各种不同的方式。但使人感到困难的是，如果他很温和，那么他就缺乏洞察力，不符合她的目的。如果她希望他具有洞察力（她做每一件事都要求如此），那么她必须为此而付出代价。然而在他自己看来，他对太多的事情都洞察得一清二楚。因此她必须选择她所需要了解的那一件。

这件事最终被确定下来了，而且一旦这样，他们便掌握了局面。事情确定被一件一件地做完了。斯特瑞塞提起韦马希要离开巴黎的事，而这又必然联系到波科克一家同样的打算，于是一切都迅速变得明朗起来。这之后光线似乎变得非常明亮，在这炫目的光辉中，斯特瑞塞显然只能依稀看出这问题是由二者之中的哪一件引起的。在他们所处的狭小居室中，他们之间的间隔很大，仿佛曾经有东西突然被哗啦一声撞翻，里面的液体飞溅到了地板上。要求他服从的形式便是在二十四小时之内完成一件任务。"如果你吩咐他，他很快就会走。他以他的名誉对我担保他会这样做的。"在东西撞翻之后，有关查德的这句话说得既恰当又不恰当。他又添了一句，告诉她：她的弟弟这样说使他大为吃惊。在说这话时斯特瑞塞反复感到，他比原来所设想的还要坚定得多。最终看来她一点也不古怪，而实在是通情达理。他很容易觉察出她在哪一方面强硬——为了她自己而强硬。他还没有认识到她是受到高贵的委派而强行干预的。她代表的利益远比她这可怜的小人物的利益崇高和明确得多，尽管这可怜的人儿表现出巴黎人的泰然自若。她有人支持的证据有助于他理解她的母亲施加的精神压力。她会得到支持，她会变得坚强有力，他一点也用不着为她担心。倘若他有心尝试，他会再次清楚地看出这一点：由于纽瑟姆太太是最根本的精神压力，因而这精神压力的存在几乎完全等同于她本人亲自到场。也许不是他感到他在直接与她打交道，而仿佛是她一直在直接与他打交道。她通过她那伸长了的精神臂膀接触他，因而他必须考虑到她的这种情况，可是他却接触不到她，不能让她理解他。他只能接触萨拉，而她对他却不大理解。

"你和查德之间显然发生了什么事，"他说道，"我想我总该多知道一些情况吧。他把这一切都推到我身上了吗？"他笑道。

"你打算把一切都推到他身上吗？"她反问道。

对此他并没有做详细回答，只是在片刻之后说道："啊，没问题。我的意思是，无论查德对你说什么都行。他推在我身上的一切我都承担。只是在我再次见到你之前我必须先见到他。"

她迟疑了片刻，但还是说出了口："你再见我是完全必要的吗？"

"当然，如果需要我对任何事表示明确的看法。"

"你想要我继续与你会面，以便再次遭受羞辱？"她回敬道。

他久久注视着她。"你是从纽瑟姆太太那儿得到指示，要与我彻底决裂吗？"

"对不起，我从纽瑟姆太太那儿得到指示是我自己的事。你完全知道你自己得到的指示，而且你自己能够判断你执行指示后获得了什么样的结果。我只能这样说：反正你能非常清楚地看出，我不愿受到羞辱，更不愿让她受到羞辱。"她说的话比原来预计的要多。虽然她住口不说了，但是她的脸色告诉他，他或迟或早都会全部听到。此时他确实感到听见这话的重要性。"你的行为，"她开口说道，仿佛是在解释，"你的行为就是羞辱我们这样的妇女吗？我的意思是，你的行为表明，在我们和另外那一个人之间，可以怀疑他的责任？"

他沉思了片刻，需立即对付的东西颇多，不仅有这个问题，而且还有其他暴露出来的令人痛心疾首的事。"当然它们是完全不同类型的责任。"

"你想说，他对另外那一个人有任何责任吗？"

"你是指对德·维奥内夫人吗？"他说出名字并不是要冒犯她，而是要再次赢得时间——他需要这时间来考虑比她刚才的要求更重大的另一件事情。一下子他就看出她的挑衅中所包含的一切。与此同时他尽力抑制自己喉咙里即将发出的近乎咆哮的声音。在他看来，波科克太太没有认识到查德身上的每一个具体变化，导致这一失误的每一件事，此时仿佛聚集成了一个疏松的大包袱，通过她这番话朝他脸上掷来。这打击令他喘不过气来。待他恢复过来后他才说道："可是这女人既可爱又如此有益……"

"你竟然毫不脸红地把母亲和姊妹牺牲给她，让她们远渡重洋来此加深这样的感受，并且从你这儿获得更直接的了解。你怎么做得出来？"

是的，她就这样尖锐地指责他。但他却尽力挣扎，不落入她的掌握之中。"我认为我并没有像你所说的那样通过精心策划干任何事。每一件事都难以同另一件事截然分开。你出来与我在你之前出来密切相关，而我出来是起因于我们的思想状况。我们的思想状况产生于我们古怪的无知、古怪的误解和糊涂，从那以后一股不可抗拒的强光似乎引导我们获得一种也许可以说是更为古怪的知识。难道你不喜欢你弟弟现在这个样子吗？"他接着说，"你没有把所有发生的一切清清楚楚地汇报给你的母亲吗？"

毫无疑问，他的语气也向她传达出太多的含义。如果不是他最后那句质问直接帮助了她，情况至少也会是这样。在他们已经到达的阶段，一切都直接有助于她，因为一切都暴露了他身上这样一个最根本的动机。事情发生的方式真奇怪！他看出，如果他更放肆一些，那么他就不会被认为那么荒谬可笑。使他遭受责难的东西正是他那安静、内向的性情；使他遭受责难的东西正是他考虑到这样的冒犯。然而对于萨拉对他的责难他一点也不想表示愤怒，最终他只对她那愤怒的观点暂时表示妥协。她怒火冲天，出乎他的意料。如果他知道她和查德出现的情况，他可能会更好地理解这一点。但在此之前，她认为他邪恶透顶的看法，对他拒绝接受她的帮助而表现出的异常惊奇，都必然显得过分。"我让你洋洋自得，"她回敬道，"自以为你所说的都是你干得很漂亮的事情。当一件事情被描述得这样可爱……"但她突然住口不说了，而她批评他的话却仍然响彻耳际。"你认为应该向她道歉——像对一个正派女人道歉？"

真面目终于暴露出来了！她说的话比他为了自己各种目的而不得不做的事更粗鲁，不过从本质上来讲都是同一回事。这事如此严重，但这可怜的女士却看得如此轻巧。他渐渐意识到自己发出一种奇怪的微笑，而且当时也只能微笑。片刻之后，他觉得自己就像巴拉斯小姐那样在说话："她从一开头就使我觉得非常可爱。而且我一直在想，她甚至可能会使你感到相当新奇和美好。"

然而他说这话却只是给了波科克太太大肆嘲笑的绝好机会。"相当新奇？我衷心希望如此！"

"我的意思是，"他解释道，"她本来就有可能使你感到她非常和蔼可亲——在我看来这是真正的启示。她高尚、杰出，样样都出色。"

当他说这些话时，他意识到有点儿"矫揉造作"。但他不得不这样——不说这些话他就无法向她揭示事情的真相，而且他现在对此似乎毫不在乎了。然而不管怎么说他没有达到他的目的，因为她对揭示出来的一面大肆攻击。"对我的'启示'？我到这样一个女人面前来寻求启示？你还对我说什么'出色'，你这个享有特权的人？可是你我都看见的这个世界上最出色的女人，却由于你这令人难以置信的比较而孤零零地坐在那儿受辱！"

斯特瑞塞竭力避免分散心思，不过他仍然对四周环视了一下。"是你母亲本人说的她坐在那儿受辱吗？"

可以说萨拉的回答非常直截了当，非常"斩钉截铁"，以至于他立即就感觉出它的来源。"她托付我来决定如何表达她个人对每一事物的感觉，并维护她个人的尊严。"

这正是乌勒特的那位夫人所说的话——他准会听见这话被说上一千遍，她在分手时肯定也是这样嘱咐她的孩子的。因此波科克太太一字不差地重复此话，这使他大为感动。"如果她的感觉真如你所说的那样，那就太可怕了。人们会认为我已经提供了充分证据，表明我对纽瑟姆太太的无限敬佩之意。"

"请问什么样的证据会被认为是你所谓的充分的证据？认为这儿这个人比她优越得多就是这样的证据吗？"

他又感到迷惑不解，于是等了一会儿才说："啊，亲爱的萨拉，你不要再提这儿这个人吧！"

　　为了避免一切言语粗俗的反驳，表明他如何（甚至反常地）坚持他那无用的理性，他几乎以轻声悲叹的语气提出这个恳求。然而他知道，这是他有生以来发出的最积极主动的宣言，而他的客人对它的接受也证明了它的重要性。"那正是我很高兴做的事。上帝知道我们不想要她！"她提高嗓音继续说道，"你要当心，别回答我有关他们生活的问题。如果你确实认为那是值得说的事，那么我真要恭喜你有这样的情趣！"

　　她所指的生活当然是查德和德·维奥内夫人的生活，她把他们二人这样相提并论，使他感到很不好受，但他别无他法，只好充分理解她的全部用心。然而这却有些不合逻辑，当他那几周之中高兴地观察这杰出的女人的具体行动时，他却为别人谈论这些行动而感到痛苦。"我认为她这人真不错，但同时我却似乎感到她的'生活'实在与我毫无关系。使查德的生活受到了影响的事才与我相关。难道你没有看见，所发生的情况是查德受到了多么美好的影响。这是布丁正被品尝的证据。"他试图以幽默的话语给以帮助，但没有成功，而她却似乎让他继续往下讲。他顺利地坚持下去，没有新的忠告也不碍事。他感到，在他与查德重新交流看法之前，他确实不应该坚定不移。然而他仍然能为这女人说好话，因为他明确地许下诺言要"拯救"她。但对她而言这并不是拯救的气氛，不过由于那冷淡的态度还在加强，其结果不就是在最坏的情况下与她同归于尽么？但最简单最基本的是，绝不放弃她。"我发现她身上的优点比你能耐心听我一一道来的多得多。你知道你以这样的言语说她对我产生了什么样的影响吗？"他问道。"她像你为了某种目的而不承认她为你弟弟所做的一切，因此你闭眼不看事物的两面，以便在无论哪一面朝上时抛弃另一面。你必须允许我说，我真不知你如何坦率地抛弃离你最近的一面。"

"离我很近——那类东西吗？"萨拉把头往后一仰，仿佛任何接近的可能性都不存在。

这使得她的朋友只能对她敬而远之。他沉默了一会儿，然后做了最后一次努力。"你能用荣誉担保，说你不喜欢查德幸运的发展吗？"

"幸运？"她重复道。事实上她已准备好了。"我把它叫作可怕。"

几分钟前她就表示要离开。她已经站在通向院子的那一道门边，在跨门槛时她做出了这个判断。她的话音非常响亮，一时间其他一切都变得悄然无声。受此影响，斯特瑞塞几乎不敢大胆呼吸，他只能简单地表示承认："啊，如果你这样认为……"

"那么一切都即将结束？那倒更好。我确实是这样想的！"她一边说一边走了出去。径直穿过院子。那辆把她从她的旅馆载到这儿来的低矮的马车，从院子那边的停车门廊下慢慢驶过来。她毅然奔向马车。她那决裂的方式，她那尖锐的答复，起初使斯特瑞塞却步不前。她像是拉开弓向他猛射了一箭，片刻之后他才从被箭射穿的感觉中恢复过来。这不是因为感到吃惊，而是因为感到更加肯定。等待他应付的情况已经清清楚楚地呈现在他面前。总之，她已经不在那儿了，她高傲而又轻松地猛力一跳，远远离开了他。在他能赶上她之前，她已经登上了马车。车轮已经转动，他在半路上停了下来，站在院子里，看着她离去，而她却没有再看他一眼。对这问题他自己的看法是，可能一切都即将结束了。在毅然决裂时，她的每一个动作都再次证实和加强了这个看法。萨拉消失在洒满阳光的街道上，而他却一动不动地站在灰色的院子里，继续凝视着前方，一切都即将结束了！

第二十八章

　　那天傍晚他去迈榭比大街的时间较晚，因为他有这样的印象：去早了没有用，而且在白天他不止一次询问过看门人，查德还没有回来，也没有留下任何口信。斯特瑞塞感到，显然在这紧要关头他可能有什么要紧事，使得他长留不归。我们的朋友到鲁第雷沃里路的旅馆去问过一次，但得到的答复是，那儿的客人全都出去了。斯特瑞塞考虑到他总会回去睡觉，于是直接走进了他的房间，可是他仍然不在。过了一会儿斯特瑞塞在阳台上听见时钟敲了十一下。这时查德的仆人进来看他是否又回来了。斯特瑞塞了解到，查德曾回来换晚餐礼服，但很快又出去了。斯特瑞塞等了他一个小时。在这一个小时里他的脑子里充满了奇怪的建议、劝解和认识，这是他在这番奇妙的经历结束时回忆得起来的特别重要的几小时之一。最聪明懂事的仆人巴蒂斯特安排好了光线最柔和的灯和最舒适的椅子供他使用。书页半裁的淡黄色封面的小说，有一柄象牙刀横插其中，在柔和的灯光下，就像农妇头上的刀形发饰。巴蒂斯特说，如果先生不需要别的东西了，他就请求回自己的房间去睡觉。听他说完之后，斯特瑞塞似乎觉得灯光变得更加柔和。这晚相当闷热，因而一盏灯足够了。城市灯火通明，光芒万丈，一直照耀到很远的地方。从大街上发出的光辉，透过一连串的房间，使那排成长列的室内场景及各样物件隐约可见，并使它们显得更加气派。斯特瑞塞产生了一种从来不曾有过的感觉。他曾独自一人在这儿逗留过，在这儿翻阅书籍、图画，而且当查德不在时曾呼唤过此处的精灵，但从来不曾在半夜三更待在这儿，也从来不曾有过这种近乎痛苦的欢乐。

他在阳台上逗留了很长的时间。他伏在栏杆上，就像第一天他刚来时看见小彼尔汉姆伏在栏杆上，也像那天小彼尔汉姆从下面往上看见玛米伏在她自己的阳台栏杆上。他重新走回房间——有宽大的房门相通的前面那三个房间。他在室内转来转去，不时坐下歇息，同时尽量回忆三个月前这些房间给他留下的印象，想再次听见它们当时向他倾吐的声音。可是那声音再也听不见了，他以为这是他自己发生了变化的明证。从前他听见的只是他当时能听见的。此时他只好把三个月之前视为遥远过去的一个时刻。一切声音都变得更加混浊，其含义更加丰富，当他走动时，它们一齐朝他袭来——以这种一齐发作的方式不让他得到安宁。奇怪的是，此时他感到悲伤，好像他来此是为了干什么错事；但同时他又感到兴奋，好像他来此是为了获得自由。然而自由是此时此地最重要的东西。正是这自由使他感觉到很久之前他失去的青春。今天他很难解释为什么他失去了青春，或为什么数年之后他对他失去青春仍然介意。每一件东西都具有魅力，其主要原因在于每一件东西都代表着他所丧失的东西的实质——它使这东西能被获得，能被接触到，并在其从来不曾达到过的程度上成为一种感觉。这就是他那久已丧失的青春在这独特的时刻里所变成的东西——一种奇怪的具体的存在，充满神秘，但又具有现实性，因而他能接触、品尝、闻味，并能听见它深深呼吸的声息。它不仅在室内，也在户外的空气中。它存在于夏夜里，存在于从阳台上对巴黎夜景的久久观看之中，存在于从下面传来的、明亮的小马车发出的急速而柔和但又连续不断的辘辘声之中。这辘辘声总是使他想起他从前在蒙特卡洛看见的赌客们匆匆奔向赌桌的情形。当这景象浮现在他眼前时，他突然感觉到查德已经出现在他的背后。

"她对我说，你把一切都推到了我的身上。"他很快就谈到这个消息。这表明这年轻人好像愿意暂时让它这样。由于有终夜长谈的有利条件，其他事情便进入他们的话题，而且产生了一种奇怪的效果，使得他们这次谈话一点也不匆忙急躁，而成为斯特瑞塞在他这番经历中最长、最散漫、最轻松的一次漫谈。从一早他就开始寻找查德，直到此时才见到他。不过这耽误终于得到了补偿：他们能如此格外亲切地面对面交谈。当然他们在不同的时间经常会面。自从第一个晚上在剧院会面以来，他们一次又一次地当面谈过他们的问题。然而他们从来不曾像现在这样真正单独在一起，他们的谈话从来不曾像现在这样只涉及他们自己。如果说许多事情都从他们面前掠过的话，那么可以说没有哪一件事能像那个有关查德的事那样给斯特瑞塞留下如此清晰的印象。斯特瑞塞经常为这桩事而万分感动，于是便将它记录下来：他幸福地回忆起每一件表明他知道如何生活的往事。这事实包含在他那愉快的微笑之中——当他的客人从阳台上转过身来迎接他的到来时，发现那微笑表现的愉快程度恰到好处。他的客人当场就感觉到，他们这次会面所做的最重要的事情便是证明这种才能。因此他对这令人赞许的才能心悦诚服。如果有人对这种才能不能心悦诚服，那么这种才能还有什么意思呢？幸运的是，他并不想干扰查德的生活。然而他充分地意识到，即使他要干扰，他也只能落得一个粉身碎骨的结局。事实上，正是因为他把自己个人的生活从属于这个年轻人的生活，他才能够坚强而充实地生活下去。然而尤其重要的一点，表明查德如何完全掌握了上述知识的迹象，便是一个人就这样不仅以适当的欢乐的心情，而且以狂热的发自本能的冲动，投入到他的洪流之中。因此他们的谈话还未到三分钟之久，斯特瑞塞便感到异常兴奋，而这种兴奋正是他在等待时就有的心情。当他观察他的朋友身上与此种兴奋之情相关的任何细枝末节时，这股感情的洪流便充沛得四处泛滥。这位朋友快乐之极的情形是这样的：他"放出"兴奋之情，或与此相关的任何感情，就像送走了待洗的衣物（家务中没有比这更重要的安排了）。简而言之，斯特瑞塞觉得这与洗衣妇把熨平机带回家的喜悦心情有相似之处。

当他详细讲述萨拉来访的情形时，查德十分坦率地回答他的问题。"我主动向她提起你，要她务必见你。这是昨天晚上的事，总共只有十分钟的时间。这是我们第一次自由交谈，真正是她第一次与我打交道。她知道我也了解她对你所说的那些话，而且知道你没有做什么使她为难的事。因此我直截了当地为你说好话——让她相信你愿意为她效劳。我也向她保证为她效劳。"这年轻人继续说道，"我还告诉她如何与我随时联系。可她的困难是，她找不到她认为合适的时间。"

"她的困难是，"斯特瑞塞答道，"她发觉她害怕你。可是她一点也不怕我，这个萨拉。正因为她看出我专心思考这情形时如何烦躁不安，她才感到她最好的机会就是尽量弄得我坐立不安。我认为她很高兴看到你尽量把一切都推到我的身上。"

查德不同意这种看法。他问道："我亲爱的朋友，我究竟做了什么事而使萨拉害怕我呢？"

"你'好极了，好极了'，确实如我们这些可怜的人们在观看那场戏剧时所说的那样。这就十分有效地使得她害怕你。而使她更加害怕的是，她能看出你并不是有意为之——我的意思是，有意使她感到害怕。"

查德高兴地回忆起他当时可能有的动机。"我只想表示善意和友好，表示礼貌和体贴，而且我仍然只想这样。"

斯特瑞塞对他轻松愉快的说明报以微笑。"可以肯定地说，除了由我来承担责任之外，找不到更好的办法了。这几乎可以完全消除你们之间的个人摩擦和怨恨。"

可是对友好这一概念的理解更趋完善的查德，却不愿意这样！他们一直都待在阳台上。白天的热气消退后，夜晚的空气令人心旷神怡。他们轮流背靠着栏杆，一切都与椅子、花盆、香烟和星光和谐一致。"在我们同意一道等待和一道做出判断之后，那责任其实并不是你的。我对萨拉的答复是这样的：我们过去和现在都一道做出判断。"

"我不害怕承担责任，"斯特瑞塞解释道，"我来这儿绝不是为了让你来替我承担责任。在我看来，我来这儿就好像负重的骆驼那样屈膝跪腿，以使背部便于接近。我以为你一直在做特殊的、个人的判断——对此我没有打扰你。我只希望从你那里最先得知你做出的结论。我不想要求更多的东西。我正洗耳恭听。"

查德抬头仰望天空，慢慢喷出一口烟气。"好啦，我已经明白了。"

斯特瑞塞等了一会儿才说："我一点也没有干扰你。可以说自从头一两个小时我劝你耐心以来，我几乎没有对你讲过一句话。"

"啊，你对我真是太好了！"

"那么我们两人都很好——我们的行动光明正大。我们给他们的条件最为宽大。"

"啊，"查德说道，"真是再好不过的条件了！由她们决定吧，由她们决定吧。"他两眼仍然盯着星星，一边吸烟，一边似乎要对此做出结论。他可能一直静静地在用占星术给她们算命。与此同时斯特瑞塞感到疑惑，不知道由她们决定什么，于是查德最终把答案告诉了他："由她们决定干扰我还是不干扰我。在她们真正了解我的情况下，由她们自行决定，是否让我继续照我的样子生活。"

斯特瑞塞完全明白而且赞成这个看法。他知道他的同伴采用的第三人称代词复数"她们"，指的是纽瑟姆太太和她的女儿，意思一点也不含糊。显然这个代词不是指玛米和吉姆。这更使斯特瑞塞感到查德有他自己的见解。"可是她们已经做出了与此相反的决定，不让你照你的样子生活。"

查德像刚才那样接着说道："她们绝不会同意。"

斯特瑞塞也一边思索一边吸烟。他们位于高处，仿佛是站在道德评价的高位上，从那里可以俯视过去。"你知道，从来不曾有任何微小的机会使她们同意。"

"当然没有任何真正的机会。不过如果她们愿意考虑有……"

"她们绝不愿意。"斯特瑞塞已经得出了结论，"她们出来不是针对你，而是针对我。她们不是想亲眼看一看你在干什么，而是想看我在干什么。由于我的该遭谴责的拖延，她们感到好奇的第一个方面不可避免地会让位于第二个方面。如果我可以这样说而你又不介意我指出这令人反感的事实，那么她们最近特别感到好奇的是第二个方面，换一句话说，萨拉漂洋过海时，她们要追逐的正是我。"

查德专心地听着，并且心领神会。"看来这真是一桩麻烦事——我使你陷入了困境！"

斯特瑞塞又停顿了片刻，然后做出回答，似乎要一劳永逸地消除这种内疚的因素。无论如何，他们又在一起了，因而查德打算把它当成已经过去了的事情。"你找到我时，我已经'陷进去了'。"

"哦，可是找到我的人正是你。"这年轻人笑道。

"我只是发现你已经走出去了。正是你发现我陷进去了。反正她们认为她们应该来，这不足为奇。而且她们对此感到很愉快。"斯特瑞塞说道。

"是呀，我设法使她们开心。"查德说。

此时他的同伴也同样为自己说了一句公道话："我也这样。今天上午波科克太太与我在一起时，我也设法使她开心。例如她几乎像喜欢别的东西那样，对她不用怕我感到喜欢。我认为在这方面我对她颇有帮助。"

查德对此非常感兴趣。"她非常非常讨厌吗？"

斯特瑞塞不同意这看法。"她是最重要的人物——她说话很明确。她——最终看来——容易了解。我一点也不后悔。我知道她们肯定会来。"

"啊，我自己想见她们，因此如果是因为那……"查德仍然不怎么后悔。

这差不多全是斯特瑞塞想要知道的。"那么她们来这里不正是因为你自己想见她们吗？"

看上去查德好像认为他的老朋友这样说真是太好了。"如果你被挫败了，你把这看成是你的失败吗？我亲爱的朋友，你被挫败了吗？"

他这话听起来好像是在问他是否受了凉或伤了他的脚。斯特瑞塞不断吸烟，过了片刻才回答道："我还想再见她。我必须见她。"

"你当然必须见她。"然后查德迟疑不决地问道，"你的意思是见母亲本人？"

"哦，你的母亲——那得看情况。"

仿佛这句话把纽瑟姆太太推到了很远的地方。尽管如此，查德却敢于到这个地方去。"你说那得看情况，这究竟是什么意思？"

斯特瑞塞一边回答，一边久久地盯着他。"我说的是萨拉。虽然她同我决裂，可是我必须主动去见她。我不能那样与她分手。"

"那么她非常讨厌，是不是？"

斯特瑞塞又喷了一口烟气。"她不得不那样。我的意思是，自从她们感到不高兴时起，她们就只能……她就只能是我所说的那样。"他接着又说，"我们给了机会让她们高兴，她们走上前来四下打量了一阵，却不肯接受。"

"你可以把马牵去饮水呀！"查德建议道。

"正是这样。今天上午萨拉的心情很不愉快。借用你的比喻来说，她拒绝饮水，使得我们站在一旁深感绝望。"

查德稍停片刻后好像是为了安慰而说道："当然她们一点儿也不大可能会感到'高兴'。"

"是呀，我毕竟也不知道，"斯特瑞塞若有所思地说道，"我已经尽量做出让步。但是毫无疑问，我的表演太可笑了。"

"有些时候，"查德说道，"我觉得你似乎好得令人难以置信。如果你忠实可靠，那似乎正是我所要关心的事。"

"我忠实可靠，但是我令人难以置信。我古怪、可笑——我甚至无法对我自己做出解释。"斯特瑞塞接着问道，"那么她们怎么能理解我呢？所以我不同她们争吵。"

"我明白了。她们与我们争吵。"查德怡然自得地说。斯特瑞塞再次注意到这种舒适的心情，然而这年轻人却继续往下说道："我照样应当感到万分惭愧，如果我不再次对你直说，你毕竟应该好好想一想。我的意思是，在不可挽回地放弃之前……"他好像出于体贴，不再坚持说下去。可是斯特瑞塞却想听："把话说完，把话说完。"

"好吧，在你这样的年纪，而且……一切已经说了并且做了……母亲会照顾你，为你料理一切。"

查德说了出来，但自然有些迟疑不安，于是斯特瑞塞在停顿了片刻之后自己接过话头说道："我的前途没有保障。我不得不表明照顾自己的能力微弱。她肯定会关照我，关照得好极了。她的财富，她的仁慈，以及她随时都愿意创造的奇迹。当然，当然，"他总结道，"还有那些明显的事实。"

与此同时查德仍然在想另一件事。"你真的不介意……"

他的朋友慢慢朝他转过身来。"你要走吗？"

"如果你说你现在认为我应该走。你知道，"他接着说道，"六周前我就准备好了。"

"啊，"斯特瑞塞说道，"那时你并不知道我不这样认为！你现在准备好了，是因为你确实知道了。"

"可能是吧，"查德回答道，"不过我仍然要说实话。你说你全部承担，可是你根据什么认为我会让你受罚呢？"当时他们靠着栏杆站在一起，斯特瑞塞轻轻拍了拍他的手臂，似乎希望能肯定他有足够的资金。然而正是围绕货物和价格的问题，这年轻人关于公平的观念不断加强了。"请原谅我这样说，实际上你得到的结果是放弃你的钱财，很可能是一大笔钱。"

"啊，"斯特瑞塞笑道，"如果只是足够的数目，那么你仍然有理由这样说。可是我也要提醒你，你放弃的财富，不是'很可能是'一大笔钱，而是肯定是一大笔钱。"

"相当正确，不过我已有一定数目了，"过了一会儿后查德答道，"但是你，亲爱的朋友，你……"

斯特瑞塞接过他的话头说道："我一点也说不上有一定或不一定的'数目'，但我仍然不至于挨饿吧。"

"啊，你绝不能挨饿！"查德冷静地强调道。于是在这愉快的气氛中他们继续交谈，尽管出现过片刻停顿，因为这年轻同伴可能在考虑可否此时此地就对这位年长者许下诺言以表示体贴：为年长者提供资金以避免刚才提到的那种可能性。然而他可能认为最好还是不说，因为又过了一分钟后他们已转到完全不同的话题上去了。斯特瑞塞插话，又提起查德与萨拉的会面，并问他是否在会面过程中出现了"发脾气"的情况。对这个问题查德的回答是，恰恰相反，他们彼此都一直彬彬有礼。他还说，萨拉毕竟不是那种会犯失礼的错误的女人。"你知道，她受到束缚。从一开始我就使她受到束缚。"他颇有远见地说道。

"你的意思是，她从你那儿得到了那么多？"

"依照一般礼仪我当然不能少给，只是她根本没有想到我会给她那么多，她不知不觉就开始接受了。"

斯特瑞塞说："一旦她开始接受，她就开始喜欢这样！"

"是的，她很喜欢——出乎她意料地喜欢。"然后查德又说道，"可是她不喜欢我，实际上她恨我。"

斯特瑞塞更加感兴趣了。"那么为什么她要你回家呢？"

"因为你恨人时你就想取胜。如果她把我困在那里，她就得胜了。"

斯特瑞塞紧接着说："当然——在某种意义上可以这么说，但是这样取胜却不值得。如果一旦纠缠起来感到她可恶，并且可能到时候还会多少意识到自己可恶，那么你就会当场使她讨厌你。"

"啊，"查德说道，"她能容忍我，至少在家里能容忍我。我在家里就意味着她的胜利。她恨我留在巴黎。"

"换句话说，她恨……"

"是呀，正是这样！"查德立即就明白了他要说什么。就这样，两人几乎都快要道出德·维奥内夫人的名字。然而虽然他们都没有把话挑明，但并不妨碍他们领会对方的意思：波科克太太所恨的正是这位夫人。而且这也进一步加深了他们已有的认识：查德与她的关系极其亲密。他描绘自己被淹没在她在乌勒特制造的感情纠葛之中，从而掀开了罩住这个现象的最后一道轻柔的帷幕。"我要告诉你还有谁恨我。"他马上接着说。

斯特瑞塞马上就明白了他指的是谁，但是立即表示反对。"啊，不！玛米绝不恨……"他及时控制住自己，"任何人。玛米很美丽。"

查德摇了摇头。"这正是我为什么介意的原因。她当然不喜欢我。"

"你介意到了什么程度？你对她怎么办？"

"啊，如果她喜欢我，我就喜欢她。真的，真的。"查德说道。

他的同伴停了片刻后说道："刚才你问我是否如你所说'关心'某人。你引诱我因此而问你这同样的问题。难道你不关心其他某个人吗？"

查德在从窗口透过来的灯光下定睛注视着他。"不同之处是我不想关心。"

斯特瑞塞感到迷惑不解。"不想关心？"

"我尽量不关心，这就是说我已经尝试过，我已尽了最大努力。你不应该感到吃惊，"这年轻人颇为轻松地说道，"因为你要我这样做，实际上我已经做了一些，可是你使我更加努力。六周之前我认为我已经走出来了。"

斯特瑞塞对这话完全理解。"可是你并没有走出来！"

"我不知道——这正是我想知道的，"查德说，"如果我自己很想返回的话，那么我认为可能已经找到这条路了。"

"有可能，"斯特瑞塞认为，"但是你所能做到的只是想干、要干！而且即使这样，"他又说道，"也只是在我们的朋友到来之后，你仍然想干、要干吗？"查德两手掩面，以极为古怪的方式擦脸，试图回避这个问题。然后他以既悲哀又滑稽可笑、既模模糊糊又模棱两可的声音，更为尖锐地问道："你想吗？"

这种态度他保持了一会儿，最后他抬起头来突然说道："吉姆真可恶！"

"哦，我并没有叫你辱骂或随便说你的亲戚。我只是再一次问你是否准备好了。你说你已经'明白了'，你所明白的就是你不能抗拒吗？"

查德对他露出了奇怪的微笑——这是他对感到烦恼的人露出的表情。"难道你不能使我不抗拒吗？"

"结果是，"斯特瑞塞好像没有听见他说的话，继续严肃地说道，"我认为结果是，为你所做的事，多于我所看见的一个人为另一个人所做的事——这人也许尝试过，但从来不曾做得如此成功。"

"啊，当然做了很多，"查德说得十分公道，"而且你自己也正在贡献力量。"

斯特瑞塞仍然没有注意他说的话，却继续说道："可是我们那儿的朋友们却不愿意听。"

"对，她们就是不愿意。"

"她们要你回去的理由，可以说是，因为你断然拒绝和忘恩负义。而我的问题是，"他接着说，"我还没有找到与你一起断然拒绝的方法。"

查德对这话很欣赏。"既然你没有找到你的方法，我自然也没有找到我的方法，这就是困难。"说完后他又突然提出一个尖锐的问题，"你说她不恨我吗？"

斯特瑞塞有些犹豫不决。"她……"

"是的，母亲。我们说是萨拉，但结果是一样的。"

"哦，"斯特瑞塞表示不同意，"与她恨你不一样。"

迟疑了片刻后，查德巧妙地答道："如果她们恨我的好朋友，那么结果是一样了。"话里透露出显而易见的实情，对此查德十分满意，感到别无他求了。在这里年轻人为他的"好朋友"所说的话比他直接说过的多，而且承认他们之间具有如此完全的一致性，以至于他可能会半真半假地加以否认。不过在一定的时候他会被涡流卷吸一样，摆脱不了他们之间这种一致性的关系。他继续说道："而且她们也恨你，结果也很严重。"

"啊，"斯特瑞塞说道，"你的母亲并不恨。"

然而查德却忠实地坚持这一点——忠实指的是对斯特瑞塞的忠实。"如果你不警惕的话，她会恨你。"

"是呀，我确实很警惕，我现在仍然很警惕。这正是我要再次见她的原因。"我们的朋友解释道。

这话又引起查德提出同样的问题："去见母亲？"

"目前只是见萨拉。"

"啊，你瞧！我一点也弄不明白的是，"查德疑惑不解而且无可奈何地说，"你这样做能获得什么呢？"

啊，这使他的同伴觉得真是说来话长，"我认为，这是因为你缺乏想象力。你有别的特点，但是你一点想象力也没有，难道你看不出来？"

"我想我确实看出来了。"这正是查德感兴趣的想法，"可是你的想象力是不是太丰富了呢？"

"啊，相当丰富……"由于受到这样的责备，而且好像为了逃避事实，片刻之后斯特瑞塞起身离去了。

第二十九章

波科克太太来访之后的那个下午，他一直坐立不安。晚饭前他与玛丽亚·戈斯特利共度了一小时的时光。尽管他的注意力一直在其他方面的事情上，但是他最近却根本没有怠慢过玛丽亚。这也可以从下面这个事实看得出来：就在第二天同一个时候他又与她在一起，而且同样有意识地使她注意听他讲话。无论他怎样转换话题，他总要回到她忠实等待着倾听的那个话题上。然而总的说来，所有这些插曲都不如他此时要向她讲的那两件事那样生动，这两件事发生在他前次拜访之后不久。前一天晚上很晚的时候他见过查德·纽瑟姆。因为这次谈话，那天上午他第二次与萨拉会面。"可是最后他们全都要走。"

她对此感到迷惑不解，过了一会儿才问道："全部？纽瑟姆先生与他们一起走？"

"哦，还没有走！只是萨拉和吉姆以及玛米。但是为了萨拉，韦马希与他们一起走。真是太好了，"斯特瑞塞继续说道，"我简直抑制不住自己。这真是令人愉快的事。不过还有一件事也令人愉快。"他接着说，"你知道吗？小彼尔汉姆也要走。他当然是为了玛米。"

戈斯特利小姐感到奇怪。"'为'她？你的意思是说他们已经订婚了？"

"那么就说是为了我吧，"斯特瑞塞说，"为了我他什么事都肯干，正如我为了他任何事都肯干一样。或者说为了玛米，她为了我也肯干任何事。"

戈斯特利小姐颇为理解地叹了一口气。"你真会使人服从你！"

"从一方面看，这当然是好极了。但是从另一方面看，却是一个平局，因为我不能使任何人都服从我。从昨天起萨拉就不服从我，虽然我很顺利地再次见到她。这事我会告诉你的。其他人确实都不错。依照我们那种好规矩，玛米确实必须要有一个青年男子。"

"可是可怜的彼尔汉姆先生必须有什么呢？你的意思是，他们都为了你而结婚？"

"我的意思是，依照这同样的好规矩，如果他们不这样做，那也无关紧要，我一点也不会担心。"

像以往一样她明白他的意思。"还有吉姆先生呢，谁为他而去呢？"

"哦，"斯特瑞塞不得不承认，"这事我可管不了。他通常是以四海为家。他的奇遇很多，据他说来，这个世界似乎对他不错。如他所说，'在这儿'，他有幸到处见世面，而他最精彩的奇遇自然是最近几天才发生的事。"

戈斯特利小姐已经知道了，于是立即就联想起来。"他又与德·维奥内夫人会过面？"

"他独自一人去的，就在查德举行晚会的第二天。我没有对你讲过吗？他与她一道饮茶。她只邀请了他一个人。"

"就像你自己那样！"玛丽亚微笑道。

"啊，可是他比我对她好得多！"见他的朋友对此表示相信，他又添枝加叶，与这绝妙女人对旧日的回忆完全吻合，"我很想办成的事就是让她也去。"

"与这伙人一道去瑞士？"

"为了吉姆，也为了显得对称。如果两周能行的话，她就去了。"紧接着他表达了对她的新看法，"她已做好准备，干什么事都行。"

戈斯特利小姐听信了他的话。"她真是十全十美！"

"我认为她今晚会到车站去。"他接着说道。

"为他送行？"

"令人难以置信地与查德一起，作为引人注意的一个目标。"仿佛这形象浮现在他的眼前，"她送行时举止从容、优美、无拘无束，但又显得那么愉快，使波科克先生感到有些困惑。"

他让她的形象一直保持在他眼前，以至招来他的同伴友好的评论："简而言之，就像使一个更理智的人感到困惑一样。你真的与她相爱？"玛丽亚直截了当地问道。

"这事我知道或不知道并不重要，"他答道，"它对我们意义甚微，实际上与我们两个都毫无关系。"

"完全一样，"玛丽亚继续微笑道，"他五个人走，根据你的话我是这样理解的，而你和德·维奥内夫人留下。"

"还有查德，"斯特瑞塞又补充道，"还有你。"

"哦，我！"她有点儿不耐烦地发出一声悲叹，其中包含的某种不平之鸣似乎要突然爆发出来，"我不留下似乎对我大有好处。听到你对我讲述的这一切，我强烈地感觉到自己丧失的东西太多。"

斯特瑞塞迟疑了片刻后说："可是你丧失东西太多，你将一切拒之门外，却是你自己所做的选择，不是吗？"

"啊，是的。不过这很有必要，就是说对你更有好处。我的意思只不过是说，我似乎再也不能为你效劳了。"

"你怎么能这样说呢？"他问道，"你不知道你对我有多大帮助。当你停止……"

"那又怎样？"见他突然住口，她问道。

"唉，等一会儿我会告诉你。现在别说啦。"

她思考了片刻后问道："那么你愿意我留下？"

"难道我不是像往常一样待你吗？"

"你当然对我非常好，"玛丽亚说道，"但这是为了我自己。你知道，季节已晚，巴黎变得相当炎热而且多灰尘。人们纷纷离去，他们当中有些人在别处，要我也去。可是如果你要我在这儿……"

她说话的口气表示她愿意听从他的吩咐。而他却突然有一种出乎意料的强烈感觉，不愿失去她。"我要你留在这儿。"

她的反应表明仿佛这些话正是她希望听见的，仿佛这些话给她带来了某种东西，弥补了她的损失。"谢谢你。"她简单地答道。然后她见他更注意地盯着她，于是又重复道："非常感谢你。"

他们的谈话中断了。过了好一会儿他才说道："两个月——或不管多久——之前，你突然跑掉了，对不对？事后你对我说你为什么在外三周的理由，并不是实情。"

她回忆道："我从来就不认为你会信以为真。不过，"她继续说道，"如果你没有猜测其中的缘故，那倒正是对你的帮助。"

听了这话后他把目光从她身上移开，并在室内空间许可的范围内慢慢走了一圈。"我经常在想这件事，但从来没有感到我能猜测出来。你能看出我对你很体贴，在此之前从来不曾问过你。"

"那么你为什么现在要问呢？"

"向你表明你不在时我是多么想念你，以及这对我有什么影响。"

她大笑道："好像并没有产生任何可能产生的影响！但是，"她又说，"如果你真的没有猜测过实际情况，那么我就告诉你。"

"我从来就没有猜测过。"斯特瑞塞严肃地说道。

"从来没有？"

"从来没有。"

"那么我告诉你，如你所说，我跑掉了，为的是避免难堪，如果德·维奥内夫人向你讲了什么对我有损的话。"

他看上去好像有些怀疑。"即使是那样，你回来时也应该正视它呀。"

"啊，如果我有理由相信我给你造成了很坏的影响。"

"那么，"他继续说道，"你之所以大着胆子回来了，只是因为你猜测她已经手下留情？"

玛丽亚总结道："我得感谢她。无论她受过什么诱惑，她毕竟没有离开我们。这就是我十分钦佩她的一个原因。"

"这也算是我钦佩她的一个原因吧，"斯特瑞塞说道，"但是她受过什么诱惑呢？"

"女人们会受什么诱惑呢？"

他思索起来，不过自然不用考虑很久便找到答案："男人？"

"有了这个诱惑，她就可以将你据为己有。不过她后来看出，没有诱惑她也可以将你据为己有。"

"啊，将我'据为己有'！"斯特瑞塞有点含糊其词地叹息道。"你，"他以优美的语调断言道，"你本来可以在任何情况下利用它来将我据为己有。"

"啊，将你'据为己有'！"她以他那样的语气随声附和道。"可是从你表达一个愿望起我确实已将你据为己有。"她语带讥讽地说道。

他站在她的面前，充满了这种愿望。"我要表达 50 个。"

这话确实引起她发出轻声叹息，但却有点儿不相关联。"啊，你瞧！"

就这样，在其余时间里，同时也好像为了向她表明她仍然能够帮助他，他回到了与波科克一家分手的话题，对她描述了他那天早晨的经历。他的描述生动活泼，比本书的记叙精彩百倍。他在萨拉的旅馆里与她面谈了十分钟，这十分钟是通过不可抗拒的压力重新夺回的，来源于他已向戈斯特利小姐描述过的那段时间——他向她描述萨拉在他的住所与他会面结束时已同他永远决裂。那天早晨他未通报就去见她，发现她与一个女装裁缝以及一个女缝工在她的起居室里。她好像与她们颇为坦率地结完账，她们很快就离开了。然后他向她解释他如何在头一天晚上履行了他的诺言去看查德。"我告诉她，我愿意承担一切。"

"你愿意'承担'？"

"如果他不走。"

玛丽亚等了片刻。"如果他走，那么谁来承担呢？"她高兴得有些令人反感地问道。

斯特瑞塞说道："我想，无论如何我都会承担一切。"

"我认为你这话的意思是，"过了片刻之后他的同伴说道，"你完全明白你现在丧失了一切。"

他又站在她面前，"也许结果确实是一样的。不过查德确实不想要，因为他现在已经明白了。"

她能相信这看法，但像她通常那样，她要把它理解透彻。"他到底明白什么呢？"

"她们对他的要求。那已经够了。"

"这不是与德·维奥内夫人的要求完全不同，而且相形见绌吗？"

"对，完全不同，而且各方面都极不相同。"

"因此，可能尤其与你的要求完全不同？"

　　"啊，"斯特瑞塞说，"我要求的东西连我自己也不衡量，甚至弄不明白了。"

　　但是他的朋友却继续问道："在纽瑟姆太太以这样一种方式对待你之后，你还要她吗？"

　　他们的高尚格调从来不容许他们如此直截了当地谈论这位太太，但是并非完全出于这个原因他才停顿了片刻。"我猜想，这毕竟是她能想象得出来的唯一方式。"

　　"这使你更想要她吗？"

　　"我已经使她感到非常失望。"斯特瑞塞认为这值得一提。

　　"当然，你已经使她失望，这很简单，我们早就明白。但是你还有直接弥补的办法。这不是同样简单明白吗？"玛丽亚继续说道，"真的将他拉走，这我相信你还能做到，不必再担心她失望。"

　　斯特瑞塞大笑道："啊，那么我不得不担心你失望！"

　　然而她对这话几乎无动于衷。"在这种情况下，你担心什么呢？我想，你还没有走出现在所处的位置来讨好我。"

　　"哦，"他坚持他的看法，"你知道，那也是其中的一部分。不能分开，那是一个整体。这也许是如我所说我弄不明白的原因。"然而他准备重申：这一点也不重要，尤其是如她所断言，他还没有真正"走出来"。"在紧要关头，她毕竟最后一次宽恕了我，给了我另一个机会。你知道，再过五六周她们才乘船回去。她承认她们没有指望查德与她们同行。最终是否与她们在利物浦会合仍然是查德的自由。"

戈斯特利小姐考虑后说道："除非你给他自由，这怎么会是'自由'选择呢？如果他在他这儿的环境中陷得更深，他怎能在利物浦与她们会合呢？"

"正如我对你所说她昨天让我知道的那样，他以荣誉对她担保，一定照我说的去做。"

玛丽亚睁大眼睛问道："可是如果你什么也不说呢？"

听了这话后他像平常那样来回走动。"今天上午我确实说了话。我告诉了她我的答复——即听了他自己做出的许诺后我对她许诺的那些话。你记得，她昨天对我提出的要求是，就在当时当地做出保证使他立下这个誓言。"

"那么，"戈斯特利小姐问道，"你拜访她的目的就是表示拒绝？"

"不。你似乎会觉得奇怪，是去请求她再等一等。"

"啊，太软弱了！"

"说的完全正确！"他说话的口气有些不耐烦，但是至少在那方面，他却知道他自己的处境。"如果我软弱，那么我要把它找出来。如果我找不出来，那么我会感到安慰和小小的荣耀，自认为坚强。"

"我的判断是，"她回答道，"你将得到的都是安慰！"

"无论如何，"他说，"还有一个月。如你所说，巴黎一天天变得炎热起来，而且多灰尘。但是还有更热和灰尘更多的东西。我不怕继续留在这儿。这儿的夏季一定有趣，如果不是表现在它温和的一面，那么至少也表现在它狂放的一面。夏天这地方更加美丽如画，没有任何时候能比得上。

我想我会喜欢它的，而且，"他对她亲切地微笑道，"你总是在这儿。"

"哦，"她不同意他的看法，"我留在这儿并不会成为这美丽景象的组成部分，因为在你周围我是最平常的。你知道，"她接着说道，"无论如何你可能不会有别的人了。德·维奥内夫人很可能会走，不是吗？还有纽瑟姆先生也是一样，除非你确实从他们那里得到保证说他们不走。因此如果你的打算是为他们而留在这里，"她负责任地指出，"那么你可能会被丢弃在困境里。当然，如果他们确实留下，"她接着说道，"他们将成为美丽景象的一部分。不然的话你可以同他们一起到别处去。"

斯特瑞塞似乎觉得这想法真令人高兴，但是片刻之后他却以谴责的口气问道："你的意思是，他们可能会一起走吗？"

她考虑后答道："我认为，如果他们这样做，那么对你未免太不礼貌了。"她又说，"不过现在很难说礼貌到什么程度才适合你的情况。"

"当然，"斯特瑞塞承认道，"我对他们的态度非常特别。"

"正是这样。所以一个人可以自问，自己应采取什么样的举动才能完全与它匹配。毫无疑问，他们仍然需要确定采取哪种不至于相形失色的态度。"然后她直截了当地说道，"对他们来说，真正漂亮的举动便是退入更隔绝的环境，同时也请你加入其中。"听了这话，他注视着她，好像她突然为了他的利益着想而产生了烦恼。她接着说的那些话实际上提供了部分解释。"真的，请不要害怕告诉我，是否现在吸引住你的是这座空城令人愉快的景象：绿荫下许许多多的座位，各种冷饮，清清静静的博物馆，傍晚乘车去郊外的公园，我们那位美妙的女郎专门陪你一个。"她继续往下说道，"我猜想，如果说出来的话，最漂亮的事情便是查德自己要离开巴黎一些时间。从这一点来看，他不去看望他的母亲实在太可惜了。这至少可以占据你不在那儿的这段时间。"这个想法实际上使她停顿了片刻，"他为什么不去看望他的母亲呢？在这大好季节，即使有一周时间也行。"

"我亲爱的女士，"斯特瑞塞已准备好如何回答，对此他自己也颇感惊奇，"我亲爱的女士，他的母亲已经来看过他。纽瑟姆太太本月曾与他在一起，对他亲切至极。我肯定他完全感觉得到。他盛情款待她，而她也对他表示感谢。你认为他还会回去体验更多的亲情吗？"

过了一会儿她抛开了这个想法，"我明白了。这是你不提议做的事，也是你没有提过的事。你自然知道。"

他亲切地说道："我亲爱的，如果你见过她，你也会知道的。"

"见过纽瑟姆太太？"

"不，见过萨拉。对我和查德来说，这可以帮助实现一切目的。"

她对此思索之后回答道："这种帮助的方式真是太奇特了！"

"你知道，"他略作解释道，"情况是这样的，她满脑子全是冷冰冰的想法。萨拉冷冰冰地把这些想法丝毫不差地转告我们。因此你们知道她对我们的看法。"

玛丽亚听懂了，但有一点她却感到不清楚。"如果是这样，那么我一直都没有弄明白的是，你对她有什么看法，我指的是你个人的看法。说到底，难道你一点也不关心她吗？"

他立即答道："这正是查德本人昨天晚上问我的问题。他问我是否在乎这个损失——失去一个生活富裕的前途。"他急忙又补充道，"这也是一个非常自然的问题。"

"虽然是这样，但我还是要请你注意这样一个事实：我并没有问你这个问题。我冒昧想问的是，你是否对纽瑟姆太太本人毫不在乎？"

"完全不是，"他十分肯定地回答道，"恰恰相反，从一开头我满脑子考虑的就是每件事可能会给她造成的印象，因而感到烦恼不安，忧心忡忡。我只对她看到我所看到的一切感兴趣。可是我却对她拒绝看而感到失望，正如她觉得我固执己见而对我感到失望一样。"

"你的意思是，她使你感到震惊，如同你使她感到震惊，是不是？"

斯特瑞塞思索了片刻。"我可能不大容易被震惊。不过从另一方面来看，我已做出进一步的努力去迁就她，但是她寸步不让。"

玛丽亚指出这话的寓意："因此你最终走到了反过来指责她的可悲阶段。"

"不，我只是对你讲而已。在萨拉面前我就像一头温顺的小羔羊。我已经退到只好把背往墙上靠的地步了。一个人被猛力推向墙边时，自然会站立不稳。"

她注视着他，过了片刻后说道："被抛弃了？"

"唉，因为我觉得我已经落到某个地方了，所以我想，我肯定是被抛弃了。"

她默想了一会儿，但不是为了求得和谐一致，而希望弄得明白透彻。"问题是，我认为你已经令人失望……"

"我想，是从我刚到达之时起吗？我承认，我甚至使我自己感到惊奇。"

玛丽亚接着说道："当然，我与这有很大的关系。"

"与我令人惊奇这一点有……"

"可以这么说，"她大笑道，"如果你太敏锐，你就不会称之为'我'！"她又说，"当然，你来这儿或多或少是为了那些令人惊奇的东西。"

"当然！"他很尊重这看法。

"但这些令人惊奇的东西都是针对你的，"她继续补充道，"没有哪一件是针对她的。"

他再次停下来站在她面前，好像她已接触到问题的要点。"这正是她的困难——她不承认令人惊奇的东西。我认为这是一个说明她和表现她的事实，完全符合我告诉你的情况——她脑子里充满了我所谓的冷冰冰的想法。她预先就按照她的想法把一切都规定好了，既为我也为她自己规定好一切。你知道，一经她规定，便没有任何更改的余地。她要掌握的东西，她就把它装满、塞紧，如果你想取出一些或装入更多或不同的东西……"

"你必须把这女人彻底改造过来？"

"其结果便是，"斯特瑞塞说，"你已经从精神和理智上把她抛弃了。"

玛丽亚答道："这似乎就是你所做的事。"

但是她的朋友却把头往后仰。"我没有碰她。她绝不让人碰。我从来不曾像现在这样看得那么清楚。她有她自己的完美气质，使人想到如果她的性格组成有任何变化，那就是一种错误。"他接着说，"无论如何，萨拉

438

带我去接受或拒绝的正是你所谓的这个女人自己，她的整个精神和理智的存在或实体。"

这话引起戈斯特利小姐的深思。"真想不到在刺刀威胁下不得不接受这整个精神和理智的存在或实体！"

"实际上，"斯特瑞塞说道，"这正是我在国内所做的事。但是在那儿我却不知道。"

戈斯特利小姐表示赞同道："我想，在这种情况下，一个人绝不可能预先就认识到如你所说的这个实体的大小。它隐隐约约地逐渐出现，在你面前变得越来越明显，直到最后你看见了它的整体。"

"我看见了它的整体。"他心不在焉地附和道。与此同时他的眼睛可能正注视着寒冷、碧蓝的北海海水中一座特大的冰山。"太美了！"他表情颇为奇怪地惊叹道。

然而他的朋友已习惯于他这种前言不搭后语的毛病，却紧紧扣住话题。"使别人感到你没有想象力才是太美了。"

这话把他直接带回了原来的话题。"啊，确实如此！这正是我昨晚对查德所说的话。我的意思是，他自己就没有一点想象力。"

"那么看起来好像他毕竟和他的母亲有相似之处。"玛丽亚提示道。

"相似之处是，他使人如你所说'感觉到'他。"他又补充一句，好像这问题很有趣，"但是一个人也会感觉到别人，即使他们有很多特点。"

戈斯特利小姐继续提示道："德·维奥内夫人？"

"她有很多特点。"

"当然，她从前有很多。而且有各种不同的方式使她自己被感觉到。"

"是的，毫无疑问，结果是这样的。你知道……"

他很亲切地继续往下讲，但是她不听。"啊，我就不让自己被感觉到。因此不必确定我的特点。你知道，"她说，"你的特点多极了。从来没有人有这样多。"

这话打动了他。"查德也有这样的看法。"

"那么我说对了吧，尽管他不应当抱怨！"

"啊，他并没有抱怨。"斯特瑞塞说。

"那正是他所缺乏的特点！但是这问题是如何提出来的呢？"

"当他问我得到什么好处时。"

她停顿了片刻。"那么既然我也问过你，这就解决了我的问题。"她又说，"啊，你有很丰富的想象力。"

然而有片刻时间他的思想却远离了这个话题。当他回过神来时，他却谈起别的事情。"可是纽瑟姆太太已经想象过，即曾经想象过，而且似乎仍然在想象我发现的东西有多么可怕。根据她特别强烈的感觉，我必定会发现可怕的东西。我没有发现，我不能发现，如她显然感觉到的那样，我不愿发现这一切。这就如她们所说，显然一点也不符合她的规定。这是她不能容忍的。这就是令她失望的东西。"

"你的意思是，你本来应该发现查德可怕？"

"我本来应该发现这女人。"

"可怕？"

"发现她如同她对自己的想象那样。"斯特瑞塞停顿下来，仿佛他自己的表述对刻画那个形象不能增强丝毫效果。

与此同时他的同伴思索了片刻。"她的想象很愚蠢，因此结果一样。"

"愚蠢？啊！"斯特瑞塞说。

然而她却坚持她的看法。"她的想象卑劣。"

但他却说得好听一些。"只不过是无知而已。"

"极端无知，你还能找到比这更糟糕的吗？"

这个问题本来可能会难住他，但他却避而不答。"萨拉现在可不是无知。她坚持那个关于可怕的东西的看法。"

"但是她感情强烈——有时这本身是可行的。无论如何，在这件事情上，如果否认玛米可爱行不通，那么至少否认她有益是行得通的。"

"我的看法是，她对查德有益。"

她似乎喜欢说得清楚明白。"你不认为她对你有益。"

然而他却毫不理会地继续说道："这正是我要她们出来的目的——让她们亲眼看一看，是否她对他有害。"

"既然她们已经看了，她们不承认她有任何益处？"

斯特瑞塞此时承认道："她们确实认为，总的说来她对我差不多同样有害。不过她们的态度自然是前后一致的，因为关于什么对我们两人有益的问题她们有明确的看法。"

玛丽亚十分敏感，此时把问题限制在一定的范围内。"对你来说，首先你要把我从你的生活中消除掉，如果可能甚至把我从你的记忆中抹去，因为在她们眼里我肯定是一个十分讨厌而又可怕的怪物，消除我甚至比消除那个更明显因而不那么怪异的恶魔更重要，那个恶魔就是与你狼狈为奸的人。然而这件事相当简单。在最坏的情况下，你毕竟很容易把我放弃。"

"在最坏的情况下，我毕竟很容易把你放弃。"这显然是反话，不必在乎，"在最坏的情况下，我甚至很容易把你忘却。"

"那么就说那是可行的吧。但是纽瑟姆先生该忘掉的东西更多。他如何做到的呢？"

"啊，又是这样的问题！那正是我要他做的事，正是我和他一起做并且帮助他做的方面。"

她静静地听着，而且完全理解，仿佛是因为对这些事实非常熟悉。她的思绪也连贯起来。"你还记得在切斯特和伦敦我们常谈到我如何帮你渡过难关吗？"她好像是在谈论遥远的事情，好像他们在她提到的那些地方度过了数周的时间。

"这就是你现在正在做的事。"

"啊，由于你留下了这样一片空白，可能会出现最糟糕的情况。你可能会彻底失败。"

"是的，我可能会彻底失败。不过你会帮助我……"

他结结巴巴说不下去了。她等待着。"帮助你？"

"帮助我支持下去。"

她也在考虑。"正如我们刚才所说的那样，纽瑟姆先生和德·维奥内夫人可能会离开巴黎。你认为没有他们你能支持多久？"

斯特瑞塞的回答起先却是针对另一个问题。"你的意思是，他们是为了离开我吗？"

她的回答却直截了当。"别以为我无知，如果我说我认为他们就是这样想的！"

他又注视着她。有片刻时间他好像处于极端强烈的思想活动之中，因而脸色也变了。但他却微笑道："你的意思是，在他们那样对待我之后？"

"在她那样对待你之后。"

然而他听了这话后却大笑起来，又恢复了常态。"啊，不过她还没有干这事呢！"

第三十章

这之后又过了几天，他随便选了一个车站上火车，又随便选了一个站下车。不管会出现什么情况，反正这样的日子已是屈指可数了。他是一时兴起而动身的，毫无疑问，动机十分单纯：花一整天时间去游览天气凉爽、四周一片碧绿的法国乡村。到目前为止他只是在长方形的画框中欣赏过法国乡村风光，对他来说，这多半是存在于想象之中的地方——小说的背景，艺术表现的手段，文学的温床，几乎同希腊一样遥远，差不多受到同样的景仰。根据斯特瑞塞的观念，浪漫传奇能由平淡的素材编织而成。甚至在（像他感觉的那样）有了最近那一番"经历"之后，有机会在某处看见某种东西使他想起朗比内的一幅小型画，他仍能感到兴奋。这幅是他多年前在波士顿的一家书画店里看见的。他一见即为之着迷，而且颇为荒谬地迄今难忘。他记得，他当时被告知这幅画的价格是所有朗比内绘画作品中最低的价格，但这个价却使他不得不承认他竟然这样贫困，根本不可能实现购买这幅画的美梦。他在那儿翻来覆去地盘算了一个小时之久。这是他平生仅有的一次与购买艺术作品有关的经历。这经历将被认为是平淡无奇的，但是关于它的回忆，却因为和某一件事联系在一起而毫无道理地变得无限甜蜜。他本想购买的这幅朗比内的小型画于是便永远留存在他的记忆之中。这独特的艺术品曾使他一时之间竟违背了他谦卑朴实的天性。他知道，如果他再见到这幅画时，他也许会万分震惊。他从来也不曾希望时间轮盘将会把这幅画再次转到他面前，而且这画与他在波士顿雷蒙特街那个有天窗光线照亮的栗色书画室中所见到的完全一样。然而那将是完全不同的一回事，倘若能看见这记忆中的艺术品分解为它原来的构造成分——重新回复到整个遥远时刻的自然环境之中：波士顿那个灰尘飘扬的日子，作为背景的菲奇堡车站和那栗色书画室，碧绿的景象，荒谬的价格，白杨，垂柳，灯芯草，河流，阳光普照的银白色天空，覆盖着林木的地平线。

关于他乘坐的火车，他只注意到在离开郊区后它要停几次。在这可爱的日子里他随兴所至来决定在哪儿下车。他对这次旅行的计划是，他可以在任何地方下车，只要与巴黎的距离超过一小时以上的路程，并符合所需的特殊情调。火车行了80分钟之后，天气、空气、光线以及他的情绪全都变得十分有利。火车正好在他满意的地点停下来，他从从容容地下了车，仿佛是赴约会。如果注意到他的约会只具有那种已过时的波士顿风格，那么人们就会感觉到，在他这个年纪，他能以很小的东西自娱自乐。他没有走多远，就很快对守约感到信心百倍。这长方形的镀金画框摆脱了它四周的界限，白杨和垂柳、芦苇和河流（这河流的名字他不知道，而且也不想知道）自行组成了一幅图画，其构思巧妙无比，银白和碧蓝色的天空像涂了一层漆似的极富有光泽，左边是白色的村庄，右边是灰色的教堂，简而言之，他想要的全都在那儿：那就是特雷蒙街，法国，还有朗比内。此外他还能在里面信步漫游。他尽情漫步了一小时，朝覆盖着林木的天际走去。他要深入到他的印象和悠闲之中，再次突破它们的界限，抵达那栗色的墙。毫无疑问，这真是一个奇迹：不需要多少时间他就品尝到悠闲的甜蜜滋味。然而事实上，这却花费了他几天的时间，而且自从波科克一家离开以后这滋味一直都很甜。他走啊走啊，好像要向自己表明他现在没有什么需要做的事。由于没有其他事可做，他便转入岔路向一个小山坡走去，以便躺在坡上听白杨树发出的沙沙声。他就这样消磨下午的时光，这个下午也由于衣袋里有一本书而显得更加充实。从山坡上他能俯瞰全景，从而挑选出一家合适的乡村小旅店，以品尝真正具有乡村风味的晚饭，九点二十分有一辆火车返回巴黎。他想象自己在白昼将尽时，在有粗糙的白色桌布和铺沙地面增添气氛的环境中，吃煎得恰到好处的食物，喝地地道道的葡萄酒，然后，他可以随他的兴致在黄昏时分步行回到车站，或者乘一辆当地的马车，一路上同车夫闲聊。车夫自然会毫不例外地穿一件浆硬了的干干净净的宽大短外套，头戴一顶编织睡帽，与人交谈应答的天分极高，总之，车夫会坐在车辕上，告诉他法国人的想法，使他想起莫泊桑，正如这次郊游也偶然使他想起莫泊桑一样。与这景象协调一致的是，斯特瑞塞第一次听见他的嘴唇在法国空气中发出表达意图的声音，并且对他的同伴毫无畏惧之感。他害怕查德，害怕玛丽亚，害怕德·维奥内夫人，而最令他害怕的是韦马希——只要他们在城里聚在一起，他在韦马希的面前说话时，多少都会因为他的言词或音调而受罚。他通常受到的惩罚是，一开口就立即招来韦马希的白眼。

这些就是他此时尽情享受的自由，在他转向岔路朝小山坡走去时，正是这无拘无束的自由引起他无限遐想。而那白杨覆盖的小山坡确实非常亲切地等待着他，使他在那树叶沙沙响的两三小时里感到他的思想是多么愉快。他感到成功，感到事物更加和谐，一切结果都符合他的计划。当他躺在草地上时，最使他激动的是他想到萨拉已经走了，他那紧张的神经终于真正得到松弛。夹杂在这些想法之中的安宁之感可能只是虚幻不实的东西而已，但此时却一直伴随着他，将他送入梦乡约半小时之久。他拉下草帽遮住双眼（这草帽是他前一天才买的，使他联想起韦马希那顶草帽），又陷入遐想，回忆起朗比内的风景画。他好像觉得自己很疲倦——这不是因为步行，而是因为在过去三个月里他的思想差不多一直处于紧张状态，几乎不曾松弛过片刻。正因为如此，一旦她们离去，他就松弛下来，而且此时他已经松弛到底。他怡然自得地保持平静，因为在松弛到底时他想起的事使他感到安慰和快乐。这就是他告诉玛丽亚·戈斯特利他愿意继续留下的原因：夏天人口四处疏散后的巴黎，时而阳光灿烂时而阴云蔽日，宽阔如林荫道的凉棚在空中撑开，房屋的柱子和飞檐给他带来的压抑感已荡然无存。这种无拘无束的感觉一直伴随着他，一点也没有衰减，就在说了这些话之后的第二天，为了证明他的自由，他在当天下午就去拜访了德·维奥内夫人。这之后隔了一天，他又去看她。这两次拜访所产生的影响，与她共度两小时的感觉，便使他感到充实和想经常去看她。自从他发觉自己受到来自乌勒特的无理猜疑之后，想经常去看她的大胆念头变得十分强烈，但又仅停留在理论阶段而未付诸实践。他可以在白杨树下沉思的一件事便是，使他仍然谨小慎微的特殊羞怯究竟来源于何处。此时他肯定已经驱走了这种特殊的羞怯感，如果它这周之内没有被除掉，那么它到哪儿去了呢？

事实上他此时感到显而易见的是，如果他仍然谨小慎微，那么其中必有理由。他真正担心的是在行为上失去别人的信赖。如果太喜欢这样一个女人会有危险，那么最安全的办法是：至少等到有权利喜欢她的时候。鉴于最近几天的情况，这种危险相当明显，但颇为幸运的是，这种权利也同样确立起来了。我们的朋友似乎觉得他在每一个场合都充分利用了这种权利：总之他自问他如何能这样做而不立即让她知道——如果这对她无所谓，他不愿对她谈论任何令人厌烦的事。他平生从来不曾像在那句话中那样牺牲如此多的崇高利益，他从来不曾像对聪慧的德·维奥内夫人讲话时那样事前要为无关紧要的闲谈做好准备。直到后来他才回忆说，当他忘掉一切而只记住愉快的事情时，他几乎把他们谈到的一切都忘得一干二净，直到后来他才回忆起，由于情调变了，他们连查德的名字也没有提到。在小山坡上时一直萦绕心中的一件事便是，与这样一个女人在一起他能愉快地创造出一种全新的情调，当他躺在山坡上时他想，如果试探她的话，她可能会产生出各种各样的情调，而且无论如何都可以相信她能使这些情调适合于各种场合。他想要她感觉到，因为他现在无动于衷，所以她自己也应该如此，而她已表明她感到是这样的，于是他表示十分感激，觉得他仿佛是第一次前来拜访。他们还有其他几次会面，但与此无关，好像有许多相当无趣的事情他们都可以略过不谈，倘若他们早就知道他们确实有多少共同之处。是呀，他们此时确实略过这些不谈了，甚至不必表示感激，甚至不用动听地说"别提啦"！但令人大为惊异的是，不提他们之间发生的事，还有什么话题可谈呢。分析起来，可能只有谈莎士比亚和玻璃杯碗，但这却符合他似乎对她说过的这番话："如果喜欢我是一个问题的话，那么请别因为她们所谓的我为你'做'的任何明显而笨拙的事而喜欢我——唉，岂有此理！为你选择的其他任何事而喜欢我吧。所以，根据同样的原则，别把我当成仅仅因为我和查德之间的令人难堪的关系而与你相识的一个人——顺便说一句，还有比这更令人难堪的东西吗？以你令人钦佩的眼力和信赖，请把我当作随时乐于想到你的人，无论我在你面前是什么样子。"这是一个需要满足的巨大要求，但是如果她没有满足这要求，那么她做了些什么呢？他们共度的时光怎么会如此平稳、和缓而又迅速地消逝，而且溶解和化为快乐悠闲的幻觉呢？另一方面，他能认识到，在他先前受限制的情况下，他警防那种失去信赖的可能性，并非毫无道理。

在这个漫游之日的其余时间里，他确实是继续待在那幅图画里（在他看来这就是他的情形）。因此，将近6点时，这漫游的魅力继续作用于他，而且变得空前的强烈。此时，他发觉自己在这个最大的村子里的一家小旅馆门前，正与一个头戴白帽、身材粗壮、嗓音低沉的妇女友好地交谈。这村庄给他留下的印象是：一片白色和蓝色，蜿蜒曲折，有着铜绿色的背景，还有一条河流从它前面或背后流过——分不清何方是前，何方是后，尤其是在小旅馆花园的尽头处。在这之前他还有其他有趣的活动。抛掉睡意后他沿着同一高度向前走。他对另一个古老的小教堂赞不绝口，甚至妄想据为己有。这教堂有着陡峭的尖顶，它外面是暗灰蓝色，里面由石灰水涂得雪白，到处是纸花。他迷了路，后来又找到路。他和一些乡下人交谈，觉得他们比他所预料的世故一些。他一下子就变得口齿伶俐起来，毫无畏惧地讲起法语。下午晚些时候，在最远但不是最大的那个村庄里的一家咖啡馆里，他喝了一杯味道很淡的黑啤酒。这啤酒颜色灰白，具有地道的巴黎风味。同时他却一次也没有越过那个长方形的镀金画框。而画框已经随人所喜为他尽量扩大，但那正是他的运气。最后他又回到了山谷中来，转身朝他原来出发的地点走去，以接近车站和火车。就这样他最终走到白马旅店的老板娘面前。她接待了他。她粗爽、敏捷，有如木屐咔嗒咔嗒地从石板路上走过。他同意吃烧烤小牛肉片，喝尾根汤，然后乘车而去。他已经走了很多里路，却不知道自己已经疲倦。不过他仍然知道他很快乐。虽然他整天一人独行，但他从来不曾获得像在他这一出戏中与别人交谈那样深刻的印象。他这一出戏可以看成是结束了，因为它的结局差不多到了，但是由于他的回忆给了它更充分的机会，它又栩栩如生地展现在他面前。奇怪的是，他最终只好走出这出戏，才能感到它仍在上演。

因为这就是一整天里这幅图景的魅力的源泉——从本质上来看，它比任何东西都像是一场戏，一个舞台，这出戏的气氛就在于垂柳的沙沙声和天空的色调。这出戏和戏中人物，在他至此也不知道的情况下，为他占据了他的全部空间，这似乎令人高兴，因为他们在如此的环境下，抱着这种一切都不可避免的态度主动上场。仿佛这些环境不仅使他们不可避免地出场，而且更使他们近乎自然并且十分得体，以至人们更容易并且更乐于容忍他们。这些环境如此明显地不同于乌勒特的环境，在他看来，当他与白马旅店的女老板安排一个愉快的高潮时，在这旅店的小院子里这些环境就表现出显著的差别。这些环境十分单调、简陋，但是它们是他所谓的"合适"的东西，比德·维奥内夫人那个古老、高大的客厅更合适。在她的客厅里游荡着帝国的幽灵。这"合适"的东西包含了许多他必须对付的其他一类东西：它当然显得古怪，但它的确是这样的——其含义是完全的。他的观察没有哪一项不与实际情况吻合；没有哪一股更为凉爽的晚风不是这戏剧文本的词句。将其概括起来，这文本只不过说的是：这些东西就在这些地方，如果一个人决定在其中走动，那么他不得不考虑他落脚的地点。同时就村庄方面而言，它们确实使人觉得是白色、蓝色、蜿蜒曲折，并且还有铜绿色的背景，无论如何这也足够了；在这件事情上，白马旅店的一堵外墙涂了一种未必可能有的颜色，从而显得分外突出。这就是令人感到有趣的地方——似乎说明这玩笑毫无危害，而且这图景和这戏剧似乎极其巧妙地融合在这好女人对她能为满足客人的胃口效什么劳的描述之中。简而言之，他感到自信。而这是总体感觉，并且正是他想要的感觉。即使当她说她刚为两个客人摆好餐具时，也不令人感到震惊。这两人和他不同，他们是乘他们自己的船从河上来的，半小时前他们曾经问过她，能为他们准备什么样的饭菜，然后又划船到前面去看什么东西去了。他们很快就会回来。如果他喜欢的话，可以去花园里看一看，虽然它不怎么好，那里面有许多桌子和板凳，她还可以为他倒一杯苦啤酒，当作他的餐前饮料。如果他愿意的话，在这儿她还可以告诉他能否找到车子送他去车站，而且不管怎样，他还可以在这儿观赏这条河流的景色。

还可以随即提到的是，他可以观看任何东西，尤其是在这之后的二十分钟里去看一看花园边上的一个小巧、古朴的亭子。这亭子临河而立，已略有毁损，表明它吸引了许多人常去。亭子不过是一个略高于地面的平台，上面有两三个板凳、一张桌子、一道防护栏，还有一个高耸的亭顶。从亭子上可以俯视整个灰蓝色的河面。这条河流在前面不远处转弯，消逝在视野之外，但又从更远处显露出来。显然这儿是星期日和其他节日里人们常来玩耍的地方。斯特瑞塞在那儿坐下，虽然觉得饥饿，但感到安闲而舒适。眼前的流水、波纹，对岸芦苇的沙沙声，弥漫四周的凉意，系在附近码头边的几只轻轻摇荡的小舟——这一切使他业已获得的自信心陡然大增。山谷的远处是一片绿色的平地和明亮的珍珠色的天空。天空罩在一片经过修整的树林上，这片树林十分平整，就像树棚一样。虽然村庄的其余部分分散在四周，但看上去却很空旷，令人想起停在河边的小舟。在这样一条河流上，还未拿起桨，船已随波逐流——而且漫不经心地轻轻划桨还能使人获得完整的印象。这种感觉如此深刻，以至于他不知不觉地站起身来，然而这动作却使他重新感到疲倦。当他靠在一根柱子上继续远眺时，他看见一件东西，这东西立即紧紧吸引住他。

第三十一章

　　他看见的正是极为合适的东西——沿着河弯前行的一条船，里面有一个手里握着桨的男子，船尾坐着一个手拿粉红色阳伞的女士。这出现得太突然了，好像这幅图景中所缺乏的这些人物，或者类似于他们的东西，此时随着缓缓的流水漂入了视野，有意使其达到完美的极点。他们慢慢地顺流而下，显然是朝着附近的码头而来，清清楚楚地出现在他面前，就像旅馆的老板娘已着手为其准备饭菜的那两个人出现在他脑海里那样。他立刻就看出这两人十分快乐——这男子穿衬衫，这妇女大方而又美丽，他们高高兴兴从别处而来。由于对附近一带十分熟悉，他们知道这独特、清静之处能给他们提供什么样的享受。随着他们越来越靠近，他们的情况也更加清楚地表露出来：他们是行家，熟悉这一带，而且常来——这绝不是第一次。他依稀觉得他知道该怎么办，而且这使他们更富有诗情画意，尽管就在他获得这印象的时候，他们的船却似乎开始朝远离目标的方向漂去，因为划桨的人让它随波逐流。尽管这样，此时它却越来越近，近到足以使斯特瑞塞想象得出，坐在船尾那位女士出于某种原因已经注意到他在那儿看他们。她已警觉地提到这一点，但是她的同伴却没有转过头来看。事实上好像我们的朋友已经感到她吩咐他不要动。她已经注意到什么现象，这使得他们的船摇摆不定，他们想尽量回避，与此同时小船继续摇摆。这情形产生的效果十分突然和迅速，以至斯特瑞塞看见后大吃一惊。就在这一瞬间他发觉他认识这位女士——由于她移动她的阳伞来遮面，那伞变成了明亮景色中的一个美丽的粉红色小点。这实在是太巧了，只有百万分之一的可能性。然而如果说他认识这位女士的话，那么使这件奇事巧上加巧的是，这位仍然背对着他并且尽量回避的先生，这首田园诗中不穿上装的男主角，这位对她的惊奇做出反应的绅士，不是别人，正是查德。

查德和德·维奥内夫人像他自己那样，花了一天的时间游览乡村风光——虽然此事离奇古怪，有如小说和闹剧一般，他们游览的乡村与他游览的恰好是同一个地方，而她是隔开河面第一个认识到这奇妙的巧合，第一个感觉到这巧合所引起的惊愕的人。由于这件事，斯特瑞塞意识到了刚才所发生的一切——她当时的发现甚至使船中两人更觉奇怪，她立即做出反应要控制这局面，于是与查德快速而又激烈地辩论露面的危险。他知道，如果他们能肯定他没有认出他们，那么他们就会不露声色，因此有片刻时间他犹豫不决。这好像是梦中突然出现的荒诞古怪的危机，只需几秒钟时间就会使人感到十分恐怖。于是双方都在揣摩对方，都在寻找理由以便像未经挑衅而发出刺耳尖叫那样打破沉寂。此时他似乎又觉得只有一件事可做，那就是以表示又惊又喜的方式来解决他们共同遇到的问题。于是他大张声势，激动地挥舞帽子和手杖，并且高声叫喊——这场表演在引起反响后使他感到如释重负。小船在中流行走得快一些，这似乎很自然，与此同时查德半起半坐地转过身来，而他的好朋友起先有一点茫然和惊奇，然后开始高兴地挥动她的阳伞。查德又开始划桨，小船调过头来，空中充满了惊讶和欢乐。与此同时，如斯特瑞塞继续想象的那样，宽慰之感取代了可能出现的无礼行为。我们的朋友走到水边，心里有一种奇怪的感觉，觉得毕竟避免了无礼的行为——这无礼的行为就是他们竟然"伤害"他的感情，以为他不会知道。他等待着他们，但他意识到他的面部表情难以掩饰心里的想法：倘若他也采取同样的态度，那么他们会继续划下去，不见不闻，不去吃晚饭，使他们的女主人感到失望。他们抵达码头后，他帮助他们登上岸。由于这奇迹般的意外相逢，其他一切都被抛到了九霄云外。

双方最终都把这看成是奇异的巧合。整个情形变得富有灵活性，完全取决于如何对当时的情况做出解释。除了奇异之外，这情形为何这样紧张？在当时提出这个问题自然不大切合实际。事实上，这个问题只好在后来由斯特瑞塞自己暗自解答。后来他私下认识到，当时主要是他做出解释——因为比较而言由他来解释几乎不会有什么困难。同时无论如何他也会有这样一种担心：也许他们暗自认为这种巧合是他预先设计好的，如此费尽心机使其看起来好像是偶然发生的事情。他们这样怪罪他的可能性一点儿也经不起推敲。然而不管怎样安排，这整个事件却是显然令人难堪的事，他不得不开口解释他为何在那里。否认意图是幼稚的，正如他出现在那里一样不恰当。双方摆脱困境最惊险之处在于，他在这件事情上幸好没有任何一点儿回避。就表面的东西和印象而言，这一类东西都不成问题。

表面的东西和印象都是用以表明他们共同的可笑的好运，这情形的不大可能，这美妙的机缘：他们在离开时预订了饭菜，他自己没有吃饭，而且他们的计划、时间、回去的火车都完全一致，便于他们一道返回巴黎。而最美妙可喜的事（它引起德·维奥内夫人发出极其快乐的感叹："真是太巧了！"）便是，当他们在餐桌边坐下来之后，他们的女主人告诉斯特瑞塞，送他去火车站的马车已经准备好。这也解决了他的朋友们的问题：这马车也可以为他们提供服务，这真是太幸运了！而最令人高兴的事则是，他能确定赶哪一趟火车回巴黎。听德·维奥内夫人讲，他们对火车班次（有些异常）不大清楚，这问题尚待解决。但是斯特瑞塞后来回忆起，查德当时却立即插话加以否认，嘲笑他的同伴粗心大意，并且说他早就知道该怎么办，尽管与她郊游了一天后有些忘乎所以。

斯特瑞塞后来进一步回忆起，在他的印象中，这是查德唯一的一次插言。在继后的思考中，他还进一步想起，许多事情好像都吻合。例如其中一件事：这可爱的女人全用法语来表达她的惊奇和快乐，并给他留下这样的印象——她对法语俗语的掌握非常娴熟，但是如他所说，却使他难以听懂，因为她十分巧妙地不时从一个话题突然转换到另一个他难以完全听明白的话题。关于他自己的法语水平，他们从来不曾提及，这是她不允许谈论的事，因为对于一个见过很多世面的人来说，这话题只能令人厌烦。然而此时产生的结果却很奇特，掩盖了她的本来面目，使她回到了一个只会喋喋不休的阶级或种族，听其谈论使他在此时深感受到了伤害。她讲英语带有外国口音，但很动听，也最为他所熟悉。当她讲英语时，他似乎觉得她是一个有自己的语言的人，真正由她个人垄断了一种特殊类型的语言，这语言对她来说极容易掌握，然而其色彩和音调却不可模仿，纯属偶然的东西。他们在小旅馆的客厅里坐下来之后，她又谈到这些事情，好像知道其结果将会怎么样。为他们奇妙绝伦的意外相逢而惊叹的兴奋之情终于消散了，这自然不可避免。但这之后他的印象却更加完整——这注定会加深和趋于完整的印象是：他们有什么东西需要掩饰，需要应付。他们的友谊，他们的关系，可以接受任何解释——如果原来不知道如何解释，那么经过他与波科克太太之间二十分钟的谈话就应该知道。然而如我们所知道的那样，他的看法是：这些事实具体说来与他无关，不过从必须了解它们的角度来看，它们又具有一种内在的美。这种看法能帮助他应付一切，而且为他提供了证据以反对蒙蔽。然而那天夜里他回到家里之后，他知道他最终既无准备又无证据。既然我们已经讲了他回家后的情况，那么作为回忆和解释，接着可以说他这几小时的真正体验，他在很晚时（因为他差不多到凌晨时才就寝）才获得的深刻见解，使我们注意到那最符合我们目的的方面。

此时他才基本上知道他如何受到了影响，但当时他只知道一部分。甚至在他们坐下来之后（这一点我们已经讲过），影响他的东西还有很多，因为他的意识虽然受到蒙蔽，但在这次旅行中却不时显得十分敏锐，这是他明显坠入了朴实、友好、放荡不羁的生活之中而获得的结果。然后他们把手肘放在餐桌上，叹息他们那两三道菜去得太快，于是又添了一瓶酒来弥补。与此同时查德却东拉西扯地与女主人说笑，其结果是，空中不可避免地充满了虚构的故事和寓言，这样说不是为了简单地借用文学术语，而是指所说的话产生的结果。他们回避当时的实际情况，然而他们大可不必回避——尽管事实上如果他们不回避的话，斯特瑞塞也不知道此外他们还能做什么。甚至在半夜之后又过了一两个小时，斯特瑞塞仍然不知道，甚至在很长时间里，在他的旅馆中，他不开灯，不脱衣服，坐在寝室里的沙发上凝视着前方苦苦思索，他仍然不知道。处在一个有利的观察点，他镇定自若地要尽量把一切弄明白。他看得很清楚，这件令人着迷的事情中包含着的仅仅是一个谎言，但是他现在能够客观的、有目的地找出这个谎言。他们是在谎言的伴随下吃饭、喝酒、谈话、嬉笑，颇不耐烦地等待马车，然后上车，平静下来，在愈来愈黑的夏夜里乘车行三四英里的路程。吃饭和喝酒是一种消遣，已经发挥了它们的作用，谈话和嬉笑也是一样。在去车站的略为乏味的行程中，在车站上的等待，又遇上火车晚点，深感疲倦，在逢站便停的火车上静静地坐在光线昏暗的车厢里——正是在这些过程中他才准备好进行细致的思考。德·维奥内夫人的言谈和举止全是一场表演。虽然这表演在结尾时有一些减色，好像她自己也不再相信它有何意义，仿佛她问过自己，或者查德找了一个机会偷偷摸摸地问过她，这究竟有什么用，但是这仍然是一场相当精彩的表演。其实际情况是，总之继续演下去比半途而废容易一些。

从头脑冷静沉着这一点来看，这表演确实精彩，其精彩之处在于敏捷，在于自信，在于她当场做出决定的方式，尽管她没有时间与查德商量，也没有时间采取任何办法。他们唯一商量的机会可能是在船里，是在承认他们认出岸上的观看者之前的片刻时间，因为从那以后他们没有任何时间单独在一起，而且必须默默无声地交流。斯特瑞塞印象最深并且最感兴趣之处是，他们能够这样进行交流——尤其是查德能使她知道他让她处理一切。正如斯特瑞塞所知道的那样，他总是把事情留给别人去应付。事实上我们的朋友在思索中还在想，找不出任何生动的例子能表明他知道如何生活。好像他听任她说谎而不做任何纠正，好像他真要在第二天早晨来解释这个问题，正如解释斯特瑞塞与他自己之间的问题那样。他当然不会来。在这样一种情况之中，男子必须接受女子的看法，即使是荒诞不经的看法。如果她带着不愿随便流露出的慌张神情，决定表明他们那天早晨离开，没有任何计划，只是打算当天返回——如果她估计有必要（采用乌勒特那儿的说法），那么她知道用什么办法最好。尽管如此，有些事情却不可忽视，因为它们使她的办法显得奇怪——例如这个最明显的事实：她在小船中所穿的衣服和鞋子，所戴的帽子，甚至她手里握的那把阳伞，都不会是她那天出发时的穿戴和装束。为什么随着情绪愈加紧张她的自信心逐渐下降呢？夜幕降临时她连围巾也拿不出一条来添加在自己身上，连她自己也意识到她的外表与她讲述的那番话不相吻合，那么她的聪明伶俐一时到哪儿去了呢？她承认她觉得冷，但是只责备自己考虑不周，而查德也听任按她自己的想法去解释。她的围巾和查德的大衣，她的其他衣服和查德的其他衣服，他们头一天各自所穿的东西，都在他们自己知道的那个地方（毫无疑问，一个清静隐蔽的地方），在那里他们度过了二十四小时，并且打算在那天傍晚返回那里去；正是从那里他们才如此奇妙地被斯特瑞塞认出来，默然否认这个地方便是她这出喜剧的精髓。斯特瑞塞看出，她一瞬间就感觉到他们不能在他眼前期望返回那个地方，虽然坦白说来，当他深入思考这事时，他对这种顾忌的出现感到有些惊奇，正如查德同时感到的那样。他甚至猜想，她有这样的顾忌是为查德着想，而不是为她自己，而且由于这年轻人没有机会劝阻她，所以她不得不继续表演，与此同时他却误会了她的动机。

然而他仍然感到高兴，因为他们实际上并没有在白马旅馆分手，他也不至于祝福他们去河流下游他们小住的隐蔽之处。实际上他只好违背心愿地作假。尽管这样，他却感到，与其他事情的要求相比，这倒是微不足道的。事实上，他能正视其他事情吗？他有能力与他们一起妥善处理吗？而这正是他此时努力在做的事。但是由于有时间充分考虑此事，他的感觉（不仅要忍受主要事实本身，还得忍受其他一切）却将大部分努力都抵消干净了。最不合他的精神胃口的东西是，涉及作假的事情很多，而且假装得活灵活现。然而他从考虑作假的多少转而想到这场表演的其他特点：暴露了亲密关系的深刻真相。这就是他枉费心机苦思一夜时经常想起的问题：到了这样一个阶段，亲密关系就是这个样子——你还能希望它像别的什么样子？他感到可惜的是，这种亲密关系就像撒谎。在黑暗中，他以模糊不清为由来掩饰这种可能性，就像小女孩给她的玩偶穿上一件衣服，为此他几乎感到脸红。这并非他们的过失，是他要他们暂时为他把这可能性和模糊性分开。因此，当他们把这种模糊性（不管它如何轻微地减弱）给他时，他就不能接受么？还可以补充一句：正是这个问题使他感到孤独和冷寂。四周处处都是令人难堪的事，但是查德和德·维奥内夫人却能感到安慰，因为至少他们能够一起商谈此事。可是他能与谁一起商谈这些事呢？除非总是（几乎在任何阶段）同玛丽亚商谈。他预见到，戈斯特利小姐明天又会来询问，虽然不可否认的是，他有一点儿害怕她问这样的问题："我想知道的是，那么你究竟是怎样推测的呢？"最终他认识到，他确实一直尽量什么也不推测。然而事实上，这努力却完全白费了。他发觉他在推测不计其数妙不可言的事情。

第三十二章

　　斯特瑞塞不可能说他在这之前的几个小时里确实期望如此，然而后来，就在那天上午，不迟于十点钟，他出门的时候，看见门房在他走时取出了一封特快专递信，这是门房在他的信件已经送上楼之后才收到的。他立即意识到这是结果已经到来的第一个征兆。他一直在想，他很可能会收到来自查德的表明结果到来的初兆，而这肯定是那个初兆。他认为这是理所当然的，于是就在他站立的地点，在大门口那股令人惬意的凉风吹拂下，他打开了这封快信，但只是出于好奇，很想看看这年轻人此时要说什么。然而实际情况却远远超出了他仅满足好奇心的愿望。他开启这封短信的封口时并没有注意到信封上的地址，原来这信根本不是这年轻人寄来的，而是那个他当时就觉得更值得了解的人寄来的。不管值不值得，他立即转身径直朝最近的电报局走去（这也是这条大街上最大的一个电报局），唯恐有什么耽误。他可能会这样想：如果他不在他有机会思考之前就去，那么他也许根本就不会去了。他把手放在外衣下部的口袋里，小心翼翼地握着那封蓝色信件，轻轻地而不是猛烈地把它弄皱了。他在大街上的电报局里写了一封回信，也是一封特快专递信。鉴于当时的情况，以及德·维奥内夫人来信的表达方式，他很快就写好了一封只有几句话的短信。她在来信中问他能否在那天晚上九点半去看她。他在回信中说：没有比这更容易做到的事情了。他一定在她指定的时间到达。她在信中加了一句附言，其大意是：她也可以到别的地方去看他，在他指定的时间去，如果他宁肯这样的话。但是他没有理会这句话，因为他觉得，如果他要去看她，那么其中有一半的价值是在过去看她的最佳地点看她。他可能根本不会去看她，这是在他写好信但尚未把它投入信箱之前的一个想法。他可能再也不见任何人了，他可能此时就结束一切，听任事态自然发展（因为可以肯定的是，他不会使其得到改善），然后起身回家，趁他还有家可回。他考虑了几分钟的时间，很想做出这种选择，但最终还是把信投入了信箱，可能是因为那个地方的情形对他产生了影响。

　　然而这情形不是别的，正是那普遍而又时刻存在的压迫感——这些机构中的气氛，站在"邮电局"这几个红字下的斯特瑞塞对此相当熟悉。广阔、奇异的城市生活的颤动，电报员拍发电文的打字声的影响，娇小、敏捷的巴黎女人（天知道她们在忙些什么，她们用可怕的、有针状尖头的公用钢笔在可怕的、散布着沙粒的公用桌上疯狂地书写）：这一切在解释问题太单纯的斯特瑞塞看来，象征着生活方式更紧张，道德更邪恶，国民生活更可怕的某种东西。想到他把信投入信箱后，也就是使自己站在可怕、邪恶、紧张的一边，他感到非常有趣。他在这大城市里与人保持通信联系，完全符合邮电局的一般情调。好像他接受这一事实的原因在于，他的状况与他的邻居的活动是一致的，他与巴黎的典型情况完全融合在一起，他们也是一样，这些可怜的家伙——他们又怎能不这样呢？总之，他们不比他更倒霉，他也不比他们更倒霉——如果不是更好的话。无论如何他已经办完了他那一团糟的事情，所以他走出去，并从那时起开始了他那一天的等待。他觉得他更喜欢的办法，是在最好的环境中看见她。这是这个典型故事的一部分，对他来说是最有意义的一部分。他喜欢她住的地方，整个画面每一次都与她周围那高大、清晰的环境匹配，每一次看见它都使人获得不同程度的愉悦。然而此时他要不同程度的愉悦有什么意思呢？他为何不恰当而又合情合理地强迫她接受这情形可能给她带来的害处和惩罚呢？他本来可以像对萨拉那样，在他自己的客厅里冷淡接待。在这客厅里萨拉拜访时的冷淡气氛似乎仍能感觉得到，而那不同程度的愉悦却不存在。他本来可以提议在满是灰尘的杜伊勒里公园的一条石凳上，或者在爱丽舍田园大街尽头的公园里廉价出租的椅子上会面。这些地点会有些令人生畏，不过仅仅令人生畏如今已算不上是邪恶。他本能地意识到他们会面时可能遇到的惩罚——他们会感到某种程度的尴尬，他们会招来某种危险，或者至少某些严重的麻烦。这使他产生一种感觉（这感觉是精神所需要的，倘若没有它精神就会痛苦和叹息）：有人在某处以某种方式接受处罚，他们至少不是全都一起漂浮在免受惩罚的银色溪流中。但是如果全然不是这样，晚上去看她，好像——正是这样——好像他也同别人一样在漂流，这就很少与惩罚形式有相同之处。

　　然而即使他感到这种异议消失了，实际上差别却很小。在他那段很长的间隔时间里，这种态度渐渐得势。如果他就这样与邪恶为伍继续生活，那么事实将证明这比人们预先设想的要容易得多。他回想起他的老传统，他在其中成长起来的那个传统，即使经过了这么多年的生活它仍然没有什么改变。这个传统观念是：罪人的情形，或者至少是罪人的幸福，会遇到某种特殊的困难。但此时他感觉到的却是它的舒坦——因为实际上似乎找不到更加舒坦的事情了。这种舒坦他在这一天其余的时间里颇有体验：随心所欲；不把这事当成困难而加以掩饰（无论用任何东西加以掩饰）；不去看玛丽亚——在某种意义上这是为了进行掩饰，只是无所事事，到处闲逛，吸烟，坐在阴凉处，喝柠檬水，吃冰块。天气变得很热，最后竟有雷鸣。他不时回到他住的旅馆，发现查德没有来过。自从离开乌勒特以来，他从来不曾像此时这样游手好闲，虽然有几次例子曾有过类似的感觉。此时他比以往任何一次都更闲散，对于后果不加考虑，也毫不在乎。他几乎感到迷惑，自问是否显得意气消沉，有失体面。当他坐在那儿吸烟时，他产生了种荒诞的幻觉，仿佛看见波科克一家偶然地或有目的地回来了，他们从这条大街上走过，看见他此时这副模样。看见他这个样子，他们显然有各种理由诬蔑中伤他。然而命运并没有施行那样严厉的惩处：波科克一家没有经过那里，查德也没有露面。斯特瑞塞继续推迟会见戈斯特利小姐的时间，打算一直推迟到明天。当天傍晚，他抱着不负责任的态度，泰然自若，闲散舒坦到了极点。

最后到了九点和十点之间，在这高大、清晰的图画里（最近几天他好像一直在画廊里走动，看一幅又一幅巧妙的绘画作品），他深深地吸了一口气。这幅画从一开头就这样呈现在他面前，使他感觉他那舒适闲散的气质不会消失。这就是说，他本来就不必负责——事实明摆在那儿：她请他去就是要让他感觉到这一点，这样他就可以继续保持舒适的心态（舒适的心态已经培养起来了，难道不是吗？），认为他的苦难（萨拉留在这儿的那几周以及他们关系紧张的时期他经受的苦难）已经安全度过，并且已经抛在身后。难道她不正是希望能使他确信：她全都理解，他再也不用担心，只是满足现状并且继续慷慨帮助她而已。她那美丽的、布置整洁的房间光线暗淡，但是合适，正如那儿的每一样东西都总是相当合适那样。炎热的夜晚不宜点灯，但是壁炉架上有一对蜡烛发出闪闪烁烁的光辉，就像神坛上的细长蜡烛那样。窗户都是打开的，窗帘轻轻摆，他再次听见从空旷的庭院里传来的喷泉发出的轻微水声。在这水声之外，好像从很远的地方——越过庭院，越过前面的正楼——传来激动而又令人兴奋的、巴黎市区模糊的嘈杂声。斯特瑞塞一直沉湎于突如其来的幻想，这些幻想都与这样一些东西相关：很奇怪地突然产生的历史意识，无根据的大胆设想与预测。如此这般，在这伟大历史日期的前夕，革命的日日夜夜的前夕，有声音传来，这是预兆，是刚爆发的开端。它们是革命的气息，是公众情绪的气息，或者说就是鲜血的气味。

此时竟然会有这样一些联想不断浮现在脑海里，这真是奇怪得难以用言语描绘，他想不揣冒昧地用"微妙"一词来形容。但是毫无疑问，这是空中雷鸣的影响所造成的。这雷声响彻了一整天却滴雨未下。他的女主人穿的好像是适合雷雨天的衣服，符合我们刚才所说的他的想象：她应当穿最朴素、最凉爽的白色衣服，其式样很老，如果他没有记错的话，罗朗夫人上断头台时肯定穿的是这样的衣服。这效果巧妙地被围绕胸部的一条黑色小巧的纱罗巾大大加强，像是点睛的神秘笔触完成了一幅哀婉、高贵的肖像画。这可爱的女人接待他，以巧妙的手腕既亲切又庄重地欢迎他，在她那宽大的房间里转来转去，光滑明亮的地板映照着她的身影。此时可怜的斯特瑞塞事实上几乎不知道他回忆起了何种相似的形象。关于这个地方的那些联想又浮现在他的脑海中了。在柔和的灯光下，玻璃、金漆和木地板闪闪发亮，以她的文静少言为主调，这些东西最初显得那么精美纤巧，仿佛都是幽灵。他很快就确信，无论他认为他为何而来，反正都绝不是为了他以前不曾有过的印象。他从开头就有的这个信念，似乎十分独特地向他简单明了地证明，周围这些东西会帮助他，而且确实会帮助他们两人。不，他可能再也见不到它们了——很可能这是最后一次，他肯定见不到与它们有丝毫相似之处的任何东西了。他很快就会去没有这一类东西的地方，在那思想受压抑的环境中，能有一个小小的纪念物以供回忆和想象，也算是一个小小的安慰。他预先就知道他会回忆起最深刻的感受，就像回顾他亲手接触过的古老、古老、最古老的东西。他也知道，甚至当他把她看作特征中的特征时，他也不可能不回忆和想起她。她可能有自己的打算，但是这却超越了她的任何打算，因为遥远时代的东西（历史上的暴政，具有代表性的事实，画家所说的表现的价值）都给了她最难得的机会，无忧无虑并且真正奢侈的少数人的机会，在伟大的场合显得自然而又纯朴的机会。与他在一起时她从来不曾像现在这样美丽动人，如果说这是最巧妙的手腕，那么（结果也会一样）最终却不会证明对她不利。

　　真正绝妙的东西，是她变化莫测却又无损于她的单纯的方式。他确信他感觉到她的变化无常——这是比其他一切都更坏的习气，但是对她做出这个判断却有利于安全交谈，比他在过去各种交谈中必须考虑到的东西都更有价值。因此，如果说她目前的样子完全不同于前一天晚上她出现在他面前的样子，那么在这变化中根本没有粗暴无礼的东西，却全是和谐与理智。此时在他面前的人是一个温和而又深沉的人，而在他们首次会面直接提到的那个场合，他所看见的却是一个充满行动、浮于表面的人。但是她表现出的这两种特点都十分显著地与当时的场合相匹配，这也与他所懂得的他将听任她处理事情完全一致。唯一的问题是，如果他将听任她处理一切，那么她为何又请他去呢？对此他预先已有自己的解释，认为她可能希望更正什么，并以某种方式解决她最近以为他轻信而加以欺骗的问题。她是想继续欺骗还是将其完全忘却呢？她想多少加以漂亮的粉饰还是索性置之不理呢？他不久至少会意识到这一点：无论她多么富有理智，她并没有羞愧得粗俗不堪。因此他觉得他们那个杰出的"谎言"（查德的和她的谎言），毕竟只有一种不得不表现的高雅情趣，而他不可能希望他们不表现。离开他们之后，在深夜里思索时，他似乎对他们那么多弄虚作假的表演有些畏缩。但在此时的情况下他却自问，如果她打算把那些喜剧表演收回，他会感到高兴吗？他一点儿也不会感到高兴，然而他能再一次，而且也许又一次相信她。这就是说，他相信她欺骗得正确，当她表现事物时，老天知道为什么，丑陋之处全都不在了，而且她采用自己的技巧表现它们，只不过触及它们一下而已。总之，她让这事原封不动，仍然保持在二十四小时之前的那个位置上；她似乎只是恭敬地、小心地、近乎虔诚地围绕它转圈，与此同时她却谈到另一个问题。

她知道她并没有真正欺骗他。前一天晚上，在他们分手之前，这件事在他们之间实际上已经不言而喻。由于她请他去是为了了解这事可能对他产生多大的影响，所以他在交谈五分钟之后就意识到她在试探他。在他离开他们之后，她和查德已经商量好，为了使她自己感到满意，她要弄清这影响究竟有多大。查德像通常那样，听任她去处理。查德总是听任别人为所欲为，只要他感到这样做多少对他有利。奇怪的是，在这些事实面前，斯特瑞塞感到自己甘愿顺从。于是他们再次给他造成这样的印象：引他注目的这一对人关系十分亲密，他介入其中完全有助于加强他们之间的亲密关系，最终他必须接受这事所产生的后果。由于他的直觉和错误，他的让步和保留，他变成了一个滑稽可笑、充满矛盾的怪人。在他们的眼里，他似乎既勇敢又胆小，既有一般的巧妙手段又十分天真单纯，这几乎成了加强他们之间联系的一条额外的纽带，确实是供他们相聚的、无法估价的共同基础。当她比较直接地提到有关的事情时，他好像听见他们谈话的语调。"你知道，最近那两次你在这儿时，我从来没有问你。"她突然转换了话题。在这之前他们装模作样地只谈昨天的愉快以及他们对那片乡村景色的兴趣。这显然是徒劳无益的，因为她邀请他来并不是为了谈这些东西。她还提到萨拉走后，他来看她，谈到了一切必须谈的事情。她当时没有问他如何支持她。她的精神支柱是查德对她讲述的他和查德在迈榭比大街夜半交谈的情形。因此，通过回忆这两次的情形（当时她宽厚仁慈，态度客观，没有给他带来烦恼），她引入了此时她想谈的话题。今晚她确实要麻烦他，恳请他让她不揣冒昧地麻烦他一次。如果她使他感到有一点儿厌烦，他是不会在乎的，因为她毕竟行为举止非常非常得当，不是么？

第三十三章

"啊，你很好，你很好。"他几乎有些不耐烦地说道。他之所以不耐烦，不是因为她施加的压力，而是因为她的顾忌。他愈来愈清楚地看出她和查德商谈此事的态度，愈来愈明确地认为她对于他能"容忍"什么这个问题感到很紧张。是的，他是否"容忍"他在河边看见的那个场面。虽然那年轻人肯定认为他会帮他们掩饰，但她最后表示的意见一定是：她要亲眼看见的确是这样，才会感到放心。一点儿不错，正是这样，她确实亲自在看。就这样他能容忍的东西在这些时刻就有利于他自己。当他充分意识到这一点时，他想他必须振作起来。他想表现出他会尽可能容忍一切的样子，而不显得心慌意乱，他一定要控制住局面。她已做好一切准备，而他也准得很充分。在某一点上可以说，他是他们两人中准备得更充分的一个，因为虽然她聪明伶俐，但她不能当场说明她的动机（这真令人惊奇）。对他有利的是，他说她"很好"，这就给了他机会提出询问。"我很高兴来这里，请问你是否有什么特别想说的话要对我讲？"他说这句话，仿佛因为她已经看出他在等待她开口。他并非感到不安，而是很自然地对此感兴趣。然后他看出她有一点吃惊，甚至对她忽视的这个细节（唯一的一个细节）感到奇怪，因为她以为他知道这一点，认识到这一点，从而略去一些话不说。然而她朝他看了一眼，好像是向他传达这样一个信息：如果他想要知道一切……

"自私而且庸俗——你一定认为我是这样的人。你已经处处在帮助我，可是我却好像不知足，"她说，"不过这不是因为我害怕，虽然作为一个处在我这种地位的女人，我自然会感到害怕。我的意思是说，不是因为生活在恐惧中——不是因为这样才使人变得自私，因为今晚我就要告诉你我并不在乎。不在乎还有可能发生的事，也不在乎我可能丧失的一切。我不求你再给我任何帮助，也不想对你说以前我们已经谈过的那些事，不管是我的危险还是安全，或者他的母亲，他的姐姐，可能会与他结婚的姑娘，他可能得到或丧失的财产，他可能做对或做错的任何事情。如果在得到你的帮助后，一个人仍然不能照顾自己或者干脆缄口不言，那么这个人必须放弃获得关照的要求。正是因为我确实关心这件事，所以我仍然紧紧抓住你不放。"接着她问道，"我怎能不在乎我给你留下的印象呢？"见他一时不知说什么好，她又问道，"如果你要走，是因为你必须走吗？你不能留下来以免我们失去你吗？"

"不回家而与你们一起在这儿生活？"

"不是与我们住在一起，如果你不同意的话，"她十分动人地说道，"而是住在离我们很近的地方，当我们感到必要时，便可以看望你。有时我们很想见到你。"她接着又说，"最近这几周我经常都想见到你，可是又不能，我感到你就要永远离开我们了，此时我怎能不想念你呢？"好像他没有料到会听见她说得如此直率和恳切，他明显流露出迷惑不解的神情，因此她继续说道："你现在的'家'在哪儿？家里情况怎样呢？我使你生活发生了改变，我知道是这样的。我还搅乱了你头脑里的一切想法，搅乱了——我该怎么说呢？——你关于正派与合适的观念。这使我厌恶……"她突然住口不说了。

然而他还想听下去。"厌恶什么呢？"

"一切，生活。"

"啊，太多了，"他大笑道，"或者太少了！"

"太少了，说的完全正确。"她急切地说道，"我所憎恨的是我自己，因为我想到，为了快乐，我从别人的生活中拿走了那么多，但是即使这样我却仍然不快乐。这样做欺骗了自己并堵住了自己的嘴巴，但是得到的却很少。可怜的自己总是在那儿，总是使人多少产生新的忧虑。结果得到的并不是快乐，根本不是快乐，一点儿也不是快乐。唯一可靠的是给予。它最不会欺骗你。"她这番话说得既有趣又动人，而且特别诚恳。然而她却使他感到迷惑和烦恼——她的恬静安详竟然变成了如此强烈的震动。他感觉到他以前与她在一起时所感觉到的东西：在她的外表下面总是隐藏着更多的东西，在这些东西后面还有其他更多的东西，在其他东西后面还有更多其他东西。"至少，"她又说，"你知道你的处境！"

"那么你也确实应该知道，因为不正是你所给予的东西把我们这样聚集在一起的吗？正如我让你充分知道我所感觉到的那样，你赠送的是我所见到的最宝贵的礼物。如果你对你的表现仍然感到不满意，那么毫无疑问，你生来就是一个自己折磨自己的人。"他总结道，"你应该轻松一点。"

"而且再也不麻烦你，毫无疑问，甚至不强迫你接受我做出的这么美妙的后果，只是让你把我们的事当成已经完结了的事，彻底完结了的事，眼见你带着我这样的心安理得的心情离去。毫无疑问，毫无疑问，"她激动不安地连声说道，"尤其是，我相信：为了你自己，你不可能做你已经做过的事情。我不认为你觉得自己是受害者，因为这显然是你的生活方式，而且我们都认为这是最好的方式。"过了片刻她继续说道，"是的，正如你说的那样，我应该轻松一点，对我自己所做的感到心满意足。那么我现在正是这样做的。我很轻松。你可以把这作为你最后的印象。你说你什么时候动身呢？"她迅速改变话题问道。

他没有立即回答。他最后的印象愈来愈加混杂。这使他感到有些失望，感到比头一天晚上的低落情绪更加低落。如果说他做了那么多努力，那么他努力的结果并没有使他感到有如获得了理想的欢乐结局似的那样高兴。女人们总是这样无止境地吸收，与她们打交道犹如在水面上行走。虽然她夸夸其谈，虽然她矢口否认，但是她内心深处所关心的只是查德本人。她重新感到害怕的毕竟还是查德。她的激情的奇怪力量正是她的恐惧的力量。她紧靠着他——兰伯特·斯特瑞塞，把他当作经过她考验的安全的保障，虽然她尽量显得大方、优雅、诚实，虽然她敏锐伶俐，但是她害怕他近在身边这样的关系。因为有这种深刻的感受（就像空中朝他吹来了一股刺骨寒风），他对此几乎感到恐惧：一个如此好的人竟然由于那些神秘力量的作用而成为一个如此被人利用的人。因为归根结底它们是十分神秘的：她只是把查德造就成了现在这个样子，那么她怎能认为她已经把他造就成了永远如此的样子呢？她已经使他变得更好，变得最好，变成了她所希望的样子，可是我们的朋友却很奇怪地认为他仍然不过是查德而已。斯特瑞塞觉得他也对他有所造就。他的高度赞扬好像是对她所做的努力表示崇敬。她的努力尽管令人钦佩，却仍然严格属于人类努力的范畴。简而言之，令人惊奇的是，伴随人世的欢乐、安慰、过失（不管怎么将它们分类）并且属于共同经验范围内的东西竟然受到如此玄奥的评价。这可能会使斯特瑞塞气愤或羞愧，正如有时我们知道了别人的这种秘密而产生同样的感觉那样。但此时他却被某种如此严酷的东西控制在那儿，这情形令人大为反感。这不是昨晚上那种心慌意乱，那已经过去了——那种心慌意乱只是小事一桩。真正令人难受的是看见一个人受到难以言说的崇拜。又是这样，涉及女人，涉及女人，如果与她们打交道是水上行走，那么水面上涨又有什么奇怪呢？而且水的上涨从来不曾高于这个女人周围的水面。此时他发觉她正定睛注视着他，接着他说出了他的全部心思："你担心你自己的生活！"

这话又引起了她对他的注视，而他不久就明白了其中的原因。她的脸上一阵抽搐，她已抑制不住的眼泪先是静静地涌出来，紧接着便是突然爆发出的小孩似的哭声，很快又转成急速的啜泣。她坐下来，两手掩住面孔，完全顾不上面子了。"这就是你如何看我的，这就是你如何看我的，"她喘息道，"我就是这个样子，我必须承认我就是这样，当然这没有什么了不起。"她的情绪起初十分矛盾，他只有站在那里发呆，觉得是他引她烦恼不安，不过这是由于他说实话而引起的。他只好默默地听她讲，不打算立即开口，觉得全身微微透出高雅情调的她分外可怜。他同情这情感，正如他同情其余那些情感那样。与此同时在这个欢乐和痛苦如此自由流露的场面中，他依稀意识到某种内在的讥讽。他不能说，这并非不要紧，因为他知道，无论如何他要为她效劳到底——好像他对她的看法与这无关。此外，好像实际上他想的根本不是她，好像他不可能想别的，只想的是她所代表的成熟、深厚、可怜的激情以及她揭示的可能性。在他看来，她今晚比过去略显苍老，明显可见不像过去那样免除了岁月的摧残。然而她与从前一样，仍然是他一生中所遇见的最完美、最敏感的人，最快乐的精灵。不过他却看出此时她烦恼得有一点粗俗，就像一个女仆为她的男朋友而哭泣那样。唯一的区别是，她判断自己，而女仆却不然。这种智慧上的弱点，这种判断上的丢脸，似乎使她的情绪更加低落。毫无疑问，她的精神崩溃是比较短暂的，在他开口答话之前她在一定程度上已经恢复过来了。"当然我担心我的生活。但是那无关紧要。那并不是原因。"

他沉默的时间更长一些，好像是在思索到底什么是原因。"我想，有一件事我还能做。"

她悲哀地把头猛地一摇，擦干了眼泪，最终还是抛开了他仍然可以做的事。"我对那个不关心。当然，如我所说，你用极好的方式为你自己采取行动。可是为你自己的事再也不是我的事（虽然我可以极其笨拙地伸出我那不圣洁的手去触摸它），就像远在天边的东西一样与我无关。只是因为这一点你才不冷落我，因为你有 50 次机会可以这样做，正是你可敬的耐心使我忘记了我的举止。尽管你有耐心，可是仍然一样，"她继续说道，"你不愿留在这儿与我们在一起，即使这样做是可能的。你愿意为我们做任何事，只是不愿意与我们混在一起——你这样回答，以便你自己不失礼貌。你可说：'谈那些根本不可能的事情有什么用呢？'当然，有什么用呢？这只是我一时的胡闹。如果你感到痛苦，你也会计较的。我现在并不是指那些与他有关的事。啊，为了他……"在斯特瑞塞看来，似乎她主动地、奇怪地、痛苦地把"他"暂时抛开了。"你不在乎我对你的看法，可是我碰巧在乎你对我的看法，以及你可能有的看法，"她又补充一句，"甚至你过去是如何想的。"

过了一会儿他才说道："我过去……"

"过去想过。在这之前。你过去想过……"

可是他打断了她的话。"我什么也没有想过。超过我必须想的问题我绝不去想。"

"我认为这全是假话，"她反驳道，"除非这种情况：当事情太丑恶时，你无疑会停止考虑。或者事情太美好了——我这样说是为了避免你反对。无论如何，就这一点来说倒是真的：我们强迫你接受你已经看见的那些表面现象，因此它们使你认为必须思考。丑陋或美丽（无论我们如何称呼它们都不要紧），反正你用不着它们，却继续走你的路，这就是我们令人讨厌的地方。我们使你厌烦——这就是我们的情形。而且我们很可能使你遭受了损失。你现在所能做的就是根本不去想。而我本来想让你觉得我——非常高贵！"

他只能在片刻之后重复巴拉斯小姐的话："你真是了不起！"

"我又老又可怜又可怕，"她没有听他讲，继续说道，"尤其是可怜，或者尤其是老了。正因为老了，情况才最糟。我不在乎这事的结果——顺其自然，就是这样。这是命中注定——我知道这一点。你不可能比我自己看得更清楚。要发生的事情必然会发生。"她又回到与他面对面时中断了的话题。"即使可能，无论你的情况怎样，你也不会接近我们。可是想想我吧，想想我……"她向空中呼喊道。

为了避免尴尬，他重复他已经说过但她一点也不在意的话："我相信，有一件事我还能做。"他伸出手来告辞。

她对他的话仍不在意，仍继续坚持她的看法。"那帮不了你的忙。没有任何东西能够帮助你。"

"可是这可以帮助你呀。"他说。

她摇一摇头。"我的前途一点儿把握也没有，唯一能肯定的是，我最终还是一个失败者。"

她没有握他的手，但是同他一起走向门口。他大笑道："这令你的恩人感到高兴！"

"使我感到高兴的是，我们，你和我，本来可以成为朋友。正是这样，正是这样。如我所说的那样，你现在看见我如何想要一切。我也想要你。"

他站在门口，以结束谈话的强调口气说道："啊，可是你已经得到我了！"

第三十四章

　　他打算第二天去看查德。因为到迈榭比大街去拜访一般都不必拘守礼节，所以他预备一早就去。自然经常都是他去那儿，而不是查德到他这个小旅馆，因为这个小旅馆没有什么令人喜闻乐见的东西。然而此时，十一点钟的时候，斯特瑞塞突然产生这样一个念头：现在就去，看看能否碰见这年轻人。他想，查德走的是固定路线，势必就在"附近"，正如韦马希所说的那样（似乎很久未见韦马希了）。他前一天没有去，因为他们已经做出安排：德·维奥内夫人应当先见他们的朋友。但是既然她的拜访已经过去了，那么他就可以去看查德了，而且他们的朋友也不必久等。根据这个道理，斯特瑞塞推测，对这个安排感兴趣的双方一定很早就会面了，而且两人中更感兴趣的那一位（毕竟是她最感兴趣）肯定已经对另一位讲了她恳求他的情况。查德会及时了解到，他的母亲的特使已经与她会过面。此外，虽然不容易看出她如何描述所发生的事，但查德至少会受到充分启发，感觉到他可以继续这样下去。然而这一天从早到晚都没有传来任何有关他的消息，因此斯特瑞塞觉得他们的交往中可能发生了什么变化。这个判断也许不成熟，或者这意味着（他怎么能肯定呢？）他所庇护的这一对可爱的人又继续进行被他打断的郊游去了。他们可能又到乡下去了，长喘一口气后放心地又去了。查德一定会深深地感到，德·维奥内夫人要求会面并没有受到非难。二十四小时过去了，四十八小时也过去了，可是仍然没有消息。于是斯特瑞塞利用这段时间去看戈斯特利小姐，就像他以往经常所做的那样。

他提议与她去玩，对于提议玩耍的事他如今感到很在行。于是在好几天的时间里，他带她逛巴黎，乘车在林子里兜风，与她一起坐出租汽船，尽情享受塞纳河上的微风给人带来的欢娱，就像慈祥的叔叔带着一个从乡下来的聪明侄女游览首都那样，他甚至设法领她去她不知道或者她假装不知道的商店，而她则像一个乡村少女一样十分听话，充满感激之情，甚至还模仿乡下人，偶尔流露出倦意和惊奇的神情。斯特瑞塞对自己（甚至也对她）描述这些娱乐过程的模糊印象，以此作为游乐的插曲。他们暂时没有进一步谈那个已经谈够了的话题。他一开始就声明谈够了，而她则迅速接受了这个暗示。在这方面和其他每一个方面她都像上述那个聪明听话的侄女。他丝毫也没有对她吐露他最近这番奇妙的经历（因为他已把这事当成一番奇妙的经历留存在脑海里了）。他暂时把这整个事情抛开，而且十分有趣地发现，她非常乐意地表示赞同。她留下问题不问——她脑子里满是问题已有很长一段时间了。她完全迎合他的想法，对他表示充分理解，表现形式便是温柔和蔼、沉默寡言。她知道他对他的处境有了更进一步的认识——对此他知道得相当清楚。但是她向他表示，无论他有什么事，此事也应因为她现在的情形而被抛到脑后。这是一个令人感兴趣的重要问题（虽然对一个与此无关的旁观者似乎算不得什么），直接引起了她新的反响，她在默然接受之中随时对它加以估量。虽然以前他经常受到她的感动，但此时他又被感动。此外，虽然他知道他自己的情绪的根源，但是他却不可能知道她的情况。这就是说，他在某种程度上（粗略地、自然地）知道他自己在暗自策划什么，然而他却只能大胆猜测玛丽亚的打算。他所需要的是：她因为他们正在做的事而很喜欢他，即使他们做得更多，她仍然会喜欢他。这种单纯关系的清新，有如一场凉水浴，能洗掉其他那些关系所引起的疼痛。其他那些关系此刻对他来说复杂得可怕：它们长满了尖刺，事前根本想象不到的尖刺，扎在身上就会出血的尖刺。这个事实使他感到，与他现在的朋友乘塞纳河的游船或者在爱丽舍大街的树荫下纳一个小时凉，所得到的单纯喜悦有如抚摸圆溜溜的象牙。他与查德的个人关系（从他有了自己的观点开始）曾经是最单纯的，但是在白等了第三天和第四天之后，这关系却使他感到刺人。然而对这种迹象的担心好像最后减小了。第五天仍然没有消息，于是他不再询问和注意了。

此时他产生一种奇思异想，觉得戈斯特利小姐和他就是《林中孩子》（16世纪民谣）里的形象，只能指望仁慈的自然力让他们继续保持平静的生活。他知道，他已经算是特别擅长拖延了，然而他必须再一次拖延，才能感觉到它的魅力。他颇觉有趣地对自己说，他可能就要死了——听天由命地死去。他感到这场面充满了临终时那种深沉的寂静和忧郁的魅力。这就意味着拖延其他每一件事——让时间静静地流逝，尤其是拖延未来的结算——除非未来的结算与灭绝是一回事。这结算隔着夹在其间的许多经历面对着他，穿过英国诗人柯勒律治诗歌《忽必烈汗》中所描写的那些无底深穴，一个人无疑会漂浮到那里去。这结算确实位于每一件事之后，它没有与他所做的事融合在一起，他对他所做的事的最后估价（在当地所做的估价）将使他获得他主要的特点——精明。如此引起注意的自然是指乌勒特，而在最好的情况下，他将看见，在他眼里一切都已改变了的乌勒特将会是什么样子。这启示实际上不就是说他的事业已告结束了吗？唉，夏天结束时就可以看出来。与此同时他的悬而未决却有着白白拖延那样的甜美。我们还应该提及的是，除了玛丽亚的陪伴之外，他还有其他娱乐方式——许多次沉思默想。在沉思默想中只有一点使他感到不快乐。他已驶入港口，大海已被抛在他背后，唯一的问题便是如何上岸。然而当他靠在船边上时，他不时想起一个问题。而他延长与戈斯特利小姐厮混的时间，正是为了抛开一些萦绕心间的思绪。这是一个有关他自己的问题，但是只有再见到查德才能使之得到解决。这也是他想见到查德的主要原因。在那以后它就不重要了——而它只需要几句话就可轻而易举地得到解决。可是这年轻人必须在那儿听见这几句话。一旦这些话被听见，他就一个问题也没有了，就是说，没有与这特殊事情相关的问题了。他因为已经丧失的东西而现在说出来，就可能是一种过失，但是到了那时，这一点甚至对他自己也不重要了。这就是他的最大顾忌的集中表现——他希望就这样把他所丧失的东西置之度外。他不愿因为他失去的其他什么东西，因为痛苦、遗憾或变穷，因为受虐待或绝望，而做任何事，他愿意因为他头脑清醒和冷静而做一切事，同样在所有重要方面为自己做一切事，就像他过去那样。因此当他徘徊着等待查德时，他默默地说道："老弟，你已经被抛弃了，不过那件事与这有什么关系呢？"想报复的念头一定会使他感到厌恶的。

这些情绪无疑都是由他的闲散而引起的，此时却因玛丽亚的新见解而黯然失色。在这一周结束之前她就有一个新的事实要告诉他。一天晚上她带着这个消息等待他的到来。这天白天他没有见她，但是打算到时候请她一道外出，在某个花园的露台上共进晚餐。巴黎的夏季处处都能看见这样的花园，可是那时候天却下起雨来，他感到失望，只好改变计划。他独自一人在家里闷闷不乐地吃饭，等待着在这之后去见她，以弥补损失。他相信见到她以后很快就会知道有什么情况出现。在她那富丽小室的气氛里他已有这样的感觉，只是用不着明说而已。这地方光线柔和，各种浓淡不同的色调融合在一起，给人以凉爽之感，其效果使这位客人难免停下来凝视片刻。好像就在凝视时他感觉到新近有人来过这儿，而他的女主人也看出他已感觉到有人来过。她几乎用不着说这句话："是的，她来过。这一次我接待了她。"不到一分钟的时间她又补充道，"根据我对你的理解，现在没有理由……"

"你没有任何理由拒绝？"

"没有——如果你做了你不得不做的事。"

"迄今为止我当然已经做了，"斯特瑞塞说道，"因此你不必担心其影响，或者好像是夹在我们之间这种情况。我们之间现在没有任何东西，除了我们自己放在那儿的东西以外，没有一寸的空隙可以容纳任何其他东西。因此你只是像往常一样与我们好好相处，无疑要多和我们在一起，如果她已经对你谈过。"他又说，"当然如果她来，那是为了和你交谈。"

"那是为了和我交谈。"玛丽亚回答道。听了这话后他进一步肯定她实际上已经掌握了他尚未告诉她的情况。因为她脸上的神态表明她了解这些情况，而那同时出现的悲哀神情则说明一切疑问已荡然无存。他更深刻地意识到，她从开头就知道她认为他所不知道的情况，而充分了解这些情况可能会给他带来完全不同的结果。可以想象得出，这不同的结果可能是制止他的独立和改变他的态度，换句话说，引起一种支持乌勒特原则的突变。她已经预见到这可能会给他以强烈的冲击，使他转向纽瑟姆太太的怀抱。诚然还没有迹象表明他受到了冲击，但是却令人感到这种可能性是存在的。因此玛丽亚此时不得不认为，这冲击已经开始，然而他还没有转回去。在早就勉强选择了她自己这一点上，他转瞬间就看得很清楚，但是结果他却没有重新接近纽塞姆太太。德·维奥内夫人的拜访揭示了这些真相，从残留在玛丽亚脸上的神情仍能依稀看出发生在她们两人之间的情形。然而正如我们所暗示的那样，如果这情形并不令人高兴，那么斯特瑞塞也许仍能看出其原因，虽然他天性朴实，看问题有些模糊。几个月来她坚定地克制自己，她没有利用任何可能有利于她自己的宝贵机会。她已经丢掉了这样的幻想：与纽瑟姆太太断交，她们的朋友遭受损失（婚约和关系本身破裂得无可挽回），可能对她有利。她并没有推波助澜，而是暗自艰难地、严格地坚守立场，极其公平合理地对待这件事。因此她不禁感到，虽然需要了解的事实最终都已经完全得到证实，但是她仍然看不出有任何理由可以为自己（为可以叫作有利害关系的一切）感到得意扬扬。斯特瑞塞可能已经轻而易举地看出，在刚才她坐在那儿沉思的那几个小时里，她一直在问自己，是否还有或者根本没有她无法确定的情况。然而我们还需要马上补充一句，他在这场合最初弄明白的情况，最初却被他隐藏在自己心里。他只是问德·维奥内夫人究竟是为什么来的。对于这个问题他的同伴已有准备。

"她想知道有关纽瑟姆先生的消息，似乎她已有好几天没有看见他了。"

"那么她没有再次同他外出？"

"她似乎以为他可能已经与你一道外出了。"玛丽亚答道。

"你告诉她我一点也不知道他的情况吗？"

她不停地摇头。"我一点也不知道你所知道的情况。我只好告诉她我得问你。"

"我已经有一周没有看见他了，当然我也觉得奇怪。"此时他的神态表明他更加感到奇怪。"我想，我能找到他。"他又问道，"你觉得她显得焦急吗？"

"她总是显得焦急。"

"尽管我为她尽了一切努力。"他露出了偶尔才能见到的一丝笑容。"想想看，这正是我要出来阻止的事！"

她打断他的话问道："那么你认为他不安全？"

"我正要问你，在这方面你对德·维奥内夫人有什么看法？"

她看了他一眼。"什么样的女人从来就可靠？"她又说，"她告诉我你们在乡下意外相逢。有鉴于此，还有什么是可靠的呢？"

"那是一个偶发事件，完全可能发生或者完全不可能发生，"斯特瑞塞承认道，"真是不可思议。可是仍然，可是仍然……"

"可是她仍然不在乎？"

"她为什么也不在乎？"

"那么既然你也不在乎，我们都可以放心休息！"

他似乎同意她的看法，但仍有所保留。"对于查德不露面我确实不放心。"

"啊，你会把他找回来的。可是你知道，"她说道，"我为何去沟通。"他已经使她明白，此时他已经把所有一切都弄清楚了。但是她却希望把事情说得更加明白。"我不愿你对我提出问题……"

"对你提出问题？"

"一周前你自己已经看出什么的问题。我不愿为她撒谎。我觉得那对我来说太过分了。当然一个男子总是应该撒谎——我指的是为了一个女子而撒谎。但是一个女子不会为另一个女子撒谎，除非是基于针锋相对的原则，为了间接保护自己。我不需要保护，所以我'逃避'你——只是躲避你的考验。这责任对我来说太重大了。我赢得了时间，当我回来后，已经不再需要考验了。"

斯特瑞塞平静地思索着她说的这番话。"是的。当你回来以后，小彼尔汉姆已向我表明一个绅士应该怎么做。小彼尔汉姆像一个绅士那样撒谎。"

"而且像你所相信他的那样?"

"严格说来这是一个谎言——但他认为这忠诚的行为是符合道德的。这是一种可以详细讨论的观点,这种德行在我看来也很伟大。当然这样的德行很多,我眼前满是这样的德行。我还没有和它断绝关系,这你知道。"

"我现在见到的和过去见到的是,你甚至对德行大加夸张,"玛丽亚说道,"我以前有幸对你讲:你真了不起,你真是太好了。可是,如果你真想知道,"她很难过地承认道,"那么我要告诉你,我从来都不知道你到底如何。"她解释道,"有时你给我的印象是明显的玩世不恭,有时你给我的印象却十分模糊。"

她的朋友考虑了一会儿后说道:"我情绪多变,有时异想天开。"

"是的,可是万事都总得有个基础呀。"

"在我看来,基础就是她的美所提供的东西。"

"她体貌的美?"

"喔,她各方面的美,她给人留下的印象。她变化多端,但又和谐一致。"

听了这番话后她对他仍然十分迁就。这种迁就与其所掩盖的恼怒完全不成比例。"你想得很全面。"

"你总是太偏重个人,"但他却很和蔼地说道,"但那正是我感到奇妙和弄不明白的原因。"

她继续说道："如果你的意思是，从一开头你就认为她是世界上最可爱的女子，那么就没有更简单的事情了。只是这却是一个很奇怪的基础。"

"我为什么以此为基础？"

"为了你没有建立起来的东西！"

"喔，那不是固定的。过去和现在我都觉得这事有许多奇怪的地方。她年纪比他大，她的身世、传统和交往也不同；还有她的其他机会、义务、标准。"

他的朋友恭敬地听他列举这些差异，然后却把它们一扫而光。"当一个女人破产了，那些东西都不值一提。那非常可怕。她破产了。"

斯特瑞塞公正地对待她的反驳。"啊，我当然知道她破产了。我们当时忙于应付的正是她破产的事。她破产这件事也是我们的一件大事。但是不知怎的我总不能认为她已经一败涂地。而且好像是我们的小查德弄得一败涂地的！"

"可是难道'你的'小查德不正是你的奇迹吗？"

斯特瑞塞表示承认。"当然我周围都是奇迹，但完全是幻影。不过最大的事实是，大部分都不关我的事。现在就更不关我的事了。"

听见这话，他的同伴转过头去，可能她又深深地感到害怕，担心他的观念不会给她个人带来什么好处。"但愿她能听见你这番话！"

"纽瑟姆太太？"

"不，不是纽塞姆太太。既然我明白你的看法，纽瑟姆太太现在听见这话也无关紧要了。她听见一切消息了吗？"

"差不多——是的。"他思索了片刻后又说,"你希望德·维奥内夫人听见我说的话?"

她回过头来说:"德·维奥内夫人所想的正好与你所说的相反。她认为你对她做出了明确的判断。"

他想象这两个女人在一起会出现什么样的情景。"她可能已经知道……"

由于他住口不说了,戈斯特利小姐便问道:"可能已经知道你却不知道?她起初对这一点很有把握。"见他没有说什么,她继续说道,"至少她认为这是理所当然的事,任何处在她那种地位的女人都会这样。但是在那之后她却改变了主意。她认为你相信……"

"什么?"他很想听她说下去。

"相信她很高尚。我猜想,她一直有这个看法,直到那天那个偶发事件使你睁开眼睛看见了真相,"戈斯特利小姐说道,"因为它确实使你睁开了眼睛……"

他插言道:"她不能不知道。不,"他思索道,"我猜想,她还在想那件事。"

"那么你的眼睛是闭上的?我说对了吧!但是如果你认为她是世界上最可爱的女人,结果也是一样。如果你愿意让我告诉她,你确实仍然这样看她……"简而言之,戈斯特利小姐表示愿意效劳到底。

他先是想同意这个提议,但后来却果断地回答道:"她很清楚地知道我对她有何看法。"

　　"她对我说，希望再见她没有什么好处。她告诉我你已经与她诀别。她还说你与她的关系已经断绝。"

　　"是这样。"

　　玛丽亚停顿了片刻，然后似乎出于良心上的考虑，说道："她本来不愿意与你断绝关系。她感到她失去了你，但是她本来可能对你更好。"

　　"啊，她已经够好了！"斯特瑞塞大笑道。

　　"她认为你和她本来可能在任何情况下都是朋友。"

　　他继续大笑道："当然可能。那正是我为何要走的原因。"

　　听了这话后玛丽亚终于感到她为他们两人都尽了自己最大的努力。然而她还有一个想法。"我应当把这句话告诉她吗？"

　　"不。什么都不要对她讲。"

　　"那么很好。"戈斯特利小姐接着说道，"可怜的人啊！"

　　她的朋友感到迷惑不解，竖眉问道："我可怜？"

　　"不。德·维奥内夫人。"

　　他接受纠正，但仍有些迷惑不解。"你为她那样难过吗？"

　　这话引得她思索了片刻，甚至使她说话时带着微笑。不过她并未改口。"我为我们大家难过！"

第三十五章

　　他不愿再拖延尽快与查德重新互通消息的事。我们刚才已经知道，他对戈斯特利小姐讲，他想向她打听这年轻人是否不在巴黎。而促使他立即行动起来的原因不仅在于已经得知查德确实不在巴黎的消息，而且在于需要使他的行动符合另一个目的——他已向她描述过的他极想离去的动机。如果他要离去是因为他留在这儿所牵涉的一些关系，那么从继续逗留这个角度来看，他对这些关系的冷淡态度就显得十分迂腐。他必须两件事都做：必须见查德，但也必须离去，他越是考虑这两项任务中的前者，就越感到要坚持后者。当他坐在一家清静的小咖啡馆里面时，这两件事都引起他深刻的思索。他是在离开玛丽亚的阁楼之后随意走进这家咖啡馆的。使他未能与玛丽亚外出共进晚餐的那一场雨已经停了。但此时他仍然感到这个傍晚的计划好像是被打乱了，尽管不可能完全是被这场雨打乱的。他离开咖啡馆时还不算很晚，无论如何也还不能直接就回去睡觉。于是在回家的路上他在迈榭比大街周围绕了一个大圈。最初出现但对他产生了最大影响的一件小事，总是浮现在他的脑海里。这件事就是，在他第一次拜访此地时，小彼尔汉姆出现在神秘的四楼阳台上，并影响了他当时对前途如何的感觉。他回忆起他当时如何观看、等待，以及那陌生青年男子如何认出他来，促成了当时的气氛，引他随即上去。这些事为他直接向前迈出一步铺平了道路。自那以后他有几次经过这所房屋，但都没有进去。不过每当他从它旁边走过时，他都会感觉到它当时给他留下的印象。今晚当他走近它时，他突然停下来，仿佛他的最后一天十分奇怪地与他第一天的情形一样。查德的公寓房间窗户向阳台开着，其中有两扇正亮着灯光，从里面走出一个人来，他的姿态与小彼尔汉姆一样。他能看见这人的香烟头发出的火光，这人靠在栏杆上俯视着他。然而这并未表明他年轻的朋友已重新出现。不过在这并不太黑的夜晚，这人却很快显现出查德那壮大的身影。所以当他走到街中招呼时，他很容易地引起了查德的注意，于是从空中立即传来了似乎充满着欢乐的声音——这正是查德招呼他上去的声音。

不知怎的，在斯特瑞塞看来，这个年轻人以这种姿势出现，表明他曾离家外出，而且默不作声，正如戈斯特利小姐所说的那样。此时电梯已经停开，我们的朋友在每一个楼梯间的平台上喘气，思索这事的含义。他已经外出一周，到很远的地方，而且是独自一人；但他比从前更急于回来，斯特瑞塞的到来使他惊奇，这种态度表明，他返回巴黎不仅仅是归来而已，显然是有意识的投降。一小时之前他才从伦敦、卢塞恩、霍姆堡或不管哪一个地方回来（虽然楼梯上这位来访者发挥其想象，很想一一列举出所有那些可能的地名）。他洗了一个澡，与巴蒂斯特交谈了一会儿，吃了一顿精美的法国冷餐（灯光下仍然可见剩下的纯粹巴黎风味的食品），然后又走到阳台上吸烟。当斯特瑞塞走过来时，可以说他正在重新开始他的新生活。他的生活，他的生活！斯特瑞塞在最后一段楼梯上又停了下来，最后一次气喘吁吁地思考：查德的生活与查德母亲的使者有什么关系呢？竟然弄得他在这深更半夜吃力地爬人家的楼梯，在这大热天里迟迟不能上床睡觉，并且把那简单、精妙、方便、始终如一的东西（已经同他一起经历了他自己生命的岁月）改造得面目全非。他为什么应该关心查德要加以巩固的这种令人愉快的习惯和方法：在阳台上吸烟，以凉拌菜为晚饭，感到他的特殊条件已令人满意地自行确立，在比较和对比之中恢复信心？这样一个问题根本没有答案，只是他实际上仍然在探寻，也许他从来不曾有现在这么多的认识。这使他感到自己的衰老。明天他要去买火车票，无疑他会感到更加衰老。然而与此同时他却为了查德的生活，在没有电梯可乘的情况下，半夜里爬了四段楼梯，包括阁楼在内。这年轻人已打发巴蒂斯歇息去了，此时他听见斯特瑞塞上楼的声音，于是便站在门口，所以斯特瑞塞能完全清楚地看见站在他面前的查德——使他吃力地爬上四楼后仍气喘吁吁的原因。

　　像通常一样，查德对他表示欢迎，既亲切又恭敬，其分寸掌握得恰到好处。在他表示希望能留他在此住宿之后，斯特瑞塞便完全掌握了（可以说是）弄清楚最近发生的情况的关键。如果说他刚才认为自己衰老，那么一眼看见他时就觉得他更老，他留他在此住宿，正是因为他衰老而又疲乏。绝不能说这房屋的主人对他不好，如果主人确实能把他留住，也许还要做更彻底的准备工作。事实上我们的朋友有这样一个印象：稍加鼓励，

查德就会提议他无限期地住在这里。这印象似乎与他自己觉得的一种可能
性相吻合。德·维奥内夫人也希望他留下，这不就是令人欢喜的吻合吗？
他可以住在他的年轻主人的客房里，度过余下的日子，而且还可以拖延下
去，并由他的年轻主人支付他的花费。为此他感动万分，流露出空前强烈
的符合逻辑的面部表情。然而奇怪的是，他突然产生了这样一个想法（这
想法在头脑里持续了一分钟之久）：他在做戏，但是因为他只能做戏，他
必然前后矛盾。他所服从的内在力量真正团结在一起的迹象是，因为总是
没有另外的事业，所以他应该加强防守以促进这善良的事业。这些就是在
最初几分钟时间里陆续出现在他头脑里的一些想法。然而一旦他提到他来
访的目的之后，这些想法几乎都被抛到了九霄云外。他是来道别的，但那
只是部分目的，所以从查德接受了他的道别之时起，已经有所肯定的事
便让位于其他事。他开始谈到余下待办的事情。"你知道，你如果抛弃她，
那么你就是一个畜生，犯了最令人不能容忍的罪行。"

在这安静肃穆的时刻，在充满了她的影响的地方说这番话，就是他
余下要办的事。一旦他听见自己说完了这番话，他立即感到他要说的话过
去从未说出口。这就立即使他目前的拜访显得理由充足。而其结果是，他
因此能利用我们称之为关键的东西。查德一点也不显得尴尬，自从他们在
乡下相遇之后，他却一直为他而感到烦恼。他为他的安适而担心，并且满
腹疑虑。他好像只是为了他而感到不安，于是主动外出以减轻他的烦恼，
使他尽量放松（如果不是使他振作起来的话）。见他筋疲力尽，他便兴高
采烈地出来迎接他，因此斯特瑞塞立即看出，他一定会始终充满信心。这

就是来客在那儿时两人之间的情形。他发现不仅不必重提业已过去的旧事，而且他的主人对一切都热情地表示赞同。看来对他说他会变成一个畜生那句话，不可能太过分。"啊，当然啦！——如果我做出那样的事，我希望你相信我说的是心里话。"

"我希望这是我对你说的最后一句话，"斯特瑞塞说道，"你知道，我不能再多说，而且我也不知道，除了我已经做到的以外，我还能再做些什么。"

查德愚笨地以为这是一个直接的暗示。"你已经见过她了？"

"啊，是的——向她道别。如果我怀疑我对你讲的话是否真实……"

"她已经消除了你的疑虑吗？"查德心里"当然"很明白！这甚至使他沉默了片刻，但是他又说，"她一定令人赞叹不已。"

"她是这样。"斯特瑞塞坦率地承认道。所有这些话都指的是上一周那件事所引起的一些情况。他们似乎要对这些进行回顾。这表现在查德接着所说的那番话里。"我一直不知道你真正的想法是什么。我过去根本不知道，因为任何有关你的事似乎都有可能发生。不过当然——当然……不是因为慌乱不安，而是因为充满了感情。"他停顿了片刻，然后又接着说道，"毕竟你能明白我的意思。我当初对你说的话是不得不说的。关于这样一些事情，只有一种办法，不是吗？但是，"他微笑着说出了他最后的看法，"我知道这不要紧。"

斯特瑞塞与他目光相遇，心中思绪万千。是什么使他在旅行归来之后，在这深更半夜，仍显得这样青春焕发呢？斯特瑞塞很快就知道是什么

——是这个事实：他又比德·维奥内夫人年轻了。他自己没有立即说出他的想法，却说的是完全不同的另一件事："你确实去了很远的地方？"

"我到英国去了一趟。"查德立即高兴地说道，但他没有进一步讲他旅行的事，只说了这样一句话，"有时一个人应该出去走一走。"

斯特瑞塞并不想了解更多的事，他只想说明他的问题有道理。"当然你可以做你想做的任何事情。不过我希望这一次你并不是为我而去。"

"不是因为确实太麻烦你而深感惭愧吗？我亲爱的朋友，"查德大笑道，"有什么事我不愿为你做呢？"

斯特瑞塞对这问题的答复是，这正是他来这里所要了解的一种意向。"你知道，即使会妨碍你，我也要有一个明确的理由才来见你。"

查德明白这话的意思。"啊，是的，为了使我们在可能的情况下造成一个更好的印象。"他站在那里快乐地倾吐他的全部心思，"我很高兴你感觉到我们已经成功了。"

这句话含有愉快的讽刺意味，但是他的客人却毫不理会，因为他心有所思，不愿离开话题。"如果我过去感到需要多余的时间——她们仍然在这儿的时间，"他继续解释道，"那么现在我才知道为什么需要。"

他像一个站在黑板前面的教师一样态度严肃，口齿清楚，而查德则继续面对着他，就像是一个聪明的学生。"你希望全部事情已经结束。"

然后他又停顿了片刻，什么也不说了。他把视线移开，两眼透过窗户凝视着外面黑暗的夜空。"我将从银行打听到她们现在把她们的信件转往何处，因此我的信她们很快就会收到。到了早晨我就要写下我最后要说的话，她们会把它看成是我的最后通牒。"当他的两眼重新转向他的同伴时，他脸上的表情充分说明，他懂得他所说的"她们"指的是谁。他好像是说给自己听一样继续说道："当然我必须首先要证明我将要做的事是正当的。"

"你已经证明得很充分了！"

"这并不是劝你不走的问题，"斯特瑞塞说道，"而是绝对阻止你走，如果可能，甚至阻止你考虑这事。因此我要以你奉为神圣的一切来向你恳求。"

查德露出吃惊的神情。"是什么使你认为我能够……"

"你不仅可能成为我所说的畜生，"他的同伴继续说道，"而且会成为十恶不赦的罪人。"

查德的目光更加锐利，好像在估计他受到怀疑的可能性有多大。"我不知道是什么使你认为我对她感到厌倦。"

斯特瑞塞也不大知道，因为对于富于想象的头脑来说，这样的印象太精微，太漂浮不定，难以当即说明其理由。然而就在他的主人暗指是一种可以想见的动机时，他感到有一点儿不祥的预兆。"我觉得她还能为你做很多事，而这些她都还没有做。与她在一起，至少到她做完的时候。"

"然后离开她？"

查德一直微笑不停，然而斯特瑞塞的表情却有些冷漠。"在这之前别离开她。当你已经得到能够得到的一切时，"他有些严厉地补充道，"我并不是说那就是恰当的时候到了。不过由于从这样一个女子那里，你总是有什么东西需要得到，所以我这番话并不是对不起她。"查德让他继续说下去，对他毕恭毕敬，不过对那尖锐的语气却流露出好奇的神情。"你知道，我还记得你过去的样子。"

"我那时像一个讨厌的傻瓜，不是吗？"

这回答脱口而出，好像他按了一下弹簧。如此迅速的反应甚至使他感到畏缩，所以过了片刻他才能答话。"你那时的样子似乎当然不值得你给我招来这一切麻烦。你改进很大。你的价值已经增大了四倍。"

"喔，难道那还不够吗？"

查德大胆地开玩笑说，但斯特瑞塞却仍然毫无表情。"够了？"

"如果一个人想依靠他的积蓄来生活呢？"然而说完这话后这年轻人见他的朋友对他的笑话反应冷淡，便把它随便抛开了。"我当然昼夜不忘她对我的恩惠。多亏了她，我才有了一切。我以名誉做担保，"他坦率地说道，"我对她一点也没有感到厌倦。"听了这话之后斯特瑞塞只是注视着他。青春能表现自己的方式一次又一次地令人称奇。他没有恶意，虽然他有能力作恶。然而当他说"厌倦"她这句话时，几乎就像是说厌倦烤羊肉当晚餐。"她从来不曾有片刻时间使我感到厌倦，也从来不像最聪明的女人那样时而缺乏机智。她从来不曾谈到她的机智（而她们有时却要谈这一点），但她总是十分机智。"他宽厚地提出他的看法，"她从来不曾像最近这一次那样表现得那么机智。"然后他又谨慎地补充道，"她从来就不是我可以称为累赘的人。"

有片刻时间斯特瑞塞什么也没有说。然后他带着更加冷漠的表情严

498

肃地说道："嘿，如果你对不起她……"

"我就是畜生，是吗？"

斯特瑞塞没有花时间说他会是什么，显然那会使他们离开话题太远。然而如果没有其他任何话可说而只有重复说过的话，那么重复就不算是错误。"多亏了她，你才有了一切。你欠她的比她欠你的多得多。换句话说，你对她负有义务，而且是最明确的义务。我不知道有什么别的义务能比这更重要，虽然别的义务也摆在你面前。"

查德面带微笑地看着他。"你当然知道别的义务，是吗？因为正是你把它们指出来的。"

"是的，大部分，而且是我尽最大的能力指出的。但不是全部——从你姐姐取代我之时起。"

"她没有取代，"查德回答道，"萨拉当然已经就位，但是从一开始我就看出，她的位置绝不是你那个位置。我们当中没有哪一个会取代你的位置。这是不可能的。"

"唉，当然，"斯特瑞塞叹息道，"这我也知道。我相信你说的对。我想，在这个世界上从来没有一个人这样异乎寻常地严肃。而我就是这样，"他又叹了一口气，好像对这样的情况非常厌倦，"我是被造就成这样的。"

查德似乎在考虑他是如何被造就成这样的，因此对他上下打量了一番。他的结论是赞成这个观点。"你从来不需要任何人改善你。从来没有任何人有资格这么做。他们办不到。"这年轻人说道。

他的朋友迟疑了片刻。"请原谅。有人已经这么做了。"

查德表示怀疑，但颇觉有趣。"那么是谁呢？"

斯特瑞塞向他微微一笑。"女人们。"

"两个？"查德睁大眼睛并且高声笑道，"啊，做这样的事，我相信只能有一个人！所以证明你真是太好了。"他又说，"无论如何，最糟糕的是失去你。"

斯特瑞塞已开始打算告辞，但当他听见这话时却停下来说道："你害怕吗？"

"害怕？"

"害怕做错事。我的意思是在我看不见时。"在查德还没有来得及回答之前，他又接着说，"当然，"他大笑道，"我这个人有些稀奇古怪。"

"是的，我们干了这一切蠢事，都是因为你把我们宠坏了！"查德的过分强调可能使这句话显得太随便了，但是十分明显，它充满了安慰之意，且表达了反对疑虑和主动执行诺言的愿望。他在门厅口拿起一顶帽子，同他的朋友一道出来，抓住他的手臂，亲切地扶他下楼梯，如果没有完全把他当成一个年迈体衰的老人，那也像是对待一个应该细心照料的高尚的怪人。他一直陪他走过一个又一个街道拐角。"你不用告诉我，你不用告诉我！"当他们一道前行时，他又一次表示希望斯特瑞塞放心。而在分手时的友好气氛中，斯特瑞塞最终不必告诉他的，却是有关他想知道的任何东西。查德确实突然感觉到他完全知道，他一一记录下了他的誓言。他们一直想着这件事而慢慢前行，就像他们第一次会面的那个晚上他慢慢走到斯特瑞塞的旅馆那样。此时斯特瑞塞尽量吸收他能得到的一切，因为他已经给出他不得不给予的一切。他已经山穷水尽，好像花光了口袋里最后一枚硬币。然而在他们分手之前，查德觉得有一件事似乎需要商讨一下。正如他说的那样，他的同伴不必告诉他，但是他自己可以提出：他已经得到有关广告艺术的一些消息。他突然提出这事，使斯特瑞塞感到纳闷，不知是否因为他这重新恢复的兴趣他才到英国去了一趟，并且有了奇怪的结果。总之他似乎一直在深入研究这个问题，而且已经获得了启示。科学经营的广告业已表明它是一股巨大的新力量。"你知道，它确实有效力。"

他们面对面站在街灯下，就像他们第一次见面那个晚上那样。斯特瑞塞看上去毫无表情。"你的意思是，能影响做广告的商品的销售？"

"是的，影响特别大，确实远远超过了人们的设想。当然我的意思是，必须把它制作成在我们这个突飞猛进的时代里它能被制作成的样子。我已经有所了解，虽然与你第一个晚上向我描述的差不多，你当时的描述生动极了。那是一种艺术，就像一切艺术那样永无止境。"好像是为了开玩笑，又好像是因为他的朋友的面部表情使他觉得好笑，他继续说道，"自然必须有一位能手来掌握。必须由恰当的人来负责。有了恰当的人来操作，其前景将不可估量。"斯特瑞塞仔细看着他，仿佛他在人行道上无缘无故地跳起花式舞步来。"你认为根据你的想法你自己就是恰当的人？"

查德已经解开了他的轻便上装，并把两手的拇指插入背心的袖孔，其余的手指则上下扇动。"嗨，当你初次出来时，除了你自己以外，他们把我当成什么样的人？"

斯特瑞塞感到有一点发晕，但他强打起精神把注意力集中起来。"喔，是的，毫无疑问，有你这些天赋，你和你父亲有很多共同之处。当今之时，广告显然是贸易的诀窍。如果你专心致志，完全可能大有作为。你母亲要求你专心致志，这正是她最有力的看法。"

查德继续摆弄他的手指，显出有一点泄气的样子。"唉，我母亲的事我们已经谈过了！"

"我也是这样认为的。那么你为什么要提这事呢？"

"只因为那是我们最初讨论的一部分。那么就在我们刚开始的地方结束吧。我的兴趣是纯理论的。无论如何，事实——关于可能性的事实，就是这样。我的意思是，它可以赚钱。"

"哼，让它赚的钱见鬼去吧！"斯特瑞塞说。他见这年轻人脸上的呆笑似乎变得更加奇怪，于是又说，"你有了它赚的钱可以把你的朋友放弃了吧？"

查德继续保持他那怪模怪样的漂亮笑容和其他表情。"你这样严肃，不够友爱吧，我不是已向你充分表示你对我有多么重要吗？我过去和现在所做的一切是什么？不就是对她忠诚到底，死不变心吗？"他心平气和地解释道，"唯一的问题是，坚守忠诚时，一个人不得不看清楚死神从哪儿进来。不过别为那感到害怕。"他继续发挥道，"用脚踢贿赂物时'估量'一下它的大小，同伴一定会感到愉快。"

"喔，如果你所要的只是可踢的东西，那么这贿赂物一定大得出奇。"

"好。那么你看，我开始踢了！"查德猛力一踢，把那假想的目标送入了空中。于是他们好像又一次抛开了这个问题，重新回到真正与他相关的事情上来。"明天我当然要与你见面。"然而斯特瑞塞几乎没有留心听这个打算。他头脑中的印象仍然是那毫不相关的号笛舞或快步舞——并不因为那模拟的踢腿动作而变得淡漠。"你烦躁不安。"

他们分手时查德回答说："喔，你令人激动。"

第三十六章

然而在两天之内他还要做另外一次道别。他早就给玛丽亚·戈斯特利写了一封短信，问他能否去她那儿吃午饭。因此，正午时分她在她那小巧、阴凉的荷兰式饭厅里等他。饭厅在房屋的背面，从这里可以看见尚未被现代文明摧毁的古老花园的一角。虽然他以前曾不止一次坐在这里面那张特别光滑明亮的小桌旁，接受盛情款待，但从来没有像这一次那样深刻感觉到它那些近乎神圣的特点：令人觉得熟悉、愉快、亲切、可爱，内部陈设古旧，整洁得近乎庄严。像他以前对他的女主人所说的那样，坐在那儿可以看见生活反映在一尘不染的锡铅合金器皿上。这样做既是对生活的适应，也是对生活的改善，所以使人目不转睛，感觉格外舒适。没有桌布而更显出光滑平整特色的桌面，小巧古老的陶器和银器，以及与它们相匹配的大件摆设，协调地散置在房间里，产生出一种令人着迷的效果，使斯特瑞塞此时感到特别舒适（尤其是因为这是他最后一次置身其间）。最出色的是那几件造型生动的荷兰代尔夫特精陶，它们具有家庭肖像画的高贵气派。正是置身于它们中间，斯特瑞塞表达了他听天由命的想法。他的话说得颇幽默，而且富有哲理。"没有什么可等待的了。我似乎已干完了一整天的工作。我向他们都做了交代。我见了查德。他到伦敦去了一趟，又回来了。他说我'令人兴奋'，好像我确实把每一个人都搅扰得心绪不宁。无论如何我确实使他异常激动。他明显地烦躁不安。"

"你也使我十分激动，"戈斯特利小姐微笑道，"我很明显地烦躁不安。"

"我当初见到你时，你就是这样。在我看来，似乎是我使你摆脱了烦躁不安的情绪。这是什么？"他一边朝四周看，一边问道，"不就是古老而又平静的所在？"

她回答道："我衷心希望我能使你把它当成安息之地。"当她说这句话时，他们两人隔桌对视，仿佛尚未出口的话语在空中传播。

当斯特瑞塞又讲话时，他似乎以自己的方式说出了其中一部分。"毫无疑问，这地方绝不会把它将继续给你的东西给予我，这就是困难的事情。我与周围的环境确实不协调。"他一边解释，一边把身子往后靠住椅背，而他的眼睛却盯着一个熟透了的小圆瓜。"而你却与环境很协调。我太认真。你却不然。因此结果使我成了一个傻瓜，"然后他突然扯到另一个话题上，"他去伦敦干什么呢？"

"哎，一个人想去伦敦，就可以去。"玛丽亚大笑道，"你知道，我也去过。"

是的——他得到了提示。"你使我回忆起来了。"他坐在她对面若有所思，但并不显得忧郁，"查德带谁回来了？他带回了满脑子的想法。今天上午我做的第一件事就是写信给萨拉。"他又说，"我把一切都结清了。我对她们也做好了准备。"

她对他这番话中某些部分颇不在意，但对其他一些部分却很感兴趣。"德·维奥内夫人那天对我说，她觉得他具备成为一个大商人的素质。"

"正是这样。他不愧为他父亲的儿子。"

"但那种父亲！"

"从那种观点来看正合适！"斯特瑞塞又说，"但使我烦恼的倒不是他具有他父亲的特点。"

"那么又是什么呢？"他将注意力转到他的早餐上，此时正在吃她给他切的一大片可口的西瓜。当他吃完之后他才面对这个问题，但他只是说等一会儿就回答。她等待着，一边注视着他，一边服侍他并使他开心。也许正是为了使他开心，她提醒他，说他从来都没有告诉她乌勒特出产的东西是什么。"你还记得吗？我们在伦敦看戏那晚上谈到它。"然而在他还没有回答"记得"之前，她却对他提出了其他问题：他还记得他们最初在一起时的这件事吗？而他则记得每一件事，甚至很幽默地提起一些她说她回忆不起或者极力否认的事。他特别提到他们当初最感兴趣的那件事，即他们都十分好奇的问题——他将从哪儿"走出"困境？他们猜想一定是在某个极好的地方，他们认为那个地方一定非常遥远。毫无疑问，正是与原来一样，因为他就是从那儿出来的。事实上，他从尽可能远的地方出来，而现在他必须考虑重新进去。他当即发现他最近这番经历的意象。他就像一种瑞士古钟上的一个雕刻人物，这些雕刻人物一到时候就从一边出来，沿着它们的固定路线在众人面前上下跳动着前进，然后从另一边进去。他也沿着他的路线跳完了他的路程，也有一个简陋的隐蔽之处在等待着他进去。此时他问她，是否真的想知道乌勒特的重要产品是什么。他的回答将是对每种东西的详尽解说。但她叫他别往下说，因为她不仅不想知道，而且根本就不愿意知道。她不需要乌勒特的产品，因为这些产品对她并没有什么好处。她不愿再听到有关这些产品的消息。她说，据她所知，德·维奥内夫人并不知道他准备提供的消息，可是照样生活得很好。她从来就不愿意听取这种消息，虽然会迫于压力而从波科克太太那儿得到它。然而关于这种事波科克太太似乎无话可说，而且也从来没有提起它，当然现在就更没有什么意义了。显然，对于玛丽亚·戈斯特利，此时什么都没有意义，只是除了很突出的一点，而此时正好可以将它提出。"我不知道你是否认为有这样一种可能，那就是，如果随他自己决定，查德可能最终会回去。我的判断是，从你刚才谈到他的那些话来看，你对这事或多或少都有所考虑。"

她的客人亲切而又注意地看着她，仿佛预见到这之后还会有什么样的问题提出来。"我不认为这是为了钱。"然后他见她似乎未能全然理解，便接着说道，"我的意思是，我不相信他会为这个而将她放弃。"

"那么他将来要放弃她？"

斯特瑞塞等待了片刻。此时他缓慢而又审慎地把最后这个轻松的阶段拖长一点，以各种无言暗示的方式恳请她耐心和理解。"你刚才要问我什么？"

"他能帮忙使你和解吗？"

"与纽瑟姆太太？"

她通过脸上的神情来表示同意，仿佛她对于提这个名字感到太棘手。"或者他能帮忙使她做出努力？"

"与我和解？"他最终以摇头做出决定性的回答，"任何人都无法帮忙。这事已经完结。对我们两个人来说都完了。"

玛丽亚迷惑不解，似乎还有一点怀疑。"你能肯定她的态度？"

"啊，是的。我现在完全肯定。已经发生的事情太多了。在她看来，我完全变了。"

她深深地吸了一口气。这话她完全理解。"我知道，所以正如她在你的眼里也完全变了……"他打断她的话说道："哦，不过她没有变。"因为戈斯特利小姐又感到迷惑不解，所以他又说："她还是原来的样子。她永远都是一样。可是我现在所做的是我从前没有做的事——我把她看透了。"

他的语气很严肃，好像他负有责任，因为他不得不说出来。而这句话所引起的气氛也颇为严肃，以至她只发出了一声惊叹："啊！"然而心满意足且又感激不尽的她，却在下一句话里表示接受他的看法。"那么你为什么还要回去呢？"

他已经把餐盘推开了一点，心里想着问题的另一面，且凝神思索，大为感动，随即站起身来。他事先就受到他认为可能来自她的影响。他本来想阻止这影响并温和地对付它，然而当它出现时，他却希望自己更富有威慑力，更果断，但尽可能温和。他把她的问题放在一旁，暂时不给以回答，却告诉她更多有关查德的事。"昨天晚上我对查德指出：对她不忠实是最可耻的罪行。对于我提出的这个问题，不可能有谁比查德回答得更好。"

"那就是你所谓的'最可耻的罪行'？"

"啊，当然啦！我对他详细描述了他可能会成为什么样的卑劣无耻之徒，而他表示同意我的看法。"

"这样说来你确实像是把他钉牢了？"

"岂止确实好像！我告诉他我还会诅咒他呢。"

"啊，"她微笑道，"这可糟了！"她又想了一下，然后说道，"在这之后你就不能向……"她停下来看着他的脸。

"再向纽瑟姆太太求婚？"

她又迟疑了一下，但还是说出来了。"你知道，我从来就不相信你向她求过婚。我总是认为实际上是她求婚。就这一点而言，我是能够理解的。"她解释道，"我的意思是，由于有了这样一种精神——敢于诅咒的精神，你们的关系已经破裂得不可弥补。她只要知道你对待他的情形，就绝不会再有任何表示了。"

斯特瑞塞说："我已经做了我能做的一切，不能再做更多的事了。他坚决表示忠诚到底，不做可怕的事情。可是我不能肯定我已经把他拯救出来了。他的誓言太多。他问人们怎能想象他会厌倦呢。不过他面前还有全部生活等待他去享受。"

玛丽亚明白他的意思。"他被造就成了讨人喜欢的人。"

"正是我们的朋友把他造就成这样的。"斯特瑞塞感觉到他的话里含有一种奇怪的讽刺。

"所以这算不上是他的过错！"

"无论如何这却是他的危险。我的意思是，"斯特瑞塞说道，"她的危险。但是她知道这一点。"

"是的，她知道。"戈斯特利小姐问道，"你的想法是，他在伦敦还有别的女人？"

"是的。不是。这就是说我不知道。我怕她们。我已经与她们断绝关系。"他向她伸出手来，"再见。"

这引起她重新提出那个尚未回答的问题："你为什么回去呢？"

"我不知道。总是会有什么东西在等待我吧。"

"去一个大不相同的环境。"她握着他的手说道。

"大不相同，这毫无疑问。也许我将看出我能怎样对付。"

"你能使任何东西变得这么好……"但是她说到这里便住口了，好像想起了纽瑟姆太太所做的事。

他已经完全懂得她的意思。"像此时此地这么好？正如你把你所接触到的每一样东西都变得那么好？"他过了片刻才说，确实因为她愿奉献给他的东西（为他的余生提供精心服侍和令人轻松愉快的照料）对他颇有诱惑。它使他周围一切都十分舒适而又温暖，而它却坚定地建立在选择的基础上。决定选择的是美丽和了解。似乎不珍视这样一些东西，实在是笨拙而且愚蠢，然而从它们给他的机会来看，它们给的只是转瞬即逝的机会。

而且她也理解。她总是能理解一切。

虽然确实可能是那样，但她却继续说道："你知道，没有任何一件事我不愿为你做。"

"啊，是的，我知道。"

"在这个世界上没有任何一件事我不愿为你做。"她重复道。

"我知道。我知道。但是我必须走。"他终于想起他该怎么说，"做到为人正直。"

"做到为人正直？"

她重复他说的话，依稀含有轻蔑之意，但他觉得这话对她已经十分清楚。"你知道，这就是我唯一的理由。不从整个事情中为自己捞取任何好处。"

她想了一想，然后说道："但是你有了极好的印象，你将会收获很多。"

"很多，"他表示赞同，"但是没有可与你相比的。如果我得到你，会使我违反公认的准则。"

作为一个诚实、善良的人，她不能完全假装她不明白这一点。不过她仍然略装不知地问道："可是你为什么要正直得这样可怕呢？"

"如果我必须走，你自己就是第一个要我这样做的人。我没有别的选择。"

她不得不接受这个看法，虽然她仍徒劳无益地表示反对。"你之所以这样，与其说是因为你'为人正直'，倒不如说是因为你有可怕的锐利眼光。"

"啊，你自己也同样糟。我把那一点指出来时，你不能反对我。"

她终于滑稽而又凄凉地叹了一口气。"我确实不能反对你。"

"那么我们都说对了！"斯特瑞塞说道。